GOLDMANN

Buch

Wolfe Lonetree ist der Sohn eines schottischen Grafen – und der Enkel eines Cheyenne-Schamanen. Seinem dunklen Charme und seiner verwirrend sinnlichen Ausstrahlung kann keine Frau lange widerstehen, und bislang hat er kaum eine Schönheit ausgelassen. Um so unwilliger läßt er sich darauf ein, die verwöhnte Lady Jessica Charteris vor der Heirat mit einem widerwärtigen englischen Lord zu bewahren und sie nach einer Scheinehe in den Westen Amerikas zu entführen. Auch wenn die temperamentvolle Lady mit den flammend roten Haaren, ihre Schönheit und ihre bezaubernde Unschuld ihm beinahe den Atem rauben.
Und Jessica sieht sich plötzlich nicht nur der rauhen Wildnis, sondern auch einem stolzen Draufgänger ausgesetzt, bei dessen bloßer Berührung ihr ungeahnte heiße Schauer über den Rücken jagen.

Autorin

Elizabeth Lowell ist das Pseudonym der amerikanischen Erfolgsautorin Ann Maxwell, einem wahren Multitalent, die zu den erfolgreichsten Meisterinnen ebenso spannender wie leidenschaftlicher Liebesromane zählt. Sie hat in den USA bisher weit über vierzig Romane veröffentlicht und wurde mehrfach mit dem Romantic-Times-Preis ausgezeichnet.

Bei Goldmann liegen
von Elizabeth Lowell bereits vor:

Roulette der Liebe. Roman (42697)
Brandung des Herzens. Roman (42829)

Von Ann Maxwell
sind bei Goldmann erschienen:

Flammender Diamant. Roman (42427)
Lockende Wildnis. Roman (42428)

Elizabeth Lowell

Im Strudel der Gefühle

Roman

Ins Deutsche übertragen
von Steffen Hantke

GOLDMANN VERLAG

Originaltitel: Only Mine
Originalverlag: Avon Books, New York

*Für Denise Little
wegen ihres Mutes und ihrer
Standhaftigkeit*

Umwelthinweis:
Alle bedruckten Materialien dieses Taschenbuches
sind chlorfrei und umweltschonend.
Das Papier enthält Recycling-Anteile.

Der Goldmann Verlag
ist ein Unternehmen der Verlagsgruppe Bertelsmann

Deutsche Erstveröffentlichung April 1995

Umschlaggestaltung: Design Team München
Umschlagillustration: Daeni/Schlück, Garbsen
Satz: Uhl + Massopust, Aalen
Druck: Elsnerdruck, Berlin
Verlagsnummer: 42792
Lektorat: Silvia Kuttny
Redaktion: Angela Kupper
Herstellung: Peter Papenbrok
Made in Germany
ISBN 3-442-42792-4

1 3 5 7 9 10 8 6 4 2

Prolog

London 1867

»Dich soll ich heiraten, mein Elfchen?« Wolfe Lonetree lachte lauthals, während er sie über die Tanzfläche wirbelte. »Mach dich nicht lächerlich. Warum sollte sich ein Halbblut und Mustangjäger wie ich mit einer englischen Aristokratin einlassen?«

»Ich bin schottischer und nicht englischer Abstammung«, sagte Jessica Charteris automatisch.

»Ich weiß.« Wolfe setzte sein altbekanntes Lächeln auf, und sofort mußte sie an die alten Zeiten denken. Damals zog er sie ständig an ihren langen Zöpfen, um sie zu ärgern. »Du läßt dich immer noch genauso leicht an der Nase herumführen wie damals; wie eine hungrige Forelle schnappst du nach jedem Köder.«

Jessica überspielte die innere Unruhe und Besorgnis, die sich unter ihrem koketten Auftreten verbargen, indem sie zu Wolfe aufschaute und ihn unbekümmert anlächelte.

»Es wäre eine vollkommene Verbindung«, versuchte sie ihn zu überreden. »Du brauchst keine Erben, weil du weder Land noch einen Adelstitel besitzt. Ich brauche kein Geld, und auf die Freuden des ehelichen Lagers bin ich auch nicht gerade wild. Wir haben beide Spaß an einer guten Unterhaltung und können auch einfach nur still beisammensitzen. Wir reiten und jagen gerne und genießen es, vor dem Kaminfeuer zu sitzen und zu lesen. Was sonst kann man von einer guten Ehe erwarten?«

Wolfes amüsiertes Gelächter erregte die Aufmerksamkeit mehrerer adliger Damen und Herren, die die Feier zu Jessicas zwanzigstem

Geburtstag mit ihrer Anwesenheit beehrten. Wolfe schenkte der aristokratischen Gesellschaft und ihren mißbilligenden Blicken keine Beachtung. Der Mann, den man »den wilden Sohn des Grafen« nannte, hatte längst eingesehen, daß er nach Amerika gehörte und nicht nach England. Hier legte man auf Adelstitel großen Wert und begegnete seiner unehelichen Abstammung sowieso nur mit Verachtung.

»Dich soll ich also heiraten.«

Kopfschüttelnd wiederholte Wolfe die Worte, während er den kleinen Rotschopf in seinen Armen liebevoll betrachtete. Ihr Haar war von einem so tiefen Kastanienbraun, daß nur der helle Sonnenschein sein geheimnisvolles Feuer zum Leuchten brachte.

»Ach, Elfchen, wie habe ich deine Schlagfertigkeit und deine scharfe Zunge vermißt! In den wenigen Minuten, seitdem ich hier angekommen bin, habe ich mehr gelacht als in all den Jahren, in denen wir uns nicht gesehen haben. Ich werde Sir Robert sagen, er soll dich auf seinen nächsten Jagdausflug mitnehmen. Oder vielleicht ist ja dein zukünftiger Ehemann selbst ein Jäger. Wie war doch gleich sein Name – Lord Gore? Ich hatte noch nicht das Vergnügen, deinen Verlobten kennenzulernen. Ist er heute abend auch hier?«

Jessica geriet vor Schreck sofort aus dem Takt. Wolfe fing sie mit derselben ungezwungenen Eleganz auf, die all seinen Bewegungen anhaftete, und zusammen drehten sie sich erneut im Dreivierteltakt.

»Verzeih mir«, murmelte er. »Ich bin heute abend etwas ungeschickt.«

»Du bist wie eine große, schwarze Raubkatze, und das weißt du ganz genau. Wenn einer von uns beiden ungeschickt ist, dann bin ich es.«

Obwohl Jessicas Stimme unbeschwert klang, spürte Wolfe, daß sich hinter ihrer sorglosen Fassade noch etwas anderes verbarg. Ohne genau zu wissen, wonach er suchte, beobachtete er sie mit seinen dunklen Augen, während sie miteinander tanzten. Verschwunden war das dürre kleine Mädchen mit den eisblauen Augen, dem feuerroten Haar und dem spontanen Lachen. An ihre Stelle war eine bemerkenswerte junge Frau getreten, die eine beunruhigende Wirkung auf seine Sinne ausübte; eine Wirkung, die er sich schon seit Jahren nicht einzugestehen gewagt hatte.

»Ein ungeschicktes Elfchen?« fragte Wolfe. »Unvorstellbar, mein Schätzchen. Genauso unvorstellbar wie eine Ehe zwischen einem unehelichen Halbblut und Lady Jessica Charteris.« Sein Lächeln wirkte durch seine weißen Zähne vor dem Hintergrund seiner dunklen Haut noch strahlender. »Was für eine lebhafte Fantasie du doch hast. Ich bin wirklich beeindruckt von deinem wachen Verstand.«

Erneut stolperte Jessica, und wieder wurde sie mühelos von dem Mann aufgefangen, der sie zu den erlesenen Klängen des Walzers in den Armen hielt. Doch sogar hier auf der Tanzfläche war Wolfes Kraft offensichtlich. Jessica hatte seine Kraft stets als eine Zuflucht gesehen, sogar während all der langen Jahre fern voneinander. Sie hatte von ihren Erinnerungen und dem Bewußtsein gezehrt, daß es auf der ganzen Welt einen sicheren Zufluchtsort für sie gab. Nur dieser Glaube hatte sie vor dem völligen Zusammenbruch bewahrt, als ihr Vormund auf der Heirat mit Lord Gore bestand.

Doch nun schien auch diese letzte Zufluchtsstätte nicht mehr zugänglich zu sein, und Jessica mußte ums nackte Überleben kämpfen. Allein.

Lieber Gott, was soll ich nur tun? Wolfe muß einfach einer Heirat zustimmen! Wie kann ich ihn bloß davon überzeugen?

»Deine Finger sind ganz kalt, Jessi.« Wolfe runzelte besorgt die Stirn. »Du zitterst ja. Bist du krank?«

Die Besorgnis, die aus Wolfes Miene und seiner Stimme sprachen, gaben Jessica neue Hoffnung. Sie war ihm also doch nicht ganz gleichgültig. Das erkannte sie, als sie in seine seltsamen Augen schaute, die in der Abenddämmerung wie Saphire im Kerzenlicht bläulich funkelten. Ohne zu wissen, wie wunderbar sich ihre feingeschnittenen Gesichtszüge dabei erhellten, lächelte sie ihn erleichtert an.

»Das kommt davon, weil ich mich so freue, dich wiederzusehen,

Wolfe. Als du Lady Victorias Brief nicht beantwortet hast, hatte ich schon befürchtet, du hast mich vergessen.«

»Wie könnte ich wohl mein kleines rothaariges Elfchen vergessen? Weißt du noch, wie du meine Ärmel zusammengenäht hast, ohne daß ich etwas davon gemerkt habe? Oder wie du Salz- und Zuckerstreuer miteinander vertauscht und dich dann gefreut hast, als ich angewidert das Gesicht verzogen habe? Oder wie du dich während eines Gewitters in einem Heuschober versteckt hast und ich dir versprechen mußte, den Donner für dich aufzuhalten?«

»Was dir ja auch gelungen ist.« Unbewußt schmiegte Jessica sich enger an Wolfe. Genauso hatte sie es schon damals getan, als sie die beruhigende Wärme seines Körpers und den Schutz seiner starken Arme gesucht hatte. »Ausgesprochen gut sogar.«

»Alles eine Frage des richtigen Zeitpunkts; mit Herrschaft über die Naturgewalten hatte das wenig zu tun«, sagte Wolfe nüchtern und hielt Jessica etwas auf Abstand. »Das Gewitter hatte sich von allein ausgetobt.«

»Ich nannte dich hinterher wochenlang ›Der-mit-dem-Donner-spricht‹.«

»Und ich dich ›mein Heumädchen‹.«

Jessicas unbekümmertes Lachen zog die wohlwollenden Blicke der anderen tanzenden Paare auf sich.

»Dein Lachen ist so ansteckend, daß du sogar einen Stein damit zum Lächeln bringen könntest«, sagte Wolfe.

»Ich habe Euch vermißt, mein liebster Lord Wolfe. War es wirklich notwendig, daß Ihr Euch für ein ganzes Jahr absetzen mußtet? Das Herz der Herzogin hatte sich schon nach einem halben Jahr von Euch erholt. Ihr hättet schon viel früher zurückkommen können.«

»Ich bin kein Lord. Ich bin der wilde Sohn des Grafen, der uneheliche Sohn einer Cheyenne und Sir Roberts, des Grafen von ...«

Jessica unterbrach Wolfe, indem sie ihm mit ihrer zierlichen Hand den Mund zuhielt. Die Geste verriet ihm, daß sie genau wußte, wie sehr seine fehlende adlige Abstammung ihn den beißenden Kommentaren der englischen Aristokratie aussetzte. Ihr selbst ging es nicht anders, denn ihr eigener Vater mochte zwar von Adel sein, ihre Mutter jedoch stammte aus dem gemeinen Volk.

»Ich werde nicht zulassen, daß du dich über meine beste Freundin lustig machst«, sagte Jessica entschieden. »Elfen haben magische Kräfte. Ihr dagegen gehört *mir*, Lord Wolfe. Wenn Ihr mich vor dem eisigen Sturm dort draußen bewahrt, werde ich Euch hier drinnen vor all den lüsternen Gräfinnen in Schutz nehmen.«

Lächelnd blickte Wolfe an Jessicas sorgfältig frisiertem Haar vorbei in die Nacht hinaus, die sich draußen vor Lord Stewarts Fenstern erstreckte. Das Kerzenlicht glänzte matt auf dem Schnee.

»Du hast recht«, sagte er. »Da draußen tobt ein richtiger Sturm. Als ich vom Schiff kam, sah das Wetter noch viel freundlicher aus.«

»Ich weiß immer ganz genau, wenn ein Sturm aufzieht«, sagte Jessica. »Früher habe ich zugesehen, wie die Sturmböen über das Moor gefegt kamen, und dann habe ich die Sekunden gezählt, bis sie das Haus erreichten.«

Wolfe spürte genau, wie sie ein Schaudern zu unterdrücken versuchte. Er schaute die junge Frau fragend an, die sich ein wenig zu eng an ihn geschmiegt hatte. Doch er bemerkte keines der Signale, die Frauen gewöhnlich aussenden, wenn sie nach einem Geliebten Ausschau halten.

»Hattest du schon immer Angst vor Gewittern?« fragt er.

»Ich kann mich nicht genau erinnern.«

Der leblose Klang in Jessicas Stimme erschreckte Wolfe. Er hatte ganz vergessen, daß sie nur sehr selten von den neun Jahren sprach, die dem Tod des Herzogs von Glenshire vorangegangen waren. In seinem Testament hatte er sie zum Vormund einer entfernten Cousine gemacht, die sie noch nie zuvor zu Gesicht bekommen hatte.

»Wie seltsam, daß du dich an nichts erinnern kannst.«

»Erinnerst du dich an deine Kindheit bei den Cheyenne?«

»Ich erinnere mich an den Geruch des Rauchs, der vom Feuer aufstieg, an das hell auflodernde Lagerfeuer in der Nacht, an die Gesänge und Tänze, mit denen die Geister herbeigerufen wurden ... ja, ich erinnere mich genau.«

»Meine Hochachtung vor deinem ausgezeichneten Gedächtnis.« Lächelnd schaute ihn Jessica mit einem koketten Augenaufschlag an, genau wie Lady Victoria es ihr beigebracht hatte. »Könnten wir vielleicht weiter dort drüben tanzen? Die Zugluft, die durch die Fenster zum Garten kommt, ist ziemlich kühl.«

Wolfe betrachtete die weichen Formen von Jessicas Hals und Schultern und die Andeutung ihrer Brüste, die nur unzulänglich von eisblauer Seide bedeckt waren. Ein rundes, goldenes Medaillon ruhte versteckt zwischen ihren Brüsten. Er selbst hatte es ihr geschenkt, bevor er nach Amerika ging, um den Stewarts den Zorn des betrogenen Herzogs zu ersparen. Wolfe fragte sich, ob sie das Bild ihres Verlobten in dem Medaillon bei sich trug.

Dann holte Jessica tief Luft, und Wolfes Aufmerksamkeit galt nicht länger dem goldenen Schmuckstück, sondern der Haut, auf dem es ruhte. Ihre Haut erinnerte ihn an frische Sahne. Sie duftete wie ein Rosengarten in der warmen Sommersonne, und ihr Mund war wie eine rosige Knospe, die in diesem Garten wuchs. Wie ein seliger Seufzer lag sie leicht in seinen Armen.

Obgleich sie nur ein Mädchen war und knapp zehn Jahre jünger als er selbst, geriet sein Blut beim Gedanken an sie in Wallung.

»Wenn Euch kalt ist, Lady Jessica, solltet Ihr vielleicht beim nächsten Ball ein Kleid tragen, das etwas mehr von Eurem Körper bedeckt.«

Jessica zuckte zusammen, als sie den kühlen Unterton in Wolfes Stimme hörte. Er nannte sie nur dann »Lady Jessica«, wenn er wütend auf sie war. Überrascht begutachtete sie das Dekolleté ihres Kleides. Kein anderes Kleid im ganzen Saal war so hochgeschlossen.

»Was willst du damit sagen, Wolfe? Lady Victoria war ziemlich verärgert über den Schnitt meines Kleides.«

»Womit sie zur Abwechslung einmal recht hat«, erwiderte er.

Jessica lachte. »Du hast mich falsch verstanden. Sie fand, daß der Ausschnitt nicht tief genug und die Taille nicht schmal genug sind, und zudem wollte sie mehr Tüll. Mir gefällt ja die französische Mode viel besser; es muß nicht unbedingt alles gleich immer mit Tüll besetzt sein.«

Wolfe mußte daran denken, wie Jessica quer durch den ganzen Saal auf ihn zugelaufen kam, als sie ihn entdeckt hatte. Die weiblichen Rundungen ihrer Hüften und Schenkel unter dem hauchdünnen Stoff waren nicht zu übersehen gewesen. Es war nicht gerade eine angenehme Vorstellung, daß sein Elfchen jetzt eine erwachsene Frau war... und bald einen Lord heiraten würde.

»Ich wollte nicht Unmengen von Petticoats mit mir herumschleppen oder daß mein Kleid über und über mit Perlen und Diamanten besetzt ist«, fuhr Jessica fort. »Doch Lady Victoria fand mein Kleid und den Schmuck viel zu bescheiden. Sie sagte, ich sähe wie ein dünnes Stöckchen aus, das man den Hunden zum Spielen hinwirft.«

»Ein Stöckchen«, murmelte Wolfe und betrachtete die geheimnisvollen Schatten zwischen Jessicas jungen Brüsten. »Dein Vormund braucht dringend eine Brille.«

Hätte ein anderer Mann Jessica auf diese Weise angesehen, hätte sie sofort einen Vorwand gesucht, um den Tanz zu beenden. Doch bei Wolfe war das etwas anderes. Er war ein Mann ohne Adelstitel, ohne den Wunsch nach Nachkommen; er sucht nicht nach jemandem, mit dem er einen Haufen Kinder in die Welt setzen konnte.

Draußen heulte der Wind, und Hagel prasselte wie eine Ladung Schrot gegen die Fensterscheiben. Jessica erschauderte, als sie eine Angst überkam, deren Ursprung sie nur in ihren Träumen erkennen konnte und die sie meist vor dem Erwachen schon wieder vergessen hatte. Sie versuchte, sich enger an Wolfe zu klammern, doch ihr Abendkleid ließ es nicht zu. Sie stolperte zum dritten Mal, und auch diesmal fingen sie wieder seine starken, sanften Hände auf.

Um sie herum verklangen die letzten Takte des Walzers. Es war beinahe Mitternacht.

Es bleibt nur noch so wenig Zeit.

»Jessi, du zitterst ja. Was ist los? Ich dachte, du hättest deine Angst vor dem Sturm überwunden, als du zehn Jahre alt warst.«

»Nur weil ich wußte, daß du mich immer beschützen würdest.«

»Du bist auch ohne mich ganz gut zurechtgekommen«, bemerkte Wolfe nüchtern.

»Nur weil ich wußte, daß du zurückkommen würdest. Und du bist zurückgekommen.« Sie sah zu ihm auf, und der flehentliche Ausdruck in ihrem Blick war offen und ehrlich. »Du mußt mich heiraten, Wolfe Lonetree. Ohne dich bin ich verloren.«

Zuerst glaubte er, sie wolle ihn nur wieder zum Narren halten. Dann jedoch erkannte er, daß es ihr todernst war. Automatisch vollführte er eine Drehung und ließ Jessica beim Verklingen der Musik los. Wie schon zuvor bei ihrem ersten Tanz umklammerte sie auch jetzt wieder verzweifelt seine Hand.

»Elfchen, du mußt mich loslassen«, sagte Wolfe leise und betrachtete ihr vertrautes und doch so gefährlich schönes Gesicht. »Ich bin kein Lord und du bist kein kleines Kind mehr. Du bist eine Dame von hohem Stand, deren Verlobung bald bekanntgegeben wird. Einen Tanz mit dem wilden Sohn des Grafen wird dir niemand übelnehmen. Zwei jedoch werden häßliche Bemerkungen hervorrufen. Drei werden zu einem Skandal führen. Wir haben bereits zweimal zusammen getanzt. Und dabei wird es bleiben.«

»Wolfe«, flüsterte sie.

Doch es war bereits zu spät. Er verbeugte sich, küßte ihre Hand und wandte sich ab.

Jessicas Augen weiteten sich vor Angst, als sie Wolfe hinterherschaute. Wie unüberschaubar auch immer das Menschengewimmel um ihn herum sein mochte, er war stets einfach zu finden. Es lag nicht an seiner Größe, auch wenn er die meisten anderen Männer um Haupteslänge überragte. Genausowenig lag es an seinem Aussehen, auch wenn er zweifellos mit seinem glatten schwarzen Haar, der dunklen Haut und den verträumten indigofarbenen Augen gut aussah. Was Wolfe von den anderen Männern abhob, war seine Art, sich zu bewegen, die Mischung aus Kraft und lässiger Eleganz. Er war ein Mann, der wie eine Raubkatze seinen Körper vollkommen in der Gewalt hatte.

Jessica sehnte sich nach dieser Art von männlicher Stärke und Selbstvertrauen. Nur die Aussicht auf Wolfes Rückkehr hatte sie vor dem völligen Zusammenbruch bewahrt, während sich das Netz der gesellschaftlichen Sitten und Gebräuche jeden Tag enger um sie zusammenzog. Irgendwie mußte sie Wolfe klarmachen, was sie von ihm wollte. Sie hatte nicht gescherzt, als sie ihm die Ehe angetragen hatte. Ganz im Gegenteil sogar. In den zwanzig Jahren ihres Lebens hatte sie noch nie etwas so bitterernst gemeint.

Ein Windstoß heulte um Sir Roberts Haus im Herzen von London und ließ die Fensterscheiben klirren. Auch wenn der Frühling noch auf sich warten ließ, spürte man schon, wie sich der Winter bereits dem Ende zuneigte. Und während sich die Jahreszeiten einen erbitterten Kampf lieferten, ließen sie die jämmerlichen steinernen Behausungen der Menschen bis in ihre Grundfesten erzittern. Angsterfüllt zog sich Jessicas Herz zusammen, als die Stimme des Windes zu einem langen, seelenlosen Heulen anschwoll. Einen Moment lang befürchtete sie, die Fassung zu verlieren. Automatisch griff ihre Hand nach dem Medaillon, in dem sich Wolfes Bild befand.

Ich bin in Sicherheit. Wolfe wird nicht zulassen, daß mir etwas geschieht. Ich bin in Sicherheit. Was immer sich da draußen im Sturm verbirgt, kann mir nichts anhaben.

Dieses stille Gebet und das Gefühl des Medaillons in ihrer Hand hatten Jessica während all der langen Zeit getröstet, in denen Wolfe in Amerika in der Verbannung gelebt hatte. Jetzt war er zurückgekommen... Doch seitdem er sie damals aus ihrem nach Heu duftenden Versteck gelockt und den Sturm für sie aufgehalten hatte, hatte sie sich nicht mehr so einsam gefühlt. Damals hatte er für sie den Donner in seiner Muttersprache angerufen.

Um ihr Zittern zu verbergen, faltete Jessica die Hände. Doch nichts konnte über ihre bleiche Haut und den Ausdruck der Verzweiflung in ihren Augen hinwegtäuschen.

»Na komm schon«, sagte Lady Victoria mit sanfter Stimme und hellwachen Augen. »Ist das etwa ein Gesicht, das man aufsetzt, wenn man seinen Geburtstag und seine Verlobung feiert?«

»Ich werde niemals heiraten.«

Seufzend ergriff Victoria Jessicas Hand und hielt sie fest. »Ich weiß schon, mein Schatz. Aber ich habe nur dein Bestes im Sinn gehabt, als ich einen Mann für dich ausgesucht habe. Lord Gore wird dir nicht lange zur Last fallen. Er ist alt und dem Portwein ein wenig zu sehr zugetan. Es dauert bestimmt nicht lange, bis er tot ist. Und dann bist du eine reiche Witwe, die ihr ganzes Leben vor sich hat.« Sie lächelte gequält. »Wenn du dich lieber so skandalös wie eine gewisse französische Herzogin aufführen möchtest, dann nur zu.«

»Ich würde lieber sterben, bevor ich einem Mann erlaube, mir seinen Willen aufzuzwingen.«

Victoria antwortete ihr mit einem freudlosen Lachen. »Ach, Jessica. Du hättest eigentlich in eine erzkatholische Familie gehört und einem geistlichen Orden beitreten sollen. Aber leider ist es ja so nicht gekommen. Du bist nun mal die einzige Nachfahrin eines protestantischen Mädchens aus dem Hochland und eines Grafen aus dem Süden. Die Adelstitel und die Ländereien hat jemand anderes geerbt, so daß dir selbst keine Reichtümer geblieben sind. Dir bleibt daher nichts anderes übrig, als zu heiraten. Lord Gore mag vielleicht nicht gerade ein Muster eines Gentlemans sein, aber sein Vermögen ist groß genug, um dir ein Leben in Luxus zu ermöglichen.«

»Das hast du mir bereits mehr als einmal erklärt.«

»In der Hoffnung, daß du eines Tages auf mich hören würdest«, entgegnete Victoria.

»In Amerika hat man die Sklaverei abgeschafft. Ich wünschte, wir gingen in England nur halb so rücksichtsvoll mit den Frauen um.«

Eine weiche Hand schloß sich um Jessicas Kinn. »Was für ein starrköpfiges, kleines schottisches Ding du doch bist«, sagte Victoria. »Doch in diesem Fall kann ich noch starrsinniger sein als du. Du hast alle Vorzüge genossen, die ein Leben in der Oberschicht zu bieten hat. Eine Frau in deinem Alter aus dem gemeinen Volke wäre schon vor Jahren vom erstbesten Kerl, den sie unter ihre Röcke gelassen hätte, zum Kinderkriegen überredet worden.«

Jessica verzog angewidert den Mund.

»Mein zweiter Mann hat dich behandelt, als wärest du sein eigenes Kind«, fuhr Victoria unbarmherzig und mit unterkühlter Stimme fort. »Du wurdest dazu erzogen, ein großes Haus zu führen und ein Vermögen zu verwalten. Obwohl du ständig diese grauenhafte amerikanische Zofe nachahmst, hast du gelernt, wie man ordentliches Englisch spricht und sich wie eine Dame benimmt. Und nun ist es an der Zeit, dieser großzügigen Erziehung gerecht zu werden, indem du einen Nachkommen zur Welt bringst, der die Reichtümer der Familie des Grafen mit denen des Handelsimperiums von Lord Gore verbindet.«

Jessicas lange, kastanienbraune Wimpern senkten sich, um den Ekel in ihren Augen zu verbergen. »Bitte...«

»Nein«, unterbrach sie die alte Frau. »Ich habe mir deine Beschwerden schon viel zu lange angehört. Ich habe dir immer zuviel Freiheit gelassen, aber das ist jetzt vorbei. Deine Verlobung mit Lord Gore wird genau um Mitternacht bekanntgegeben. Und noch in diesem Monat wirst du heiraten. Wenn dem alten Säufer seine müden Knochen nicht vorher noch den Dienst versagen, wirst du innerhalb des kommenden Jahres einen Erben zur Welt bringen. Damit hast du deine Pflicht erfüllt. Danach kannst du so leben, wie es dir gefällt.«

»Oh, Lady Jessica«, jammerte Betsy, »ich glaube, Ihr solltet lieber nicht allein zu Mr. Lonetree gehen.«

Jessica drehte sich ungeduldig um. Betsy stand neben ihr vor dem Spiegel und war damit beschäftigt, ihrer Herrin das kostbare Collier abzunehmen und ihr langes, seidiges Haar zu bürsten. Normalerweise übte dieses Ritual eine beruhigende Wirkung auf Jessica aus, doch heute abend machte es sie nur nervös. Sie begann, auf und ab zu gehen wie eine Raubkatze im Käfig. Ihr spitzenbesetzter Morgenmantel, den sie während ihrer abendlichen Toilette trug, raschelte, und der hellblaue Stoff bauschte sich bei jedem Schritt.

»Es gibt keinen anderen Ausweg.«

»Aber...«

»Schluß jetzt«, unterbrach sie Jessica. »Du erzählst mir ununterbrochen davon, daß die Frauen in Amerika mehr Rechte haben, wenn es um die Wahl eines Ehemanns geht und darum, wie sie ihr Leben zu leben haben. Wenn ich schon heiraten muß, will ich mir wenigstens meinen Mann selber aussuchen und mein Leben so einrichten, wie es mir gefällt.«

»Ihr seid aber keine Amerikanerin.«

»Noch nicht.« Mit einem heftige Ruck zog Jessica ihren Morgenmantel fester um sich. »Amerikaner besitzen keine Adelstitel oder große Reichtümer und brauchen deshalb auch keine Erben. Mit einem Amerikaner als Mann brauche ich keinen widerwärtigen ehelichen Pflichten nachzukommen und keine grauenvollen Schwangerschaften durchzustehen.«

Zögernd wandte Betsy ein: »Auch amerikanischen Männern gefällt ein warmes Bett, Mylady.«

»Dann sollen sie bei ihren Hunden schlafen.«

»Oje, ich fürchte, ich habe mich nicht klar genug ausgedrückt. Nur weil amerikanische Männer keine Adelstitel führen, sind sie noch lange nicht...«

»Schluß jetzt mit der Diskussion«, rief Jessica und hielt sich die Ohren zu.

Einen Moment lang stand Jessica reglos da und kämpfte gegen die

Angst an, die sie zu ersticken drohte. Die Angst vor Lord Gores schweißnassen Händen, die sich um ihre Finger schlossen, und die Erinnerung an seinen gierigen Blick und seine blutunterlaufenen Augen war einfach unerträglich. Bei der Vorstellung, daß sie sich von diesen Händen im Ehebett berühren lassen mußte, brach Jessica der kalte Angstschweiß aus.

Dieser Alptraum, der sie gleichzeitig erschauern ließ und in ihrem Vorhaben bestärkte, lauerte in all ihren Gedanken. Sie ließ die Hände sinken, drückte das Kreuz durch und ging entschlossen zur Tür.

»Mylady« fing ihre Zofe an zu jammern.

»Meine liebe Betsy, halt jetzt den Mund.« Mit einem unsicheren Lächeln sah Jessica ihre Zofe an. »Wünsch mir lieber viel Glück. Wenn ich Erfolg habe, bekommst du die Reise nach Amerika, die ich dir vor drei Jahren versprochen habe.«

Jessica öffnete die Tür und trat hinaus auf den Korridor. Betsys besorgtes Stöhnen verstummte, als die Tür hinter ihr mit einem dumpfen Klang zufiel. Mit beiden Händen raffte Jessica ihre seidenen Unterröcke zusammen und machte sich auf den Weg zum Flügel des Hauses, wo Wolfe untergebracht war. In jeder Nische im Mauerwerk stand eine Öllampe und verbreitete ihren angenehmen Duft. Sir Robert war ein überzeugter Anhänger althergebrachter Traditionen. Das Licht war nur schwach, aber das kümmerte Jessica nicht weiter. Sie kannte jeden Winkel des großen Hauses wie ihre Westentasche.

Jedesmal wenn Jessica auf ihrem Weg durch das große Haus an einem der Fenster vorbeikam, zuckte sie erschrocken zusammen, denn draußen rüttelte der Wind an den Mauern, als verlangte er, eingelassen zu werden. Sie rechnete nicht damit, daß außer ihr noch jemand wach war. Sie hatte so lange gewartet, bis sie sicher sein konnte, daß selbst die Bediensteten im Bett waren. Um die Bibliothek machte sie allerdings einen großen Bogen, weil sie wußte, daß Lord Gore dort manchmal bis zum frühen Morgen mit seinen Freunden beim Glücksspiel zusammensaß.

Jessica lief einen langen Gang entlang und rannte leichtfüßig eine Treppe hinauf. Im selben Moment, als sie am oberen Treppenabsatz ankam, stieß sie mit Lord Gore zusammen, der offensichtlich dem Portwein reichlich zugesprochen hatte.

»Um Gottes willen«, rief sie, während sie hastig den Morgenrock um sich zusammenraffte.

Gore taumelte und versuchte sich abzustützen, indem er nach Jessica griff. Auch wenn er betrunken war, wußte er immer noch ganz genau, wann er es mit einer spärlich bekleideten jungen Frau zu tun hatte. Und ein Schwächling war er auch nicht gerade. Als Jessica versuchte, sich von ihm zu lösen, packte er nur noch fester zu. Eine Hand vergrub sich in ihrer Brust. Die andere klammerte sich an ihre Schulter.

»Wenn das nicht mein kleines Fräulein ist.« Gores Augen musterten sie lüstern, als er sich mühsam aufrichtete und den hauchdünnen Traum aus Seide und Spitze sah, in den Jessica gekleidet war. »Sehr bezaubernd, meine Süße. Ich hatte kaum zu hoffen gewagt, daß du es so eilig haben könntest, zu mir ins Ehebett zu kommen. Hätte ich das geahnt, wäre ich dem Portwein ferngeblieben und hätte mich statt dessen lieber um dich gekümmert.«

»Laßt mich los!«

Gore hörte nicht auf Jessica, sondern versuchte, diesem verführerischen Geschöpf näher zu kommen, das endlich in seine Reichweite gerückt war. Einer von Jessicas Unterröcken zerriß, als sie zu entkommen versuchte. Er starrte auf ihre entblößten Brüste und konnte sein Glück nicht fassen. Womit hatte er eine Verlobte verdient, die es kaum erwarten konnte, zu ihm ins Bett zu springen; selbst jetzt, mitten in der Nacht, wo das ganze Haus schlief?

»Da schau sich nur einer diese Pracht an«, sagte er mit schleppender Stimme. »Lord Stewart hat verbissen um dich gefeilscht, aber ich muß zugeben, du warst es wert bis zum letzten Penny.«

Gore beugte sich zu Jessicas Brüsten hinunter, stolperte und drückte Jessica so fest gegen die Wand, daß ihr die Luft wegblieb. Wäre sie nicht so außer Atem gewesen, hätte sie laut losgeschrien, als er seine Zähne in eine ihrer Brüste grub. Mit einem lustvollen Grunzen packte er sie und preßte sie fester gegen die Wand, während er unbeholfen seine Hose aufzumachen versuchte. In ihrer Verzweiflung erinnerte sich Jessica an etwas, das Wolfe ihr bei ihrem Abschied vor vier Jahren beigebracht hatte. Mit einem Stoßseufzer rammte sie Gore eines ihrer Knie zwischen die Beine. Sofort lösten sich seine Hände von ihr, und er taumelte rückwärts.

Jessica raffte ihre zerrissenen Unterröcke zusammen, und mit offenem, wirrem Haar rannte sie zu Wolfes Zimmer. Mit zitternden Händen öffnete sie die Tür.

Mit einer einzigen, fließenden Bewegung sprang Wolfe von seinem Himmelbett auf. Gerade noch rechtzeitig erkannte er, daß es Jessica war. Er legte sein Messer auf dem Nachttisch ab, und im selben Moment warf Jessica sich ihm an die Brust. Ihre Arme klammerten sich um seine nackte Taille, und dabei zitterte sie so heftig wie damals, als er sie zusammengekauert im Heuschober gefunden hatte.

Ohne lange nachzudenken, trug Wolfe sie zum Bett hinüber und nahm sie in die Arme, um sie zu beruhigen. Nur ein paar Schritte entfernt, auf der anderen Seite der Mauern und Fenster, wütete der Sturm wie besinnungslos.

»Immer mit der Ruhe, meine Kleine«, murmelte Wolfe. »Bei mir bist du sicher. Der Sturm kann dir jetzt nichts mehr anhaben. Du bist in Sicherheit. Hier, ich zünde die Lampe an, damit du besser sehen kannst. Der Sturm ist dort draußen, und du bist hier drinnen.«

Wolfe beugte sich über sie und zündete mit einer Hand die Lampe an, bevor er Jessica wieder auf seinen Schoß nahm.

»Na bitte, Elfchen. Ist es so besser? Du siehst ja selbst, daß du in Sicherheit bist, nicht wahr? Du siehst... Herr im Himmel!«

Wolfe wußte nicht, was er sagen sollte. Der Anblick von Jessicas entblößten Brüsten war, trotz der Blutstropfen und der schwarzblauen Flecken, die sich auf ihrer Haut bildeten, ausgesprochen verführerisch.

Irgendwo im Haus erklangen aufgeregte Stimmen. Wolfe hörte sie kaum. Die Vorstellung, daß jemand Jessicas weiche Haut mit seinen Zähnen und mit seinen Fingern verletzt hatte, ließ rasende Wut in ihm aufkommen.

»Welcher elende Schuft hat dir das angetan?« fragte er aufgebracht.

»Lord G... G...« Jessica holte tief Luft und versuchte, dem Zittern ihres Körpers Herr zu werden, damit sie eine klare Antwort geben konnte. »Lord Gore.«

Vorsichtig bedeckte Wolfe Jessicas Brüste mit den zerrissenen Fetzen ihres Morgenmantels. »Ist ja schon gut, mein Elfchen.« Zärtlich küßte er ihr Haar. »Schon gut, meine Kleine. Du bist in Sicherheit. Ich werde nicht zulassen, daß er dir noch einmal weh tut.«

»Ver... versprochen?«

»Versprochen.«

Jessica seufzte gequält. Einen Moment lang war nichts weiter zu hören als das Pfeifen des Windes. Langsam begann Jessicas Atem sich wieder zu beruhigen.

Durch die geöffnete Tür stürmte Gore ins Zimmer. Sein Gesicht war verschwitzt, und er war jetzt nicht mehr ganz so betrunken wie zuvor; kein Mann kann solch einen Schmerz ertragen, ohne schlagartig nüchtern zu werden.

»Was du brauchst, ist eine Lektion mit dem Stock, du kleines Luder«, fauchte Gore und rannte aufs Bett zu, »und genau das wirst du jetzt bekommen. Mach, daß du aus dem Bett dieses Wilden herauskommst.«

Mit einer einzigen Bewegung schob Wolfe Jessica beiseite und stand auf. Zum ersten Mal fiel ihr auf, daß Wolfe von der Taille an aufwärts vollkommen nackt war – genauso wie von der Taille abwärts. Das Licht der Lampe spielte über seinen Körper und betonte seine Kraft, die sich wie ein Gewitter jeden Moment zu entladen drohte.

»Ihr seid also der Schurke, der meine Jessi überfallen hat?« fragte Wolfe mit leiser Stimme.

Jessica vergaß für einen Moment, daß Wolfe vollkommen nackt war, als sie seine Stimme hörte. Sie hatte ihn noch nie zuvor in diesem Tonfall sprechen hören. Plötzlich wurde ihr klar, daß Wolfe imstande war, jemanden kaltblütig umzubringen... und daß er nicht zögern würde, es hier und jetzt um ihretwillen zu tun.

Bevor Gore antworten konnte, kam Lady Victoria ins Zimmer, gefolgt von Betsy, die außer sich vor Sorge war.

»Es tut mir leid«, sagte Betsy zu Jessica. »Ich konnte einfach nicht zulassen, daß Ihr allein zu Mr. Lonetree geht. Der Mann hat einen schlechten Ruf, was Frauen angeht.«

»Und das zu Recht«, fügte Victoria hinzu, während sie Gores ärgerliche Miene, Jessicas zerrissene Kleidung und Wolfes nackten Körper betrachtete. »Zieht Euch doch endlich etwas an, Wolfe.«

Wolfe beachtete Victoria gar nicht. Seine Hände zuckten nur kurz und legten sich um Gores Hals. Draußen auf dem Gang erklangen erregte Stimmen. Sir Robert betrat als erster das Zimmer.

»Meine Liebste, würdet Ihr mir bitte erklären, was zum Teufel hier... *Wolfe*! Herr im Himmel!«

Robert schlug die Schlafzimmertür hinter sich zu, doch es war schon zu spät. Fünf adlige Herren hatten bereits einen Blick in Wolfes Schlafzimmer geworfen. Beim Morgengrauen würde ganz London von dem Skandal erfahren haben.

Mit grimmiger Entschlossenheit wandte sich Lord Robert wieder den fünf Personen zu, die mit ihm im Zimmer waren. »Laßt Lord Gore los.«

»Ich glaube kaum«, entgegnete Wolfe gelassen. »Der Kerl hat Jessi angegriffen.«

»Ihr seid nicht nur ein Bastard, sondern auch ein Lügner«, sagte Gore.

Er wollte noch etwas hinzufügen, aber Wolfes Hände schlossen sich ein wenig mehr. Mit eiserner Entschlossenheit legten sich seine Daumen auf Gores Halsschlagader. Es dauerte nur wenige Sekunden und

Gore verlor das Bewußtsein. Widerwillig ließ Wolfe los, und Lord Gore fiel schwerfällig zu Boden.

»Um Gottes willen, Wolfe! Ihr habt ihn umgebracht!« sagte Victoria mit angsterfüllter Stimme.

»In Amerika hätte ich keinen Moment gezögert. Doch leider sind wir hier nicht in Amerika.«

»Nicht mehr lange und Ihr findet Euch dort wieder«, sagte Robert. »Verdammt! Ihr habt wirklich eine Neigung zu Skandalen, mein Sohn.«

»Etwas, das ich nicht von meiner Mutter geerbt habe«, sagte Wolfe gelassen. »Skandale bringt die Zivilisation hervor.«

Er drehte sich um, um zu sehen, ob Jessica sich wieder beruhigt hatte. Er sah, wie sich ihre Augen weiteten, als sie an seinem Körper hinunterschaute. Zuerst wurde sie feuerrot, und dann hätte sie beinahe das Gleichgewicht verloren, weil sie das Gesicht so heftig abwandte.

Ungerührt ging Wolfe zum Kleiderschrank und zog sich ein Nachthemd über. Er haßte es, ein Nachthemd zu tragen, aber er wollte Jessica nicht noch mehr in Verlegenheit bringen.

Gore begann zu schnarchen. Robert warf ihm einen ärgerlichen Blick zu, bevor er sich wieder Jessica zuwandte. Er bemühte sich, freundlich zu klingen, aber er war so aufgebracht darüber, seinen Sohn ein zweites Mal zu verlieren, daß seine Stimme kalt und gefühllos klang.

»Ist Wolfe Euer Geliebter?«

Die Frage erinnerte Jessica daran, wie Gore im volltrunkenen Zustand über sie hergefallen war. Sie wurde zuerst blaß und dann rot, und der heftige Wechsel löste ein Schwindelgefühl in ihr aus. Ein kalter Schauder überlief sie, und sie versteckte ihr schamrotes Gesicht in den Handflächen. Noch während sie um Fassung rang, fragte sie sich, ob sie in einem ihrer Alpträume gelandet war, in denen der Wind mit der Stimme einer Frau heulte und das Tageslicht niemals die Dunkelheit vertrieb.

»Ich kann nicht... Sir Robert, ich...«, stammelte Jessica verzweifelt, während sie ihm klarzumachen versuchte, daß sie Gore unmöglich heiraten konnte. »Lieber Gott. Ihr seid so gut zu mir gewesen. Es tut mir leid.«

Ihre Stimme versagte. Ihr elender Zustand überraschte die Stewarts, denn schon damals, als sie als kleine hilflose Waise zu ihnen gekommen war, hatte Jessica stets die Fassung bewahrt.

»Was Jessica damit sagen will«, setzte Wolfe hinzu, während er achtlos sein Nachthemd zuknöpfte, »ist, daß sie nicht meine Geliebte ist.«

»Aber nur weil Betsy rechtzeitig zu mir gekommen ist«, sagte Victoria. »Seitdem Jessica fünfzehn Jahre alt war, habt Ihr sie begehrt.«

Sogar als Wolfe den Mund aufmachte, um das abzustreiten, wußte er genau, daß sie recht hatte. Die plötzliche Erkenntnis, daß er Jessica schon seit Jahren begehrte, ließ ihn verstummen.

»Wolfe...«, seufzte Victoria. »Wenn Ihr Euch schon nicht aus Respekt vor Eurem Vater beherrschen könnt, solltet Ihr Euch wenigstens auf verheiratete Frauen und Huren beschränken.«

»Genug jetzt, Mylady«, sagte Robert. »Wolfe ist mein Sohn. Er kennt seine Pflichten.«

»Und die wären?« fragte Wolfe leise.

»Du hast Lady Jessica verführt. Und jetzt wirst du sie heiraten.«

»Niemand ist hier verführt worden. Gore hat sie angefallen, in einem hysterischen Anfall ist sie in mein Zimmer geflüchtet, und Gore ist ihr gefolgt. Eine Minute später ist Lady Victoria dazugekommen.«

»Jessica«, sagte Robert streng. »Solange du noch Jungfrau bist, läßt sich die Verlobung vielleicht retten. Lord Gore ist sehr angetan von dir.«

Jessica streckte ihre Hände nach Wolfe aus und flüsterte: »Du hast mir versprochen...«

Betretenes Schweigen folgte. Dann sagte Wolfe: »Laßt mich einen Moment mit Jessica allein. Und nehmt das betrunkene Schwein mit.«

Als Victoria protestieren wollte, packte Sir Robert Gore einfach bei den Füßen und schleifte den Mann hinaus auf den Gang. Gore wachte nicht einmal auf. Victoria machte einen großen Schritt über ihn hinweg. Betsy folgte ihrer Herrin. Die Tür fiel schwer ins Schloß. Noch bevor Wolfe etwas sagen konnte, fiel Jessica vor ihm auf die Knie.

»Bitte, Wolfe. Ich flehe dich an. Heirate mich. Laß nicht zu, daß dieser Mann mich bekommt.«

»Bist du noch Jungfrau?« fragte Wolfe mühsam beherrscht.

Jessica starrte ihn entsetzt an. »Lieber Gott, ja! Ich kann es nicht ertragen, wenn mich ein Mann berührt. Der Magen dreht sich mir um, wenn ich nur daran denke.«

»Warum bist du dann zu mir aufs Zimmer gekommen, so wie du angezogen – oder eher ausgezogen – bist?«

»Ich war zufällig so angezogen, als mir klar wurde, daß ich mit dir reden mußte«, sagte sie überrascht. Flehentlich streckte sie die Hand nach ihm aus. Trotz ihrer eisernen Beherrschung zitterten ihre Finger. »Ich wollte dich darum bitten, mich vor Lord Gore zu retten.«

»Das kannst du haben. Trotz allem, was mein Vater glauben mag, kann ich mir kaum vorstellen, daß Lord Gore dich nach dem heutigen Abend noch haben will.«

»Er vielleicht nicht, dafür aber ein anderer. Victoria wird bestimmt eine andere Ehe für mich aushandeln.«

Einen Moment lang schwieg Wolfe. Er konnte den Gedanken nicht ertragen, daß ein anderer Mann Jessica bekommen sollte, auch wenn sich daran kaum etwas ändern ließ. Sogar wenn die Stewarts ihm erlaubten, sie zu heiraten, würde die Heirat ihm zum Verhängnis. Sosehr er sich von Jessica angezogen fühlte, wußte er doch genau, daß sie als Ehefrau für ihn einfach nicht taugte.

»Den richtigen Mann für dich zu finden, gehört zu Lady Victorias Pflichten«, sagte Wolfe mit großer Selbstbeherrschung.

»*Nein*. Lieber läge ich in der kalten Erde, als daß ich einem Mann erlaube, auf mir zu liegen.«

Wolfe betrachtete Jessica überrascht, als er die Entschlossenheit in ihrer Stimme hörte. Sie würde lieber sterben, als sich einem Mann hinzugeben.

Ohne Ausnahme.

»Und doch willst du, daß ich dich heirate«, sagte er mit vorgetäuschter Gleichgültigkeit.

Ein Lächeln spielte um Jessicas Lippen. »Du würdest mich niemals so berühren. Männer wollen nur heiraten, weil sie einen Stammhalter brauchen. Frauen wollen heiraten, weil sie reich werden wollen. Du brauchst keinen Nachkommen und ich brauche kein großes Vermögen.«

Ein bedrohliches Schweigen senkte sich über das Zimmer, als Wolfe klar wurde, was Jessica damit sagen wollte. »Sogar ein Halbblut hat... Bedürfnisse.«

»Was hat deine Abstammung damit zu tun?« fragte sie ungeduldig.

Einen Augenblick lang, in dem gespanntes Schweigen herrschte, sagte Wolfe gar nichts. Mit einem leisen Seufzer wurde ihm klar, daß Jessica ihn nicht mit der Unterstellung verletzen wollte, ein Halbblut wolle womöglich nicht das Bett mit seiner Frau teilen. Sie konnte sich einfach nicht vorstellen, daß ein Mann sich von der Ehe noch etwas anderes als einen Erben versprach.

»Mein liebster Wolfe«, sagte Jessica zärtlich und berührte dabei den Ärmel seines Nachthemds. »Ach, heirate mich doch. Wir bleiben gute Freunde. Ein Leben in Amerika wäre mein Traum – zu jagen und zu fischen und am Lagerfeuer zu sitzen.«

»Mein Gott, es ist dir wirklich ernst.« Er war entsetzt darüber, was für falsche Vorstellungen sie von der Ehe hatte.

»O ja.« Sie lächelte, als die Fesseln der Angst von ihrem Herzen abzufallen begannen. »Ich hatte noch nie mit jemandem soviel Spaß wie mit Euch, mein bester Lord Wolfe. Und jetzt sind wir wieder miteinander vereint. Was könnte schöner sein?«

Er fluchte leise und fuhr sich dann erschöpft mit der Hand durchs schwarze Haar. »Hast du mir eine Falle gestellt, Jessi? Hast du deine Zofe losgeschickt, um Lady Victoria als Zeugin zu holen, während du zu mir ins Zimmer gekommen bist, als wärest du auf dem Weg zu deinem Geliebten?«

Jessica schüttelte heftig den Kopf. Die Bewegung ließ das Licht der Lampe wie Feuerwerk in ihrem langen Haar aufleuchten.

»Nein, ich habe mir das nicht vorher ausgedacht.« Sie holte tief Luft. »Doch jetzt werde ich auf das Grab meiner Mutter schwören, daß wir das Bett miteinander geteilt haben. Dann mußt du mich einfach heiraten. Dann werde ich frei sein.«

»Und was wird aus mir? Was wird aus meiner Freiheit?«

Mit klaren, leuchtenden Augen schaute Jessica zu Wolfe auf. »Auch daran habe ich gedacht. Ich werde nichts von dir verlangen. Du kannst kommen und gehen, wie es dir gefällt. Wenn du eine Jagdgefährtin brauchst, werde ich mit dir kommen. Wenn du lieber allein unterwegs bist, werde ich mich nicht beklagen. Wenn du eine bestimmte Fliege zum Fischen brauchst, werde ich sie für dich festbinden.«

»Jessi...«

Sie redete weiter, ohne Wolfe zu beachten. »Wenn du mit jemandem reden willst, werde ich für dich dasein. Wenn du Ruhe brauchst, werde ich das Zimmer verlassen. Ich werde dafür sorgen, daß dein Haushalt gut geführt ist und nur Essen auf dem Tisch steht, das dir schmeckt. Und nach dem Essen werde ich dir das Brandyglas mit den Händen anwärmen, bis der Duft aus der Kristallschale aufsteigt, und dann gebe ich sie dir und wir sitzen zusammen da und der Sturm kann nicht hereinkommen...«

Stille breitete sich im Zimmer aus wie das Licht einer Kerzenflamme, die vom Wind angefacht wird. Wolfe blieb nichts anderes übrig, als Jessica den Rücken zuzudrehen. Nur so konnte er verhindern, daß er die Geduld verlor und so wütend wurde wie noch nie zuvor in seinem Leben.

»Jessi«, sagte er schließlich mit leiser Stimme. »Das Leben, das du gerade beschrieben hast, ist das eines englischen Lords und seiner Frau. Ich bin kein Lord. Meine Frau wird in Amerika leben. Sie kann nicht erwarten, das Leben einer feinen Dame zu führen.«

»Ich liebe Amerika. Ich kann es kaum erwarten, das hohe Gras und die mächtigen Büffel wiederzusehen. Wie habe ich den weiten Himmel vermißt! Betsy hat mir beigebracht, wie man sich in Amerika benimmt. Wenn sie mir hilft, kann man kaum noch meinen englischen Akzent heraushören. Ich habe mir große Mühe gegeben, eine waschechte Amerikanerin aus mir zu machen.« Jessicas Stimme klang todernst. »Ich habe schon damit gerechnet, daß du nicht willst, daß wir in England leben.«

Wolfe wirbelte herum. »Du hast mir also doch eine Falle gestellt!«

Jessica senkte den Kopf und betrachtete ihre fest verflochtenen Finger. »Nein, Lord Wolfe. Als mir klar wurde, daß Victoria mich unbedingt verheiraten wollte, versuchte ich mir vorzustellen, wie es wäre, ganz und gar einem Mann zu gehören. Und da ich mir einfach nicht vorstellen konnte, einem anderen als dir zu gehören, mußte ich lernen, was es bedeutet, wenn ich dir gehören will. Wie du siehst, habe ich mir bereits Gedanken darüber gemacht.«

Als Wolfe dazu schwieg, sah sie noch einmal mit leuchtenden, flehenden Augen zu ihm auf. »Ich will Sir Robert nicht enttäuschen. Ich will Lady Victoria nicht belügen. Und ich will dich nicht zur Heirat zwingen.«

»Und doch würdest du keine Sekunde zögern.«

»Nur wenn es sein muß.«

Wolfe stieß einen leisen Fluch aus, doch die Worte verloren sich im langgezogenen Heulen des Sturms. Jessica setzte sich gerade hin, legte die zitternden Hände ineinander und wartete.

Als Wolfe sich endlich rührte, kam die Bewegung so plötzlich, daß Jessica vor Schreck zusammenzuckte. Er ging zur Schlafzimmertür, öffnete sie und schaute direkt in zwei Paar Augen, die ihn voll ängstlicher Erwartung anstarrten. Betsy und der schläfrige Lord Gore waren verschwunden. Während die Stewarts das Schlafzimmer betraten und die Tür hinter sich schlossen, betrachteten sie zuerst Wolfes ausdruckslose Miene und dann Jessicas Ausdruck verzweifelter Entschlossenheit.

»Also?« wollte Robert wissen.

»Lady Jessica ist fest entschlossen zu beschwören, daß ich ihr meinen Willen aufgezwungen habe«, sagte Wolfe mit eisiger Stimme. »Was nicht stimmt.«

Robert wandte sich an Jessica. »Sagt er die Wahrheit.«

»Entweder werde ich Wolfe heiraten«, sagte sie mit leiser Stimme, »oder ich werde überhaupt nicht heiraten.«

»Teufel noch mal«, murmelte Sir Robert. Dann wandte er sich wieder an Wolfe. »Was sollen wir jetzt machen?«

»Was Ihr in solchen Fällen immer gemacht habt: laßt dem kleinen adligen Biest seinen Willen.«

»Ihr werdet sie heiraten?«

»Wenn Ihr es wünscht«, knurrte Wolfe. »Lady Jessica hat allerdings eine Menge romantischer Kleinmädchenfantasien, was das Leben im Westen betrifft.«

»Fantasien würde ich es nicht gerade nennen«, sagte Jessica. »Ich war schon einmal jenseits des Mississippi. Ich weiß genau, was mich erwartet.«

»Das wäre zu schön, um wahr zu sein«, sagte Wolfe. »Du stellst dir das Leben dort wie einen langen Jagdausflug vor. Und das ist es nicht. Selbst wenn ich es könnte, würde ich mir solche Dinge nicht leisten.«

Victoria betrachtete zuerst ihr widerspenstiges Mündel, dann Wolfes grimmiges Gesicht. Sie lächelte und begann dann leise zu lachen. »Ach, Wolfe. Euer Verstand ist scharf wie ein Dolch. Doch leider ist Jessica mindestens genauso schlau wie Ihr und dazu noch so unnachgiebig wie schottischer Granit.«

Wolfe knurrte: »Ich bin noch ein ganzes Stück unnachgiebiger als ein Fels. Lady Jessica wird schon bald einsehen, daß die Ehe mit mir kein langer Jagdausflug mit allen Annehmlichkeiten ist – da gibt es kein

Porzellan und kein Tafelsilber. Und es gibt keine Bediensteten, die einem die Büffel zutreiben, bevor man sie abschießt. Wenn sie durchhält, bis wir meine Heimat am Fuß der Rockies erreicht haben, wäre ich sehr überrascht.«

Jessica richtete sich zu ihrer vollen Größe auf, als sie die Wut und Herablassung in Wolfes Stimme hörte. Der Blick, den er ihr aus seinen dunklen Augen zuwarf, war kaum viel freundlicher.

»Wenn sie ihre Dummheit eingesehen hat«, fuhr Wolfe fort, indem er sich wieder Victoria zuwandte, »werde ich die Ehe für ungültig erklären lassen und sie genauso wieder zurückschicken, wie ich sie bekommen habe – vollkommen unberührt.«

»Oh, ich will doch hoffen, nicht *ganz und gar* unberührt«, sagte Victoria amüsiert. »Bring der starrsinnigen kleinen Nonne bei, daß sie die Männer nicht zu fürchten braucht. Dann seid ihr beide frei.«

Wolfe drehte Victoria den Rücken zu und betrachtete Jessica mit kalten, indigofarbenen Augen. »Es ist noch nicht zu spät, dieser Farce ein Ende zu setzen, Mylady. Ihr werdet bald vom gemeinen Leben mit einem gemeinen Mann genug haben.«

»Vom Leben mit Euch werde ich niemals genug haben.« Es klang wie ein Schwur, und jedes einzelne Wort davon war Jessica todernst.

»So sei es also«, sagte Wolfe.

Und auch das war ein Schwur.

1

St. Joseph, Missouri
Frühling 1867

»Seid doch vernünftig, Lord Wolfe. Es war immerhin nicht meine Idee, Betsy und die anderen Bediensteten gehen zu lassen.«

»Ich bin kein Lord. Ich bin nichts weiter als ein Halbblut; das weißt du ganz genau.«

»Wie konnte ich das nur vergessen?« murmelte Jessica leise vor sich hin. »Autsch, das zwickt.«

»Dann hör auf, dich zu winden wie ein Wurm am Haken. Wir haben noch zwanzig Knöpfe vor uns, und jeder einzelne ist so winzig wie eine Erbse. Verdammt noch mal! Welcher Idiot hat sich dieses Kleid ausgedacht, in das man einer Frau erst hineinhelfen muß?«

Und wieder heraus.

Das war der eigentliche Haken an der ganzen Geschichte. Wolfe wußte genau, daß irgendwann der Moment kommen würde, in dem er jeden einzelnen der mattschwarz schimmernden Knöpfe wieder aufmachen mußte. Und mit jedem Knopf würde er etwas mehr zarte Haut und edle Spitzenunterwäsche zu sehen bekommen. Sie war zierlich wie ein kleines Elfchen und reichte ihm kaum bis zur Brust, doch sein ungezügeltes Verlangen nach ihr drohte ihn jedesmal in die Knie zu zwingen. Sie stand gerade und aufrecht wie eine Tänzerin. Ihr Rücken hatte die sanfte Rundung einer offenen Flamme; und wie eine Flamme brannte tief in seinem Inneren sein ungestilltes Verlangen nach ihr.

»Es tut mir leid«, sagte Jessica unglücklich, als sie den ärgerlichen Tonfall in Wolfes Stimme hörte. »Ich hatte gehofft...«

»Hör verdammt noch mal auf zu flüstern. Wenn du etwas zu sagen hast, sag es einfach, und zum Teufel mit all dem aristokratischen Gehabe und dem ewigen Flüstern! Man muß sich ja jedesmal vorbeugen, wenn man etwas verstehen will.«

»Ich dachte, du würdest dich vielleicht freuen, mich zu sehen«, sagte Jessica laut und deutlich. »In all den Monaten, seitdem wir vor den Altar getreten sind, habe ich dich nicht einmal zu Gesicht bekommen. Du hast mich nicht einmal gefragt, wie meine Überfahrt war oder die Bahnfahrt quer durch die Vereinigten Staaten oder...«

»Du hast versprochen, du würdest dich nicht beklagen, wenn ich dich allein lasse«, fuhr ihr Wolfe ungeduldig dazwischen. »Fangt Ihr etwa schon damit an, Euch zu beklagen, Lady Jessica?«

Jessica kämpfte gegen eine Welle der Verzweiflung an. So hatte sie sich das Zusammentreffen mit Wolfe nicht vorgestellt. Sie hatte sich darauf gefreut, mit ihm zusammen auf dem Rücken reinrassiger Pferde über die endlose amerikanische Prärie zu reiten. Sie hatte sich darauf gefreut, die Tage mit ihm zu verbringen, mit ihm zu reden und zu schweigen und unter dem klaren amerikanischen Sternenhimmel mit ihm am Lagerfeuer zu sitzen. Doch vor allem hatte sie sich darauf gefreut, Wolfe selbst wiederzusehen.

»Als ich den Brief bekommen habe, in dem du mich darum gebeten hast, mich hier mit dir zu treffen«, sagte sie, »dachte ich, du hättest deine Verstimmung überwunden.«

»Meine Verstimmung. Na, wenn das kein vornehmer Ausdruck ist!« Seine Finger berührten ihre warme Haut. Mit einem wilden Fluch zuckte er zusammen. »Ihr kennt mich nicht besonders gut, Mylady. Ich war nicht verstimmt. Ich war stinkwütend. Und das werde ich auch so lange bleiben, bis Ihr erwachsen werdet, unsere Ehe für ungültig erklären laßt und nach England zurückgeht, wo Ihr hingehört.«

»Da kennst du mich aber schlecht. Du dachtest wohl, ich würde aufgeben und um eine Annullierung unserer Ehe bitten, sobald ich erfahre, daß ich die Reise nach Amerika allein antreten muß.«

Wolfe stieß ein unterdrücktes Knurren aus. Genau das war sein Plan gewesen. Doch Jessica hatte ihn überrascht. Sie hatte sich selbst um ihre Überfahrt gekümmert. Mit der bescheidenen Mitgift, die ihr nach ihrer Heirat zustand, hatte sie zwei Bedienstete angestellt. Dann hatte sie mutterseelenallein die Überfahrt über den Atlantik angetreten.

»Ich bezweifle, daß Euch das Reisen mit mir so gut gefallen wird wie die Überfahrt. Nicht daß Ihr etwa wirklich auf Euch allein gestellt gewesen wärt, Mylady. Euer kleiner Hofstaat hat sich bisher um alles gekümmert. Verdammt noch mal, kannst du vielleicht aufpassen, daß mir dein Haar nicht dauernd im Weg ist?« fragte er ärgerlich, als sie eine seidige Locke fallen ließ, die ihm durch die Finger glitt.

Jessicas Arme waren schwer von der Last ihrer Haare, die sie mit beiden Händen auf dem Kopf zusammenhielt. Während sie die entflohene Locke wieder einfing, sagte sie: »Eine Zofe und zwei Lakaien sind noch lange kein Hofstaat.«

»In Amerika schon. Eine echte Amerikanerin kümmert sich selbst und ohne fremde Hilfe um sich und ihren Mann.«

»Betsy hat mir aber erzählt, daß sie in einem Haushalt mit zwanzig Bediensteten gearbeitet hat.«

»Dann muß Betsy wohl für einen Kredithai gearbeitet haben.«

»Das glaube ich kaum. Der Mann hat Geld verliehen und nicht mit Fischen gehandelt.«

Wolfe gab sich redliche Mühe, seinen Drang, laut loszulachen, nicht die Oberhand über seinen Ärger gewinnen zu lassen. Es gelang ihm so gerade. »Ein Kredithai ist eine Art Dieb«, erklärte er.

»Genau wie jemand, der Geld verleiht.«

Mühsam unterdrückte Wolfe sein Lachen.

»Du mußt doch wohl nicht etwa lachen?« Jessicas Stimme verriet, wie erleichtert und glücklich sie war, als sie sich nach ihm umdrehte. »Siehst du? Es ist gar nicht so schlimm, mit mir verheiratet zu sein.«

Der zurückhaltende Ausdruck in Wolfes Gesicht kehrte sofort wieder. Alles, was er in diesem Moment vor sich sah, waren ein halboffenes Kleid und die zierlichen Formen eines weiblichen Halses. Wie schade, daß Jessica in Wirklichkeit gar keine Frau war. Sie war eine unterkühlte, verzogene englische Aristokratin. Genau diese Art von Frau hatte er im Laufe seines Lebens zu verachten gelernt. Alles, was diese juwelengeschmückten adligen Damen an ihm interessierte, war die Aussicht, sich zur Abwechslung einmal mit einem Wilden im Bett zu vergnügen.

»Wolfe«, flüsterte Jessica und schaute ihn fragend an. Sein Gesicht schien plötzlich fremd und unnahbar.

»Dreh dich um. Wenn ich dieses verdammte Ding nicht rechtzeitig in den Griff bekomme, sind unsere Plätze vielleicht schon besetzt.«

»Aber ich bin doch gar nicht richtig fürs Theater angezogen.«

»Theater?« Wolfe brauchte einen Augenblick, bis er begriff, was sie meinte. »Die Postkutsche. Dafür bist du ja nun leider auch nicht passend angezogen. Deine Röcke allein nehmen die halbe Sitzbank ein.«

»Postkutsche?«

»Ja, Mylady«, sagte Wolfe spöttisch. »Ein Fortbewegungsmittel mit vier Rädern, Pferden, einem Kutscher...«

»Nun hör schon auf. Ich weiß selber, was eine Postkutsche ist«, unterbrach ihn Jessica. »Ich war nur etwas überrascht. Früher sind wir meistens geritten.«

»Früher warst du auch eine vornehme kleine Dame. Jetzt bist du nur eine einfache Amerikanerin. Wenn du genug davon bekommst, weißt du ja, was du zu tun hast.«

Wolfe wandte sich wieder den Knöpfen zu. Er sah, daß sie ein goldenes Kettchen trug. Er wußte noch genau, wann er es ihr geschenkt hatte. Dieses Kettchen mit dem Medaillon war für ihn zu einem Symbol einer Zeit geworden, die niemals wiederkehren würde; einer Zeit, in der er und das kleine rothaarige Mädchen an seiner Seite unbeschwert ihre Freiheit genießen konnten.

Schweigend knöpfte Wolfe Jessicas Kleid zu, während er leise vor sich hin fluchte.

»Na bitte«, sagte er schließlich erleichtert und trat einen Schritt zurück. »Wo sind deine Koffer?«

»Meine Koffer?« fragte sie geistesabwesend. Am liebsten hätte sie vor Erleichterung laut aufgestöhnt, als sie die schwere Last ihrer Haare nicht mehr über dem Kopf zusammenhalten mußte.

»Irgendwo müssen deine Kleider doch sein. Wo sind deine Koffer?«

»Koffer?«

»Lady Jessica, wenn ich mir einen Papagei gewünscht hätte, wäre ich zur See gefahren. Wo sind deine verdammten Koffer?«

»Ich weiß nicht genau«, gab sie zu. »Meine Kammerdiener haben sich um alles gekümmert, nachdem Betsy ausgepackt hat.«

Wolfe fuhr sich mit der Hand durchs Haar und gab sich redliche Mühe, Jessica in ihrem eisblauen Kleid mit ihrem feuerroten Haar nicht weiter zu beachten.

»Das hilft uns verdammt noch mal auch nicht weiter.«

»Es führt uns auch nicht weiter, wenn du mich anschreist,« sagte sie beleidigt.

»Da wäre ich mir nicht so sicher.«

Wütend marschierte Wolfe aus dem Hotelzimmer und schlug die Tür hinter sich zu.

Kaum hatte Jessica eine gleichgültige Miene aufgesetzt, um ihre Unzufriedenheit zu verbergen, kam Wolfe auch schon mit einem Koffer auf jeder Schulter zurück. Ihm folgten zwei grobschlächtige Burschen, die kaum älter als vierzehn waren. Jeder von ihnen trug zwei leere Koffer. Die jungen Männer stellten ihre Last ab und betrachteten neugierig die elegant gekleidete Dame, die bis zu den Hüften von einem schimmernden Vorhang aus Haaren umgeben war.

»Vielen Dank«, sagte Wolfe zu den Burschen, als sie die Koffer abstellten.

»War uns ein Vergnügen«, sagte der jüngere der beiden. »Wir haben gehört, daß eine echte englische Lady in der Stadt sein soll. Hätte nie gedacht, daß wir sie mit eigenen Augen zu sehen kriegen.«

»Eigentlich bin ich schottischer Abstammung.«

Der Junge lächelte verlegen. »Ihr seid so hübsch wie ein kleines Kätzchen, das in einem samtgefütterten Körbchen sitzt. Wenn Ihr die Koffer nicht allein zur Postkutsche tragen wollt, ruft einfach nach uns. Wir helfen immer gerne.«

Jessica wurde rot, als sie hörte, wie der Junge sie anhimmelte. »Das ist sehr nett von euch.«

Wolfe knurrte mißtrauisch und warf den Jungen einen Blick zu, der sie dazu brachte, sich schleunigst zu verabschieden. Der Mutigere von beiden drehte sich noch einmal um und tippte sich an die Mütze, bevor er die Tür hinter sich zumachte.

»Am besten bindest du dir die Haare zusammen«, sagte Wolfe mürrisch. »Sogar in Amerika läßt eine Frau außer ihrer Familie niemanden ihr bis zur Hüfte herabfallendes offenes Haar sehen.«

Wortlos ging Jessica zum Ankleidetisch hinüber und ergriff eine der Haarbürsten, die Betsy bereitgelegt hatte, bevor sie ging. Aus dem Augenwinkel sah Wolfe zu, wie Jessica anfing, sich das Haar zu bürsten. Dabei stellte er widerwillig fest, daß es ihm gefiel, wenn Jessica sich in seiner Gegenwart so ungezwungen verhielt. Ihr offenes Haar war ein Vertrauensbeweis.

Nach einigen Minuten wurde ihm klar, daß Jessica mit der Bürste unzufrieden war. Sie nahm den Griff abwechselnd in die eine oder die andere Hand und versuchte so, ihr seidiges, unbändiges Haar in den Griff zu bekommen. Zweimal ließ sie die Bürste dabei fallen. Beim dritten Mal fing Wolfe die Bürste auf, fuhr mit den Fingerspitzen über den Griff aus Elfenbein und sah Jessica neugierig an.

»Der Griff mag zwar glatt sein, aber so glatt ist er nun auch wieder nicht«, sagte er, als er ihr die Bürste in die Hand drückte.

»Danke.« Jessica betrachtete das widerspenstige Werkzeug, das zu nichts anderem zu taugen schien, als um ihr Haar aufzuladen, so daß es vor Spannung knisterte und hochstand. »Ich weiß auch nicht, was ich falsch mache. Betsy hatte damit nie Probleme.«

»Betsy hatte damit nie Probleme...« Wolfes Stimme erstarb.

»Du hast recht. In diesem Zimmer scheint sich ein Papagei versteckt zu haben«, sagte Jessica, ohne mit der Wimper zu zucken.

»Mein Gott! Du weißt nicht einmal, wie du dir allein die Haare kämmen sollst!«

»Selbstverständlich nicht. Das war Betsys Aufgabe, die sie stets zu meiner vollsten Zufriedenheit erledigt hat.« Jessica sah vorsichtig zu Wolfe hinüber. Sein Gesichtsausdruck verriet Betroffenheit. »Ich vermute, daß amerikanische Frauen ihre Toilette ohne fremde Hilfe bewältigen?«

»O Gott!«

»Aha, dann hat es also etwas mit der Religion zu tun.« Jessica seufzte. »Also gut, wenn das hier jede x-beliebige Betsy oder Abigail alleine kann, werde ich es wohl auch schaffen. Gib mir bitte die Bürste.«

Wolfe war zu überrascht, um ihr zu widersprechen. Benommen sah er zu, wie sich Jessica unbeholfen und mit wilder Entschlossenheit mit der Bürste durchs Haar fuhr. Jeder voreilige Bürstenstrich führte zu einem weiteren Aufflackern statischer Elektrizität. Knisternd stellte sich ihr Haar auf und blieb an allem kleben, was gerade in Reichweite war.

Wolfes Hand gehörte zu den Gegenständen, an denen ihr Haar klebenblieb. Feine Strähnen wickelten sich um sein Handgelenk und blieben wie verliebt daran kleben. Es war ein unbeschreibliches Gefühl. Sein Herzschlag beschleunigte sich. Fluchend riß er die Hand zurück und zog ihr dabei unabsichtlich an den Haaren.

Überrascht holte Jessica tief Luft. Tränen schossen ihr in die Augen. »War das wirklich nötig?«

»Ich habe es ja nicht mit Absicht getan. Dein Haar hat mich angegriffen.«

»Angegriffen?«

»Du hast recht. Wir müssen wirklich etwas gegen diesen komischen Papagei unternehmen.«

Sie drehte sich um und sah, daß ihr Haar sich um sein Handgelenk gewickelt und sich in seinen Manschettenknöpfen verfangen hatte.

»Hat es vielleicht auch noch scharfe Zähne?«

»Wie bitte?«

»Betsy hat mich davor gewarnt, daß mein Haar einen unbändigen Hunger auf Knöpfe hat«, sagte Jessica mit todernster Miene, »aber von Menschenfleisch hat sie nie etwas erwähnt. Ich hoffe, deine Wunde ist nicht tödlich.«

Wolfes Schultern zuckten, als er versuchte, sich das Lachen zu verkneifen. Schmunzelnd löste er eine Haarsträhne nach der anderen von seinen Manschettenknöpfen.

»Vielleicht sollte ich das übernehmen«, sagte sie. »Die roten Strähnen beißen nämlich, wenn man sie erschreckt.«

Wolfe gab auf und prustete los. Obwohl er genau wußte, daß er sich in diesem Moment zum Narren machte, konnte er nichts dagegen tun. Von allen Menschen, die er kannte, konnte nur Jessica ihn so zum Lachen bringen.

»Verdammt noch mal, Elfchen...«

Lächelnd ergriff Jessica Wolfes Hand. Die flüchtige Berührung ließ ihn zusammenzucken, aber er sagte nichts. Als sie endlich seine Kleidung von den letzten seidigen Strähnen befreit hatte, ging er zum Tisch hinüber und goß sich Wasser aus der Karaffe über die Hände. Er schüttelte die Tropfen ab und kam wieder zu Jessica zurück.

»Bleib ganz still stehen.«

Langsam fuhr er ihr vom Kopf bis zu den Hüften mit den feuchten Händen durchs Haar. Es dauerte nicht lange und ihr Haar ließ sich gehorsam in Wellen legen.

»Gib mir die Bürste«, sagte Wolfe.

Seine Stimme war leise und klang beinahe ein wenig heiser. Seine

Augen leuchteten. Er befeuchtete die Bürste noch einmal und machte sich dann erneut an die Arbeit. Im Gegensatz zu Jessicas Zofe stellte er sich jedoch vor sie, während er ihr das Haar bürstete.

»Wolfe?«

»Hmm?«

»Meine Zofe steht dabei aber immer hinter mir.«

»Da sind mir zu viele Knöpfe. Ich will ja die Bestie nicht wieder wecken.«

Neugierig schaute Jessica zu Wolfe auf, als sie den zärtlichen Unterton in seiner Stimme hörte. Ihr Atem stockte, als ihr bewußt wurde, daß sie Wolfe näher war als an jenem Abend ihres zwanzigsten Geburtstages. In Gegenwart anderer Männer fühlte sie sich unbehaglich, aber als sie mit Wolfe getanzt hatte, störte sie der Walzer und seine Förmlichkeit. Sie fühlte sich daran gehindert, sich enger an ihn zu schmiegen.

Fasziniert beobachtete sie, wie die Ader an seinem Hals pochte. Wenn sie sich auf die Zehenspitzen stellte und sich ein wenig vorbeugte, konnte sie mit ausgestreckter Hand seinen Herzschlag fühlen.

»Hat das weh getan?« fragte er.

»Weh getan?«

»Mein kleiner rothaariger Papagei«, murmelte er. Er faßte mit der Hand in ihr Haar und kämmte es nach hinten, wobei er leicht über ihre Brüste strich. Während er weitersprach, fuhr er langsam mit den Fingern bis zu den äußersten Spitzen hindurch. »Als du diesen seltsamen kleinen Laut von dir gegeben hast, dachte ich schon, ich hätte dir wieder weh getan.«

Langsam schüttelte sie den Kopf, und die kühle Seide ihres offenen Haars floß durch Wolfes Hände. »Nein. Ich habe nur nachgedacht.«

»Worüber hast du nachgedacht?«

»Mir ist noch nie aufgefallen, wie die Ader an deinem Hals pocht. Als es mir auffiel, hätte ich sie am liebsten mit den Fingerspitzen berührt, um zu spüren, wie das Leben unter deiner Haut pulsiert...«

Wolfes Hand zuckte zurück, und sein Herzschlag beschleunigte sich.

Die plötzliche Bewegung führte beinahe dazu, daß er ihre Brüste noch einmal berührt hätte. Er hörte auf, ihr Haar zu bürsten.

»Gefährliche Gedanken, Jessi.«

»Weshalb?«

»Weil es einen Mann dazu bringt, sich zu wünschen, daß du ihn auf eine ganz andere Art berührst.«

»Und warum ist das gefährlich?«

Wolfe schaute in Jessicas helle Augen und wußte genau, daß sie nicht die leiseste Ahnung hatte, wie sehr ihre Worte einen Mann um den Verstand bringen konnten.

Bring der starrsinnigen kleinen Nonne bei, daß sie vor der Berührung eines Mannes keine Angst zu haben braucht. Dann werdet ihr beide frei sein.

Wolfe fragte, ob Jessica auch diesmal nur Spaß machen wollte. Als sie ihn damit aufzog, daß er ihr offenes, seidiges Haar nicht bändigen konnte, war das nichts weiter als gutmütiger Spott gewesen. Doch langsam wurde ihm klar, daß sie ihn diesmal nicht aufzuziehen versuchte. Sie wußte wirklich nicht, was er meinte. Das Ausmaß ihrer Unwissenheit erstaunte ihn. Die adligen Damen, die er in England kennengelernt hatte, legten sich so oft einen neuen Liebhaber zu, wie ein Berufsspieler neue Karten zieht – wann immer es ihnen gerade paßte und ohne jede innere Anteilnahme.

»Hast du jemals einen Mann so berührt, daß du seinen Pulsschlag spüren konntest?« fragte Wolfe und fuhr fort, ihr Haar zu bürsten.

»Nein.«

»Und warum nicht? Wo du es doch so faszinierend findest?«

»Es war mir noch nie zuvor aufgefallen. Und selbst wenn, hätte ich wahrscheinlich nichts unternommen.«

»Warum nicht?«

»Ich müßte einem Mann ziemlich nahe kommen, um ihn zu berühren«, sagte Jessica. »Und die Vorstellung ekelt mich an.«

»Du bist mir ziemlich nahe. Und ich bin auch ein Mann.«

»Ja schon, aber du bist mein guter alter Lord Wolfe. Als der Sturm mich in seinen Klauen hielt, hast du mich gerettet und den Donner von mir ferngehalten. Als mich andere Kinder wegen meiner bürgerlichen Abstammung verspottet haben, bist du gekommen und hast dem Spott ein Ende gesetzt. Du hast mir beigebracht, wie man schießt, reitet und fischt. Und gleichgültig, wie sehr ich dir auch auf die Nerven gegangen bin, bist du nie grausam zu deinem kleinen Elfchen gewesen.«

»Nur wenige Männer bringen es über sich, grausam zu Elfen zu sein.«

Ein leises, lustvolles Schaudern überlief Jessica, als Wolfe sich wieder daranmachte, ihr Haar zu bürsten.

»Du zitterst ja. Möchtest du etwas zum Überziehen?«

»Es war Wohlbehagen, das mich zittern ließ, nicht Kälte.«

Und wieder zögerte Wolfe, als ihm klar wurde, was Jessica damit gemeint haben könnte.

»Hat dir Lady Victoria beigebracht, so zu flirten?« fragte er neugierig.

»Ein Flirt besteht aus falschen Seufzern und kleinen Lügen. Ich sage nur die Wahrheit. Wenn Betsy mir die Haare gebürstet hat, hat es sich nie so gut angefühlt.«

Für eine Weile herrschte Stille. Nur das leise Flüstern der weichen Borsten in Jessicas Haar war zu hören. Schließlich legte Wolfe die Bürste beiseite und drehte Jessica herum, bis sie mit dem Rücken zu ihm saß. Dann trennte er die dunkelrote Pracht ihres Haars in drei gleich große Teile. Als seine Hände ihren Nacken berührten, lief ihr noch einmal ein angenehmer Schauder den Rücken hinunter.

»Wie schade, daß wir als Mann und Frau nicht füreinander taugen«, sagte Wolfe leise, während er sich daranmachte, ihr Haar zu einem dicken Zopf zu flechten. »Du bist eine leidenschaftliche Frau, Jessi.«

Unvermittelt versteifte sich ihr Körper. »Das glaube ich kaum«, sagte sie überdeutlich. »Bei der Vorstellung, mich einem Mann hinzugeben, dreht sich mir der Magen um.«

»Weshalb?«

Die harmlose Frage brachte Jessica aus der Fassung. »Würde es dir vielleicht gefallen, wenn ein Mann so etwas mit dir macht?«

»Ein Mann?« lachte Wolfe. »Nein, ein Mann bestimmt nicht. Eine Frau dagegen... na ja, das wäre natürlich etwas ganz anderes.«

»Für einen Mann vielleicht«, erwiderte sie. »Männer sind stark und können nein sagen, wenn es ihnen gerade nicht paßt. Und wenn es endlich vorbei ist, sind sie es nicht, die heulend auf dem Bett liegen. Oder vor Schmerzen laut schreien, wenn Monate später das aus ihnen herauswill, was jemand anderes in sie eingepflanzt hat.«

»Jemand hat dir einen Haufen Unfug erzählt. So ist es ja nun wirklich nicht.«

»Jedenfalls nicht für einen Mann.«

»Für eine Frau auch nicht.«

»Und aus welcher reichen Quelle der Weisheit beziehst du deine Kenntnis?« fragte Jessica erbittert. »Hast du schon einmal einer Frau bei der Geburt beigestanden?«

»Natürlich nicht. Genausowenig wie du. Reich mir doch mal die hellblaue Schleife dort.«

»Habe ich wohl«, entgegnete sie, ergriff die Schleife und hielt sie Wolfe hin.

»Wie bitte?« Ich kann mir kaum vorstellen, daß Victoria das erlaubt hat.«

»Das war, bevor ich zu ihnen gezogen bin.«

Wolfes Hand hielt kurz inne. Dann nahm er die Schleife und begann sie ihr in den Zopf zu binden.

»Du warst erst neun Jahre alt, als Lady Victoria zu deinem Vormund ernannt wurde. Was hatte so ein junges Mädchen bei einer Geburt zu suchen?«

Jessica zuckte die Achseln. »Ich war die Älteste. Meine Mutter hatte noch mehrere Geburten durchzustehen, bevor die Cholera ihrem Leben ein Ende gesetzt hat.«

»Du hast mir nie erzählt, daß du noch Brüder und Schwestern hast.«

»Habe ich auch nicht.« Ein unkontrollierbares Schaudern überlief Jessica, als die alten Erinnerungen in ihr wach wurden; Erinnerungen, die sie schon vor Jahren in ihre schlimmsten Alpträume verbannt hatte.

»Jessi«, sagte Wolfe. Mit der Fingerspitze berührte er sanft die Biegung ihres Halses. »Ein junges Mädchen begreift oft nicht, was sie sieht, besonders wenn es sich um das Geheimnis der Geburt oder um Sex handelt. Aber wenn es wirklich alles so schlimm wäre, würde keine Frau mehr als ein Kind bekommen wollen.«

»Jedenfalls nicht mit Absicht. Ist dir noch nie aufgefallen, mein bester Wolfe, daß Männer nicht nur wesentlich stärker sind als Frauen, sondern auch viel öfter in Stimmung?« Unvermittelt fuhr sich Jessica mit beiden Händen über die Arme, um ihre kalte Haut zu massieren. »Du hast recht. Es ist kühl hier drinnen. Wo hat wohl Betsy meinen chinesischen Schal abgelegt? Siehst du ihn irgendwo, Wolfe?«

Einen Atemzug lang gab er keine Antwort. Dann fand er sich seufzend mit dem plötzlichen Themawechsel ab. »Ich hole ihn dir, sobald ich dein Haar geflochten habe.«

Jessica drehte sich um und sah Wolfe über die Schulter hinweg an. Sie lächelte, aber ihre Lippen waren farblos. »Danke, Mylord.«

»Ich bin kein Lord.« Der Einwand kam automatisch, doch sein Ärger war verflogen. Er hatte die Angst in ihren Augen gesehen, und den Ausdruck der Dankbarkeit, der sich darunter verbarg.

»Danke, mein Liebster.«

»Dein Liebster bin ich genausowenig. Eine Frau teilt mit ihrem Mann das Bett. Oder hast du vielleicht vor, dich an das schottische Ehegelöbnis zu halten, das wir voreinander abgelegt haben?«

»Wie bitte?«

»Mit meinem Körper werde ich dir beistehen«, zitierte Wolfe leise. »Hast du vor, mir mit deinem Körper beizustehen, meine Liebste?«

Jessica drehte sich ruckartig um, doch es gelang ihr nicht zu verhindern, daß Wolfe den Ausdruck des Entsetzens in ihren Augen sah. Zu wissen, daß er sie als Mann abstieß, ließ kalte Wut in Wolfe aufkommen, die genauso tief saß wie das Begehren. Zu wissen, daß er jetzt eine Waffe besaß, um Jessica zur Annullierung der Ehe zu zwingen, hätte ihm eigentlich Freude bereiten müssen, aber dem war nicht so.

»Was wäre, wenn ich auf meinen ehelichen Rechten bestehen würde?«

Sie zuckte zusammen, sagte aber sofort: »Das würdest du nicht wagen.«

»Du bist dir deiner Sache ziemlich sicher.«

»Du wolltest mich nicht heiraten. Wenn du mir jetzt deinen Willen aufzwingst, kannst du nicht nach Annullierung schreien.«

Wolfes Gesicht verzog sich zu einer Miene der Bitterkeit. »Ihr habt recht, Lady Jessica. Ich würde mich Euch nie aufzwingen. Ich will mir nicht für den Rest meines Lebens eine Person aufhalsen, die so verwöhnt und hilflos ist, daß sie sich nicht einmal allein die Haare kämmen kann.«

Mit wenigen, ungeduldigen Bewegungen band er die Schleife in ihr Haar.

»Wolfe, ich ...«

»Pack jetzt deine Sachen«, unterbrach er sie. Mit grimmiger Freude sah er den Ausdruck der Überraschung und Unsicherheit in ihren Zügen. »Du weißt nicht, wie man einen Koffer packt? Na, so was! Dir bleibt nicht mehr viel Zeit, Jessica. Die Postkutsche geht in einer Stunde. Und du wirst mitfahren, ob mit oder ohne deine sechs Koffer.«

Ratlos betrachtete sie die Schränke und Kisten, in die all ihre Sachen passen sollten und die man in ihrer Suite abgestellt hatte. Dann betrachtete sie die Koffer. Es schien ein Ding der Unmöglichkeit, daß so viele Sachen sich auf so wenig Raum verstauen lassen sollten.

»Betsy hat beinahe eine Woche zum Packen gebraucht, als wir abgefahren sind«, sagte Jessica mutlos.

Abschätzend betrachtete Wolfe die Schränke und Kisten. »Du hast viel zuviel eingepackt. Such dir aus, was du für einen Monat brauchst. Den Rest läßt du hier.«

»Kommen wir denn so bald schon wieder zurück?«

»Wir nicht. Aber du. Du kommst zurück, sobald in deinem harten schottischen Schädel ein Licht aufgegangen ist und du gemerkt hast, daß du eigentlich gar keine Amerikanerin sein und eigentlich nicht mit einem gemeinen Halbblut verheiratet sein willst.«

Jessica hob den Kopf. »Ich kann mich noch an ganz andere Versprechungen erinnern, Wolfe Lonetree. Wohin du gehst, dahin will auch ich gehen. Wo du bleibst, will auch ich bleiben. Dein Volk wird mein Volk sein und dein Gott mein Gott.«

»Mein Großvater, der Medizinmann, wird hoch erfreut sein, eine so gehorsame Enkeltochter zu bekommen.« Wolfes Lippen verzogen sich zu einem spöttischen Grinsen. »Ich versuche mir gerade vorzustellen, wie du wohl in Büffelleder und mit Glasperlen und Muscheln geschmückt aussiehst. Und ob es dir gefallen wird, mein Fleisch vorzukauen, damit es schön zart ist, bevor du es mir in den Mund steckst; meine Lederkleidung mit den Zähnen zu bearbeiten, damit sie schön weich und geschmeidig an meinem Körper anliegt?«

»Du machst Witze.«

»Wirklich?« Wolfe schenkte ihr ein breites, humorloses Lächeln. »Ich werde jetzt zum Kartenschalter gehen und zwei Fahrkarten lösen. Wenn ich zurückkomme, erwarte ich, die Koffer säuberlich in einer Reihe aufgestellt und bereit zur Abreise vorzufinden, und dich dazu.«

Die Tür fiel hinter Wolfe ins Schloß. Jessica betrachtete die schlecht verarbeiteten Holzkisten mit den angelaufenen Bronzescharnieren. Als sie sich umdrehte, fiel ihr der Spiegel über dem Ankleidetisch ins Auge. Die ungewohnte, schlichte Frisur machte aus ihr ein kleines Mädchen, das mit den Kleidern seiner Mutter gespielt hatte. Bei jeder Bewegung blieb der Zopf an den Knöpfen auf der Rückseite ihres Kleides hängen. Voller Ungeduld zog sie den schweren Zopf über die Schulter und legte ihn sich zwischen die Brüste, wo er nicht im Weg war.

Mit einem entschlossenen Zug um den Mund zog Jessica ihren Schlüsselbund aus der Tasche, öffnete die Koffer und warf dann die klimpernden Schlüssel achtlos auf den Nachttisch. Dann machte sie sich daran, den Inhalt der Schränke und Kisten zu inspizieren.

Im ersten Schrank befanden sich Schuhe, Stiefel, Hutschachteln, Handtaschen, Jacken und Mäntel. Jessica verschloß die Türen und machte sich statt dessen über eine der Kisten her. In dieser Kiste fand sie Korsetts, Unterröcke von unterschiedlicher Breite, Handschuhe und Unterwäsche. Die dritte Kiste beinhaltete Kleider; die vierte Reitkleidung. In der fünften fand sich das Abendkleid, das sie an ihrem zwanzigsten Geburtstag getragen hatte. Und so ging es immer weiter, bis sie in alle Kisten geschaut hatte.

Dann schlug Jessica den Deckel des nächstbesten Koffers auf; es war der Koffer, den Wolfe persönlich hereingebracht hatte. Zu ihrer großen Überraschung war dieser Koffer bereits gepackt. Als sie sah, mit welcher Leichtigkeit Wolfe die zwei Koffer schulterte, hatte sie angenommen, daß beide leer waren. Einer der beiden Koffer enthielt ihre Jagd- und Angelkleidung, ihre Lieblingsbücher sowie einen schmalen Damensattel, der trotz seines seitlich versetzten Sattelknaufs sehr elegant aussah.

Obenauf lag das Hochzeitsgeschenk von Sir Robert, verpackt in einen wunderbar gearbeiteten, lederbezogenen Koffer – eine Winchester und ein dazu passender Karabiner, Sattelholster und genug Munition, um einen Kleinkrieg anzuzetteln. Die Waffen waren mit filigranen Einlegearbeiten aus Gold und Silber verziert. Das Magazin des Karabiners faßte dreizehn Schuß und das der Winchester fünfzehn. Der Lademechanismus war so angelegt, daß die Waffen genauso schnell nachgeladen wie abgefeuert werden konnten. Wolfe hatte einen einzigen Blick auf das Geschenk geworfen, das Repetiergewehr aus dem Koffer genommen und es zärtlich in den Händen gehalten wie eine Geliebte.

Solch ein wunderbares Gewehr macht es beinahe die Mühe wert, eine nutzlose Aristokratin zu heiraten.

Aber eben nur beinahe.

Bei der Erinnerung an Wolfes Worte drehte sich Jessica seufzend um und wandte sich einem der anderen Koffer zu. Nachdem sie den Deckel mit einiger Mühe geöffnet hatte, stellte sie fest, daß dieser Koffer noch leer war. Zuerst versuchte sie es Betsy gleichzutun und jedes einzelne Stück so sorgfältig zu packen, als wäre es ein fehlendes Teil eines großen Puzzles.

Nach kurzer Zeit erkannte sie jedoch, daß sie bis Sonnenuntergang immer noch nicht fertig sein würde, wenn sie sich weiterhin ein Teil nach dem anderen vornahm. Außerdem paßten die einzelnen Teile sowieso nicht zueinander.

Also fing sie an, wahllos einen Armvoll nach dem anderen in die Koffer zu stopfen. Als sie mit Schuhen, Handtaschen und Mänteln fertig war, hatte sie drei Koffer mit Leder und Stoff angefüllt. Mit gerunzelter Stirn versuchte sie sich zu erinnern, ob sie bereits so viele Accessoires besessen hatte, als Betsy für sie gepackt hatte.

»Ich bin mir sicher, daß ich nur eine einzige Kiste voll davon hatte. Vielleicht brauche ich noch eine weitere Kiste für dieses ganze Zeug.«

Mit einem entmutigten Seufzer fuhr Jessica fort, Sachen in die zwei bereits überquellenden Koffer zu stopfen. Als sie sie zu schließen versuchte, stellte sie fest, daß die Deckel nicht zugehen wollten und erbitterten Widerstand leisteten. Sosehr sie es auch versuchte, die Schlösser wollten einfach nicht einrasten.

Schließlich stellte sie sich auf den Kofferdeckel und sprang auf und ab, um den Inhalt zusammenzudrücken. Schließlich schnappten Unter- und Oberteil des Koffers zu. Im selben Moment jedoch, als sie wieder herunterstieg, um das Schloß zuzudrücken, sprang der Deckel wieder auf. Also mußte sie sich auf den Deckel setzen und mit dem Kopf nach unten gegen die widerspenstigen Schlösser ankämpfen. Zweimal hätte sie beinahe das Ende ihres langen Zopfes eingeklemmt.

»Betsy hatte nie solche Schwierigkeiten beim Packen«, murmelte sie.

Nachdem sie fertig war, holte sie die goldene Uhr heraus, die an ihrem Kleid befestigt war. Mit gerunzelter Stirn stellte sie fest, daß es schon spät war. Wolfe konnte jeden Moment zurückkommen. Sie wollte ihm beweisen, daß sie keine *nutzlose Aristokratin* war, indem sie ihn reisefertig und mit gepackten Koffern erwartete.

»Je eher man anfängt, desto früher ist man fertig«, versuchte sie sich aufzumuntern und blies sich eine Haarsträhne aus dem geröteten Gesicht.

Sie legte die restlichen Kleider oben auf den Stapel und fing an, sie in den Koffer zu stopfen. Dabei lehnte sie sich mit ihrem ganzen Gewicht auf den Deckel und versuchte so, alles auf die Größe des Koffers zusammenzudrücken. Bevor sie auf den Deckel stieg, um die Schlösser einrasten zu lassen, fiel ihr ein, daß sie das Abendkleid und die Reitkleider noch nicht untergebracht hatte. Sie betrachtete zuerst den einen Koffer, in den sie ihre Kleider gestopft hatte, dann den anderen, den sie bisher noch unbeachtet gelassen hatte. Der Koffer vor ihr war zweifellos größer.

»Oh, zum Teufel«, murmelte Jessica. »Das Abendkleid muß dann wohl noch in diesen hier passen.«

Das Abendkleid war zwar weich und hauchdünn wie Mondlicht, bestand aber aus Unmengen von Stoff. Sosehr sie sich auch Mühe gab, das Kleid zusammenzurollen, zu falten und zusammenzupressen, es wollte einfach nicht in den Koffer passen.

Erschöpft richtete Jessica sich auf. Die Stimme eines Lumpensammlers draußen auf der Straße lockte sie ans Fenster. Als sie hinaussah, entdeckte sie eine breitschultrige, vertraute Gestalt, die die Straße entlang aufs Hotel zukam.

Jessica lief zum Koffer zurück, drückte das Kleid so gut es ging zusammen, schlug den Deckel zu und lehnte sich mit ihrem ganzen Gewicht dagegen. Zuerst ließ sich der Deckel nicht ganz schließen, doch schließlich rastete das Schloß ein.

»Jetzt noch einer, dann wäre es geschafft.«

Als Jessica sich aufrichtete und sich dem letzten Koffer zuwenden wollte, wurde sie heftig an ihrem Zopf zurückgerissen. Sie schaute sich über die Schultern um. Das letzte Drittel ihres Zopfes war im Koffer eingeklemmt. Sie wickelte sich den Zopf um die Hände und zog daran. Nichts geschah. Sie zog fester. Der Zopf bewegte sich nicht von der Stelle. Sie zog und zerrte, doch ohne Erfolg. Sie blieb nach wie vor an den Koffer gefesselt.

»Verflixt noch mal! Ich muß das verdammte Ding wohl aufmachen. Und dann geht alles wieder von vorne los.«

In diesem Moment stellte Jessica fest, daß sie nicht an das Schlüsselbund herankam, das sie auf dem Nachttisch abgelegt hatte. Auch konnte sie den Koffer nicht näher heranziehen. Ihn zu schieben, schien mehr Erfolg zu versprechen. Keuchend schob Jessica zuerst mit der Schulter und dann mit den Händen. Langsam rutschte der widerspenstige Koffer auf den Nachttisch zu. Dann verfing sich eine der messingbeschlagenen Ecken des Koffers an einer Unregelmäßigkeit im Fußboden. Sie gab ihr Letztes, aber der Koffer rührte sich nicht von der Stelle.

Die Vorstellung, Wolfe könnte hereinkommen und sie an einen ihrer widerspenstigen Koffer gefesselt vorfinden, verlieh ihr noch einmal verzweifelte Kräfte. Sie drückte gegen die obere Kante des Koffers und versuchte, ihn so freizubekommen.

Plötzlich und ohne Vorwarnung kippte der schwere Koffer um und rollte auf die Seite. Jessica verlor den Halt und begann zu taumeln. Ein Aufschrei des Entsetzens entfuhr ihr, als sie Hals über Kopf mitgerissen wurde und in einem wirren Knäuel aus weichem, blauen Stoff landete.

Eine Sekunde später flog die Tür auf. Mit einem langen, gefährlich funkelnden Messer in der Hand stand Wolfe im Eingang zu ihrem Hotelzimmer. Die stählerne Klinge stand in krassem Gegensatz zu seinem modisch geschnittenen dunklen Wollanzug und seinem weißen Leinenhemd.

»Jessi, wo bist du?«

Zähneknirschend fand sie sich damit ab, daß es jetzt für sie keinen Ausweg mehr gab.

»Hier drüben.«

Wolfe kam ins Zimmer. Er schaute in die Richtung, aus der ihre Stimme kam, und entdeckte den umgekippten Koffer und das Knäuel aus blauem Stoff, duftiger Unterwäsche und zierlichen, blauen Schuhen. Mit drei langen Schritten war er bei ihr.

»Bist du in Ordnung?«

»Alles bestens«, sagte sie mit zusammengebissenen Zähnen.

»Was tust du hier auf dem Fußboden?«

»Packen.«

Wolfes schwarze Augenbrauen fuhren überrascht in die Höhe. »Es geht einfacher, wenn der Koffer nicht auf dem Kopf steht.«

»Ach wirklich?«

Wolfes Augen verfolgten Jessicas langen, roten Zopf bis zu der Stelle, wo er im Koffer verschwand. Er wollte noch etwas sagen, mußte aber so lachen, daß er kein einziges Wort herausbrachte.

Normalerweise entlockte Wolfes Lachen Jessica wenigstens ein kleines Lächeln; diesmal jedoch nicht. Dieses Mal brannten ihre Wangen vor Wut und Demütigung.

»Wenn du dich nur sehen könntest – wie ein Fisch an der Angel...« Wieder gingen Wolfes Worte im Gelächter unter.

Jessica lag auf dem Boden und wünschte sich nichts sehnlicher, als an den Koffer mit den Gewehren heranzukommen. Unglücklicherweise waren die Gewehre ebenso unerreichbar wie die Schlüssel.

Grinsend steckte Wolfe das Messer weg und machte sich daran, Jessica zu helfen. Er ergriff ihren Zopf und zog erst vorsichtig daran und dann ein bißchen fester. Ohne Erfolg. Sie war tatsächlich eine Gefangene ihres eigenen Zopfes.

»Der Schlüssel«, sagte sie nachdrücklich, »liegt auf dem Nachttisch.«

»Geh nicht weg, mein Elfchen. Ich bin gleich wieder da.«

Als Wolfe einfiel, daß Jessica ja gar nicht weglaufen konnte, mußte er gleich wieder laut lachen. Es schien ziemlich lange zu dauern, bis er sich neben ihr hinhockte und einen Schlüssel nach dem anderen am Schloß ausprobierte. Der Umstand, daß er in unregelmäßigen Abständen lachen mußte, verlangsamte den Vorgang beträchtlich.

Als Wolfe sich zum dritten Mal vom Lachen geschüttelt gegen den Koffer lehnte, riß Jessica ihm kurz entschlossen die Schlüssel aus der Hand und öffnete selbst das Schloß. Doch damit war sie immer noch nicht frei. Sie konnte den Deckel nicht aufmachen, solange der Koffer umgekippt dalag. Genausowenig konnte sie ihn ohne fremde Hilfe umdrehen. Alles, was sie tun konnte, war, ihren lachenden Gatten zur Seite zu stoßen.

Was sie auch ohne zu zögern tat.

Wolfe fing den Sturz mit katzenhafter Geschmeidigkeit ab und erhob sich lachend. Dann drehte er den Koffer um, klappte den Deckel auf und zog Jessicas Haare heraus.

»Das gehört dir, wenn ich mich nicht irre«, murmelte er, als er ihr den Zopf in die Hand drückte.

Mit zitternden Fingern griff sie danach, während sie sich insgeheim wünschte, Wolfe an die Kehle zu springen. Der Ausdruck in seinen Augen verriet ihr, daß er genau wußte, woran sie gerade dachte.

»Nichts zu danken«, sagte er ernsthaft.

Verunsichert drehte sie sich um und schlug den Deckel des Koffers zu, drehte den Schlüssel um und wandte sich dann dem sechsten Koffer zu. Als sie ihn aufmachte, sah sie, daß er bis zum Rand vollgestopft war mit Lockenwicklern, Kleiderbürsten, Bügeleisen, Papiertaschentüchern, Bettlaken, Toilettenartikeln...

»O nein«, hauchte Jessica.

Wolfe holte tief Luft und brach sogleich noch einmal in schallendes Gelächter aus. »Irgendwelche Probleme?«

»Ich habe einen Koffer zuwenig.«

Mit einem bedächtigen Blick zählte er die Koffer. Sechs Stück. »Sie sind alle hier.«

»Das kann nicht sein.«

»Weshalb?«

»Ich habe meine Reitsachen noch nicht gepackt, und alle Koffer sind schon voll.«

Wolfe schüttelte den Kopf. »Das überrascht mich gar nicht. Gib mir mal ein paar von den Papiertüchern.«

»Wozu?«

»Ich werde dir beim Packen helfen.«

»Was haben die Papiertücher mit dem Kofferpacken zu tun?« fragte sie.

Wolfe sah Jessica von der Seite an. »Papiertücher verhindern, daß die Sachen zerknittern.«

»Zerknittern?«

»Das ist das, was man mit einem Bügeleisen wieder beseitigt.«

Sie blinzelte verwirrt. »Wirklich?«

»Wirklich. Und als meine Frau gehört das Bügeln zu deinen Pflichten. Genauso wie das Waschen, Trocknen und Zusammenfalten der Kleider.«

»Und was macht der Mann, während die Frau damit beschäftigt ist?«

»Er macht alles wieder schmutzig.«

»Eine wahrhaftige Herausforderung«, sagte sie mit grimmiger Genugtuung.

Wolfes Lächeln verblaßte. »Sobald du lieber wieder Lady Jessica Charteris sein möchtest, die von Zofen und Kammerdienern umgeben ist, die ihr jeden Wunsch von den Augen ablesen, gib mir Bescheid.«

»Warum gehst du in der Zwischenzeit nicht zum Teufel? Das würde die Wartezeit um so vieles angenehmer machen – für uns beide!«

2

Schläfrig kuschelte Jessica sich an Wolfe. Er war so warm, daß er die morgendliche Kälte aus ihren Knochen vertrieb.

»Herr im Himmel«, murmelte Wolfe leise vor sich hin.

Ihr Gewicht war beinahe zuviel des Guten. Außerdem drückte sie sich so eng an ihn, daß er kaum die Anzeichen seiner Erregung vor ihr verbergen konnte. Als ihre kleinen Hände sich unter seinen Mantel schoben, um sich an ihm aufzuwärmen, beschleunigte sich sein Herzschlag. Im Halbschlaf legte sie seufzend ihr Gesicht an seinen Nacken.

Wolfe schloß die Augen, doch auch das half nicht viel. Nichts konnte die Erinnerung an den zerfetzten Morgenmantel und an Jessicas Brüste mit ihren rosigen Knospen aus seiner Erinnerung verdrängen. Bis zu diesem Moment war es ihm niemals in den Sinn gekommen, daß sein rothaariges Elfchen nicht mehr länger nur ein kleines Kind war.

Alles, woran Wolfe in diesem Moment denken konnte, waren die weiblichen Rundungen ihrer Brüste.

Jedesmal wenn Jessica auf der endlosen Fahrt mit der Postkutsche einnickte, war er tausend Tode gestorben. Die Kutsche schaukelte so heftig hin und her, daß Jessica ständig von ihrem Sitz zu rutschen drohte. Jedesmal fing er sie rechtzeitig auf und stützte sie. Schließlich legte sie sich quer auf seinen Schoß und schlief dort weiter. Er konnte hören, wie sie leise atmete. Nicht für einen Moment konnte er jedoch vergessen, daß sein Verlangen nach ihr grenzenlos war. Diese Gewißheit würde ihn über kurz oder lang in den Wahnsinn treiben, weil er genau wußte, daß sie seine Gefühle nicht erwiderte.

Doch auch wenn sie seine Gefühle erwidert hätte, wäre er nicht von der Richtigkeit ihrer Ehe zu überzeugen gewesen. Sie paßte nun einmal nicht zu ihm. Kein Verlangen der Welt konnte daran etwas ändern.

Doch als er sich zu ihr herunterbeugte, stieg ihm der süße Duft ihres

Atems zu Kopf wie kostbarer Wein. Ihre weichen Brüste verlangten geradezu nach seiner zärtlichen Berührung. Der angenehme Druck, den ihre Hüften auf seine erregte Männlichkeit ausübten, war eine Qual, die er stillschweigend hinnahm, während er insgeheim darum betete, rechtzeitig von ihr erlöst zu werden.

Jessica murmelte leise etwas Unverständliches vor sich hin und schmiegte sich enger an Wolfe. Sie schien zu ahnen, daß die Welt kalt und leer und Wolfe der einzige war, der einen warmen Platz für sie hatte. Die Berührung ihrer Lippen auf seiner nackten Haut ließ ihn vor unterdrückter Leidenschaft erschaudern.

»Wach auf, verdammt noch mal«, flüsterte Wolfe atemlos. »Das würde der feinen Dame wohl gerade so passen, mich als Federbett zu benutzen.«

Als Jessica leise protestierte und sich noch enger an ihn klammerte, zog Wolfe sie trotz besseren Wissens fest an sich. Als er ihr Gesicht betrachtete, versuchte er sich einzureden, daß es die Morgendämmerung und nicht die körperliche Erschöpfung war, die das gesunde Leuchten ihrer Haut ausgelöscht und tiefe Schatten unter ihren Augen hinterlassen hatte.

Aber er wußte genau, daß er nicht das Licht für ihren Zustand verantwortlich machen konnte. Eine Reise mit der Postkutsche war selbst für ausgewachsene Männer eine Quälerei. Für eine junge Frau, die daran gewöhnt war, in einem Damensattel zu reiten, mußte eine Fahrt mit der Postkutsche eine unzumutbare Belastung darstellen.

Verdammt noch mal, Jessi. Warum gibst du nicht einfach auf und gehst dorthin zurück, wohin du wirklich gehörst?

Doch noch wärend Wolfe dieser Gedanke durch den Kopf ging, strich er unwillkürlich Jessica das Haar aus dem Gesicht. Seine Geste war zärtlich und rücksichtsvoll. Sie sah aus, als wäre sie aus Porzellan; hilflos gegen eine Welt, die stärker war als sie selbst.

Unvermittelt schlug Jessica die Augen auf und schaute Wolfe an. Sogar das schwache Licht der Morgendämmerung konnte nicht verbergen, wie sehr sie sich erschreckte, als sie bemerkte, daß sie jemand so vertraulich in den Armen hielt.

»W... Wolfe?«

Hastig und nicht gerade sehr rücksichtsvoll setzte Wolfe Jessica auf die gegenüberliegende Bank, zog sich den Hut tiefer in die Stirn und beachtete sie nicht weiter. Es dauerte nicht lange und er war fest eingeschlafen.

Verschlafen und verwirrt starrte Jessica ihren Mann an und versuchte sich zu erinnern, wo sie war und wie sie hier hingekommen war. Sie war in Wolfes Armen erwacht, nachdem sie in einer unbequemen, zugigen Ecke der Kutsche eingeschlafen war. Sie beschloß, die Vorhänge zu öffnen und nachzusehen, wo genau sie sich im Moment befanden.

Die Morgendämmerung begann sich schwach am Rand des Horizonts abzuzeichnen. In alle vier Himmelsrichtungen erstreckte sich die flache, triste Landschaft. Mit Ausnahme der vereisten Spuren, wo sich die Räder der Kutsche in den Erdboden vergraben hatten, war nirgendwo etwas Besonderes zu erkennen. Nirgendwo waren Spuren menschlicher Besiedlung zu sehen. Nirgends stieg Rauch auf. Nirgends standen Zäune oder waren Straßen zu sehen, die zu einsamen Häusern oder Farmen geführt hätten.

Zuerst war Jessica vom völligen Fehlen jeder Vegetation und Besiedlung fasziniert. Nach einer Weile war sie jedoch wie betäubt von der ununterbrochenen Eintönigkeit der Landschaft und vom eisigen Wind, der durch die Ritzen in den Vorhängen blies.

Sie rutschte auf dem unbequemen Sitz hin und her und bemühte sich, aufrecht zu sitzen. Seitdem sie St. Joseph verlassen hatten, war die Zeit wie im Flug an ihr vorbeigegangen. Sie hätte nicht sagen können, ob sie seit drei oder seit fünfundfünfzig Tagen unterwegs war. Tage und Stunden gingen ohne spürbare Unterbrechungen ineinander über. Wolfe hatte darauf bestanden, daß sie Tag und Nacht unterwegs waren und im Sitzen schliefen. Sie stiegen nur dann aus, um dem Ruf der

Natur zu folgen, wenn die Pferde an einer der armseligen Stationen gewechselt wurden, die die lange Strecke nach Westen säumten.

An jeder Haltestelle stiegen neue Fahrgäste ein und aus. Man aß oder schlief in den niedrigen, provisorisch zusammengezimmerten Stationen. Nicht jedoch Jessica und Wolfe. Er brachte ihr das Essen in die Kutsche, und dort schliefen sie auch. Wenigstens die Nacht zuvor hatten sie so einigermaßen ungestört verbringen können, da keiner der anderen Fahrgäste beschlossen hatte, die eisigen Nachtstunden mit ihnen zusammen in der Kutsche zu verbringen. Gegen Ende der langwierigen Fahrt kam Jessica sich so vor, als wäre sie in der holpernden, schaukelnden und klappernden Postkutsche geboren und würde auch genau dort sterben.

Sie hoffte inständig, daß dieser Moment nicht mehr lange auf sich warten ließ.

Erschöpft massierte sie ihren verspannten Nacken. Mit eiskalten Fingern löste sie ihr Haar und versuchte, es mit der Bürste wieder einigermaßen in Ordnung zu bringen. Wolfes bissige Bemerkungen darüber, daß sie nicht einmal dazu in der Lage war, sich allein die Haare zu kämmen, hatten sie tief getroffen; genauso wie sein Gelächter, als er entdeckte, daß sich ihr langer Zopf in ihrem Koffer verfangen hatte.

Als es Jessica endlich gelungen war, zwei ungleichmäßige Zöpfe zu flechten und sie aufgerollt am Kopf festzustecken, fing die Postkutsche bereits an, ihr Tempo zu verlangsamen. Unter lautem Fluchen und Geschrei zügelte der Kutscher die Pferde neben einem einfachen Schuppen, der nicht gerade einladend aussah. Von dieser Kleinigkeit jedoch abgesehen, freute sich Jessica auf eine Unterbrechung der anstrengenden Fahrt.

Wolfe erwachte und streckte sich. Seine langen, kräftigen Arme und breiten Schultern schienen das Innere der Kutsche vollkommen auszufüllen. Die Notwendigkeit, die Reise bis Denver ohne eine Übernachtung in einer der Wegstationen zu bewältigen, hatte sogar an seinen

Kräften zu zehren begonnen. Jedenfalls nahm Jessica das an. Seine Nerven schienen bis zum Zerreißen gespannt zu sein.

Und doch zeigte Wolfe keinerlei Anzeichen von Unbehagen. Er kletterte mit der kraftvollen Eleganz aus der Kutsche, die genauso typisch für ihn war wie seine hohen Wangenknochen und seine blauschwarzen Augen. Jessica haßte und bewunderte ihren Mann dafür, daß ihm die Reise nichts auszumachen schien. Sie selbst fühlte sich wie ein Teppich nach dem Frühlingsputz.

Nichtsdestoweniger lächelte sie Wolfe freundlich an, als er in ihre Richtung schaute. Sie war fest entschlossen, ihm gegenüber nicht noch einmal die Beherrschung zu verlieren. Welcher Mann war schon gerne mit einer ständig nörgelnden Frau verheiratet? Wenn sie ihm gegenüber gerecht sein wollte, mußte sie sogar zugeben, daß Wolfe sich seine Frau nicht einmal selbst ausgesucht hatte. Es lag ganz bei ihr, ob sie in seiner Gegenwart freundlich, nett und entgegenkommend sein wollte. Vielleicht würde sich Wolfe ihrem Verhalten anpassen und selbst weniger reizbar und schwierig sein. Vielleicht würde er sich sogar wieder in den guten Freund verwandeln, den Jessica noch in Erinnerung hatte.

Als Wolfe sich umdrehte und Jessica die Hand entgegenhielt, stützte sie sich in wenig damenhafter Weise beim Aussteigen auf ihn.

»Ein wundervoller Morgen, nicht wahr?« fragte sie, während ihr der Wind das Lächeln vom Gesicht zu fegen drohte.

Wolfe knurrte unfreundlich.

»Ich weiß nicht, wann ich zum letzten Mal so viele zarte Grautöne gesehen habe«, fuhr sie gutgelaunt fort. »Daran könnte sich so manche Taube noch ein Beispiel nehmen.«

Wolfe warf Jessica einen ungläubigen Blick zu. »Ich habe hier draußen schon manch einen über solch einen kalten Morgen im März fluchen gehört. Was ich aber noch nicht gehört habe, ist, daß ihn jemand als ›wundervoll‹ bezeichnet hätte.«

Sie seufzte. Vielleicht würde Wolfe ein wenig auftauen, nachdem er eine Tasse von dem grauenvollen Kaffee getrunken hatte, den die

Amerikaner so zu lieben schienen. Soweit es sie betraf, gab es in der ganzen Welt nicht genug Zuckerrohr, um dieses widerliche Gebräu genießbar zu machen.

Die Unterhaltung verstummte, während Wolfe sie zu den armseligen Freuden der Außentoilette begleitete. Als sie mit einem parfümgetränkten Taschentuch unter der Nase wieder ins Freie trat, fuhr ihr der kalte Präriewind unter den Mantel und unters Kleid, als wären sie aus dünner Seide und nicht aus Wolle. Sehnsüchtig schaute sie hinüber zum Rauch, der aus dem schiefen Schornstein der Postkutschenstation aufstieg.

Die Vorstellung, sich an einem lodernden Feuer zu wärmen, ließ Jessica vor Wohlbehagen erschaudern. Seitdem Wolfe sie neben der Kutsche abgestellt hatte, wurde ihr mit jedem Moment kälter. Außerdem begann das Heulen des Windes an ihren Nerven zu zerren und ihre Zuversicht zu untergraben.

»Wolfe, laß uns diesmal drinnen essen.«

»Nein.«

»Aber warum nicht? Wir sind die einzigen Fahrgäste. Bestimmt...«

»Siehst du diese Pferde dort?« unterbrach er sie.

Jessica schaute in die Richtung, in die er deutete. Tatsächlich standen dort an der windabgewandten Seite des provisorischen Stalls ein paar Pferde. Der Stall war eine Art Schuppen, der an die Station angelehnt war.

»Das sind Reitpferde«, sagte Wolfe.

Sie bemühte sich, einen Gesichtsausdruck begeisterter Neugierde aufzusetzen. »Tatsächlich. Das sieht man an der Zahl ihrer Beine.«

Wolfe wollte darauf etwas sagen, mußte aber statt dessen lachen. Dann schüttelte er nur den Kopf. Wie jemand, der so abgekämpft und zerbrechlich aussah, gleichzeitig so voller Gift und Galle sein konnte, ging über seine Vorstellungskraft. Er streckte die Hand nach einer Strähne ihres mahagonifarbenen Haars aus, die sich aus einem von ihren zusammengerollten Zöpfen gelöst hatte.

»Das bedeutet, daß die Station voller Männer ist, die auf die nächste Kutsche warten«, erklärte er ihr.

»Weshalb? Wenn sie doch selber Pferde haben?«

»Diese Pferde könnten geliehen sein. Auf jeden Fall sehen sie sehr mitgenommen aus. Ein kluger Mann würde sich nie auf einen Ritt von mehreren hundert Meilen mit einem erschöpften Pferd machen.« Wolfe zuckte die Achseln. »Doch auch wenn die Station menschenleer wäre, würde ich dir nicht erlauben hineinzugehen. Dieser Laden gehört dem Schielenden Joe.«

»Kennst du ihn?«

»Zwischen St. Joseph und Denver gibt es niemanden, der ihn nicht kennt. Seine Station ist die schlimmste von allen, und er ist der schlimmste von allen Saloonbesitzern. Er ist ein ungehobelter, großmäuliger, stets betrunkener Hurensohn, und sein Atem könnte ein Raubtier in die Flucht schlagen.«

Jessica blinzelte ihn verwirrt an. »Wie kommt es, daß er dann noch nicht seinen Laden verloren hat?«

»Um Pferde kümmert er sich genauso rührend wie eine Henne um ihre Küken. Hier draußen kann es den sicheren Tod bedeuten, wenn man zu Fuß unterwegs ist. Die meisten Männer sind bereit, Joe seinen üblen Geruch zu verzeihen, wenn er frische, ausgeruhte Pferde anzubieten hat.«

»Warum ist es so gefährlich, zu Fuß unterwegs zu sein? Sir Robert hat nie etwas von irgendwelchen Gefahren erwähnt, wenn wir hier draußen unterwegs waren.«

»Sir Roberts Fährtensucher sind meist auch tapfere Krieger gewesen«, sagte Wolfe. »Auf den Ärger, den einem zwanzig schwerbewaffnete Männer einbrocken können, würde sich freiwillig kein Indianer und kein Bandit einlassen, ganz egal wie verlockend die Beute auch sein mag.«

Nachdenklich betrachtete Wolfe die erschöpften Pferde, die vor der Station angebunden waren. Es war gut möglich, daß diese Pferde ehrenhaften Männern gehörten und nicht jemandem, dessen Überleben unter Umständen von der Fähigkeit seines Pferdes abhing, dem Gesetz zu entkommen.

Möglicherweise... aber Wolfe bezweifelte es.

Jessicas Blick folgte Wolfes aus einem ganz anderen Grund. Noch vor einer Woche hätte sie keinen Hund in einer so armseligen Hütte wie dieser Station eingesperrt. Doch jetzt erschien ihr diese armselige Hütte wie ein sicherer Hafen in der trostlosen Landschaft. Als sie damals die Prärie mit Sir Robert und seiner Jagdgesellschaft besucht hatte, waren ihr ganz andere Dinge in Erinnerung geblieben: die Schönheit des hohen Grases und der versteckten Teiche, der liebliche Gesang der Vögel, der weite, blaue Himmel und der endlose, unverstellte Ausblick nach allen Seiten.

In diesem Augenblick jedoch war Jessicas Einstellung zur Prärie weniger versöhnlich. Die letzten Tage des Winters lagen über der Landschaft. Endlose Meilen schneebedeckter Steppe erstreckten sich zu allen Seiten. Die Prärie war der Inbegriff von Trostlosigkeit: flach, ohne Unterbrechungen, ohne Bäume, Seen oder Flüsse, nur durchzogen vom tiefen, klagenden Heulen des Nordwindes – ein Heulen, das wie der hoffnungslose Schrei einer zur ewigen Verdammnis bestimmten Seele klang.

Jessica war dieses Heulen aus ihren Alpträumen bestens bekannt. Erschaudernd wandte sie den Blick von der Leere ab und wünschte sich, dem Wind entkommen zu können, und sei es auch nur für ein paar Minuten.

»Wolfe, bitte.«

»Nein. Das ist kein Ort da drinnen für eine feine englische Dame.«

»Ich bin schottischer Abstammung«, sagte sie automatisch.

Wolfe lächelte, aber seinem Gesichtsausdruck fehlte jede Spur von Humor. »Ich weiß. Ob du nun schottischer oder englischer oder französischer Abstammung bist – da drinnen ist kein Platz für eine Dame.«

Jessica konnte schon nicht mehr hören, was sich für eine Dame geziemte und was nicht, denn letztendlich schienen diese Regeln immer zu ihrem Nachteil auszufallen. Andererseits würde Wolfe sie nur noch mehr damit aufziehen, wenn sie jetzt die Beherrschung verlor.

»Ich bin die Frau eines Amerikaners«, sagte Jessica lächelnd. »Und keine feine Dame.«

»Dann solltest du deinem Mann gehorchen. Ich werde dir etwas zu essen bringen, wenn das Frühstück da drinnen genießbar ist. Ich bezweifle es allerdings. Sogar Stinktiere machen einen Bogen um das Essen da drinnen.«

»Nichts kann so schlecht schmecken.«

»Warte es ab. Wenn du Hunger hast, essen wir ein wenig später. Eine der Soldatenfrauen bessert sich ihre Haushaltskasse auf, indem sie die nächste Station mit Selbstgebackenem versorgt.«

Das gespenstische Heulen des Windes zerrte an Jessicas Nerven. Zitternd und mit einem flehentlichen Ausdruck in den Augen blickte sie zu Wolfe auf.

»Wolfe, nur dies eine Mal, nur für ein paar Minuten.«

»Nein.«

Jessica zitterte vor Angst und vor Erschöpfung. Verbissen kämpfte sie gegen den Drang an, in Tränen auszubrechen. Aus den Erfahrungen ihrer Mutter hatte Jessica gelernt, daß Tränen nur einem einzigen Zweck dienten – nach außen hin Schwäche zu zeigen. Und Schwäche forderte andere unweigerlich zum Angriff heraus.

»Du gehst jetzt am besten zur Kutsche zurück«, war alles, was Wolfe sagte. »Ich bringe dir etwas zu essen, falls der Fraß dort genießbar ist.«

Jessica richtete sich zu ihrer vollen Größe auf. Eine Welle der Wut erfaßte sie und vetrieb für einen kostbaren Moment die Erschöpfung und die Angst. »Wie nett von dir. Womit hast du dir eigentlich die Zeit vertrieben, als du mich noch nicht zum Quälen hattest? Hast du vielleicht Schmetterlingen die Flügel ausgerissen?«

»Wenn es so eine Quälerei ist, sich wie eine Amerikanerin und nicht wie eine englische...«

»Schottische.«

»... schottische Lady zu benehmen«, fuhr er fort, ohne ihren Einwand weiter zu beachten, »dann brauchst du nur ein einziges Wort zu sagen, und sofort bist du von dem primitiven Leben hier draußen in der Wildnis erlöst.«

»Bastard!«

»Womit du zweifellos recht hast. Allerdings hatte mir eher das Wort ›Annullierung‹ vorgeschwebt.«

Der Wind heulte sein eisiges Lied von der ewigen Verdammnis. Alte Alpträume wurden in Jessica wach. Wenn die Kutsche rollte, war der Wind wenigstens nicht zu hören, weil das unentwegte Rattern und Klappern der Räder jedes andere Geräusch übertönte. Doch jetzt stand die Kutsche still und die Pferde waren ausgespannt. Jetzt war es die grausame Macht des Windes, die an der Kutsche rüttelte.

Jessica wußte genau, daß sie selbst bald zu kreischen anfangen würde, wenn sie noch länger das Heulen des Windes mit anhören mußte. Doch sie wagte nicht, Wolfe gegenüber Schwäche zu zeigen. Wenn er erkannte, wie sehr sie sich vor dem Wind fürchtete, würde er dieses Wissen gegen sie einsetzen und sie damit zwingen, nach England zurückzugehen und jemanden wie Lord Gore zu heiraten.

Und damit würden ihre Alpträume zur Wirklichkeit, während sie bisher nichts weiter als schwarze Schatten waren, an die sie sich beim Erwachen nicht genau erinnern konnte.

Ohne lange zu überlegen, raffte Jessica ihre Röcke zusammen und marschierte an Wolfe vorbei, der immer noch zu den erschöpften Reitpferden hinüberschaute. Genau wie er befürchtet hatte, trugen einige von ihnen das Brandzeichen, das die Südstaaten im gerade zu Ende gegangenen Krieg benutzt hatten. Zahllose Banden von Gesetzlosen hatten sich in den letzten Tagen dieses aussichtslosen Krieges zusammengefunden. Einige von ihnen hatten sich auch hier im Norden gebildet; Männer, die am Plündern und Töten Gefallen gefunden hatten und sich nicht mit dem Ende des Krieges abfinden wollten.

Wenn doch nur Caleb oder Reno hier wären, dachte Wolfe grimmig. *Ich könnte jetzt einen guten Mann gebrauchen, der mir den Rücken freihält.*

Doch dann sah Wolfe etwas, das seine Aufmerksamkeit erregte. Es waren Jessicas weite Röcke, die sich im Wind blähten. Sie ging auf die Station zu und nicht etwa auf die leere Postkutsche.

»Jessi!«

Sie drehte sich nicht einmal um.

Wolfe setzte sich in Bewegung, doch anstatt Jessica hinterherzulaufen, rannte er auf die Kutsche zu. Er wußte, daß er sie nicht abfangen konnte, bevor sie die Station betrat. Er riß die Kutschentür auf und sprang mit der Behendigkeit einer Katze hinein. Der lederne Präsentierkoffer, in dem sich das Gewehr und der Karabiner befanden, lag auf dem Sitz.

Als Jessica die Eingangstür der Station erreicht hatte, drehte sie sich noch einmal um, um zu sehen, ob Wolfe ihr gefolgt war. Als sie ihn nirgendwo entdecken konnte, seufzte sie erleichtert. Der Seufzer schlug allerdings in ein lautloses Stöhnen um, als sie die Leute im Innern der Station sah.

Wolfe hatte recht gehabt. Hier war kein Platz für eine Dame.

Wenn hier drinnen für eine Dame kein Platz war, lag es nicht am rauchigen Halbdunkel, das hier herrschte; auch nicht am Schmutz oder am raubtierhaften Gestank. Es lag an den männlichen Augen, die sie mit demselben kühlen Interesse musterten, mit dem ein Juwelier einen Sack mit Goldstaub unter die Lupe nimmt – ein Körnchen nach dem anderen.

Einer der Männer, der ein Stück abseits von den anderen gesessen hatte, stand auf und ergriff seinen abgetragenen Hut, der vor ihm auf dem Tisch gelegen hatte.

»Kann ich Ihnen helfen, Ma'm?« fragte er besorgt.

Sogar im Halbdunkel erkannte Jessica den Kutscher an seinem langen, buschigen Schnurrbart. Erleichtert lächelte sie ihn an. Sie konnte sich nicht vorstellen, welche Wirkung dieses Lächeln auf einen Mann haben mußte, der seit Monaten keine weiße Frau mehr gesehen hatte; geschweige denn eine Frau in einem Kleid, das von einer geschickten Schneiderin so entworfen wurde, daß es Brust und Taille wie ein hauchdünner Schleier betonte. Sogar jetzt noch, als sie mitgenommen und lädiert von der langen Reise war, sah sie wie eine Orchidee im Schnee aus.

»Mir war kalt«, sagte Jessica. »Ich habe den Rauch gesehen.«

»Komm doch rein«, forderte sie einer der Männer auf und erhob sich. Er deutete auf die Bank, wo er gesessen hatte. »Schön warm und bequem, genau wie ich.«

Einige der Männer lachten.

Der Mann, der sie angesprochen hatte, sah nicht schlecht aus. Er war groß und kräftig, hatte gerade Zähne und ebenmäßige Gesichtszüge. Seine Kleidung war abgetragen, doch von guter Qualität. Er trug einen schweren Staubmantel. Er war der einzige hier, der rasiert war. Seine Haltung hatte etwas Vornehmes an sich.

Und doch löste etwas an diesem jungen Mann in Jessica tiefstes Unbehagen aus. Seine Augen waren wie der Wind – farblos, leer und kalt. Er beobachtete sie wie eine Schlange ein Kaninchen. Unwillkürlich bekam sie eine Gänsehaut, als wenn ihr Körper sich instinktiv gegen diesen Blick sträubte. Insgeheim wünschte sie sich, wieder mit Wolfe an ihrer Seite in der Postkutsche zu sitzen.

Am liebsten hätte Jessica sich umgedreht und wäre geflüchtet. Doch sie spürte ganz genau, daß jedes Zeichen von Schwäche gegenüber diesem Mann nur dieselbe Wirkung haben konnte, als wenn man einem Rudel wilder Hunde ein verletztes Tier unter die Nase hielt.

»Mein Name ist Raleigh«, sagte der junge Mann und tippte sich an den Hut; eine Geste, die mehr unangemessene Vertraulichkeit als Höflichkeit an den Tag legte. »Aber alle hübschen Mädchen nennen mich Lee.«

»Vielen Dank, Mr. Raleigh«, sagte Jessica mit vollendeter Beherrschung, »aber es ist wirklich nicht nötig, daß Sie aufstehen. Es reicht mir schon, wenn ich nur dem Wind für eine Weile entkommen kann.«

»Unfug«, widersprach er und kam auf Jessica zu. »Warum kommst du nicht hier rüber, wo es warm ist?« Er versetzte einem der Männer im Vorbeigehen einen Tritt. »Steamer, setz deinen Hintern in Bewegung und sieh zu, daß die hübsche englische Lady etwas zu essen bekommt.«

»Schottische«, berichtigte sie leise und versuchte, die Ruhe zu bewahren, obwohl jede Faser ihres Körpers sie zur Flucht trieb.

»Was?«

»Ich bin schottischer Abstammung.«

Ein dünnes Lächeln spielte um Raleighs Züge, als er Jessicas Arm ergriff. »Wie du willst, Kleines. Und jetzt komm her und erzähl mir, was ein hübsches Mädchen wie du hier in der Kneipe vom Schielenden Joe macht.«

Mit einem eisigen Windhauch öffnete sich hinter Jessica die Tür.

Wolfe betrat den Raum. In seiner Sonntagskleidung wirkte er fehl am Platze. Im gedämpften Licht des Saloons schimmerten die Einlegearbeiten des Karabiners in seiner Hand wie flüssiges Gold. Die Waffe hatte etwas von einer giftigen Schlange an sich – eine bedrohliche Schönheit.

»Morgen, Jungs«, sagte Wolfe.

Einige der Männer schnauften überrascht, andere warfen ihm mißtrauische Blicke zu. Trotz seiner Kleidung konnte jeder sofort an seinem Tonfall erkennen, daß er hier im Westen groß geworden war.

Mit einem gleichgültigen Blick, der beinahe schon an Beleidigung grenzte, schaute Wolfe sich um. Obwohl seine Augen keinen der sieben Männer aussonderten, hatten alle das Gefühl, als wolle er sich ihre Gesichter bis in alle Ewigkeit einprägen. Nur Raleigh schien die Gefahr unbeeindruckt zu lassen, die sich in Wolfes ausdruckslosen Augen abzeichnete.

»Ganz schön unangenehm, der Wind da draußen«, sagte Wolfe beiläufig.

Zustimmendes Gemurmel erklang.

Raleigh ließ seine Hände sinken und stand völlig gelassen und entspannt da, während er Wolfe beobachtete. Jessica sah, daß Raleighs Staubmantel sich einen Spalt geöffnet hatte. Die rechte Hälfte fiel unauffällig zur Seite und gab den Blick auf seinen Revolver frei, den er an seiner Hüfte trug.

»Da sieh mal einer an«, sagte Raleigh und stieß einen leisen Pfiff aus. »Das ist ja ein ausgefallener Karabiner. So einen habe ich noch nie gesehen.« Er streckte die Hand aus und erwartete offensichtlich, daß der gutgekleidete Städter ihm seine Bitte nicht abschlagen würde. »Hätten Sie was dagegen, wenn ich mal sehe, wie er ausbalanciert ist?«

»Ja.«

Es dauerte einen Augenblick, bis Wolfes Antwort zu ihm durchgedrungen war. Als er begriff, was er gehört hatte, zog sich eine kaum sichtbare Röte über seine Wangenknochen.

»Das war nicht gerade besonders freundlich, Sir. Manch einer würde sogar sagen, Sie haben mich beleidigt.«

Wolfe lächelte.

Raleigh wirkte jetzt nicht mehr ganz so gelassen wie zuvor.

»Ich versuche nur, Ihnen Ärger zu ersparen«, sagte Wolfe. »Der Abzug ist ein bißchen empfindlich. Es ist schon vorgekommen, daß die Waffe losgegangen ist, als sie einfach nur von einem Mann zum anderen weitergereicht wurde. Und das wäre ja wirklich schade, oder? So ein hübscher Bursche wie du würde bestimmt jede Menge gebrochene Herzen zurücklassen. An deinem Grab würde bestimmt mehr geweint und gejammert als damals bei Appomattox, als Lee seinen Degen dem Feind überreicht hat.«

Raleigh richtete sich zu seiner vollen Größe auf. »Wollen Sie vielleicht die Südstaaten beleidigen?«

»Ich nicht, aber du. Jeder, der einen Offiziersstreifen am Ärmel trägt, sollte bessere Manieren haben. Es gehört sich nicht, eine Lady am Arm zu packen.« Ohne den Blick von Raleighs wütendem Gesicht abzuwenden, sagte Wolfe: »Tom, du solltest dem Schielenden Joe vielleicht dabei helfen, frische Pferde anzuspannen.«

»Jawohl, Sir«, sagte der Kutscher.

Er setzte seinen Hut auf und achtete darauf, daß er beim Hinausgehen nicht zwischen Wolfe und den jungen Mann geriet, der im Bürgerkrieg auf seiten der Verlierer gekämpft hatte. Langsam, beinahe unbemerkbar, glitt Raleighs Hand zum Griff seines Revolvers hinunter.

Entsetzt schnappte Jessica nach Luft.

»Ich habe es gesehen«, sagte Wolfe, bevor sie etwas sagen konnte. Er lächelte Raleigh an. »Laß dich nicht von all dem Gold und Silber in die Irre führen, Kleiner. Repetiergewehre wie dieses hier haben ganze Regimenter der Südstaatenarmee ausradiert. Wenn du mir nicht glaubst, brauchst du bloß nach deiner Waffe zu greifen. Du hast drei Kugeln in dir, bevor du überhaupt weißt, wie dir geschieht, und für deine Freunde bleiben immer noch zehn weitere übrig.«

Hinter Raleigh begannen die Männer, sich zu beiden Enden des Tisches zurückzuziehen.

»Ich erschieße den nächsten, der eine falsche Bewegung macht«, warnte Wolfe.

Niemand zweifelte an seinen Worten. Alle blieben still sitzen.

Jessica vergaß vor Aufregung zu atmen. Die Stille zog sich endlos in die Länge und zerrte an ihren Nerven, genau wie das Heulen des Windes draußen. Endlich fing der junge Mann an zu lachen. Seine Züge entspannten sich.

»Kein Grund, gleich aus der Haut zu fahren«, winkte Raleigh ab. »Ich wollte mich nur ein bißchen amüsieren, während ich auf die Postkutsche warte.«

»Richtung Osten?« fragte Wolfe.

»Nein, nach Westen.«

»Die nächste Kutsche Richtung Westen geht morgen um diese Zeit.«

»Morgen erst?« fragte Raleigh überrascht. »Und was ist mit der, die heute geht?«

»Die ist voll.«

»Aber außer Ihnen und dem Mädchen...«

»Meine *Frau*«, unterbrach ihn Wolfe mit ausdrucksloser Stimme.

»Ihr seid die einzigen verdammten Fahrgäste!«

»Wie ich bereits sagte. Die Kutsche ist voll.«

Raleighs Körper versteifte sich erneut.

»Das hat keine Eile, Raleigh«, sagte einer der Männer gelassen. »Wenn der Herr mit dem Gewehr sich ganz allein auf eine Schießerei mit den Indianern einlassen will, dann wollen wir ihn nicht aufhalten. Ein Yankee-Bastard weniger ist mir ganz recht. Ich habe Besseres zu tun.«

Ärgerlich drehte sich Raleigh nach dem Sprecher um, sagte aber nichts.

»Dein Freund hat dir einen ausgezeichneten Rat gegeben«, sagte Wolfe zu Raleigh. »Und hier ist noch ein guter Rat – du bleibst besser hier drinnen, bis die Kutsche abgefahren ist.«

Jessica wartete nicht, bis ihr Wolfe die Tür aufgemacht hatte. Sie wollte verhindern, daß er den Männern in der Station den Rücken zukehrte. Ohne ein Wort zu verlieren, machte sie die Tür auf und rannte quer über den eisigen Hof auf die Kutsche zu. Erst nachdem sie eingestiegen war, begann sie sich langsam wieder zu beruhigen.

Ganz im Gegensatz zu Wolfe. Selbst im Inneren der Kutsche legte er sich den Karabiner auf den Schoß und beobachtete die Station mit der Konzentration eines Raubtiers. Niemand versuchte ihnen zu folgen.

Dann knallte plötzlich die Peitsche des Kutschers wie ein Pistolenschuß, die Pferde legten sich ins Geschirr, und die Kutsche raste los, als ständen ihre Räder in Flammen.

»Werden sie uns verfolgen?« fragte Jessica ängstlich.

»Ich glaube kaum. Ihre Pferde sind erschöpft.« Wolfe wandte den Blick vom Fenster ab und betrachtete die junge Frau, für die er nun die Verantwortung trug. All seine Sinne verlangten nach dieser zerbrechlich wirkenden Aristokratin, die so herzlich wenig in diese Gegend passen wollte, die er liebte wie nichts anderes in seinem Leben. »Du wirst noch dafür sorgen, daß jemand deinetwegen sein Leben verliert. Du gehörst einfach nicht hierher.«

»Genausowenig wie du.«

»Da hast du verdammt recht.«

»Diese Männer haben mit einem Blick erkannt, daß du hier ein Fremder bist.«

Wolfe lächelte. »Niemand westlich des Mississippi hat mich je in diesem Aufzug gesehen, aber ich werde es verdammt noch mal nicht zulassen, daß mich jemand für deinen Stallknecht hält. Na, jedenfalls war Jericho Slater einer der Männer in der Postkutschenstation. Hätte er mich erkannt, hätte das unangenehme Folgen haben können.«

»Wer ist Jericho Slater?«

»Einer der wenigen Überlebenden von Jed Slaters Bande.«

»Und warum haßt er dich?«

»Caleb, Reno und ich haben alles unternommen, was in unserer Macht stand, um jeden einzelnen von ihnen umzubringen.« Wolfe lächelte grimmig. »Das wäre uns auch beinahe gelungen. Ich bedaure nur, daß Jericho damals nicht dabei war. Er ist ein Halunke, genau wie Jed.«

Jessica runzelte die Stirn. »Wieso hast du dich gleich mit einer ganzen Bande herumgeschlagen?«

»Slater hat den Fehler begangen, sich an Willow zu vergreifen.«

Jessica horchte erstaunt auf, als sie hörte, wie sich Wolfes Stimme bei der Erwähnung von Willows Namen veränderte. Mit einem Mal bestand für sie nicht der geringste Zweifel daran, daß Willow eine Frau war.

»Wer ist Willow?«

Wolfe sah Jessica überrascht an, als sie ihm diese Frage stellte.

»Eine Frau.«

»Das habe ich mir gedacht.«

»Eine waschechte Amerikanerin.«

»Was soll das nun wieder heißen?« fragte Jessica. Sie ahnte Schlimmes.

»Eine Frau, die stark genug ist, Seite an Seite mit ihrem Mann zu kämpfen, und die zärtlich genug ist, nach vollendetem Kampf sein Herz lichterloh brennen zu lassen. Eine Traumfrau sozusagen.«

Jessica gab sich redliche Mühe, sich nichts anmerken zu lassen. Sie wollte soviel wie möglich über diese Frau herauszufinden, die es fertigbrachte, daß Wolfes Stimme so sanft klang und sein Gesicht zu leuchten begann, wenn er nur an sie dachte.

»Ist das der Grund, warum du so wütend auf mich warst, als wir geheiratet haben?« fragte Jessica mit großer Selbstbeherrschung. »Hattest du vor, Willow zu heiraten?«

»Das glaube ich kaum. Dazu müßte ich mich zuerst einmal mit Caleb Black herumschlagen, und nur ein Narr würde sich darauf einlassen«, sagte Wolfe. »Er ist ein Mann wie aus dem Alten Testament. Vergebung ist nicht seine Stärke.«

»Wer ist Caleb Black?«

»Willows Mann und einer der besten Freunde, die man sich denken kann.«

Interessiert beobachtete Wolfe, wie Jessica sich bemühte, sich ihre Erleichterung nicht anmerken zu lassen.

»Aha«, sagte sie. Sie holte tief Luft, bevor sie die einzige Frage stellte, auf die es ihr wirklich ankam. »Liebst du sie?«

»Wie könnte ich sie nicht lieben? Sie besitzt alle Eigenschaften, die ich mir immer an einer Frau gewünscht habe.«

Jessica spürte, wie sie blaß wurde. Bis zu diesem Moment war ihr nicht klar gewesen, wie sehr sie sich darauf verlassen hatte, daß Wolfe ihr ganz allein gehörte. Seitdem er sie damals in dem Heuschober entdeckte, hatte er ihr ganz allein gehört. Und sie hatte angenommen, daß sich auch in Zukunft daran nie etwas ändern würde.

Nicht im Traum wäre ihr eingefallen, daß Wolfe eine andere Frau lieben könnte. Der Schmerz darüber erschreckte sie zutiefst. Plötzlich schien die Welt in weite Ferne gerückt, und in der Leere, die zurückblieb, spürte sie jeden einzelnen Herzschlag wie einen Fausthieb.

Die Postkutsche schlingerte und holperte über ein Schlagloch. Die Rufe des Kutschers und seine knallende Peitsche wetteiferten mit den klappernden Rädern darum, wer den ohrenbetäubenderen Lärm machen konnte. Diesmal war Jessica jedoch dankbar dafür, dermaßen durchgeschüttelt zu werden. Jede Unterhaltung wurde dadurch unmöglich. Sie riß sich so gut es ging zusammen, schloß die Augen und fragte sich, wie sie sich ohne jede sichtbare Wunde so tief verletzt fühlen konnte.

Verstohlen beobachtete Wolfe sie. Er wußte genau, daß sie nur so tat, als schliefe sie. Ihr ganzer Körper war angespannt, und von Zeit zu Zeit überlief sie ein Schaudern, als spürte sie den Hauch einer eisigen Brise auf ihrem Nacken. Offensichtlich hatte sie keine Fragen mehr zu Willow Black. Und es bestand kein Zweifel daran, daß sie nichts mehr zum Thema der Frauen hier im Westen hören wollte.

Mit einem grimmigen Lächeln zog sich Wolfe den Hut in die Stirn, legte die Füße auf den gegenüberliegenden Sitz und gratulierte sich stillschweigend dazu, endlich eine schwache Stelle im aristokratischen Schutzpanzer von Lady Jessica Charteris Lonetree gefunden zu haben. Er hatte bereits daran zu zweifeln begonnen, daß es überhaupt so eine Stelle gab. Ihre Sturheit hatte ihn überrascht. Er hatte damit gerechnet, daß sie viel früher aufgeben und nach England zurückgehen würde. Immerhin war sie daran gewöhnt, sich bedienen zu lassen, ununterbrochen zu Teegesellschaften und Bällen eingeladen zu werden und von all denen beschützt und verwöhnt zu werden, die ihr bezauberndes Lächeln auch nur von weitem erblickten.

Nichts davon war in Amerika eingetroffen. Wolfe hatte sie mit Absicht allein gelassen. Als das ihrer Entschlossenheit keinen Abbruch tat, hatte er ihre Bediensteten entlassen, was ihm allerdings größere Schwierigkeiten bereitet hatte als ihr. Niemals würde er die seidige Spannung ihres Haares vergessen können, als es sich beim Bürsten um ihn wickelte; oder die weiblichen Kurven ihres Rückens, umgeben von kostbarer Unterwäsche, als er ihr Kleid für sie zuknöpfte. Niemals würde er den Moment der Angst vergessen, als er ihren Schrei hörte, oder das erleichterte Lachen, als er wußte, daß sie in Sicherheit war, wenn auch als Gefangene ihres eigenen Zopfes.

Ein Mädchen, das so hilflos ist, wird es nicht lange hier draußen aushalten, sagte sich Wolfe immer wieder. *Der Westen braucht Frauen mit Durchhaltevermögen. Frauen wie Willow.*

Doch letztendlich waren es nicht Willows blondes Haar und ihre haselnußfarbenen Augen, die durch seine Träume und Gedanken geisterten. Es war das rothaarige Elfchen, das kristallklare Tränen um ihn vergoß.

3

Das Schweigen zwischen Wolfe und Jessica blieb bis zum Nachmittag ungebrochen, als eine junge, hochschwangere Frau in die Kutsche stieg. Sie hatte nur einen einzigen Koffer, und er mußte am hinteren Teil der Kutsche befestigt werden, weil Jessicas Koffer den größten Teil der Ladefläche auf dem Dach in Anspruch nahmen. Wolfe hatte beschlossen, daß sie nur drei ihrer Koffer auf die Reise mitnehmen durfte. Der Rest ihres Gepäcks war auf eine Frachtkutsche in Richtung Denver verladen worden.

»Vielen Dank, Sir«, sagte die junge Frau, als Wolfe ihr in die Kutsche half. »Ich fürchte, ich werde mit jedem Tag ein bißchen unbeholfener.«

»Sie haben es bestimmt nicht leicht in Ihrem Zustand«, sagte Wolfe und betrachtete verstohlen die Taille des Mädchens. Im gedämpften Licht, das hier im Inneren der Kutsche herrschte, sah es so aus, als wäre sie mindestens im sechsten Monat. »Reisen Sie allein?«

Als das Mädchen den freundlichen Tonfall in Wolfes Stimme hörte, lächelte sie schüchtern und senkte den Blick. »Ja, Sir. Ich konnte es nicht mehr aushalten, von meinem Ehemann getrennt zu sein. Meine Tante und mein Onkel wollten, daß ich in Ohio bliebe, bis das Baby kommt, aber ich konnte einfach nicht mehr warten. Mein Mann ist nämlich in Fort Bent stationiert.«

»Dann haben Sie eine längere Reise vor sich als wir. Wir fahren nur bis Denver.«

Die junge Frau setzte sich mit einem dankbaren Lächeln und glättete dabei mit den Händen ihren Rock. Ihre Kleider sahen genauso teuer aus wie Jessicas. Das Mädchen konnte kaum älter als siebzehn sein. Offensichtlich war ihr der Gedanke unangenehm, eine so lange Fahrt mit der Postkutsche antreten zu müssen.

»Ich werde mich zum Kutscher auf den Bock setzen«, sagte Wolfe. »Dann haben Sie es bequemer.«

»O nein, Sir«, wehrte sie hastig ab, ohne zu ihm aufzuschauen. »Bei dem Wetter da draußen würde man keinen Hund vor die Tür jagen. Außerdem sind Sie nicht dafür verantwortlich, wenn ich nervös bin, sondern die Wildnis da draußen. Es gehen Gerüchte um, daß es hier Indianer gibt.« Sie erschauderte. »Ich bekomme eine Gänsehaut bei der Vorstellung, daß diese blutrünstigen Heiden hier ganz in der Nähe sein könnten.«

Wolfe ließ sich seine Belustigung nicht anmerken.

»Nicht alle Indianer sind blutrünstig«, sagte Jessica. »Manche sind sogar sehr gastfreundlich. Ich habe selbst einige Zeit bei ihnen verbracht.«

»Sie sind entführt worden?« fragte das Mädchen. In ihrer Stimme klangen gleichzeitig Grauen und Faszination.

»So würde ich es nicht gerade ausdrücken. Lord Stewart ist ein Freund der Cheyenne. Wir waren ihre Gäste.«

»Ich würde eher mit dem Teufel als mit einer Rothaut Freundschaft schließen; das können Sie mir glauben. Denen darf man nicht über den

Weg trauen.« Sie glättete erneut ihr Kleid und wechselte entschlossen das Thema. »Das ist ein wundervolles Kleid, Ma'am. Haben Sie das aus Frankreich?«

»Ja. Mein Vormund bevorzugt den englischen Stil, aber mir gefällt die schlichte französische Mode besser.«

Das Mädchen warf Wolfe einen kurzen Blick zu. Offenbar fragte es sich, ob es sich bei diesem Vormund um Wolfe handelte.

»Mein Mann«, setzte Jessica hinzu, wobei sie das Wort etwas betonte, »bevorzugt eigentlich gar keine Mode. Habe ich Sie da richtig verstanden, Mr. Lonetree?«

»Hier im Westen ist kein Platz für Seide und Firlefanz, Lady Jessica.«

»Lady?« sagte das Mädchen. »Dann kommen Sie aus England?«

Jessica widerstand der Versuchung, das Mädchen zu verbessern. »So könnte man es ausdrücken.«

»Eine echte Dame von Adel?« fragte das Mädchen neugierig.

»Hier nicht«, sagte Jessica. »Hier bin ich Mrs. Lonetree.«

»Und ich bin Mrs. O'Conner.« Das Mädchen zögerte. »Lonetree ist ein ungewöhnlicher Name.«

»Eigentlich bedeutet der Name ›Einsamer Baum‹, aber Lonetree ist für die meisten Leute einfacher zu merken«, erklärte Wolfe.

»Das hört sich fast ein bißchen indianisch an.«

»Ist es auch.«

Die junge Frau erblaßte. Fassungslos starrte sie Wolfe an. Erst jetzt schien sie den Mann wirklich zur Kenntnis zu nehmen, der sich unter der teuren Kleidung eines Gentlemans verbarg.

»Mein Lord, Ihr seid eine Rothaut!«

»Manchmal«, stimmte er ihr zu. »Bei anderen Gelegenheiten bin ich dann ein hochzivilisierter Bürger des britischen Weltreiches. Hier draußen im Westen bin ich jedoch nur ein einfacher Mann.«

Die junge Mrs. O'Conner stieß einen leisen, unbehaglichen Laut aus und begann, mit zitternden Fingern ihr Taschentuch zusammenzufalten. Dabei gab sie sich redlich Mühe, Wolfe nicht in die Augen zu schauen.

Wolfe seufzte, drückte sich den Hut fester in die Stirn und öffnete die Tür der sanft schaukelnden Postkutsche. Als er sie weit aufgemacht hatte, streckte er die Hand aus und hielt sich am Gepäckträger fest, der sich oben auf dem Dach der Kutsche befand.

»Wolfe, was soll denn...«, fragte Jessica.

»Mrs. O'Conner wird sich wohler fühlen, wenn ich nicht hier drinnen bei den anständigen Bürgern sitze.«

Mit diesen Worten schwang sich Wolfe mit katzenhafter Geschmeidigkeit aufs Dach der Kutsche und setzte sich neben den überraschten Kutscher auf den Bock. Die Tür schlug zu.

»Ihr Benehmen läßt einiges zu wünschen übrig«, sagte Jessica und betrachtete die junge Frau abschätzig. »Mein Wolfe ist ein vollendeter Gentleman, der es, was Höflichkeit angeht, mit jedem Mann in Amerika aufnehmen kann.«

»Meine Familie wurde von den Rothäuten ermordet, als ich zwölf war. Ich hatte mich versteckt, aber ich konnte sehen, was sie Mutter und Sissy angetan haben. Und meine Mutter war im siebten Monat.« Die Hände des Mädchens strichen über die Wölbung seines Bauches. »Das arme Würmchen starb, noch bevor es das Licht der Welt erblickt hatte. Wilde sind das! Blutrünstige Wilde! Ich hoffe, die Armee schickt sie alle in die Hölle zurück, aus der sie gekommen sind.«

Jessica schloß die Augen und wehrte sich gegen die Alpträume, die sich tief in ihrer Erinnerung bedrohlich zu regen begannen. Auch sie hatte Fehlgeburten miterlebt. Die winzigen, bewegungslosen Körper lösten ein Grauen in ihr aus, das mit Worten nicht zu beschreiben war.

Zitternd hüllte sich Jessica in ihren schweren Mantel und wünschte, sie könne sich wieder an Wolfes warmen Körper kuscheln. Sie drückte die schmale Reisetasche fest an sich, in der sich der Gewehrkoffer befand, den Wolfe die ganze Zeit bei sich gehabt hatte.

Mit qualvoller Langsamkeit zog draußen die Landschaft an ihnen vorbei. Jessica unternahm keinen weiteren Versuch, mit Mrs. O'Conner ins Gespräch zu kommen. Der Haß und die Angst in der Stimme des Mädchens, wenn sie von den Indianern sprach, erinnerten Jessica an die englischen Aristokraten. Wenn die sich über den »wilden Sohn des Grafen«, lustig machten, hatte das mit gesundem Menschenverstand genausowenig zu tun. Alles, was sie sahen, war Wolfes Mutter und die Tatsache seiner unehelichen Geburt. Der Mensch selbst interessierte sie kaum.

Schließlich schlief Jessica ein. Sie wurde erst wieder wach, als sie Schüsse hörte und Mrs. O'Conner einen lauten Schrei der Angst ausstieß.

»Indianer!« schrie das Mädchen und bekreuzigte sich ängstlich. »Jesus und Maria, steht mir bei!«

Jessica sprang auf und riß die Vorhänge zur Seite, während die Schreie der jungen Mrs. O'Conner im Inneren der Kutsche widerhallten. Zuerst konnte Jessica nichts weiter erkennen als die eintönige Landschaft. Dann stellte sie fest, daß die Landschaft in Wirklichkeit gar nicht so flach und eintönig war. Das Land war sanft gewellt und bot damit Mensch und Tier Schutz vor den Elementen. Außerdem bot es reichlich Gelegenheit, erschöpfte Reisende in einen Hinterhalt zu lokken. Offenbar hatte hinter einem dieser sanften Hügel eine Gruppe Indianer auf die Postkutsche gewartet.

»O Gott«, flüsterte Jessica, als sie hörte, wie von den Hügeln auf die Kutsche geschossen wurde.

Wolfe saß auf dem Dach der Kutsche, gut sichtbar für jeden Schützen. Der Kutscher hatte gewöhnlich eine Schrotflinte dabei, aber diese Waffe war auf große Entfernungen nicht treffsicher genug. Sie war bestenfalls dazu geeignet, auf kurze Distanz den Weg frei zu schießen, nicht aber, um einen Indianerüberfall abzuwehren.

Die Peitsche des Kutschers knallte immer und immer wieder, während er das Letzte aus den mächtigen Pferden herauszuholen versuchte. Mit jedem Schlagloch schlingerte die Kutsche wild hin und her, und

Schlaglöcher gab es reichlich. Jessica riß sich so gut es ging zusammen und starrte aus dem Fenster.

Die Indianer ritten der Kutsche ein Stück voraus und hielten sich hauptsächlich links von ihr. Für einen sauberen Schuß war die Entfernung zu groß. Langsam kamen sie näher, wobei sie unablässig auf die Kutsche feuerten. Jessica war oft genug bei der Jagd dabeigewesen, um zu erkennen, daß die Falle – wenn es sich wirklich um eine Falle handelte – zu früh zugeschnappt war.

Mrs. O'Conners Schreie hatten mittlerweile die Schmerzgrenze erreicht. Sie fing an, wild an der Tür zu rütteln, als ob es im Inneren der Kutsche nicht sicher genug war. Als Jessica die Hände der jungen Frau ergriff und sie von der Tür wegzerren wollte, ging Mrs. O'Conner wie ein Raubkatze auf sie los. Jessica versetzte ihr eine Ohrfeige, die ihre Hysterie sofort beendete. Ihre Schreie gingen in ein Schluchzen über. Sie ließ sich zu Boden sinken und vergrub das Gesicht in den Händen.

In der plötzlich einsetzenden Stille hörte Jessica, wie Wolfe mit der Faust von außen gegen die Tür hämmerte und dabei ihren Namen rief. Offenbar hatte er so lange versucht, sich Gehör zu verschaffen, bis er die Geduld verloren hatte.

»Jessica, hör mit dem Schreien auf, verdammt noch mal, und reich mir den Gewehrkoffer nach oben!«

Alles, was die verschreckte Mrs. O'Conner hörte, war eine ungeduldige männliche Stimme und undeutliche Worte.

»Was?« schrie sie, und ihre Stimme war so schrill, daß man sie kaum verstehen konnte.

»Der Koffer auf dem Boden!« rief Wolfe noch einmal. »Reich mir den Koffer nach oben!«

Jessica hatte bereits den Koffer ergriffen und reichte ihn durch das geöffnete Fenster nach draußen. Bevor sie noch ein Wort sagen konnte, war ihr der Koffer aus der Hand gerissen. In Sekundenbruchteilen war er verschwunden, so als hätte er Flügel. Jessica mußte sich festhalten, um das wilde Schlingern der Kutsche abzufangen. Dabei warf sie einen

Blick aus dem Fenster. Die Indianer waren in einer Bodensenke verschwunden.

Plötzlich tauchte ein Pferd auf dem Kamm auf und begann, neben der Kutsche herzugaloppieren. Der Reiter klammerte sich tief geduckt an den Rücken seines Pferdes und trieb das Tier, das bereits Schaum vor dem Mund hatte, unbarmherzig an. Der Reiter war kein Indianer.

Eine unregelmäßige Formation von Indianern stürmte mehrere hundert Meter hinter dem Mann den Hang hinauf. Mit vereinzelten Schüssen, die sie auf den Flüchtenden abgaben, versuchten sie ihn aufzuhalten.

Oben auf dem Dach der Kutsche stand Wolfe auf und visierte am matt schimmernden Lauf des Gewehrs entlang die Indianer an. Sie waren mehr als dreihundert Meter entfernt, und die Kutsche schlingerte wild hin und her. Selbst für jemanden mit Wolfes unglaublicher Treffsicherheit war es ein Ding der Unmöglichkeit, unter diesen Bedingungen einen sauberen Schuß abzugeben.

Gelassen nahm sich Wolfe ein Ziel nach dem anderen vor und gab einen Schuß nach dem anderen ab. Dabei beachtete er gar nicht weiter, daß er hier oben auf dem Dach der Kutsche für jeden gut sichtbar war, der auf ihn schießen wollte. Der Mann, der den Indianern zu entkommen versuchte, war in weit größeren Schwierigkeiten als er selbst.

Das Pferd des Fremden fiel um einige Meter hinter die Kutsche zurück. Alles, was die Indianer jetzt noch davon abhielt, ihr Opfer zur Strecke zu bringen, war das vernichtende Feuer, das ihnen vom Dach der heftig schaukelnden Postkutsche entgegenschlug.

Mit zusammengebissenen Zähnen und einem Gebet auf den Lippen beobachtete Jessica, wie der Mann in einer langgezogenen Kurve auf die Kutsche zusteuerte. Als er direkt neben der Kutsche war, riß sie die Tür auf und stieß Mrs. O'Conner beiseite.

Der Reiter stellte sich in den Steigbügeln auf, ergriff mit der rechten Hand den Gepäckträger und schwang sich durch die geöffnete Tür ins

Innere der Kutsche. Erst jetzt fiel Jessica auf, wie groß der Mann war. Er war ein ganzes Stück größer als Wolfe.

Sie zog die Tür hinter dem Mann zu. Eine Kugel prallte mit einem gespenstischen Heulen vom eisernen Beschlag eines Rades ab.

»Besten Dank, Ma'am«, sagte der Fremde. »Können Sie mir vielleicht sagen, ob dem Gentleman auf dem Dach inzwischen die Munition ausgeht?«

»O Gott!« Jessica ergriff Wolfes Reisetasche und begann hastig darin zu wühlen. »Irgendwo hier muß welche sein. Sie war ein Hochzeitsgeschenk, genau wie das Repetiergewehr.«

»Das hört sich nach einer Hochzeit an, an der ich auch meinen Spaß gehabt hätte.«

Jessica schaute auf und sah in die müden, wenn auch leicht belustigten grauen Augen des Fremden. Ohne ein weiteres Wort streckte sie die Hände aus. In jeder Handfläche lag eine Schachtel mit Munition. Entsetzt bemerkte sie, daß dem Fremden Blut aus einem Ärmel tropfte.

»Sie sind ja verletzt!«

»Ich werde es überleben, was ich Ihnen und Ihrem Mann zu verdanken habe. Mit der rechten Hand kann ich nun einmal nicht schießen, und mein Pferd hätte es bestimmt auch nicht geschafft, diesen Indianern davonzulaufen.«

Instinktiv duckten sich die beiden, als von draußen ein Kugelhagel gegen die Wand der Kutsche prasselte. Ein Pfeil durchschlug einen der seitlichen Vorhänge und bohrte sich in die gegenüberliegende Wand, wo Mrs. O'Conner sich zusammengekauert hatte. Beim Anblick des Pfeils begann sie erneut zu kreischen.

Der Fremde schenkte der Schwangeren weiter keine Beachtung. Er ergriff eine Handvoll Munition und wandte sich einem der vorderen Fenster zu. Sein schrilles Pfeifen übertönte das Kreischen des Mädchens. Durch den zerrissenen Vorhang streckte er seinen Arm so weit es ging in Richtung Kutschbock. Noch im selben Moment riß ihm jemand die Munition aus der Hand.

Die Kutsche schlingerte wild hin und her, so daß der Mann mit dem verwundeten Arm gegen die Wand geschleudert wurde. Mit einem unterdrückten Fluch ließ er sich in einen der Sitze sinken, griff unbeholfen zu seiner anderen Körperseite hinüber und zog mit der rechten Hand seinen Revolver.

Mrs. O'Conner kreischte, was das Zeug hielt.

Jessica lehnte sich über den breitschultrigen Fremden und begann, Mrs. O'Conner zu schütteln. Als das nichts half, ohrfeigte Jessica sie gerade fest genug, um ihre Aufmerksamkeit zu bekommen. Das Kreischen hörte genauso abrupt auf, wie es begonnen hatte.

»Ist ja schon gut«, sagte Jessica, nahm das zu Tode erschreckte Mädchen in den Arm und streichelte ihr aufgelöstes Haar. »Schreien hilft auch nicht weiter. Davon bekommen Sie nur Halsschmerzen. Wir werden schon durchkommen. Es gibt keinen besseren Schützen als meinen Mann.«

»Das kann ich nur bestätigen«, sagte der Fremde, ohne den Blick vom Fenster abzuwenden. »Er sitzt da oben wie ein Gentleman auf seinem Schießstand, und was er aufs Korn nimmt, das trifft er auch jedesmal.«

Mrs. O'Conner zuckte zusammen, als Wolfe erneut das Feuer eröffnete. Diesmal fing sie jedoch nicht wieder an zu kreischen. Schützend legte sie die Arme um ihren Bauch und zitterte, während die Kutsche sie hin und her schüttelte. Jessica warf ihr ein ermutigendes Lächeln zu, bevor sie sich wieder dem Fremden zuwandte.

»Kann ich Ihnen irgendwie helfen, Sir?«

»Es ist lange her, seit mich jemand mit ›Sir‹ angesprochen hat«, sagte er mit einem undurchschaubaren Lächeln. »Mein Name ist Rafe.«

»Mr. Rafe...«

»Einfach nur Rafe.«

Er feuerte einen Schuß ab und stöhnte mit zusammengebissenen Zähnen, als er mit seinem verwundeten Arm gegen die Wand der Kutsche stieß.

»Sparen Sie die Munition«, sagte Jessica, während sie Rafes Jacke aufknöpfte. »Wolfe hat die Lage im Griff. Ich will mich erst einmal um Ihre Verletzung kümmern.«

»Wolfe? Ist das Ihr Mann?«

Sie nickte.

»Was für ein Glückspilz.«

Überrascht schaute Jessica auf. Rafe beobachtete sie mit seinen hellen, grauen Augen. Sein Blick war voller Bewunderung, ohne dabei aufdringlich zu wirken. Sie lächelte verunsichert und machte sich wieder daran, Rafe die Jacke auszuziehen.

»Glück ist Ansichtssache«, sagte sie. »Können Sie die Jacke über die rechte Schulter ziehen?«

Von oben erklangen erneut Schüsse. Die Indianer erwiderten das Feuer, aber die Schüsse waren spärlich und klangen, als wenn sie von weit her kamen. Rafe schaute aus dem Fenster, steckte den Revolver weg und quälte sich aus seiner schweren Jacke. Jessica wurde noch einmal daran erinnert, wie groß der Mann war. Wäre da nicht ein Funken Humor in Rafes Augen gewesen, so hätte er eine ziemlich furchteinflößende Gestalt abgegeben.

»Sie sind immer noch hinter uns her«, sagte Rafe. »Ihr Mann mit seinem Gewehr ist wirklich beeindruckend. Bestimmt machen die Pferde der Indianer das nicht mehr lange mit. Die Kerle hatten mich schon ein ganzes Stück verfolgt, bevor ich auf die Route der Postkutsche gestoßen bin.«

Mit seinem unverletzten Arm hielt Rafe sich selbst und Jessica fest, während sie in der wild auf und ab springenden Kutsche seine Verletzung begutachtete. Besorgt verzog sie das Gesicht, als sie sah, wie blutdurchtränkt sein graues Wollhemd war. Ohne ein weiteres Wort riß sie sein Hemd noch weiter auf, um besser an die Wunde heranzukommen. Nachdem sie Rafes muskelbepackten Arm untersucht hatte, atmete sie erleichtert auf.

»Es ist nicht so schlimm, wie ich befürchtet hatte«, sagte sie und hob den Saum ihres Rocks. »Die Kugel hat den Knochen nicht getroffen. Sie haben ein Stück Haut und Muskeln verloren, aber davon haben Sie ja genug. Haben Sie ein Messer?«

Rafe zog ein langes Messer aus der Scheide an seinem Gürtel und reichte es ihr mit dem Griff vorneweg. »Passen Sie auf. Mit dem Messer rasiere ich mich morgens.«

Vorsichtig ergriff sie das Messer und warf einen kurzen Blick auf die bronzefarbenen Stoppeln, die sein Gesicht bedeckten. Dabei lächelte sie in sich hinein. »Tatsächlich? Und wann war das das letzte Mal?«

Er lachte kopfschüttelnd und sagte dann: »Sie erinnern mich an meine Schwester. Die war auch so ein kleines vorlautes Ding. Jedenfalls war sie das früher. Ich habe sie schon seit Jahren nicht mehr gesehen. Das ist jetzt auch schon viel zu lange her. Wenn man den Drang hat, in der Gegend herumzuziehen, bekommt man seine Familie genauso selten zu sehen, als wenn einen das Goldfieber gepackt hat.«

Mit bemerkenswerter Geschwindigkeit schnitt Jessica ihren Petticoat in Streifen. Das Messer war tatsächlich rasiermesserscharf. Es glitt mühelos durch die feine, eisblaue Seide des Petticoats, dessen Farbe zu der ihres Kleides paßte. Während sie Rafes Arm verband, wurde draußen wieder geschossen.

Rafe horchte auf. Diesmal blieb das Feuer unerwidert. »Hört sich ganz so an, als hätten sie aufgegeben.«

»Gott sei Dank«, sagte Jessica aus tiefstem Herzen. »Wolfe war da oben so ungeschützt.«

»Sie waren selbst die ganze Zeit in der Schußlinie, Ma'am. Die Wände der Kutsche sind nicht dick genug, um eine Kugel auf kurze Entfernung aufzuhalten.«

»Daran hatte ich gar nicht gedacht«, gab sie zu. »Ich war zu sehr um Wolfe besorgt.«

»Wie ich schon sagte: der Mann ist ein Glückspilz.«

»Vielleicht findet er das eines Tages auch«, sagte Jessica leise. Sie riß die Seide in der Mitte durch und verknotete den Verband.

»Na bitte. Das müßte die Blutung zum Stillstand bringen. Bei der nächsten Station wasche ich die Wunde mit Seife und sauberem Wasser noch einmal aus.«

»Das ist wirklich nicht nötig.«

»Ich glaube doch«, sagte sie, während sie Rafe in die Jacke half. »Ein Mann namens Semmelweis hat herausgefunden, daß sich das Kindbettfieber vermeiden läßt, wenn sich der Arzt vor jedem neuen Patienten die Hände wäscht. Wenn sich eine Infektion vermeiden läßt, indem man sich die Hände wäscht, wird das wohl auch für andere Arten gelten.«

»Sind Sie Krankenschwester?« fragte Rafe und streifte sich mit ihrer Hilfe einen Ärmel über. »Sie haben sehr sanfte und geschickte Hände.«

Jessica lächelte. »Vielen Dank fürs Kompliment, aber ich hatte nie eine richtige Ausbildung. Mein Vormund hat mir beigebracht, wie man mit den kleinen Notfällen umgeht, die tagtäglich vorkommen können, wenn man auf einem Schloß auf dem Lande lebt – Knochenbrüche, Fieber, Kratzer und solche Dinge. Außerdem habe ich Erfahrung im Umgang mit Schwangerschaften und Geburten.«

Genug jedenfalls, um zu wissen, daß ich damit nichts zu tun haben will, setzte Jessica im stillen hinzu. Dann drehte sie sich um und kümmerte sich um das Mädchen, das immer noch die Arme fest um sich gelegt hatte. *Wenn mir meine Mutter auch weiter nichts beigebracht hat, dann wenigstens das.*

»Ist alles in Ordnung, Mrs. O'Conner?« fragte Jessica.

Das Mädchen nickte wie betäubt.

»Und das Baby?« fragte Jessica ohne zu zögern, während sie dem Mädchen die Hände unter den Mantel steckte und vorsichtig ihren Bauch betastete. »Geht es dem Baby auch gut?«

Zuerst starrte das Mädchen sie nur stumm an. Dann jedoch begann ihre Teilnahmslosigkeit zu verfliegen, als sie spürte, wie sich sanfte weibliche Hände auf ihren Bauch legten.

»Haben Sie Schmerzen?« fragte Jessica.

Mrs. O'Conner schüttelte den Kopf.

Jessica stieß einen lautlosen Seufzer der Erleichterung aus. Der Bauch des Mädchens war weich und gab bereitwillig dem Druck ihrer Hände nach. Wenn die Wehen verfrüht eingesetzt hätten, wäre jeder Muskel angespannt gewesen. Mit einem zuversichtlichen Lächeln legte Jessica den Mantel um das Mädchen und setzte sich neben sie auf die Bank, während Rafe die gegenüberliegende Sitzbank ganz für sich allein hatte.

»Sagen Sie mir, wenn Sie eine Veränderung spüren«, sagte Jessica.

Das Mädchen nickte und lächelte dann schüchtern. »Vielen Dank, Ma'am. Es tut mir leid, wenn ich Ihren Mann beleidigt habe. Es ist nur ...« Ihre Stimme erstarb, und mit zitternden Händen bekreuzigte sie sich. »Ich habe solche Angst vor den Indianern. Ich ... ich schäme mich beinahe dafür.«

»Machen Sie sich darüber nur keine Sorgen«, sagte Jessica. Jetzt, als der Augenblick der Gefahr vorbei war, überkam sie plötzlich ein überwältigendes Gefühl der Erschöpfung. »Ich habe vollstes Verständnis für Ihre Alpträume und Ängste.«

Als das Mädchen sah, daß Jessicas Hände zitterten, rief sie erstaunt: »Sie haben ja auch Angst!«

»Selbstverständlich habe ich Angst. Ich weiß selbst sehr genau, wenn mich jemand zu überfallen oder zu ermorden versucht. Ich habe einfach nur gelernt, meine Angst zu verstecken.«

Jessica schob die Hände unter den Mantel, zog ihn enger um sich und schloß die Augen. Insgeheim mußte sie sich zusammenreißen, um die Selbstbeherrschung nicht zu verlieren. Es war alles viel einfacher, als sie noch etwas zu tun hatte. Statt dessen hockte sie jetzt hier wie ein Hühnchen, das auf den Metzger wartet.

Nach und nach fielen nur noch vereinzelte Schüsse, und schließlich hörte das Schießen ganz auf. Die Kutsche verlangsamte ihr Tempo allerdings nicht. Eines der Schlaglöcher in der Straße war so tief, daß die Hinterräder vollkommen vom Boden abhoben und Jessica und

Mrs. O'Conner vom Sitz hochflogen und quer über den schmalen Mittelgang gegen Rafe geschleudert wurden. Jessicas Kopf schlug dabei gegen die Wand der Kutsche und für einen Moment war ihr, als würde sie ohnmächtig.

Mit seinem rechten Arm fing Rafe sie auf und drückte sie gegen seine Brust, während die Kutsche auf den Boden aufprallte.

»Es tut mir wirklich leid«, sagte Mrs. O'Conner mit gerötetem Gesicht, während sie sich aufrappelte und sich wieder auf ihren Platz setzte.

»Kein Problem«, sagte Rafe. »Ma'am? Ist alles in Ordnung?«

Benommen schüttelte sich Jessica, um wieder einen klaren Kopf zu bekommen. Von allen Seiten gleichzeitig strömten verwirrende Geräusche auf sie ein. Es war ihr unmöglich, einen klaren Gedanken zu fassen oder etwas zu sagen. Schneller und schneller breitete sich die Dunkelheit um sie herum aus.

Obwohl Jessica genau wußte, daß sie nicht gewinnen konnte, kämpfte sie gegen die dunkle Flut an, die über ihr zusammenzuschlagen drohte. Ihr letzter klarer Gedanke, bevor sie die Besinnung verlor, war die schreckliche Gewißheit, daß sich ihre Mutter jedesmal genauso wie sie jetzt gefühlt haben mußte, wenn der Graf sie trotz ihrer Schreie und geballten Fäuste ins eheliche Bett zerrte, wo er den Samen in sie pflanzte, der sie eines Tages in Stücke reißen würde.

Mrs. O'Conner stieß einen Schrei des Entsetzens aus und kniete sich im engen Mittelgang vor Jessica hin. »Mrs. Lonetree?«

Rafe versuchte erst gar nicht, Jessica anzusprechen. Er hatte gespürt, wie ihr ganzer Körper mit einem Mal erschlaffte. Er drückte ihre Wange an seine Brust, legte ihr die Handfläche aufs Ohr und pfiff dann laut genug, um Glas zerspringen zu lassen, was die Aufmerksamkeit der Männer auf dem Dach der Kutsche zu ihnen lenkte.

»Langsamer!« rief Rafe. »Eine der Frauen ist verletzt!«

Die Worte gingen Wolfe durch und durch. Er beugte sich so weit es ging über die Befestigung und schaute durch die zerrissenen Vorhänge ins Innere der Kutsche. Zuerst konnte er nichts erkennen. Dann machte Mrs. O'Conner einen Schritt zur Seite, und er sah, daß Jessica in den Armen des Fremden lag.

Die Kutsche war noch nicht ganz zum Stehen gekommen, als Wolfe vom Kutschbock sprang, ein paar Schritte neben der Kutsche herlief und die Tür aufriß. Flink wie eine Katze schwang er sich ins Innere.

»Ist sie getroffen?« fragte er und legte das Gewehr beiseite, das er immer noch in der Hand hielt.

»Nein«, sagte Rafe. »Als die Räder durch ein Schlagloch holperten, wurde sie hochgeschleudert. Sie hat sich den Kopf gestoßen und die Besinnung verloren.«

Wolfe schnaubte verächtlich. »Na, das erklärt jedenfalls, warum das Kreischen aufgehört hat.«

Rafe warf ihm einen erstaunten Blick zu, den Wolfe jedoch nicht bemerkte. Er war zu beschäftigt damit, dem Fremden Jessica vom Schoß zu nehmen und sie auf den eigenen zu heben. Mrs. O'Conner machte ihm Platz und rutschte in die äußerste Ecke der Sitzbank. Wolfe bemerkte das Mädchen kaum. Er bemühte sich, der plötzlichen Wut Einhalt zu gebieten, die über ihn gekommen war, als er Jessica in den Armen eines anderen Mannes gesehen hatte.

»Das war ein abenteuerliches Kunststück, das Sie da abgezogen haben, Mister«, sagte Wolfe, während er den blauen Fleck untersuchte, der sich an Jessicas Schläfe zu bilden begann. »Ich könnte nicht behaupten, ich hätte schon einmal jemanden so in eine Kutsche einsteigen sehen.«

»Rafe ist mein Name, und ohne Ihre Schießkünste und die Geistesgegenwart Ihrer Frau hätte ich nicht die geringste Chance gehabt. Wenn sie nicht die Tür aufgemacht hätte, wäre es mir wahrscheinlich niemals gelungen, mich mit einer Hand aufs Dach der Kutsche hochzuziehen.«

»Danken Sie Mrs. O'Conner. Ich befürchte, meine Frau hat die falsche Erziehung genossen, um eine Krise wie diese zu überstehen«, sagte Wolfe mürrisch. Er schaute Mrs. O'Conner an. »Erlauben Sie mir, mich auch bei Ihnen zu bedanken. Wenn Sie nicht den Mut gehabt hätten, mir den Gewehrkoffer nach oben zu reichen und sich damit ungeschützt dem Feuer auszusetzen, wären wir bestimmt nicht so leicht davongekommen.«

»Ich…« Die Stimme des Mädchens erstarb, als sie den grimmigen Ausdruck auf Wolfes Gesicht sah. Das indianische Blut in Wolfes Adern war deutlich zu erkennen. Ängstlich wandte sie den Blick ab. »Ich habe gar nichts gemacht.«

Wolfe vermutete, daß das Mädchen einfach nur bescheiden war. Er lächelte sie an und schaute dann wieder auf Jessica herunter. Sein Lächeln erstarb. Sie sah sehr klein und sehr zerbrechlich aus. Ihr Gesicht war blutleer. Sogar ihre Lippen, die sonst die Farbe reifer Kirschen hatten, waren jetzt bleich.

Willst du mir jetzt vielleicht endlich recht geben? fragte Wolfe stillschweigend seine ohnmächtige Frau. *Du bist nicht dazu geeignet, im Westen zu überleben, und schon gar nicht, um hier Kinder großzuziehen. Du bist ein Geschöpf aus Flitter und Mondlicht, eine Aristokratin, die keiner wirklichen Belastung standhalten kann. Was du brauchst, ist ein reicher Mann aus gutem Hause, der dich in Samt und Seide packen und dich vor allen Gefahren beschützen kann.*

Und dieser Mann bin ich nun einmal nicht. Und werde es auch nie sein. Ich kann mich genausowenig ändern, wie du dich in eine Frau wie Willow verwandeln kannst. Ich kann nur versuchen, dich so lange am Leben zu halten, bis sogar deine Sturheit der Wahrheit weichen muß.

Wir passen eben einfach nicht zusammen.

Während Wolfe Jessicas zerbrechlichen Körper in den Armen hielt, verfluchte er sie und sich selbst im stillen dafür, daß sie ihr Leben in ein dermaßen rettungsloses Durcheinander verwandelt hatten. Tief in seinem Inneren jedoch verfluchte er sein Verlangen nach ihr, das ihn sogar jetzt nicht losließ. Mit jeder Faser seines Körpers sehnte er sich nach ihrem Anblick und ihrem Duft, obgleich er genau wußte, daß sie ihm niemals gehören würde. Erst wenn sie dieses Begehren erfüllt hatte, würde ihre Ehe wirklich und tatsächlich ein Bündnis bis in den Tod sein.

Als Jessica die Augen aufschlug, drehte sich die Welt um sie herum. Im Mittelpunkt dieser Welt wartete auf sie ein Alptraum, dessen dunkle Augen finster und unbarmherzig auf sie herabstarrten. Mit einem unterdrückten Aufschrei versuchte sie zu entkommen. Wolfes Hand legte sich unerbittlich auf ihren Mund, während er sie fest an sich drückte. Die Mühelosigkeit, mit der Wolfe ihren Widerstand im Keim erstickte, hätte Jessica in wilde Panik ausbrechen lassen, wenn sie nicht im letzten Augenblick erkannt hätte, daß er es war. Ihre Gegenwehr hörte augenblicklich auf. Sie wußte genau, daß Wolfe ihr niemals weh tun würde.

»Bist du fertig?« fragte Wolfe.

Jessica nickte nur. Mit seiner Hand vor ihrem Mund brachte sie kein Wort heraus.

»Gut. Wir haben nämlich erst einmal genug von deinem Geschrei.«

»Solange ich hier war, hat sie kein einziges Mal geschrien«, wandte Rafe ein.

Wolfe warf dem Fremden einen Blick zu, der jeden anderen hätte zu Eis erstarren lassen.

Rafe schien dieser Blick nicht weiter zu stören.

»Außerdem weiß sie, wie man eine Schußwunde verbindet«, setzte er hinzu und öffnete seine Jacke einen Spalt, um seinen Arm vorzuzeigen.

Jetzt erst sah Wolfe, daß Rafe verwundet war. Dann fiel Wolfe auf, daß der Verband aus der gleichen eisblauen Seide bestand wie Jessicas Kleid und daß dieses Kleid genau die gleiche Farbe hatte wie Jessicas Augen. Genau diese Augen beobachteten ihn in diesem Moment mit einem frostigen Blick. Er nahm die Hand von ihrem Mund.

»Vielen Dank, Mylord«, sagte Jessica. Ihre Stimme klang genauso eisig, wie ihre Augen aussahen.

»Ich bin kein Lord.«

»Und ich bin keine kreischende Vogelscheuche.«

»Wie man sich doch irren kann.«

»Er ist ist gar nicht so schwer, einem Mann etwas vorzumachen, der nicht nur blind und taub, sondern obendrein auch noch dumm ist.«

Rafe versuchte sein Lachen zu verbergen, indem er zu husten begann. »Wie geht es Ihrem Kopf, Ma'am?«

»Der sitzt immer noch an der richtigen Stelle.« Jessica schloß für einen Moment die Augen. »Genau wie meine Zunge.«

Sie betrachtete Wolfe und mußte an all ihre guten Vorsätze denken, in seiner Gegenwart stets liebevoll, sanft, charmant und gutmütig zu sein. Erneut rollte eine schwarze Welle der Erschöpfung über sie hinweg. Was für ein einsames Dasein man fristen mußte, wenn man mit einem Mann verheiratet war, der einen mit solch mitleidslosen Augen ansah.

»Es tut mir leid«, sagte Jessica schließlich. Ihre Stimme war so leise, daß nur Wolfe sie verstehen konnte. »Ich habe dir nichts weiter als Schwierigkeiten bereitet. Ich wünschte, wir könnten noch einmal zu der Zeit zurückkehren, als du gekommen bist, um mich vor dem Sturm zu bewahren. Aber das ist wohl unmöglich. Ja, auch das tut mir leid.«

»Wir können all dem sofort ein Ende bereiten, Jessica. Ein Wort von dir genügt.«

»Niemals, mein geliebtes Halbblut«, sagte sie leise und dachte dabei an das Grauen, das sie gepackt hatte, als Lord Gores Zähne und seine Hände ihre nackte Haut berührt hatten. »*Niemals*.«

Jessica konnte Wolfes Blick nicht länger ertragen. Sie senkte die Augen. Ihr fehlte die Kraft, gegen ihn oder gegen den Schmerz anzukämpfen, der mit jedem Ruck der Kutsche in ihren Schläfen hämmerte. Eine bedrohliche Finsternis breitete sich um sie herum aus; eine Finsternis, die sie nur mit äußerster Kraft zurückhalten konnte. Doch wenn sie jetzt matt und kraftlos war, lag es nicht daran, daß sie sich den Kopf gestoßen hatte. Es war die Anstrengung, mit der sie gegen das grauenhafte Dunkel ihrer halbvergessenen Träume ankämpfte, die ihr das Letzte abverlangte.

Irgendwo tief in ihrem Inneren schrie ein kleines Mädchen sein Grauen in den Wind... und als die Dunkelheit ihm antwortete, kehrten Erinnerungen zurück, wo vorher nur gähnende Leere gewesen war.

»Jessica?«

Sie gab keine Antwort.

Zuerst dachte Wolfe, sie hätte noch einmal die Besinnung verloren. Dann sah er, daß sie mit weit geöffneten Augen auf etwas starrte, das nur sie allein sehen konnte.

Etwas Grauenhaftes.

Ein kalter Schauer überlief Wolfe bei dem Gedanken, welche Ängste Jessica während des Überfalls ausgestanden haben mußte. Trotz seines Vorsatzes, nicht eher Ruhe zu geben, bis sie einer Annullierung zugestimmt hatte, konnte er nicht anders, als sie fester an sich zu drücken. Beruhigend wiegte er sie hin und her. In diesem Moment war sie zu schwach, um selbst auf sich achtzugeben.

»Jessi«, flüsterte er ihr leise ins Ohr. »Laß mich gehen. Ich will dir nicht mehr weh tun müssen.«

Er hätte schwören können, daß sie ihn gehört hatte, doch sie gab keine Antwort.

»Ist es das, was du willst?« fragte er ärgerlich. »Wer sich keine Blöße gibt, kann nicht verletzt werden?«

Jessica gab keine Antwort und rührte sich nicht. Es war, als ob sie kein einziges seiner Worte gehört hätte.

»Na gut, wie du willst«, sagte Wolfe. Seine Stimme klang, als hätte er alle Hoffnung aufgegeben. »Wer sich keine Blöße gibt, kann auch nicht verletzt werden.«

4

Hinter Wolfes Haus erhoben sich steil die Rocky Mountains. Ihre eisbedeckten Gipfel waren von Wolken verhüllt und ihre breiten Schultern vom Wechsel der Jahreszeiten gezeichnet. An ihrem Fuße endete die Prärie, die Jessica zu lieben gelernt hatte, als sie zusammen mit Lord Stewart hier auf der Jagd war. Wolfes Haus hatte sie noch nie zuvor gesehen, weil Lord Stewart lieber weiter nördlich in Wyoming auf die Jagd ging. Sie hatte sich Wolfes Haus nicht ganz so groß vorgestellt. Sie wußte, daß die meisten Amerikaner auf Luxus keinen besonderen Wert legten und sich keine großzügigen Landhäuser wie die von Lord Stewart leisten konnten.

Auch hatte sie keine Vorstellung davon, auf welch engem Raum man in einem kleinen Haus zusammen auskommen mußte. Wolfe dagegen wußte genau, was sie erwartete. Er hatte sich regelrecht darauf gefreut, die Enttäuschung auf ihrem Gesicht zu sehen, und insgeheim darauf gehofft, daß er um so schneller den Kampf um die Annullierung ihrer Ehe gewinnen würde.

»Dein Haus ist ja ganz schön, aber ...« Jessicas Stimme erstarb.

»Aber?« erkundigte sich Wolfe. Er wußte genau, daß er Jessica mit seiner Frage in die Enge trieb.

»Es gibt nur ein einziges Schlafzimmer.«

Voller Schadenfreude zog er seine schwarzen Augenbrauen in die Höhe. »Bist du da sicher?«

»Allerdings«, sagte Jessica und fiel in den mürrischen Tonfall zurück, den sie so tapfer zu unterdrücken versucht hatte. »Und in diesem Schlafzimmer steht nur ein einziges Bett.« – Er nickte.

Jessica versuchte, ihrem Lächeln einen spielerisch herausfordernden Ausdruck zu verleihen, als sie ihn fragte: »Willst du etwa dein Lager unten am Fluß bei den Vögeln aufschlagen?«

»Warum sollte ich das tun? Das Bett ist groß genug für zwei.«

»Wolfe, es ist mein Ernst.«

»Meiner auch. Ich bin kein Aristokrat, Mylady. Ich bin nur ein Halbblut ohne Rang und Namen. In Amerika haben die einfachen Leute einen interessanten Brauch – Verheiratete schlafen im selben Bett.«

Jessicas Herz begann wie wild zu pochen. Sie faltete die Hände, um ihr Zittern zu verbergen, und setzte ein argloses Lächeln auf.

»Du willst dich über mich lustig machen.«

Er lachte und sagte dann mit ernster Stimme: »Nein, ganz bestimmt nicht.«

»Bist du sicher?« fragte Jessica. Obwohl ihre Stimme unbekümmert klang, lag etwas Flehentliches in ihrem Blick. »Keine Frau könnte es ertragen, Nacht für Nacht neben ihrem Mann zu schlafen.«

»Eine vornehme Dame natürlich nicht«, erwiderte Wolfe. »Aber die Frauen hier im Westen sehen das anders. Frag nur Willow Black. Jede Nacht teilt sie sich regelmäßig mit Caleb das Bett, und tagsüber sind beide damit beschäftigt, glücklich und zufrieden auszusehen.«

Jessica hörte den Klang in Wolfes Stimme, der ihr verriet, wie sehr er sie begehrte. Für einen Moment vergaß sie ihre Angst davor, nicht nur mit ihm im selben Zimmer zu schlafen, sondern auch im selben Bett.

»Womit wir wieder bei Willow angelangt wären«, sagte Jessica und versteckte ihren Ärger, indem sie laut seufzte. »Wenn man dir glauben kann, muß sie ja eine wahre Traumfrau sein.«

»Ist sie auch.«

»Und wo schlafen die Frauen hier im Westen, die keine Traumfrauen sind?« fragte Jessica. Sie hatte sich inzwischen wieder ein wenig beruhigt. »Im Stall?«

»Nur wenn sie die Pferde nicht erschrecken.«

»Der Stall kommt also für mich nicht in Frage.« Sie nahm ihren Hut ab und schüttelte ihr Haar. »Die Pferde brauchen nur einen Blick auf mein Haar zu werfen und schon werden sie glauben, das Heu steht in Flammen.«

Wolfe mußte lächeln. Seit dem Überfall auf die Postkutsche war kein Tag vergangen, an dem er sich in Jessicas Gesellschaft nicht ausgesprochen wohl gefühlt hatte. Sie war beinahe ausnahmslos gut gelaunt, freundlich und witzig. Mit ihrem Charme hatte sie allen Mitreisenden die lange Fahrt angenehmer gemacht, wenn es da nicht eine Kleinigkeit gegeben hätte, die Wolfe störte.

Diese Kleinigkeit war der breitschultrige, blonde Fremde, von dem er nichts weiter wußte als seinen Vornamen: Rafe.

Wolfe und Rafe waren stillschweigend zu der Übereinkunft gekommen, daß es auf Dauer nicht gutgehen konnte, wenn sie sich beide die Kutsche mit einer gutgelaunten, jungen Frau teilen mußten. Ohne daß ein weiteres Wort notwendig war, hatte Rafe den Rest der Fahrt oben beim Kutscher auf dem Bock verbracht. Als sie zum zweiten Mal haltmachten, hatte Rafe einem Mann von der Ostküste, den das Heimweh plagte, Pferd und Sattel abgekauft und war der untergehenden Sonne entgegen davongeritten. Vorher hatte er sich noch einmal bei Jessica dafür bedankt, daß sie sich so freundlich um seine Verletzung gekümmert hatte.

Wolfe fand Rafes Interesse an Jessica unangebracht. Insgeheim hatte er sich sogar darüber geärgert, daß Jessica Rafe noch so lange hinterhergeschaut hatte, bis er im blutroten Sonnenuntergang verschwunden war. Wolfe fragte sich, ob sich Jessica wohl genauso erschreckt hätte, wenn sie in der Kutsche in Rafes statt in seinen Armen zu sich gekommen wäre.

»Du kannst in meinem Bett schlafen, wie es sich für eine Frau hier draußen im Westen gehört, oder du kannst im Wohnzimmer am Kamin schlafen wie meine Jagdhunde«, sagte Wolfe kühl. »Du kannst es dir aussuchen, genauso wie du dir diese Ehe ausgesucht hast.«

Jessica rang sich ein mühsames Lächeln ab. »Das ist sehr großzügig von dir. Ich weiß, wie gern du deine Hunde hast.«

Wolfes indigofarbene Augen verengten sich mißtrauisch, aber noch bevor er etwas hinzusetzen konnte, drehte Jessica ihm den Rücken zu und sah sich im Schlafzimmer um. Auf den ersten Blick konnte sie nicht genau sagen, woran es lag, daß die Formen und Farben, mit denen das Zimmer ausgestattet war, so ansprechend auf sie wirkten. Das Zimmer hatte viel mit Wolfe gemein: es war elegant und gleichzeitig sehr männlich. Es hatte etwas von der Eleganz eines Falken oder eines Berglöwen; eine Eleganz, die mehr mit einem Sinn für Ausgewogenheit und Kraft zu tun hatte als mit bloßer Schönheit.

Genau wie die Außenwände des Hauses, so bestand auch das Innere der Zimmerwände aus groben, geschälten Baumstämmen. Im Inneren des Hauses waren die Stämme glattgehobelt und auf Hochglanz poliert, was den Zimmern eine warme, behagliche Stimmung verlieh. Jemand, der ganz offensichtlich etwas für die fließende Maserung des Holzes übrig hatte, hatte die Möbel gebaut. Ihre schlichten Formen überraschten Jessica, die an europäischen Luxus gewöhnt war.

Sie konnte den Blick vom Bett und der Kommode, vom Tisch und den Stühlen nicht abwenden. Ihre Formen erinnerten sie an eine Formation fliegender Gänse vor dem Hintergrund eines herbstlichen Abendhimmels. Die bunten Decken und das mattschimmernde Überbett aus Fell standen den kostbaren Laken eines Grafen in nichts nach. Wie ein funkelnder Blumenstrauß aus Kristall stand ein Leuchter auf dem Nachttisch; im Gegensatz zu einem echten Blumenstrauß würden seine Blüten jedoch niemals verwelken und vergehen.

»Du hast wirklich ein gutes Gespür für Farben und Formen«, sagte Jessica anerkennend. »Das Zimmer ist sehr schön. Die Möbel sind ... außergewöhnlich.«

»Höre ich da einen Hauch von Ironie in Eurer Stimme, Lady Jessica?« erwiderte Wolfe und sah sich in seinem Schlafzimmer um.

Der unerwartet bittere Tonfall in seiner Stimme ließ sie zusammenzucken. Bevor sie noch etwas sagen konnte, sprach er weiter.

»Ein Shaker, der als Zimmermann herumgezogen ist, hat sich über den Winter hier einquartiert. Im Austausch für Kost und Logis hat er mir diese Möbel gebaut. Die Decken sind gewöhnliche Handelsware von der Hudson Bay Company, genauso wie das Fell.«

»Wenn ich etwas ironisch meine«, sagte Jessica beleidigt, »dann brauchst du nicht erst zu fragen. Das merkst du dann schon.«

»Tatsächlich? Dann verrate mir, was du in diesem Zimmer siehst, das dem Auge einer echten Lady gefallen könnte.«

»Viele Dinge«, sagte Jessica. Es kam ihr vor, als wollte er sie auf die Probe stellen. »Die Formen der Möbel sind von einer schlichten Eleganz. Das hebt nicht nur die angenehme Wärme des Feuers hervor, sondern auch die leuchtenden Farben der Decken und die einladende Oberfläche des Fells. Selbst der Kamin ist eine geschickte Konstruktion, die sich gleichzeitig zu zwei Zimmern hin öffnet. Und das da hinter dem Vorhang ist eine Badewanne, nehme ich an?«

»Ja.«

»Die ist ziemlich groß.«

»Genauso wie ich.«

Wolfe bemerkte, wie Jessica mit den Fingerspitzen über die sanft geschwungene Lehne eines Stuhls strich, der direkt neben ihr stand.

»Du hast alles, was man zur Bequemlichkeit braucht, und Schönheit obendrein«, sagte sie leise. »Wer das gebaut hat, versteht es wirklich, mit Holz umzugehen. Siehst du, wie sich die Form des Stuhls der Maserung des Holzes anpaßt und ihr folgt?«

Wolfe sah sogar noch mehr als das. Er sah die Sinnlichkeit, die in Jessica schlummerte. Er sah die unterdrückte Leidenschaft, die sie bei der Berührung mit dem glatten Holz empfand, als sie mit den Fingerspitzen darüberstrich.

»Und das Fell«, sagte sie, indem sie zum Fuß des Bettes hinüberging, »ist einfach unbeschreiblich.«

»Das ist Schneefuchs«, sagte Wolfe. »Den findet man nur dort, wo die Täler der Gletscher genau die gleiche Farbe haben wie deine Augen.«

»Und was ist das für eine Farbe?« fragte sie leise.

»Das weißt du doch.«

»Ich weiß nicht genau, was du damit sagen willst.«

Jessicas Finger glitten durch das dichte, weiche, weiße Fell. Das leise, genußvolle Stöhnen, das sie dabei von sich gab, versetzte Wolfes Sinne in höchste Alarmbereitschaft. Bei der Vorstellung, daß sich diese schlanken Finger in seinem eigenen Haar vergruben, erfaßte ihn eine Woge des Verlangens. Ruckartig drehte er sich um

»Ich hole jetzt deine Koffer. Ganz egal, wo du die Nacht verbringst, dieses Zimmer kannst du jedenfalls als Ankleidezimmer benutzen.«

Neugierig schaute Jessica auf, als sie den gequälten Unterton in Wolfes Stimme hörte.

»Während ich den Rest der Fracht von der Kutsche ablade«, fuhr Wolfe fort, »kannst du schon einmal etwas zu essen machen und Kaffee kochen. Die Vorräte sind in den Säcken dort. Und wenn du schon einmal dabei bist, kannst du auch gleich alles in die Schränke räumen. Dann weißt du sofort, wo alles steht, wenn du kochen willst.«

»Wolfe«, unterbrach ihn Jessica.

Er drehte sich um.

Sie wollte ihm erklären, daß sie nicht die leisteste Ahnung hatte, wie man etwas zu essen machte. Der erwartungsvolle Ausdruck, der aus seiner ganzen Haltung sprach, verriet ihr jedoch, daß er nur auf eine Gelegenheit wartete, um ihr vorzuhalten, wie fehl am Platze sie hier war. Sie war sich nicht sicher, ob ihre Geduld in diesem Moment dazu ausreichen würde, das zu ertragen.

Die lange, unbequeme Fahrt von der Endstation in Denver hatte Jessicas Durchhaltevermögen und ihre Entschlossenheit auf eine harte Belastungsprobe gestellt. Ihr ganzer Körper war steif und erschöpft, und ihr war kälter, als ihr je zuvor in ihrem Leben gewesen war.

Und jetzt wurde auch noch von ihr erwartet, daß sie eine Mahlzeit für das anspruchsvollste Wesen der Welt zaubern sollte: ihren Ehemann.

»Ist noch etwas?« fragte Wolfe mit überfreundlicher Stimme.

»Ich wollte nur fragen... wo ich meine Sachen unterbringen soll.«

»Da ich nicht wissen konnte, daß ich eine Frau aus England mitbringen würde, habe ich natürlich keine Schränke und Kommoden für deine Kleider.« Ein breites Grinsen erschien auf seinem dunklen Gesicht. »Nicht, daß es darauf jetzt etwa noch ankäme. So kurz, wie dein Aufenthalt hier sein wird, ist es kaum der Mühe wert, auch nur einen einzigen Koffer auszupacken.«

»Oh? Soll das heißen, wir brechen sofort zu einer neuen Reise auf?« fragte Jessica und tat so, als freue sie sich schon darauf.

»Nicht wir beide. Nur du. Und zwar zurück nach London.«

»Ach so, *das* meinst du. Na ja, du weißt ja selbst, daß man über ungelegte Eier nicht gackern soll. Ich glaube, das gleiche gilt wohl auch für Reisen, die man noch nicht angetreten hat.«

Wolfe betrachtete Jessicas fröhliches Lächeln und spürte, wie seine Zuversicht sich in Luft auflöste. Hätte sie geschmollt oder sich beklagt, so hätte er auf sie einreden können, aber ihre unermüdliche gute Laune machte das unmöglich.

Das wußte sie genausogut wie er. Oder sogar noch besser.

»Zur Küche, Mylady, kommt man durch diese Tür.«

»Tatsächlich?«

Mit beiden Händen raffte sie ihre zerschlissenen Röcke zusammen und zwängte sich an ihrem Mann vorbei, der keinen Schritt zur Seite wich.

»Ich erwarte, daß in einer Stunde das Essen auf dem Tisch steht«, sagte Wolfe, während der weiche Wollstoff ihres Kleides über seine Schenkel glitt und sich jeder Muskel in seinem Körper anspannte. »Und den Kaffee erwarte ich sogar noch ein bißchen früher.«

»Selbstverständlich«, stimmte Jessica ihm zu.

Aber sie bezweifelte, daß Wolfe wußte, was sie meinte.

Die Küche hatte einen Steinfußboden. In einer Ecke stand ein Waschbecken mit einer Wasserpumpe, in einer anderen ein großer Herd.

Außerdem entdeckte sie einen kleinen Tisch, der offensichtlich vom selben Handwerker gebaut worden war, der auch die Schlafzimmermöbel gemacht hatte. Die Vorräte standen überall in schweren Säcken herum.

Jetzt, da Wolfe nicht mehr abschätzen konnte, ob Jessicas gute Laune auch echt war, verschwand ihr Lächeln genauso schnell, wie es gekommen war. An die Stelle ihrer fröhlichen Entschlossenheit trat ein Zustand körperlicher Erschöpfung, der ihr sogar das Stehen zur Qual machte. Und um ihren seelischen Zustand stand es nicht viel besser.

Es sah nicht so aus, als ob sich daran in absehbarer Zeit etwas ändern würde. Sosehr sie sich auch bemühte, Wolfe ein wenig menschliche Wärme zu entlocken, so hatte er sich seit dem Überfall der Indianer auf die Postkutsche ihr gegenüber kalt und abweisend verhalten. Und zu allem Überfluß fegte auch noch ununterbrochen der Wind über das Land. Wann immer sie allein war, konnte sie sein grausames Heulen deutlich hören.

Und allein war sie die meiste Zeit. Das Gefühl der Einsamkeit war am schlimmsten, wenn Wolfe bei ihr war. Automatisch legte sie eine Hand auf die Brust. Versteckt unter den Falten ihres Kleides trug sie sein Medaillon, das sie jetzt fest umklammerte. Das vertraute Gefühl spendete ihr Trost.

»Also gut«, sagte Jessica und nahm sich vor, sich nicht unterkriegen zu lassen. Alles andere hätte sie nur an das Grauen erinnert, das im Heulen des Windes auf sie lauerte. »Wo hat Wolfe wohl die Kaffeekanne versteckt? Und woher weiß ich, wie eine Kaffeekanne aussieht?«

Nur das wehmütige Klagen des Windes antwortete Jessica. Eilig ergriff sie die Streichhölzer und zündete eine Laterne an. Wolfe hatte alle Fenster verriegelt, bevor er nach London abgereist war. Immer wieder hatte sie ihren Kammerdienern dabei zugeschaut, wie sie eine Lampe entzündeten. Trotzdem brauchte sie mehrere Versuche, bis sie endlich herausgefunden hatte, wie man Streichhölzer, Docht und Öl richtig benutzte. Die Lampe qualmte zwar störend, aber das war immer noch besser als gar keine.

Der Wind fegte über das Dach und ließ die Klappe über dem Abzugsrohr rasseln wie ein rostige Kette. Das Geräusch erinnerte Jessica an ihre Kindheit in Schottland und daran, wie sie sich mit den Küchenmädchen in der Küche versteckt hatte, weil sie die Laute nicht mehr länger ertragen konnte, die aus dem Zimmer des Vaters drangen. Es war lange her, daß Jessica zum letzten Mal an diese Dinge gedacht hatte. Jetzt war bestimmt nicht der richtige Zeitpunkt, um diese Erinnerungen wieder hochkommen zu lassen.

Mit einem Lied auf den Lippen, das sowohl den Wind draußen als auch ihre finsteren Gedanken übertönte, machte sie sich an die Arbeit. Die Melodie, die sie vor sich hin summte, war eines ihrer Lieblingslieder. »Mädchen aus den Bergen«. Die Worte dazu waren ihr schon immer ein wenig kindisch vorgekommen, aber die Melodie war so fröhlich und unbekümmert, daß sie gleich auf andere Gedanken kam. Je heftiger draußen der Wind heulte, desto lauter sang Jessica ihr Lied. Dabei machte sie auf der Suche nach der Kaffeekanne nacheinander alle Schränke auf und zu.

Nachdem Jessica jeden Schrank aufgemacht und mit der qualmenden Lampe in der Hand hineingeschaut hatte, hatte sie immer noch nichts entdeckt, was auch nur im entferntesten den eleganten Silberkaraffen ähnelte, in denen Sir Roberts Diener den Kaffee servierten. Auch konnte sie nichts finden, was so ausgesehen hätte wie die kleinen silbernen Kännchen oder das hauchdünne Porzellan, aus denen man Kaffee trank, wenn man sein Frühstück im Bett zu sich nahm.

»Verflixt und zugenäht«, murmelte sie.

Jessica fing noch einmal von vorne mit der Suche an, wobei sie nicht aufhörte, weiter ihr Lied zu summen. Als sie einen Schrank zur Hälfte durchsucht hatte, spürte sie, daß sie nicht mehr allein im Raum war. Sie wirbelte herum.

Wolfe lehnte im Türrahmen. Er hatte die Arme vor der Brust verschränkt, und ein seltsamer Ausdruck lag auf seinem Gesicht.

»Dieses Lied...«, sagte er.

»›Mädchen aus den Bergen‹. Das ist nur so ein albernes Lied über einen Schotten, der mit einer Mütze auf dem Kopf herumläuft.«

Wolfe räusperte sich und versuchte sich das Lachen zu verkneifen. »Selbstverständlich. Es ist so lange her, daß ich dieses Lied gehört habe, daß ich mich kaum noch an die Worte dazu erinnern kann.«

Er gab einen unterdrückten Laut von sich und wandte sich für einen Moment ab.

»Ist alles in Ordnung, Wolfe?«

Schweigend versuchte Wolfe, ein Lächeln zu unterdrücken.

»Ich weiß ja selbst, daß meine Stimme nicht gerade bühnenreif ist«, sagte Jessica mit einem müden Lächeln, »aber bisher hat mich noch niemand deswegen ausgelacht. Wenn du das allerdings so komisch findest, werde ich in Zukunft öfter singen.«

»Ich glaube kaum, daß der Text, den du kennst, so komisch ist wie der Text, den ich kenne.« Wolfe betrachtete Jessica, während sie den Kopf auf die Seite legte und ihn fragend mit ihren großen, aquamarinblauen Augen anschaute. »Du siehst wie eine Katze aus, wenn du mich so ansiehst.«

Jessica stockte der Atem, als sie bemerkte, wie eindringlich Wolfe sie betrachtete. Ein seltsames Gefühl ging von ihrer Magengrube aus. Es war, als streichelte er ihr zart übers Haar. Doch er rührte sie nicht an.

Nur mit Mühe brachte sie sich dazu, etwas zu sagen. »Was ist das für ein Text, den nur du allein kennst?«

»Ein Text, der kaum etwas mit dem zu tun hat, was du kennst.«

»Wunderbar. Warum bringst du ihn mir nicht bei, damit wir zusammen singen können?«

Wolfe preßte die Lippen fest zusammen und versuchte das Lachen zu unterdrücken, das ihn jeden Moment zu überwältigen drohte. »Der Text, den ich kenne, würde dir nicht gefallen.«

»Weshalb?«

»Unter anderem geht es darin um Adams Stab«, sagte Wolfe mit ausdrucksloser Stimme.

Jessica sah ihn verständnislos an. »Warum sollte mir die Erwähnung von Adams Stab unangenehm sein?«

»Im Lied gibt es auch noch andere Ausdrücke dafür, zum Beispiel Klopfstange, Angelrute, Trommelstock, Wunderkerze, Brandeisen, Dolch, Schwert, Wünschelrute, Dampframme, Pistole oder auch Schnellfeuergewehr.«

Wolfe mußte sich so zusammenreißen, um nicht laut loszulachen, daß er kaum die Worte herausbrachte. »Es gibt noch andere Ausdrücke dafür. Eine ganze Menge sogar. Und für jeden davon gibt es eine Strophe des Lieds, das du vorhin gesungen hast.«

Jessica runzelte die Stirn. »Ein vielseitig verwendbares Werkzeug, wenn ich recht verstehe.«

Wolfe gab auf. Er legte den Kopf in den Nacken und lachte laut los.

Sein tiefes, männliches Lachen erfüllte Jessica mit einer inneren Wärme, als stände sie neben einem offenen Feuer. Langsam begann die Anspannung von ihr zu weichen. Ihre Erleichterung war unbeschreiblich. Sie hatte schon befürchtet, daß sie ihren Mann niemals wieder lachen sehen würde.

»Genau wie du sagst«, brachte Wolfe schließlich heraus, »ein vielseitiges Werkzeug. Wie gut, daß Eva ihm in nichts nachstand.«

Jessica blinzelte ihn verwirrt an. »Wie bitte?«

»Eva hatte genau das passende Gegenstück zu Adams Stab.«

»Ich weiß nicht, was du meinst.«

»Eva hatte ein fruchtbares Feld, das Adam umpflügen konnte«, sagte Wolfe. Er hatte aufgehört zu lachen. »Einen schattigen Teich, in dem er fischen konnte; eine tiefe Quelle, die er mit seiner Wünschelrute ausloten konnte; eine weiche Scheide, in die er sein Messer oder sein Schwert stecken konnte... aha, langsam breitet sich die Morgenröte der Erkenntnis auf deinen Wangen aus.«

Jessica wurde feuerrot. Obwohl sie sich den Mund zuhielt, konnte sie das Lachen nicht unterdrücken. Ihr Gelächter war so ansteckend, daß Wolfe gleich noch einmal losprustete. Jessica mußte so lachen, daß sie sich an der Schranktür festhalten mußte, um nicht umzufallen.

Wolfe ging es nicht besser. Schon seit Jahren hatte er nicht mehr mit Jessica herumgealbert, bis ihnen beiden vor Lachen alles weh tat. Bis zu diesem Moment hatte er nicht gewußt, wie leer sein Leben gewesen war.

»Ich habe dich vermißt«, gestand er, bevor er noch lange überlegen konnte.

»Nicht so sehr, wie ich dich vermißt habe.«

»Wirklich?«

»O ja«, sagte sie und wischte sich die Freudentränen aus dem Gesicht. »Wenn du bei mir bist, höre ich den Wind nicht mehr.«

»Was für ein seltsamer Grund, um jemanden zu vermissen.«

»Elfen sind eben seltsame Geschöpfe.«

Wolfe betrachtete die offenen Schranktüren. »Da hast du recht. Warum hast du in den Schränken gewühlt, Elfchen?«

»Ich habe nach der Kaffeekanne gesucht.«

»Sie steht auf dem Herd.«

Jessica drehte sich um und schaute zum Herd hinüber. Außer einem zerbeulten Behälter, der wie ein hoher, schmaler Topf aussah, war nichts zu sehen. Der Boden dieses Topfes war breiter als sein Oberteil, und am Rand hatte er eine schmale Ausbuchtung. Ein Griff aus Draht war oben am Deckel befestigt.

»Eine Kaffeekanne, die man auf den Herd stellen kann?« sagte sie verwundert.

»Mhm.«

Wolfe schnurrte wie eine große, zufriedene Katze. Jessica warf ihm einen kurzen Blick zu und klimperte mit ihren dichten, kastanienbraunen Wimpern.

»Und wie funktioniert diese Kaffeekanne?«

»Ganz einfach. Du füllst die Kanne mit Wasser, stellst sie auf den Herd, bis das Wasser kocht, gibst das Kaffeepulver dazu, kochst das Ganze für eine Weile und gießt dann kaltes Wasser dazu, bis der Grund sich am Boden absetzt.«

»Aha«, atmete sie auf. »So einfach ist das also.«

Sie ging zum Herd hinüber, nahm den Deckel ab und sah sich nach einem Behälter mit Wasser um. Doch vergeblich.

»Das Wasser kommt aus der Pumpe«, sagte Wolfe. »Du weißt ja wohl, wie eine Pumpe aussieht, oder?«

»Du willst mich nur ärgern.«

»Ich weiß nicht genau. Elfen sind manchmal ziemlich unberechenbare Geschöpfe. Man kann nie so genau vorhersagen, was sie wissen und was nicht.«

Jessica hatte noch nie eine Pumpe bedient, aber sie hatte anderen dabei zugesehen. Sie ging zum Waschbecken, stellte die Kanne neben der Pumpe ab und ergriff den eisernen Pumpschwengel. Sie mußte sich auf die Zehenspitzen stellen, um so weit es ging damit auszuholen.

»*Halt!*«

Sie erstarrte, schwankte und verlor die Balance. Bevor sie umfallen und dabei versehentlich den Pumpschwengel herunterdrücken konnte, sprang Wolfe zu ihr und fing sie auf. Überrascht schrie sie auf.

»Du hast etwas vergessen«, sagte er, ohne sich etwas anmerken zu lassen.

Sie schaute in seine mitternachtsblauen Augen, die verführerisch nahe waren. Wolfe hatte sie so weit hochgehoben, daß sie genau auf einer Höhe mit seinen Augen war.

»Was habe ich vergessen?«

»Du hast die Pumpe nicht angeworfen.«

Der verständnislose Blick, den Jessica ihm zuwarf, verriet ihm, daß sie nicht die leiseste Ahnung hatte, wovon er sprach. Er wollte sie absetzen, aber ihr schmale, warme Taille fühlte sich so gut zwischen seinen Händen an, daß er sie einfach nicht loslassen konnte.

»Siehst du den Topf mit Wasser dort neben der Pumpe?« fragte er.

Der tiefe Klang seiner Stimme löste eine Welle von Gefühlen in Jessica aus, die sie nicht mit Worten beschreiben konnte. Es waren angenehme Empfindungen. Sie nickte. Ohne Vorwarnung drehte er sie um. Dabei entfuhr ihr ein leises Stöhnen, das in seinen Worten unterging.

»Nimm den Topf, Elfchen.«

Sie lehnte sich über das Becken und drückte dabei ihr Hinterteil gegen Wolfes Oberschenkel. Er schloß die Augen und nahm sich fest vor, sie sofort abzusetzen. Statt dessen legten sich seine Hände noch fester um sie. Er spürte ihre angenehme Wärme zwischen seinen Schenkeln, genau dort, wo sein Begehren am stärksten war.

»Jetzt gieß das Wasser in die Öffnung am oberen Teil der Pumpe«, sagte er mit heiserer Stimme.

Jessica befolgte Wolfes Anweisungen und drückte sich dabei nur noch fester an ihn. Das Wasser funkelte im Licht der Laterne, als es in alle Richtungen spritzte. Etwas verspätet fiel Wolfe ein, daß er ihr eigentlich etwas hatte zeigen wollen. Mit einem Arm drückte er sie an sich, während er mit dem anderen den Schwengel der Pumpe bediente. Einen Augenblick später ergoß sich ein Wasserstrahl aus der Pumpe und in die Kaffeekanne, bis diese überfloß.

»Und das«, sagte Wolfe und ließ Jessica an sich herunterrutschen, bis sie wieder fest auf beiden Beinen stand, »nennt man ›die Pumpe anwerfen‹.«

Bedrückt gestand er sich ein, daß die Pumpe nicht das einzige gewesen war, was Jessica in Gang gesetzt hatte, auch wenn das wohl kaum ihre Absicht gewesen sein konnte. Sie wußte nicht, was sie tat, als sie sich so fest gegen seinen Unterleib drückte, daß er ganz genau die weiblichen Formen spürten konnte, die sich unter dem Stoff ihres Kleides verbargen.

»Wieso hast du das gemacht?« fragte sie.

Einen Moment lang war Wolfe nicht sicher, ob Jessica die Veränderung meinte, die sie in seinem Körper ausgelöst hatte, während er sie festhielt. Dann erst begriff er, daß sie die Pumpe meinte. Er wollte ihr antworten, aber dann sah er ein, daß es aussichtslos war. Wie konnte er diesem Elfchen mit seinen großen, neugierigen Augen erklären, wie der komplizierte Mechanismus von Druck und Gegendruck funktionierte – besonders jetzt, wo sein ganzer Körper lichterloh in Flammen stand?

»Stell dir einfach vor, es ist eine Art religiöses Ritual«, sagte er schließlich.

Jessica legte den Kopf in den Nacken, um Wolfe in die Augen zu schauen. Dabei stellte sie erneut fest, wie groß ihr Mann eigentlich war. Als er sie im Arm gehalten hatte, hatte sie keine Angst gehabt. Eigentlich war es sogar ganz angenehm gewesen. Außerdem war es eine Gelegenheit gewesen, ihm tief in die Augen zu schauen und seinen Atem auf ihrer Wange zu spüren. Sie dachte an die Stärke seines Arms, als er sie hochhob, und an die Bewegungen seines ganzen Körpers, als er den Pumpenschwengel herunterdrückte. Ein wohltuendes Glühen breitete sich in ihr aus, als sie sich vorstellte, noch einmal so umarmt zu werden.

»Eine Art religiöses Ritual?« fragte Jessica verwirrt.

»Ich muß wohl zusammen mit deinem Damensattel auch den Papagei ausgepackt haben.«

Jessica lachte leise und schüttelte den Kopf. »Die Pumpe anzuwerfen ist eine Art religiöses Ritual und du hast den Papagei zusammen mit meinem Sattel ausgepackt. Ach, Wolfe, kannst du dir vorstellen, daß wir auf der langen Reise den Verstand verloren haben?«

»Sieht ganz so aus.«

Einen Moment lang verlor sie sich im indigofarbenen Abgrund seiner Augen. Das angenehme Gefühl tief in ihrem Magen verstärkte sich.

»Du hast einen ganz merkwürdigen Einfluß auf meinen Magen«, sagte sie mit heiserer Stimme.

»Übelkeit, Appetitlosigkeit?« erkundigte sich Wolfe.

»Ganz im Gegenteil. Ich fühle mich, als hätte ich goldene Schmetterlinge verschluckt.«

Dieses unschuldige Geständnis zwang Wolfe dazu, einen Moment lang die Augen zu schließen. Hätte er Jessica nur eine Sekunde länger angesehen, hätte er dem Drang nicht widerstehen können, sie zu berühren. Zuerst hätte er die fein geschwungenen Linien ihrer Oberlippe mit den Fingerspitzen berührt und dann mit der Zunge. Es war auch so schwierig genug, die Finger von ihr zu lassen. Schier unmöglich wurde es jedoch, wenn sie ihn mit großen, leuchtenden Augen ansah und ihm vom ersten zarten Erblühen der Leidenschaft in ihrem unberührten Körper erzählte.

Das Begehren drohte Wolfe zu überwältigen, aber er rührte sich nicht von der Stelle. Er wagte es nicht, Jessica zu berühren. Falls sie mit derselben Offenherzigkeit und Freude auf eine wirkliche Liebkosung reagierte, dann konnte er nicht versprechen, daß er sich rechtzeitig zurückhalten konnte. Sein Körper würde nicht eher Ruhe geben, bis er auf alle Zeiten mit ihr vereint war.

Erst dann würde ihre Ehe wirklich etwas bedeuten. Erst dann würde das kleine Mädchen, das sich vor dem Erwachsenwerden fürchtete, wirklich zu Frau. Erst dann könnte sie den Rest ihres Leben mit diesem Halbblut, diesem Mustangjäger verbringen.

»Ich glaube«, sagte Wolfe bedächtig und machte die Augen wieder auf, »es ist an der Zeit, daß du lernst, wie man Kaffee kocht. In der Kanne ist zuviel Wasser. Gieß alles, was zuviel ist, in den Topf, den wir zum Anwerfen der Pumpe benutzen. Und beim nächsten Mal solltest du den Topf zuerst nachfüllen.«

»Weshalb?«

»Wenn er beim nächsten Mal leer ist, mußt du an der Quelle Wasser holen gehen, bevor du die Pumpe wieder benutzen kannst.«

»Ich muß Wasser in die Pumpe gießen, bevor ich Wasser aus der Pumpe bekommen kann.« Jessica schüttelte den Kopf. »Das ergibt nun wirklich keinen Sinn.«

»Wie die meisten Rituale.«

»Was passiert, wenn ich die Pumpe benutze, ohne vorher Wasser nachzufüllen?«

»Der Mechanismus ist nicht darauf eingerichtet, trocken zu arbeiten. Das würde er nicht heil überstehen.«

»Genauso wie deine gute Laune?« vermutete Jessica.

»Verlaß dich drauf. Und Reno hättest du dir auch zum Feind gemacht. Der hat mir nämlich geholfen, die Pumpe einzubauen.«

»Ist das dein Nachbar?«

»Nein«, sagte Wolfe. »Er verbringt seine Zeit damit, in der Wüste nach Schätzen der spanischen Konquistadoren zu suchen, wenn er nicht gerade bei Willow in den San-Juan-Bergen wohnt.«

»Tatsächlich? Und was sagt Caleb dazu?«

»Er hat nichts dagegen.«

»Das ist wirklich ... großzügig von ihm.«

»Reno ist nämlich Willows Bruder.«

Jessica blinzelte verwirrt und murmelte vor sich hin: »Muß ganz schön anstrengend sein, wenn man der Bruder einer Traumfrau ist.«

Wolfe reichte Jessica die Kaffeekanne und deutete auf den Herd. Als sie die Kanne absetzte, schwappte etwas Wasser über und tropfte auf die Herdplatten. Die gußeisernen Platten waren kalt. Nachdem Jessica eine Weile an der Ofentür gerüttelt hatte, gelang es ihr, sie aufzumachen und hineinzuschauen. Ein Häufchen Feuerholz lag bereits fein säuberlich dort aufgestapelt.

»Suchst du etwa nach denen hier?« fragte Wolfe.

Jessica richtete sich auf. Er hielt ihr einen Becher mit Streichhölzern entgegen, die er von einem Regalbrett neben dem Herd genommen hatte.

»Du weißt ja wohl, mit welcher Seite man sie anreißt?« fragte er trocken.

»Die Lampe hat sich auch nicht von selbst angezündet«, konterte sie.

Wolfe betrachtete die Lampe, die auf der Arbeitsfläche munter vor sich hin qualmte. »Ich sehe schon. Hattest du etwa vor, Fische im Kamin zu räuchern?«

»Sei nicht albern. Sogar ich kenne den Unterschied zwischen einer Lampe und einem Räucherofen.«

Jessica versuchte ein Streichholz auf der Herdplatte anzureißen. Es brach in zwei Stücke. Sie nahm ein weiteres Streichholz aus dem blechernen Becher.

»Außerdem ist der Qualm nicht meine Schuld«, murmelte sie und versuchte noch einmal ihr Glück mit der Herdplatte. »Ich habe nichts weiter gemacht, als die Lampe anzuzünden.« Das Streichholz wollte nicht brennen. Sie drückte fester und versuchte es noch einmal. Die Flamme ließ auch diesmal auf sich warten. »Es muß an dem Öl liegen, das du benutzt, wenn die Lampe so qualmt.«

»Nein, es liegt an dem Docht, den *du* benutzt hast. Er ist zu lang«, erklärte ihr Wolfe. »Wenn du ihn auf die richtige Länge zurechtstutzt, qualmt die Lampe auch nicht.«

»Dann stutz doch endlich den Docht«, erwiderte sie.

Sie kratzte noch einmal mit dem Streichholz über die Herdplatte. Der Kopf des Streichholzes loderte auf und brach im selben Moment ab. Brennender Schwefel fiel ihr aufs Kleid.

»Verflixt noch mal!« rief sie und wischte sich die Funken vom Kleid.

Nachdem Wolfe den Docht zurechtgestutzt hatte, kam er zum Herd zurück. Jessica war gerade dabei, ein weiteres Streichholz bei dem Versuch abzubrechen, es auf dem glatten, schmierigen Teil der metallenen Oberfläche des Herdes anzureißen. Mit einem unterdrückten Fluch nahm sie noch ein Streichholz aus dem Becher, der sich beständig leerte.

»Hier«, sagte Wolfe und ergriff von hinten Jessicas Hand. »Halt das Streichholz gut fest. Und jetzt nimm die Stelle, wo das Feuer am heißestens brennt. Dort ist das Metall nämlich sauber. Kein Ruß oder Fett, was den Kopf des Streichholzes verschmieren könnte.«

Während Wolfe sprach, führte er Jessicas Hand mit einer flinken, zielsicherer Bewegung über die Herdplatte. Sofort loderte das Streichholz auf.

»Siehst du?« sagte er.

Jessica sah Wolfe über die Schulter hinweg an. Das brennende Streichholz spiegelte sich in seinen Augen. Der Kontrast zwischen der Flamme und der mitternachtsblauen Iris faszinierte sie genauso wie die langen, schwarzen Wimpern und der ausdrucksvolle Bogen seiner Augenbrauen. Die Intensität und Intelligenz, die sich hinter diesen Augen verbarg, leuchteten heller als die munter flackernde Flamme.

Das seltsame, warme Gefühl in ihrer Magengrube kehrte zurück.

»Jessi?«

»Ja, ich verstehe.«

»Wirklich? Du wirkst verblüfft.«

»Von einem brennenden Streichholz?«

Sie lächelte geheimnisvoll. »Nein. Von dir. Mir ist nur gerade aufgefallen, wie gut du eigentlich aussiehst.«

Wolfes Augen weiteten sich ungläubig und verengten sich dann mißtrauisch. Das Pochen seiner Halsschlagader beschleunigte sich.

»Ich meine, ich wußte ja schon immer, daß du gut aussiehst«, versuchte Jessica zu erklären. »Von den Herzoginnen bis zu den Zimmermädchen haben alle seit Jahren ununterbrochen von deinem Aussehen geschwärmt, aber eigentlich war mir nie richtig klar, was sie damit meinten. Es ist schon ein komisches Gefühl, dich plötzlich so zu sehen, wie alle anderen dich gesehen haben müssen.«

Sie lachte verunsichert. »Starr mich doch nicht so an! Ich komme mir auch so schon albern genug vor. Wie konnte ich so lange etwas so Offensichtliches über ... – oh!«

Jessicas Hand zuckte zurück, als die Flamme ihre Haut versengte. Sie ließ das brennende Streichholz auf die Herdplatte fallen und nahm den Finger in den Mund.

»Hast du dir weh getan?« fragte Wolfe.

Jessica blies auf ihre Fingerspitzen, bevor sie sie aufmerksam untersuchte. »Nur ein bißchen verschmort.«

»Laß mich mal sehen.«

Er betrachtete ihre Fingerspitzen, führte sie an den Mund und berührte sie mit der Zungenspitze. Als er den Kopf wieder hob, sah ihn Jessica mit einem Gesichtsausdruck an, der Schrecken und Ekel verriet.

»Du brauchst gar nicht so entsetzt zu gucken«, sagte Wolfe. »Jede Katze würde dasselbe tun, wenn sich ihr Junges verletzt hat.«

Jessica machte den Mund auf, aber die Worte ließen auf sich warten. Ein kaum übersehbares Schaudern überlief sie. Wolfe drehte sich um und entzündete mit einer geschickten Handbewegung ein anderes Streichholz.

»Geht jetzt und packte Eure Koffer aus, Lady Jessica«, sagte er und hielt das Streichholz an das bereits gestapelte Feuerholz. »Der wilde Sohn des Grafen wird heute das Abendessen kochen.«

Jessica zuckte zusammen. Ihr war gar nicht aufgefallen, wie warm und freundlich sich Wolfes Stimme bis zu dem Moment angehört hatte, in dem ihre frühere Unterkühltheit zurückkehrte.

»Wolfe? Was habe ich dir denn getan?«

»Wenn Ihr mit dem Auspacken fertig seid, nehmt Ihr Euch am besten ein paar von den hochherrschaftlichen Bettlaken, die Ihr Euch mitgebracht habt, und richtet Euch auf eine Nacht am Kamin ein. Eine Nonne wie Ihr wird sich sicher nicht dazu herablassen, neben einem Mann zu schlafen; schon gar nicht, wenn es eine gemeine Rothaut wie Euer eigener Ehemann ist.«

Wolfe stand auf. Hinter ihm loderten die Flammen im Herd.

»Aber...« Jessica wußte nicht, was sie sagen sollte.

»Ihr habt gesagt, Ihr würdet mich in Ruhe lassen, wenn ich Eurer Gesellschaft überdrüssig bin«, fuhr ihr Wolfe unbarmherzig dazwischen und schlug die Herdklappe zu. »Seid so gut, Lady Jessica. Jetzt sofort.«

Sogar eine hochherrschaftliche Dame wie Jessica besaß so etwas wie gesunden Menschenverstand. Sie raffte ihre Röcke zusammen und nahm Zuflucht in Wolfes Schlafzimmer. Doch auch hier fand sie keine Ruhe.

In der Stille des Hauses hörte sie deutlich, wie draußen der Wind heulte.

5

Wolfe beobachtete Jessica dabei, wie sie sich im Schuppen neben dem Haus mit dem Waschzuber herumplagte.

»Du sollst das Hemd waschen und nicht in Fetzen reißen«, sagte er.

»Ich sehe nicht ganz, wo da der Unterschied liegt.«

»So wie du dich dabei anstellst, ganz bestimmt nicht. Erzählt doch mal, Mylady, was Ihr die ganze Zeit gemacht habt, während die Bediensteten im Haus von Sir Robert die Arbeit erledigt haben.«

»Ich habe gelesen, die Geige gespielt, die Angestellten beaufsichtigt, gestickt...«

»Na bitte«, fuhr Wolfe ihr dazwischen. »Endlich einmal etwas Nützliches! Wie hat sich das bloß in Eure täglichen Angelegenheiten eingeschlichten? Soll das etwa heißen, Ihr seid in der Lage, die Säume an meinen Hosen auch wieder zusammenzunähen, nachdem Ihr sie vorher bei dem Versuch, sie zu waschen, aufgerissen habt?«

»Wie wäre es, wenn ich Euch statt dessen Eure Initialen auf die Hose sticke? Oder hättet Ihr vielleicht lieber ein Blumenmuster im Kreuzstich?« fragte Jessica ihn freundlich.

Wolfe gab ein herablassendes Schnauben von sich.

Sie machte sich erst gar nicht die Mühe aufzuschauen und starrte weiter auf den Waschzuber und die weit auseinanderklaffenden Bodenbretter des Schuppens. Sie wußte genau, was sie erwartete, wenn sie ihren Mann anschaute. Er würde nur verächtlich auf sie herunterschauen, während sich ein unnachgiebiger Zug um seinen Mund legte. In den drei Tagen, die vergangen waren, seitdem er so unerwartet ihre verbrannten Finger mit der Zungenspitze berührt hatte, hatte sich an diesem Zustand nichts geändert.

In diesen drei Tagen hatte sie so lange gelächelt, bis ihr das ganze Gesicht weh tat.

Leider war inzwischen ihr Gesicht nicht mehr das einzige, das ihr weh tat. An diesem Nachmittag war sie genauso erschöpft wie am Ende der langen Fahrt mit der Postkutsche. Wenn sie nicht gerade an der Pumpe stand und Wasser zum Waschen oder Einweichen der Kleider einließ, schleppte sie das Wasser gleich eimerweise zum Herd. Vom Herd aus schleppte sie die Eimer mit dem heißen Wasser zum Schuppen, goß sie in den großen Zuber, kniete sich davor und machte sich daran, jedes einzelne Kleidungsstück gründlich zu schrubben. Gewöhnlich mußte sie sie drei- bis viermal ganz schrubben, bis die Hemden vor Wolfes kritischem Auge Gnade fanden.

»Weiteres Schrubben wird das arme Hemd wohl kaum noch mitmachen«, sagte Wolfe.

»Das glaube ich nicht, Mylord. Es ist noch nicht richtig sauber.«

»Genug jetzt, Mylady. Das ist mein Lieblingshemd. Willow hat es letzten Sommer für mich genäht.«

Das Geräusch, als sie das Hemd in zwei Teile riß, war kaum zu überhören.

»Jessica!«

»Oje, jetzt schau dir das an! Man sollte doch meinen, daß deine Traumfrau sich Stoff ausgesucht hätte, der nicht so schnell fadenscheinig wird, oder?« Jessica zog das zerfetzte Hemd aus dem Wasser und wrang es genüßlich aus. »Aber noch ist nicht alles verloren, Mylord. Es ist immer noch bestens zum Saubermachen des Klohäuschens zu gebrauchen.«

»Du kleine Hexe! Ich sollte dich...«

Wolfes Worte gingen in einen Fluch über. Er sprang beiseite, um einer Woge Seifenwasser zu entgehen, die ihm entgegenschwappte, als Jessica den Zuber auf den Kopf stellte.

»Wie bitte? Hast du etwas gesagt?«

Bedrohliche Stille herrschte, während sich die beiden wutentbrannt anstarrten. Dann begann Wolfe zu lächeln, und auch Jessica ließ nicht lange damit warten.

»Ich glaube, es ist an der Zeit, daß die feine Dame lernt, wie man etwas schrubbt, das ein bißchen widerstandsfähiger ist als ein Hemd«, sagte Wolfe.

»Und was soll das sein?«

»Böden.«

Jessicas Lächeln verschwand für einen Moment und kehrte dann in alter Frische zurück. »Aha, noch so ein seltsames Ritual für Verheiratete. Jetzt verstehe ich, mein lieber Lord Wolfe, warum die Leute in Amerika keine Bediensteten haben. Ehefrauen sind eben einfach billiger.«

»Schade, daß du schon die heiße Seifenlauge weggeschüttet hast«, sagte Wolfe und drehte sich um. »Jetzt mußt du gleich noch einmal frisches Wasser holen. Du weißt ja sicher noch, wo du Feuerholz findest, nicht wahr?«

»Sehr gut sogar.«

»Na dann, hopp, hopp!«

»Sehe ich etwa aus wie ein Kaninchen?« murmelte Jessica vor sich hin.

Wolfe drehte sich um. »Beeilung, mein rothaariges Häschen. Das Tageslicht kostet nichts, und Öl für die Lampen ist teuer. Diejenigen von uns, die nicht in eine vornehme Familie geboren wurden, müssen an so etwas denken.«

Aufstehen hörte sich leichter an, als es für Jessica tatsächlich war. Wolfe mußte sich zurückhalten, um ihr nicht aus alter Gewohnheit seine Hilfe anzubieten. Statt dessen sah er nur untätig zu, wie sie sich mühsam aufrappelte.

Obwohl sie sich bemühte, sich nichts anmerken zu lassen, stöhnte sie leise auf. Wolfe betrachtete ihr Stöhnen als ein gutes Zeichen, daß er im Begriff war, seinen Willen durchzusetzen. Jedenfalls hoffte er das. Er wußte nicht genau, wie lange er es noch mit sich vereinbaren konnte, untätig danebenzustehen, während die dunklen Ränder unter Jessicas Augen Stunde um Stunde breiter wurden. Die harte körperliche Arbeit, die notwendig war, um unter seinem kritischen Blick diesen Haushalt zu führen, raubte Jessica auch noch die letzte Kraft, die ihr nach der langen und anstrengenden Reise geblieben war.

Obwohl sie Wolfe durch einen Trick zur Heirat gezwungen hatte, blieben ihm doch noch genug Erinnerungen an die guten, alten Zeiten. Nur widerwillig griff er zu den Mitteln, von denen er glaubte, daß sie sie auf die Dauer in die Knie zwingen würden. Er verbarg jede Gefühlsregung, als er Jessicas mühsame Bewegungen beobachtete. Jedes Anzeichen von Freundlichkeit würde sie nur als Schwäche auslegen. Und das würde wiederum den Augenblick verzögern, in dem Jessica begriff, daß ihre Ehe keine Zukunft hatte.

Doch noch während er sich zur Stärke ermahnte, kamen ihm schon die Worte über die Lippen: »Du brauchst nur ein Wort zu sagen und deine zarten Hände kommen nie wieder mit Waschwasser in Berührung.«

Jessica streckte sich und seufzte. »Als du mir das letzte Mal dieses Angebot gemacht hast, warst du nicht gerade erfreut darüber, wie ich dich genannt habe.«

Bastard.

Wolfe mußte unwillkürlich lachen, als er daran zurückdachte. Jessica sah, daß seine Miene sich erhellte, und betete darum, daß es ihm mit dem Schrubben der Fußböden nicht Ernst gewesen war.

Wolfe sah die Hoffnung in ihren Augen und begriff sofort, daß er jetzt nicht nachgeben durfte. Schweigend nahm er den Eimer und hielt ihn ihr entgegen. Er sah genau, wie sich ihre Augen mit Abscheu füllten. Sie richtete sich auf und nahm ihm den Eimer ab.

Widerwillig gestand sich Wolfe ein, daß er sie bewunderte. Jeder ausgewachsene Mann wäre froh gewesen, wenn er Jessicas eiserne Willenskraft besessen hätte. Doch auch wenn sie so starrsinnig blieb, war ihre Ausdauer immer nur so groß wie ihre Kraft. Am Ende würde er ihren Starrsinn gegen sie verwenden. Am Ende würde er gewinnen.

Alles, was er dazu zu tun hatte, war den Ekel vor sich selbst zu überwinden, während er sie gnadenlos erniedrigte.

»Jessi«, sagte Wolfe sanft, »gib doch endlich auf. Du paßt einfach nicht zu einem Mann wie mir. Das weißt du so gut wie ich.«

»Besser mit dir verheiratet als mit Lord Gore.«

Beim Gedanken an Gore verlor Wolfe beinahe die Beherrschung. Nichts, was er Jessica hätte antun können, konnte sich mit Lord Gores heimtückischer Brutalität messen. Die Erinnerung daran war nicht gerade dazu geeignet, Jessica davon zu überzeugen, der ganzen Farce ein Ende zu bereiten und ihre Ehe für ungültig erklären zu lassen.

»Für dich vielleicht«, erwiderte Wolfe mitleidlos, »für mich bestimmt nicht. Es gibt viele Frauen, die eine bessere Ehefrau für mich abgeben würden als du.«

»Darauf würde ich mich nicht verlassen«, sagte Jessica und drehte sich um. »Deine Traumfrauen sind nicht gerade so dicht gesät, daß du dich nur zu bücken brauchst, um eine von ihnen wie ein Gänseblümchen im Frühling zu pflücken.«

»Ich will keine Traumfrau. Ich will nur eine richtige Ehefrau.«

»Was für ein Glück, daß deine Traumfrau Willow schon verheiratet ist. Sie würde sicher an gebrochenem Herzen sterben, wenn sie wüßte, daß selbst ihre unbeschreibliche Vollkommenheit nicht ausreicht, um den Einsamen Baum zufriedenzustellen.«

Zuerst wußte Wolfe nicht genau, was Jessica damit meinte. Als er begriff, was sie damit sagen wollte, lächelte er zufrieden. Es war das erste Mal, daß Jessica zu erkennen gegeben hatte, daß sie sich über seine ständigen Lobgesänge auf Willow ärgerte. Damit hatte sie ihm ein Werkzeug in die Hand gegeben, mit dem er an ihrer eigenen unumstößlichen Gewißheit kratzen konnte, daß ihre Ehe auf die Dauer halten würde.

»Willow ist leidenschaftlich«, sagte Wolfe. »Das würde eine Nonne wie du sowieso nicht verstehen, geschweige denn nachempfinden.«

Die Antwort sollte sie ihm schuldig bleiben. Aus der Küche erklang das Geräusch des Pumpenschwengels, als Jessica Wasser holte, um den Boden zu schrubben.

Vor, zurück, vor, zurück, eintauchen, zudrücken, fester, vor, zurück, vor zurück...

Diese stille Litanei hatte Jessica in Gedanken bereits so oft wiederholt, daß sie es schon gar nicht mehr merkte. Genauso wenig hätte sie sagen können, wie spät es war. Ihre Welt war auf eine kleine Fläche von Fliesen zusammengeschrumpft, die sie mit der Bürste erreichen konnte.

Auf den ersten Blick war ihr Wolfes Küche ziemlich klein vorgekommen. Jetzt schien sie auf die Größe eines Ballsaals angewachsen zu sein.

Vor, zurück, vor, zurück.

Bei Sonnenuntergang war eine frische Brise aufgekommen. Jetzt heulte der Wind im Gebälk und kratzte mit unsichtbaren Krallen an jeder Hausecke, als wollte er sich Einlaß verschaffen. Jessica begann, vor sich hin zu summen, um das grauenvolle, seelenlose Jammern zu übertönen. Obwohl sie jede Nacht erschöpft ins Bett fiel, hielt sie der Wind mit seinem Heulen wach. So laut sie auch summte, der Wind ließ sich nicht übertönen.

Zudrücken, fester.

Jessicas Bemühungen zum Trotz bewegte sich die Bürste nur widerwillig über die Fliesen. Verzweifelt gestand sie sich ein, daß sie keine Kraft mehr in den Armen hatte. Sie winkelte die Ellbogen an und lehnte sich mit ihrem ganzen Gewicht auf die Bürste, die ihr prompt aus den seifenverschmierten Fingern glitt und über den Boden davonrutschte. Sie konnte sich gerade noch fangen, bevor sie selbst der Länge nach hingeschlagen wäre.

Als Jessica endlich die Bürste beiseite legen und den Boden mit klarem Wasser nachwischen konnte, war es schon zu spät, um noch ans Abendessen zu denken. Nicht, daß es darauf jetzt noch angekommen wäre; jedesmal wenn sie kochte, zog Wolfe ein Gesicht, als hätte jemand einen Nachttopf auf seinem Teller ausgeleert.

»Na gut, das kann ich ihm nun wirklich nicht verübeln. Sogar das Stinktier hat einen großen Bogen um den Eintopf gemacht, den ich gestern abend gekocht habe. Aber mir kann ja wohl niemand einen Vorwurf machen. Jemand hätte mir auch wirklich sagen können, daß der Deckel auf den Topf gehört und man beim Kochen Wasser dazugießen muß.«

Bei dem Gedanken an den leisen, nächtlichen Besucher mußte Jessica trotz ihres ständigen Muskelkaters lachen. Sie schüttelte ihr Kleid aus, das inzwischen nicht mehr viel Ähnlichkeit mit ihrer vornehmen Reisekleidung hatte. Der Rock war einmal genauso aquamarinblau gewesen wie ihre Augen, aber das war längst vorbei. Statt dessen sah der Stoff jetzt aus, als hätte man ihn durch den Schlamm unten am Teich gezogen; besonders dort, wo sie auf den Steinfliesen in der Küche herumgerutscht war oder sich auf den Holzfußboden im Schuppen gekniet hatte, um besser an den Waschzuber heranzukommen.

»Verflixt und zugenäht«, murmelte sie. »Ich hätte nicht meine eigenen Kleider, sondern die meiner Putzfrau aus England mitbringen sollen.«

Sie ging zum Herd, machte die Klappe mit einem Metallhaken auf und schaute hinein. Wie immer fehlte es an Feuerholz. Dasselbe galt bestimmt auch für den Kamin im Wohnzimmer, der so gebaut war, daß er gleichzeitig das Schlafzimmer beheizte. Diese Konstruktion hatte sie schon immer fasziniert. Man konnte erkennen, wie geschickt und einfallsreich der Maurer gewesen sein mußte, der sie sich ausgedacht hatte. Sie war überrascht, als sie erfuhr, daß Wolfe ihn selbst gebaut hatte.

Jessica war so damit beschäftigt, zwischen Kamin und Herd hin- und herzulaufen, daß sie gar nicht zum Kochen kam. Während sie das Feuer im Kamin anfachte, stellte sie einige Eimer mit Badewasser zum Anwärmen neben den Herd.

»Verdammt noch mal«, murmelte sie jedesmal, wenn ihr das Messer aus den ungeübten Händen rutschte. »Heute abend werde ich Wolfe überraschen. Heute abend gibt es Bratkartoffeln, Schweinekoteletts und Kirschen aus der Büchse. Damit kann wohl nicht viel schiefgehen.« Jessica seufzte. »Hoffentlich muß ich mir heute abend nicht Wolfes Loblieder auf Willows Kochkünste anhören.«

Jessica führte bei der Arbeit ständig Selbstgespräche. Sie hoffte, damit das Heulen des Windes zu übertönen. Das klagende Geräusch ging ihr durch und durch. Sie war dankbar, als das brodelnde Wasser seinen Teil zu der Geräuschkulisse in der Küche beitrug.

Bald schon verdrängte der Geruch der kochenden Kartoffeln den Gestank nach Seife, der sich nach dem Schrubben der Fliesen immer noch in der Küche hielt. Das Scheppern der gußeisernen Pfanne, als sie sie auf den Herd wuchtete, und das Brutzeln der Koteletts, als die Pfanne heiß genug war, war wie Musik in ihren Ohren.

Trotz der Erschöpfung, die sich überall in ihrem Körper auszubreiten begann, summte Jessica leise vor sich hin, während sie die Pumpe anwarf und einen riesigen Suppentopf mit Wasser füllte. Auf dem Weg zum Herd verschüttete sie beinahe ein Viertel des Inhalts, aber das machte ihr nichts aus. Die acht Liter im Topf waren immer noch schwer genug. Sie machte die Herdklappe auf, legte noch ein paar Scheite Feuerholz nach und schlug die Klappe wieder zu.

»Was jetzt?« fragte sie sich, während sie in Gedanken ihre Liste durchging. »Ach ja, der Tisch muß noch gedeckt werden. Noch ein Stück Stoff, das ich nach dem Gebrauch zuerst waschen, dann zum Trocknen aufhängen und dann in den großen Stapel zum Bügeln packen muß. Wie gut, daß Wolfe nach dem ersten Hemd nicht mehr darauf bestanden hat, daß ich noch mehr von seinen Hemden bügele. Woher soll ich auch wissen, daß Baumwolle so schnell anbrennt?«

Jessica ging zum Küchenschrank, fuhr liebevoll mit der Hand über das sorgfältig verarbeitete Holz und zog eine Schublade heraus. Zu ihrer Erleichterung fand sie eine frische Tischdecke. Die Tischdecke von gestern abend war bereits in der Wäsche. Wolfe hatte einen Schluck ihres Kaffees getrunken und ihn sofort wieder unter wildem Fluchen ausgespuckt. Dann hatte er sie gefragt, ob sie vorhatte, ihn zu vergiften.

Jessica schloß die Augen und versuchte sich vorzustellen, wie sie eines Tages mit Wolfe zusammen über diese Ereignisse lachen würde. Bis dahin durfte sie allerdings nicht vergessen, immer hübsch zu lächeln, und mußte zusehen, daß sie Wolfe keinen Anlaß zur Beschwerde bot.

Sie hatte keine andere Wahl. Jedesmal wenn ihr Lächeln für einen Moment erstarb oder sie Anzeichen von Ermüdung zeigte, drehte sie sich um und sah, daß Wolfe sie beobachtete. Er nahm jedes Zeichen von Schwäche sorgfältig zur Kenntnis und wartete nur auf den Moment, in dem sie endlich aufhörte, so zu tun, als hätte sie hier im Westen etwas zu suchen.

Ein Wort von dir genügt, Jessica.

Wolfe brauchte die Worte nicht einmal mehr laut auszusprechen. Sie konnte sie hören, wenn sie den Zug um seinen Mund betrachtete oder seinen aufmerksamen Blick. Seine raubtierhafte Geduld zerrte wie ein eisiger Wind an ihren Nerven. Aber sie durfte nicht aufgeben; ganz gleichgültig, wie erschöpft sie auch war, wie unerträglich ihr neues Leben ihr erschien, wie verzweifelt und einsam sie sich auch in diesem fremden Land fühlte, in dem sie außer Wolfe keinen einzigen Freund hatte.

Wolfe, der wollte, daß sie aus seinem Land verschwand.

»Niemals«, schwor sich Jessica. »Du wirst schon sehen, Wolfe.

Irgendwann werden wir wieder zusammen lachen, singen und uns gegenseitig beim Schein des Lagerfeuers vorlesen. Wir werden wieder gute Freunde sein. Irgendwann wird es so kommen. Es muß einfach. Und wenn nicht...«

Jessicas Atem stockte. *Es mußte einfach so kommen.*

»Ich werde stark sein«, schwor sie sich. »Ich werde lernen. Was mich als Frau hier draußen im Westen erwartet, kann auch nicht viel schlimmer sein als das, was meine Mutter durchgemacht hat. Was kann schrecklicher sein, als mit einem schottischen Adligen verheiratet zu sein, der nichts weiter als einen Erben will?«

Das Geräusch des Windes steigerte sich zu einem unheimlichen Heulen, das wie der verzweifelte Schrei einer Frau klang, die sich vor Schmerzen windet. Jessica hielt sich die Ohren zu und begann, so laut sie konnte zu singen. Der Wind heulte unbeeindruckt weiter. Er heulte nur in ihrer Einbildung und nicht dort draußen, unter dem weiten Himmel des Westens.

Mit einem unterdrückten Schrei rannte Jessica aus der Küche. Sie schaute nach dem Kaminfeuer, legte Holz nach und ging dann ins Schlafzimmer, wo sie sehnsüchtig die große Badewanne betrachtete. Bei dem Gedanken an heißes Wasser und ein paar Tropfen duftendes Rosenöl liefen ihr wohlige Schauer über den Rücken. Früher war ihr nie klar gewesen, was für ein Luxus ein heißes Bad eigentlich war.

Das hatte sich gründlich geändert. Seit ihrer Ankunft hatte Jessica sich damit zufriedengegeben, sich vor dem Anziehen im Stehen mit einem Waschlappen zu waschen. Tagsüber war sie meist zu beschäftigt und abends zu erschöpft, um sich Badewasser von der Pumpe zu holen, es heiß zu machen und zur Badewanne hinüberzuschleppen.

Heute abend würde sie all diese Mühe auf sich nehmen, und wenn sie sich auf Knien zur Wanne schleppen mußte. Sie konnte es einfach keine Nacht länger ohne ein richtiges Bad aushalten.

Sehnsüchtig betrachtete sie Wolfes weiches, einladendes Bett. Doch sie konnte sich nicht dazu überwinden, sich auf die kostbare Decke aus

Fell zu legen, dreckig und verschwitzt wie sie war. Erschöpft sank sie gegen den Kamin, dessen Steine noch warm waren. Die schlaflosen Nächte, die sie auf ihrem unbequemen Lager hier am Kamin verbracht hatte, und die Tage, die mit harter Arbeit gefüllt waren, hatten ihr alle Kraft geraubt. Sie schlief bald ein.

Erschreckt fuhr sie aus dem Schlaf hoch, als sie Wolfes Stimme von draußen hörte. Das erste, was sie sah, war eine Rauchwolke, die unter der Zimmerdecke hing. Die Wolke bewegte sich auf das offene Fenster zu.

»Jessi! Antworte! Wo bist du?«

Ihr erster Versuch, sich aufzurichten, schlug fehl, weil ihre überarbeiteten Arme ihr den Dienst verweigerten. Ihr zweiter Versuch glückte.

»Wolfe?« rief sie mit schläfriger Stimme.

Die Vordertür flog auf, und Wolfe stürmte herein. Er sah besorgt aus.

»Jessi, ist alles in Ordnung?« rief er und schaute zur Küchentür hinüber, aus der dicke Rauchwolken quollen.

»Mir geht's gut«, sagte sie.

Wolfe wirbelte herum und sah Jessica in der Schlafzimmertür stehen. Ihr Haar war aufgelöst, und unter ihren großen Augen zeichneten sich dunkelrote Ränder ab. Er schloß die Augen und seufzte erleichtert. Seine schlimmsten Ängste hatten sich als unbegründet erwiesen.

»Wolfe, was ist los?«

Seine Augen verengten sich mißtrauisch. Er sah direkt ein wenig gefährlich aus. »Ich dachte, das Haus brennt mit dir zusammen ab.«

»Brennt – o Gott, die Koteletts!«

Wolfe folgte Jessica in die Küche. Als sie nach der Pfanne griff, schlug er ihre Hand beiseite.

»Nein, so bekommst du nur eine Brandblase.«

Er ging ins Wohnzimmer und kam mit dem Kaminbesteck zurück. Mit Hilfe des Kaminhakens gelang es ihm, die fröhlich vor sich hin schmurgelnden Koteletts aus der Pfanne zu holen. Er stellte die qualmende Pfanne im Sand neben der Hintertreppe ab.

Hinter seinem Rücken stieß Jessica einen tiefen Seufzer aus. »Glaubst du, das Stinktier hat vielleicht heute mehr Hunger als gestern abend?«

Wolfe ließ sich viel Zeit, bis er sich umdrehte. Er wußte nicht, wie lange er sich das Lachen noch verkneifen konnte. Auch er hatte sich gefragt, ob das Stinktier auf die Dauer Jessicas Kochkünsten gewachsen sein würde.

Doch auch wenn Jessi in diesem Moment geradezu unwiderstehlich wirkte, wagte Wolfe es nicht, vor ihren Augen unbeschwert zu lachen. Es war viel zu einfach, sich nicht länger zusammenreißen zu müssen: ja, am Ende hätte er sich vielleicht sogar daran gewöhnt. Jedesmal wenn er nicht auf der Hut war, fühlte sie sich nur in ihrem Glauben bestätigt, daß sie ihn von ihrer Sache überzeugen konnte. Das durfte er nicht zulassen. Das durfte niemals geschehen. Er würde sich nie mit dieser Scheinehe abfinden, was wiederum bedeutete, daß alle Freundlichkeiten Jessica gegenüber nur eine Art versteckter Grausamkeit waren. Freundlichkeit würde nur dazu führen, daß es länger dauerte, bis Jessica die Sinnlosigkeit ihrer Ehe einsehen würde.

Wolfe wollte diesen qualvollen Prozeß um keine Sekunde in die Länge ziehen. Er wußte nicht, wie lange er sich noch beherrschen konnte. Irgendwann würde er Jessica unversehens in seinen Armen wiederfinden.

Als er sich diesmal nach Jessica umdrehte, war sein Gesicht wieder vollkommen ausdruckslos.

»Und was bekommt das Stinktier heute sonst noch zum Abendessen?« fragte er mit beherrschter Stimme.

Jessica lächelte mit grimmiger Entschlossenheit. »Nichts weiter. Die Kartoffeln haben genug Wasser zum Kochen und die Büchse Kirschen habe ich noch gar nicht aufgemacht.«

»Dose.«

»Wie bitte?«

»Hier im Westen sagt man ›eine Dose Kirschen‹. Nur in England ist es eine ›Büchse Kirschen‹.«

»Oh.«

Wolfe konnte genau sehen, wie sich Jessica in Gedanken Notizen machte, damit sie beim nächsten Mal diese sprachliche Besonderheit berücksichtigen konnte. Sie war dabei, die letzten Eigenarten ihres britischen Akzents abzulegen; genauso wie sie sich vorher alles abgewöhnt hatte, was an ihre schottische Muttersprache erinnerte. Genau wie Wolfe hatte sie schon als kleines Kind gelernt, wie wichtig es ist, sich anpassen zu können. So wie sie nichts daran ändern konnte, daß ihre Mutter eine Schottin von bürgerlicher Herkunft war, hatte auch Wolfe auf die Umstände seiner Geburt keinen Einfluß. Was Kleidung und Sprache anging, konnte Wolfe sich jedoch bestens an seine Umgebung anpassen.

Nur wenige Menschen machten sich die Mühe, hinter seine äußere Erscheinung zu schauen, was ihn nicht weiter störte. Es erlaubte ihm, sich frei zu bewegen und zu tun, was ihm gerade in den Sinn kam. Er fragte sich oft, ob Jessica hinter ihrer Fassade wohl ein ähnliches Maß an persönlicher Freiheit gefunden – und schätzengelernt – hatte. Es hätte ihn nicht überrascht.

Diese Vorstellung war nicht gerade sehr angenehm. Aus genau diesem Grund würde sie sich nur noch entschlossener dagegen wehren, ihre Ehe für ungültig erklären zu lassen. Die Bewahrung ihrer eigenen Freiheit beruhte immerhin auf demselben Umstand, von dem Wolfes Freiheit eingeschränkt wurde.

Jessica ging an ihrem schweigenden Mann vorbei in die Küche. Als er ihr folgte, sah er, daß die kleinen Knöpfe an der Rückseite ihres Kleides nicht richtig geschlossen waren. Entweder war sie nicht an die Rückseite ihres Kleids herangekommen, oder sie hatte beim Zuknöpfen die Reihenfolge der Knöpfe durcheinandergebracht.

Erneut stieg eine Welle kalter Wut in Wolfe auf. Hier war ein weiterer Beweis, daß Jessica nicht einmal dann von ihm angefaßt werden wollte, wenn sie beim Zuknöpfen dieses unmöglichen Kleides seine Hilfe gebraucht hätte. Obwohl er sich eigentlich glücklich schätzen sollte, daß sie nicht versuchte, ihn zu verführen, um ihre Ehe – und damit sein Schicksal – zu besiegeln, störte es ihn doch gewaltig, daß sie alles nur Denkbare unternahm, damit er sie nicht berühren mußte.

Du verdammte kleine Nonne! Warum hast du dir ausgerechnet mich ausgesucht, wenn du jemanden mit diesem vollkommenen Körper in Versuchung führen willst?

Aus den Augenwinkeln beobachtete er Jessica dabei, wie sie die Küchentür aufmachte, um den Rauch abziehen zu lassen, bevor sie sich um die Kartoffeln kümmerte. Sie hob den Deckel und schaute in den Topf.

»Verdammt!« sagte sie verzweifelt. »Wohin sind sie verschwunden?«

»Wohin ist was verschwunden?«

»Die Kartoffeln.«

Wolfe schaute über Jessicas Schulter in den Topf. Nichts, was auch nur im entferntesten an eine Kartoffel erinnert hätte, schwamm in dem trüben Wasser.

»Gestern abend waren die Kartoffeln außen verbrannt und innen noch roh. Heute abend haben sie weder ein Innen noch ein Außen, ein Oben oder ein Unten.«

»Ich hatte ja keinen blassen Schimmer, daß Kartoffeln so ein gemeines Gemüse sind«, murmelte Jessica.

»Kein Wunder, daß die Leute für Elfen Milch und Kekse vor die Tür stellen. Die zarten Geschöpfe müßten sonst verhungern.« Wolfe schüttelte ungläubig den Kopf und betrachtete Jessica mit unverhohlener Neugier. »Und was hast du mit den Kirschen gemacht? Vielleicht gesalzen oder gepökelt?«

»Niemand kann von mir erwarten, daß ich in drei Tagen all das lerne, wofür in Europa ein Koch drei Jahre braucht«, sagte Jessica, wobei sie sich alle Mühe gab, ihre Stimme beherrscht klingen zu lassen. »Ich gebe mir redliche Mühe, dir eine gute Frau zu sein. Ehrlich.«

»Was für ein beunruhigender Gedanke. Was ist mit den Kirschen passiert?«

Sie setzte eine betrübte Miene auf und gestand: »Ich habe die Dose nicht aufbekommen.«

»Für diese Gnade, lieber Gott, bin ich dir ewig dankbar.«

Wolfe nahm einen Topflappen, packte den Griff des Topfes und trug ihn nach draußen. Jessica hörte, wie der Inhalt des Topfes zischte und fauchte, als Wolfe ihn über die qualmenden Koteletts ausschüttete.

»Bon appetit, Monsieur le Stinktier«, sagte er.

Diese ironische Bemerkung gab Jessica zu denken. Sie bezweifelte entschieden, daß das niedliche Tierchen mehr Gefallen an ihren Kochkünsten finden würde als Wolfe.

Außerdem stellte sie fest, daß sie eigentlich gar keinen Hunger hatte. Ihr Magen hatte sich zu einem harten Klumpen zusammengezogen, ihr Hals kratzte, und in ihren Augen brannten Tränen, die sie nicht zu vergießen wagte. Aus der unnachgiebigen Haltung von Wolfes Schultern und dem Zug um seinen Mund, als er wieder in die Küche zurückkam, schloß sie, daß er nur auf ein Zeichen von Schwäche wartete. Keinen Schritt würde er nachgeben, kein Verständnis würde er für ihre Lage zeigen, und Mitgefühl würde er sowieso nicht aufbringen. Warum sollte sie sich überhaupt Mühe geben, wenn sowieso jeder Versuch fehlschlug?

Er konnte es kaum erwarten, seine ungeliebte Frau endlich loszuwerden.

Mit letzter Kraft rappelte Jessica sich auf, nahm zwei Topflappen und ging zum Herd. Beim ersten Versuch, den schweren Suppentopf anzuheben, versagten ihre Arme, noch bevor sie den Topf zehn Zentimeter von der Herdplatte angehoben hatte. Der Topf knallte auf die schwarze Metallplatte zurück, und das Wasser, das dabei zu allen Seiten spritzte, verdampfte unter wütendem Fauchen. Mehr durch

Zufall gelang es ihr, sich nicht an dem kochenden Wasser zu verbrühen.

Sie biß die Zähne zusammen, packte noch einmal die Topflappen und griff ein zweites Mal nach dem Topf. Sie war fest entschlossen, sich nicht um ihr Badewasser bringen zu lassen. Bevor sie noch die Arme ganz ausgestreckt hatte, wurde sie heftig herumgerissen. Aus wenigen Zentimetern Entfernung starrte sie Wolfe mit seinen indigofarbenen Augen wütend an.

»Bist du so dumm, daß du das nicht begreifst? An dem kochenden Wasser verbrühst du dir deine aristokratische Haut.«

Als Jessica diese Worte hörte, starrte sie Wolfe ungläubig an. Ihre hellblauen Augen funkelten böse. Einen Moment lang wagte sie nicht, etwas zu sagen. Sie hatte Angst, wie ein altes Fischweib auf Wolfe loszugehen, wenn sie den Mund aufmachte.

»Nicht so dumm wie Ihr, Mylord«, sagte sie schließlich mit sanfter Stimme. »Oder habt Ihr das Kunststück fertiggebracht, einen Topf wie einen Jagdhund zu dressieren, damit er Euch hinterhergelaufen kommt?«

»Wovon redest du überhaupt?«

»Davon, wie man heißes Wasser vom Herd in die Badewanne befördert«, sagte sie langsam und deutlich.

»Wenn du glaubst, du kannst mich von deinem mißglückten Abendessen mit einem heißen Bad ablenken...«

Jessica wollte Wolfe darauf hinweisen, daß es hier um ein Bad für sie und nicht für ihn ging, aber Wolfe ließ sie erst gar nicht zu Wort kommen.

»Du hattest ja recht«, fuhr er fort. »Auf ein heißes Bad habe ich mich mehr gefreut als auf dein Abendessen. Wie aufmerksam von dir.«

»Auch wenn ich nun einmal keine Traumfrau bin, tue ich mein Bestes«, sagte sie zähneknirschend.

»Ich werde dich daran erinnen, wenn du mir den Rücken

schrubbst.« Arglos lächelte Wolfe die wütende junge Frau an, die er immer noch in seinen starken Armen hielt.

»Sag mal, mein Liebster, sind eigentlich alle Traumfrauen gleichzeitig auch so eine Art Amazonen?«

»Willow ist nur ein paar Zentimeter größer als du.«

»Aber dafür hat sie bestimmt breite Schultern und muskelbepackte Arme, oder?« fragte Jessica mit unschuldiger Miene.

»Sie ist schlank und zierlich wie eine Weidenrute.«

»Und wie bekommt sie dann ihr Badewasser von der Pumpe in die Wanne – etwa mit einer Teetasse?«

»Eine Traumfrau braucht kein Badewasser zu schleppen. Die Natur erledigt das schon ganz von allein.«

»Aha, ich wußte es«, schnurrte Jessica. »Sie ist eine *Hexe.*«

Wolfe preßte die Lippen fest zusammen. Diesmal würde er sich nicht von Jessicas scharfem Verstand und ihrer spitzen Zunge einwickeln lassen.

»Mit Magie hat das nichts zu tun«, sagte er. »Caleb hat ihr Haus direkt neben einer heißen Quelle gebaut. Und Reno hat von dort aus eine Leitung ins Haus gelegt.«

»Wenn ich keinen Mann wie Caleb und keinen Bruder wie Reno habe, muß ich mir also mein Badewasser auf altbewährte Westernart heranschaffen – mit dem Eimer.«

Wolfe versuchte an Jessicas Augen abzulesen, wie ernst es ihr war. Er erkannte, daß sie in dieser Angelegenheit keinen Schritt zurückweichen würde. Er hatte die Wahl, ihr entweder beim Tragen zu helfen oder tatenlos dabeizustehen und zuzusehen, wie sie acht Liter kochendheißes Wasser über sich ausschüttete.

»Ich trage das verdammte Wasser für dich«, fauchte er schließlich.

Zehn Minuten später hatte Wolfe die lange, schmale Wanne bis zum Rand gefüllt. Außerdem standen ein paar Eimer als eiserne Reserve bereit, und Feuerholz war auch nachgelegt. Er zog sich aus und ließ sich langsam ins Wasser gleiten.

»Also gut, Mylady«, rief er. »Kommt her, wascht Euren Gatten.«

»Was?«

»Du sollst mich waschen«, verlangte Wolfe ungeduldig. »Das ist eine Aufgabe, der sogar du gewachsen sein müßtest.«

Eigentlich hätte Wolfe laut loslachen müssen, als er Jessicas Gesicht sah, als sie zur Tür hereinkam: statt dessen wurde er wütend. Er hatte sich darauf gefreut, Lady Victorias guten Ratschlag in die Tat umzusetzen: *Bring der kleinen Nonne bei, daß sie sich nicht davor fürchten muß, einen Mann anzufassen.*

»Macht Euch keine Sorgen, Schwester Jessica«, sagte Wolfe mürrisch und drehte ihr den Rücken zu, während sie zögernd näher kam. »Davon, daß du mich wäschst, wirst du nicht gleich schwanger.«

Sie gab keine Antwort. Sie hatte nicht einmal gehört, was Wolfe gesagt hatte. Sein Anblick, wie er nackt vor ihr in der Badewanne lag, hatte ihr die Sprache verschlagen. Damals in Lord Stewarts Haus war sie zu verstört gewesen, um Wolfes beeindruckenden Körper richtig wahrzunehmen. Jetzt jedoch war sie frei von Schmerz, Panik oder anderen Ablenkungen.

Alles, was sie sah, war Wolfes braungebrannter Körper, der in seiner ganzen männlichen Pracht im schimmernden Wasser glänzte.

Eine seltsame Hitze breitete sich in ihrer Magengegend aus, ganz so als hätte sie einen winzigen Schmetterling mit Flügeln aus goldenem Feuer verschluckt. Sie mußte an das Hotel in St. Joseph denken und daran, wie Wolfe ihr Haar gebürstet hatte. Damals hatte er eine ähnliche Hitzewelle in ihr ausgelöst.

In dir brennt das Feuer der Leidenschaft, Jessi.

Eine Welle der Angst stieg in Jessica auf und erstickte die sanfte Hitze, die Wolfes Anblick in ihr ausgelöst hatte.

Das hat doch nichts mit Leidenschaft zu tun. Ich bin doch kein blökendes Lamm, das sich bereitwillig zur Schlachtbank führen läßt. Wenn mein Magen sich seltsam anfühlt, kann das nur daran liegen, daß ich vor Müdigkeit schon nicht mehr gerade gucken kann.

»Ich warte, meine Liebste«, sagte Wolfe.

Jessica machte den Mund auf. Alles, was sie herausbrachte, war jedoch ein leises Stöhnen. Umgeben von einer Dampfwolke erhob sich Wolfe aus dem dunklen Wasser der Wanne. Er sah aus wie die Skulptur eines italienischen Bildhauers: muskulös, kraftvoll und von makellosem Wuchs. In seiner Eleganz wirkte er wie der Inbegriff der Männlichkeit.

Der Kerzenschein spiegelte sich wie Sonnenlicht auf seinem glatten Fleisch und betonte die Bewegungen der Muskeln. Seine Haut schimmerte wie Bernstein. Die Verbindung von Kraft und Schönheit ließ eine Hitzewelle in Jessica aufsteigen, die ihr den Atem raubte und ungeahnte Gefühle in ihr auslöste. Ihr war, als glitten Wolfes Hände über ihren Körper.

Die Vorstellung reizte und erschreckte sie zugleich. Mit zitternden Händen schöpfte sie das warme, nach Rosen duftende Wasser und begann, Wolfes Haar damit zu begießen. Lange Zeit herrschte eine gespannte Stille, die erst unterbrochen wurde, als Wolfe sich in der Wanne hin und her bewegte. Mit leisem Fluchen massierten Jessicas Finger sein Haar mit der nach Rosen duftenden Seife.

Außer Wolfes Kopf, seinen Schultern und dem größten Teil seines Rückens war kaum etwas von ihm zu erkennen. Der Rest von ihm war nicht viel mehr als ein goldener Schatten unter dem trüben Wasser. Kerzenlicht brach sich schimmernd auf der schaumigen Oberfläche.

Obwohl Jessica nach stundenlanger Arbeit die Arme weh taten, entdeckte sie, daß es ihr Spaß machte, Wolfes dichtes, schwarzes Haar zu waschen. Jedesmal wenn sie mit den Händen hindurchfuhr, spürte sie seine Berührung an den empfindlichen Innenseiten ihrer Finger. Auch der warme, weiche Schaum, der zwischen ihren Händen hindurchglitt, hatte eine wohltuende Wirkung auf sie. Als sie sich von seiner Kopfhaut zu seinem Nacken hinuntergearbeitet hatte, verspürte sie plötzlich den Wunsch, ihn zu streicheln und seine festen, harten Muskeln zu spüren.

Der goldene Schmetterling in ihrem Magen spreizte seine Flügel und löste eine Hitzewelle aus, die ihr erneut den Atem verschlug.

Nein, kein Schmetterling, rief sie sich zur Ordnung. *Eine Motte. Ein dummes, kleines Ding, das um eine große, heiße Flamme tanzt und nicht weiß, daß jeder Moment sein letzter sein könnte!*

Ihre Angst und ihr Begehren lieferten sich ein erbittertes Gefecht, so daß sie am ganzen Leib zu zittern begann. Insgeheim fragte sie sich jedoch, wie es wohl sein würde, der Flamme näher und näher zu kommen und sich ihr hinzugeben, bis nichts mehr von ihr übrig war.

Wolfe rutschte ein Stück tiefer, und dunkle Wellen schwappten an den Wänden der Wanne hoch. Die Berührung von Jessicas Fingern, die seine Kopfhaut massierten, ließ ein warmes Gefühl zwischen seinen Beinen aufsteigen, mit dem sich das Badewasser nicht messen konnte.

»Mache ich das richtig?« fragte Jessica.

Sie erschrak beim Klang ihrer eigenen Stimme. Sie klang heiser. Deutlich waren die Spuren zu erkennen, die das Tauziehen zwischen ihrer angeborenen Angst und ihrer schüchternen Leidenschaft in ihr hinterlassen hatten. Jedesmal, wenn sie Wolfe berührte, spielte sie mit der gefährlichen Möglichkeit, die Kontrolle über sich zu verlieren. Doch dieses Risiko ging sie bereitwillig ein. Ihm nahe zu sein, war eine unwiderstehliche Versuchung.

»Ja«, antwortete Wolfe, »du machst das sehr gut.«

Seine Stimme klang warm und gelöst. Jessica spürte, wie ihr die Worte unter die Haut gingen. Vorsichtig fuhren ihre Fingerspitzen über die Konturen von Wolfes Hals und Schultern. Entspannt glitten seine Muskeln unter der Haut hin und her, die wie blank poliertes Kupfer schimmerte. Jessica bewunderte seine Stärke, die er genauso selbstverständlich hinnahm wie die Luft zum Atmen. Doch in ihren Augen war er nicht mehr derselbe. Damit war es für alle Zeiten vorbei. Als ihr das klar wurde, erfaßte sie ein angenehmes Schaudern.

»Was... was hast du eigentlich die ganze Zeit gemacht, bevor ich bekommen bin?« fragte sie, um sich abzulenken.

Wolfe schloß die Augen und kämpfte gegen das unwiderstehliche Begehren an, das Jessicas Stimme und ihre Finger auf seiner nackten Haut wie ein uralter Zauber in ihm entfesselten. Dann zuckte er die Achseln und ließ es mit sich geschehen. Er wußte, daß er nichts dagegen unternehmen konnte.

»Ich habe Wildpferde gefangen und mit ihnen gehandelt. Außerdem habe ich sie gezüchtet und trainiert«, sagte er.

Einen Augenblick lang hörten Jessicas Hände auf, sich zu bewegen. »Ich habe hier aber weit und breit kein Pferd gesehen; nur das eine, das du in Denver zusammen mit der Kutsche gekauft hast.«

»Mein bestes Pferd habe ich behalten. Alle anderen habe ich verkauft, bevor ich nach England gereist bin, um bei deiner Verlobung dabeisein zu können.«

»Und wo sind deine anderen Pferde?«

»Bei Caleb. Ich habe den größten Teil des Jahres dort verbracht und ihm dabei geholfen, sein Haus zu bauen. Als Gegenleistung kümmern er und Willow sich um meine Stuten. Wir versuchen, sie mit ihrem arabischen Hengst zu kreuzen.«

»Sind es alles Wildpferde?«

»Ja, eine Stute ist ein ganz außergewöhnliches Tier; edel und stark, wild und intelligent. Sie hat stahlgraues Fell. Sie wird einmal der Grundstock meiner Herde sein.«

»Wann holst du deine Pferde wieder zurück?«

»Vielleicht gar nicht. Diese Seite der Rockies ist langsam zu dicht besiedelt. Es wird höchste Zeit, daß ich zusammenpacke und weiterziehe.«

»Zu dicht besiedelt? Machst du Witze?«

»Nein. Meistens komme ich mit den Ranchern und Soldaten ganz gut aus, aber die Leute aus der Stadt haben nicht viel Verständnis für ein Halbblut. Wenn irgend etwas schiefgeht, suchen sie die Schuld immer zuerst bei den Indianern.«

Jessicas Hände hielten einen Moment still. »Das ist ja schrecklich.«

Wolfe zuckte noch einmal die Achseln. »Die Menschen sind eben so. Wenn ich lange genug hierbliebe, könnte ich die meisten Leute aus der Stadt auf meine Seite bringen. Mit dem Rest würde ich schon fertig werden. Die könnte ich vom Gegenteil überzeugen oder sie dazu bringen, daß sie den Mund halten. Manchen von ihnen könnte man vielleicht nahelegen, sich nach einem gesünderen Klima umzusehen.«

»Wenn du die Leute aus der Stadt dazu bringen kannst, dich zu akzeptieren, warum bleibst du dann nicht hier?«

»Mein Name unter den Cheyenne ist Einsamer Baum. Das paßt ganz gut zu mir.«

»Aber hier bist du doch zu Hause.«

»Das kann ich auch woanders sein. Vielleicht da, wo Caleb und Willow ihre Ranch haben. Das wäre weiß Gott angenehmer, als ständig hin- und herzureiten, wenn ich sie besuchen will.«

Jessicas Hände gruben sich tief in Wolfes Haar: *Willow, immer wieder Willow! Zum Teufel mit seiner Traumfrau! Was für eine Chance habe ich, Wolfe davon zu überzeugen, daß ich eine gute Ehefrau abgebe, wenn er ununterbrochen nur an sie denkt?*

»Und jetzt tief Luft holen«, murmelte Jessica.

Bei diesen Worten drückte sie Wolfes Kopf mit aller Kraft unter Wasser. Als er wieder hochkam, schüttelte er den Kopf wie ein Hund und bespritzte sie von oben bis unten.

»Und gleich noch einmal«, sagte sie mit süßlicher Stimme.

Mit einem zufriedenen Lächeln ließ Wolfe sich ein zweites Mal untertauchen. Diesmal blieb er so lange unter Wasser, daß sie anfing, sich Sorgen zu machen.

»Wolfe?«

Sie tippte ihm vorsichtig auf die Schulter. Er rührte sich nicht.

»Wolfe, es reicht jetzt. Wolfe? Bist du etwa...«

Das Wasser spritzte in alle Richtungen, als Wolfe plötzlich in der Wanne aufstand, Jessica mit einem Arm packte und sie über dem trüben Wasser hängen ließ.

»Laß mich runter!« jammerte sie atemlos.

»Mit Vergnügen.«

»Auf den Boden, du Teufel! Auf den Boden!«

Doch Jessica hatte bereits so herzlich zu lachen begonnen, daß Wolfe sie schon deshalb festhalten mußte. Er stützte die Ellbogen auf den Wannenrand und hielt sie gut fest, wobei er sich innerlich am liebsten geohrfeigt hätte. Eigentlich hätte er sich von ihr zurückziehen sollen, anstatt sich über jedes Lächeln zu freuen, das über ihre süßen Lippen kam. Eigentlich hätte er sich nicht wie ein Schneekönig freuen dürfen, daß sie endlich wieder guter Dinge war.

Wenn er immer wieder zum Feind überlief, würde er den Krieg nie gewinnen. Mit äußerster Vorsicht setzte er sie ab.

»Ich glaube, du bist jetzt sauber genug«, sagte Jessica und wollte gehen. »Sobald das frische Badewasser heiß ist, könntest du mir die Wanne überlassen.«

Und wieder klang ihre Stimme beunruhigend heiser. Wolfe warf ihr einen mißtrauischen Blick zu. Vielleicht benahm sie sich manchmal wie eine Nonne – das hier hatte ihr jedoch ohne Zweifel Spaß gemacht. Er fragte sich, wie es ihr wohl gefallen würde, auch den Rest von ihm zu waschen.

Plötzlich wurde ihm klar, daß er den Nagel auf den Kopf getroffen hatte. Sein Arm legte sich um Jessicas Hüften, bevor sie sich umdrehen und gehen konnte.

»Du hast noch etwas vergessen«, sagte Wolfe.

»Was?«

»Den Rest. Den muß du auch noch waschen.«

6

»Du machst Witze«, sagte Jessica.

Wolfe spürte die Wärme und Anspannung ihres Körpers und lächelte. »Nein. Hier ist der Schwamm.«

Sie beugte sich ungeschickt vor, denn Wolfe hatte noch immer seinen Arm fest um ihre Hüften gelegt. Im selben Moment, in dem sie sich am tiefsten vorbeugte, spürte sie, wie Wolfes Hand sich langsam zu ihrer Taille vortastete. Sanft streichelte er ihre Rundungen, als wollte er prüfen, wie sie gebaut war. Sie stand so schnell wieder auf, daß sie beinahe umgefallen wäre.

»Wolfe!«

Er gab ein undeutliches Brummen von sich. Hatte er sie ausgelacht, oder hatte er sie etwas gefragt?«

»Deine Hand...« stammelte sie. »Du...«

Sein breites Grinsen hatte etwas Gefährliches an sich. »Was ist mit mir?« fragte er herausfordernd.

Jessica blinzelte verwirrt. Diese Miene hatte sie an Wolfe noch nie zuvor bemerkt. Der freche Gesichtsausdruck stand ihm ausgesprochen gut; jetzt sah er wirklich so aus, wie sie ihm noch vor wenigen Minuten vorgeworfen hatte. Wenn die Motte die Kerzenflamme auch nur halb so verlockend fand, war es kein Wunder, daß das arme Ding jedesmal in die Flamme geriet.

»Ich... äh... ach, nichts«, murmelte sie.

Ungeduldig seifte sie den Schwamm ein, bis sich dichter Schaum gebildet hatte. Wolfe sah, wie sich ihre Wangen röteten und ihr Herz schneller zu schlagen begann. Die Blicke, die sie ihm zuwarf, während sie ihm Gesicht und Schultern einseifte, sprachen Bände. Ihn nackt zu sehen, machte sie nervös, aber auch ein klein wenig neugierig.

Lady Victoria, ich ziehe meinen Hut vor Euch, dachte Wolfe und mußte insgeheim grinsen. *Ihr seid genauso raffiniert, was die menschliche Natur angeht, wie ich Euch in Erinnerung hatte. Jessica ist tatsächlich keine Nonne.*

Jessica beeilte sich mit der Arbeit und bemühte sich, nicht unentwegt auf die trübe Oberfläche des Wassers zu starren. Doch das war unmöglich. Sie schloß die Augen und versuchte auf diese Weise zu verhindern, daß sich dieses Bad zu einer etwas persönlicheren Angelegenheit entwickelte.

Das stellte sich als Fehler heraus. Als sie die Augen geschlossen hatte, spürte sie, wie ihre Hände mit einem Mal viel empfindlicher zu werden schienen. Sie zitterten, als sie sich auf seinen glatten, heißen Körper legten. Jedesmal, wenn sie über Wolfes Brust glitten, spürte Jessica von neuem, wie ein unerwarteter, angenehmer Schauer sie überlief. In ihrem Magen glühte ein sanftes Feuer, dessen Wärme sich überall in ihr ausbreitete. Ein letztes Mal ließ sie ihre Hände über Wolfes Brust gleiten. Noch während sie sich damit zu beruhigen versuchte, daß sie nichts weiter tat, als ihn zu waschen, wußte sie bereits, daß sie sich etwas vormachte. Am liebsten hätte sie seine festen Muskeln geknetet wie ein Kätzchen. Und dabei hätte sie am liebsten auch noch laut geschnurrt.

Verzweifelt schlug Jessica die Augen auf. Im selben Moment hob Wolfe eines seiner langen, kraftvollen Beine aus dem Wasser. Direkt über dem Fußgelenk war seine Haut mit schwarzen Haaren bedeckt, aus denen jetzt funkelnd das Wasser tropfte. Verschämt beobachtete sie die Stelle, wo sich seine Behaarung noch über den muskulösen Oberschenkel hinaus fortsetzte.

Wolfe sah genau, wohin Jessicas Blick fiel. Er wußte, daß er jetzt nicht mehr so tief unter Wasser war wie zuvor. Ein langer, spannender Moment verging, während er abzuschätzen versuchte, in welchem Maß sich Furcht und Verlangen in ihr die Waage hielten. Die Vorstellung, daß er sie als Mann erregte, bereitete ihm ein wildes Vergnügen.

Was deutlich zu sehen war.

»Äh ... Wolfe?«

»Es ist bestimmt nicht viel schwieriger, mich sauber zu bekommen als die Fliesen da draußen«, sagte er, ohne sich etwas anmerken zu lassen. »Und jetzt mach endlich, mein Schatz.«

Während Jessica mit dem Schwamm in einer einzigen, atemlosen Bewegung über sein Bein fuhr, bemühte sie sich, möglichst nicht an seinem Schenkel hinaufzuschauen.

»Ich muß noch nachspülen«, sagte sie.

Wolfe spürte ihre heisere Stimme wie eine Liebkosung auf seiner empfindlichen Haut. Sein rechtes Bein machte seinem linken Bein Platz. Sie massierte mit dem Schwamm die straffen Muskeln zwischen Wade und Knie. Dabei rutschte ihr der Schwamm aus der Hand. In Sekundenbruchteilen war er im Wasser zwischen Wolfes Knie verschwunden.

Jessica wartete darauf, daß ihr Wolfe den Schwamm zurückgab. Als er keine Anstalten dazu machte, schaute sie auf. Für einen kurzen Moment meinte sie, ein spöttisches Funkeln unter seinen schwarzen Wimpern erkennen zu können. Nein, sie mußte sich geirrt haben. Vorsichtig tastete sie im Wasser herum. Ihre Finger fanden sein festes, glattes Fleisch, nicht aber den Schwamm. Wolfe atmete tief ein und biß die Zähne zusammen.

»Es ... es tut mir leid«, hauchte sie und zog die Hand zurück. »Ich wollte dich nicht ...«

»Anfassen?« Wolfe lächelte mit geschlossenen Augen. »Ich vergebe dir, meine süße, kleine Nonne.«

»Und was ist mit dem Schwamm?« fragte sie.

»Zum Teufel mit dem Schwamm. Deine Finger fühlen sich viel besser an.«

Jessica war viel zu durcheinander, um sich mit ihm zu streiten. Sie nahm sich noch etwas von der weichen Seife und massierte damit die kraftvollen Muskeln von Wolfes Schenkel. In wenigen Sekunden war sie damit fertig. Ihre Hände schienen jedoch einen eigenen Willen zu haben. Noch einmal gab sie sich genießerisch dem Gefühl seiner nackten Haut unter ihren Handflächen hin.

»Ich muß noch nachspülen«, sagte sie mit leiser, erstickter Stimme.

Das Bein versank erneut im Wasser. Schaumflocken drehten sich im Kreis und schwammen davon. Bevor Wolfe noch weitere Wünsche äußern konnte, stand Jessica auf und rannte aus dem Zimmer. Dabei murmelte sie, daß sie zur Abwechslung mal nach ihrem eigenen Badewasser schauen müßte.

Wolfes versteckter, sehnsüchter Blick folgte ihr, bis sie außer Sichtweite war. Dann fischte er widerwillig nach dem Schwamm und spülte sich den Schaum ab. Er wußte genau, daß er mit seinen Provokationen keinen Schritt weitergehen durfte – jedenfalls nicht heute abend.

Als Jessicas Badewasser endlich soweit war und sie ins Schlafzimmer zurückkam, klopfte ihr Herz nicht mehr ganz so wild. Auch ihr Magen hatte aufgehört, bei jedem zweiten Atemzug einen seltsamen Hüpfer zu machen. Mit gesenktem Blick sah sie Wolfe dabei zu, wie er den Abfluß wieder mit dem hölzernen Stöpsel verstopfte. Das Wasser floß durch die Dielenbretter in den Boden unter dem Haus ab.

Bewundernd betrachtete Jessica das geschmeidige Spiel der Kräfte von Wolfes Körper, während er einen Eimer heißen Wassers nach dem anderen in die Wanne entleerte und dann kaltes Wasser aus der Pumpe nachfüllte, um die Temperatur angenehmer zu machen. Es war ganz einfach, seinem Körper bei der Arbeit zuzusehen, denn außer einem dünnen Handtuch, das er sich wie einen Lendenschurz umgewickelt hatte, war er vollkommen unbekleidet. Das Leuchten des Stoffs auf seiner kupferfarbenen Haut ließ sie nicht mehr los.

Das vertraute Gefühl in ihrer Magengegend ließ nicht lange auf sich warten. Goldene Schmetterlinge begannen in ihrem Magen hin und her zu flattern. Ihre Finger zitterten so sehr, daß sie kaum die Knöpfe an der Rückseite ihres Kleides öffnen konnte. Außerdem verweigerten ihre Arme ihr nach wenigen Zentimetern den Dienst. Nach dem stundenlangen Schrubben waren ihre Muskeln einfach zu verkrampft.

Mit einem ungeduldigen Stöhnen packte sie mit den Fingern den Halsausschnitt ihres Kleides und riß einmal fest daran. Die Knöpfe gaben nach und fielen geräuschlos auf den dicken Wollteppich neben dem Bett.

Warme, kräftige Finger schoben Jessicas Hände beiseite. Schweigend begann Wolfe, ihr Kleid aufzuknöpfen. Mit jedem pechschwarzen Knopf, der aus seinem winzigen Knopfloch schlüpfte, wurde die Stille erdrückender. Schließlich steckte Jessica nur noch mit den Armen in ihrem Kleid. Der edle Spitzenbesatz ihres seidenen Unterrocks bedeckte ihre nackte Haut nicht, sondern brachte sie erst richtig zur Geltung.

»Vielen Dank«, hauchte sie. »Nun kann ich allein weitermachen.«

»Willst du denn nicht, daß ich dir beim Baden helfe?«

»Nein, vielen Dank, das wird wohl nicht nötig sein«, sagte sie, wobei sie in ihrer Eile, den Satz herauszubekommen, über die Worte stolperte.

Wolfes Finger fuhren langsam an Jessicas Wirbelsäule hinunter. »Bist du sicher?«

Sie erschauderte, als seine Berührung in ein angenehmes Kitzeln überging. »Ja.«

Wolfes Finger hielt für einen Moment inne, bevor sie Schritt für Schritt den Weg zurückverfolgten, den sie gekommen waren. Er fragte: »Soll das heißen, du bist sicher, daß ich dich baden soll?«

Jessica stöhnte leise. Unbeschreibliche Gefühle breiteten sich plötzlich in ihrer Magengrube aus. »Nein, ich kann sehr gut allein baden.«

»Ruf mich, wenn du es dir anders überlegst.«

Sobald die Tür hinter Wolfe ins Schloß gefallen war, stieß sie einen Seufzer der Erleichterung aus, von dem sie nicht gewußt hatte, daß er ihr in der Kehle gesteckt hatte. Ohne noch einen weiteren Gedanken an ihn zu verschwenden, begann sie sich auszuziehen. Mit der nach Rosen duftenden Seife in der einen Hand und dem Schwamm in der anderen stieg sie in die Wanne.

Ein angenehmer Schauer überlief sie, als sie sich langsam in die heiße Umarmung des Wassers gleiten ließ. Das Gefühl erinnerte sie daran, wie Wolfe mit den Fingerspitzen ihren Rücken gestreichelt hatte. Die Erinnerung daran war beinahe so beunruhigend wie die Berührung selbst. Sie tauchte unter, machte ihre Haare naß und begann dann, sich mit eingeseiften Händen die Kopfhaut zu massieren.

Als Jessica mit dem Nachspülen fertig war und gerade damit anfangen wollte, sich die Haare ein zweites Mal zu waschen, verschwand endlich das Zittern und das steife Gefühl aus ihren Armen. Ein neues, beunruhigendes Gefühl machte sich statt dessen in ihr breit. Ihre Arme verkrampften sich auf halbem Wege zum Kopf. Sie versuchte verzweifelt, sie nur ein paar Zentimeter weiter anzuheben, aber es ging nicht. Selbst sie auszustrecken, war ihr unmöglich.

Das Seifenwasser begann ihr an den Armen herunterzulaufen und in die Augen zu tropfen, während ihre Arme unbeweglich auf beiden Seiten ihres Körpers herunterhingen.

»Wolfe!« rief Jessica. »Irgend etwas stimmt mit meinen Armen nicht!«

Jessica hatte Angst, daß ihr noch mehr Seife ins Gesicht laufen würde, und hielt deshalb die Augen fest geschlossen. Sie wußte nicht genau, ob Wolfe ihr zu Hilfe kommen würde, doch dann spürte sie plötzlich einen weichen Lappen auf ihrem Gesicht. Überrascht zuckte sie zusammen.

»Halt still, Jessi«, sagte Wolfe. »Ich will dir nicht weh tun.«

»Ich weiß. Du hast mir nur einen Schreck eingejagt. Meine Arme, Wolfe. Ich kann sie nicht...«

»Ja, ich sehe schon«, unterbrach er sie.

Sanft massierten seine Hände ihre schlanken Arme. Die Muskelstränge hatten sich unter der zarten Haut fest zusammengezogen.

»Tut es weh?« fragte er.

Jessica schüttelte den Kopf. »Eigentlich nicht. Ich glaube, meine Muskeln haben sich für den Rest des Tages freigenommen. Dasselbe ist mir schon einmal mit meinen Beinen passiert. Damals habe ich versucht, so wie du über den Bach zu springen. Erinnerst du dich noch?«

Wolfe lächelte. »Wie oft hattest du es versucht?«

»Ich weiß nicht mehr genau. Den ganzen Morgen habe ich damit zugebracht, Anlauf zu nehmen und zu springen.«

»Und im Wasser zu landen.«

»Und im Wasser zu landen«, stimmte sie ihm seufzend zu. »Ich habe mich darüber geärgert, daß du jedesmal so mühelos übers Wasser fliegen konntest und es mir nicht ein einziges Mal gelingen wollte. Am selben Abend konnte ich keinen Schritt mehr gehen.«

»Das hast du mir nie erzählt.«

»Ich habe eben auch meinen Stolz.«

»Genauso wie du mir heute nicht erzählt hast, daß du dich überarbeitet hast.«

Jessica sagte nichts.

»Zuerst einmal kümmere ich mich um die Seife in deinem Gesicht«, sagte er. »Deine Arme können noch warten. Leg den Kopf in den Nacken und mach die Augen nicht auf.«

Wolfes Stimme war voller Wärme. Genauso liebevoll vergruben sich seine Finger in ihrem Haar, als er ihren Kopf nach hinten bog, um die letzten paar Schaumflocken abzuwischen.

»Nein, mach die Augen noch nicht auf. Da ist noch Seife drin.«

Jessica hörte, wie er den Lappen auswusch. Sie spürte, wie warmes Wasser über ihre Brüste floß, und wurde rot bei den Gedanken, daß sie die ganze Zeit über nackt gewesen war. Das warme Wasser glitt über ihre geschlossenen Augen, an ihren Wangen hinunter und über ihren Hals.

Wolfe war beinahe ein bißchen neidisch, als er die goldenen Wassertropfen an ihr hinunterlaufen sah. So nahe wollte er ihr sein. So zärtlich wollte er ihre Haut streicheln. So ungehindert wünschte er sich, sie nur einmal liebkosen zu dürfen.

Was für ein Narr er war, daß er die Finger nicht von ihr lassen konnte!

»Ist dir etwas in die Augen gekommen?«

»Nein«, sagte Jessica zögernd und wunderte sich, woher plötzlich der mürrische Unterton in Wolfes Stimme kam.

»Mach sie nicht auf, bis ich mit dem Nachspülen fertig bin.«

»Das brauchst du nicht. Ich kann...«

»Gar nichts kannst du«, fuhr er ihr ungeduldug dazwischen. »Die Muskeln in deinen Armen sind völlig verkrampft. Jetzt hol tief Luft.«

Kaum hatte Jessica Luft geholt, als er sie auch schon am Kopf packte und untertauchte. Im Gegensatz zu Wolfe konnte sie sich in der schmalen Wanne beinahe ganz ausstrecken.

Mit großer Selbstverständlichkeit wusch Wolfe zuerst den Schaum ab und spülte dann die langen, mahagonifarbenen Strähnen so lange mit klarem Wasser nach, bis keine Seifenreste mehr zu sehen waren. Dann bettete er ihren Kopf sanft gegen den Wannenrand.

»Das sollte eigentlich reichen.«

Jessica versuchte sich eine Locke aus den Augen zu streichen, aber ihre Arme verweigerten ihr den Dienst. Beim zweiten Versuch hoben sich die rosigen Knospen ihrer Brüste aus dem Wasser. Bei der Berührung mit der kalten Luft im Zimmer zogen sie sich sofort zusammen.

Als Wolfe auf sie heruntersah, bereute er noch im selben Moment, nicht in eine andere Richtung geschaut zu haben. Sein Körper reagierte so unmittelbar auf ihren Anblick, daß sein Begehren ihn beinahe in die Knie gezwungen hätte. Nur gut, daß er nicht stand, sondern bereits neben ihr auf dem Boden kniete. Wie unwiderstehlich sie war, seine kleine Nonne! Sie hatte sich tatsächlich bei der ungewohnten Arbeit so verausgabt, daß ihre Arme ihr den Dienst verweigerten. Er hätte sich größere Vorwürfe wegen seiner Unbarmherzigkeit gemacht, wenn Jessicas Rache, so unbeabsichtigt sie vielleicht sein mochte, nicht so ein durchschlagender Erfolg gewesen wäre. Die Erinnerung an ihre Brüste mit ihren festen, korallenfarbenen Knospen würde ihn bis in den Schlaf verfolgen.

»Du nutzlose, blaublütige Nonne«, sagte Wolfe, mit zusammengebissenen Zähnen. »Hol noch einmal tief Luft.«

»Das war bestimmt nicht meine Absicht«, sagte Jessica, die von Wolfes Tonfall tief getroffen war. »Zwischen meinen Kleidern und dem Küchenfußboden ...«

Ihre Worte gingen in ein Gurgeln über, als Wolfe ihren Kopf untertauchte. Ein paar Sekunden später setzte er sie wieder in eine aufrechte Position. Mit kurzen, sparsamen Bewegungen wischte er ihr das Haar aus dem Gesicht und wrang es aus.

»Wo ist dein Handtuch?« fragte er.

Zuerst herrschte nur Schweigen. Dann seufzte sie und gestand: »Ich hatte es so eilig, in die Wanne zu kommen, daß ich gar nicht daran gedacht habe, daß ich auch wieder rauskommen muß.«

»Paß auf, daß deine Haare nicht wieder naß werden, während ich ... ach ja, du kannst ja deine Arme nicht anheben.«

Wolfe legte Jessicas Haar über den Wannenrand. Seine Spitzen berührten den Boden.

»Beweg dich nicht. Wenn du in der Wanne ausrutschst, ertrinkst du am Ende noch. Ich bin gleich wieder da.«

Kurz darauf kam Wolfe mit Handtüchern und einer weichen Decke aus Flanell zurück. Er trocknete Jessicas Haar so gut er konnte, wikkelte es in eines der Handtücher und verknotete dann alles auf ihrem Kopf fein säuberlich zu einer Art Turban.

»Wie geht es deinen Armen?«

»Gut, solange ich nicht versuche, sie zu bewegen.«

Wolfe drehte sich um, nahm den Schwamm und begann ihn einzuseifen. Er wusch ihr den Rücken, die Schultern und die Arme. Dann spülte er den Seifenschaum ab und begann, den Schwamm von neuem einzuseifen.

»Und jetzt verlier bloß nicht die Nerven, meine kleine Nonne.«

»Wie bitte?«

Jessicas Atem stockte, als sie spürte, wie der Schwamm über ihr Schlüsselbein zu ihren Brüsten, ihren Rippen und ihrem Bauch hinunterglitt.

»Ein Bein anheben«, sagte er und seifte den Schwamm von neuem ein.

»Wolfe«, hauchte sie.

»Stütz einfach deinen Fuß am Wannenrand ab, genau wie ich. Hab keine Angst. Ich werde dich schon nicht fallen lassen.«

Langsam hob Jessica ihr rechtes Bein. Ohne mit der Wimper zu zucken, wusch Wolfe ihre zarten, zierlichen Füße, die schmalen Fußgelenke und ihre Waden. Ungläubig sah sie zu, wie er den Schwamm ins Wasser tauchte und sich damit erneut über ihr Bein hermachte.

»Jetzt das andere.«

Ohne zu wissen, was sie tat, folgte Jessica seinen Anweisungen. Sie ließ das eine Bein sinken und hob das andere. Wieder begann der Schwamm über ihre Haut zu gleiten. Sie bekam eine Gänsehaut, als er erst vom Fuß zur Wade und dann zum Schenkel hinaufglitt. Doch auch dort machte der Schwamm noch nicht halt. Er berührte das dreieckige Haarbüschel und die empfindliche Stelle, die sich darunter verbarg. Ein unterdrücktes Stöhnen entfuhr Jessicas Kehle. Sofort hörte der Schwamm auf, sich zu bewegen, und blieb still zwischen ihren Schenkeln liegen.

»Stimmt etwas nicht?« fragte Wolfe mit ausdrucksloser Stimme und sah sie fragend an.

Wieder gab Jessica ein leises Stöhnen von sich.

»Ja bitte?« fragte er.

Zarte Schamesröte, die mit jedem Augenblick kräftiger wurde, begann sich auf ihrem Gesicht auszubreiten. »Wolfe, bitte.«

»Was ist denn?«

Sie ergriff sein Handgelenk und zerrte daran, aber ihre Arme waren vollkommen kraftlos. Seine Hand rührte sich nicht von der Stelle.

»Willst du, daß ich meine Hand wegnehme?« fragte er.

»Ja«, sagte sie zitternd.

»Dann mach die Beine breit.«

Etwas verspätet fiel Jessica auf, daß sie, ohne lange nachzudenken, die Beine zusammengepreßt hatte, um Wolfe am Weitermachen zu hindern. Der Schwamm, zusammen mit Wolfes Fingern, war fest zwischen ihren Beinen eingeklemmt.

»Tut... tut mir leid«, flüsterte sie.

Wolfe tat es dafür um so weniger leid. Er hatte jeden Augenblick genossen, den seine Hand an dieser warmen, geheimnisvollen Stelle gefangen war.

Eilig machte sie Anstalten, ihn freizugeben. Ein unbeschreiblicher Schwindel erfaßte sie, als er den Schwamm langsam wegzog und nur ein Hauch seiner zärtlichen Berührung zurückblieb. Von der Stirn bis hinunter zu den Brüsten breitete sich eine tiefe Schamesröte auf ihrer Haut aus.

»Du hast keinen Grund, dich zu schämen«, sagte Wolfe sachlich. »Selbst wenn Mann und Frau niemals das Bett miteinander teilen, ist es nach einer Weile unvermeidlich, daß sich ein gewisses Maß an Vertrautheit zwischen ihnen entwickelt.«

Jessica schluckte und sah mit großen Augen zu, wie Wolfe aufstand und die weiche Flanelldecke ergriff.

»Kannst du alleine aufstehen?«

Ungläubig weiteten sich ihre Augen. »Nein.«

»Dann werde ich dir helfen.«

»Aber ich habe doch nichts an«, sagte sie entsetzt.

Wolfe seufzte und sagte dann nachsichtig: »Ich weiß. Das ist wohl so üblich, wenn man ein Bad nimmt. Kannst du nun alleine aufstehen oder soll ich dir helfen?«

»Aber...«

»Jessica«, fuhr er ihr ungeduldig dazwischen, »hör endlich auf herumzujammern und mach, daß du aus dem Wasser kommst, bevor du dir noch etwas einfängst.«

»Mach die Augen zu.«

»Das ist mir zu dumm«, murmelte er und schloß dann die Augen.

Obwohl Jessicas Arme weitgehend unbrauchbar waren, gelang es ihr mit einiger Mühe, sich in der Wanne hinzuknien. Sie war beinahe schon auf den Füßen, als sie ausrutschte.

»Wolfe!«

Er fing sie auf, nahm sie auf den Arm und stellte sie neben der Wanne ab. Er bemühte sich, so unbeteiligt wie möglich zu wirken, während er sie abtrocknete.

»Mach die Augen zu!« jammerte sie.

»Ich kann nicht sehen, wohin ich greife, wenn ich die Augen zumache. Warum machst du nicht lieber die Augen zu?«

Jessica blinzelte ihn verwirrt an. »Wozu soll das gut sein?«

»Nur so ein Gedanke.«

Wolfe unterdrückte ein Lächeln und schloß die Augen. Beinahe noch im selben Moment rutschte ihm das Handtuch aus den Händen und fiel zu Boden. Seine Hände glitten ohne Handtuch über ihre Hüfte.

»So geht das nicht«, hauchte sie.

Er jedoch fand diese Lösung gar nicht so übel. Statt dessen sagte er: »Hast du vielleicht eine bessere Idee?«

»Du hältst die Decke straff und ich trockne mich daran ab.«

Nach wenigen Sekunden schon erkannte Wolfe, daß ihre Idee nichts taugte... und daß sie gleichzeitig ihre Vorzüge hatte. Jessicas Körper war zwar zierlich, besaß dabei jedoch die vollen, üppigen Formen einer reifen Frau. Als sie sich mit der Decke in seinen Händen abtrocknete, spürte er genau die gleiche atemlose Erregung, die er auch schon bei ihrem Anblick in der Badewanne empfunden hatte. Als die Decke für einen Moment abrutschte und er spürte, wie eine ihrer Brustwarzen wie ein Hauch über seine Handfläche strich, hätte er am liebsten laut aufgestöhnt.

»Na bitte, das ging ja ganz gut so«, sagte Jessica, als sie fertig war.

Wolfe hätte nicht genau sagen können, ob er sich darüber freuen sollte, daß die angenehme Qual endlich vorüber war. Er drehte sich um und ging zum Bett. Mit einer weit ausholenden Bewegung schlug er die Felldecke zurück und glättete sie mit der Hand.

»Komm her und leg dich hin«, sagte er. Er bemühte sich, die nackte, kleine Nonne nicht weiter zu beachten, die zitternd neben der Badewanne stand. »Wir wollen doch mal sehen, ob eine kleine Massage den verspannten Muskeln in deinen Armen und deinem Rücken nicht guttut.«

Verunsichert schaute Jessica zu dem breitschultrigen Mann neben dem Bett hinüber. Bis auf einen schmalen Streifen Stoff, den Wolfe sich achtlos um die Hüften gewickelt hatte, war er vollkommen nackt. Das Kerzenlicht warf Schatten, die über seinen Körper tanzten. Er hatte etwas an sich, das sie magisch anzog und ihr gleichzeitig angst machte.

»Mylady, wenn es meine Absicht gewesen wäre, wie Lord Gore über Euch herzufallen, wäre das schon längst geschehen. Warum hätte ich bis jetzt damit warten sollen?«

Die kalte Wut in Wolfes Stimme ließ Jessica zusammenzucken.

»Ja«, hauchte sie. »Ich weiß. Es ist nur so ... neu für mich.«

»Für mich doch auch.«

Jessica sah ihn erstaunt an. »Tatsächlich?«

»Ich habe noch nie einer Frau beim Baden geholfen. Aber leider bist du ja keine richtige Frau, sondern nur eine Nonne.«

Ohne ein weiteres Wort kam Jessica zum Bett hinüber und streckte sich mit dem Gesicht nach unten darauf aus. Als das seidige Fell ihre nackte Haut berührte, stöhnte sie leise auf.

»Was ist denn nun schon wieder?« fragte Wolfe ungeduldig, während er die Decke über sie ausbreitete.

Jessica zitterte. »Es ist ein komisches Gefühl, wenn das Fell mit meinem Körper in Berührung kommt.«

»Du wirst dich schon daran gewöhnen.«

Sie atmete tief durch und rutschte probeweise ein bißchen hin und her. Das Fell belohnte jede ihrer Bewegungen mit einem warmen Streicheln. Ein seliges Seufzen entfuhr ihr.

»Du hast recht. Das Fell fühlt sich wirklich ganz besonders ... angenehm an.«

Unbewußt wiederholte sie die Bewegung und rieb ihren ganzen Körper an der matt glänzenden Felldecke. Deutlich erkannte Wolfe den Ausdruck ungebändigter Sinnlichkeit in dem, was sie tat. Er mußte zugeben, daß Lady Victoria eine bemerkenswerte Menschenkenntnis besaß: *Du mußt der kleinen Nonne beibringen, daß sie sich nicht davor fürchten muß, von einem Mann angefaßt zu werden.*

Bisher hatte Wolfe sich alle Mühe gegeben, die Leidenschaft, die unter Jessicas kühler Oberfläche schlummerte, unbeachtet zu lassen. In diesem Moment erkannte er jedoch, daß es geschickter von ihm wäre, wenn er diese Leidenschaft bewußt zu wecken versuchte. Nur so würde sie endlich aufhören, sich vor dem Gedanken zu fürchten, das Bett mit einem Mann teilen zu müssen. Nur so würde sie ihre Einwilligung geben, ihre Scheinehe zu beenden und eine Verbindung einzugehen, die ihrer Stellung angemessener war.

Dann wäre auch Wolfe endlich frei, sich eine Frau zu suchen, die seinen Wünschen entsprach – eine starke, geduldige Gefährtin, die genauso leidenschaftlich war wie er selbst und die an seiner Seite dieses wilde Land erschließen und ihm Kinder gebären würde. Gemessen an diesen Maßstäben, erkannte er auf einmal, was dieses kleine, lustige Elfchen eigentlich in seinen Augen war.

Ein Zeitvertreib.

Was hatte es da schon zu bedeuten, wenn irgendein tierhafter Instinkt in ihm die Vorstellung nicht ertragen konnte, daß ein anderer Mann Jessis unberührten Körper besitzen würde? Die Erfahrung hatte ihn gelehrt, daß seine Bedürfnisse nach einem weiblichen Wesen von vergänglicher Natur waren – ganz im Gegensatz zu einer richtigen Ehe.

Bis daß der Tod uns scheidet.

»Zuerst einmal finde ich, daß du ein wenig Brandy brauchst«, sagte Wolfe nachdenklich.

»Brandy?«

»Mhm.«

Seine gemurmelte Zustimmung entlockte Jessica ein Lächeln. »Vielen Dank, aber ich habe für alkoholische Getränke wirklich nichts übrig.«

»Stell dir vor, es ist Medizin.«

»Medizin?«

»Ja, ich hole gleich ein zweites Glas für den Papagei.«

»Welchen Papagei? Ach, *den* Papagei. Ja, der muß hier tatsächlich irgendwo herumflattern.« Sie lachte leise und rieb ihre Wange am Fell, wobei sie für einen kurzen Moment die Schmerzen und das unangenehme matte Gefühl in ihren Armen vergaß. »Dieses Fell fühlt sich einfach himmlisch an.«

Als Wolfe sah, wie Jessica sich an das Fell schmiegte, als wäre es der Körper eines Liebhabers, rührte er sich für einen Moment nicht von der Stelle. Dann drehte er sich plötzlich um und ging aus dem Zimmer. Als er zurückkam, hatte er ein kleines Glas mit Brandy in der Hand.

»Setz dich hin, Jessi.«

Sie drehte sich auf die Seite. Doch im selben Moment, als sie sich aufzurichten versuchte, verweigerten ihr die Arme erneut den Dienst.

»Ich glaube nicht, daß ich das alleine kann«, gab sie zögernd zu.

Wolfe stellte das Glas ab und half ihr auf. Dabei begann ihr die Decke von den Hüften zu rutschen. Mit einem überraschten Ausruf griff sie danach. Der Reflex kam zu spät. Ihre Arme weigerten sich, das zu tun, was sie ihnen befahl. Die Decke rutschte tiefer, bevor Jessica sie festhalten konnte, und gab ihre Brüste frei.

Wolfe schloß die Augen. Am liebsten hätte er sich dafür geohrfeigt, daß er sich benahm, als hätte er noch nie eine Frau gesehen, die bis zur Taille nackt war. Doch Jessicas fließende Kurven und ihre rosigen Burstwarzen hatten sich bereits unauslöschlich in sein Gedächtnis eingebrannt. Sein Herz schlug so schnell, als wäre er einen steilen Berg hinaufgerannt.

Mit einem unterdrückten Fluch machte er die Augen wieder auf, bedeckte ihre Brüste mit der Decke und drückte den Rand des Glases gegen ihre weiche Unterlippe.

»Trink.«

Auch wenn Begehren und Leidenschaft aus Wolfes Stimme sprachen, wagte sie nicht, ihm zu widersprechen. Sie verzog das Gesicht, machte den Mund auf und trank einen Schluck. Einen Moment später schnappte sie nach Luft und fing an zu husten. In aller Ruhe goß Wolfe aus der Karaffe auf dem Nachttisch ein Glas Wasser ein und reichte es ihr. Gierig trank sie es aus. Doch auch das Wasser konnte das scharfe Brennen nicht lindern, das sich von ihrer Zunge bis in ihren Magen hinunterzog.

»Besser so?«

Jessica nickte nur. Sie brachte kein Wort heraus.

»Leg dich noch einmal auf den Bauch.«

Gelassen nahm Wolfe die Decke, schüttelte sie aus und breitete sie dann über die verführerischen Rundungen ihrer Hinterbacken und den tiefen Einschnitt, der sie voneinander trennte.

»Wo ist dein Rosenöl?« fragte er sie.

»In dem Kristallfläschchen auf der Kommode.«

»Da stehen mindestens neun Fläschchen.«

»Das mit dem Stöpsel, der die gleiche Farbe hat wie meine Wangen«, murmelte sie in das Fell.

»Ach so, das.« Wolfe entdeckte, daß Jessicas Gesicht wieder zu leuchten begonnen hatte. »Wirst du etwa wieder rot, Elfchen?«

Sie drehte den Kopf und warf ihm einen trotzigen Blick zu. Ihre Augen glänzten wie Juwelen vor dem dunkelroten Hintergrund ihres Gesichts.

»Und dir macht das auch noch Spaß«, warf sie ihm vor.

Wolfe drehte ihr den Rücken zu. Er wollte verhindern, daß sie sehen konnte, wie er lächelte. Dann holte er das Fläschchen von der Kommode.

»Sei vorsichtig«, sagte sie. »Das ist zerbrechlich.«

»Mach dir keine Sorgen. Mit kleinen Dingen kann ich sehr gut umgehen.«

Sie lachte leise und gestand: »Ich weiß. Du bist der einzige Mann, den ich kenne, der Rosen pflücken kann, ohne sich an den Dornen zu stechen.«

Lächelnd zog Wolfe den Stöpsel aus der Flasche und goß sich ein paar Tropfen von dem Öl auf die Handfläche. Als er sich neben Jessica aufs Bett setzte, gab sie einen überraschten Laut von sich und einen weiteren, als er begann, ihren Körper von oben bis unten mit beiden Händen zu massieren.

Genau wie er erwartet hatte, waren ihr Rücken und ihre Arme vollkommen verkrampft. Die Wärme seiner Hände und die gleichmäßigen Bewegungen ließen den Duft des Rosenöls von ihrer nackten Haut aufsteigen. Es herrschte vollkommene Stille im Zimmer. Als seine Hände sich von ihrer Taille zum Nacken hocharbeiteten, gab Jessica ein leises Stöhnen von sich.

»Tut es weh?« fragte Wolfe.

»Es ist... wunderbar.« Jessica seufzte. »Ach, es ist himmlisch.«

Lächelnd fuhr er fort, ihr die Steifheit aus den Muskeln zu massieren. Jedesmal, wenn er sich an ihrer Wirbelsäule hinunterarbeitete, griff er weiter zu beiden Seiten aus, bis er mit jeder neuen Bewegung ihren Brüsten näher kam. Und wenn er sich ihrer Taille näherte, glitten seine Hände ein Stückchen tiefer nach unten. Der weiche Flanell rutschte ihren Rücken hinunter und glitt dann zu der Mulde, die die sanften Hügel ihrer Hinterbacken voneinander trennte. Die Versuchung, mit den Fingern über die einladende Wölbung zu streichen, war beinahe übermächtig, aber Wolfe zwang sich zu eiserner Beherrschung. Er wußte genau, daß Jessica keinen Augenblick länger stillhalten würde, wenn er sich dorthin vorwagte.

»Du mußt mir sagen, wo es weh tut.« Wolfes Hände glitten zu Jessicas Schultern hinauf. »Hier?«

Sie nickte, ohne dabei die Augen aufzumachen. Als sie spürte, wie die Anspannung ihrer verhärteten Muskeln unter dem Druck seiner kräftigen Finger wich, gab sie ein wohliges Stöhnen von sich.

»Schmerz oder Freude?« frage Wolfe mit leiser Stimme.

Jessica nickte.

»Was denn nun?«

»Ja«, seufzte sie noch einmal, und seine Hände, die regungslos an beiden Seiten ihres Körpers lagen, entspannten sich.

Er lachte leise, goß sich noch etwas Öl auf die Handflächen und fuhr fort, sie zu massieren.

»Und wie sieht es hier aus?« fragte er.

Das sanfte Gleiten seiner Hände auf ihren Oberarmen fühlte sich wunderbar an. Sie stöhnte und entspannte sich. Während er die verspannten Muskeln ihres linken Arms von der Schulter bis zu den Fingerspitzen bearbeitete, wanderte seine Hand zwischen ihrem Arm und ihrem Körper hin und her. Zuerst zuckte sie zusammen und versuchte, sich zur Seite zu drehen. Doch bald schon hatte sie vergessen, daß sie sich eigentlich schämen sollte, wenn er sie dort berührte. Sie konnte nichts dagegen einwenden, da sich seine Fingerspitzen so unbeschreiblich gut anfühlten. Er strich an ihren Brüsten entlang, an ihrem Oberkörper hinunter und entlang der nach innen verlaufenden Kurve ihrer Taille, bis er an der sanften Wölbung ihrer Hüfte angekommen war.

Als Wolfes Hand zum dritten Mal über diese Stellen strich, ohne daß sie zusammenzuckte, lächelte er zufrieden und wandte seine Aufmerksamkeit ihrem anderen Arm zu. Um ihn besser erreichen zu können, setzte Wolfe sich auf ihre Oberschenkel. Während er ihren rechten Arm bearbeitete, zog er langsam die Decke weiter nach unten, bis alle Rundungen unterhalb ihrer Taille vollkommen freilagen. Beim Anblick ihrer zarten, feinporigen Haut und ihrer unverhüllten Weiblichkeit, die zum Greifen nahe vor ihm lag, stockte ihm der Atem.

»Wie sieht es hier aus?« fragte er und massierte die kräftigen Muskelstränge zu beiden Seiten ihrer Wirbelsäule. »Steif?«

»Ja«, seufzte sie.

Wolfe machte sich erneut an die Arbeit. Sie hatte recht, was ihren

Rücken anging. Trotzdem mußte er sich zusammennehmen, um nicht eine Bemerkung über die Steifheit zu machen, die bestimmte Teile seines eigenen Körpers erfaßt hatte. Sein achtlos zusammengeknoteter Lendenschurz konnte kaum der körperlichen Veränderungen Herr werden, die sein Begehren wachgerufen hatte. Der Anblick von Jessicas wohlgerundeten Hüften, die sich ihm von der zerwühlten Decke entgegenstreckten, war die reinste Folter. Er stellte sich vor, wie es sein würde, hier auf dem weichen Fell ihre Schenkel sanft zu spreizen und sich mit ihrem geschmeidigen Körper zu vereinigen. Die Vorstellung entlockte ihm ein unterdrücktes Stöhnen.

»Wolfe?«

Einen Augenblick lang gab er keine Antwort. Dann lockerte sich der Würgegriff der Lust, und er konnte wieder frei atmen.

»Was ist?« fragte er.

Ein angenehmes Kribbeln überlief Jessica, als Wolfes Hände ihren Rücken bis zu ihrer Taille hinunterglitten und dort liegenblieben. Mit einer Mischung aus Zärtlichkeit und Stärke, die magisch alle Schmerzen vertrieb, begannen sie sich wieder aufwärts zu bewegen.

»Das fühlt sich so gut an.« Sie seufzte und streckte sich unbewußt seinen Händen entgegen. »Mir ist schon ganz schwindlig.«

»Das muß am Brandy liegen.«

»Das glaube ich kaum, Mylord. Ich glaube eher, es liegt an Euren Händen. Ich hatte ja keine Ahnung, wie wundervoll eine Massage sein kann.«

»Bist du sicher? Vor ein paar Minuten wußtest du noch nicht einmal, ob du vor Schmerz oder vor Freude gestöhnt hast.«

»Ganz sicher.« Der Laut, den Jessica dabei von sich gab, ähnelte eher einem leisen Stöhnen als einem Seufzer. »Es brennt wie ein Feuer, an dem man sich nicht verbrennen kann; eine Art Wohlgefühl, das bis tief in die Knochen dringt.«

Wolfe verschlug es die Sprache. Sie beschrieb die Gefühle, die nur wahre Leidenschaft auszulösen vermochte.

»Ja«, flüsterte er. »Genauso fühlt es sich an; wie Feuer, an dem man sich nicht verbrennen kann.«

Lange Zeit herrschte Stille. Das Feuer im Kamin knisterte leise, und Wolfe streichelte langsam über Jessicas Haut, die intensiv nach Rosenöl duftete. Als seine Hände an ihrer Taille vorbei zu ihren Hüften hinunterglitten, bemerkte sie es zuerst gar nicht. Doch plötzlich versteifte sich ihr ganzer Körper.

»Wolfe?«

»Deine Muskeln hier unten sind auch verspannt«, sagte er sachlich.

»Ja, aber …«

»Ach, sei still, Jessi«, brachte sie Wolfe zum Schweigen. »Stell dir einfach vor, ich wäre immer noch bei deinen Schultern.«

»Das bist du aber nicht!«

»Deshalb sollst du es dir ja vorstellen.«

Eine Zeitlang herrschte Stille, während der Wolfe fortfuhr, sie zu massieren. Beide fragten sich voller Spannung, was wohl die nächsten Minuten bringen würden.

»Du willst es dir nicht vorstellen, stimmt's?«

»Woher weißt du das?« erwiderte sie.

»Der Papagei hat es mir verraten.«

Sie mußte lachen, als sie sich vorstellte, wie der Papagei wild im Zimmer herumflatterte und ihre Geheimnisse ausplauderte.

»Ich bin beschwipst«, stellte sie fest.

»Von diesem winzigen Schluck Brandy? Das kann ich mir kaum vorstellen.«

»Manchmal werde ich ein bißchen albern. Weißt du nicht mehr? Das hast du selber oft genug gesagt.«

Nicht immer, dachte Wolfe und vergrub seine Finger in Jessicas festem Fleisch. *Manchmal würde ich dich sogar sehr ernst nehmen.*

Jessica gab einen gequälten Seufzer von sich.

»Tut mir leid. Ich wollte dir nicht weh tun«, sagte Wolfe und fuhr mit der ausgestreckten Hand über die sanfte Wölbung ihres Hinterteils.

»Du hast mir nicht weh getan«, sagte Jessica mit wohliger Stimme.

»Warum machst du dann solche Geräusche?«

»Habe ich gar nicht.« Sie lächelte. »Das war der Papagei. Der ist nämlich auch beschwipst.«

»Ein betrunkener Papagei. Da dreht sich einem der Verstand.«

»Eher der Magen.«

»Von einem Schluck Brandy? Ausgeschlossen.«

»Dann muß es an den Schmetterlingen liegen.«

»Welchen Schmetterlingen?«

»Den Schmetterlingen in meinem Magen. Jedesmal, wenn du mich auf eine bestimmte Art berührst, flattern sie wild durcheinander wie Blätter im Wind.«

Jessica kicherte und stöhnte dann leise auf, als Wolfe mit dem Daumen an der Innenseite ihre Beine entlangstrich und die Stelle sacht berührte, wo ihre Schenkel sich trafen.

»Gefällt dir das?« fragte er, und seine Stimme klang heiser.

»... ja.«

»Und das?«

Jessica gab ein leises, genüßliches Keuchen von sich, als Wolfes schlanke, kräftige Finger ihre Schenkel massierten und sich dabei langsam zu ihren Knien herunterarbeiteten. Der Brandy und das sanfte Glühen an den Stellen, wo Wolfes Hände das Rosenöl in ihre Haut einmassierten, lösten ein seltsames, ohnmächtiges Gefühl in ihr aus. Ohne zu wissen, was sie tat, stöhnte sie leise und entspannte die Muskeln, die ihre Schenkel bis zu diesem Moment fest zusammengepreßt hatten.

Wolfe warf nur einen einzigen Blick auf den dunklen, mahagonifarbenen Schatten, den ihre Bewegung dort unten entblößt hatte. Er biß die Zähne fest zusammen, um nicht vollkommen den Verstand zu verlieren. Er wandte schnell den Blick ab und konzentrierte sich statt dessen auf die schlanken Beine, die ausgestreckt vor ihm lagen. Doch auch hier waren Jessicas weibliche Reize kaum zu übersehen – die sanften Rundungen ihrer Schenkel und Waden; die makellose Reinheit ihrer Haut, die noch nie zuvor ein Mann zu sehen bekommen hatte; und die Gänsehaut, die sie jedesmal dann überkam, wenn er die empfindliche Stelle in ihrer Kniekehle streichelte.

»Dreh dich um, Kleines.«

Seine unerwartete Gelassenheit brachte Jessica dazu, sich seinem zärtlichen Befehl ohne weiteres zu fügen. Sie hatte vollkommen vergessen, daß sie von Kopf bis Fuß nackt war, bis sie plötzlich spürte, wie etwas ihren ganzen Körper einhüllte. Ihre Augen öffneten sich kurz und schlossen sich dann sofort wieder, als Wolfe die weiche Flanelldecke über sie ausbreitete und sie damit von den Brüsten bis hinunter zu den Oberschenkeln zudeckte. Seufzend rutschte sie ein paarmal hin und her und schmiegte sich dann noch tiefer in das Fell.

Wolfe wandte den Blick ab und verfluchte sich stillschweigend dafür, daß er so dumm gewesen war, sich dieser Versuchung auszusetzen. Doch wie gebannt kehrte sein Blick immer wieder zu den kleinen Bewegungen zurück, die Jessica mit ihren Hüften ausführte. Verstohlen beobachtete er ihre üppigen Brüste, deren Brustwarzen sich langsam aufrichteten.

»Warm genug so?« fragte er mit heiserer Stimme.

Jessica nickte bedächtig.

»Wie fühlst du dich?«

»Wie ein Vogel im Nest... der gerade einen Wurm verspeist hat.«

Jessica merkte nicht, wie heiß das Blut durch Wolfes Adern floß; wie mühsam er die Leidenschaft in seiner Stimme unterdrücken mußte. Sorglos lag sie auf einer weichen Insel aus Fell, während kräftige Hände ihr Hals und Schultern, Arme und Fingerspitzen massierten. Jedesmal, wenn Wolfe einen der verspannten Muskeln in ihren Armen bearbeitete, gab sie ein leises, wohliges Stöhnen von sich. Jeder dieser Laute war wie ein Dolch, der die Fesseln seiner Selbstbeherrschung zu durchschneiden drohte. Seine Hand tastete sich zu ihrem Handgelenk vor, und ihre Finger vergruben sich ineinander.

»Muskelkater?« fragte er, wobei er ihre Hand vorsichtig drückte.

Es war Leidenschaft, die Jessica ein unterdrücktes Keuchen entlockte. Ihre Wimpern bewegten sich träge, und für einen Moment funkelten ihre aquamarinblauen Augen ihn an. Als er seine Hand noch einmal anspannte, spreizte sie ihre Finger und preßte sie dann fest zusammen, bis sie mit seiner Hand verbunden waren.

»Das fühlt sich gut an«, sagte sie mit heiserer Stimme.

»Was? Das?«

Wolfe drückte noch einmal zu und streichelte dabei die empfindliche Haut zwischen ihren Fingern, wobei er sanft an ihrer Hand hinunterstrich. Er legte ihre Handflächen gegeneinander und preßte sie fest zusammen.

Seufzend nickte Jessica. »Ja, das.« Sie lächelte. »Den Schmetterlingen gefällt das auch.«

Wolfe streichelte Jessicas Hand so lange, bis sie seine Liebkosungen erwiderte. Mit einem abschließenden Druck zog Wolfe seine Finger zurück, wobei er Jessicas leisen Protest einfach ignorierte.

»Wolfe, du willst doch wohl nicht etwa aufhören, oder?«

»Nein«, sagte er und goß sich noch etwas Öl auf die Handfläche. »Ich will nur noch ein wenig deine Beine massieren. Versuch in der Zwischenzeit deine Arme zu entspannen; sonst verkrampfen sie sich wieder. Du bist immer noch so kraftlos wie ein neugeborenes Kätzchen.«

»Ich weiß.« Jessicas Seufzer war so tief, daß er beinahe schon wie ein Stöhnen klang. »Aber es hat sich gelohnt.«

»Was?«

»Das Schrubben. Wenn das nicht gewesen wäre, hätte ich wahrscheinlich nie entdeckt, was für Wunder du mit deinen Händen für mich vollbringen kannst.«

Eine gewaltige Woge des Begehrens drohte ihn zu erfassen und mit sich zu reißen. Er begann, Jessicas Beine von den Fußknöcheln bis hinauf zu den Schenkeln zu massieren. Als er dort angekommen war, räkelte sie sich genüßlich. Ohne die Arme zu bewegen, streckte sie Rücken und Füße. Ihr Anblick traf ihn wie ein Messer in den Unterleib. Alles in ihm verlangte danach, daß er sich nahm, was sie ihm in aller Unschuld darzubieten schien.

»Jessi«, flüsterte Wolfe.

Seine langen Finger glitten zwischen ihre Schenkel. Er legte die Hände um ihr Bein und begann, es langsam und gründlich zu massieren, was sie beinahe um den Verstand brachte. Als er die Hände unter die Decke streckte, begann Jessica, sich endlich zu regen. Wolfe zögerte und wartete auf eine strenge Zurechtweisung. Nichts dergleichen geschah. Er holte tief Luft und fuhr langsam mit seinen Händen nach oben. Als sie seine leidenschaftliche Berührung spürte, seufzte sie und räkelte sich wohlig.

»Warum hast du das nicht früher schon einmal mit mir gemacht?« hauchte sie.

»Das habe ich mich auch gerade gefragt.«

Seine Handfläche glitt ein Stück weiter nach oben. Sie räkelte sich genüßlich und seufzte.

»Meine Knie sind ganz weich. Ein wunderbares Gefühl.«

»Ja«, sagte Wolfe mit heiserer Stimme.

Mit geschlossenen Augen konnte er spüren, wie geschmeidig sie war und wie sich unruhig hin und her bewegte. Er hörte ihr unterdrücktes Stöhnen. Er wußte, daß er damit aufhören mußte, sie zu streicheln, wenn er nicht ganz die Kontrolle über sich verlieren wollte.

Doch ihr Anblick war so verführerisch, so unwiderstehlich, daß er sich einfach nicht von ihr losreißen konnte. Sie war wie ein Duft, der ihm zu Kopf gestiegen war; ein Bedürfnis, das ihm alle Selbstbeherrschung raubte. Er würde alles tun, was in seiner Macht stand, damit sie ihre Angst vor Männern verlor. Seine sanften Hände schlugen die Decke zurück und entblößten das mahagonifarbene Schamhaar, unter dem sich ihr innerstes Geheimnis verbarg. Am liebsten hätte er sie dort gestreichelt.

Als Jessica sich noch einmal räkelte, teilte sich ihr Schamhaar. Wolfe stieß einen leisen, sehnsüchtigen Seufzer aus. Seine Hand berührte sie dort und zögerte dann einen Moment. Seine Finger brannten wie Feuer. Schließlich fanden sie, wonach sie gesucht hatten, und entblätterten das Geheimnis, dessen Spur sie gefolgt waren.

Seine innige Liebkosung ließ Jessica mit einem Stöhnen in die Höhe fahren, in dem Schrecken und Lust mitschwangen. Als sie Wolfes Hand zwischen ihren Beinen sah, verging ihr die Lust und eine Woge von Bildern stürzte über ihr zusammen, aus denen ohne Ausnahme die nackte Angst sprach. Vor ihrem inneren Auge senkte sich eine sturmgepeitschte Nacht. Aus dem Zimmer am Ende des Gangs drangen die Schreie ihrer Mutter, während die göttliche Fügung mitleidslos ihren Körper in Stücke riß.

»Nein!« schrie Jessica.

»Immer mit der Ruhe, Kleines«, flüsterte Wolfe. »Ich werde dir nicht weh tun. Es ist nur natürlich, wenn ...«

Seine Worte gingen in Jessicas angsterfülltem Schrei unter. Mit hektischen Bewegungen versuchte sie sich zu verteidigen, doch ihre Arme waren immer noch so schwach, daß sie nicht einmal ein kleines Kind hätte von sich stoßen können, geschweige denn einen Mann von Wolfes Größe. Sie holte tief Luft, um ein weiteres Mal zu schreien, als eine Hand ihr den Mund zuhielt und sie zurück aufs Bett drückte.

Ihr Alptraum schien Wirklichkeit zu werden. Ihre Schreie waren die einer Frau, die brutal von einem Mann festgehalten wird, der nichts anders im Sinn hat, als sich zwischen ihre Beine zu zwängen und sie seinem Willen zu unterwerfen. Verzweifelt wälzte Jessica sich hin und her. Doch weder konnte sie die Hand abschütteln, die ihr den Mund zuhielt, noch gelang es ihr, den massigen Schenkel zur Seite zu drücken, der ihre Beine auf dem Bett festhielt. Angsterfüllt und der Panik nahe, versuchte sie sich so lange mit ihren kraftlosen Armen gegen Wolfe zu wehren, bis er mit einer Hand ihre Handgelenke packte und sie fest gegen ihren Bauch preßte.

»Jessi, hör mir zu, ich werde dir nicht weh tun.«

Selbst wenn sie ihn gehört hätte, hätte sie ihm nicht geantwortet.

Als Wolfe sah, wie sie sich gegen ihn zu wehren versuchte, spürte er, wie sein Verlangen nach ihr die Oberhand zu gewinnen drohte. Gleichzeitig schämte er sich, daß er die Beherrschung verloren hatte, und ärgerte sich darüber, daß sie solche Angst vor ihm hatte.

»Sei endlich still, verdammt noch mal«, fauchte er. »Ich werde dich nicht anfassen. Hast du gehört? *Jessica!*«

Er mußte seine Worte mehrmals wiederholen, bis Jessica sich endlich beruhigt hatte und still dalag. Nur ein unkontrollierbares Zittern durchlief ihren Körper in unregelmäßigen Abständen.

»Ich werde jetzt meine Hand von deinem Mund nehmen. Aber falls du wieder zu schreien anfängst, werde ich dich verprügeln, bis du wieder bei Sinnen bist, so wahr mir Gott helfe.«

Jessica starrte Wolfe mit leblosen, toten Augen an. In seinem Gesicht war kein Funken Mitgefühl zu erkennen – seine Augen waren ausdruckslos, seine Miene düster, und seine Lippen waren zu einem schmalen Strich zusammengepreßt. Trotz alledem nickte sie. Sie hatte verstanden, daß er sich nicht an ihr vergreifen wollte. Langsam zog Wolfe die Hand weg.

Obwohl Jessica kreidebleich war und am ganzen Leib heftig zitterte, fing sie nicht wieder an zu schreien. Als sie die Stimme erhob, kamen die Worte wie Glassplitter über ihre Lippen. Obwohl ihr Atem stoßweise ging, waren ihre Worte klar und deutlich.

»Kein Wunder, daß man dich ›den wilden Sohn des Grafen‹ getauft hat. Ein Gentleman, der seine niedrigen Triebe nicht beherrschen kann, braucht eine Hure, keine Ehefrau. Wenn ich gewußt hätte, daß du mir jemals etwas so Gemeines antun würdest, hätte ich dich nie geheiratet. Und dabei brauchst du nicht einmal einen Nachkommen für deinen Titel oder einen Erben für dein Vermögen! Und doch wolltest du dich ohne ersichtlichen Grund auf mich stürzen wie ein Tier und mich entehren!«

Wolfe betrachtete Jessicas Gesicht und spürte genau, wie sie ihm ihre Verachtung mit wilder Leidenschaft entgegenschleuderte. Eine unangenehme Stille breitete sich zwischen ihnen aus, während sie sich unversöhnlich gegenüberstanden.

»Was hattest du denn erwartet?« fauchte Wolfe zurück. »Seitdem wir zusammen in die Postkutsche gestiegen sind, hast du mir keine ruhige Minute gelassen. Ich habe gesehen, wie du mich jedesmal anschaust, wenn du glaubst, ich merke es nicht.«

Das konnte Jessica nicht leugnen; in diesem Fall hatte er recht. Sie beobachtete ihn ununterbrochen. Er zog sie magisch an. Und je älter sie wurde, desto stärker wirkte seine Anziehungskraft auf sie.

Enttäuscht und ärgerlich fuhr er fort. »Zuerst wirfst du mir auffordernde Blicke zu und fragst dich, wie es wohl wäre, es sich von einem Wilden besorgen zu lassen, aber wenn ich dann ...«

»Niemals!« rief Jessica aufgebracht dazwischen. »Niemals! Ich habe niemals daran gedacht, wie es sein könnte, mit dir zu schlafen. Bei der Vorstellung allein läuft es mir kalt den Rücken herunter!«

Wolfes Augen verengten sich zu schmalen, rabenschwarzen Schlitzen. *»Dann wirst du also einer Annullierung unserer Ehe zustimmen.«*

Seine Worte waren so leise, daß Jessica zuerst gar nicht verstand, was er gesagt hatte. Als ihr klar wurde, was er von ihr verlangt hatte, schloß sie die Augen und versuchte, der Angst Herr zu werden, die sich unbarmherzig in ihr ausbreitete.

»Nein«, sagte sie mit unsicherer Stimme. »Auch wenn du nur eine Rothaut bist – mit Gewalt wirst du mich nie bekommen.«

Wolfe legte seine Hände auf das magahonifarbene Haarbüschel zwischen ihren Schenkeln.

»Meinst du wirklich?« fragte er leise.

Sie zuckte zusammen, als hätte er ihr einen Peitschenhieb versetzt. Als sie die Augen wieder aufschlug, waren die Pupillen so vor Angst geweitet, daß sie beinahe vollkommen farblos wirkten. Sie wollte die Hände nach ihm ausstrecken, um ihn um Gnade anzuflehen, aber ihre

Arme versagten ihr den Dienst. Sie wollte etwas sagen, aber nur ein heiseres Flüstern, das entfernt wie sein Name klang, kam über ihre Lippen.

Wolfe stand vom Bett auf. Nur mühsam konnte er die Wut unterdrücken, die er bei dem Gedanken an ihre Scheinehe empfand.

»Mach, daß du rauskommst«, sagte er mitleidslos.

Verständnislos schaute Jessica zu ihm auf.

»Macht, daß Ihr aus meinem Bett kommt, Mylady. Ihr widert mich genauso an wie ich Euch. Ich würde Euch niemals zu etwas zwingen, selbst wenn ich nicht anders könnte. Ihr seid keine Frau, Ihr seid nur ein kleines, verzogenes, grausames Kind.«

Jessica tat nicht schnell genug, was er von ihr verlangt hatte. Er beugte sich vor und zerrte sie hoch.

»Gib endlich deine Zustimmung, damit wir die Ehe für ungültig erklären lassen können«, forderte er in einem bedrohlichen Tonfall. »Verdammt noch mal, laß mich endlich gehen.«

Sie schluckte mühsam und schüttelte den Kopf.

Er sah sie lange und durchdringend an, bevor er mit einer leisen, kalten Stimme zu ihr sprach. Sein Tonfall war verletzender, als wenn er sie geschlagen hätte.

»Ihr werdet den Tag verfluchen, an dem Ihr mich zur Heirat gezwungen habt. Es gibt wahrlich Schlimmeres, als sich von einer Rothaut anfassen zu lassen. Und bald schon werdet Ihr genau wissen, was ich meine.«

7

Man merkte Jessica ihre Nervosität nicht an, während sie Wolfe dabei beobachtete, wie er einen Schluck von ihrem Kaffee trank. Als er beim Trinken nur das Gesicht leicht verzog, atmete sie stillschweigend auf und reichte ihm eine Schüssel mit Obstsalat und einen Teller mit Schinken und Brötchen.

Verstohlen beobachtete sie Wolfe dabei, wie er die Brötchen links liegenließ und sich statt dessen Schinken und Obstsalat auf den Teller stapelte. Sie hoffte, er würde sich ein bißchen beruhigen, nachdem er gegessen hatte. Vielleicht würde er sich dann ihre Erklärungen anhören und aufhören, sie mit solcher Verachtung anzusehen.

Wolfe aß schweigend. Die ganze Zeit über wußte er, daß Jessica ihn fragend ansah. Er sprach nicht mit ihr. Er schaute nicht einmal in ihre Richtung. Nur so fühlte er sich sicher. Seine Wut hatte sich immer noch nicht völlig gelegt. Außerdem hatte sich seine Laune nicht gebessert, als er in einem Zustand der Erregung aufgewacht war, an dem Jessicas Anblick nicht gerade unschuldig war.

»Noch etwas Schinken?« fragte sie mit leiser Stimme.

»Nein danke.«

Wolfes Höflichkeit war nur ein geringer Trost. Jessica wußte, daß er sich dazu nicht zwingen mußte und seine guten Manieren deshalb vollkommen bedeutungslos waren. Was seine Manieren anging, konnte er es mit jedem englischen Herzog aufnehmen. Im Gegenteil, da er keinen Stammbaum hatte, der vor Reichtum und Macht nur so strotzte, fehlte es ihm an Möglichkeiten, jeden sozialen Fehltritt vorherzusehen. In Gegenwart von Engländern vergaß er keine Sekunde lang, daß er nur ein Außenseiter war. Aus ihren Umgangsformen hatte er eine Festung um sich errichtet, deren Mauern gleichzeitig eine Herausforderung darstellten. Der wilde Sohn des Grafen zeichnete sich dadurch aus, daß er stets die feinsten Nuancen der Etikette besser beherrschte als all jene, die in adlige Familien hineingeboren wurden. Im Vergleich zu ihm waren sie es, die sich wie unzivilisierte Wilde ausnahmen.

»Wolfe«, sagte Jessica, »gestern abend war ich sehr müde, und ich hatte Angst, und...«

Er ließ sie nicht ausreden. »Ihr habt Euch gestern abend vollkommen klar ausgedrückt, Mylady. Ihr könnt es nicht ertragen, wenn ich Euch anfasse.«

»Nein, das wollte ich damit nicht sagen.«

»Zum Teufel noch mal! Genau das hast du aber gesagt.«

»Hör mir doch bitte einmal zu«, flehte sie ihn an.

»Ich habe lange genug...«

»Ich war in der Gegenwart eines Mannes noch nie vollkommen nackt«, unterbrach sie ihn. Ihre Stimme klang mit jedem Wort eindringlicher. »Ich habe noch nie einen nackten Mann angefaßt oder mich von einem nackten Mann anfassen lassen, und da habe ich gesehen, wie sehr du dich nach mir gesehnt hast, und ich habe nicht daran gedacht, daß du mir niemals weh tun würdest und...« Jessicas Stimme versagte. »Ich hatte Angst. Ich fühlte mich in die Enge getrieben, und da bin ich... einfach in Panik geraten. Sei doch bitte nicht so wütend auf mich. Ich... Wolfe, es hat mir gefallen, dich anzufassen und mich von dir anfassen zu lassen. Genau deshalb hatte ich Angst.«

»Himmel noch mal«, murmelte Wolfe voller Abscheu und erhob sich vom Frühstückstisch. »Es hat dir gefallen, und deshalb bist du in Panik geraten? Komm schon, Schätzchen. Du bist stundenlang hin und her gewandert und da ist dir keine glaubwürdigere Ausrede eingefallen? Gestern abend hast du die Wahrheit gesagt, und das wissen wir beide ganz genau.«

»Nein«, sagte sie eindringlich. »Das stimmt nicht.«

»Ich habe die Nase voll.«

Jessica wollte den Mund aufmachen, um ihm zu widersprechen, aber ein Blick in seine eisigen, indigofarbenen Augen genügte, um die Worte in ihrer Kehle steckenbleiben zu lassen. Wolfe war mit seiner Geduld am Ende. Nicht das geringste Anzeichen der Leidenschaft, die gestern abend noch so heiß in ihm geglüht hatte, war jetzt in seinem Verhalten zu erkennen. Er sah sie an wie eine Fremde, die gerade erst sein Haus betreten hatte – eine Fremde, die hier nicht gerade willkommen war.

Sie senkte den Blick und hoffte, daß er den Ausdruck von Elend und Angst in ihren Augen nicht gesehen hatte. Es würde viel Zeit und Geduld nötig sein, um ihn zurückzugewinnen. Sie hätte sich sogar mit der alten Freundschaft zufriedengegeben, die sie auf der Reise hierher noch miteinander verbunden hatte. Ein Wunder hätte geschehen müssen, um diese Freundschaft wiederzubeleben, die ihre Hochzeit endgültig zerstört zu haben schien.

»Wenn du mit dem Abwasch fertig bist«, sagte Wolfe mürrisch, »kannst du das Feuer ausgehen lassen. Wir reisen ab.«

»Gehen wir zurück nach England?« fragte Jessica.

»Nein, Mylady. Ich könnte glücklich sterben, wenn ich England mein Leben lang nicht mehr zu sehen bräuchte.«

»Ich wußte gar nicht, wie sehr du es haßt.«

»Es gibt vieles, was du von mir nicht weißt.«

«Ich werde es im Laufe der Zeit schon herausfinden.«

»Eine Frau kann einen Mann nie richtig begreifen, solange sie nicht seine Geliebte gewesen ist.«

»Dann muß ich mich wohl mit meinen Fragen an deine Herzogin wenden«, erwiderte Jessica, bevor sie noch lange überlegen konnte, was sie sagte. »Die Dame muß ja eine Quelle der Weisheit sein, was dich betrifft.«

Wolfes Lächeln ließ sein Gesicht unnachgiebiger denn je erscheinen. »Du hast nicht begriffen, was ich damit sagen wollte.«

»Was denn?«

»Auch wenn der körperliche Akt im Prinzip immer der gleiche ist, gibt es doch feine Unterschiede. Es hängt alles davon ab, mit wem man ins Bett geht. Kein Mann benimmt sich immer gleich. Keine Frau reagiert immer gleich auf denselben Mann. Aus diesen Unterschieden besteht zum größten Teil das menschliche Verhalten – und die wahre Liebe.«

»Du stellst ziemlich hohe Ansprüche an diesen schmutzigen kleinen Trick.«

»Du sprichst wie eine echte Nonne, Schwester Jessica.«

»Ich bin keine Nonne.«

»Du bist eine Nonne und nicht meine Frau.«

»Es gibt noch andere Dinge in einer Ehe als das Bett«, sagte Jessica mit mühsam unterdrückter Verzweiflung.

»Nicht für einen Mann.«

Ohne einen weiteren Bissen zu essen, erhob sich Jessica vom Tisch. »Es tut mir leid, daß unsere Ehe so eine Enttäuschung für dich ist.«

»Nicht so leid wie mir. Aber ich werde dich schon noch soweit bekommen, daß es dir auch leid tun wird.« Wolfe warf seine Serviette auf den Tisch. »Unter meinem Bett findest du zwei Reisekoffer. Die kannst du für deine Kleider nehmen. In zwei Stunden reisen wir ab.«

»Es würde mir beim Packen helfen, wenn ich wüßte, wohin wir fahren und wie lange wir bleiben.«

»Wir werden die Berge überqueren.«

Überraschung und Erleichterung spiegelten sich in Jessicas Augen wider. »Wirklich? Gehen wir etwa auf die Jagd?«

»Nein«, sagte Wolfe ungeduldig.

»Weshalb dann?«

»Um nach den Pferden zu sehen, die ich bei Caleb und Willow untergebracht habe, und ganz besonders nach der grauen Stute. Und um endlich einmal wieder etwas Vernünftiges zu essen zu bekommen. Willow bäckt weit und breit die besten Brötchen.«

Jessica versuchte ihre Bestürzung darüber zu verbergen, daß sie nun die Frau kennenlernen sollte, in die Wolfe verliebt war; die Traumfrau, die angeblich nur gute Eigenschaften besaß.

Jessica dagegen bestand natürlich nur aus schlechten Eigenschaften.

»Für wie lange?« fragte sie mit böser Vorahnung.

»So lange, bis du gelernt hast, wie man genießbare Brötchen bäckt, oder bis du der Annullierung unserer Ehe zustimmst. Alles in allem würde ich eher darauf tippen, daß das Problem mit der Ehe sich schneller bewältigen läßt als das mit deinen Kochkünsten.«

Die Hintertür schlug zu, als Wolfe zu den Ställen hinausging. Jessica wartete, bis er verschwunden war, bevor sie sich widerwillig um den Abwasch kümmerte.

Eine halbe Stunde später goß sie das schmutzige Spülwasser auf der Hintertreppe aus. Plötzlich hörte sie, wie etwas metallisch auf den Steinen klimperte, und sah, daß vor ihr ein Löffel auf der Erde lag. Seufzend ging sie die Treppe hinunter, um den Löffel aufzuheben. Irgendwie mußte sie ihn am Boden der Waschschüssel übersehen haben.

Als Jessica mit dem Löffel in der Hand wieder die Treppenstufen hinaufging, hörte sie einen Vogel zwitschern. Ihr war schon vorher aufgefallen, daß sich die Weiden unten am Fluß bereits langsam grün zu färben begannen. Wie eine ferne Verheißung lag der Sommer in der Luft. Die Sonne strahlte und am Himmel zogen Wolken vorbei, die so strahlend weiß waren, daß man kaum mit bloßem Auge hinschauen konnte. Der warme Sonnenschein war wie wohltuender Balsam für ihre Augen.

Sie nahm das Handtuch ab, das sie als Kopftuch benutzt hatte, und schüttelte ihr glänzendes, volles Haar. Der Wilde Westen lag wie ein aufregendes Abenteuer vor ihr, und ihr Herz schlug schneller, als sie daran dachte, daß nichts unmöglich war.

Im selben Moment stand Wolfe wie angewurzelt im Schatten des winzigen Stalls und beobachtete Jessica dabei, wie sie ihr Haar wie eine leuchtende Wolke im hellen Sonnenlicht ausschüttelte. Sie fuhr mit gespreizten Fingern durch die wilden Locken, als wollte sie das Sonnenlicht mit beiden Händen packen. Der Anblick löste eine Mischung aus

Begierde und Zärtlichkeit in Wolfe aus, die er sich nicht erklären konnte.

Bewegungslos und mit angehaltenem Atem stand Einsamer Baum da und beobachtete Jessica dabei, wie sie langsam Pirouetten drehte, sich verbeugte und ihre Arme ausstreckte, als wollte sie einen unsichtbaren Tanzpartner begrüßen. Während sie mühelos dahinglitt, sich in den Knien wiegte und wie eine Kerzenflamme im Wind drehte, flatterte die Melodie eines Walzers von Strauß über das wilde Land. Wie eine graziöse Elfe sah sie aus, doch ihre Schönheit und ihre grausamen Worte steckten Wolfe immer noch wie ein Dolch im Herz.

Kein Wunder, daß man dich ›den wilden Sohn des Grafen‹ getauft hat. Wenn ich gewußt hätte, daß du mir jemals etwas so Gemeines antun würdest, hätte ich dich nie geheiratet.

Verbittert wandte sich Wolfe vom Anblick der tanzenden Elfe im Sonnenschein ab; doch es gab keinen Ort, an dem er sich vor ihren Worten verstecken konnte. Tief in seinem Inneren hörte er immer noch ihr Echo. Sie hatten ihn auf eine Art verletzt, die er zwar deutlich spürte, die er sich aber trotz alledem nicht erklären konnte. Mit der Macht der Gewohnheit traf er die Vorbereitungen für die bevorstehende Reise. Die Pässe waren um diese Jahreszeit noch nicht passierbar, aber es war immer noch sicherer, die Risiken der Reise in Kauf zu nehmen, als mit Jessica allein in diesem Haus eingesperrt zu bleiben. Sie war wie eine Flamme, die unter einer dicken Schicht Eis flackerte; auch wenn sie ihn magisch anzog, blieb sie für immer unerreichbar.

Worüber beklage ich mich eigentlich? fragte sich Wolfe. *Selbst wenn sie sich mir um den Hals werfen würde, könnte ich sie nicht ertragen.*

Bist du dir sicher? entgegnete ein anderer Teil von ihm.

Auf einem goldenen Tablett mit einem Apfel im Mund würde ich sie nicht nehmen.

Und im Bett, wenn sie sich dir öffnet wie die Blütenblätter einer Rose?

Niemals.

Lügner kommen in die Hölle.

Die Hölle erwartet mich, wenn ich mich nicht zusammennehme. Gleichgültig, wie sehr ich mich auch zu Jessica hingezogen fühle, sie ist einfach nicht die richtige Frau für mich.

Es war nicht das erste Mal, daß Wolfe diese selbstquälerische Litanei im Kopf herumging, aber diesmal hatte sie die gewünschte Wirkung. Als er in den hellen Sonnenschein hinaustrat und zum Haus zurückging, war keine Spur des heißen Begehrens und der unerträglichen Sehnsucht, die ihn eben noch gequält hatten, an ihm zu entdecken. Sein Gesicht war vollkommen ausdruckslos, als er ins Schlafzimmer kam und Jessica inmitten eines Durcheinanders aus Samt und Seide stehen sah.

Die beiden Koffer lagen offen auf dem Bett. Aus einem von ihnen quollen Bücher, ein Opernglas, ein kleines Kästchen voller Angelköder, die Einzelteile ihrer Angelrute, ein Päckchen mit Nadel und Faden und vieles andere mehr.

Neugierig betrachtete Wolfe die Bücher, die sie herausgelegt hatte.

»Coleridge, Burns, Blake, Donne, Shakespeare ...« Wolfe legte den schweren Band beiseite. »Den kannst du getrost hierlassen. Willow hat Shakespeares gesammelte Werke.«

»Ich hätte mir denken können, daß deine Traumfrau so etwas hat.«

»Den Herrn Pastor kannst du auch hierlassen.«

»John Donne?« Jessica zog ihre mahagonifarbenen Augenbrauen in die Höhe. »Deine Traumfrau scheint ja ziemlich belesen zu sein.«

»In diesem Fall handelt es sich um den Mann meiner Traumfrau. Wenn du Cal kennenlernst, wirst du das besser verstehen. Er ist selbst so eine Art dunkler Racheengel. Seine Vorliebe für Donne und Milton paßt ganz gut zu ihm.«

»Dann trifft es sich ja vorzüglich, daß Caleb diese Traumfrau gleich geheiratet hat«, bemerkte Jessica, ohne eine Miene zu verziehen. »Was ist mit dem Rest?«

»Die Bände mit Lyrik?«

»Ja.«

Wolfe zuckte die Achseln. »Nimm sie ruhig mit, wenn es unbedingt sein muß.«

»Ich dachte, du magst Lyrik.«

»Stimmt. Aber ich habe auch ein ziemlich gutes Gedächtnis.« Wolfe berührte die Bände vorsichtig mit den Fingerspitzen. »Ich kann jederzeit mit Coleridges Helden zusammen dem unterirdischen Fluß Styx einen Besuch abstatten, wenn mir gerade danach ist. Und ich kann nach Belieben Blakes Tiger durch den Dschungel der Nacht schleichen sehen, wenn ich Lust dazu habe. Und alles, ohne daß meinen Packpferden das Kreuz durchhängt.«

Jessica lächelte Wolfe beinahe ein bißchen schüchtern an. »Wenn du meine Lieblingsgedichte für mich am Lagerfeuer aufsagst, lasse ich die Bücher hier.«

Als er ihr versteckt einen finsteren Blick zuwarf, sah er plötzlich, daß in ihren aquamarinblauen Augen die Erinnerung an vergangene Zeiten leuchtete. Sie mußte an die glücklichen Abende am Lagerfeuer denken, als sie noch unbeschwert lachen konnten und sich abwechselnd Gedichte vorgelesen hatten. Die indianischen Fährtensucher und Jäger hatten sich um sie versammelt und fasziniert den Worten und Visionen von Männern gelauscht, die schon lange, lange tot waren.

»Wenn du ein Bedürfnis nach Lyrik hast, nimmst du besser die Bücher mit«, sagte Wolfe und drehte sich um. »Die Tage, an denen ich Gedichte aufgesagt habe, sind vorbei.«

Jessicas Lächeln erstarb. Sie machte sich wieder ans Packen. Als sie sich nicht zwischen zwei Reitgarnituren entscheiden konnte, nahm ihr Wolfe die Wintergarnitur aus der Hand und legte sie in den Koffer.

»Du wirst deine wärmste Unterwäsche brauchen«, sagte er. »Oben in den Höhenlagen wird es kalt.«

»Ich habe nach den Sachen gesucht, die ich vor Jahren hiergelassen habe, aber ich kann sie nirgendwo finden.«

»Die habe ich letzten Sommer Willow geschenkt.«

Jessicas Miene erstarrte. »Wie großzügig von dir.«

»Ich habe ihr auch den Kindersattel geschenkt, den du sonst immer benutzt hast. Eine Ranchersfrau oder eine kleine, eigensinnige schottische Göre reitet vielleicht breitbeinig und in Reithosen, aber das kommt ja jetzt für dich nicht mehr in Frage. Du bist jetzt Lady Jessica Charteris, die Tochter eines Grafen. Du wirst den Damensattel benutzen, wie es sich für deine gesellschaftliche Stellung gehört.«

»Ich bin Jessica Lonetree.«

»Dann wirst du gefälligst den Sattel nehmen, den dein Mann für dich ausgesucht hat.«

»Einen Damensattel? In diesen hohen Bergen? Willst du mich wirklich so da rausschicken?« fragte sie und deutete mit ausgestrecktem Arm nach Westen, wo sich die Rockies steil in den Himmel erhoben.

»Genau.«

»Das ist unvernünftig.«

»Genau wie unsere Ehe.«

»Wolfe«, sagte sie leise.

»Ein Wort genügt, Lady Jessica. Es hat nur vier Silben. *Nur ein Wort.*«

Er wartete darauf, daß sie *Annullierung* sagte.

Lange Zeit verging, bevor sie laut und deutlich sagte: »Damensattel.«

»Was?«

»Damensattel. Vier Silben, nicht wahr?«

Wolfe drehte sich schnell um, damit Jessica nicht den Ausdruck der Belustigung in seinen Augen sehen konnte. Rücksichtslos wühlte er in ihrer Unterwäsche und versuchte dabei, nicht auf die hauchdünnen Höschen und Unterröcke zu achten. Auch bemühte er sich, möglichst nicht daran zu denken, wie Jessica in dem zerfetzten Morgenmantel ausgesehen hatte, der ihre Brüste und die Spuren der Gewalt entblößte, die ein anderer Mann auf ihrer makellosen Haut hinterlassen hatte.

Wie seltsam, daß ich Jessica damals gar nicht kreischen gehört habe, dachte Wolfe finster. *Aber natürlich waren das die Zähne eines verdammten Lords und nicht etwa die Hände eines unehelichen Halbbluts. Ein himmelweiter Unterschied.*

Mit einem lästerlichen Fluch schleuderte Wolfe die Unterwäsche in den Koffer. Es folgte eine Reitgarnitur. Jessica legte ein Paar Wollsokken dazu. Dann war der Koffer voll.

»Du läßt am besten etwas von dem ganzen Zeug hier«, sagte Wolfe, während er die Gurte festzurrte. »Du hast nur zwei Garnituren zum Wechseln.«

»Ausgezeichnet. Dann brauche ich nicht soviel zu waschen.«

Ein Lächeln huschte über Wolfes Gesicht, als er sicher sein konnte, daß sie ihn dabei nicht sah. Als er aufschaute, war keine Spur des Lächelns mehr in seinem Gesicht zu entdecken. Seine elfenhafte Gegenspielerin war einfach zu geschickt, wenn es darum ging, Lücken im Schutzwall seiner Wut zu finden.

»Es ist mein voller Ernst«, sagte er und deutete auf den Haufen aus feiner Wolle, seidenen Kleidern und zierlichen Schuhen, der am Fuße des Betts aufgeschichtet war. »Willst du nicht lieber davon etwas mitnehmen statt deiner Angelrute und den Büchern?«

»Meine Seidenkleider können kein einziges Gedicht auswendig, und ich glaube kaum, daß ich auch nur eine einzige der berühmten Forellen hier in den Rockies fangen werde, indem ich einen Schuh ins Wasser baumeln lasse.«

Zuerst dachte Wolfe, Jessica wollte ihn nur wieder ärgern. Doch dann begriff er, daß sie es ernst meinte. Sie wollte lieber ihre Bücher und Angelausrüstung mitnehmen als eines ihrer eleganten Kleider. Die alte Jessi hätte sich genauso entschieden; nicht aber die vornehme junge Dame, die auf dem Ball zu ihrem zwanzigsten Geburtstag perfekt frisiert und parfümiert erschienen war.

»Du ziehst dich am besten schon an, während ich mich um den Rest der Vorbereitungen kümmere«, sagte Wolfe.

Er drehte sich um, überlegte kurz, kam dann zurück und zog die

Felldecke unter dem Kleiderstapel hervor. Als er aufschaute, bemerkte er, daß Jessica ihn neugierig und mißtrauisch beobachtete.

»Es könnte sein, daß wir im Schnee schlafen müssen«, sagte er mürrisch. »Wenn du die hier in deinen Schlafsack steckst, müßte dir warm sein.«

Jessica blinzelte ihn verwirrt an und wunderte sich, wie er so besorgt um sie sein konnte, wo er doch gleichzeitig so wütend auf sie war. »Danke.«

»Du brauchst gar nicht so schockiert zu gucken. Ich will dich nicht umbringen; ich will nur, daß unsere Ehe für ungültig erklärt wird.«

Sie betrachtete Wolfes breite Schultern, während er aus dem Zimmer ging, und stieß einen Seufzer aus, der sie selbst überraschte. Mit gerunzelter Stirn griff sie hinter sich, um sich der nervtötenden Aufgabe zuzuwenden, ihr Kleid aufzuknöpfen. Das Kleid hatte weniger Knöpfe als ihre Reisegarnitur, aber wenn man sich alleine an- und ausziehen mußte, waren es immer noch zu viele; und ungeschickt angebracht waren sie außerdem. Sie wollte Wolfe zu Hilfe rufen, besann sich aber dann anders. Obwohl sie nicht besonders viel über Männer und ihre Bedürfnisse wußte, hatte sie eine Ahnung, daß das Blut eines Mannes um so schneller in Wallung geriet, je weniger Kleidungsstücke eine Frau trug und je länger ihm die Freuden der Liebe verweigert wurden.

Wieder dachte Jessica an den letzten Abend. Eine Gänsehaut lief ihr den Rücken hinunter, diesmal jedoch nicht nur aus Angst und Abscheu. Die Freuden, die sie Wolfe zu verdanken hatte, waren einmalig, ja sogar atemberaubend gewesen. Wenn die körperliche Liebe zu einer Frau in ihm ähnliche Gefühle auslöste, war es kein Wunder, daß ihre Ablehnung ihn so tief verletzte. Es war ungerecht von ihr, auf so engem Raum mit ihm zu wohnen und ihn ständig zur Zurückhaltung zu zwingen. Das war ihr vorher nicht bewußt gewesen, auch wenn sie es jetzt verstand.

Wir können nicht unser ganzes Leben so verbringen.

Dann fiel Jessica ein, worin die Alternative bestand. Sie konnte einer Annullierung zustimmen, nach England zurückgehen und sich Lady Victorias wohlmeinenden, unermüdlichen Bemühungen unterwerfen, ihr Mündel mit dem erstbesten Lord zu verheiraten, der alt und wohlhabend genug war. Außerdem mußte es jemand sein, der dringend einen Erben brauchte, so daß er über Jessicas bürgerliche Mutter hinwegzusehen bereit war.

Die Vorstellung, in solch eine Heirat einzuwilligen, löste einen unbändigen Freiheitsdrang in Jessica aus. Weder ihr Verstand noch die äußeren Zwänge konnten sie dazu bringen, sich eines anderen belehren zu lassen. Wolfe war der einzige, der eine Annullierung einem Begräbnis vorzog.

Es gab schlimmere Dinge als den Tod. Daran bestand für sie nicht der geringste Zweifel. Manchmal durchlebte sie diese Dinge im Schlaf. Verbotene Erinnerungen und schreckliche Alpträume fanden hier zusammen, und die unmenschliche Stimme des Windes flüsterte ihr zu, daß so die Hölle auf Erden aussah.

Mit einem unterdrückten Stöhnen schlug Jessica die Hände vors Gesicht. »Lieber Gott«, flüsterte sie, »mach, daß Wolfe nachgibt. Denn wenn er es nicht kann, wird keiner von uns nachgeben.«

8

Verunsichert stand Jessica vor einer der zahlreichen Ladentheken. Sie war es gewöhnt, daß man Stoffballen und Schneiderinnen zu Lord Stewart nach Hause kommen ließ; wenn sie die neueste Mode wollte, ging sie auch manchmal persönlich zu einer Schneiderin. Ihre Kleider von der Stange zu kaufen, fand Jessica allerdings ausgesprochen interessant. Es war weniger kompliziert und sparte Zeit, doch gleichzeitig löste es eine gewisse Ratlosigkeit in ihr aus, weil sie nicht genau wußte, wie sie sich dabei anstellen sollte.

»Mrs. Lonetree? Sind Sie das?«

Die tiefe, sanfte Stimme verriet Jessica, schon bevor sie sich umdrehte, mit wem sie es zu tun hatte. Ihre Augen funkelten vor Freude, als sie dem großen blonden Mann gegenüberstand, der vor ihr den Hut gezogen hatte und sie freundlich anlächelte.

»Rafe! Was für eine wundervolle Überraschung! Was machen Sie hier in Canyon City? Und wie geht es Ihrem Arm?«

Er bewegte vorsichtig die rechte Schulter. »Sie ist ein bißchen steif und juckt wie verrückt, aber davon abgesehen geht es mir gut. So schnell habe ich mich noch nie von einer Verletzung erholt. Das muß an Ihren Händen und dem eleganten Verband aus echter Seide liegen.«

»Und der Seife.«

»Und der Seife«, stimmte ihr Rafe augenzwinkernd zu.

»Was machen Sie hier in Canyon City?« fragte Jessica, ohne lange zu überlegen, was sie sagte. Dann fiel es ihr wieder ein. »Oje, es tut mir leid. Das war wirklich unhöflich von mir. Das ist wohl das einzige, was mir Betsy nicht über die Vereinigten Staaten erzählt hat.«

Rafe zog seine sonnengebleichten Augenbrauen in die Höhe. »Betsy?«

»Meine amerikanische Zofe. Jedenfalls war sie das, bis wir den Mississippi überquert haben. Sie hat mir viele eurer Sitten und Gebräuche beigebracht, aber die wichtigste Regel für das Leben hier draußen im Westen hat sie wohl ausgelassen.«

»Vielleicht erklären Sie mir besser, wovon Sie reden. Ich bin nämlich selbst noch nicht lange hier im Westen.«

Jessica stieß einen Seufzer der Erleichterung aus. »Ah, gut. Dann habe ich Sie ja nicht beleidigt, als ich gefragt habe, was Sie hier machen. Wolfe hat sich in dieser Hinsicht ziemlich klar ausgedrückt. Man darf einen Mann hier im Westen nie nach seinem Vor- und

Nachnamen fragen, nach seinem Beruf oder danach, woher er kommt und wohin er geht.«

»Das ist in Australien nicht viel anders«, sagte Rafe lächelnd, »und in vielen Teilen Südamerikas.«

»England ist da ganz anders; auf bestimmte Leute trifft das natürlich auch dort nicht zu.«

»Banditen?« fragte er, ohne mit der Wimper zu zucken.

»Oje, ich habe Sie also *doch* beleidigt.«

Rafe lachte herzlich und unbekümmert. »Nein, meine Liebe, aber es macht wirklich Spaß, Sie ein bißchen an der Nase herumzuführen.«

Hätte ein anderer Mann sich über sie lustig gemacht, hätte sich Jessica sofort mit unterkühlter Freundlichkeit abgewandt, wie Lady Victoria es ihr beigebracht hatte. In Rafes Fall war das unmöglich und außerdem vollkommen überflüssig. In seinen Augen lag ein Ausdruck der Bewunderung, ohne daß er dabei aufdringlich gewirkt hätte.

»Es macht mir nichts aus, darüber zu reden, weshalb ich hier bin«, sagte er. »Ich warte darauf, daß man die Paßstraße wieder für den Verkehr freigibt. Ich bin hier kurz vor dem letzten Schneesturm angekommen, als man den Paß gerade geschlossen hat.«

»Dann hatten Sie ja bestimmt schon Gelegenheit, sich die Stadt anzusehen. Wolfe hat gesagt, daß wir nicht lange bleiben werden.«

»Ihr Mann weiß, wovon er spricht. Zu viele Vagabunden treiben sich hier herum; sie sitzen in den Spielcasinos und warten darauf, daß die Pässe wieder freigegeben werden.«

»Wenn Wolfe recht behält, brauchen Sie nicht mehr lange zu warten.«

»Man hat mir erzählt, Wolfe Lonetree kennt die Berge von hier bis zu den San-Juan-Bergen wie seine Westentasche«, sagte Rafe.

»Das würde mich nicht überraschen. Wolfe hatte schon immer etwas für die Wildnis übrig. Soweit ich gehört habe, sind die Berge da draußen unwegsam und verlassen wie kaum eine andere Gegend auf dieser Erde.«

Einen Moment lang schaute Rafe durch die Ladenfenster nach draußen. Sein Blick schweifte in unbestimmte Ferne und verlor sich in einer Traumlandschaft. Nach einer Weile kehrten seine grauen Augen zurück und richteten sich wieder auf das zierliche Mädchen neben ihm. Überrascht stellte er fest, daß dunkle Schatten am Grund ihrer hellblauen Augen lauerten.

»Sind Sie hier, um Vorräte einzukaufen?« fragte er.

»Ja. Wolfe wollte Pferde kaufen; ich glaube, die Rasse nennt man ›Montana‹. Die sind wohl ziemlich kräftig, wie ich höre. Kräftig genug, um mit den Schneewehen oben auf dem Paß fertig zu werden.«

Rafes graue Augen weiteten sich ungläubig. Man sah ihm an, daß er sich um sie Sorgen machte. »Westlich von hier liegt nichts als unzugängliche Wildnis. Kaum der passende Ort für jemanden wie Sie.«

»Waren Sie schon einmal in Schottland?« fragte Jessica mit Grabesstimme.

Er schüttelte den Kopf.

»Sie sollten mal den Winter dort erleben«, sagte sie, »wenn die Sturmböen vom Polarkreis heruntergefegt kommen. Dann können Sie zusehen, wie sich turmhohe Wellen an schwarzen, eisbedeckten Klippen brechen. Selbst die Schafe, die sich in den Windschatten einer massiven Steinmauer stellen, erfrieren noch; und das trotz ihrer dicken Wolle. Und beim Menschen geht das noch viel schneller.«

»Sind Sie dort geboren?« fragte Rafe. Die finsteren Erinnerungen, die über Jessicas angespanntes Gesicht huschten, sprachen Bände.

»Ja.«

»Wie dem auch sei, Ma'am, Sie sehen jedenfalls im Moment ziemlich mitgenommen aus. Ich hoffe, Ihr Mann irrt sich, was die Paßstraße angeht. Ein paar Nächte Schlaf täten Ihnen bestimmt gut.«

Jessica lächelte zustimmend, obwohl sie genau wußte, daß sie auch in dieser Nacht nicht viel besser schlafen würde als in all den anderen Nächten seit dem schrecklichen Streit mit Wolfe.

Er hatte keinen einzigen Schritt nachgegeben. Auch wenn sie sich

Mühe gegeben hatte, ihm eine gute Freundin zu sein, behandelte er sie weiterhin wie seinen schlimmsten Feind oder wie eine gemeine Verräterin, die ihn hintergangen hatte.

»Mein Mann hat mir versichert, daß die Pässe frei sind«, sagte sie zu Rafe.

»Hat er mit einem von den Goldgräbern gesprochen?«

»Nein. Er hat auf dem ganzen Weg von seinem … von unserem Haus bis hierher die Gipfel beobachtet. Als er sah, daß der Neuschnee oben auf den Hängen sich nicht gehalten hat, wußte er, daß der Paß frei ist. Wir reisen ab, sobald wir hier in Canyon City alles erledigt haben.«

»Und er ist sich seiner Sache absolut sicher?«

Jessica warf Rafe einen überraschten Blick zu. »Sie haben Wolfe doch kennengelernt. Hatten Sie den Eindruck, daß er jemand ist, der nicht weiß, wovon er redet?«

Lachend schüttelte Rafe den Kopf. Er erinnerte sich noch sehr gut daran, wie gekonnt Wolfe mit dem Gewehr umgegangen war; wie die Spielkarten waren die Männer zu Boden gegangen, einer nach dem anderen. Der unbarmherzige Rhythmus von Wolfes Schüssen hatte nicht einmal für eine Sekunde gestockt.

»Nein, Ma'am. Sie haben einen harten Kerl geheiratet.«

Jessicas Lächeln verflüchtigte sich und verschwand schließlich ganz.

»Verstehen Sie mich nicht falsch«, fuhr Rafe fort. »Ich wollte damit niemanden beleidigen. In der Wildnis ist ein harter Kerl das Beste, was einem passieren kann; ganz egal, ob es der eigene Bruder, der Ehemann oder nur ein guter Freund ist.«

Rafe schaute wieder aus dem Fenster. Eine Gruppe von Männern, die vor einem der drei Saloons auf der Hauptstraße herumgelungert hatte, war langsam zu der Kutsche hinübergeschlendert, auf deren Ladefläche ein Damensattel und ein Sack Getreide lagen.

»Ma'am, ist Ihr Mann drüben im Saloon?«

»Nein. Er hält nicht besonders viel von dem Whiskey, der hier gebrannt wird.«

»Ein kluger Mann. Vor dem Fusel aus Taos hat mich Matt bestimmt genauso oft gewarnt wie vor den Ute-Indianern.«

»Matt?«

»Matthew Moran.« Als Jessica vergeblich zu überlegen schien, setzte Rafe erklärend hinzu: »Haben Sie den Namen schon einmal gehört?«

»Ich weiß nicht genau.«

»Und wie steht es mit Caleb Black? Seine Freunde nennen ihn Cal.«

»Ach ja«, sagte Jessica und versuchte, sich ihre Verbitterung nicht anmerken zu lassen, »diesen Namen habe ich schon einmal gehört. Die verflixte Traumfrau.«

»Das kann ich nicht beurteilen«, sagte Rafe amüsiert. »Ich hatte noch nie persönlich das Vergnügen.«

»Nicht Caleb. Seine Frau. Wolfe hört nicht auf, mir zu erzählen, daß sie die Frau seiner Träume ist.«

»Dann muß ich wohl einen anderen Caleb Black meinen. Man kann ja einiges über Willy sagen, aber eine Traumfrau ist sie nun wahrhaftig nicht.«

»Willy?«

»Willow Moran. Wenigstens hieß sie früher so – Moran. Jetzt heißt sie Willow Black.«

Jessicas Mund verzog sich zu einem säuerlichen Lächeln. »Armer Rafe. Eine lange Fahrt mit der Postkutsche und eine Schußwunde, und alles umsonst: die Traumfrau ist bereits verheiratet.«

»Es ist nicht so, wie Sie denken.« Rafe setzte seinen verbeulten Hut auf. »Willy ist nämlich meine Schwester.«

»Oje.« Jessica wurde rot. »Es tut mir leid. Ich wollte Sie nicht beleidigen. In Wirklichkeit... oh, verflixt, wann werde ich endlich lernen, meine vorlaute Zunge im Zaum zu halten?«

»Schon gut«, sagte Rafe freundlich. »Willy fände die Vorstellung sicher auch sehr komisch, daß sie für jemanden die Frau seiner Träume ist. Eigentlich ist sie sogar ein richtiger Teufelsbraten. Aber kochen kann sie – himmlisch! Ich würde um die halbe Welt reisen, um ihre selbstgebackenen Brötchen zu kosten.« Er grinste. »Man könnte sagen, genau das habe ich getan.«

»Es sieht ganz so aus, als hätte ich mit der Trau... mit Ihrer Schwester einiges gemein.«

»Selbstgebackene Brötchen?«

»Wenn Sie so wollen. Wegen meiner selbstgebackenen Brötchen ist Wolfe um die halbe Welt gereist; er spricht kaum von etwas anderem.«

Rafes graue Augen funkelten vergnügt. »Machen Sie sich keine Sorgen wegen Ihrer Kochkünste, Ma'am. Die ganze Welt weiß, wie gut die Brötchen schmecken, die eine frischverheiratete Frau für ihren Mann bäckt.«

»In meinem Fall hat sich die ganze Welt geirrt. Sogar Monsieur Stinktier hat seine spitze, schwarze Nase über meine Kochkünste gerümpft.«

Rafe versuchte, sich seine Belustigung nicht anmerken zu lassen, aber die Vorstellung, daß ein Stinktier freiwillig auf etwas zu Fressen verzichtet hatte, war einfach zuviel des Guten. Er legte den Kopf in den Nacken und fing an, laut zu lachen.

Jessica sah ihn mit einem wohlwollenden Lächeln an. Es tat ihr gut, endlich wieder einmal einen Mann lachen zu hören und zu wissen, daß es im ganzen Westen wenigstens einen gab, der sich in ihrer Gesellschaft wohl fühlte. Dann verflog ihr Lächeln, als ihr einfiel, daß sie früher mit Wolfe genausoviel Spaß gehabt hatte. Früher. Alles, was er sich jetzt von ihr wünschte, war, sie aus seinem Leben verschwinden zu sehen.

»Sie sehen aus, als wenn Ihnen etwas schwer zu schaffen macht, Herzchen... äh, ich wollte sagen, Mrs. Lonetree.«

»Sie können mich ruhig Herzchen nennen«, seufzte sie, »oder Jessica oder Jessi; was Ihnen am besten gefällt.«

»Vielen Dank.«

Rafes Lächeln verflog, als er aus dem Fenster schaute. Er spürte, wie eine altvertraute Spannung sich in ihm ausbreitete. Er hatte genug Zeit an finsteren Orten und mit finsteren Typen zusammen verbracht, um zu wissen, daß sich etwas Unangenehmes zusammenbraute.

Die Männer, die um die Kutsche der Lonetrees herumstanden, gehörten zu den Vagabunden, Gesetzlosen und Glücksrittern, die sich in Canyon City versammelten, um darauf zu warten, daß die Pässe freigegeben wurden. Die Gier nach Gold war alles, was diese Männer bewegte, aber solange sie hier festsaßen, hatten sie nichts zu tun. Also saßen sie herum und erzählten sich gegenseitig Geschichten über die Frauen, die schon irgendwo mit gespreizten Beinen auf sie warteten. Dann betranken sie sich und belästigten all jene, die es nicht mit ihnen aufnehmen konnten.

Eine Flasche ging herum, und mit jedem Schluck wurden die Kerle dort draußen gefährlicher. Als Rafe an ihnen auf seinem Weg zum Laden vorbeigekommen war, hatte er mitbekommen, worüber sie sich unterhielten. Dabei ging es um die Frage, ob eine vornehme Dame aus Europa sich wohl auf eine ganz besondere Art besteigen ließ; etwa so, wie man ein Pferd besteigt. Rafe bezweifelte, daß sie zur Vernunft gekommen waren, nachdem die Flasche noch ein paarmal die Runde gemacht hatte.

»Mrs. Lonetree...«

»Warum so förmlich?« ermahnte sie ihn leise.

Rafe wandte den Blick vom Fenster ab. »Also gut, Herzchen. Sie gehen am besten nicht zur Kutsche zurück, solange Ihr Mann nicht bei Ihnen ist.«

»Weshalb?«

»Die Männer da draußen sind betrunken. Die wissen nicht, wie man sich einer anständigen Frau gegenüber benimmt.«

»Ich verstehe.« Jessica seufzte. »Ich muß sowieso noch ein paar Sachen besorgen.«

Schweigend folgte ihr Rafe zur Lebensmitteltheke.

»Vielleicht könnten Sie mir helfen«, sagte sie nach einer Weile. »Ich habe noch nie ein Kleid von der Stange gekauft. Ist das hier wohl die richtige Größe?«

Ungläubig starrte Rafe auf die Jeans, die sie ihm entgegenhielt.

»Ma'am, ich glaube kaum, daß Ihr Mann da seine Arme hineinzwängen kann, ganz zu schweigen von seinen Beinen.«

Sie lächelte. »Das war eigentlich für mich gedacht und nicht für Wolfe.«

Rafe mußte grinsen, als er die riesige Hose mit dem zierlichen kleinen Mädchen verglich. Trotz ihres abgetragenen Kleides sah sie ganz entzückend aus.

»Dieser Stoff ist nicht das Richtige für Sie«, sagte er schließlich.

Jessica warf ihm einen versteckten Blick zu und sah, daß er es ernst meinte. Er glaubte wirklich, daß sie so zerbrechlich war, wie sie aussah.

»Sie würden sich wundern, wenn Sie wüßten, wie hart im Nehmen ich sein kann«, sagte sie.

Nachdem sie die Hose vor sich ausgebreitet hatte, versuchte sie herauszufinden, ob sie ihr paßte. Die Hosenbeine waren eindeutig zu lang.

»Verflixt.«

Sie legte die Hose zurück und fing an, nach einer passenden Größe zu suchen. Nach einer Weile entdeckte sie eine, die aussah, als wäre sie für einen kleinen Jungen und nicht für eine ausgewachsene Frau. Sie breitete sie vor sich aus. Vermutlich war der Bund zu weit und die Hüften zu schmal. Dafür war es die einzige passende Größe, die ihr bisher untergekommen war.

»Würden Sie die für mich kurz halten?« fragte sie Rafe und drückte ihm die Hose in die Hand.

Wortlos nahm er die Hose entgegen und sah ihr dann mit wachsender Begeisterung zu, wie sie einen Stapel Hemden auf der Suche nach einer passenden Größe durchwühlte. Er lächelte immer noch, als er plötzlich spürte, wie jemand hinter ihm den Laden betreten hatte. Er drehte sich um. Wolfe Lonetree stand vor ihm und musterte ihn von

Kopf bis Fuß, als wollte er einen Sarg in der passenden Größe für ihn bestellen.

»Rafe, was halten Sie von ... oh, gut, daß du wieder da bist«, sagte Jessica und hielt Wolfe ein Hemd entgegen. »Wie gefällt dir das hier?«

»Nicht groß genug.«

Jessica spitzte die Ohren, als sie Wolfes mühsam beherrschten Tonfall hörte. Sie sah ihm sofort an, daß sich unter seinem scheinbar ruhigen Äußeren eine unbändige Wut verbarg.

»Ich dachte, es wäre vielleicht sogar ein bißchen zu groß«, murmelte sie und legte sich einen Ärmel an.

Da begriff Wolfe erst, daß Jessica für sich selbst einkaufte. »Mylady, Ihr habt bereits genug Kleider, um zwei Packpferde damit zu beladen. Außerdem werde ich es nicht zulassen, daß Ihr jedem Mann im Westen Euren Körper wie ein billiges Flittchen darbietet.«

Er nahm Rafe die Hose ab und warf sie zurück auf die Theke, bevor er sich wieder Jessica zuwandte.

»Hast du die Lebensmittel auf der Liste besorgt?« fragte er.

»Ja«, sagte sie.

Trotz der hektischen Flecke auf Jessicas Wangen klang ihre Stimme ruhig und gelassen. Wolfe achtete nicht darauf, sondern fuhr unbeeindruckt fort.

»Man ist doch nie vor Überraschungen sicher.« Er nahm Jessica das Hemd aus der Hand und warf es auf den Stapel mit der Hose.

Als sie Wolfes verbitterte Miene sah, wurde sie selbst so wütend, daß ihre Augen eisig zu funkeln begannen.

»Ich hole jetzt die Pferde«, sagte er mit ausdrucksloser Stimme. »In der Zwischenzeit solltest du schon zur Kutsche gehen. Der Laufbursche wird dir beim Einladen helfen.«

Nachdem er Rafe einen tödlichen Blick zugeworfen hatte, drehte er sich um und ging davon.

Rafe atmete erleichtert auf. Jetzt, als er Jessicas Mann zum ersten Mal in seinen alten, abgetragenen Sachen gesehen hatte und nicht in seinem Sonntagsstaat, war auch er davon überzeugt, daß es sich bei ihm tatsächlich um denselben Wolfe Lonetree handelte, der sich angeblich so gut in den Bergen auskannte. Das hier war also der Mann, der berühmt war dafür, der beste Gewehrschütze diesseits des Mississippi und ein stahlharter Krieger zu sein.

Darüber, daß Wolfe ausgesprochen eifersüchtig war, wenn es um seine Frau ging, hatte die Gerüchteküche nichts verlauten lassen. Rafe hätte sich gerne dazu bereit erklärt, den nächsten armen Irren zu warnen, der sich an Jessicas freundlichem Lächeln ein wenig aufwärmen wollte.

»Ma'am«, sagte Rafe und tippte sich an den Hut. »Es war mir ein Vergnügen.«

»Müssen Sie wirklich schon gehen? Wolfe ist gar nicht so schrecklich, wie er manchmal tut.«

Rafe lächelte gequält. »Da haben Sie recht. Er ist bestimmt noch viel schrecklicher. Außerdem ist er verdammt... äh, ich meine verflixt eifersüchtig bei allem, was Sie betrifft. Nicht, daß ich es ihm verdenken könnte. Wenn ich etwas besäße, das nur annähernd so reizend ist wie ihr Lächeln, wäre ich bestimmt genauso eifersüchtig.«

Jessicas Miene erhellte sich und verfinsterte sich dann wieder. Als Rafe sich umdrehte und gehen wollte, sagte sie leise: »Viel Glück, Rafael Moran.«

Sie sprach seinen Namen mit einem spanischen Akzent aus, was den einzelnen Silben eine Art fließender Melodie verlieh. Als Rafe hörte, wie sich sein Name in ihrem Mund in Musik verwandelte, drehte er sich noch einmal um.

»Woher kennen Sie meinen vollen Namen?«

»Ihr Name paßt zu Ihnen.« Ohne lange zu überlegen, ergriff sie seinen Ärmel. »Passen Sie gut auf sich auf. Ein Gentleman wie Sie ist eine Seltenheit auf dieser Welt.«

»So ein Engel bin ich nun auch wieder nicht, Ma'am. Aber trotzdem vielen Dank. Bleiben Sie nur immer in der Nähe Ihres Mannes. Weichen Sie keinen Schritt von seiner Seite. Die Stadt zeigt sich in diesen Tagen von ihrer häßlichsten Seite. Erinnert mich beinahe ein bißchen an Singapur; mit anderen Worten, an die Hölle, wie sie nur ein echter Sünder kennt.«

Rafe tippte sich noch einmal an den Hut und ging zur anderen Seite des Ladens, wo Sättel und Zaumzeug zum Verkauf auslagen. Er griff nach einer langen, zusammengerollten Peitsche. Mit gleichmäßigen, kaum sichtbaren Bewegungen seines Handgelenks prüfte er die Balance und Beweglichkeit der Peitsche. Das acht Meter lange Stück Leder zuckte in seiner geschickten Hand, als wäre es lebendig.

Jessica drehte sich um und seufzte vor Enttäuschung darüber, einen angenehmen Reisebegleiter verloren zu haben. Sehnsüchtig betrachtete sie die Hose und das Hemd, die Wolfe ihr abgenommen hatte, unternahm aber keinen Versuch, sich die beiden Stücke zurückzuholen. Sie war immer noch erschrocken darüber, daß er sie so rücksichtslos und brutal behandelt hatte, als wäre sie sein Eigentum. Sie hätte Wolfe gern beruhigt, daß er auf Rafe nicht eifersüchtig zu sein brauchte; daß ihr ein einziger freundlicher Blick von ihm mehr bedeutete als alle Aufmerksamkeit, die Rafael Moran ihr jemals schenken konnte.

Natürlich waren ein paar freundliche Worte, selbst wenn sie von einem Fremden kamen, immer noch besser als gar nichts.

Jessica ging zurück zu den Lebensmitteln. Sie stellte fest, daß Wolfe schon für alles bezahlt hatte, und wartete dann, bis der ungeschickte Junge, der ihr die Pakete tragen helfen sollte, endlich alles eingepackt hatte. Die Arbeit wäre ihm sicher schneller von der Hand gegangen, wenn er sich dabei konzentriert hätte. Statt dessen starrte er ununterbrochen auf eine von Jessicas Locken, die ihr ständig ins Gesicht fiel. Die sanfte Glut ihres Haares schien eine unbeschreibliche Faszination auf den Jungen auszuüben, genauso wie ihr kaum hörbarer Akzent und ihre sanft geschwungenen Lippen.

»Ist alles in Ordnung?« fragte Jessica schließlich.

Der Junge, der sich ertappt fühlte, errötete bis zu den Wurzeln seines struppigen Haars. »Tut mir leid, Ma'am. So jemanden wie Sie habe ich noch nie gesehen, außer in den Märchenbüchern, aus denen mir meine Mutter früher einmal vorgelesen hat.«

»Das ist sehr lieb von dir«, sagte Jessica und versuchte, ein Lächeln zu unterdrücken. Daß dieser Junge sie zu vergöttern schien, war nach Wolfes ständiger Wut wie Balsam für ihre Seele. »Moment. Ich mache dir die Tür auf. Du hast ja beide Hände voll.«

Jessica öffnete die Tür, fing eines der Päckchen gerade noch rechtzeitig auf, bevor es zu Boden fallen konnte, und hob ihre Röcke ein wenig, damit sie nicht mit dem Schlamm und dem Dreck draußen in Berührung kamen. Vorsichtig schaute sie sich zu beiden Seiten um. Heute morgen war sie nur knapp einem Unglück entkommen, nachdem ein Reiter mit einer Whiskeyflasche in der einen Hand und einem Revolver in der anderen im vollen Galopp an ihr vorbeigeprescht war, wobei er in die Luft schoß und aus vollem Halse krakeelte. Die Vorstellung wäre ein voller Erfolg gewesen, hätte das Pferd nicht plötzlich haltgemacht und seinen Reiter abgeworfen, der Hals über Kopf im Schlamm gelandet war.

»Seien sie besser vorsichtig, Ma'am«, sagte der Junge. »Die Stadt ist kaum wiederzuerkennen, seitdem das Gerücht umgeht, daß in dieser Gegend Gold gefunden wurde.«

»Gold?«

»Irgendwo da oben in den San-Juan-Bergen.«

»Genau da wollen wir hin.«

»Das dachte ich mir schon.«

»Weshalb?«

»Zuerst hat Ihr Mann im Laden mit Gold bezahlt«, sagte der Junge. »Und dann hat er auch noch für die Pferde mit Gold bezahlt. Das hat sich natürlich wie ein Lauffeuer herumgesprochen.«

Auf dem Weg zur Kutsche warf der Junge Jessica einen zögernden Blick zu. »Sagen Sie Ihrem Mann, er soll bloß vorsichtig sein, Ma'am. Gold hat es so an sich, daß Männer nicht wissen, was sie tun. Ich habe zwar gehört, daß mit Wolfe Lonetree nicht zu spaßen ist, aber er ist eben auch nur ein Mann gegen viele. Es wäre schade, wenn ein hübsches Mädchen wie Sie zu Schaden käme.«

Jessica betrachtete die hellbraunen Augen des Jungen und stellte fest, daß er viel älter war, als seine schüchternen Blicke vermuten ließen. Sie erkannte, daß das Leben hier draußen am Rand der Zivilisation den Menschen nicht viel Zeit ließ, ihre Kindheit zu genießen. Der Junge war höchstens sechs Jahre jünger als sie selbst, aber offensichtlich war er mit den harten Seiten des Lebens bereits bestens vertraut.

»Danke«, sagte sie leise. »Wolfe wird ...«

»Na, was haben wir denn hier?« fragte eine rauhe Stimme. Jessica kam nicht mehr dazu, dem Jungen zu danken. »Ganz schön vornehme Kleider für dieses Kaff. Komm mal her, mein Pfläumchen. Der alte Ralph will dich mal näher begutachten.«

Jessica schenkte dem Mann weiter keine Beachtung, der sich neben der Kutsche aufgebaut hatte. Er trug einen weiten Staubmantel, und seine Hosen waren von unten bis oben mit Schlamm bespritzt. Auf seinem Gesicht lag ein breites Grinsen.

»Stell bitte die Pakete auf der Ladefläche ab«, sagte sie zu dem Jungen.

Während sie sprach, kletterte sie auf den Kutschbock. Verdeckt von ihren weiten Röcken, schloß sich ihre Hand um den Griff der Reitpeitsche.

»Ma'am«, sagte der Junge. Sein Gesicht war bleich, und seine Stimme klang besorgt.

»Danke. Du kannst jetzt ruhig in den Laden zurückgehen.«

Jessica lächelte dem Jungen aufmunternd zu und hoffte dabei im stillen, daß er den Männern nicht in die Arme lief, die sich jetzt langsam um die Kutsche versammelten.

»Du gehst jetzt besser. Mein Mann muß gleich kommen. Vielleicht kannst du mal nachschauen, wo er bleibt.«

»Jawohl, Ma'am!«

Ralph versuchte den Jungen zu packen, aber er sprang zur Seite und entging so seinem Griff. Schlamm spritzte bei jedem Schritt auf, als er in Richtung des Stalls davonlief.

Jessicas Finger legten sich ein wenig fester um den Peitschengriff. Sie blieb still sitzen und schaute in die Luft, als wäre sie vollkommen allein. Die Bemerkungen der Männer, die um die Kutsche herumstanden, ließen allerdings keinen Zweifel daran, daß sie Gesellschaft hatte, auch wenn sie auf diese Art von Gesellschaft nur zu gern verzichtet hätte.

Eine schwere, schmutzige Hand packte den Saum ihres Kleides.

»So etwas Weiches habe ich schon lange nicht mehr zwischen die Finger bekommen. Ich wette, was daruntersteckt, ist noch viel weicher.«

Einige der Männer lachten. Ihr Gelächter klang heimtückisch und roh.

Ein paar Leute, die es wagten, an den finsteren Kaschemmen auf der Hauptstraße entlangzugehen, sahen, was vor sich ging. Doch niemand unternahm etwas. Die acht Männer, die um die Kutsche herumstanden, waren bis an die Zähne bewaffnet und so betrunken, daß sie vielleicht hemmungslos, auf keinen Fall aber harmlos waren.

Außerdem kannten die Leute in der Stadt Jessica nur als die Frau des Halbbluts. Hier in der Stadt, am Rande der Zivilisation war das nicht gerade eine Empfehlung; ein Indianer war nicht viel mehr wert als ein guter Jagdhund.

»Ich wette, sie trägt seidene Unterwäsche«, rief einer der Männer.

Ralphs Hand begann, an Jessicas Kleid zu zerren. »Na, mein Pfläumchen, hat der gute Mann recht oder nicht?«

Diese intelligente Bemerkung löste bei einem der Männer einen solchen Anfall der Erheiterung aus, daß er sich gegen die Kutsche lehnen mußte, um nicht vor Lachen umzufallen.

»Komm schon«, sagte Ralph. »Zeig den Jungs hier mal ein bißchen Bein.«

Jessica tat so, als hätte sie ihn nicht gehört.

»Schau mich gefälligst an, wenn ich mit dir rede«, zischte er. »Eine Schlampe wie du, die sich mit einem Halbblut einläßt, sollte verdammt dankbar sein, wenn sie ein Weißer überhaupt noch anfassen will.«

Als Jessica spürte, wie jemand ihr unter den Rock zu greifen versuchte, riß sie die Peitsche heraus und schlug Ralph, so fest sie konnte, mit dem Griff auf den Nasenrücken. Mit einem wütenden, schmerzerfüllten Aufschrei ließ er ihren Rock los und hielt sich die Hände vors Gesicht. Doch bevor Jessica sich dem Rest ihrer Angreifer zuwenden konnte, packte Ralph sie am Handgelenk, und sie verlor das Gleichgewicht.

Plötzlich erklang ein Knall, als wenn jemand eine Waffe abgefeuert hätte, gefolgt von einem schrillen Schrei. Der Griff um ihren Arm lockerte sich. Aus den Augenwinkeln sah Jessica, wie Rafe auf sie zugelaufen kam und dabei mit tödlicher Präzision nach allen Seiten Peitschenhiebe austeilte. Sie sah, wie sein linker Arm sich kurz bewegte und die lange Peitsche plötzlich vorschnellte. Dann erklang noch einmal derselbe Knall wie zuvor. Neben ihr sprang plötzlich der Hut eines ihrer Angreifer in die Luft und zerfiel in zwei Teile. Blut spritzte aus einer Wunde über dem Auge des Mannes.

Im selben Moment griffen die Männer plötzlich unter die Mäntel.

»Vorsicht, sie sind bewaffnet!« rief Jessica.

Sie schlug mit aller Kraft mit ihrer Peitsche nach einem der Männer, aber sie wußte genau, daß sie damit nicht viel ausrichten konnte. Fünf Männer waren unverletzt, vier weitere kamen aus dem Saloon, und alle waren sie bewaffnet.

»Runter!« rief ihr Rafe zu.

Jessica hörte ihn kaum, während sie wild mit der Peitsche um sich schlug.

Rafe holte noch einmal aus, doch diesmal wickelte sich der Lederriemen nur behutsam um Jessicas Handgelenk. Dann riß er sie mit aller Kraft zu sich herüber. Sie stürzte vom Kutschbock und fiel direkt in seine Arme, während überall um sie herum geschossen wurde. Jessica konnte kaum etwas von der ganzen Schießerei sehen, weil sie die ganze Zeit zwischen Rafes schwerem Körper und der Kutsche eingeklemmt war.

Was sie jedoch erkennen konnte, versetzte sie in Staunen. Wolfe stand vor den Ställen am anderen Ende der Straße in gut siebzig Meter Entfernung. Einen nach dem anderen nahm er sich die Männer vor. Nur wenn er nachladen mußte, ließ der Kugelhagel für eine Sekunde nach. Querschläger prallten jaulend von der Kutsche ab. In wenigen Sekunden trieb das tödliche Schauspiel die Männer auseinander.

Alles, was die Männer vor dem sicheren Tod bewahrte, war Jessica, die sich irgendwo in diesem Durcheinander befand.

»Schießen kann er, der Hurensohn«, sagte Rafe bewundernd.

Für einen Moment trat Stille ein.

»Jessi!« rief Wolfe.

»Es ist alles in Ordnung!« antwortete sie.

»An eurer Stelle, Jungs«, sagte Rafe freundlich, »würde ich zusehen, daß ich mich so tief wie möglich in den Schlamm eingrabe, bevor Lonetree nachladen kann.«

Rafes guter Rat erwies sich als angebracht, als Wolfe das Gewehr gegen den Karabiner eintauschte und das Feuer eröffnete. Die Männer, die noch keine Deckung gesucht hatten, warfen sich kopfüber in den Schlamm.

»Halten Sie sich gut an der Kutsche fest«, sagte Rafe.

Blindlings packte Jessica eine Planke und klammerte sich daran fest.

Rafe ging ein paar Schritte zurück, bis er alle Männer genau sehen konnte.

»Schön, die Köpfe unten lassen, Jungs, wenn ihr sie nicht verlieren wollt.«

Das war alles, was Rafe sagte. Mehr brauchte er auch nicht zu sagen, denn die Peitsche in seiner Hand tanzte wie eine Viper über den Männern, zog an ihren Mänteln und Hüten und biß in jeden Finger, der sich vorsichtig an eine versteckte Pistole heranzutasten versuchte. Das scharfe Knallen war verstummt; nur ein nervenzermürbendes Zischen und Fauchen war zu hören, wann immer die Peitsche ihr Ziel traf.

Einer der Männer stöhnte und bekreuzigte sich.

»Gute Idee«, sagte Rafe aufmunternd. »Es ist nie zu spät, sich dem lieben Gott zuzuwenden.«

Mit dem Karabiner in der Hand kam Wolfe angelaufen. Der Junge aus dem Laden trug ihm das Gewehr hinterher. Wolfe ließ sich Zeit, die verängstigten Männer genau zu betrachten. Er drehte sie mit der Stiefelspitze um und prägte sich ihre Gesichter genau ein. Als sie ihm in die Augen starrten, begriffen sie, daß sie noch nie zuvor dem Tod so nahe gewesen waren.

Nachdem sich Wolfe auch das letzte Gesicht eingeprägt hatte, trat er einen Schritt zurück. »Wenn ich einen von euch noch einmal in der Nähe meiner Frau entdecke, bringe ich ihn um.«

Jessica hatte nicht den geringsten Zweifel an Wolfes Worten. Obwohl sie sein Verhaltenn brutal und widerwärtig fand, mußte sie zugeben, daß er keine andere Wahl gehabt hatte. Instinktiv spürte sie, daß diese Männer, die nichts weiter von ihr wußten als ihren Namen, kein Mitleid mit ihr gehabt hätten.

»Ich werde jetzt bis zehn zählen«, kündigte Wolfe an. Seine Stimme klang vollkommen unbeteiligt. Während er sprach, lud er den Karabiner nach. »Jeder, der immer noch zu sehen ist, wenn ich fertig bin, sollte bereit sein, auf mich abzudrücken. Eins. Zwei. Drei. Vier.«

Hastig rappelten sich die Männer aus dem Schlamm hoch und stolperten die Straße entlang. Die meisten von ihnen humpelten. Einige konnten nur einen Arm gebrauchen.

Einer von ihnen war liegengeblieben.

Insgeheim wunderte sich Jessica nicht, daß es ausgerechnet Ralph war, der hier den Tod gefunden hatte. Rafe ging es nicht anders. Er betrachtete erst die Leiche, dann Wolfe und nickte.

»Ganze Arbeit, Lonetree. Sie sind genau der Mann, als den man Sie mir beschrieben hat. Aber Sie sind allein und es ist ein langer Weg bis zu Cals Ranch.«

In Wolfes blauschwarzen Augen flackerte nicht der kleinste Funke von Freundlichkeit, als er eine Patrone in die Ladekammer nachschob und Rafe anfauchte: »Was zum Teufel geht es Sie an, wohin wir wollen?«

9

»Rafe ist der Bruder deiner Traumfrau«, sagte Jessica gerade noch rechtzeitig und stellte sich zwischen die beiden Männer.

Keiner von ihnen sagte ein Wort, bis Wolfe schließlich das Schweigen brach.

»Willows Bruder?« fragte er und schaute an Jessica vorbei zu dem gutaussehenden Blonden hinüber.

Rafe nickte.

Eine kaum spürbare Veränderung ging mit Wolfe vor, als er begriff, daß von dem Fremden keine Bedrohung ausging. Seine raubtierhafte Haltung, als er Jessica so dicht neben Rafe stehen sah, hatte merklich nachgelassen. Für einige Sekunden musterte Wolfe den blonden Mann, der so ausgezeichnet mit der Peitsche umzugehen verstand. Schließlich nickte er kurz.

Jessica atmete auf und trat einen Schritt beiseite.

»Das hätte ich mir auch denken können«, sagte Wolfe. »Derselbe honigsüße Akzent, dieselbe Haarfarbe, dieselben schmalen Augen.« Zum ersten Mal lächelte er Rafe an. Er sicherte den Abzug des Karabiners und reichte Rafe die Hand. »Willow ist natürlich tausendmal hübscher.«

»Das will ich doch hoffen.« Lächelnd erwiderte Rafe den Händedruck. »Ich nehme an, man hat Ihnen schon öfter dazu gratuliert, daß Sie so gut mit dem Gewehr umgehen können.«

Jessica sah zu, wie sich die beiden Männer die Hand gaben, und spürte, wie auch die letzten Spuren der Anspannung von ihr wichen. Hilflos zusehen zu müssen, wie Wolfe und Rafe einander wie Todfeinde gegenüberstanden, hatte sie mitgenommen, als bearbeitete jemand ihre Nerven mit einer Messerklinge.

»Sie sind aber auch ein Teufel mit Ihrer Peitsche«, sagte Wolfe, während er Jessica auf den Kutschbock half. »So was habe ich noch nie gesehen. Sind Sie von Beruf Kutscher?«

»Ich bin ein Staubfresser. So nennt man in Australien die Männer, die den Kühen hinterherrennen. Da unten benutzt man Peitschen und Hirtenhunde für die Arbeit mit der Herde.« Rafe zögerte einen Moment und fuhr dann fort: »Normalerweise reise ich lieber alleine, aber soweit ich sehe, haben wir dasselbe Ziel. Außerdem wissen zu viele Leute über das Gold in Ihren Taschen Bescheid.«

Wolfe nickte bedächtig. »Ich reise eigentlich auch lieber allein, aber jetzt, wo Jessica dabei ist...« Er zuckte die Schultern. »Am wohlsten wäre mir, wenn Caleb oder Reno in der Nähe wären. Es wäre beruhigend, wenn ich wüßte, daß mir ein Mann den Rücken freihält, dem ich vertrauen kann.«

»Das können Sie haben.«

»Ja, sieht wirklich ganz so aus.« Wolfe grinste. »Steigen Sie ein, Rafe Moran, und willkommen an Bord.«

Wolfe winkte den Jungen aus dem Laden heran, der mit dem goldverzierten Gewehr angelaufen kam.

»Also wirklich, Mister, so habe ich noch nie jemand mit einer Flinte umgehen sehen! Und dann erst die Peitsche«, sagte er zu Rafe. »Man möchte fast glauben, daß es mit dem Teufel zuging.«

»Du hältst dich wohl besser an den lieben Gott«, sagte Rafe. »Der Teufel hat auch so schon genug gute Kunden.«

Wolfe zog ein paar Goldstückchen aus der Tasche. »Vielen Dank, daß du mich drüben aus dem Stall geholt hast. Wenn du jemals Hilfe brauchst, frag nur einfach nach Wolfe Lonetree. Dann komme ich. Verlaß dich drauf.«

Der Junge wurde rot. »Sie müssen mich nicht bezahlen, Mister. Ich hatte nur Angst um die feine Dame.«

»Um die machen wir uns alle Sorgen.«

Jessica warf Wolfe einen kurzen Blick zu, hörte dabei aber nicht auf, den Jungen freundlich anzulächeln.

»Kleiner?« sagte Rafe leise.

Mühsam riß sich der Junge von Jessicas Anblick los. Rafe warf ihm eine schwere Silbermünze zu. Flink fing der Junge sie auf.

»Sieh zu, daß jemand für den Toten eine Messe liest«, sagte Rafe und deutete mit der Peitsche auf die Leiche. »Es kommt wahrscheinlich ein bißchen zu spät, aber ich habe mir sagen lassen, daß so eine Seele ein ziemlich unverwüstliches Ding ist und daß unser Herr ein gnädiger Gott sein soll.«

»Prediger Corman sagt aber etwas ganz anderes«, murmelte der Junge und drehte die Münze hin und her.

»Dann geh lieber zu einem anderen Prediger«, riet ihm Rafe. »Das Leben ist auch so schon hart genug, ohne daß solche schwarzbefrackten Geier über dir kreisen.«

Der Junge schmunzelte. »Jawohl, Sir.«

Funkelnd beschrieb die Münze einen weiten Bogen, als der Junge sie in die Luft warf, auffing und mit einem breiten Grinsen in die Hosentasche steckte. Er trottete über die Straße zum Laden zurück, um sein Abenteuer mit den Leuten zu teilen, die hinter verschlossenen Türen alles beobachtet hatten.

Die Kutsche schaukelte und quietschte, als Wolfe auf den Kutschbock kletterte. Jessica hob die Zügel und die Reitpeitsche, um die Pferde anzutreiben. Wolfes schwarze Augenbrauen zogen sich fragend in die Höhe.

»Da waren noch mehr Männer im Saloon«, erklärte sie.

Wolfe schaute nur kurz zu dem Gebäude hinüber, nickte und begann, das Gewehr nachzuladen, während er Rafe auf der harten Sitzbank Platz machte.

»Wenn Sie auch nur halb so gut mit Rindern umgehen können wie mit dieser Peitsche, ist Cal bestimmt im siebten Himmel«, sagte Wolfe, während Jessica die Pferde auf den Mietstall zulenkte. »Er hat ein paar Indianer und einen ehemaligen Sklaven, die die Herde für ihn treiben, wenn ihnen gerade danach ist. Manchmal geht ihm Reno zur Hand, wenn er nicht gerade dem Gold hinterherjagt. Aber meistens fehlt es Cal an guten Leuten. Wenn erst einmal der Frühling kommt und die Rinder zu kalben anfangen, dann ist jede zusätzliche Hilfskraft Gold wert.«

»Reno?« Rafe hörte für einen Moment auf, die Peitsche sauberzumachen und geistesabwesend aufzurollen. »War das nicht der letzte von den dreien, die die San-Juan-Berge angeblich wie ihre Westentasche kennen? Nach Ihnen und Caleb, wenn ich mich recht erinnere.«

»Reno kennt sich in dieser Gegend besser aus als ich. Es ist manchmal beinahe ein bißchen unheimlich, wie gut er sich zurechtfindet. Aber ich nehme an, Sie kennen Reno eher unter einem anderen Namen«, sagte Wolfe mit einem breiten Grinsen.

»Tatsächlich?« brummte Rafe.

»Matthew Moran«, verkündete Wolfe.

Rafe war sichtlich erleichtert. »Matt? Das heißt, es geht ihm gut? Sein letzter Brief klang so, als säße er ganz schön in der Klemme.«

»Reno geht es bestens, mal abgesehen davon, daß er sich jedesmal wie ein Vollidiot benimmt, wenn es ums Gold geht.«

»Genauso wie ich mich jedesmal wie ein Vollidiot benehme, wenn mich das Reisefieber packt«, grinste Rafe. »Es müßte schon mit dem Teufel ...« Als ihm einfiel, daß Jessica neben ihm saß, zögerte er einen Moment, »... ein Wunder geschehen, bevor wir Morans uns an die Kette legen lassen.«

Wolfe lächelte still. »Kein Mann läßt das gerne mich sich machen, jedenfalls nicht, bis er eine Frau wie Willow gefunden hat.«

Die Peitsche knallte, und die Pferde legten an Tempo zu. Rafes graue Augen streiften Jessica mit einem anerkennenden Blick.

»Oder jemanden wie Ihre Frau«, sagte Rafe. »Sie können wirklich ausgezeichnet mit den Zügeln umgehen, Ma'am.«

Wolfes Augen verengten sich mißtrauisch, und sein Lächeln verschwand. Rafe spürte sofort, wie der Mann neben ihm auf der engen Sitzbank sich versteifte.

»Ein Herumtreiber wie ich«, fuhr Rafe unbekümmert fort, nachdem er Wolfe einen fragenden Blick zugeworfen hatte, »kann sich natürlich auch an den schönen Dingen des Lebens erfreuen, ohne daß er sie sofort besitzen will. Besitztümer fesseln einen Mann nur an einen bestimmten Ort. Und nichts auf dieser Welt, so kostbar oder wundervoll es auch immer sein mag, besitzt dieselbe magische Anziehungskraft für mich wie der nächste Sonnenaufgang.«

Mit sichtbarer Anstrengung brachte Wolfe seine Eifersucht unter Kontrolle. Er wußte selbst nur zu gut, daß es vollkommen unvernünftig war, auf Rafe wütend zu sein, nur weil er Jessica ein Kompliment gemacht hatte. Doch Vernunft hin oder her, er konnte nicht aus seiner Haut. Und daran würde sich so lange nichts ändern, bis Jessica zur Besinnung kam und endlich sich und ihn aus dieser unmöglichen Lage befreite, indem sie ihre Ehe für ungültig erklären ließ.

Doch bis dahin mußte Wolfe um seine Selbstkontrolle ringen, was mit jeder Nacht, ja beinahe jeder Stunde, die er mit ihr zusammen verbrachte, schwieriger wurde. Er wußte genau, daß sie ihm niemals gehören würde und er sie trotzdem nie mit Gewalt nehmen durfte. Niemals würde sich etwas daran ändern, daß er sie begehrte. Stets würde er am Rande der Verzweiflung leben – den Gegenstand seines Begehrens ständig vor Augen und doch in unerreichbarer Ferne.

»Sie sind sehr freundlich«, sagte Jessica zu Rafe, denn auch sie hatte Wolfes Ärger gespürt. »Doch niemand kann sich mit der Trau... mit

Willow messen. Ich muß noch eine Menge lernen, wenn ich meinem Mann hier im Westen auch nur eine einigermaßen angemessene Frau sein will.«

Rafe runzelte die Stirn. »Sie wirken ziemlich zerbrechlich, um solche Mühen durchzustehen.«

»Sie haben eines mit meinem Mann gemeinsam. Sie glauben, daß innere Kraft und Muskeln dasselbe sind.«

»Mit gutem Grund«, murmelte Wolfe.

»Ohne guten Grund«, entgegnete Jessica. »Blumen sind zum Beispiel zart und zerbrechlich, und deshalb glaubt ihr wahrscheinlich auch, daß sie schwach sind. Aber ich will euch zwei starken Männern mal etwas sagen – ein Sturm, der eine mächtige Eiche zum Umstürzen bringt, kann den kleinen Veilchen, die am Fuß dieser Eiche wachsen, nichts anhaben. Sie nicken nur einmal kurz mit dem Köpfchen und alles ist vorbei.«

Rafe schaute schnell zur Seite, damit niemand seine Belustigung über Jessicas Schlagfertigkeit sah. Doch es war unmöglich. Er warf Wolfe einen reuevollen Blick zu, schüttelte den Kopf und lachte dabei leise.

»Tja, da müssen wir uns wohl bei ihr entschuldigen, Wolfe.«

Wolfe schnaubte verächtlich und schaute sich ein letztes Mal auf der schlammigen Straße um. Weit und breit war niemand zu sehen. Er hoffte, daß es dabei blieb.

»Ich nehme an, Sie wollen Willow besuchen?« fragte Wolfe und wandte seine Aufmerksamkeit wieder dem großen Blonden zu. Rafe seinerseits beobachtete ihn mit einem Gesichtsausdruck, aus dem gleichzeitig aufrichtige Freundschaft und eine gute Portion Belustigung sprachen.

»Eigentlich suchte ich ja Matt, aber dann habe ich erfahren, daß eine Dame aus Virginia hier mit fünf edlen Araberhengsten angekommen ist. Sie suchte angeblich nach ihrem ›Ehemann‹, Matthew Moran.« Rafe zuckte die Achseln. »Ich dachte mir, daß muß Willy sein. Sie ist das einzige Mädchen, das ich kenne, das genug Mumm in den Knochen hat, sich quer durch die Wildnis auf die Suche nach ihrem Bruder zu machen, den sie schon seit Jahren nicht mehr gesehen hat.«

Wolfes Gesicht verzog sich zu einem zögernden Lächeln. »So jemanden wie sie gibt es nur einmal.«

Rafe bemerkte wohl den liebevollen Klang in Wolfes Stimme als auch den finsteren Schatten, der sich bei seinen Worten über Jessicas Züge gelegt hatte. Er nahm den Hut ab, strich sich mit der Hand über das helle Haar und setzte dann den Hut wieder auf. Er fragte sich, ob Caleb Black wohl zu den Männern gehörte, die einen Hang zur Eifersucht haben.

»Hört sich an, als kennen Sie Willow ziemlich gut«, sagte Rafe nach einiger Zeit.

»Ziemlich gut.«

»Und Cal?«

Etwas verspätet erkannte Wolfe, worauf Rafes Fragen abzielten. Er lächelte gequält.

»Cal ist mein bester Freund. Er ist ungefähr so groß wie Sie. Er hat einen eisernen Willen und kann die Waffe ziehen wie ein geölter Blitz. Ach ja, und er liebt Willow über alles in der Welt, was bei einem harten Kerl wie Caleb Black schon etwas heißen will.«

Rafe sah ihn überrascht an. »Und was meint Willow zu all dem?«

»Der geht es genauso wie Cal. Ihre Liebe ist unerschütterlich. Wenn man die beiden zusammen sieht, könnte man wirklich glauben, daß der liebe Gott genau gewußt hat, was er tat, als er Mann und Frau schuf und ihnen und ihren Kindern die Erde überlassen hat.«

Jessica konnte Gewißheit und unterschwellige Sehnsucht aus Wolfes Stimme heraushören. Sie wußte nicht, ob sie vor Enttäuschung weinen oder vor Wut schreien sollte. Seine Worte waren nur ein neuer Beweis für die aufrichtige Verehrung, die er der Frau seines besten Freundes entgegenbrachte.

Wolfe bemerkte gar nicht, daß Jessica die Lippen zu einem schmalen, humorlosen Strich zusammenpreßte. Seine ganze Aufmerksamkeit galt

Rafe, der selbst gerade über all das nachdachte, was Wolfe ihm erzählt und was er ihm verschwiegen hatte. Schließlich seufzte Rafe und begann unruhig hin und her zu rutschen, woraufhin die Sprungfedern unter dem Bock laut quietschend protestierten.

»Ich bin froh, das zu hören«, sagte Rafe schließlich. »Willy war immer so ein schwaches kleines Ding. Ich hatte unentwegt Angst, daß das Leben sie mit Haut und Haaren frißt, zerkaut und wieder ausspuckt.«

»Eine Traumfrau fressen?« sagte Jessica verbittert, während sie die Kutsche vor dem Mietstall zum Stehen brachte. »Das möchte ich doch sehr bezweifeln, Rafael. Das Leben würde sich an Willows Vollkommenheit bestimmt verschlucken. Und wenn sich das Leben verschluckt und an soviel Perfektion erstickt, dann entsteht ein Paradox, daß sich einem nur so der Kopf dreht. Ganz zu schweigen vom Magen.«

Mit diesen Worten rammte Jessica die Peitsche fest in ihre Halterung. Als sie wieder aufschaute, sah sie, daß Wolfe sie neugierig betrachtete, so als fragte er sich, wie wütend sie wirklich war. Plötzlich erkannte sie, daß er in genau diesem Moment den Dolch wetzte, den er ihr von jetzt an bei jeder passenden Gelegenheit an die Kehle setzen würde. Doch obwohl sie das wußte, konnte sie weder ihren Worten Einhalt gebieten noch dem bittersüßen Tonfall, in dem sie ihr über die Lippen kamen.

»Wäre es dir vielleicht möglich, so lange damit aufzuhören, eine Lobeshymne nach der anderen auf deine Traumfrau anzustimmen, bis wir unterwegs sind?« fragte Jessica. »Die Leute drehen sich schon nach uns um.«

»Das ist das komischste Gerät, das mir je untergekommen ist«, sagte Rafe, als er neben Jessica herritt, »und ich habe schon eine Menge seltsames Zeug auf meinen Reisen gesehen.«

Trotz der abgrundtiefen Erschöpfung, die an ihren Kräften zehrte, richtete sie sich in ihrem Damensattel auf und schenkte Rafe ihr freundlichstes Lächeln. Wenigstens würde er sie eine Weile vom Heulen des Winds ablenken.

Mächtige Berge erhoben sich zu allen Seiten. Ihre Gipfel waren versteckt hinter einem wallenden Vorhang aus schieferfarbenen Wolken. Mit jedem Schritt, der sie in höhere Lagen führte, betraten sie eine Landschaft, in der noch der Winter herrschte. Schnee fiel aus den dunklen Wolken, und der Wind verwob die Flocken zu weißen Schleiern. Er fuhr unter die Schneewehen auf dem Boden, so daß feinste Eiskristalle in stechenden Wolken aufstoben und sich auf jedem Zentimeter ungeschützter Haut niederließen.

Doch vor allem gab der Wind ein Heulen und Stöhnen von sich, das an Jessicas Selbstbeherrschung zehrte und versuchte, die darunter verborgenen Alpträume freizulegen.

»Gibt es in Australien keine Damensättel?« fragte sie schnell, bevor der Wind oder ihre eigenen Ängste ihr etwas anhaben konnten.

»Ich kann mich nicht erinnern, einen gesehen zu haben. Aber es gibt dort ja auch nicht besonders viele Weiße.« Rafe sah sie von der Seite an. »Ist er genauso unbequem, wie er aussieht?«

Mit zusammengebissenen Zähnen und einem unterdrückten Stöhnen rutschte Jessica hin und her und versuchte, ihr Gewicht und ihre bauschigen Röcke etwas bequemer um den seitlich versetzten Sattelknauf zu verteilen.

»Auf einem gut trainierten Pferd und auf ebenem Gelände ist er eigentlich ganz bequem, solange man nicht zu lange reitet.«

»Dieser alte Gaul hat nur gelernt, langsam zu traben, wobei einem das Kleingeld aus den Taschen fällt«, sagte Rafe. »Außerdem sitzen wir sechzehn Stunden pro Tag im Sattel, und das schon seit drei Tagen. Sie sehen so blaß aus, daß ich schwören könnte, das Sonnenlicht scheint durch Sie hindurch.«

Der Wind drehte sich und kam ihnen mit dem eisigen Versprechen entgegengefegt, daß es bald wieder zu schneien anfangen würde.

»Ich glaube kaum, daß wir mit dem Sonnenlicht irgendwelche Schwierigkeiten haben werden«, sagte Jessica und lächelte gequält.

»Trotzdem schlage ich vor, daß wir heute etwas früher unser Lager aufschlagen; am besten sobald Wolfe von seiner Erkundung des Weges zurückkommt.«

»Nein.« Beim unmißverständlichen Befehlston in Jessicas Stimme zuckten beide erschrocken zusammen. »Ich will nicht der Grund sein, daß wir nicht schnell genug vorankommen«, fügte sie in einem etwas ruhigeren Tonfall hinzu. »Ich bin stärker, als ich aussehe. Ehrlich.«

»Ich weiß.«

Sie warf Rafe einen ungläubigen Blick zu.

»Das ist mein Ernst«, sagte er. »Ich hätte nie geglaubt, daß Sie den ersten Tag überstehen, ganz zu schweigen von den Strapazen der letzten beiden Tage. Aber wenn Sie sich nicht mehr Ruhe gönnen, müssen wir Sie morgen um diese Zeit auf Ihrem verdammten Spielzeugsattel festbinden.«

»Wolfe wird das sicher gerne übernehmen. Wir müssen den Paß hinter uns haben, bevor ein richtiger Schneesturm losbricht.«

Unter den hellen, bronzefarbenen Bartstoppeln war Rafes Miene vollkommen ausdruckslos. Er wußte, warum Wolfe sie ständig zur Eile antrieb. Sie hatten bemerkt, daß sie nicht die einzigen waren, die zum Paß unterwegs waren. In den letzten sechs Stunden waren sie an mehreren Stellen vorbeigekommen, an denen jemand ein Lager aufgeschlagen hatte, um den nächsten Sturm abzuwarten. Je näher sie dem Paß kamen, desto wahrscheinlicher war es, daß sie Fremden begegnen würden.

»Goldfieber«, murmelte Rafe. »Eine Krankheit schlimmer als die Cholera.«

»Das glaube ich kaum. Ich habe die Cholera durch ein Dorf fegen sehen wie eine Sense durch ein Kornfeld. Nichts und niemanden läßt sie am Leben. Es gibt keine Erwachsenen mehr, um die Toten zu begraben, und keine Kinder, um sie zu betrauern.«

Er starrte Jessica voller Erstaunen an. »Und Sie haben das überlebt?«

Sie nickte. »Ich war damals gerade neun.«

»Herr im Himmel«, murmelte er. »Wie sind Sie davongekommen?«

Jessica lächelte erschöpft. »Wie ich bereits sagte, ich bin nicht so zerbrechlich, wie ich aussehe.«

»Das will ich auch hoffen«, entgegnete Rafe, »sonst schaffen Sie es nämlich nicht bis zum Paß. Diese Berge sind hier mindestens so gefährlich wie in Südamerika und noch ein ganzes Stück schlimmer als alles, dem ich damals in Australien begegnet bin.«

»Und doch sind Sie von diesen Bergen fasziniert.«

Rafe zögerte. Er hatte nicht damit gerechnet, daß Jessica ihn verstehen würde. »So hatte ich das noch nicht gesehen, aber Sie haben recht. Diese Berge hier sind nicht so wie all die anderen, die ich in meinem Leben schon gesehen habe. Höher als der liebe Gott sind sie und hinterlistiger als der Teufel selbst. Und doch haben die Hänge und die langgezogenen Täler eine gewisse Schönheit...«

Seine Stimme klang unsicher und verträumt. »Es ist, als hätte ich eine Ahnung, daß irgendwo da draußen eine warme, gemütliche Blockhütte steht und drinnen sitzt eine schöne Frau. Und beide warten nur auf mich.«

»Sie sind ein guter Mensch, Rafael Moran«, sagte Jessica. Ihre Stimme war voll bittersüßer Sehnsucht. »Ich hoffe, Sie finden sie eines Tages.«

Rafe betrachtete Jessica aufmerksam. Seine Augen hatten die gleiche Farbe wie der Himmel über ihnen. Jessicas Melancholie schien überwältigend zu sein. Die Erschöpfung ließ ihre Lippen blaß und angespannt aussehen.

Eine flüchtige Bewegung auf dem Weg vor ihnen erregte Rafes Aufmerksamkeit. Im selben Moment, als seine Hand sich auf den Kolben des Gewehrs legte, das er stets bei sich trug, tauchte die große, dunkelbraune Stute, die Wolfe in Canyon City gekauft hatte, auf.

»Da kommt Wolfe«, sagte Rafe und steckte sein Gewehr zurück in den Sattelholster.

Jessica nickte und verfiel wieder in den Zustand der Benommenheit, der sie jedesmal überkam, wenn sie sich nicht mit aller Kraft zusammenriß.

Insgeheim beschloß Rafe vorzuschlagen, daß sie heute ihr Lager etwas früher aufschlugen, falls Wolfe nicht von selbst auf die Idee kam. Von Wolfe ging eine innere Unruhe aus, als er näher kam. Noch bevor er etwas sagen konnte, wußte Rafe schon, daß sie ihr Lager heute nicht würden früher aufschlagen können.

»Oben auf dem Paß schneit es«, sagte Wolfe. »Wenn wir jetzt nicht durchkommen, müssen wir ein Lager aufschlagen und so lange warten, bis der Paß wieder frei ist. Das kann eine Woche oder noch länger dauern. Selbst wenn wir kein Feuer machen, ist es immer noch gefährlich.«

»Ein provisorisches Lager?« fragte Rafe. »Haben wir noch jemanden vor uns?«

Wolfe nickte.

»Hat man Sie gesehen?«

»Nein.« Wolfe griff in seine Satteltasche und nahm eine Schachtel mit Patronen heraus. »Haltet euch rechts, nachdem ihr den Fluß überquert habt; dann immer an der Talsohle entlang. Wartet auf mich im Wald auf der anderen Seite.«

Ohne Vorwarnung warf Wolfe Rafe die Schachtel mit der Munition zu. Als Rafe sie mit einer Handbewegung auffing, die kaum mit bloßem Auge zu erkennen war, mußte Wolfe lächeln.

»Sie sind wirklich Renos Bruder. Die besten Reflexe, die ich je gesehen habe, vielleicht mit Ausnahme von Cal.« Wolfes Lächeln verblaßte. »Können Sie mit einem Gewehr umgehen?«

»Besser als die meisten anderen, aber lang nicht so gut wie Sie.«

»Dann nehmen Sie Jessicas Karabiner. Und halten Sie ihn ständig bereit, auch wenn Sie im Sattel sitzen.«

Rafe lehnte sich zur Seite, zog den Karabiner aus Jessicas Sattelholster und überprüfte die Waffe mit den ruhigen, selbstsicheren Bewegungen eines Mannes, der seiner vertrauten Beschäftigung nachgeht.

»Was haben Sie vor?« fragte Rafe, ohne aufzuschauen.

»Etwa dreihundert Meter von der Stelle, wo die Männer Rast machen, ist ein Hügel. Von dort aus kann ich euch und sie gleichzeitig im Auge behalten. Sobald sie sich in Bewegung setzen, eröffne ich das Feuer. Es wird sich allerdings kaum vermeiden lassen, daß ein paar von ihnen durchkommen. Nie im Leben erwische ich alle neun, bevor sie Deckung nehmen können.«

Für einen Moment runzelte Rafe mißbilligend die Stirn, als ihm klar wurde, daß Wolfe keinen Moment zögern würde, die Männer aus dem Hinterhalt zu erschießen, wenn er keine andere Möglichkeit sah.

»Kennen Sie diese Jungs etwa persönlich?« fragte Rafe.

»Ich hatte eine kleine Meinungsverschiedenheit mit einigen von ihnen, als wir mit der Postkutsche unterwegs waren.«

Jessica keuchte erstaunt.

Rafe sah kurz zu ihr hinüber, bevor er sich wieder Wolfe zuwandte. »Ich verstehe. In diesem Fall hätte ich nichts dagegen, mich um die Nachzügler zu kümmern.«

Wolfe lächelte gequält. »Falls jemand an mir vorbeikommt, achten Sie besonders auf einen Mann mit einem braunen, herunterhängenden Schnurrbart. Er trägt einen grauen Kavalleriemantel und reitet ein schwarzes Pferd mit drei weißen Fesseln. Er hat eine Pistole hinter seiner Gürtelschnalle versteckt, und ich rate davon ab, ihn so nahe herankommen zu lassen, daß er davon Gebrauch machen kann.«

»Ein Freund von Ihnen?« fragte Rafe ironisch.

»Ich hatte bisher noch nicht das Vergnügen. Cal hat seinen Zwillingsbruder erwischt, Reno seinen kleinen Bruder und ich ein paar von seinen Cousins, zusammen mit einigen anderen Mitgliedern seiner Bande.«

»Golddiebe?« fragte Rafe.

»Das war damals wohl ihre ursprüngliche Absicht. Aber zuerst haben sie versucht, Willow zu entführen. Das war der schwerste Fehler, den diese Jungs je begangen haben.«

Rafe betrachtete ihn mißtrauisch.

»Versuchen Sie bloß nicht, Jericho Slater gegenüber fair zu sein«, fuhr Wolfe fort. »Neben den Slaters nehmen sich Quantrils Reiter aus wie ein Haufen Chorknaben. Wenn Jericho herausfindet, daß Sie Renos Bruder sind, wird er alles versuchen, um Sie umzubringen.«

»Ich bin jemand, der anderen gern einen Gefallen tut«, sagte Rafe gelassen. »Wenn ein Mann zu mir kommt und jemanden sterben sehen möchte, werde ich mein möglichstes tun, damit er seinen Willen bekommt.«

Wolfes Mundwinkel verzogen sich zu einem Grinsen. »Das hatte ich nicht anders erwartet. Geben Sie mir fünfzehn Minuten Vorsprung. Und sehen Sie sich vor; der Weg ist stellenweise eisbedeckt.«

Als er sein Pferd wendete, rief ihm Jessica besorgt hinterher: »Wolfe.«

Er zügelte sein Pferd und schaute über die Schulter.

»Ich ...« Ihre Stimme erstarb. Unsicher winkte sie ihm zu. »Sieh dich vor.«

Er nickte und zog die Zügel straff. Sein Pferd trabte los und verschwand um die nächste Wegbiegung.

Fünfzehn Minuten später folgten ihm Rafe und Jessica. Voller Anspannung saß sie im Sattel und lauschte auf Schüsse. Doch alles, was sie hörte, war das schauerliche Heulen des Windes, das so lange an ihren überstrapazierten Nerven zerrte, bis sie am liebsten zu schreien angefangen hätte, nur um das endlose Jammern zu übertönen.

Die Minuten vergingen in qualvoller Langsamkeit. Rafe hüllte sich in Schweigen. Sie versuchte nicht, ihn zum Sprechen zu bewegen.

Das Tal, durch das sie ritten, war mit Fichten und Tannen bewachsen. Das Laub der Bäume war so dunkel, daß es nicht grün, sondern beinahe schon schwarz wirkte. Schlanke Birken mit weißer Borke wuchsen überall entlang der Hänge. Nicht einmal der leiseste Hauch von Grün zierte die schlanken, gespenstischen Zweige der Pappeln. Hier oben im Hochland ließ der Frühling noch auf sich warten.

Immer wenn der Wind ein wenig nachließ, gefror der Atem der Pferde zu silbrigen Wölkchen. Die Tiere mußten sich anstrengen, denn das Gelände vor ihnen stieg steil an. Unter dem Neuschnee glänzten vereiste Stellen, die den Ritt zu einem Wagnis machten.

Als Rafe und Jessica das Tal verließen und eine kleine Lichtung überquerten, erwartete sie Wolfe bereits. Jessicas Herz klopfte schneller, als sie Wolfes dunkles Gesicht und seine kraftvolle Gestalt entdeckte. Wieder einmal mußte sie sich eingestehen, wie attraktiv ihr Mann eigentlich war. Die Winterkleidung stand ihm gut. Die verschneiten Berge waren genau die richtige Kulisse für ihn. In seinen schlanken Händen kam die Eleganz des reichverzierten Gewehrs voll zur Geltung.

Wolfe gehörte in diese Wildnis und nicht in die brokat- und seidenbehangenen Salons der Zivilisation. So sicher sie sich dessen war, wußte sie auch, daß sie Wolfe liebte, wie er wirklich war; daß sie ihn immer geliebt hatte und immer lieben würde.

Diese Erkenntnis traf sie wie ein Blitzschlag, durchbrach die Mauern ihrer Erschöpfung und erfüllte ihr ganzes Wesen von Grund auf.

»Sie haben uns nicht gesehen«, sagte Wolfe. »Sie sind zu beschäftigt mit Trinken und Kartenspielen. Jericho wird sie ausnehmen wie eine Weihnachtsgans.«

»Ist er so ein guter Spieler?« fragte Rafe.

»Für jemanden, der sich mit dem Teufel selbst an einen Tisch setzen würde, ist er ein angemessener Gegner.«

Wolfe übernahm erneut die Führung, gefolgt von Jessica und den Packpferden. Rafe wartete, bis sie dreißig Meter Vorsprung hatten, und folgte ihnen dann. Er hatte Jessicas Karabiner vor sich quer über den Sattel gelegt und achtete auf irgendwelche Geräusche hinter ihnen.

Die Erschöpfung rollte über Jessica hinweg wie eine graue, bleierne

Welle. Sie sank im Sattel zusammen. Mit leerem Blick folgte sie dem Pfad, der mit jedem Schritt steiler und unwegsamer wurde. Zu ihrer Linken fiel ein schneebedeckter Hang steil in die Tiefe. Jessica achtete kaum darauf. Nur ihren guten Reflexen hatte sie es zu verdanken, daß sie sich aufrecht im Sattel halten konnte.

Als ihr Pferd auf einer vereisten Stelle ausrutschte und in die Knie ging, griff sie instinktiv nach dem Sattelknauf. Aber es war bereits zu spät. Sie rutschte nach vorne, an dem gebogenen, seitlich verschobenen Sattelknauf vorbei. Ihr Pferd warf sich zur Seite in dem Versuch, sein Gleichgewicht wiederzugewinnen. Durch die plötzliche Bewegung flog Jessica aus ihrem Damensattel, landete auf dem schneebedeckten Boden und begann, in einem Durcheinander aus Röcken und Gliedmaßen den Hang hinunterzurollen.

Der Angstschrei, den sie ausgestoßen hatte, als ihr Pferd das erste Mal in die Knie ging, war Wolfes einzige Warnung. Mit einem Ruck drehte er sich im Sattel um und sah gerade noch, wie Jessica kopfüber den Hang hinunterrollte. Er wendete auf der Stelle und kam zu ihrem Pferd geritten. Ein Ginsterstrauch hatte Jessicas Sturz inzwischen abgefangen. Wolfe trieb sein Pferd den Abhang hinunter zu der Stelle, wo Jessica regungslos liegengeblieben war.

»Jessi!«

Wolfes verzweifelter Aufschrei brach sich an den Felswänden. Sie gab keine Antwort.

Er sprang aus dem Sattel, rannte die letzten Meter und fiel vor ihr auf die Knie.

»Jessi? Ist alles in Ordnung?« fragte er besorgt.

Sie antwortete nicht.

»Sag doch etwas, mein Elfchen«, flehte er sie an und wischte ihr mit zitternden Fingern den Schnee aus dem Gesicht. »So schlimm kann der Sturz doch nicht gewesen sein. Der Schnee ist weich, und Felsen gibt es hier auch keine. Jessi...«

Vorsichtig wischte er den Schnee zur Seite, der sich in ihren Augenbrauen und Wimpern festgesetzt hatte. Ihr mahagonifarbenes Haar leuchtete im Schnee wie dunkle Glut. Im Gegensatz zu ihrer Haut, die fast so weiß wie der Schnee war, wirkte ihr Haar beinahe schwarz.

»Du kannst dich unmöglich verletzt haben, meine Kleine. Gott steh mir bei, das kann einfach nicht sein! Verdammt noch mal, Jessi. *Wach endlich auf!*«

Jessica stöhnte und versuchte, sich aufzusetzen. Auf halbem Weg wurde sie von ihren Zöpfen zurückgerissen, die unter ihr eingeklemmt waren. Benommen versuchte sie sich ein zweites Mal hinzusetzen, aber auch dieses Mal wollte es ihr nicht gelingen.

Wolfe hielt sie fest, als sie es ein drittes Mal versuchte und ihre Zöpfe sie daran hinderten.

»Immer mit der Ruhe, Jessi. Deine Haare haben dich wieder einmal an die Kette gelegt.«

»Wolfe?« fragte sie benommen. »Bist du es wirklich?«

Aquamarinblaue Augen richteten sich auf Wolfe, und kühle Finger streichelten sein dunkles Gesicht.

»Ja, mein Elfchen, ich bin es.«

Die Erleichterung darüber, daß Jessica nichts passiert war, hatte auf Wolfe dieselbe Wirkung wie ein Glas Champagner. Er war so glücklich, daß ihm beinahe ein wenig schwindelig wurde. Als ihm einfiel, daß sich Jessica schon einmal so in ihrem eigenen Haar verfangen hatte, spürte er ein Lachen in sich aufkommen. Er grinste breit, als er ihr beim Aufstehen half.

»Manchmal erinnerst du mich an einen Drachen, der sich mit seinem langen roten Schwanz in allen möglichen Hindernissen verfängt und immer wieder zur Erde zurückgerissen wird.«

Während Wolfe ihr Haar befreite, rief die Erleichterung Erinnerungen in ihm wach. Er fing leise an zu lachen und klopfte ihr den Schnee aus der Kleidung.

Der Klang von Wolfes Lachen brachte Jessica so schnell wieder zur Besinnung wie ein kräftiger Schlag ins Gesicht. Sie versuchte vergeblich, ihn beiseite zu stoßen. Obwohl Wolfe immer noch vom Lachen geschüttelt wurde, kostete es ihn keine Mühe, sie hochzuheben und wieder auf die Beine zu stellen.

Für Jessica war das der Höhepunkt der Erniedrigung. Furcht, Ärger, Schmerz, Erschöpfung und Demütigung brachen in einem einzigen schrecklichen Wutanfall aus ihr hervor. Ohne zu zögern griff sie nach dem Jagdmesser, das Wolfe am Gürtel trug. Die Bewegung kam so plötzlich, daß sie die Klinge in der Hand hielt, bevor Wolfe noch etwas gemerkt hatte. Mit der Schnelligkeit einer zustoßenden Schlange schlossen sich seine Finger um ihr Handgelenk.

»Was soll denn das?« fuhr er sie an.

Jessicas Mundwinkel verzog sich grimmig. Sie zog an ihrem Handgelenk, konnte es aber nicht aus seinem Griff lösen.

»Jessi! Was zum Teufel...? Hat dir der Sturz auch noch den letzten Funken Verstand geraubt?«

Jessica stockte der Atem. Sie war vollkommen erschöpft. Sie hatte Angst. Ihr war kalt. Und ihr rechtes Fußgelenk bereitete ihr bei jeder Bewegung Schmerzen. Doch vor allem war sie wütend auf den wilden Sohn des Grafen, der sich zu allem Überfluß auch noch an ihrem Elend erfreute.

»Laß mich endlich los!«

Als Wolfe die nackte Wut in Jessicas Stimme hörte, war die Belustigung in seinen Augen plötzlich wie weggewischt.

»Nicht, bis du mir sagst, was du mit dem Messer vorhast«, sagte er.

Drei endlose Atemzüge lang starrte Jessica ihn nur schweigend an. Schließlich entdeckte sie das Messer in ihrer Hand. Lange betrachtete sie es, als wüßte sie nicht genau, wie es dort hingekommen war. Als sie Wolfe ansah, war keine Spur von Wärme oder Nachsicht mehr in ihren Augen zu entdecken.

»Mein Haar«, sagte sie mit ausdrucksloser Stimme.

»Wie bitte?«

»Ich werde jetzt mein verdammtes Haar abschneiden.«

Seine schwarzen Augenbrauen zogen sich fragend in die Höhe. »Lieber nicht. Wenn du so weitermachst wie bisher, schneidest du dir wahrscheinlich durch Zufall noch die Kehle durch.«

Oder ihm, allerdings nicht durch Zufall.

Keiner von beiden wagte, diese Worte auszusprechen. Mühelos löste Wolfe ihre Finger vom Griff des Messers, was ihren Ärger nur noch zu verstärken schien.

»Du Bastard«, fauchte sie.

Er lächelte gequält. »Wie recht Ihr habt, Mylady.«

»Und was für ein Bastard du bist!« setzte sie hinzu. »Einmal von Geburt an und einmal, weil du dich wie einer benimmst. Du läßt mich schuften wie eine Küchenmagd, machst dich über meine Versuche lustig, dir eine gute Ehefrau zu sein, und jetzt lachst du auch noch über meine Schmerzen, wenn mein Pferd mich abwirft, weil ich so erschöpft bin, daß ich mich nicht aufrecht im Sattel halten kann. Du bist wirklich ein Bastard.«

Wolfes Gesicht war ausdruckslos. »Ein Wort genügt und du bist frei. Du weißt genau, welches Wort ich meine. Nun?«

Eine innere Ruhe überkam Jessica. Sie riß sich mit aller Kraft zusammen. Ihr Gesicht nahm den Ausdruck eines bis zum Zerreißen gespannten Drahtes an.

»Liebster.«

Das Wort klang wie ein Fauchen, und ihr Lächeln war kalt wie Eis.

»Genau da liegt das Problem«, sagte Wolfe mit mühsam beherrschter Stimme. »Ich bin vielleicht dein Mann, aber du bist nicht meine Frau.«

»Ich habe einen Vorschlag. Fahr zur Hölle! Dort kannst du dich über die Qualen anderer Menschen so lange amüsieren, bis du vor Lachen nach Luft schnappst und tot umfällst. Erst dann bist du mich los, Liebster. *Keinen Moment früher.*«

Jessica drehte sich um und begann, auf allen vieren den steilen Hang hinaufzuklettern. Ein schwaches Lächeln, das nur wenig mit wirklicher

Freude zu tun hatte, huschte über Wolfes Gesicht, als er ihr hinterherschaute. Grenzenlose Wut sprach aus jeder einzelnen Bewegung ihres Körpers. Er hatte schon viele ihrer Launen miterlebt, aber diese hier war ihm neu. Die zerbrechliche kleine Aristokratin hatte ein Temperament, das sich mit dem bezaubernden Feuer ihres Haars messen konnte.

Unweigerlich drängte sich Wolfe die Frage auf, ob sie wohl im Bett einen Bruchteil dieser Leidenschaft zeigen würde, die sie gerade hier bewiesen hatte. Die Vorstellung, daß er selbst derjenige sein könnte, der ihr diese tief in ihr versteckte Sinnlichkeit entlockte, hatte eine Wirkung auf seinen Körper, die ihn überraschte.

Wolfe verfluchte den Teil von sich, der ihn schutzlos einem Mädchen auslieferte, das ihm die Pest an den Hals wünschte. Er wandte den Blick so lange von Jessica ab, bis das gnadenlose Drängen nachgelassen und einem dumpfen, unangenehmen Druck gewichen war. Das war die einzige Erleichterung, mit der er auch in Zukunft rechnen konnte. In Jessicas Gegenwart war dieser Zustand unterschwelliger Erregung so normal geworden, daß er sich kaum noch erinnern konnte, wie es vorher gewesen war.

Er schaute den Hang hinauf und sah, wie Jessica erneut stolperte. Zuerst dachte er, daß sie nur deshalb so ungeschickt war, weil sie sich immer noch über ihn ärgerte. Dann sah er, wie sie mühsam wieder auf die Beine kam, zwei Schritte machte und um ein Haar gleich noch einmal hingefallen wäre. Irgend etwas stimmte mir ihrem rechten Bein nicht.

»Bleib stehen, Jessi«, rief Wolfe ihr hinterher. »Ich helfe dir.«

Jessica machte sich nicht einmal die Mühe, sich nach ihm umzudrehen. Auch gab sie ihre ungeschickten Versuche nicht auf, allein den steilen Abhang hinaufzuklettern.

Mit einem unterdrückten Fluch steckte Wolfe das Messer weg und schwang sich in den Sattel. Er gab der Stute die Sporen und trieb sie den Hang hinauf. Ohne sein Pferd zu zügeln, beugte Wolfe sich vor, packte

Jessica und drückte sie fest gegen seinen Schenkel. Erst als die Stute oben am Hang angekommen war, blieb sie stehen.

»Setz dich vor mich«, sagte Wolfe mit mühsam beherrschter Stimme.

Gleichzeitig hob er Jessica über den braunen Hals der Stute. Ihr Rock ließ sich in der Mitte auseinanderschlagen, was es ihr erlaubte, sich breitbeinig in den Sattel zu setzen. Mit einem heißen Aufwallen des Begehrens reagierte sein Körper auf ihre Nähe. Sein Atem beschleunigte sich, als ihm die Worte in den Sinn kamen, die er noch nie in Gegenwart einer Frau ausgesprochen hatte und auch jetzt lieber für sich behielt.

»Beweg dich nicht«, sagte er mit eiserner Beherrschung.

Jessica antwortete nicht, versuchte aber auch nicht abzusteigen. Mit einer einzigen, schnellen Bewegung stieg Wolfe aus dem Sattel. Seine Hand packte ihren zierlichen Fuß, der aus den schneeverkrusteten Falten ihres Rocks hervorschaute.

»Wo tut es weh?«

Jessica schaute zu ihm hin. Sogar wenn sie im Sattel saß, überragte er sie noch. Und stärker als sie war er außerdem. Alles, was sie jetzt noch besaß, war die Gewißheit, daß sie lieber gestorben wäre, als sich noch einmal wie ein bunter Chip auf dem Roulettetisch der feinen Gesellschaft hin und her schieben zu lassen.

Lieber wäre sie auf der Stelle gestorben, als so zu leben wir ihre Mutter.

Die Erinnerungen vermischten sich plötzlich mit ihren Alpträumen. Ein kalter Schauer lief ihr den Rücken hinunter. Noch bevor er abgeklungen war, wußte Jessica, daß es noch etwas anderes gab, worauf sie sich fest verlassen konnte: Wolfe würde sich niemals mit ihrer Ehe abfinden. Er würde sich nur immer neue Grausamkeiten ausdenken, um sie davon abzubringen.

Du wirst den Tag bereuen, an dem du mich zur Heirat gezwungen hast. Es gibt Schlimmeres, als sich von einer Rothaut anfassen zu lassen. Und bald schon wirst du genau wissen, was ich meine.

Jetzt, als es zu spät war, glaubte ihm Jessica jedes Wort und sie erkannte, daß nichts mehr zwischen ihr und dem gnadenlosen Heulen des Windes stand.

»Wo tut es weh?« wiederholte Wolfe ungeduldig.

»Gar nicht.«

Überrascht schaute Wolfe auf. Diesen Tonfall hatte er noch nie von ihr gehört – gefühllos und kalt wie Stein. Ihre Augen hatten denselben stumpfen Ausdruck.

»Ich habe gesehen, wie du gehumpelt bist.«

»Darauf kommt es auch nicht mehr an.«

Das ungeduldige Aufflackern in Wolfes Augen wich einem Ausdruck der Besorgnis.

»Jessi?«

Jessica war innerlich so verstrickt in ihrer schrecklichen Entdeckung, daß sie Wolfes leise Frage nicht gehört hatte. Er zögerte erst und begann dann, durch das weiche Leder ihres Stiefels ihren Fuß zu betasten. Er spürte, wie sie leicht zusammenzuckte, als er gegen ihren Knöchel drückte, aber er war sich nicht ganz sicher.

»Kannst du reiten?« fragte er und trat einen Schritt zurück.

»Wie du siehst.«

Jessicas Worte klangen nicht einmal mehr spöttisch. Es war nichts weiter als eine nüchterne Feststellung. Es war ja wohl kaum zu übersehen, daß sie auf dem Rücken eines Pferdes saß.

»Jessi, was ist denn los?«

Sie schaute an Wolfe vorbei, als wäre er Luft. Alles, was sie sah, war die Leere des Windes, und alles, was sie hörte, war sein tiefes, triumphierendes Heulen.

Mit schnellen, beinahe haßerfüllten Bewegungen ergriff Wolfe seinen rechten Steigbügel. Es gelang ihm jedoch nicht, ihn weit genug nach oben zu ziehen, damit Jessica ihn mit dem Fuß erreichen konnte.

»Zum Teufel noch mal«, murmelte er.

Falls Jessica ihn gehört hatte, zog sie es vor zu schweigen.

Als der Wind auffrischte, trug er den Hufschlag eines näher kommenden Pferdes heran. Wolfe schaute auf, erkannte Rafes Pferd von weitem und machte sich daran, den Steigbügel wieder auf seine ursprüngliche Länge zu verstellen.

Der Weg, dem Rafe folgte, wies die Spuren der vorangegangenen Ereignisse auf. Ein Pferd, das ins Stolpern gekommen war; eine breite Schneise, die Jessicas Körper geschlagen hatte, und tiefe Hufspuren, wo Wolfes Stute den Abhang hinuntergesprungen war. Jessicas blutleeres Gesicht und Wolfes verbissene Miene sprachen Bände, wenn Rafe auch nicht ganz klar war, was genau vorgefallen war.

»Ist sie verletzt?« fragte er Wolfe.

»Ihr rechtes Fußgelenk ist verrenkt, aber den größten Schaden hat wohl ihr Stolz erlitten.«

Rafe sah zu Jessica hinüber. Sie beachtete ihn nicht. Auch schien sie nicht zu bemerken, was sonst um sie herum vor sich ging. Ihre Ruhe hatte etwas an sich, das Rafe die Haare zu Berge stehen ließ. Er hatte Männer gesehen, die genau den gleichen Ausdruck auf dem Gesicht hatten; Männer, die vor Schmerzen, vor Hunger oder im Krieg die Grenzen ihrer Belastbarkeit erreicht hatten.

»Sie ist vollkommen erledigt«, sagte Rafe. »Ich habe eine gute Lagerstelle entdeckt, etwa eine halbe Meile entfernt.«

Der Wind drehte sich erneut und breitete einen Schleier aus Schnee über das kalte Land.

»Wir werden den Paß überqueren.« Wolfe schwang sich hinter Jessica in den Sattel. »Passen Sie auf, daß wir Jessicas Pferd nicht verlieren. Die Packpferde sind daran gewöhnt, daß es die Führung übernimmt.«

Er gab seinem Pferd die Sporen, legte einen Arm um Jessica und hielt sie fest. Ihr Körper versteifte sich, aber sie sagte nichts und wehrte sich nicht gegen ihn. Alles, was sie tat, war tiefer und tiefer in sich selbst zu versinken und nach einem Ausweg aus der Falle zu suchen, in die sie Wolfe und sich selbst mit ihrer Rücksichtslosigkeit getrieben hatte.

Doch es gab keinen Ausweg. Alles, was sie tun konnte, war durchzuhalten und nicht aufzugeben.

Ich kann nicht.

Und darum zu beten, daß Wolfe sich änderte, weil sie selbst es nicht konnte.

Ich kann nicht.

Ich muß jetzt stark sein. Nur noch ein bißchen. Ein paar Minuten.

Als diese paar Minuten vergangen waren, zwang sich Jessica zu weiteren und dann noch ein paar, bis eine halbe Stunde vergangen war, dann eine Stunde, dann zwei. Dann drei.

Langsam, ganz langsam, lernte sie durchzuhalten und ohne Wolfe als ihren Glücksbringer zurechtzukommen. Vielleicht würde sie schließlich sogar lernen, in einer Welt zu überleben, die von einem seelenlosen Wind beherrscht wurde, in dem sich Alpträume und Erinnerungen miteinander verwoben.

10

»Wolfe, ich kann gar nicht glauben, daß du es bist! Caleb hat gesagt, die Pässe liegen alle seit dem letzten Sturm unterm Schnee begraben.«

Beim Klang von Willows tiefer Altstimme verzogen sich Jessicas Lippen zu einem unglücklichen Lächeln. Sie hätte eigentlich damit rechnen sollen, daß die verfluchte Traumfrau auch eine schöne Stimme hatte. Mit finsterer Miene wartete sie darauf, daß sie sich endlich zeigte, aber als Willow aus dem Haus kam, blieb sie erst einmal im Schatten auf der Veranda stehen, wo Jessica sie nicht sehen konnte.

»Ja, ich bin es wirklich«, sagte Wolfe lächelnd, als er abstieg und mit großen Schritten auf Willow zuging, um sie in die Arme zu nehmen. »Ich habe dir etwas mitgebracht.«

»Du bist alles, was ich brauche«, sagte sie lachend und breitete die Arme aus.

Als Wolfe sie mit einer festen Umarmung an sich drückte, war die Zuneigung in seiner Stimme und seiner Miene nicht zu verkennen. Eifersucht und Verzweiflung machten sich in Jessica breit und ließen sie erschaudern. Sie wunderte sich, daß überhaupt noch etwas zu ihr durchdrang. Nachdem der schwarze Wind ihr Tag und Nacht die schlimmsten Alpträume bescherte, hatte sie erwartet, daß ihr nichts mehr etwas ausmachen würde.

Wenn es dieses verfluchte Weibsbild nicht gäbe, hätte ich mit Wolfe eine Zukunft gehabt. Sie wird mich zerstören wie ein schleichendes Gift.

Jessica starrte auf die Schatten unter der Veranda, aber außer einem Paar schlanker Arme um Wolfes Taille konnte sie nichts erkennen.

Natürlich wird sie umwerfend aussehen, dachte Jessica verbittert. *So wundervoll wie diese große, grüne Wiese und so makellos wie die Berge mit ihren eisgekrönten Gipfeln.*

Bedrückt schaute Jessica sich um. Die prachtvolle Ranch hier oben in den Bergen konnte sie kaum von der Finsternis ablenken, die sich unbarmherzig in ihrem Innern zusammenbraute und ihr Leben so farblos machte, wie der Abend langsam das Tageslicht verblassen ließ.

»Komm, ich stelle dir dein Geschenk vor«, sagte Wolfe lächelnd und ließ Willow los.

»Mir mein Geschenk vorstellen?«

»Mhm-mhm.«

Das Schnurren, das Wolfe vor Erwartung von sich gab, durchzuckte Jessica wie ein Peitschenhieb und legte mit seinen stählernen Enden ihre innersten Gefühle frei. Und sie hatte gedacht, die Wut und die Verzweiflung, die sie an dem Tag empfunden hatte, als sie den Paß überquerten, ließ sich nicht mehr steigern!

Sie hatte sich geirrt. Es schien zu einer schlechten Angewohnheit zu werden, daß sie sich jedesmal irrte, wenn es um Wolfe ging.

Soll das verfluchte Weibsbild doch in der Hölle schmoren!

Dann trat Willow endlich ins helle Sonnenlicht, und Jessica mußte tief Luft holen. Das Weibsbild brauchte gar nicht mehr auf die Hölle zu warten. Die Hölle hatte bereits ihre nackten Klauen tief in ihren Körper geschlagen. Willow befand sich im letzten Monat der Schwangerschaft; in ihr schlummerte das Kind, das sie in Stücke reißen würde, wenn es versuchte, sich seinen blutigen Weg aus ihrem Körper zu bahnen.

Oh, Gott steh ihr bei in ihrer schweren Stunde!

Das stille Gebet, das Jessica voller Inbrunst für Willow sprach, war ehrlicher und kam tiefer aus ihrem Inneren als ihre Eifersucht. Sie konnte sich nicht an den Qualen erfreuen, die Willow im Kindbett erwarteten. Wie konnte sie Willow jetzt noch hassen? Alles, was Jessica empfand, war tiefes Mitgefühl mit dem armen Mädchen, dessen Schicksal es war, sich in Schmerzen zu winden und um Mitleid zu betteln; Mitleid, das ihr auf ewig verwehrt bleiben würde. Es war der endlose Kreislauf, dem sich eine Frau zwischen der Wollust ihres Mannes und den Qualen des Kindbetts unterwerfen mußte; und im Hintergrund, unablässig und alles verschlingend, heulte der schwarze Wind, und die empörten Schreie der zu Unrecht Verdammten verhallten ungehört.

Jessica mußte sich Mühe geben, sich nicht anmerken zu lassen, wie grausam Willows Gelächter und ihre kokette Stimme in ihren Ohren klangen. Mit qualvoller Hilflosigkeit sah sie zu, wie Willow Wolfes Arm ergriff, um sich daran festzuhalten. Gemeinsam schritten sie über den unebenen Boden und die vereisten Pfützen, wo Schnee und Schlamm mit den grünen Vorboten des gerade erst zurückkehrenden Frühlings wetteiferten.

Als Willow an Jessicas Pferd vorbeiging, schaute sie freundlich zu Jessica auf und schenkte ihr ein Lächeln, mit dem sie ihr die Freundschaft anbot. Jessica erwiderte das Lächeln, aber Wolfe ging weiter, ohne anzuhalten oder aufzublicken.

»Wolfe?« fragte Willow und zupfte an seinem Arm.

»Gleich bekommst du dein Geschenk.«

Mit einem breiten Grinsen schwang Rafe das rechte Bein über den Hals seines Pferdes und ließ sich zu Boden gleiten. Als er den Hut abnahm, leuchtete sein Haar im selben blaßgoldenen Farbton in der Sonne wie das von Willow.

Willow blieb wie angewurzelt stehen, stieß einen ungläubigen Freudenschrei aus und wiederholte dann Rafes Namen unter Lachen und Weinen immer und immer wieder. Rafe nahm sie vorsichtig in seine Arme und drückte sie lange an sich, wobei er ihr leise Dinge ins Ohr flüsterte, die nur für sie und niemanden sonst bestimmt waren. Schließlich ließ er sie los und wischte ihr die Freudentränen aus dem Gesicht.

»Also wirklich, Willy, ich muß schon sagen, du hast dich zu einer richtigen Frau entwickelt. Und nach allem, was mir Wolfe erzählt hat, hast du sogar einen guten Mann geangelt.« Rafe zögerte einen Moment und setzte dann grinsend hinzu: »Und einen ziemlich fruchtbaren obendrein.«

Willow wurde rot, lachte und gab ihrem älteren Bruder einen Klaps auf die breite Brust. »Schämen solltest du dich. Kannst du nicht so tun, als hättest du das übersehen?«

»Das wäre so, als wenn man einen Berg zu ignorieren versucht«, erwiderte er. »Wann werde ich denn Onkel?«

»In ein paar Wochen.« Sie lächelte ihren Bruder an, der nicht nur älter war als sie, sondern sie auch noch um Haupteslänge überragte. »Ach, Rafe, es tut so gut, dich wiederzusehen! Ich kann es kaum erwarten, bis Caleb und Matt von der Nordweide zurückkommen.«

»Ich auch nicht. Und deshalb werde ich zu ihnen hinausreiten, sobald wir die Packpferde abgeladen haben.«

Willow hakte sich bei Rafe unter und sagte: »Ich habe gar keine Lust, dich schon wieder gehen zu lassen. Nach so vielen Jahren.« Sie rieb ihre Wange an seinem Arm und seufzte tief. »Und jetzt mußt du mich deiner

Frau vorstellen. Sie ist eine echte Schönheit, aber das hatte ich nicht anders erwartet. Du hattest schon immer ein gutes Auge für die schönen Dinge des Lebens, ganz egal, ob es um Frauen, Pferde, Hunde oder Land ging.«

»Auch wenn das Herzchen eine Schönheit ist«, stimmte ihr Rafe zu, »ist sie immer noch Wolfes Frau und nicht meine.«

Mit offenem Mund drehte sich Willow um und starrte Wolfe an. Alle Fragen erstarben ihr jedoch auf den Lippen, als sie den trostlosen Ausdruck in seinen dunkelblauen Augen sah.

Willow schluckte und wandte sich dann wieder dem Mädchen zu, das so elegant in seinem unbequemen Damensattel saß. Die Kleine hatte ein zierliches, elfenhaftes Gesicht, aquamarinblaue Edelsteine anstelle von Augen und dichtes, dunkelrotes Haar, in dem bei jeder Bewegung das Sonnenlicht wie verstecktes Feuer flackerte und schimmerte. Die Reitgarnitur, die sie trug, war arg mitgenommen, verriet aber durch ihren modischen Schnitt und teuren Stoff, daß sie einmal viel Geld gekostet hatte.

Plötzlich erinnerte sich Willow wieder. »Lady Jessica Charteris?«

»Jetzt nicht mehr. Ich heiße jetzt Jessica Lonetree. Oder einfach Jessi.«

»Oder Herzchen?« fragte Willow ohne Hintergedanken.

»Oder Herzchen«, nickte Jessica und lächelte zu Rafe hinüber. »Es ist so eine Sitte hier im Westen, daß jeder einen Spitznamen hat, hat man mir erzählt.«

»Steigen Sie ab und kommen Sie ins Haus. Sie müssen erschöpft sein. Ich erinnere mich noch an meinen ersten Ritt über den Paß. Wenn Caleb nicht gewesen wäre, hätte ich es niemals geschafft. Am Ende mußte er mich sogar tragen.«

»Wir haben den einfacheren Weg genommen«, sagte Wolfe. »Lady Jessica besitzt weder deine Stärke noch deine Anpassungsfähigkeit.«

Willow warf Wolfe einen verunsicherten Blick zu, als sie seinen gereizten Tonfall vernahm.

»Das finde ich nicht«, sagte sie leise. »Jeder, der diese Berge in einem Damensattel überquert, ist stärker als ich.«

Wolfe brummte nur und schwieg.

Mit steifen Bewegungen begann Jessica abzusteigen. Noch bevor sie ihr Gewicht aufs rechte Bein verlagern konnte, legte Rafe seine großen Hände um ihre Taille und stützte sie so lange, bis sie mit dem linken Fuß soweit war, ihr Gewicht noch einmal aufs andere Bein zu verlagern.

»Das hätte ich auch alleine geschafft«, sagte Jessica mit leiser Stimme, »aber trotzdem vielen Dank.«

Willow allein sah, wie blinde Eifersucht in Wolfes Augen aufflakkerte, bevor er sich wieder in der Gewalt hatte. Auch war sie die einzige, die den kleinen, kaum sichtbaren Schritt gesehen hatte, den er unwillkürlich in Jessicas Richtung machte, als sie vom Pferd stieg.

»Sie müssen es ja nicht gleich übertreiben«, sagte Rafe. »Ihr Knöchel ist solchen Belastungen noch nicht gewachsen.«

»Was ist passiert?« fragte Willow.

»Sie hat sich abwerfen lassen«, brummte Wolfe.

»Ist schon gut«, sagte Jessica. »Es ist nur eine Schramme. Weiter nichts.«

»Unfug«, sagte Willow, als sie Jessicas schmerzverzerrtes Gesicht sah. »Kommen Sie und setzen Sie sich. Ich koche Ihnen einen Tee.«

»Tee?« Jessica war überrascht. »Sie haben tatsächlich Tee?«

Willow lachte. »Wir haben noch etwas übrig von Wolfes letztem Besuch. Er ist der einzige, der Tee trinkt.«

Jessica warf Wolfe einen ungläubigen Blick zu, als sie daran dachte, wie oft sie sich in den letzten Tagen nach einer schönen Tasse Tee gesehnt hatte.

»Wir haben immer nur Kaffee getrunken«, protestierte sie schwach.

»Die Frauen hier im Westen trinken Kaffee. Du wolltest doch das tun, was alle anderen auch tun. Weißt du das nicht mehr?«

Die eiskalte Berechnung in Wolfes Stimme war unüberhörbar. Rafe verdrehte die Augen; er stöhnte leise und murmelte etwas Unverständliches vor sich hin. Er hatte mit Wolfe ein stillschweigendes Abkommen getroffen: für alles, was Jessica betraf, war Wolfe ganz allein verantwortlich. Rafe verstand einfach nicht, was in Wolfe vorging, aber er war sich ziemlich sicher, daß Wolfe nicht von Natur aus ein grausamer Mensch war.

Auch Willow wußte das. Nachdem sie Wolfe einen verständnislosen Blick zugeworfen hatte, ergriff sie Jessicas Hand.

»Kommen Sie.«

»Zuerst muß ich mich um mein Pferd kümmern«, sagte Jessica.

»Wolfe kann das erledigen.«

»Die Frauen hier draußen im Westen kümmern sich selbst um ihre Pferde. Sie satteln und striegeln sie, legen ihnen das Zaumzeug an, machen ihnen die Hufe sauber, reiben sie trocken, und überhaupt...«

»Geh ins Haus«, fuhr ihr Wolfe dazwischen. »Ich kümmere mich schon um dein Pferd.«

»Das will ich auch hoffen«, sagte Willow kühl. »Jessi ist genausoweit geritten wie du, und dabei besitzt sie nicht mal ein Drittel deiner Reserven. Und dann dieser lächerliche Damensattel. Ich möchte mal sehen, wie munter du bist, nachdem du auf dem Ding gesessen hast. Wirklich, Wolfe, was ist denn bloß in dich gefahren?«

Kurz bevor er sich umdrehte und die Pferde zur Scheune führte, bemerkte Jessica einen dunkelroten Fleck auf Wolfes Wangenknochen. Aber bevor sie sich darüber den Kopf zerbrechen konnte, nahm Willow sie bei der Hand und lenkte sie ab.

»Ich habe nie ganz herausbekommen, wie man eine wirklich gute Tasse Tee macht«, gestand sie Jessica und führte sie auf die Veranda. »Das werden Sie mir erklären müssen.«

»Eine Traumfrau, die keinen Tee kochen kann.« Jessica blinzelte verwirrt. »Unglaublich. Unvorstellbar.« Sie lächelte und schüttelte den Kopf. »Nein, eigentlich gar nicht so schlecht.«

»Wer hat behauptet, ich sei eine Traumfrau?«

»Das war ich«, gab Jessica zu. »Nachdem Wolfe mich dazu mehr als einmal ermutigt hat.«

»Aber warum denn bloß, um alles in der Welt?«

»Sie sind eben eine, besonders im Vergleich zu mir.«

Willow schnaubte verächtlich. »Sie haben eine sehr lange Reise hinter sich. Das muß Ihnen auf den Verstand geschlagen sein. Genau das gleiche mit Wolfe. So reizbar habe ich ihn noch nie erlebt.«

»Vielleicht kann eine Tasse Tee daran etwas ändern«, schlug Jessica vor. Sie seufzte, ohne es zu merken.

Willow murmelte etwas, das sich anhörte wie: »Ein Tritt in den Hintern könnte vielleicht auch nicht schaden.«

»Eine Traumfrau darf so etwas nicht einmal denken.«

Willows trockener Humor leuchtete in ihren haselnußbraunen Augen auf. »Kann sein. Kann aber auch sein, daß sich eine Traumfrau nicht dabei erwischen läßt, wenn sie solche Gedanken hat.«

Die Unterhaltung der beiden Frauen verstummte, als sich die Vordertür öffnete und wieder schloß. Die Männer hatten von dem letzten Teil des Gesprächs kein Wort gehört, aber es war nicht weiter schwierig zu erraten, worum es sich drehte – um Wolfes Manieren.

Oder darum, daß er keine hatte.

Nach einem Moment der Stille hörte Rafe, wie Wolfe beim Absatteln der Pferde einen tiefen Seufzer ausstieß. Rafe mußte schmunzeln.

»Nun, es sieht nicht gerade so aus, als hätte Willy ihre Zunge ein wenig besser im Zaum, seit sie verheiratet ist«, sagte Rafe mit einem schiefen Grinsen, während er die Sattelgurte lockerte. »Sie kann immer noch ganz gut austeilen, wenn ihr danach ist. Das einzige, was sie noch besser kann, ist Brötchen backen.«

Wolfe brummte nur einmal kurz.

»Natürlich«, sagte Rafe und nahm seinem Pferd mit einer Hand den Sattel ab, »trifft einen eine spitze Bemerkung um so mehr, wenn man weiß, daß man sie verdient hat.«

Wolfe wirbelte herum und wollte Rafe anfahren, aber der hatte ihm bereits den Rücken zugekehrt. Mit dem Sattel über der einen und den Satteltaschen und Decken über der anderen Schulter verschwand er durch das Stalltor.

Erneut stöhnte Wolfe unterdrückt auf und versuchte mühsam, seine Beherrschung wiederzugewinnen. Als er Jessica zur Ranch mitgenommen hatte, war seine einzige Absicht gewesen, ihr zu beweisen, daß sie für das Leben einer Frau hier im Westen vollkommen ungeeignet war. Was er sich nicht zu beweisen brauchte, war seine eigene Härte ihr gegenüber. Er wußte selbst ganz genau, wozu er fähig war.

Gleichzeitig wußte er jedoch auch, daß sein Plan, Jessica zur Annullierung der Ehe zu zwingen, langsam, aber sicher aufging. Tag für Tag, Stunde für Stunde, Minute für Minute war sie ein kleines bißchen weniger überzeugt davon, daß sie sich gegen Wolfe durchsetzen konnte.

Ich werde niemals etwas anderes wollen, als deine Frau zu sein.

Doch, das wirst du.

Mit jedem Atemzug näherte sich Jessica dem Augenblick, in dem sie ihre Niederlage eingestehen und sie beide aus der grausamen Falle einer Ehe befreien mußte, die niemals hätte geschlossen werden dürfen.

Wolfe hoffte nur, daß das bald geschehen würde. Sehr bald. Er wußte nicht, wie lange er noch damit weitermachen konnte, dieses zierliche Elfchen in den Boden zu stampfen. Noch nie zuvor hatte ihn das Leiden eines anderen Menschen so tief getroffen. Er litt mehr als sie unter dem, was er ihr zumutete. Er selbst hatte schon vor langer Zeit seinen eigenen Schmerz zu unterdrücken gelernt. In den Augen vieler Menschen war er weniger wert, weil er eine indianische Mutter hatte. Er hatte sich geschworen, daß niemals jemand merken sollte, wie tief ihn das verletzte.

Der wilde Sohn des Grafen.

Doch es gab keinen Weg vorauszusehen, welche Folgen die Qualen haben würden, die er Jessica zufügte. Alles, was sich mit Gewißheit vorhersagen ließ, war, daß Jessica dieser Scheinehe zwischen einer

Aristokratin und einem Halbblut erst dann ein Ende bereiten würde, wenn sie die Schmerzen nicht mehr länger ertragen konnte.

Keiner dieser finsteren Gedanken war Wolfe anzumerken, als er sich um die Pferde kümmerte und später ins Haus kam und Jessica schlafend im Gästezimmer vorfand. Im hellen Sonnenschein, der gedämpft durch die Musselinvorhänge fiel, sah sie beinahe ein bißchen unwirklich aus. Im Schlaf hatte sich die grimmige Entschlossenheit wieder gelegt, die so unerwartet unter ihrer zerbrechlichen Erscheinung schlummerte. Nichts deutete darauf hin, was sich unter den zierlichen, feinknochigen Zügen verbarg.

Nachdenklich betrachtete Wolfe Jessicas blasse, schimmernde Haut und die lavendelfarbenen Schatten unter ihren Augen. Als er sie so sah, konnte er kaum glauben, daß sie genug Kraft besaß, alleine aufzustehen oder sich ihm sogar dann noch zu widersetzen, wenn selbst ausgewachsene Männer, die ihr an Stärke weit überlegen waren, längst aufgegeben hätten.

Unwillkürlich drängten sich Wolfe alte Erinnerungen auf... an einen kalten Frühlingstag und einen Fluß, der über die Ufer getreten war. Ein blauäugiges Wolfsjunges, das sich das Rückgrat gebrochen hatte, war ans Ufer angeschwemmt worden. Das Junge hatte Wolfe leise angefaucht und dabei todesverachtend die Zähne gefletscht, die bisher nichts anderes als Muttermilch gekostet hatten. Wolfe hatte dem Jungen erlaubt, seine nadelspitzen Fänge bis auf die Knochen in seine Hand zu graben, denn nur so war er nahe genug herangekommen, um seinen Qualen ein schmerzloses Ende zu bereiten.

Nur mit Mühe gelang es Wolfe, die Erinnerungen und das damit verbundene Gefühl der Beklemmung zu verdrängen. Er hatte nicht vor, Jessica Schaden zuzufügen, und schon gar nicht, sie umzubringen. Die Falle, in der sie gefangen waren, war nicht ganz so unentrinnbar wie das Dickicht, in dem das Wolfsjunge festgesteckt hatte. Ein Wort von ihren bleichen Lippen und sie würde sich öffnen.

Annullierung.

Wolfe riß sich widerwillig von Jessicas Anblick los und sah sich nach einer Stelle um, wo er die Koffer abstellen und die Felldecke ablegen konnte, die er mit hereingebracht hatte. Eine Zimmerecke sah vielversprechend aus, doch bei näherem Hinsehen entdeckte er dort eine Kinderwiege. Daneben waren noch mehr winzige Möbel aufgestapelt, die auf die kommenden Generationen von Blacks warteten.

Die Vorstellung, daß er einmal auf die Geburt seines eigenen Kindes warten könnte, traf Wolfe wie ein Blitzschlag und hinterließ nichts als Finsternis. Er stellte die Koffer ab und drehte sich um. Doch seine Schritte führten ihn am Bett vorbei. Mit einem seltsamen Gefühl der Unruhe blieb er stehen.

Jessica wälzte sich herum und zitterte; ein Hauch von Winter schwebte immer noch ums Haus. Doch obwohl ihr kalt war, wachte sie nicht auf. Statt dessen kauerte sie sich zusammen, als wenn sie selbst im Schlaf noch begriff, daß sie ihre Körperwärme eifersüchtig hüten mußte, weil niemand sonst sie gewärmt hätte.

Jessi... verdammt noch mal, was machst du bloß mit uns beiden? Laß mich gehen, bevor ich noch etwas tue, was wir beide bis ans Ende unseres Lebens bereuen werden.

Die weiche Felldecke legte sich wie ein Hauch um Jessicas Schultern. Wolfe zog ihr die Decke bis ans Kinn, starrte einen Moment lang auf ihr wundervolles Haar, das sich auf dem glänzenden Fell ausbreitete, und verließ dann schweigend mit drei großen Schritten das Zimmer.

»Warum man mich Reno nennt?« wiederholte er Jessicas Frage.

»Oh«, sagte Jessica und schaute von ihrem Teller und Willows köstlichem Essen auf. »War das unhöflich von mir zu fragen? Ich bin immer noch nicht ganz mit den Sitten und Gebräuchen hier vertraut.«

Reno lächelte. Unter dem schwarzen Schnurrbart leuchteten seine Zähne wie Perlen. Außerdem hatte er grüne Augen und lange Wimpern, um die ihn jede Frau beneidet hätte. Genau wie Willow und Rafe hatte auch Reno etwas Katzenhaftes an sich, wenn man ihm direkt in die Augen schaute. Doch im Gegensatz zu Willow war Reno durch und durch ein Mann. Er war groß und muskulös wie Rafe.

Und genau wie Rafe war auch Reno fasziniert von Wolfes zartem Elfchen. Auch er konnte nicht genug bekommen von ihren eisblauen Augen und ihrem unterkühlten britischen Akzent, die nicht so recht zu ihrem leuchtenden, feuerroten Haar passen wollten.

»Herzchen, du könntest nicht mal unhöflich sein, wenn du es dir vorgenommen hättest.«

Während Reno sich mit ihr unterhielt, behielt er ständig den großen Korb mit Brötchen im Auge, der am Tisch die Runde machte. Wenn er nicht genau aufpaßte, würde Rafe sich mehr nehmen, als ihm zustand.

»Vor einiger Zeit war ich in der Sierra Nevada, um dort nach Gold zu suchen«, fing Reno an zu erzählen. »Dort traf ich einen alten Franzosen, der nicht besonders viel Glück mit einem Claim hatte, den er aus irgendeinem Grund ›Renos Rache‹ getauft hatte. Später begegnete ich ein paar Männern, die sich mit dem Gold des Alten aus dem Staub gemacht hatten. Ich mußte ihnen erst einmal klarmachen, wie dringend der Alte das Gold für seine Enkelin brauchte. Daraufhin haben sie es sich anders überlegt und dem Alten das Gold wieder zurückgegeben. Danach fingen die Leute an, mich Reno zu nennen.«

Wolfe gab einen seltsamen Laut von sich und hielt sich die Serviette vor den Mund. Neben ihm fing Caleb an, unterdrückt zu husten, als ob er sich an einem Stück Fleisch verschluckt hätte. Jessica brauchte gar nicht erst in Calebs bernsteinfarbene Augen zu sehen, um zu begreifen, daß sie nicht die volle Wahrheit darüber erfahren hatte, wie Matthew Moran zu seinem Spitznamen gekommen war.

»Verdammt noch mal, reich endlich die Brötchen weiter«, beschwerte sich Reno.

»Ich hatte erst zwei. Und eins steht mir noch zu«, sagte Rafe.

»Nur über meine Leiche.«

»Das kannst du haben.«

Willow klopfte ihrem Mann auf die breiten Schultern und vergrub gleichzeitig ihr Gesicht in einer Serviette, um ihr Lachen zu unterdrükken. Im selben Augenblick drehte Caleb sich um, ergriff Willows Hand und berührte sie mit seinen Lippen. Sie ließ die Serviette sinken und ergriff seine Finger, während er seine Hand in ihren Schoß legte. Dann aßen beide mit einer Hand weiter, denn keiner von ihnen wollte seine Finger aus dem Griff des anderen lösen.

»Reicht die Brötchen ruhig weiter, Jungs«, sagte Caleb. »In der Küche sind noch mehr.«

Ein seltsames Gefühl überkam Jessica, als sie aus den Augenwinkeln die schlanken Finger betrachtete, die Caleb so behutsam mit seiner eigenen, starken Hand festhielt. Je länger sie Caleb und Willow zusah, desto deutlicher wurde ihr, wie tief und beständig die Liebe zwischen den beiden war. Obwohl Willows Bauch so groß und schwer war, daß sie sich kaum ohne fremde Hilfe vom Stuhl erheben konnte, betrachtete sie ihren Mann, der immerhin an ihrem grauenvollen Zustand schuld war, mit einem seligen Gesichtsausdruck, so als drehte sich ihre ganze Welt nur um ihn. Und in seinen goldbraunen Augen leuchtete genau derselbe liebevolle Ausdruck.

Und doch mußte Caleb sich in der Vergangenheit brutal an Willow vergangen haben. Als er seinen niedrigen Trieben freien Lauf ließ, wußte er genau, daß sie dafür mit den Qualen des Kindbetts bezahlen mußte. Dabei konnte sich Caleb nicht einmal damit herausreden, daß es seine Pflicht von ihm verlangte, seine Frau auf diese Weise in Gefahr zu bringen, denn Caleb besaß weder Titel noch große Reichtümer oder blaues Blut, das er an eine spätere Generation weiterzugeben hatte. Und doch war Willow schwanger. Und was noch verwirrender war – sie schien sogar ganz glücklich über ihren Zustand zu sein.

Mit einem Stirnrunzeln fragte sich Jessica, wie Caleb die offensichtliche Liebe zu seiner Frau mit Willows gefährlicher Schwangerschaft vereinbaren konnte. Noch schwieriger zu begreifen war, wie Willow sich bei einem Mann wohl fühlen konnte, der so wenig Rücksicht auf ihr Wohlergehen nahm. Doch auch in dieser Hinsicht hatte Jessica keinen Zweifel an Willows Gefühlen. Sie zuckte nicht zusammen, wenn ihr Mann sie berührte. Vielmehr suchte sie den Kontakt zu ihm, indem sie sich unbemerkt neben ihn stellte, wenn er Holz aufs Kaminfeuer nachlegte.

»Bist du sicher, daß du so zu deinem Spitznamen gekommen bist?« fragte Wolfe vorsichtig.

»So ungefähr jedenfalls«, sagte Reno.

»Ich glaube, da liegst du ziemlich daneben«, entgegnete Wolfe.

Während Wolfe sich mit ihm unterhielt, nahm er sich gleich mehrere Brötchen aus dem Korb, bevor er ihn weiterreichte. Nachdem er die ganze Woche über Gelegenheit hatte zuzusehen, wie unverschämt gierig die beiden Brüder von Willows Brötchen nahmen, hatte er begriffen, daß man hier erst zugreifen und sich hinterher über gute Tischmanieren den Kopf zerbrechen sollte.

»So wie man es mir erzählt hat«, sagte er und riß ein Stück von seinem Brötchen ab, das so frisch war, daß es noch dampfte, »hatte der alte Franzose eine ergiebige Goldader gefunden und mit dem Schurfen angefangen. Als die Ader fast vollkommen ausgebeutet war, überfielen ihn vier Männer, schlugen ihn zusammen, ließen ihn halb tot zurück und machten sich mit seinem Gold aus dem Staub.«

Überrascht schaute Jessica auf, als sie den Unterton der Belustigung in seiner Stimme hörte. Doch da war noch etwas anderes. Es dauerte einen Moment, bis sie wußte, was es war. Es war Sympathie. Was Wolfe und Reno miteinander verband, war tiefe Freundschaft, genau wie bei Reno und Rafe. Auch Caleb war darin mit eingeschlossen. Der gegenseitige Respekt der Männer untereinander war deshalb so bemerkenswert, weil er nicht auf ihrem Familienstammbaum, dem guten Namen oder der gesellschaftlichen Stellung beruhte, sondern auf der festen Überzeugung, daß jeder einzelne von ihnen diese Freundschaft verdiente.

»Du hast den alten Franzosen gefunden und ihn wieder zusammengeflickt. Und dann hast du die Ganoven aufgespürt«, fuhr Wolfe fort.

»Du bist in den Saloon gekommen, hast sie als Diebe und Feiglinge beschimpft und noch ein paar andere Worte benutzt, die man hier beim Essen nicht wiederholen kann. Dann hast du von ihnen verlangt, daß sie das Gold wieder zurückgeben, das sie aus ›Renos Rache‹ hatten mitgehen lassen. Und da haben sie nach ihren Waffen gegriffen.«

Als Wolfe weiter nichts sagte, fragte Jessica ungeduldig: »Und was ist dann passiert?«

Wolfes Lächeln war kühl und hart wie Stahl. »Soweit ich weiß, hat Reno gewartet, bis sie die Hand an der Waffe hatten und ziehen wollten. Dann hat er gezogen. Die ersten beiden Ganoven hatten nicht einmal mehr Gelegenheit, ihre Waffe aus dem Holster zu bekommen. Die anderen hatten wohl noch Zeit zu ziehen, aber nicht mehr genug, um auch nur einen einzigen Schuß abzufeuern.«

Jessica warf Reno einen entsetzten Blick zu. Er war gerade dabei, sich ein kompliziertes Muster aus Honig aufs Brötchen zu gießen. Er hatte anscheinend nicht weiter auf die Unterhaltung geachtet.

»Danach fingen die Leute an, sich die Geschichte von Renos Rache und dem Mann zu erzählen, der schießen konnte wie der Teufel persönlich«, sagte Wolfe abschließend. »Schon bald wußte jeder, wer Reno war; ein Mann, der einem zu Hilfe kam, wenn man in einem Pokerspiel mit gezinkten Karten ausgenommen werden sollte; ein Mann, der keinen Streit suchte, aber auch keinen Schritt zurückwich, wenn jemand Ärger machen wollte. Was ich hörte, hat mir gut gefallen, und so bin ich losgeritten, um mir diesen Reno mal persönlich anzusehen.«

Als Reno sich umdrehte, um Wolfe zu antworten, stahl sich Jessica schnell eins der Brötchen von Renos Teller. Rafe hatte es gesehen, zwinkerte ihr zu und reichte ihr den Honig. Jessica lächelte und betrachtete Reno von der Seite. Sie wußte genau, daß der kleine Diebstahl seinen wachen grünen Augen nicht entgangen war. Außerdem war ihr vollkommen klar, daß er sich das Brötchen in Sekundenschnelle wieder hätte zurückholen können. Von allen Männern, die ihr jemals begegnet waren, hatte Reno die besten Reflexe.

»Reicht mal die Brötchen herüber«, sagte Reno. »Eine gewisse Person mit roten Haaren hat meins geklaut.«

»Sie will nur verhindern, daß du zu dick wirst«, sagte Rafe, ohne sich anmerken zu lassen, wie sehr er sich amüsierte.

»Dann sollte sie deine Brötchen vielleicht auch gleich essen. Noch ein paar Tage mit Willys Kochkünsten und das einzige, was du dir noch um den Bauch wickeln kannst, ist diese Peitsche, die du dauernd mit dir herumträgst.«

Jessicas Blick wanderte von einem der kräftigen, schlanken Brüder zum anderen. Sie hielt sich die Serviette vor den Mund, aber das Tuch allein konnte ihr Kichern nicht ersticken. Reno hörte sie lachen und drehte sich zu ihr um.

»Lachst du etwa über mich?«

Jessica schaute über den Rand der Serviette und nickte mit dem Kopf.

Ein Lächeln breitete sich über Renos Züge aus. »Du bist ja genauso frech wie deine Haarfarbe.«

Wolfes Hand verkrampfte sich um seine Gabel, als er sah, daß Jessicas Augen vor Freude aufleuchteten. Er sagte sich, daß Reno nichts dafür konnte, daß er so ein gutaussehender, draufgängerischer Teufelskerl war. Genauso Rafe, dem niemand vorwerfen konnte, daß er wie ein gefallener Engel aussah und Charme in Hülle und Fülle besaß. Keinem der beiden Brüder wäre es auch nur im Traum eingefallen, sich an die Frau eines anderen heranzumachen, und schon gar nicht an die eines guten Freundes, wie Wolfe Lonetree; und das wußte Wolfe auch.

Doch Tag für Tag zusehen zu müssen, wie Jessica bereitwillig ihre Komplimente hinnahm, als wäre sie eine Blume im warmen Sommerregen, ging nicht spurlos an Wolfe vorüber. Er konnte sich kaum noch erinnern, wann sie ihn zuletzt mit einem Leuchten in den Augen und einem Lächeln auf den Lippen so angesehen hatte, wie sie jetzt die beiden Brüder betrachtete.

Und dabei soll es auch bleiben, rief sich Wolfe schonungslos zur

Ordnung. *Es war schon schwierig genug, die letzte Woche über im selben Bett mit ihr zu schlafen. Wenn sie mich auch noch anlächeln und mit offenen Armen willkommen heißen würde...*

Eine Woge des Begehrens schlug über Wolfe zusammen. Immer wieder machte er sich Vorwürfe, daß er nicht zusammen mit Rafe und Reno in der kleinen Hütte schlief, die Caleb und Willow als Unterkunft gedient hatte, als sich das Haus noch im Rohbau befand. Hätte Wolfe seine Nächte dort verbracht, dann hätte er nicht stundenlang wachliegen und dem leisen Atem des Mädchens neben sich zuhören müssen, das ihm so nahe und doch so fern war. Hätte er in der Hütte geschlafen, so hätte er dem schmerzhaften Zustand der Erregung entgehen können, der ihn jedesmal überkam und mit jedem Augenblick unerträglicher wurde, in dem sein Körper von ihm verlangte, daß er sich einfach nahm, wovon er genau wußte, daß es sein rechtmäßiges Eigentum war.

Hätte Wolfe in der Hütte übernachtet, so hätte er auch Jessicas heiseres Wimmern und ihre unterdrückten Schreie nicht hören müssen. Er hätte niemals erfahren, daß sie sich unruhig hin und her wälzte, während sie gegen die finsteren Klauen eines Traumes ankämpfte, der sie jede Nacht heimsuchte und ihr, genau wie ihm, den Schlaf raubte.

Was ist denn los, Jessi?

Nichts. Ich kann mich nicht erinnern.

Verdammt, wovor hast du denn bloß solche Angst?

Ich bin vielleicht zu nichts nütze, mein Lord Halbblut, aber auf den Kopf gefallen bin ich auch nicht. Ich werde Euch nichts anvertrauen, was Ihr gegen mich als Waffe einsetzen könnt.

Und so lagen sie nachts Seite an Seite, reglos und hellwach, während draußen der Wind tobte und der Winter langsam dem Frühling wich.

»Angeln?« fragte Jessica und schaute von ihrer Näharbeit auf. »Habe ich richtig gehört und jemand hat etwas vom Angeln gesagt?«

Caleb und Wolfe saßen zusammen am Eßzimmertisch und studierten die Karte, die Caleb gezeichnet und auf der er genau markiert hatte, wo in der Umgebung die besten Mustangherden zu finden waren. Er wandte sich von Wolfe ab und schaute Jessica an, die beim Licht der Lampe eines von Willows Kleidern flickte.

»Hast du schon mal geangelt?« fragte Caleb.

»Nicht nur das«, sagte sie. »Ich bin geradezu verrückt danach. Ich würde alles dafür geben, um mal wieder in einem klaren Gebirgsbach nach Forellen zu angeln.«

Caleb zog seine schwarzen Augenbrauen in die Höhe und schaute Wolfe fragend an.

»Es stimmt«, gab Wolfe zu. »Sie ist die letzte, die immer noch bis zu den Knien im Wasser steht, während es draußen stürmt und alle anderen schon längst am Feuer sitzen und sich erzählen, was sie heute gefangen haben.«

»Warum hast du das nicht schon früher gesagt?« fragte Caleb. »Hier ganz in der Nähe gibt es einen Bach mit Forellen.«

»Es ist noch zu früh; die Forellen sind immer noch zu träge, weil das Wasser zu kalt ist.«

»Nicht wenn man zum Columbine hinuntergeht. Da gibt es genug heiße Quellen. Das Wasser fließt in den Fluß, so daß bestimmte Stellen viel früher wieder zum Leben erwachen als alles um sie herum.«

»Wirklich?« fragte Jessica.

Caleb lächelte. »Wirklich.«

»Wunderbar!«

Jessica legte das Flickzeug beiseite und lief ins Schlafzimmer. Als sie zurückkam, hatte sie die Hände voll mit kleinen Schachteln.

»Was gibt es hier für Insekten?« fragte sie neugierig, während sie die Schachteln aufmachte und sie vor den Männern auf den Tisch stellte. In den Schachteln befanden sich winzige, sorgfältig aneinandergeknotete Fliegen. »Sind sie hell oder dunkel, groß oder klein, bunt oder einfarbig?«

»Ja.«

Sie sah Caleb schräg von der Seite an. »Ja?«

Er nickte ernsthaft. »Sie sind hell und dunkel, groß und klein, bunt und einfarbig.«

»Caleb, hör endlich auf, dich über Jessica lustig zu machen«, rief Willow aus dem Hinterzimmer.

»Ausgerechnet jetzt, wo ich es gerade so gut kann.«

Jessica versuchte, ein Lächeln zu unterdrücken, aber umsonst. Tatsächlich hatte Caleb genau herausgefunden, wie er Jessica am besten ärgern konnte.

Sie hörten, wie der Wind die Haustür zuschlug. Dann folgten Willows Schritte, als sie durch die Küche ins Wohnzimmer kam. Schneeflocken schimmerten auf ihrem Wollschal, den sie sich auf dem Weg zum Toilettenhäuschen draußen umgewickelt hatte.

Sie schüttelte den Schal aus und hängte ihn an einen Haken neben der Tür. Sie wußte genau, daß es nicht lange dauern würde, bis sie wieder der Drang packte und sie sich erneut in den kalten, beißenden Frühlingswind hinauswagen mußte. Je länger ihre Schwangerschaft dauerte, desto öfter sah sie sich gezwungen, den bescheidenen Luxus des zugigen Toilettenhäuschens in Anspruch zu nehmen.

»Jessi muß sich schon dauernd gegen meine Brüder durchsetzen«, fuhr Willow gähnend fort. »Warum versuchst du zur Abwechslung nicht mal, sie in Schutz zu nehmen?«

»Dafür ist Wolfe zuständig«, sagte Caleb und warf Wolfe einen belustigten Blick zu, »und Gott steh demjenigen bei, der sich Wolfe in den Wege stellt.«

Wolfe erwiderte seinen Blick, als wüßte er nicht, wovon er sprach.

Caleb grinste wie eine Raubkatze. Sosehr Wolfe sich auch bemühte, die Zuneigungsbekundungen der gutaussehenden Morans Jessica gegenüber zu übersehen, so spürte Caleb doch ganz deutlich, daß unter Wolfes unbewegtem Äußeren die Eifersucht kochte. Caleb hätte mehr Mitgefühl mit seinem Freund gehabt, aber er konnte einfach nicht verstehen, warum Wolfe seine junge Frau so schlecht behandelte.

»Es macht mir gar nichts aus, wenn Rafe und Reno mich ärgern«, sagte Jessi, als Willow aus der Küche zurückkam und hinter vorgehaltener Hand gähnte. »Ich hatte nie Geschwister. Ich wußte gar nicht, wieviel Spaß man haben kann, wenn man nicht allein ist.«

»Keine Geschwister?« fragte Willow überrascht. »Du Ärmste. Wie einsam du gewesen sein mußt.«

Jessica zögerte und zuckte dann die Achseln. »Ich kannte das nicht anders. Außerdem hatte ich ja Wald und Wiesen zum Spielen.«

»Ich kann mir gar nicht vorstellen, nur ein einziges Kind zu haben«, sagte Willow kopfschüttelnd. »Ich hätte am liebsten ein ganzes Haus voller Kinder.«

»Ich glaube, daß eine Menge Frauen so denken, bevor sie das erste Mal ein Kind zur Welt bringen.«

Der Ausdruck des Grauens in Jessicas Stimme schuf einen Moment der Stille, die so lange andauerte, bis sie endlich merkte, daß sie einen Fehler begangen hatte. Mit einem Lächeln versuchte sie, das Thema zu wechseln.

»Und wie steht es mit dir, Willow? Hast du etwas fürs Angeln übrig?«

»Caleb ist der Angler in unserer Familie. Er ist sogar ziemlich gut.«

Caleb warf Willow einen Blick von der Seite zu und schenkte ihr ein schiefes Lächeln. Obwohl kein Wort gewechselt wurde, nahmen ihre Wangen einen verräterischen rosigen Farbton an.

»Ich bin ein ganz guter Angler«, gab er zu. »Nur für Angelruten und Köder habe ich nicht besonders viel übrig.«

»Nein?« fragte Jessica. »Womit angelst du dann? Mit Netzen oder Reusen? Oder gehst du etwa wie ein Eskimo mit einer Harpune auf die Jagd?«

Caleb schüttelte den Kopf. »Viel zu kompliziert.«

»Wie kann man denn sonst Fische fangen?«

»Geduld, Geschick und flinke Hände.«

Sein Lächeln verflog, als er sah, wie Willows Wangen einen tieferen Farbton annahmen. In seinen goldenen Augen leuchtete eine unverhohlene Sinnlichkeit, die Jessica nie zu sehen erwartet hätte. Bis zu diesem Augenblick hatte sie Caleb nicht für einen besonders leidenschaftlichen Mann gehalten. Sie hatte sich geirrt. Das Verlangen in seinen Augen, als er seine Frau beobachtete, war selbst noch hinter seinen teilweise gesenkten Augenlidern zu erkennen.

»Den Forellen gefällt es nämlich«, erklärte Caleb mit leiser, tiefer Stimme, »wenn man sie am ganzen Körper streichelt. Deshalb stehen sie auch an der Stelle ganz still, wo die Strömung am schnellsten ist. Habe ich recht, Schatz? Liegen sie nicht ganz still da und warten auf den Moment, wenn ...«

Willow hielt ihrem Mann den Mund zu, so daß er mitten im Satz unterbrochen wurde.

»Caleb Winslow Black, wenn du nicht so groß wärst, würde ich dich übers Knie legen und dir Manieren beibringen!«

Lachend drehte Caleb den Kopf zur Seite und versuchte seiner Frau zu entkommen. Als er glaubte, daß niemand sehen konnte, wie er Willows Hand küßte, kitzelte er ganz kurz mit der Zungenspitze die empfindliche Stelle zwischen ihren Fingern.

Doch die verstohlene Liebkosung entging Jessica genausowenig wie die kaum sichtbare Veränderung in Willows Lächeln und die kurze, sinnliche Bewegung ihres Fingers, mit dem sie ihm über die Unterlippe strich. Für einen kurzen Moment spielte sich etwas zwischen den beiden ab, was alle anderen im Zimmer ausschloß. Dann lächelte Caleb und zog Willow sanft zu sich auf den Schoß.

»Ich bin zu schwer für deine Knie, Schatz. Umgekehrt paßt es viel besser.«

»Caleb ...«

Willows Stimme erstarb. Sie wurde rot und sah zu den anderen beiden hinüber.

»Psst«, sagte Caleb leise und drückte Willows Wange an seine Schulter. »Wolfe und Jessi sind miteinander verheiratet. Die werden nicht in Ohnmacht fallen, wenn sie dich auf meinem Schoß sitzen sehen.«

Seufzend lehnte sich Willow gegen ihren Mann. Er zog sie fester an sich, drückte ihr einen Kuß aufs Haar und lehnte sich hinüber zu den Schachteln, in denen sich das faszinierende Sortiment Fliegen befand.

»Mit der hier hast du wahrscheinlich am meisten Glück«, sagte er zu Jessica und zeigte auf eine Fliege, die wie eine winzige Ameise aussah. »Außerdem haben wir hier auch Eintags- und Frühlingsfliegen. Was in dieser Schachtel hier ist, müßte also dafür sorgen, daß wir immer etwas in der Bratpfanne haben.«

»Ist der Fluß von dem du erzählt hast, weit von hier?« fragte Jessica.

Doch sie war nur halb bei der Sache. In Wirklichkeit fragte sie sich immer noch, worin der Unterschied zwischen Calebs und Willows Ehe und der Ehe bestand, so wie sie sie sich vorstellte.

Ist das der Grund dafür, daß Wolfe sich nicht mit unserer Heirat abfinden kann? Hat er von der Ehe das erwartet, was Caleb und Willow ganz offensichtlich miteinander teilen – eine Verbindung zweier verwandter Geister, und nicht das Anhäufen von Adelstiteln oder Reichtümern?

»Der Columbine ist nicht weit weg«, sagte Caleb. »Wolfe weiß, wie man am besten dort hinkommt.«

»Vielen Dank«, wandte Jessica sofort ein, »aber wenn es hier in der Nähe ist, gehe ich lieber alleine.«

»Kommt nicht in Frage«, sagte Wolfe. »Wenn wir denselben Fluß meinen, dann überwintert dort meistens eine Gruppe Indianer vom Stamm der Ute. Die mögen die heißen Quellen nämlich genauso wie die Weißen.«

Caleb nickte. »Sie haben auch dieses Jahr dort ein kleines Lager aufgeschlagen. Nicht viel mehr als drei oder vier Familien. Die meisten von ihnen alte Männer, Frauen und Kinder. Ich hatte mit ihnen noch keinen Ärger.«

»Ja«, erwiderte Wolfe. »Du wiegst dich in Sicherheit und bevor du dich versiehst, fehlen dir ein paar Pferde.«

»Wenigstens wird man auf die Art nicht träge und faul«, stimmte Caleb ihm schmunzelnd zu.

Wolfe lachte. »Du hättest wirklich ein Krieger werden sollen.«

»Ist er doch«, sagte Willow schläfrig. Sie gähnte und kuschelte sich enger an ihren Mann. »Ohne ihn wäre ich vor einem Jahr gestorben.«

Willows lange, bernsteinfarbene Wimpern senkten sich über ihre Augen. Sie schmiegte sich wohlig seufzend an ihren Mann und ließ behaglich den Rest der Welt um sich versinken.

»Reno und Wolfe haben mir dabei geholfen«, berichtigte sie Caleb.

Willow gab keine Antwort. Sie war fest eingeschlafen. Caleb lächelte und strich seiner Frau eine blonde Locke aus dem Gesicht.

»Was das Lager angeht, hast du recht«, sagte er leise zu Wolfe. »Es ist nicht weit entfernt von den besten Angelplätzen im Umkreis von hundert Meilen. Aber solange du dein Gewehr immer griffbereit hast, wirst du keine Schwierigkeiten bekommen. Die Utes wissen, wer Einsamer Baum ist. Für sie bist du so eine Art Legende.«

»Ich bin sicher, Wolfe hat etwas Besseres zu tun, als mir beim Angeln zuzuschauen«, sagte Jessica leise.

Caleb schaute zuerst Jessica und dann Wolfe an. Er wußte nicht genau, was zwischen den beiden vorgefallen war, aber es war offensichtlich, daß es da etwas gegeben hatte. Wolfe hatte sich gewöhnlich bestens in der Gewalt, doch in letzter Zeit war er bei jeder x-beliebigen Gelegenheit sofort explodiert. Tagsüber arbeitete er wie ein Besessener, doch es sah ganz danach aus, als fände er nachts weder Frieden noch Schlaf. Jessica sah nicht viel besser aus. Als sie vor zehn Tagen hier ankam, war sie von der langen Reise erschöpft gewesen. An ihrem Zustand hatte sich inzwischen kaum etwas verändert.

»Unfug«, sagte Caleb entschieden. »Eine kleine Ablenkung wird Wolfe guttun. Er hat für zwei gearbeitet.«

»Ach was«, sagte Wolfe. »Das ist doch keine Arbeit, wenn ich mich um unsere Zuchtstuten kümmere; das macht mir Spaß.«

»Genauso wie Zaunpfähle zu setzen, Wasserlöcher sauberzumachen, lawinengefährdete Stellen und Cañons abzuzäunen, Feuerholz zu hacken...«

»Ich sagte doch bereits, daß es mir nichts ausmacht«, unterbrach ihn Wolfe.

»Seid doch leise, ihr werdet Willow noch wecken«, zischte Jessica. »Auf keinen Fall werde ich Willow jetzt allein lassen, während ihr irgendwo da draußen bei der Arbeit seid. Das Baby kann sich jeden Moment dazu entschließen, zur Welt zu kommen. Willow stehen schon genug Qualen bevor, da sollte sie nicht auch noch allein sein, wenn es soweit ist.«

»Ich wäre an deiner Stelle lieber still«, sagte Wolfe mit eisiger Stimme. »Nicht jeder hat dieselben Vorstellungen von einer Geburt wie du.«

»Nicht jeder«, antwortete Jessica mit ebenso kalter Stimme. »Dafür aber jede *Frau*.«

»Es reicht!« sagte Wolfe.

»Jessica hat recht«, sagte Caleb unvermittelt. »Gott steh mir bei, sie hat recht, was die Gefahren angeht. Wenn ich daran denke, wie Becky gestorben ist...« Sein Gesichtsausdruck verwandelte sich, während er seine Frau betrachtete, die so vertrauensvoll in seinen Armen schlief. »Willow ist mein Leben.«

»Ich wollte nicht...«, sagte Jessica, aber niemand hörte auf sie.

Caleb stand auf und nahm Willow auf den Arm. Ohne ein weiteres Wort trug er seine Frau ins Schlafzimmer. Die Tür schloß sich leise hinter ihnen.

In der Stille, die Caleb zurückließ, war das Geräusch des Hagels zu hören, der gegen die Fenster prasselte. Der Wind heulte durchs Zimmer und füllte die Stille mit seiner gespenstischen Stimme. Alles, was Jessica ihr Leben lang zu vergessen versucht hatte, kehrte langsam wieder zu ihr zurück.

Sie preßte die Finger zusammen, bis sie weh taten. Sie bemühte sich, die Angst zu unterdrücken, mit der sie so lange gelebt hatte, daß sie sich kaum noch erinnern konnte, wann ihr Leben einmal frei von dieser Angst gewesen war. Der Wunsch, laut aufzuschreien, brannte wie ein ständiger Schmerz in ihrer Kehle. Mit jedem Tag wurde es schwieriger, ihr Grauen zu verbergen. Die Nächte wurden zu einer einzigen Qual. Oftmals hörte sie nachts, wie sich das schaurige Heulen einer Frau in das des unbarmherzigen Windes mischte.

Doch sie wußte nicht, ob es ihre Schreie waren, die sie hörte, oder die von Willow.

11

»Was für feine, winzige Stiche du machen kannst«, staunte Willow, während sie dabei zusah, wie ihr Jessica ein kunstvoll verziertes B aufs Taufkleid nähte. »Als ich klein war, habe ich das auch zu lernen versucht, aber mir fehlte dazu einfach die Geduld. Das ist bis heute so geblieben.«

»Ich wüßte lieber, wie man Brötchen bäckt.«

»Dein Eintopf war gar nicht so schlecht«, sagte Willow und mußte ein Lächeln unterdrücken.

»Er ist genießbar«, gab Jessica widerwillig zu, »was ich dir zu verdanken habe. Ohne deine Hilfe würde ich bestimmt nur das Stinktier mit meinen Kochkünsten glücklich machen. Du hast wirklich eine Menge Geduld mit mir gehabt.«

»War mir ein Vergnügen. Es hat Spaß gemacht, dich hier bei mir zu haben. Seitdem meine Mutter gestorben ist, gab es nie eine Frau, mit der ich richtig reden konnte.«

Jessica zögerte. »Du mußt sehr einsam gewesen sein.«

»Nicht seitdem ich Caleb gefunden habe.«

Mit einem Seufzer setzte sich Willow neben Jessica aufs Sofa.

»Wenn es noch irgend etwas gibt, was du über das Leben als Hausfrau von mir lernen willst, dann brauchst du nur zu fragen«, sagte Willow gähnend. »Ich werde ein bißchen faulenzen und dir beim Sticken zusehen, während der Brotteig aufgeht.«

»Ist das dein Ernst?« fragte Jessica mit leiser Stimme.

»Unbedingt. Ich könnte den ganzen Tag faulenzen.«

»Ich meine das mit dem Fragen.«

»Selbstverständlich«, seufzte Willow und versuchte sich so hinzusetzen, daß das Baby es ein wenig bequemer hatte. »Was hast du auf dem Herzen?«

»Meine Frage ist sehr... persönlicher Natur.«

»Das macht gar nichts. Seit dem Bürgerkrieg bin ich ziemlich abgebrüht. Du kannst mich fragen, was du willst.«

Jessica holte tief Luft und sagte dann: »Du scheinst deinen Mann wirklich sehr gern zu haben.«

»O ja, sehr sogar. Er ist ein wundervoller Mensch.«

Willows haselnußbraune Augen leuchteten vor Freude, und ein strahlendes Lächeln breitete sich auf ihrem Gesicht aus.

»Nein, ich meine, du hast deinen Spaß mit ihm. Körperlich. Im Bett.«

Willow schaute sie fragend an. »Ja, das könnte man so sagen.«

»Gibt es viele Frauen, die Spaß im Bett haben?«

Einen Moment lang mußte Willow an das Lachen ihrer Mutter und das leise Flüstern ihres Vaters zurückdenken, das sie oft spätabends im Schlafzimmer nebenan gehört hatte. Sie konnte sich noch gut daran erinnern, wie die Augen der Witwe Sorenson jedesmal aufgeleuchtet hatten, wenn sie davon sprach, daß sie ihr ganzes Leben mit ein und demselben Mann verbracht hatte.

»Ich glaube, daß viele Frauen so empfinden«, antwortete sie schließlich. Dann gestand sie: »Ich konnte das nie verstehen, bis ich Caleb kennengelernt habe. Ich war mit einem Jungen verlobt, der im Krieg gefallen ist. Wenn der mich auf die Wange geküßt oder meine

Hand gehalten hat, war das ganz nett, aber ich hatte nie den Wunsch, mich ihm ganz und gar hinzugeben. Doch wenn Caleb mich anschaut oder lächelt oder mich berührt...«

Sie zögerte und suchte nach den richtigen Worten.

»Dann versinkt die ganze Welt um dich herum«, beendete Jessica leise ihren Satz und dachte daran, wie die ganze Welt für sie zum Stillstand kam, wenn Wolfe sie anlächelte.

Doch damit war es jetzt vorbei, und alles, was ihr statt seines Lächelns blieb, war das Heulen des Windes.

»Ja, alles andere wird unwichtig.« Einen Augenblick später setzte Willow hinzu: »Ich hätte nie gedacht, daß Kinder in einem Augenblick der Leidenschaft gezeugt werden, bis ich Caleb traf.«

Der Faden blieb in Jessicas verkrampften Fingern hängen, als unwillkommene Erinnerungen in ihr aufkamen. »Nicht alle Kinder werden auf diese Weise gezeugt. Ganz bestimmt nicht die meiner Mutter. Sie hat sich gegen meinen Vater gewehrt. O Gott, und wie sie sich gewehrt hat!«

Willow betrachtete Jessica unglücklich. Sie spürte ganz genau, wie sich ihr schlanker Körper vor Anspannung verkrampfte. In stiller Anteilnahme legte sie den Arm um Jessica.

»Waren sie denn nicht ineinander verliebt?« fragte sie leise.

»Mein Vater brauchte einen männlichen Nachkommen. Seine erste Frau kam zwar aus einer guten Familie, konnte aber keine Kinder bekommen. Als sie starb, hat er meine Mutter geheiratet. Sie war nur eine einfache Kammerzofe. Sie war damals mit mir schwanger. Der Graf hatte sich nämlich schon vor dem Tod seiner ersten Frau über sie hergemacht.«

»Dann herrschte also doch eine gewisse Zuneigung zwischen den beiden?«

»Schon möglich.« Jessica legte die Stickerei beiseite und rieb sich ihre Hände, die vor Kälte ganz steif waren. »Aber ich glaube eher nicht. Mutter war eine einfache Frau aus einer sehr armen Familie. Und der

Graf war ein Mann aus gutem Hause, der dringend einen Stammhalter brauchte. Ich kann mir nicht vorstellen, daß so ein Akt der Verzweiflung eine gute Grundlage ist, um im Bett miteinander Spaß zu haben. Ich weiß genau, daß Mutter lieber alleine geschlafen hätte, aber es wurde ihr nur gestattet, wenn sie ihm vorher zu Willen war.«

Der hoffnungslose Ausdruck in Jessicas Augen war vielsagender als all ihre Worte.

»Das ist nicht in jeder Ehe so«, sagte Willow.

»In jeder Ehe, die ich bisher gesehen habe, war das so. Immer ging es nur um Stammbäume und Geld und nicht darum, daß ein Mann und eine Frau einen Bund fürs Leben schließen. Die Heirat, die mein Vormund für mich arrangieren wollte, hätte genau den gleichen Zweck verfolgt.« Jessica drehte sich um und sah Willow an. »Nur für dich und Caleb ist es nicht so. Du gehst sogar freiwillig mit ihm ins Bett. Und er... tut dir nicht dabei weh, oder?«

Bei dieser Vorstellung mußte Willow so lachen, daß sich ihre Wangen hellrosa färbten. Normalerweise hätte sie sich niemals so offen über die intimen Seiten ihrer Ehe geäußert, aber sie spürte, daß Jessica, nicht nur was ihre Kochkünste betraf, vollkommen unvorbereitet in die Ehe gekommen war.

Willow war sich außerdem ziemlich sicher, daß sie über den Grund für die gespannte Stimmung zwischen Wolfe und seiner Frau gestolpert war.

»Ich befürchte, daß man mich nicht lange überreden muß, mit meinem Mann ins Bett zu gehen. Manchmal habe ich Caleb sogar ganz schamlos verführt.« Willow beugte sich vor und flüsterte Jessica ins Ohr: »Ich freue mich sogar schon darauf, wieder ganz für Caleb dazusein, sobald das Baby geboren ist. Das habe ich sehr vermißt. Ich fühle mich immer dann am engsten mit ihm verbunden, wenn wir unsere Liebe zueinander auf körperliche Weise zum Ausdruck bringen können.«

Jessica mußte lächeln, als sie sah, daß Willows Augen funkelten und ihre Wangen sich röteten. »Caleb kann sich wirklich glücklich schätzen, daß er dich hat.«

»Ich bin diejenige, die sich glücklich schätzen darf.« Willow lächelte Jessica zu. »Noch irgendwelche Fragen? Du brauchst dich nicht zu schämen. So wie du aufgewachsen bist, kann ich mir nicht vorstellen, daß es viele Frauen gab, mit denen du über solche Dinge sprechen konntest.«

»Ich hatte nur einen einzigen wirklich guten Freund.«

»Du mußt ihn sehr vermissen.«

»Ja, ich vermisse ihn schrecklich. Unsere Freundschaft hat unsere Ehe nicht unbeschadet überstanden.«

»Nachdem ich miterlebt habe, wie eifersüchtig Wolfe sein kann, wundert mich das gar nicht«, sagte Willow. »Dein Freund muß eingesehen haben, daß in diesem Fall eher etwas Diskretion angebracht ist.«

»Du hast mich mißverstanden. Ich meinte eigentlich Wolfe. Jetzt ist er ja leider mein Mann.« Jessica setzte ein schiefes Lächeln auf und wechselte dann hastig das Thema. »Es gibt noch etwas anderes, das dich von meiner Mutter unterscheidet.«

Willow lächelte ihr aufmunternd zu. »Und das wäre?«

»Die Schwangerschaft war für sie sehr schwierig. Dir scheint das alles nicht besonders viel auszumachen.«

»Oh, ich wäre froh, wenn ich das Baby endlich in meinen Armen halten könnte«, gab Willow zu. »Genauso wie ich es kaum erwarten kann, beim Gehen nicht mehr ungeschickt hin und her zu watscheln, nicht mehr andauernd zur Toilette rennen zu müssen und nicht mehr auf den starken Arm meines Mannes angewiesen sein zu müssen, wenn ich aus meinem Lieblingssessel aufstehen will.«

»Aber du bist kerngesund«, versicherte ihr Jessica. »Du kannst herumlaufen, ohne ohnmächtig zu werden; essen, ohne dich übergeben zu müssen und du...«

Jessicas Stimme erstarb, als eine weitere unkontrollierte Welle der Erinnerung über sie hinwegrollte.

»Was?« ermutigte sie Willow.

»Du brauchst nicht zu jammern und zu schreien und dein Schicksal zu verfluchen.«

»O Gott, ist das etwa das, was deine Mutter durchgemacht hat?«

Erneut lief Jessica eine Gänsehaut den Rücken hinunter. Ihre Hände ballten sich zu Fäusten, als wenn sie so den langsam anwachsenden Druck der Alpträume davon abhalten könnte, sich wie ein reißender Strom in ihre Erinnerungen zu ergießen; Erinnerungen, die schier unerträglich waren und die sie deshalb längst zu verdrängen versucht hatte.

»Aber du bist Caleb nicht böse, weil er daran schuld ist, daß du schwanger bist«, drängte Jessica. Sie war entschlossen, nichts ungesagt und keine Frage unbeantwortet zu lassen. »Oder?«

»Warum sollte ich Caleb böse sein?« Willows Stimme klang entsetzt. Ohne lange zu überlegen, ergriff sie Jessicas kalte Fäuste, löste die Finger aus ihrer Verkrampfung und legte die Hände auf die feste Wölbung ihres Bauches. »Spürst du das? Spürst du, wie das Baby sich dreht und windet und mit den Füßen strampelt? Kannst du das fühlen?«

Zuerst versuchte Jessica, die Hand wegzuziehen. All das erinnerte sie zu sehr an ihre eigene Kindheit. Damals hatte ihre Mutter sie gepackt, ihre Hände fest gegen ihren Bauch gepreßt und mit hysterischer Stimme von ihrer Tochter verlangt, sie solle das Baby fühlen; sie solle spüren, wie es sich bewegte: der lebende Beweis, daß dieses Kind nicht tot zur Welt kommen würde. Doch nicht ein einziges Mal hatte Jessica gespürt, wie sich dort drinnen etwas bewegte. Nicht ein einziges Mal hatte die Schwangerschaft zu einer erfolgreichen Geburt geführt.

Im Gegensatz dazu fühlte sich Willows Bauch warm und fest an, und unter der straff gespannten Haut stupste etwas mit kräftigen Bewegungen gegen Jessicas Handflächen.

»Es bewegt sich«, hauchte sie voller Erstaunen. »Es lebt!«

»Natürlich lebt es. Wie ein Floh springt es da drinnen hin und her.«

»Nein, du verstehst nicht, was ich meine. *Es lebt.*«

Willow mußte lachen, als sie den erstaunten Ausdruck auf Jessicas Gesicht sah.

»Ja, es lebt«, stimmte Willow ihr zu. »Ein neues Leben wächst da in mir heran. Ein unbeschreibliches Wunder. Wie könnte ich da dem Mann böse sein, der dieses Wunder mit mir zusammen vollbracht hat?«

Jessica sagte nichts. Das ungeborene Leben in Willows Bauch zu spüren, hatte sie so beeindruckt, daß sie kaum einen zusammenhängenden Gedanken fassen konnte.

»Hier«, sagte Willow und legte Jessicas Hand auf eine andere Stelle. »Kannst du den Kopf des Babys spüren? Wie rund er ist? Er paßt genau in deine Handfläche.«

Jessica nickte atemlos.

»Gib mir mal deine andere Hand«, sagte Willow und legte Jessicas Hand auf die gegenüberliegende Seite ihres Unterleibs. »Spürst du, wie es mit den Füßen tritt? So ein winziges Füßchen, und doch schon so viel Kraft. Und mit jeder Woche wird das Baby ein bißchen größer und kräftiger. In letzter Zeit kommt es mir beinahe so vor, als wenn es pro Tag um drei volle Zentimeter wächst.« Sie lachte. »Bald ist es kräftig genug für die Geburt, und dann kann ich zusehen, wie Caleb sein Kind in den Armen hält und mich glücklich anlächelt.«

»Und du hast gar keine Angst?«

»Ich bin stark. Ich bin gesund. Meine Mutter hatte nie schwierige Geburten.« Willow zögerte einen Moment und gestand dann: »Caleb wollte schon vor Monaten, daß ich das Kind drüben im Fort bekomme, aber das Wetter hat nicht mitgespielt. Außerdem wollte ich, daß unser Kind hier zur Welt kommt. Ich wollte nicht an einem unbekannten Ort und umgeben von lauter Fremden sein, wenn es soweit ist.«

»Wenn es soweit ist, werde ich dir helfen«, sagte Jessica. »Wenn du willst. Lady Victoria hat dafür gesorgt, daß ich mich ein bißchen in diesen Dingen auskenne, auch wenn ich mein Wissen bisher noch nie anwenden mußte. Sie wollte, daß ich bestens vorbereitet bin, falls mein zukünftiger Ehemann einmal auf einem abgelegenen Landsitz wohnt.«

»Ich würde mich freuen, wenn du dabei wärst«, sagte Willow schlicht.

»Du kannst dich auf mich verlassen.«

Erleichtert griff Jessica nach ihrer Stickerei und fuhr fort, an dem Taufkleid zu nähen. Zum ersten Mal hatte sie Hoffnung, daß das winzige Kleidchen vielleicht doch nicht als Leichenhemd für ein totgeborenes Kind dienen würde.

»Ach, spiel doch bitte etwas«, bat Jessica. »Reno hat mir erzählt, daß du ganz ausgezeichnet spielen kannst. Es wäre so schön, einmal wieder Musik zu hören.«

»Das ist einer der Nachteile, wenn man hier draußen im Westen lebt«, sagte Wolfe und warf Jessica einen herausfordernden Blick zu. »Man muß auf alle nur denkbaren Vorzüge der Zivilisation verzichten.«

»Musik gehört nicht dazu«, sagte Caleb. »Jedenfalls nicht, wenn es sich vermeiden läßt.« Er setzte die Mundharmonika an die Lippen. Die ersten paar Töne einer Melodie schwebten durchs Zimmer. »Natürlich kann sich eine Mundharmonika nicht mit einem erstklassigen, vierköpfigen Kammerorchester messen.«

»Mach das noch mal«, sagte Jessica überrascht. Dann fiel ihr auf, daß sie nicht einmal bitte gesagt hatte, und sie wurde rot.

»*Bitte*, spiel das noch mal. Das hat mir gut gefallen.«

»Bach war es ja nicht gerade«, sagte Wolfe.

»Ach, sei du bloß still«, sagte Jessica. »Wenn ich etwas von Bach hören wollte, hätte ich meine Geige durchs halbe Land mit mir herumgeschleppt. Dann müßtet ihr jetzt alle stundenlang meine Spielkünste über euch ergehen lassen.«

Rafe lachte. »Laß dir bloß nichts gefallen, Herzchen.«

Sogar Wolfe mußte lächeln. »Eigentlich gefällt mir Bach ganz gut.«

»Das wundert mich gar nicht«, sagte Reno. »Du warst einfach zu lange in der Zivilisation.«

Caleb setzte die Mundharmonika noch einmal an und blies sacht hinein. Die Unterhaltung verstummte, als die ersten Klänge von ›Amazing Grace‹ durchs Zimmer zu schweben begannen. Reno und Willow begannen mitzusingen und paßten sich mühelos der Melodie an, die sie schon als Kinder gelernt hatten. Jessica seufzte glücklich, als sie hörte, wie sich die Stimmen der beiden Geschwister zu einer vollkommenen Harmonie ergänzten.

Einen Augenblick später folgte eine weitere Stimme, die sich in einem rhythmischen, wortlosen Echo den beiden anderen anpaßte. Als Jessica zu Rafe hinüberschaute, sah sie, daß sein Summen eine tadellose zweite Stimme abgab.

Verbittert beobachtete Wolfe, wie glücklich und zufrieden Jessica aussah, als sie Renos Stimme und Rafes schwermütige Musik hörte. Sogar als Wolfe einfiel, daß sie Caleb und Willow genauso gern hatte, änderte sich nichts an seinen Gefühlen. Es war Jessicas unverhohlene Bewunderung für die beiden Brüder, die Wolfe innerlich wie ein Peitschenhieb traf.

Doch Reno und Rafe waren ihrerseits Jessicas unbewußtem Charme gegenüber nicht ganz unempfindlich. Ein warmes Lächeln trat jedesmal in ihre Augen, wenn sie lachte und lächelte, oder auch nur ins Zimmer kam. Obwohl keiner der beiden ihr bisher auch nur einen zweideutigen Blick zugeworfen hatte, kam Wolfe einfach nicht darüber hinweg, daß sie sich ganz offensichtlich in ihrer Gesellschaft viel wohler fühlte als in seiner eigenen. Daß er selbst unermüdlich darauf hingearbeitet hatte, daß sie sich in seiner Gegenwart unbehaglich fühlte, machte die ganze Sache noch viel schlimmer.

Ich hätte sie niemals herbringen sollen. Ich hätte wissen müssen, daß Reno den Winter bei seiner Schwester verbringen würde. Ich hätte wissen müssen, welche Wirkung Jessicas verträumte blaue Augen und ihr Lachen auf einen einsamen Mann haben würden. Gott weiß, was für eine Wirkung sie auf mich haben!

Oder der Teufel! Immerhin brennt mein Verlangen nach Jessica wie das Feuer der Hölle. Doch das werde ich schon überstehen. Was ich jedoch nicht überstehen werde, ist mit ansehen zu müssen, wie sie wie ein Schmetterling zwischen diesen beiden gutaussehenden Brüdern herumflattert.

Eigentlich sollte ich Jessi packen und alles stehen- und liegenlassen.

Doch das brachte Wolfe nicht über sich. Er mochte Willow einfach zu gern, um ihr Jessica wieder wegzunehmen; besonders jetzt, wo Willow sich weigerte, die Ranch zu verlassen, um das Kind zur Welt zu bringen.

Als Caleb zu einer Ballade im Dreivierteltakt ansetzte, begann Jessica die Melodie mitzusummen und im Takt mit den Fingerspitzen zu schnippen.

»Wolfe?« fragte sie mit erwartungsvoller Stimme und hoffte insgeheim, daß er sie zum Tanzen aufforderte.

Doch Wolfe schüttelte den Kopf. Er hätte nur zu gern mit ihr getanzt, aber er wußte nicht, ob seine Selbstbeherrschung dazu ausreichte. Sobald er sie in den Armen hielt, würde er nicht länger verbergen können, wie sehr er sie begehrte.

»Ich könnte einen Schluck Wasser vertragen«, sagte Wolfe und ging in die Küche.

Jessicas Augen folgten ihm, als er das Zimmer verließ.

»Niemand soll behaupten können, daß Matthew Moran untätig dabeigesessen hat, als eine schöne Frau tanzen wollte«, sagte Reno.

Er ging zu Jessica hinüber, verbeugte sich und bot ihr seinen Arm an. Sie ergriff seine Finger und stand auf.

»Vielen Dank, mein Herr.«

Jessica lächelte, machte einen Knicks und schmiegte sich mit einer Eleganz in Renos Arme, die sie von den besten Tanzlehrern im ganzen britischen Königreich gelernt hatte.

In der Küche trank Wolfe ein Glas Wasser nach dem anderen, wobei er ununterbrochen vor sich hin fluchte. Er hätte nichts lieber getan, als Jessica in den Arm zu nehmen, die Wärme und die weichen Formen ihres Körpers zu spüren und ihr so nahe zu sein, daß er ihr dezentes, nach Rosen duftendes Parfüm riechen und das helle Leuchten in ihren Augen sehen konnte.

Doch jetzt hatte ein anderer seine Stelle eingenommen.

Der Becher gab ein metallisches Knirschen von sich, das von Calebs Mundharmonika übertönt wurde, als er ihn gegen den Waschbeckenrand schmetterte. Mit wenigen geräuschlosen Schritten stand Wolfe in der Küchentür. Im Schatten des Eingangs lehnte er sich gegen den Türrahmen und beobachtete Jessica mit einem Verlangen, das ihn jeden Moment zu überwältigen drohte. In ihrem himbeerfarbenen Seidenkleid leuchtete ihre Haut so makellos wie Porzellan. Die schlichte Haarschleife, die Willow ihr in ihr Haar zu binden beigebracht hatte, betonte die feinen Züge ihres Gesichts. Überall, wo ihr Haar sich gelöst hatte, legte es sich in weichen Locken um ihre Schläfen, ihren Nacken und ihre Ohren.

Noch während Wolfe beim Anblick seiner Frau in den Armen eines anderen die Eifersucht in sich aufsteigen fühlte, mußte er sich daran erinnern, daß nichts Unanständiges dabei war, wenn sie mit jemand anderem tanzte. Obwohl Renos ungewöhnliche Körpergröße ein ausgesprochen interessanter Gegensatz zu Jessicas zierlicher Figur war, hatte Reno sich ihr gegenüber beim Tanzen keine Freiheiten herausgenommen. Er hielt Abstand, und seine Hände befanden sich genau dort, wo sie hingehörten. Auch Jessica bewahrte alle Regeln des Anstands. Elegant drehten sich die beiden im Kreis und verbeugten sich voreinander, während Caleb dazu eine traurige Melodie spielte.

Dann lächelte Reno Jessica an und begann mit klarer Stimme zu singen: »Eines Morgens, eines Morgens, eines Morgens im Mai...« Das Lied handelte von einem Soldaten und einem schottischen Mädchen, das träumend an einem klaren Gebirgsbach saß. Das Mädchen ließ sich vom Charme des Soldaten verführen und bat ihn um seine Hand und seinen guten Namen. Seine Hand sollte sie bekommen und noch vieles mehr, nicht jedoch seinen Namen. Er war schon zweimal verheiratet – einmal mit der Armee und einmal mit einer anderen. Und auch wenn er ein kräftiger Kerl war, entschuldigte er sich damit, daß er den Ansprüchen einer zweiten Frau nicht gewachsen war.

Renos hellgrüne Augen leuchteten amüsiert, während er Jessicas Reaktion auf den trockenen Humor des Textes beobachtete. Ihr fröhliches Lachen war ansteckend, und schon bald stimmten alle anderen im Zimmer mit in ihr Gelächter ein.

Alle außer Wolfe. Er war zu eifersüchtig, um sich auch nur ein Lächeln abzuringen. Als er sah, welche Wirkung Renos Zuwendung auf Jessica hatte, war er außer sich vor Wut. Alles, was ihn davon abhielt, ins Nebenzimmer zurückzugehen und Reno seine Frau aus den Armen zu reißen, war die Tatsache, daß Rafe schon für den nächsten Tanz bereitstand.

»Ich bin dran, kleiner Bruder.«

»Ich bin mindestens genauso groß wie du«, belehrte ihn Reno.

»Dafür bist du elf Monate jünger.«

Mit einem amüsierten Lächeln verbeugte sich Reno vor Jessica und reichte Rafe ihre Hand.

»Ich bin ein bißchen aus der Übung«, gestand Rafe. »Die Australier haben mehr für Schlägereien und Trinkgelage übrig als fürs Tanzen. Ich habe schon seit einer Ewigkeit nicht mehr mit einer richtigen Dame getanzt.«

»Ich bin sicher, daß dir das keine Schwierigkeiten machen wird. Ein Mann, der wie du mit beiden Beinen fest auf der Erde steht und obendrein noch reiten und mit der Peitsche umgehen kann, muß einen ausgeprägten Gleichgewichtssinn haben.«

»Vielen Dank für das Kompliment, aber vielleicht stellst du dich doch besser auf meine großen Füße. Ein zartes Blümchen wie du ist seines Lebens nicht sicher, wenn so ein Elefant wie ich daherkommt.«

Jessica zog den Kopf ein und versuchte vergeblich, ein Schmunzeln zu unterdrücken. Rafe überragte sie um Haupteslänge, und seine grauen Augen funkelten vor Übermut. Trotz seiner Vorwarnung war er ein ausgezeichneter Tänzer. Mit großer Leichtigkeit wirbelte er sie so lange im Zimmer herum, bis sie vor Lachen vollkommen außer Atem war.

Unbeachtet stand Wolfe mit verschränkten Armen gegen die Wand gelehnt daneben und beobachtete das muntere Treiben. Sein Gesicht war vollkommen ausdruckslos, doch in seinen Augen loderte das Feuer der Hölle.

Reno half Willow beim Aufstehen und tanzte vorsichtig mit ihr. Dabei bewegte er sich nur etwa halb so schnell wie vorher Rafe und Jessica. Caleb sah seine Frau über die Mundharmonika hinweg augenzwinkernd an und verlangsamte das Tempo ein wenig. Sie erwiderte sein Lächeln, brachte aber dennoch nicht mehr als zwei Runden durchs Zimmer zustande. Als Reno mit ihr am Sofa vorbeitanzte, ließ sie ihren Bruder los und setzte sich neben ihren Mann. Er legte den Arm um sie, ohne dabei auch nur für einen Moment aus dem Takt zu kommen.

Reno stand auf und ging zu Rafe und Jessica hinüber. Er tippte seinem Bruder entschlossen auf die Schulter. Rafe zwinkerte Jessica zu und wirbelte sie herum, bis sie außer Renos Reichweite war. Einen Augenblick später stand Reno wieder vor ihnen.

»Moment mal«, sagte Jessica und lächelte den beiden Brüdern zu. »Es gibt eine Möglichkeit, wie wir alle gleichzeitig miteinander tanzen können.«

Mit ein paar kurzen Erklärungen und sanften Schubsern stellte sie die Brüder zu beiden Seiten von sich auf und streckte dann erwartungsvoll die Hände nach ihnen aus. Eine große, kräftige Hand schloß sich links und rechts um ihre Finger. Sie betrachtete erst die eine, dann die andere, und stellte fest, wie groß die Ähnlichkeit zwischen den beiden Händen war. Obgleich die Haar- und Augenfarbe der beiden Brüder so unterschiedlich waren, zeigte sich die Familienähnlichkeit ganz deutlich an ihren breiten Fingernägeln.

»Also«, sagte Jessica. »Es geht ungefähr so: einen Schritt nach rechts, über Kreuz, verbeugen, einen Schritt nach rechts...«

Die beiden begriffen schnell. Schon nach kurzer Zeit bewegten sie sich im Einklang mit Jessicas Schritten hin und her.

Wolfe stand immer noch in der Tür und beobachtete seine Frau, die sich zwischen den beiden Brüdern ausgesprochen wohl zu fühlen schien. Mit ihren knapp einsfünfundsechzig war sie gute fünfzehn Zentimeter kleiner als die beiden Männer, und doch hatten ihre Proportionen nichts Kindliches an sich. Die Kurven ihrer Brüste und Hüften, ihrer Taille und Beine zeichneten sich bei jeder ihrer fließenden Bewegungen deutlich unter den weichen Falten ihres Kleides ab.

Schließlich klang der Walzer in einem leisen Akkord aus. Rafe und Reno lächelten sich über Jessicas Kopf hinweg zu. Jeder von ihnen führte eine von Jessicas Händen an seine Lippen und küßte sie. Geschmeidig wie eine Gerte machte sie vor ihnen einen tiefen Knicks. Obgleich keiner der beiden den Gedanken laut aussprach, war an ihren Gesichtern deutlich abzulesen, wie sehr sie ihre Tanzpartnerin verzaubert hatte.

»Spiel das noch einmal, Caleb«, murmelte Willow. »Das ist eines meiner Lieblingslieder.«

Die Melodie des Walzers erklang von neuem. Die beiden Brüder tauschten einen vielsagenden Blick untereinander aus. Lächelnd ließ Rafe Jessicas Hand los und setzte sich.

Bald schon wirbelten Jessica und Reno von neuem im Zimmer herum. Reno hielt seine Partnerin locker im Arm, betrachtete sie liebevoll mit seinen grünen Augen und sang dabei gleichzeitig mit seiner schönen Stimme mit. Diesmal waren Renos Worte nur für Jessicas Ohren bestimmt. Sie wurde erst rot und lachte dann mit überschäumender Freude. Reno packte Jessica fester und wirbelte sie so lange herum, bis ihr Rock sich blähte wie eine Flamme im Wind. Er wartete und beugte sie dann so weit zurück, daß sie sich ihm ganz und gar anvertrauen mußte, wenn sie das Gleichgewicht nicht verlieren wollte.

Als sie sich so vertrauensvoll von ihm führen ließ, huschte ein Lächeln über sein Gesicht, das ihn vollkommen verwandelte und jeder Frau augenblicklich den Atem verschlagen hätte.

Eine eiskalte Wut packte Wolfe.

Wenn ich sie anfasse, beschimpft sie mich, als wäre ich eine Bestie, doch wenn Reno sie in den Arm nimmt, strahlt sie ihn an, als wäre er gerade auf einer Wolke vom Himmel herniedergeschwebt.

Ich weiß nicht, wer von uns beiden der größere Narr ist – ich, weil es mir nicht gleichgültig ist, oder Reno, weil er auf diese berechnende kleine Aristokratin hereinfällt.

Wolfe durchquerte das Wohnzimmer mit raubtierhaften Bewegungen, die Rafe und Caleb bereits vor dem warnten, was jeden Moment geschehen würde. Reno hatte Wolfe gar nicht bemerkt, denn seine Aufmerksamkeit galt nach wie vor Jessicas Lachen, der außergewöhnlichen Farbe ihrer Augen und dem hell flackernden Feuer, das in ihrem Haar auf- und abtanzte. Er war vollkommen überrascht, als ihm jemand hart und ungeduldig auf die Schulter klopfte.

»Immer mit der Ruhe, großer Bruder«, sagte Reno. »Du kommst ja auch gleich an die Reihe.«

Die kalte Wut in Wolfes Stimme ließ Renos Kopf herumfahren. Er sah Wolfe nur einmal kurz an und ließ Jessica augenblicklich los. Sie wollte Wolfe gerade anlächeln, doch als sie seine Augen sah, verschwand das Lächeln von ihrem Gesicht. Sie stolperte, als er sie von Reno wegriß.

»Tut mir leid«, sagte sie und versuchte, ihr Gleichgewicht wiederzugewinnen, indem sie sich an Wolfe festhielt. »Du hast mir einen Schreck eingejagt.«

Wolfe versuchte nicht einmal so zu tun, als hätte er ein schlechtes Gewissen, sie aus dem Takt und dem Gleichgewicht gebracht zu haben.

»Ich werde noch etwas ganz anderes tun, als dir nur einen Schreck einzujagen, wenn du weiter darauf bestehst, jedem Mann um dich herum den Kopf zu verdrehen.«

Wolfes Stimme war genauso erbarmungslos wie der Ausdruck in seinen Augen. Obwohl seine Stimme so leise war, daß niemand außer Jessica sie hören konnte, war jedes Wort so klar und deutlich, daß sie zusammenzuckte, als hätte sie jemand geohrfeigt.

»Ich wollte doch niemandem den Kopf verdrehen...«

»Das kannst du vielleicht jemand anderem weismachen«, fuhr ihr Wolfe mit eisiger Stimme dazwischen. »Und jetzt hör mir zu und paß gut auf. Du hast mich zu dieser Ehe gezwungen. Bis du dich bereit erklärst, sie offiziell zu beenden, wirst du dich gefälligst in der Öffentlichkeit wie eine verheiratete Frau benehmen. Wir sind hier nicht in Großbritannien und die Morans sind keine Mitglieder der englischen Oberschicht. Hier in Amerika lassen sich verheiratete Frauen nämlich mit niemand anderem als ihrem Mann ein und verheiratete Männer mit niemand anderem als ihrer Frau. Hast du das begriffen? Es wird keine Liebhaber für dich oder für mich geben, solange diese Farce von einer Ehe anhält.«

Bevor Jessica noch antworten oder protestieren konnte, ließ Wolfe sie los und ging zu den beiden Brüdern hinüber. Von einem Moment auf den anderen verstummte die Musik.

»Gentlemen«, sagte Wolfe mit trügerischer Gelassenheit, »lassen Sie sich nicht von dem Äußeren dieser Dame täuschen. Lady Jessica hat mich zur Heirat gezwungen, indem sie behauptet hat, ich hätte sie verführt. Das war eine Lüge. Sie ist in diesem Moment noch genauso jungfräulich wie im Augenblick ihrer Geburt. *Und doch sind wir miteinander verheiratet*. Die kleine Nonne hier will es nicht anders, denn sie weiß genau, daß ich mich niemals an ihr vergreifen würde. Sie glaubt nämlich, daß sie für immer und ewig ein kleines verzogenes Kind bleiben kann, das so tun kann, als wenn es verheiratet ist. In Wirklichkeit fehlt ihr das Zeug zu einer erwachsenen Frau.«

Die Stille, die auf Wolfes Worte folgte, war so vollkommen, daß alle zusammenzuckten, als draußen plötzlich der Wind aufheulte. Wolfe schaute erst Rafe und dann Reno an und fuhr dann mit derselben leisen, mühsam beherrschten Stimme fort.

»Erfreuen Sie sich an Jessicas freundlichem Lächeln, ihrem unbeschwerten Gelächter, an den lebhaften Unterhaltungen mit ihr, aber fallen Sie bloß nicht auf sie herein. Sie ist nichts weiter als eine verzogene Göre, die beim kleinsten Sturm schon anfängt zu wimmern und nicht mal allein Feuer machen kann – im Kamin nicht und im Bett sowieso nicht. Warten Sie lieber auf die Richtige, auf jemanden wie Willow, eine richtige Frau und kein kleines Mädchen; eine Frau, die stark genug ist, um Ihnen zur Seite zu stehen, wenn Not am Mann ist; die sinnlich genug ist, um die Flamme der Leidenschaft in Herz und Verstand zu entfalten; und die großzügig genug ist, Ihnen Kinder zu schenken, trotz der Gefahren für ihren eigenen Leib und ihr Leben. Diese Frau wird Jessica niemals sein.«

Wolfe drehte sich auf dem Absatz um und ging zur Vordertür. Das Heulen des Windes verstärkte sich, als die Tür aufging. Ohne seiner Frau noch einen Blick zuzuwerfen oder ein Wort zu sprechen, verschwand der Einsame Baum in der windgepeitschten Nacht.

12

In dieser Nacht fand Jessica noch weniger Schlaf als gewöhnlich. Wolfes nüchterne Aufzählung all der Unzulänglichkeiten, die sie als Frau hier draußen im Westen unter Beweis gestellt hatte, ging ihr nicht aus dem Sinn. Seine Worte trafen sie auf eine Weise, die sie kaum beschreiben konnte, und ließen sich nicht mit einem Schulterzucken abtun. Alles, was ihr jetzt noch übrigblieb, war weiter durchzuhalten, die Schmerzen und Erinnerungen abzuschütteln und sie in die abgelegenen Winkel ihres Bewußtseins zu verdrängen, die sie nur in ihren Alpträumen betrat.

Doch in dieser Nacht wollte es Jessica einfach nicht gelingen, sich zusammenzureißen. Sie spürte, wie ihre sorgfältig errichteten inneren Verteidigungswälle zusammenbrachen wie Sandburgen unter der anrückenden Flut.

Als Wolfe endlich ins Zimmer kam, sich schweigend auszog und unter die Decke kroch, war Jessica noch immer hellwach. Sein Duft wehte zu ihr herüber – Kiefernnadeln und frischgefallener Schnee. Von seinem Haar ging der Geruch des Windes aus, der über das Land fegte.

Jessica verhielt sich vollkommen still und wartete darauf, daß Wolfe etwas zu ihr sagte. Sie war sicher, daß er genau gespürt hatte, daß sie noch nicht schlief. Als er sich mit dem Rücken zu ihr auf die Seite drehte, schloß sie die Augen und dankte dem Schicksal, daß sie sich heute abend nicht noch mehr Boshaftigkeiten von ihm anhören mußte.

Aber sie war nicht wirklich dankbar. Lieber hätte sie eine neue Tirade über sich ergehen lassen, als halb wahnsinnig vor Bedauern und Einsamkeit hier im Bett zu liegen und sich das triumphierende Geheul des Windes anhören zu müssen. Sie zitterte vor Kälte und nicht einmal die Felldecke konnte sie wärmen. Sie wartete darauf, daß der Schlaf sie von ihren Qualen erlöste. Schließlich überkam sie etwas, das dem Schlaf zwar ähnelte, jedoch keine Erlösung, sondern nur noch größere Qualen mit sich brachte.

Von Norden näherte sich ein Sturm und löste all die Versprechen ein, die die Stimme des Windes ihr zugeflüstert hatte. Eine gewaltige Sichel aus Eis und Schnee fegte ungehindert über das Land. Eiskörner prasselten aufs Dach und kratzten an den Scheiben, während der Wind unablässig mit hoher Stimme das Lied der ewigen Verdammnis sang.

Der Stimme ihrer Mutter.

Ein Grauen, das kälter als der Sturm dort draußen war, überkam Jessica. Im Halbschlaf biß sie die Zähne zusammen und unterdrückte die Schreie, die aus ihr hervorzubrechen drohten. Auf keinen Fall würde sie zulassen, daß Wolfe sie hören konnte.

...eine verzogene Göre, die beim kleinsten Sturm schon anfängt zu wimmern.

Mit einem unterdrückten Aufschrei der Verzweiflung preßte Jessica ihr Gesicht ins Kissen und kämpfte gegen die Erinnerungen, die Alpträume und die Stimmen in ihrem Inneren an. Der Wind spürte sofort, wie ihre Kräfte sie verließen, und verstärkte sein Heulen. Mit eisigen Fingern zerrte er an ihrer Selbstbeherrschung, und seine Stimme klang wie die ihrer Mutter.

Doch es waren Wolfes Worte, die sie nicht vergessen konnte; Wolfes Worte, die sie tief im Inneren getroffen hatten.

Warten Sie lieber auf die Richtige, auf jemanden wie Willow, eine richtige Frau und kein kleines Mädchen... eine Frau, die sinnlich genug ist, um das Feuer der Leidenschaft in Herz und Verstand zu entfachen... und die großzügig genug ist, Ihnen Kinder zu schenken, trotz der Gefahren für ihren eigenen Leib und ihr Leben.

Diese Frau wird Jessica niemals sein.

Der Wind heulte triumphierend, als Erinnerungen und Alpträume in ihr wild durcheinanderwirbelten. Leise flüsterte er Jessica zu, daß sie ganz allein und ihm schutzlos ausgeliefert war.

Die Schreckenslaute, die sie mühsam unterdrückte, ließen ihren angespannten Körper erzittern. Obgleich es ihr gelang, ihre Schreie zurückzuhalten, konnte sie die schwarze Flut von Erinnerungen nicht aufhalten, in der sie jeden Moment zu ertrinken drohte; eine Kindheit, an die sie der Wind mit der Stimme ihrer Mutter erinnerte; Ereignisse, vor denen sie sich ein Leben lang versteckt hatte und die nur noch in ihren Alpträumen weiterlebten; Geschehnisse, an die sie sich zu erinnern weigerte, sobald sie aufgewacht war.

Jetzt war sie endgültig wach. Sie konnte sich genau an die Schreie ihrer Mutter und das Fluchen ihres Vaters erinnern; zwei Gestalten, die im Korridor auf dem Fußboden in einem gnadenlosen Kampf der Geschlechter miteinander verstrickt waren.

Ich will mich nicht erinnern!

Doch Jessica konnte nicht aufhören, daran zu denken.

Mit einem Schlag wurde ihr klar, daß sie ihre Schreie nicht mehr länger zurückhalten konnte. Es gab nur einen einzigen Ort, wo sie wirklich frei war. Draußen, im Mittelpunkt des Sturms, wo kein lebendiges Wesen sie schreien hören konnte.

Im selben Moment, als Jessica ihre Beine über die Bettkante schwingen wollte, legte sich ein kräftiger Arm von hinten um ihre Taille und hielt sie zurück. Die Berührung kam vollkommen unerwartet, wie eine Fortsetzung des Alptraums, in dem ihr Vater seinen muskulösen Arm um ihre flüchtende Mutter gelegt und sie mit sich zu Boden gezerrt hatte, wo er sich über sie hermachte, während sie sich mit jeder Faser ihres schwachen Körpers gegen ihn zu wehren versuchte.

Noch bevor Jessicas Angst endgültig zum Ausbruch kam, spürte Wolfe bereits, wie ihr ganzer Körper vor Spannung vibrierte. Er hielt ihr den Mund zu und erstickte damit ihre Schreie, während er sie mit sich aufs Bett hinunterzog. Nach einem kurzen Handgemenge hörte sie auf zu versuchen, ihn von sich zu stoßen. Bald darauf war sie ihm hilflos ausgeliefert. Ihre Handgelenke hielt Wolfe mit der einen Hand fest, während seine andere Hand ihren Mund zuhielt. Sein schwerer Körper drückte sie so fest aufs Bett, daß sie kaum Luft bekam. Es war ihr unmöglich zu schreien. Oder zu entkommen.

»Wenn du glaubst, ich lasse dich jetzt wegschleichen, damit du dir von einem der Morans dein Selbstbewußtsein wieder aufrichten läßt, dann mußt du verrückt sein«, sagte Wolfe mit grausamer Stimme.

Jessica befand sich in einem solchen Zustand der Panik, daß sie im ersten Moment gar nicht verstand, was er damit sagen wollte. Schließlich drang die schlichte Erkenntnis durch die Mauern ihrer Angst zu ihr durch, daß ihr, obwohl sie vollkommen hilflos war, niemand etwas antun wollte. Es war Wolfe, der sie festhielt. Es war Wolfe, der zu ihr sprach. Wolfe, dem sie seit dem ersten Moment ihrer Freundschaft wie keinem anderen vertraut hatte. Wolfe, der sie niemals so verletzen würde, wie ihre Mutter verletzt worden war. Wolfe, der sie vor den Alpträumen und dem namenlosen Grauen beschützte. Wolfe, der sie vielleicht haßte, sie aber niemals vergewaltigen würde.

Jessica erschauerte bis ins Mark und hörte auf, sich zu wehren.

»So ist es besser, Mylady. Ich weiß ja selbst, daß meine Berührung Euch zuwider ist, aber unter diesen Umständen läßt es sich nun einmal nicht vermeiden. Ihr wart es schließlich, die unbedingt heiraten wollte.«

Jessicas Augen weiteten sich ungläubig. Sie drehte den Kopf hin und her und versuchte auf diese Weise, Wolfes Hand abzuschütteln. Einen Augenblick später nahm er die Hand von ihrem Mund. Sie befeuchtete die Lippen und versuchte zu sprechen. Beim dritten Anlauf gelang es ihr endlich.

»Es macht mir nichts aus, wenn du mich berührst«, flüsterte sie. »Das mußt du mir glauben, Wolfe.«

»Ihr könnt sehr überzeugend lügen, Schwester Jessica, aber Euer Körper verrät, was Ihr wirklich empfindet«, sagte Wolfe mit beißendem Humor. »Wenn ich es zugelassen hätte, hättet Ihr geschrien und mir die Augen ausgekratzt. So benimmt sich wohl kaum ein Mädchen, dem es gefällt, wenn ein Mann sie berührt.«

»Du verstehst mich nicht. Ich war ganz in Erinnerungen versunken, und dann hast du mich so plötzlich gepackt, daß ich nicht mehr wußte, wo die Alpträume aufhörten und die Wirklichkeit anfing.«

»Spar dir deine Lügen für die Morans. Die glauben sowieso, daß du wirklich so bist, wie du dich nach außen hin gibst. Aber mich kannst du nicht an der Nase herumführen.«

Er ließ sie los und drehte sich auf die Seite, als ob er sich davor ekelte, sie noch einen Augenblick länger zu berühren.

»Wolfe«, flüsterte sie heiser und streckte die Hand nach ihm aus. »Wolfe, du bist der einzige, dem ich jemals vertraut habe. Bitte überlaß mich nicht dem Wind. Er wird mir genauso den Verstand rauben wie ihr.«

Als er ihre kalte, zitternde Hand auf seinem Arm spürte, zuckte er beinahe so zusammen wie beim verzweifelten Klang ihrer Stimme.

»Es ist doch nur der Wind«, brummte er.

»Nein«, flüsterte Jessica. »Er hat ihr den Verstand geraubt. Hörst du nicht, wie sie schreit? *Hör doch!* Das ist der Schrei einer Frau, die zur ewigen Verdammnis verurteilt ist.«

Ein kalter Schauer lief Wolfe den Rücken hinunter. Das langsame Zittern, von dem Jessicas ganzer Körper geschüttelt wurde, übertrug sich von ihren kalten Fingern auf seinen Arm. Trotz seiner Wut konnte er ihr inbrünstiges Flehen nicht ignorieren; genausogut hätte er versuchen können, über seinen eigenen Schatten zu springen. Er ergriff ihre Hand und versuchte, ihre Finger zu wärmen.

»Jessi... es ist doch nur der Wind, weiter nichts.«

Doch sie hörte Wolfes Worte nicht. Alles, was sie hörte, war das gespenstische Heulen aus den Tiefen ihrer Erinnnerung. Mit weit aufgerissenen Augen lag sie bewegungslos im Bett. Von Zeit zu Zeit überlief sie ein Zittern. Sie wußte genau, daß sich ihre Mutter jeden Moment vom Bett ihres Vaters erheben und durch die leeren Korridore schleppen würde, daß sie heulend und stöhnend in die schrecklichen Gesänge des Windes einstimmen würde.

»Jessi?«

Nur ihre hektischen, flachen Atemzüge antworteten ihm. Vorsichtig drückte Wolfe sie enger an sich. Da sie vor Anspannung beinahe vollkommen bewegungsunfähig war, wehrte sie sich nicht gegen seine Umarmung. Sie lag einfach nur da und zitterte wie eine bis zum Zerreißen gespannte Klaviersaite. Er hatte dieses Zittern schon einmal an ihr erlebt. Damals hielt er sie in einem duftenden Heuschober fest umklammert, während draußen ein wildes Gewitter tobte. Damals hatte sie vor Angst geweint.

Jetzt hätte er alles darum gegeben, sie weinen zu sehen.

Aber nichts geschah. Sie lag einfach nur zitternd da, bis sie endlich den Punkt überschritten hatte, an dem sie ihre Kräfte endgültig verließen. Als Wolfe erkannte, daß es ihm gelungen war, Jessica in den völligen Zusammenbruch zu treiben, spürte er keine Freude. Hätte es in seiner Macht gestanden, hätte er alles, was zwischen ihnen vorgefallen war, in diesem Moment ungeschehen gemacht. Niemals war es seine Absicht gewesen, ihr Selbstbewußtsein so tief zu untergraben.

»Ist ja schon gut, mein Elfchen«, sagte er mit sanfter Stimme. Er streichelte Jessicas Haar und versuchte so, ihre Anspannung etwas zu lockern. »Dir kann nichts passieren. Dafür sorge ich schon.«

»Das habe ich auch einmal geglaubt«, flüsterte sie. Ein Schauder überlief sie. »Nichts kann den Wind jetzt mehr aufhalten.«

»Der Wind kann dir nichts anhaben.« Wolfes Hand strich langsam über Jessicas weiches Haar. »Bei mir bist du sicher.«

Sie schwieg so lange, bis Wolfe anfing, sich Sorgen zu machen. Er drehte sich um und wollte eine Kerze anzünden, weil er glaubte, das warme Flackern würde Jessica ein wenig trösten. Als er sich wieder zu ihr wandte, starrte sie mit einem so leblosen Gesichtsausdruck aus dem Fenster, daß ihm bei seinem Anblick das Blut gefror.

»Jessi?« flüsterte er.

»Hast du sie denn nicht gehört, mein Liebster?« fragte sie. Ihre Stimme und ihr Tonfall erinnerten ihn an das kleine schottische Mädchen, das sie einst gewesen war.

Wie eine eisige Hand spürte Wolfe die Angst im Nacken. »Wen soll ich gehört haben?«

Jessica blinzelte verwirrt, und diesmal sprach sie in gebrochenem Englisch. »Der Graf hat sich wieder zu Mami geschlichen. Bald geht das Schreien wieder los, dann kommt das Blut, dann ist es Zeit, ein frisches Grab auszuheben.«

Wolfe schaute auf Jessica herab. Ihre Augen waren weit aufgerissen, ihr Blick auf etwas gerichtet, das nur sie allein sehen konnte; etwas, das solches Entsetzen in ihr auslöste, daß sie bei seinem Anblick buchstäblich erstarrte.

»Sag mir, was du siehst«, befahl ihr Wolfe mit sanfter Stimme.

Sie schloß die Augen. *»Ich will nicht daran denken.«*

»Du mußt. Es wird dich sonst umbringen. Du mußt deinen Dämonen fest in die Augen schauen, damit sie dir nichts mehr anhaben können. Na los, Jessi. Nichts kann schlimmer sein als das, was du jetzt durchmachst.«

Wie eine Lawine rollte der Donner über das Haus hinweg und erschütterte es in seinen Grundfesten. Jessica zuckte nicht einmal mit der Wimper. Sie befand sich an einem anderen Ort, wo im selben Augenblick ein viel schrecklicheres Gewitter tobte. Ihre Augen öffneten sich und starrten ins Leere. Vor ihr lag eine Vergangenheit, die nur sie sehen konnte.

»Der Graf will einen Sohn«, flüsterte sie. Diesmal war kein englischer Akzent zu hören, kein schottischer Einschlag, nur der Rhythmus und der Tonfall des Westens.

Wolfe streichelte Jessicas Haar und versuchte so, sie zu beruhigen.

»Und was weiter?« sagte er leise.

»Der Graf will einen Sohn.«

»Ja, ich verstehe.«

»Mutter will aber nicht. Schon nach dem ersten Mal wollte sie nicht mehr. Schon damals wäre sie beinahe daran zugrunde gegangen.«

Wolfes Hand zögerte, als ihm einfiel, wie überzeugt Jessica davon gewesen war, daß keine Frau nach der ersten Geburt noch weitere Kinder haben wollte. Langsam fuhr er fort, mit ruhigen, gleichmäßigen Bewegungen Jessicas zerzaustes Haar zu streicheln.

»Ist dein Vater wütend auf deine Mutter?«

»Die ganze Zeit. Er ist betrunken. Er geht den Korridor entlang zu Mutters Zimmer. Die Tür ist verschlossen. Er hämmert dagegen, immer und immer wieder. Ich kann nicht alles verstehen, was er ruft, denn draußen heult der Wind und sie hat wieder angefangen zu schreien.«

Erneut schloß Wolfe die Augen und hoffte inständig, daß seine Befürchtungen sich als unbegründet herausstellen würden.

»Macht deine Mutter die Tür auf?« fragte er.

»Nein.«

Mit einem stillen Seufzer der Erleichterung fragte Wolfe: »Was kannst du sonst noch sehen?«

»Er geht mit einer Axt auf die Tür los. Es donnert und knallt und jemand schreit. Ihre Schreie klingen wie das Heulen des Windes.«

Wolfe schloß einen Moment lang die Augen. Mit großer Vorsicht berührte er Jessicas Stirn mit seinen Lippen. Sie war schweißgebadet.

»Er schleift sie auf den Korridor hinaus«, fuhr Jessica fort. »Dabei brüllt er, daß sie ihm einen Sohn schenken wird, und wenn es das letzte auf dieser Welt ist, was sie gemeinsam tun werden. Ich könnte schwören, daß er recht behalten wird.«

Wolfs Herz wurde schwer, als er zu ahnen begann, was als nächstes kam. »Jessie ...«

Sie hörte nicht auf ihn. »Mutter wehrte sich, so gut sie konnte, aber er verprügelte sie so lange, bis sie still war, und verging sich dann an ihr. Als alles vorbei war, lag sie einfach nur da, bis ich ihr das Blut abwusch und sie wieder auf ihr Zimmer zurückbrachte.«

»Allmächtiger Gott«, hauchte Wolfe voller Entsetzen. »Du warst doch noch ein Kind!«

Jessica redete weiter, als hätte sie Wolfe gar nicht gehört. Sie hatte den Kampf gegen die Flut der Erinnerungen aufgegeben. Alles, was sie jetzt noch wollte, war Wolfe klarzumachen, daß sie sich nicht von ihm zurückgezogen hatte, weil sie sich vor ihm ekelte.

»Manchmal hatte sie nach wochenlangen Quälereien einfach eine Fehlgeburt«, fuhr Jessica unerbittlich fort. »Es kam auch vor, daß das Kind trotz ihres endlosen Erbrechens und ihrer Schwindelanfälle zu wachsen und gedeihen schien. Dann färbte sich ganz langsam ihre Haut gelb, und wenn sie sich schon vor Schmerzen wand, setzten endlich die Wehen ein; meistens wußte sie in diesem Moment bereits, daß das Kind tot zur Welt kommen würde. Niemand aus dem Dorf wollte sich um sie kümmern, weil alle glaubten, es laste ein Fluch auf ihr. Ich war die einzige, die bei ihr blieb.«

»Jessi ...« Wolfe schwieg betroffen.

»Jedesmal, wenn alles vorüber war, habe ich die winzige Leiche gewaschen und ihr das Taufkleid angezogen. Alle waren so bleich und wächsern wie Puppen oder wie die marmornen Grabsteine, die wir für sie aufgestellt haben. Sechs Grabsteine, fein säuberlich in einer Reihe.«

Mit vor Schrecken geweiteten Augen starrte Jessica ihn an. »Ich habe mein möglichstes getan, um sie vor dem Wind zu beschützen. Trotzdem hat der Wind sie jedesmal bekommen, und schließlich hat er mir auch meine Mutter genommen. In jedem Sturm höre ich ihre Stimmen, aber meistens ist es meine Mutter, deren Stimme zu mir spricht. Sie ruft meinen Namen und erinnert mich daran, welche Schrecken eine Frau im Ehebett erwarten.«

Wolfe wollte Jessica trösten, doch er wußte nicht genau, ob er sie anfassen sollte. Um keinen Preis wollte er ihr angst machen. Endlich hatte er begriffen, warum sie sich so vor der Berührung eines Mannes fürchtete.

Ein letztes, grausames Zittern erfaßte Jessicas Körper. Als es vorüber war, schaute sie Wolfe zum ersten Mal bewußt an, seitdem die Erinnerung sie überwältigt hatte. Außer seinem Umriß im goldenen Kerzenschein konnte sie kaum etwas von ihm erkennen. Zögernd berührten ihre Hände sein Gesicht, als wollte sie sich versichern, daß er auch wirklich hier war.

»Du bist so warm«, hauchte sie.

Vorsichtig streichelte sie Wolfes Wangen. Sie spürte die Wärme, die von seiner Haut ausging und an der sie sich wärmen konnte wie an einem offenen Feuer. Erst als Wolfe merkte, wie sehr sie sich nach seiner Körperwärme sehnte, wurde ihm klar, wie kalt ihr die ganze Zeit gewesen sein mußte. Er wollte etwas sagen, fand aber nicht die richtigen Worte, um dem wilden Durcheinander von Gefühlen in seinem Inneren Ausdruck zu verleihen.

»Ich wollte mich eigentlich nicht gegen dich wehren«, flüsterte sie, wobei sie sich Mühe geben mußte, damit ihre Stimme nicht versagte. »Nicht gegen meinen liebsten Lord Wolfe.« Ihre Arme legten sich um Wolfes Hals, während sie sich an seine Brust schmiegte. »Ich kann nur hoffen, daß du mich jetzt nicht haßt. Du bist der einzige Mensch, dem ich jemals vertraut habe.«

Wolfe spürte plötzlich, wie ihre heißen Tränen an seinem Hals hinunterliefen. Auch in seinen Augen stiegen Tränen auf. Er murmelte ein paar beschwichtigende Worte und berührte ihre Wange mit seiner zitternden Hand.

»Ich hasse dich doch nicht, Jessi«, sagte er mit heiserer Stimme.

Sie drehte sich um und drückte ihm einen Kuß auf die offene Handfläche.

»Danke«, flüsterte sie.

»Dreh jetzt bloß den Spieß nicht um«, sagte er mit unsicherer Stimme. »Eigentlich bin ich derjenige, der dich um Verzeihung bitten muß. Ich dachte, du bist einfach nur verzogen und starrsinnig. Ich wußte doch nicht, daß es für dich um Leben und Tod geht.«

Wolfe fuhr mit seinen Lippen über ihre Wimpern und Augenbrauen und wischte so die Tränen fort. »Weine doch nicht, mein Elfchen. Hör auf zu weinen. Das bricht mir das Herz. Hör doch auf. Ich werde auch niemals wieder so grausam zu dir sein.«

»Es... es tut mir leid. Ich weiß ja, daß du Tränen nicht... nicht ausstehen kannst, aber...«

Sachte legte Wolfe seinen Daumen auf Jessicas Lippen und brachte sie zum Schweigen.

»Aber... aber du hast doch gesagt...«

Sein Daumen drückte noch einmal gegen ihre Lippen. »Still, Kleines. Als ich das gesagt habe, war ich außer mir vor Wut. Ich war fest davon überzeugt, daß du es nicht ertragen kannst, wenn ich dich berühre.«

»Niemals«, sagte Jessica sofort und drückte Wolfe noch ein wenig fester an sich. »Niemals, niemals, niemals! Du warst mein Glücksbringer, mein Talisman gegen den Wind. Ich habe dich immer über meinem Herzen getragen, aber dann hast du angefangen, mich zu hassen. Ich fühlte mich so dem Wind ausgeliefert.«

Eine unerträgliche Mischung aus Kummer und Selbstverachtung

stieg in Wolfes Kehle auf wie Galle. Er drückte Jessica so fest an sich, daß er ihren Atem auf seiner Haut spürte.

»Wo wolltest du hin, als ich dich vor ein paar Minuten aufgehalten habe?« fragte er schließlich.

»Hinaus in den Wind.«

Als Wolfe etwas sagen wollte, vermochte er es zuerst nicht. Dann brachen die Worte aus ihm hervor, und mit jedem Atemzug wiederholte er immer nur ihren Namen, während er ihre Lider und Wangen mit einem Schauer von Küssen bedeckte. Er wollte ihr sagen, wie leid es ihm tat, daß er ihr weh getan hatte, aber alles, was ihm jetzt in den Sinn kam, war das Bedauern darüber, wie sehr er sie die ganze Zeit über mißverstanden hatte.

Wenn ich bei dir bin, höre ich den Wind nicht mehr.

Genau in diesem Moment hatte er sich gegen sie gestellt und sie der einzigen Macht auf der ganzen Welt preisgegeben, vor der sie sich wirklich fürchtete.

»Es tut mir leid, Jessi«, flüsterte er schließlich. »Wenn ich das gewußt hätte, wäre ich niemals so rücksichtslos gewesen. Kannst du mir das glauben?«

Jessica nickte und preßte ihr Gesicht fest an Wolfes Hals.

»Kannst du mir vergeben?« fragte er.

Und wieder nickte sie und drückte ihn noch ein wenig fester an sich.

Er gab ein unterdrücktes Schluchzen von sich. »Ich weiß nicht, wie du das fertigbringst. Ich kann mir ja selbst nicht einmal verzeihen.«

Schweigend hielt er Jessica so lange im Arm, bis er spürte, wie auch die letzte Anspannung aus ihrem Körper wich. Sie zuckte immer noch zusammen, wenn der Wind das Haus schüttelte, aber dafür hatte sie aufgehört, wie Espenlaub zu zittern. Schließlich gab sie ein langes, gebrochenes Seufzen von sich und küßte Wolfes Hals an der Stelle, wo eben noch ihr Gesicht geruht hatte. Seine Haut war warm und immer noch naß von ihren Tränen.

»Es sieht so aus, als hätte ich dich ganz naß gemacht.«

»Das macht doch nichts.«

Jessica legte den Kopf in den Nacken, damit sie Wolfes Augen besser sehen konnte. »Wirklich?«

»Wirklich.«

Sie lächelte, auch wenn ihre Lippen immer noch leicht zitterten. »Soll das heißen, du hast mir verziehen?«

»Das habe ich doch schon gesagt, Jessi. Es war nicht mein Ernst, als ich gesagt habe, daß ich es nicht ertragen kann, dich weinen zu sehen.«

»Nein. Was ich damit sagen wollte, war: verzeihst du mir, daß ich dich zur Heirat gezwungen habe?«

Einen Augenblick lang herrschte Schweigen. Dann seufzte Wolfe: »Du warst davon überzeugt, daß es für dich um Leben und Tod ging. Dafür kann ich dir doch nicht böse sein.«

»Ich wußte nicht, wie ungerecht es dir gegenüber sein würde«, flüsterte Jessica, und erneut flossen ihre Tränen. »Ich war fest davon überzeugt, daß ich dir eine gute Frau sein könnte. Ehrlich. Ich konnte doch nicht ahnen, daß mir dazu in... in jeder Beziehung noch soviel gefehlt hat.«

Wolfes Daumen strich über ihre Lippen und brachte sie zum Schweigen, bevor sie noch aussprechen konnte, was ihr bereits auf der Zunge liegen mußte. »Sei doch nicht so bescheiden, Jessi. Es ist doch nicht deine Schuld, daß ich nur ein Halbblut bin. Für einen Lord würdest du eine wundervolle Ehefrau abgeben.«

»Hör auf«, sagte sie und legte ihre Finger auf seinen Mund.

Sanft schob er ihre Hand beseite und fuhr dann fort: »Das ist die reine Wahrheit. Du bist dazu geboren, in einem hochherrschaftlichen Schloß zu wohnen.«

»Nein, die Wahrheit ist, daß du ein Mann bist, der jeder Frau den Kopf verdrehen kann; und das Herz brechen noch dazu. Das muß du doch wissen, Wolfe.«

»Ich weiß nur, daß es bei Männern, Pferden, Hunden oder Frauen nicht aufs Aussehen ankommt«, sagte er trocken.

Jessica lächelte trotz der Tränen, die an ihren Wangen hinunterliefen. »Es ist nicht nur Euer Aussehen, mein liebster Lord Wolfe, wie Ihr sehr genau wißt. Ihr seid eben durch und durch ein Mann.«

Wolfe beugte sich vor und strich mit dem Mund über die silbrigen Spuren ihrer Tränen. »Bleib unter der Decke liegen, Jessi. Ich bin gleich wieder da.«

Wolfe erhob sich aus dem Bett und zog sich die dunkle Hose über, die er vor kurzer Zeit erst ausgezogen hatte. Als er aufstand, spürte er, wie Jessica jede seiner Bewegungen aufmerksam beobachtete. Er schaute über die Schulter und sah den Ausdruck der Bewunderung in ihren Augen, als sie seinen nackten Rücken betrachtete. Er spürte das alte Verlangen in sich erwachen, aber diesmal war es nicht von Eifersucht gefolgt. Endlich war ihm klar, daß sie ihn nicht an der Nase herumführen wollte, um sich an seinen Qualen zu weiden. Jessica wußte einfach nicht, wie einladend ihr Blick auf einen Mann wirkte. Sie hätte sich vor sich selbst gefürchtet, wenn ihr klar gewesen wäre, was sie mit einem einzigen Blick ausrichten konnte. Nach allem, was sie bisher über die Liebe erfahren hatte, hätte ihn das nicht weiter gewundert.

Als er zurückkehrte, hatte er ein kleines Glas Brandy in der einen und eine Wärmflasche in der anderen Hand. Er legte die Wärmflasche auf der Bettkante ab, setzte sich und wärmte das Glas zwischen seinen Handflächen. Schon bald stieg Jessica das volle Aroma des Brandys in die Nase.

»Ich möchte, daß du das hier als eine Art Medizin betrachtest«, sagte Wolfe. »Es wird den letzten Rest der Kälte aus deinen Knochen vertreiben.«

»Woher wußtest du, daß mir innerlich noch ganz kalt ist?«

Er zuckte die Achseln. »Ich weiß, wie das ist, wenn man sich zu Tode fürchtet. So was vergißt man nicht so schnell.«

Voller Überraschung sah sie ihn mit ihren aquamarinblauen Augen an. »Du?«

Wolfe lächelte, als er den ungläubigen Ausdruck in ihrem Gesicht sah. »Und nicht nur einmal.«

»Wann?«

»Am schlimmsten war es, als ich einmal zusehen mußte, wie ein Büffelbulle auf Lord Stewart zugestürmt kam. Sein Pferd war in das Loch eines Präriehundes getreten und zu Boden gegangen. Ich befand mich am anderen Ende der Herde und ritt ohne Sattel und im vollen Galopp. Ich hatte erlebt, wie Krieger der Cheyenne von Büffeln mit den Hörnern aufgeschlitzt wurden, und wußte deshalb ganz genau, was geschehen würde, wenn mein Schuß danebenging.«

»Aber er ging nicht daneben.«

»Nein. Aber manchmal glaube ich beinahe, es wäre besser gewesen, wenn ich mein Ziel verfehlt hätte.«

Als Wolfe den Ausdruck des Entsetzens auf Jessicas Gesicht sah, zogen sich seine Mundwinkel nach unten. Er ermutigte sie, noch einen Schluck Brandy zu trinken. Sie schluckte, verzog das Gesicht und schluckte dann noch einmal.

»Das sollte nicht heißen, daß ich Lord Robert den Tod wünsche«, sagte er schließlich. »Doch wenn ich nicht so ein ausgezeichneter Schütze gewesen wäre, hätte er mich bestimmt bei den Cheyenne bleiben lassen. Ich war damals erst dreizehn und der Stamm fing gerade an, mich in die Geheimnisse eines echten Kriegers einzuweihen.«

Jessica beobachtete Wolfe über den Rand des Brandyglases hinweg. In ihren aufmerksamen Augen spiegelte sich die munter flackernde Kerzenflamme.

»Vielleicht wäre alles ganz genauso gekommen, wenn ich geblieben wäre«, sagte Wolfe achselzuckend. »Ich war immerhin kein echter Cheyenne. Ein Teil von mir war immer schon fasziniert vom Land jenseits des Ozeans, wo mein Vater lebte. Doch ein richtiger Engländer war ich auch nie. Da steckte immer zuviel in mir, das sich nach Lagerfeuern und der Wildnis sehnte. Der blutrünstige wilde Sohn des Grafen.«

Sie gab einen leisen, protestierenden Laut von sich.

Wolfe zuckte noch einmal die Achseln. »Am Ende war ich weder ein richtiger Indianer noch ein richtiger Engländer. Ich hatte mich daran gewöhnt, meinen eigenen Weg zu wählen und nach meinen eigenen Regeln zu leben.«

»Wie geschaffen für das Leben hier draußen im Westen.«

Ein seltsames Lächeln huschte über sein Gesicht. »Ja, ein Mann ohne Heimat und Familie, dafür aber mit einer Vergangenheit, die er hinter sich zu lassen versucht.«

Einen Augenblick lang schaute Wolfe an Jessica vorbei. In seinen Zügen lag ein überwältigender Ausdruck der Melancholie. Und wieder stiegen ihr die Tränen in die Augen, denn sie wußte genau, woran er dachte: er gehörte hierher, in den Wilden Westen – seine Frau nicht.

»Wolfe«, sagte sie mit heiserer Stimme.

»Trink aus, Elfchen. Dann werde ich dein Gesicht und deine Hände in Rosenwasser baden. Hinterher kann ich dich in die Arme nehmen, wenn du möchtest; dann kannst du einschlafen, ohne daß du den Wind hören mußt.«

Jessica wollte etwas sagen, aber Wolfe legte seinen Daumen sanft gegen ihre Lippen.

»Trink aus. Das hilft mindestens genausogut gegen Muskelkater wie eine Massage.«

Die Erinnerungen an den Abend, als Wolfe ihren erschöpften Körper mit duftendem Öl eingerieben hatte, flackerte zwischen ihnen hin und her wie fernes Wetterleuchten.

»Mach dir keine Sorgen, Jessi«, versprach er ihr. »Ich werde dir nie wieder solche Angst einjagen. Wenn du bei mir bist, brauchst du nicht um dein Leben zu fürchten.«

Mit geschlossenen Augen hob Jessica das Glas und trank den letzten Schluck des angenehm duftenden Brandys. Sie wußte selbst nicht genau, warum sie so unglücklich war; eigentlich hätte sie sich freuen sollen.

»Wolfe?« Sie hustete und schluckte ein paarmal. »Sind alle... also... sind die meisten...« Sie mußte noch einmal husten.

»Immer mit der Ruhe, Elfchen.« Wolfe half ihr, sich nach hinten auf die Kissen zurücksinken zu lassen, und bedeckte dann ihre Brüste mit der Felldecke. »Entspann dich erst einmal.«

Er zog das Becken mit dem warmen Wasser heran, machte einen Waschlappen naß und wrang ihn aus. Sanft wischte er ihr damit übers Gesicht, bis ihre Tränen spurlos verschwunden waren.

»Wolfe?«

Er brummte einmal kurz, was wie das Schnurren einer großen Raubkatze klang.

»Ich habe immer geglaubt, daß jede Ehe so ist wie die meiner Mutter«, sagte sie.

»Das ist mir jetzt auch klar.«

»Aber das stimmt nicht, oder?«

»Nein.«

»Auch nicht im Bett?«

»Auch dort nicht«, sagte Wolfe und wrang noch einmal den Waschlappen aus. »Wenn zwischen einem Mann und einer Frau aufrichtige Zuneigung herrscht, dann ist das Bett für beide ein Ort, an dem sie sich einander hingeben können. Und wenn es echte Liebe ist... tja, dann glaube ich sogar, daß es für sie keinen schöneren Ort auf Erden gibt.«

Sanft strich der Lappen an Jessicas Armen entlang. Lange hielt er sich an der Innenseite ihrer Handgelenke auf, wo unter ihrer zarten Haut leise ihr Puls schlug.

»Die meisten Männer«, fuhr Wolfe fort, wobei er mit dem Lappen über ihre offene Handfläche und ihre Finger strich, »sind nicht grausam oder betrunken, wenn sie mit einer Frau zusammen sind. Niemand, der bei klarem Verstand ist, kann sich am Leiden eines anderen erfreuen.«

Jessica beobachtete Wolfe mit weit geöffneten, aufmerksamen Augen.

»Jeder Mann, der etwas auf sich hält, weiß genau, wo er eine Grenze ziehen muß«, fuhr Wolfe fort. »Er weiß genau, daß Frauen zerbrechlicher sind und länger brauchen, bis die Leidenschaft in ihnen erwacht. Doch wenn eine Frau wirklich den Punkt erreicht hat, an dem sie für ihren Mann bereit ist, kann sich nichts mit ihrer Leidenschaft messen. Und dieses innere Feuer wird sie bereitwillig mit ihm teilen.«

»Trotz der Schmerzen?«

»Eine erregte Frau empfindet keine Schmerzen, wenn sie einen Mann in sich spürt. Das Feuer, das in beiden in diesem Moment brennt, ist mit nichts zu vergleichen; und keiner von ihnen ist davon ausgeschlossen.«

»Wie ein Feuer, an dem man sich nicht verbrennt«, flüsterte Jessica, als sie sich plötzlich wieder an ihre eigenen Worte erinnerte.

Eine Welle des Begehrens erfaßte Wolfe, doch als er sich umdrehte, um den Lappen auszuwringen, war ihm nichts anzumerken.

»Ja«, sagte er, während er Jessicas anderen Arm wusch. »Wie ein Feuer, an dem man sich nicht verbrennt.«

Regungslos beobachtete sie Wolfe bei der Arbeit. In ihren klaren Augen spiegelte sich ihre Liebe zu ihm wider, während sie seine schwarzen Augenbrauen betrachtete, sein ungekämmtes Haar, das geheimnisvolle, indigofarbene Zwielicht in seinen Augen und die markanten Linien seines Mundes.

»Und wenn dann vom Feuer nur noch eine sanfte Glut übrig ist«, fuhr Wolfe fort und strich mit dem Lappen an Jessicas Arm entlang, »empfindet man einen tiefen inneren Frieden. Man liegt im Dunkeln nebeneinander und weiß, daß man den Rest seines Lebens mit dem anderen teilen wird. Etwas sagt einem, daß man auf alle Ewigkeit miteinander verbunden ist. Man besitzt auf einmal eine neue Macht, weil man gelernt hat, wie man diesen Augenblick der Leidenschaft immer wieder von neuem erleben kann. Es ist eine göttliche Macht. Es ist die Macht der Schöpfung, die Macht über das Leben.«

»Hast du...« Jessicas Stimme versagte, als sie unvermutet eine tiefe Traurigkeit überkam. Als sie weitersprach, brachte sie nur ein Flüstern zustande. »Hast du das schon einmal mit einer anderen erlebt?«

»Ich hatte früher eine Geliebte. Das dürfte dich doch wohl kaum überraschen.«

»Ich meinte damit nicht deine Vorliebe für Herzoginnen.«

Wolfe wandte den Blick von ihren schlanken Fingern ab, die er in diesem Moment am liebsten geküßt hätte. Er sah, wie Tränen Jessicas Augen verschleierten und wie kostbare Juwelen an ihren Wangen hinunterliefen.

»Was ist es dann, das du wissen willst?« fragte Wolfe.

Sie schloß die Augen und flüsterte: »Hast du schon einmal in der Dunkelheit mit jemandem zusammengelegen und diese Gewißheit gespürt, daß du die Frau fürs Leben gefunden hast?«

»Wenn ja, dann hätte ich längst geheiratet. Trotzdem weiß ich genau, daß so etwas Wunderbares zwischen einem Mann und einer Frau möglich ist.«

Jessica wollte ihn fragen, woher er all das wußte, wenn er es noch nie selbst erlebt hatte, aber als sie kurz nachdachte, wußte sie es selbst.

»Caleb und Willow.«

»Genau«, nickte Wolfe. »Caleb und Willow.«

Ein seltsames Gefühl der Beklemmung stieg in ihrer Kehle auf. »Ist es... wird es... oh, verflucht«, sagte sie verzeifelt, als sie ihre verwirrten Gedanken zu ordnen versuchte.

Wolfes Daumen drückte leicht gegen ihre Lippen. »Immer mit der Ruhe, Elfchen. Du bist schon ganz durcheinander. Möchtest du noch etwas Brandy?«

»Dann bekomme ich einen Schwips«, murmelte sie an seinem Daumen vorbei.

Er lächelte sanft. »Das glaube ich kaum. Du hattest doch höchstens ein oder zwei Teelöffel voll.«

Als Wolfe vom Bett aufstehen wollte, schlossen sich Jessicas Finger um sein kräftiges Handgelenk.

»Wolfe? Was ist, wenn... also, können nur Menschen wie Willow und Caleb Spaß daran haben, wenn sie sich... berühren?«

Ein vielsagendes, hintergründiges Lächeln war genau die Antwort, die Jessica erwartet hatte.

»Du brauchst dazu keine Traumfrau zu sein, wenn es das ist, was du wissen wolltest«, sagte Wolfe.

»Würdest du...« Jessicas Stimme versagte. Sie holte tief Luft und klammerte sich an sein Handgelenk, als wäre es eine Rettungsleine. »Mich berühren? Und mir alles beibringen, was ich wissen muß?«

Wolfes Augen weiteten sich ungläubig und verengten sich dann voller Mißtrauen, als ihm dämmerte, worum sie ihn gebeten hatte. »Ich kann dich nicht einfach nehmen, Jessi. Das würde es unmöglich machen, unsere Ehe später einmal für ungültig erklären lassen. Ich bin nicht der Richtige für dich. Und du bist nicht die Richtige für mich. Wenn ich jetzt mit dir schlafe, werde ich das mein Leben lang bereuen.«

Einen Augenblick lang krallten sich Jessicas Fingernägel tief in Wolfes Hand. Dann ließ sie ihn los und lehnte sich mit geschlossenen Augen zurück. Sie schämte sich zu sehr, um ihm in die Augen zu schauen.

»Entschuldige bitte«, sagte sie mit lebloser Stimme. »Einen Moment lang hatte ich vergessen, was für eine schlechte Meinung du von mir hast. Du hättest mich dem Wind überlassen sollen. Das wäre besser gewesen. Schon seit der Nacht, in der Lord Gore über mich hergefallen ist und ich zu dir aufs Zimmer gekommen bin, hast du mich nur verachtet.«

»Jessi, wie kannst du das nur glauben?« protestierte Wolfe. Seine Finger streichelten erst ihre bleiche Wange und dann die weichen Linien ihres Mundes. »Oder macht es dir nun doch nichts aus, schwanger zu werden?«

Unvermittelt schlug sie die Augen auf. In ihnen spiegelten sich dieselben alten Alpträume und die nackte Angst.

»Kein Grund zur Beunruhigung«, sagte er beschwichtigend. »Ich sagte doch bereits, ich werde nicht über dich herfallen. Das war mein voller Ernst. Wir passen eben einfach nicht zueinander.«

»Ich kann dich nicht gehen lassen. Es tut mir leid, aber ich kann einfach nicht. Die Vorstellung, neben jemandem wie Lord Gore zu liegen...« Unverhohlene Abscheu sprach aus jedem ihrer Züge.

»Nicht jeder Mann von Adel ist ein brutaler Schurke.«

Sie schloß die Augen und schüttelte den Kopf. Das Kerzenlicht glänzte wie sanfte Glut in ihrem Haar. Mit den Fingerspitzen strich Wolfe über eine ihrer Locken, doch sie spürte seine Berührung nicht.

»Es gibt jede Menge gutaussehender, anständiger junger Männer aus dem englischen Adel«, sagte Wolfe und zog seine Hand zurück. »Ich kümmere mich darum, daß Lady Victoria dir einen von ihnen aussucht.«

»Ich würde lieber den Wind heiraten, als die Berührungen eines Mannes ertragen zu müssen!«

»Und ein Halbblut wie ich ist kein vollwertiger Mann; ist es das, was du damit sagen willst?« fragte Wolfe. Sein Stimme klang plötzlich ganz anders.

Ihre Augen weiteten sich vor Erstaunen. »Das habe ich niemals behauptet!«

»Ach wirklich?« Wolfe beugte sich über sie und sah ihr direkt in die Augen. »Zuerst bittest du mich darum, dich zu berühren, und dann sagst du, du kannst niemals die Berührung eines Mannes ertragen. *Bin ich etwa kein Mann?*«

»In meinen Augen bist du sogar noch mehr als das«, flüsterte sie. Mit zitternden Fingerspitzen strich sie über seine schwarzen Augenbrauen und die bitteren Falten auf beiden Seiten seines Mundes. »So unendlich viel mehr...«

Wolfe konnte den angenehmen Schauder nicht unterdrücken, der ihn überlief, als Jessica diese Worte aussprach, ihn berührte und ihn mit ausdrucksvollen Augen ansah.

»Jessi«, hauchte er. Er wandte sich um und küßte ihre Fingerspitzen. Dann sagte er plötzlich: »Es gibt Stellen, an denen ich dich so berühren könnte, daß du wahre Leidenschaft empfindest, ohne deine Jungfräulichkeit zu verlieren. Verstehst du, was ich meine?«

Sie sah ihn mit großen, leuchtenden Augen an und schüttelte dann langsam den Kopf.

»Du kannst erleben, was eine Frau in den Augenblicken der Leidenschaft erfährt, ohne dabei zur Frau zu werden«, versuchte Wolfe ihr noch einmal zu erklären.

Jessicas Augen weiteten sich ungläubig.

Er lächelte. »Ach, Elfchen, wenn du deinen Gesichtsausdruck sehen könntest...«

»So etwas ist möglich?« fragte sie, ohne auf die Hitze zu achten, die dabei in ihren Wangen aufstieg.

»Ja, natürlich. Ich verspreche dir, daß es nicht weh tun wird und daß du dabei nicht schwanger werden kannst. Und eine Jungfrau wirst du hinterher auch immer noch sein.«

»Wie ist das möglich?«

Wolfe beugte sich vor und berührte Jessicas Ohr mit seinen Lippen. »Ich kann es dir zeigen, aber du mußt mir dabei helfen.«

»Wie?«

»Warte nur ab.«

13

Wolfes Finger vergruben sich sanft in Jessicas wildem, seidigen Haar. Langsam massierte er ihre Kopfhaut.

»Du hast wundervolle Hände«, seufzte sie. »Ich weiß gar nicht, wie ich die Gefühle beschreiben soll, die du in mir auslöst.«

Lächelnd fuhr Wolfe mit seiner Zunge an der Außenseite ihrer Ohrmuscheln entlang. Sie gab einen Laut der Überraschung von sich. Ihre Gefühle überschlugen sich geradezu und eine Gänsehaut prickelte auf ihren Armen.

»Was war das für ein Geräusch?« fragte er. »Habe ich dir etwa einen Schreck eingejagt?«

Jessica schüttelte den Kopf und beobachtete ihn, während ihre Augenlider langsam schwer wurden. Rosenduft schwebte über ihrem Haar. Wolfes Nüstern blähten sich, als ihm der Duft in die Nase stieg.

»Sag mir, wie es sich anfühlt«, murmelte er.

»Kann ich dir so helfen?«

»Das wäre eine Möglichkeit.«

»Es fühlt sich an, als wenn ich am ganzen Leib zittere und doch ganz still daliege«, sagte Jessica und ließ Wolfe dabei nicht aus den Augen. »Ich glaube, so muß sich eine Rosenknospe fühlen, wenn sie die Sonne zum ersten Mal spürt.«

Wolfes Atem stockte, während er mühsam um seine Selbstbeherrschung rang. »Du machst mich sehr glücklich, Jessi.«

Sie wollte gerade fragen, warum, aber Wolfes Zungenspitze fuhr bereits wieder an ihrem Ohr entlang und entlockte ihr erneut ein leises, wohliges Stöhnen. Ihr Atem stockte.

»Das wußte ich noch gar nicht«, sagte sie.

»Was?« murmelte er ihr ins Ohr.

»Wie empfindlich mein Ohr ist.« Sie seufzte und suchte schweigend mit ihren Lippen seinen Mund. »Und wie gut sich Eure Zunge anfühlt, mein liebster Lord Wolfe.«

Sein Herzschlag stockte für einen Moment und kehrte dann zögernd zurück, als er das altvertraute Verlangen nach ihr spürte. Er spielte eine Weile mit ihrem Ohrläppchen, bevor er es sanft zwischen die Zähne nahm. Er hörte wie sie Luft holte und mit einem Seufzen ausatmete.

»Und was ist mit meinen Zähnen?« flüsterte er. »Wie gefallen dir die?«

Anstatt ihm zu antworten, legte Jessica den Kopf weit in den Nakken, während sie gleichzeitig ihr Haar mit beiden Händen anhob, damit er mit seinem Mund besser an ihren Hals und ihr Ohr herankommen konnte. Mit einem zufriedenen Lächeln erhörte er ihr wortloses Flehen. Diesmal ließ er seine Zunge so lange um ihre Ohrmuschel kreisen, bis sie zu stöhnen begann, als sie die warme Berührung nicht mehr länger ertragen konnte. Doch er hörte erst auf, als sie anfing, immer und immer wieder seinen Namen zu flüstern. Zögernd löste er sich von ihr und hob den Kopf. Mit halb geschlossenen Augen und auf dem Kissen ausgebreitetem Haar lag sie vor ihm.

»War das alles?« fragte sie enttäuscht.

Wolfe lachte leise und schüttelte den Kopf. »Wo möchtest du jetzt geküßt werden?«

»Wo würde es sich denn genauso gut anfühlen wie bisher?«

»Es gibt Stellen, an denen es sich sogar noch viel besser anfühlt.«

Jessicas Augen weiteten sich ungläubig, als sie spürte, wie sicher sich Wolfe seiner Sache war. »Tatsächlich?«

»O ja.« Wolfes Blick wanderte von ihren leicht geöffneten Lippen zu den Rundungen ihres Körpers, die sich unter dem Bettlaken abzeichneten. »Aber du mußt versprechen, daß du mir weiterhilfst.«

»Soll das heißen, daß ich *dir* jetzt ins Ohr beißen darf?«

Beim Klang ihrer Stimme, in der sich gutmütiger Spott und unschuldige Leidenschaft miteinander verbanden, mußte Wolfe unwillkürlich lachen, obgleich er genau spürte, wie sein Körper auf ihre Worte reagierte.

»Das soll heißen, daß du mir auch weiterhin sagen sollst, wie es sich anfühlt, wenn ich dich berühre«, erklärte er.

»Ich würde dir lieber ins Ohr beißen.«

Er lachte und freute sich darüber, daß auch sie sich gut zu amüsieren schien. »Noch nicht, Jessi. Das würde mich jetzt nur ablenken.«

»Ablenken? Ist das dasselbe wie dieses seltsame Flattern von Schmetterlingsflügeln in meiner Magengrube?«

»Schon möglich. Dieses Flattern spürt man immer am Anfang; selbstverständlich kann einen das davon ablenken, sich mit Leidenschaft jemandem hinzugeben.«

Jessica zögerte und warf Wolfe einen unsicheren Blick zu. »Genau das habe ich nie gewagt, Leidenschaft zu zeigen.«

»Hast du immer noch Angst?«

»Nicht bei dir.«

Wolfe küßte sie sanft. »Das ist gut so, denn ich hatte schon immer so ein Gefühl, daß du in Wirklichkeit eine sehr leidenschaftliche Frau bist. Aber um deinen Gefühlen freien Lauf zu lassen, mußt du einem anderen Menschen erlauben, sich dir zu nähern. Keine Erfüllung... nur körperliche Nähe. Und diese Art von Nähe konntest du in der Vergangenheit nie ertragen.«

»Willst du damit sagen...« Jessica wurde rot und räusperte sich verlegen. »Nachdem du mich gebadet hast, als du...?«

»Ja, genau. Als ich meine Hand zwischen deine Beine gelegt habe.«

Jessica versteckte ihre feuerroten Wangen hinter ihren Handflächen. »O Gott, Wolfe. Ich weiß nicht genau, ob ich über so etwas mit dir reden kann.«

»Findest du das Thema ekelhaft?« fragte er mit neutraler Stimme.

Sie schüttelte den Kopf.

»Du mußt schon etwas sagen, Jessi. Um keinen Preis möchte ich dir Angst einjagen oder etwas tun, was dir nicht gefällt.«

»Vielleicht ist es mir einfach nur peinlich«, murmelte sie.

»Ach so.« Wolfe betrachtete die Rundungen ihres Körpers unter der Felldecke. »Ich werde daran denken. Und jetzt mußt du mir erklären, was du gerne möchtest.«

»Ich soll dir etwas erklären?« fragte Jessica ungläubig. »Ich darf nicht einmal daran denken, wie es ist, wenn du mich berührst. Dafür muß ich immerzu daran denken, wie ich zufällig in der Badewanne deine Hand zwischen meinen Beinen eingeklemmt habe und daß sich deine Hand viel besser angefühlt hat als der Schwamm, aber wenn ich auch nur daran denke, fange ich sofort an zu zittern, und alles dreht sich um mich, und atmen kann ich auch nicht wegen all dieser winzigen Schmetterlinge in meinem Inneren, und da verlangst du von mir auch noch, daß ich mich mit dir unterhalten soll, als säßen wir in Sir Roberts Bibliothek und diskutierten über die literarischen Vorzüge von Keats und Shelley?«

Nachdem es Wolfe endlich gelungen war, den Wortschwall, der aus ihr hervorbrach, einzudämmen und sie zum Schweigen zu bringen, küßte er lächelnd die Hände, mit denen sie ihre heißen Wangen bedeckte.

»Du hast dich wunderbar weich und zart angefühlt, sowohl in der Badewanne als auch im Bett«, sagte Wolfe. »Wenn ich dich berühre, fange ich an zu zittern und alles dreht sich um mich und atmen kann ich auch kaum.«

Langsam ließ Jessica ihre Hände sinken. »Und es bringt dich nicht durcheinander, wenn du dich so fühlst?«

»Doch«, gestand er ihr, »aber alles, woran ich in diesen Augenblikken denken kann, bist du und wie wunderbar es ist, dich zu berühren, und wie tapfer du bist, mir trotz all deiner Ängste zu vertrauen.«

»Ich nehme an, du willst damit sagen, ich habe nicht mehr Verstand als eine Rosenknospe im Frühling.«

»Nein, ich will damit sagen, daß ich selbst nicht mehr Verstand besitze als die Sonne, die diese Rosenknospe aus ihrem Schlaf wachküßt.« Wolfe beugte sich so tief über Jessicas Mund, daß er jeden Atemzug spüren konnte, der über ihre Lippen kam. »Darf ich dich so berühren, wie die Sonne im Frühling die kleine Rosenknospe berührt?«

Jessicas Atem stockte. »Und wie berührt die Sonne eine Rosenknospe?«

»Ganz sanft. Zärtlich. Überall gleichzeitig.«

Wolfes Mund, der ihre Lippen bedeckte, kostete den Duft ihres Atems, als sie leise ihre Zustimmung hauchte. Als seine Zunge warm über die empfindliche Stelle über ihrem Mund strich, öffneten sich ihre Lippen vor Überraschung. Ungehindert glitt seine Zunge zwischen ihnen hindurch. Ein unerwartetes Gefühl der Wärme durchströmte Jessica.

»Ich wollte dich nicht erschrecken«, versicherte ihr Wolfe, wobei sie jedes Wort auf ihren Lippen spürte. »Aber ich habe dich ja gewarnt, daß wir uns dabei sehr nahe kommen würden.«

»Du hast mich nicht erschreckt. Es waren die Schmetterlinge.«

»Die Schmetterlinge?«

»Schau dich jetzt nicht um, aber ich glaube, der Papagei ist wieder da.«

»Zum Teufel mit dem Papagei.« Wolfe knabberte zärtlich an ihrer Unterlippe. »Erzähl mir mehr von den Schmetterlingen.«

»Ich glaube, sie sind aus Feuer und nicht aus Samt.«

»Möchtest du genau wissen, woraus sie bestehen?«

»Ja, aber sei mir bitte nicht böse, wenn ich zuerst ein bißchen nervös bin«, sagte Jessica leise. »Ich habe wirklich keine Angst vor dir, Wolfe. Du bist einfach wunderbar, in jeder Beziehung.«

»Meine süße, kleine Lügnerin. Jeder von Willows Brüder sieht tausendmal besser aus als ich.«

»Einsamer Baum, du mußt blind sein. Wenn du einen Raum betrittst, stellst du sofort alle anderen Männer in den Schatten. Alle Augen richten sich auf dich.«

Jessica spürte, wie ein winziger Schauer Wolfe überlief, und wußte, daß ihre Worte ihm gutgetan hatten.

»Soll das heißen, daß ich dich noch einmal an deiner geheimsten Stelle küssen darf?« fragte er, als er wieder zu sprechen wagte.

»Ja«, flüsterte sie. »Bitte.«

Die wilde Leidenschaft, mit der Wolfe sie küßte, löste in ihr ein angenehmes Prickeln aus, das sich von ihrer Zunge langsam bis hinunter zu den Knien ausbreitete. Sie vergrub ihre Finger in seinem Haar und wünschte sich inständig, sie könnte ihn noch intensiver berühren, ihm noch näher sein, das angenehme Prickeln noch tiefer in sich spüren.

Der Kuß nahm kein Ende. Gierig kostete Wolfe den Duft und die Wärme ihres Mundes aus, bis die ganze Welt um sie herum versank und sich alles langsam um sie zu drehen begann. Obwohl das Gefühl unvertraut war, hatte sie diesmal keine Angst. Er war bei ihr, so nahe wie ihr Atem, ihr Herzschlag.

Ihre Herzen schlugen im gleichen Takt.

Sie legte die Arme fest um seinen Hals. Sie wußte, daß er stark genug war, sie in dieser neuen Welt zu beschützen, die er mit seinem Kuß für sie allein geschaffen hatte; eine Welt voller Leidenschaft und feuriger Schmetterlingsflügel. Als er versuchte, den Kopf wegzuziehen, protestierte sie leise. Ihre Zungen fanden sich, während sie betete, daß dieser Kuß niemals enden würde.

Mit seinen starken Armen hob er sie vom Bett. Fasziniert beobachtete sie das Spiel seiner Muskeln bei jeder Bewegung. Ruhelos strichen ihre Handflächen über die nackte Haut auf seinen Armen und seiner Brust, als er sie sanft auf das Fell bettete. Sie fuhr prüfend mit den Fingerspitzen über die festen Muskeln seines Oberkörpers, wobei ihre Nägel kaum sichtbare Kratzspuren hinterließen.

Wolfe stöhnte heiser, als sich sein Körper vor Begehren aufbäumte und seine Muskeln sich unter Jessicas forschenden Händen unwillkürlich anspannten.

»Wolfe?« flüstere Jessica. »Stimmt etwas nicht?«

»Nein. Ich habe nur gerade gelernt, daß Elfen winzige goldene Krallen besitzen.«

»Wie bitte?«

Ein Lachen stieg aus seiner Kehle auf, während er den abwesenden, verführerischen Ausdruck in ihren Augen und ihre geröteten Lippen betrachtete. »Du schmeckst nach Brandy«, sagte er.

»Genau wie du.«

»Ich schmecke nach dir. Du brauchst nur an meinen Lippen zu

lecken, Jessi. Komm, laß mich noch einmal deine kleine, weiche Zunge in meinem Mund spüren.«

Die Überraschung stand ihr im Gesicht geschrieben. »Ich wußte nicht…«

Wolfe schaute sie abwartend an. In seinen Augen lag ein Ausdruck der Vorfreude.

»Der Kuß«, flüsterte sie. »Ich hatte gar nicht gemerkt, wie nahe wir uns gekommen sind, bis ich gehört habe, was du gerade gesagt hast. Ich kann dich tatsächlich *schmecken.*«

»Der Geschmack nach Brandy kam von dir.«

»Alles andere aber nicht. Du bist so warm. Und du schmeckst ein bißchen salzig und ein bißchen süß.« Jessica erschauderte. »Wie ein guter Wein, so verändert sich dein Geschmack von einem Moment zum anderen. Und wie ein guter Wein steigst du mir langsam zu Kopf.«

»Jessi«, sagte Wolfe mit heiserer Stimme, »du bringst mich noch um den Verstand.«

Als er Jessica mit seinen starken Armen an sich zog, leistete sie keinen Widerstand. Er küßte sie spielerisch, ließ sich Zeit, hielt sich zurück. Schließlich hielt sie es nicht mehr aus, schlang ihre Arme um seinen Hals und drückte ihn fest an sich. Sie wollte noch einmal so geküßt werden wie vorher.

Doch Wolfe war zu stark, um sich von ihr beeinflussen zu lassen. Die spielerischen Küsse, die sie beinahe in den Wahnsinn trieben, nahmen kein Ende.

»Wolfe?«

Er gab ein leises Schnurren von sich, das ihr durch und durch ging. Doch seine Augen hatten nichts Zurückhaltendes an sich; unter seinen dichten Wimpern glühte die Leidenschaft.

»Küß mich noch einmal so wie vorhin«, flüsterte Jessica. »Küß mich, damit ich dich auf meiner Zunge schmecken kann.«

Wolfe stöhnte und versiegelte ihren Mund mit einem heißen Kuß, der leidenschaftlicher und befriedigender war als alles, was er jemals mit einer anderern Frau erlebt hatte. Seine Hände glitten hinunter zu ihrem Nacken und weiter zu ihren Hüften und drückten sie fest an seinen Körper. Ihr seidenes Nachthemd war seinen Fingern dabei nicht im Weg. Unter dem hauchdünnen Stoff konnte er jede einzelne Kurve ihres Körpers genau spüren. Sie war schlank und biegsam wie ein Kätzchen, und genau wie ein kleines Kätzchen schmiegte sie sich in seine ausgestreckte Hand, während er ihren Rücken streichelte. Als der Kuß endlich aufhörte, zitterte sie am ganzen Körper, während ihre Haut vor Leidenschaft glühte.

Mit aufreizender Langsamkeit wanderte Wolfes Blick von ihrem Mund hinunter zu ihrem Hals und weiter zu ihren Brüsten. Wie ein halb durchsichtiger Schleier vermochte ihr Nachthemd kaum ihren Körper vor seinen neugierigen Blicken zu verbergen. Unter dem Stoff schimmerten ihre Brustwarzen in einem verführerischen Rosa.

»Erinnerst du dich an die Knospe und die Sonne?« fragte Wolfe mit heiserer Stimme. »Weißt du noch, wie ich dich davor gewarnt habe, daß sich zwei Menschen im Augenblick der Leidenschaft sehr, sehr nahe kommen?«

»Ich glaube, das gefällt mir sogar. So wie du es mir erklärt hast.«

»Gut, denn jetzt kommen wir uns wirklich sehr nahe.«

»Jetzt erst?« Jessicas Augen weiteten sich ungläubig. *»Jetzt erst?«*

»Mein süßer, kleiner, rothaariger Papagei«, murmelte er. »Ja, jetzt erst. Jetzt kommt der schönste Teil, Jessi. Noch schöner als der Moment, in dem sich unsere Zungen berührt haben.«

Wolfes Hand glitt an ihrem Hals entlang und zögerte an der Stelle direkt unter ihrem Schlüsselbein. Ihr Atem stockte, als sie sich plötzlich der Schwere und Fülle ihrer eigenen Brüste bewußt wurde. Er küßte sie langsam und leidenschaftlich, bis sie sich ihm vollkommen hingab und seine Küsse ebenso gefühlvoll erwiderte. Erst dann legte er seine Hand zärtlich auf ihre Brust und begann, sie im gleichen Rhytmus zu streicheln, in dem seine Zunge ihr Ohrläppchen kitzelte.

»Wie ein verängstigter kleiner Vogel liegst du in meiner Hand«, sagte Wolfe. »Dein Herz schlägt so schnell. Hast du Angst?«

Jessica versuchte zu sprechen, aber alles, was über ihre Lippen kam, war ein unterdrücktes Stöhnen. Nerven, von deren Existenz sie nie zuvor etwas geahnt hatte, registrierten die langsamen Bewegungen seiner Finger. Von ihren Brüsten bis hinunter zu den Knien breitete sich ein Feuer in ihr aus, das ihr das Atmen unmöglich machte.

»Hilf mir, Jessi. Sag mir, was du empfindest. Laß mich hören, wie dein Atem stockt, wenn du dich mir hingibst.«

Wolfes Fingerspitzen schlossen sich um die samtige Knospe ihrer Brust. Er streichelte sie vorsichtig und hörte, wie sie immer und immer wieder mit heiserer Stimme seinen Namen hauchte. Er spürte, wie ihre Brustwarze sich langsam verhärtete und unter der weißen Seide ihres Nachthemds abzuzeichnen begann.

»Ich glaube«, murmelte er leise, »diese Knospe hat keine Angst vor der Sonne.«

Wieder und wieder kehrten seine Fingerspitzen an dieselbe Stelle zurück. Ein winziger Schrei entfuhr Jessicas Kehle. Als er sich endlich vom Anblick der rosigen Knospe losreißen konnte, schaute sie ihn mit großen Augen an.

»Du zitterst ja«, stellte er fest.

»Ich kann nichts dagegen machen. Wenn du mich so anschaust, bleibt mir gar nichts anderes übrig.«

»Wie schaue ich dich denn an?«

»Als wenn du mich am liebsten ...«

Jessicas Stimme erstarb. Sie errötete, und er spürte die Hitze ihrer Haut in seiner Handfläche.

»Als wenn ich dich am liebsten ...?« fragte er mit heiserer Stimme.

»... küssen würde«, flüsterte sie. »Dort.«

»Ja. Halt dich an mir fest, Jessi.«

Ungläubig und erwartungsvoll zugleich sah Jessica zu, wie Wolfe an ihrem Körper hinunterglitt. Sie spürte seinen Mund, der über die wild klopfende Ader an ihrem Hals strich; spürte seinen warmen Atem auf ihrer Haut; spürte, wie er zuerst mit der einen, dann mit der anderen Wange über ihre Brüste strich. Wie aus großer Entfernung bemerkte sie, daß seine Hände sich ebenfalls an ihr zu schaffen machten. Die winzigen Knöpfe an der Vorderseite ihres Nachthemds öffneten sich einer nach dem anderen. Wohlige Schauer überliefen sie, als sich die Seide über ihren Brüsten teilte und ihre Brustwarzen sich aufrichteten.

Dann erkannte sie, daß er die Absicht hatte, sie auszuziehen.

»Wolfe...« Ihre Stimme versagte.

»Das gehört dazu, wenn man sich wirklich nahe sein will. Ich werde dir nicht weh tun, Jessi. Darf ich dich ausziehen?«

Sie stöhnte gequält. »Ja.«

In der gespannten Stille, die auf diese Worte folgte, war nur das leise Rascheln von Jessicas Nachthemd zu hören, als seine Hände ihr dabei halfen, es abzustreifen. Sie zitterte unkontrolliert, unternahm aber keinen Versuch, sich zu bedecken, als die kühle Nachtluft mit ihren nackten Brüsten in Berühung kam.

»Du bist vollkommen«, sagte Wolfe mit ehrfürchtiger Stimme. Dann setzte er hinzu: »Und seit deinem fünfzehnten Geburtstag habe ich davon geträumt, dich so vor mir zu sehen.«

Obwohl Jessica vor Anspannung zitterte, konnte sie genau spüren, daß sie für ihn schön war. Seine gefühlvolle Stimme und der zärtliche Blick in seinen Augen sprachen eine deutliche Sprache. Es dauerte einen Moment, bis ihr bewußt wurde, was er gerade gesagt hatte.

»Als ich fünfzehn war?« fragte sie mit leiser Stimme.

»Lady Victoria hatte recht. Ich habe dich schon damals so sehr begehrt, daß ich mir niemals eingestehen wollte, daß du eine erwachsene Frau warst. Doch in meinen Träumen kam die Wahrheit ans Licht.« Wolfes Stimme klang jetzt selbstsicherer. »In meinen Träumen bin ich zu dir gekommen, habe dich ausgezogen und dich gelehrt, was es heißt, zu lieben. Meine Träume waren es auch, die mich schließlich aus England vertrieben haben.«

»Nicht der Skandal mit der Herzogin?«

Ohne zu antworten, ließ Wolfe seine Fingerspitzen zuerst über die heftig pulsierende Ader an ihrem Hals und dann über das mahagonifarbene Schamhaar gleiten, das die Stelle zwischen ihren Schenkeln verhüllte. Als Jessica seinen Namen flüsterte, lächelte er geheimnisvoll, obwohl die Leidenschaft ihre scharfen Krallen tief in ihn geschlagen hatte und ihn nicht mehr loslassen wollte.

Früher hätte er gezögert oder wahrscheinlich aufgehört, Jessica zu streicheln, solange er nicht genau wußte, ob er die Selbstbeherrschung bewahren konnte. Doch diese Selbstzweifel lagen jetzt weit hinter ihm. Er brauchte nur daran zu denken, was Jessica in ihrer Kindheit durchgemacht hatte, und sofort überlief es ihn eiskalt. Sein dringendes Verlangen ließ augenblicklich nach, so daß er Zärtlichkeiten mit ihr austauschen konnte, ohne automatisch dem Drang nachgeben zu müssen, sie zu besitzen.

Doch trotz seiner guten Vorsätze begann sein altes Verlangen schon nach kurzer Zeit zurückzukehren.

»Meine Affäre mit der Herzogin war ein angenehmer Zeitvertreib«, erklärte er, wobei seine Finger eine feurige Spur auf Jessicas Körper hinterließen. »Ich dachte, wenn ich mir eine Geliebte zulege, kann ich wieder selbst über meine Träume bestimmen.«

»Und?«

Jessicas Stimme klang so atemlos, als müßte sie die Worte mit aller Kraft hervorbringen. Am liebsten wäre sie aufgesprungen und hätte sich vor ihm versteckt ... doch gleichzeitig sehnte sie sich danach, sich wie ein Kätzchen an ihn zu schmiegen. Der innere Widerspruch zerrte an ihren Nerven, bis sie zu zittern anfing.

»Ich konnte nicht über meine Träume bestimmen, seitdem wir damals vor dem Regen unter einer Eiche Schutz gesucht haben. Du warst vollkommen durchnäßt. Dein Kleid klebte dir am Körper und deine Brustwarzen zeichneten sich deutlich unter dem Stoff ab.«

Wolfe beugte sich so weit herunter, daß er ihren Hals küssen konnte.

»Ich habe mich damals gefragt, ob sich deine Brustwarzen wohl auch für mich so aufstellen würden«, flüsterte er.

Jessica stieß ein leises Stöhnen aus, das Wolfe durch und durch ging. Vorsichtig knabberte er mit den Zähnen an der Stelle, an der sich ihr Hals und ihre Schulter berührten.

»Danach bist du mir einfach nicht mehr aus dem Kopf gegangen«, erzählte er. »Ich versuchte mir immer wieder einzureden, daß es nur an meinem Alter lag oder daran, daß mein Körper mit mir machte, was er wollte; oder vielleicht an den Herzoginnen und ihren leidenschaftslosen Umarmungen. Alles mögliche ging mir im Kopf herum, nur auf die Wahrheit bin ich nicht gekommen. Ich sehnte mich so sehr nach dir, daß ich dich nicht einmal anschauen konnte, ohne daß mich das Begehren augenblicklich überwältigte.«

Sein Mund glitt an ihrem Körper hinunter und begann, die warme Mulde zwischen ihren Brüsten zu erforschen. Ihr Herzschlag ließ sie erzittern, aber es waren Wolfes Worte und die Wärme seines Atems auf ihrer nackten Haut, die sie bis ins Innerste berührten. Überall dort, wo seine Zungespitze über ihren Körper tänzelte, hinterließ sie eine Spur aus flüssigem Feuer.

»Du schmeckst wie eine Rose«, flüsterte er.

Wolfe drehte den Kopf hin und her, um die Wärme und den Duft ihrer Haut voll auszukosten. Seine Sinnlichkeit verschlug ihr den Atem. Mit einem lustvollen Stöhnen preßte sie sich an ihn und bot sich den Liebkosungen seines Mundes dar, ohne genau zu wissen, was mit ihr geschah.

»Du machst mich wahnsinnig«, flüsterte er.

»Du bist es, der mich wahnsinnig macht. Dein Mund brennt wie Feuer.«

Eine Welle des Begehrens erfaßte Wolfe und schüttelte ihn so lange, bis er den Atem nicht mehr länger anhalten konnte und leise aufstöhnte.

»Schon seit Jahren raubst du mir den Verstand«, sagte er. »Ich habe damals versucht, einen Vorwand zu finden, um England zu verlassen. Dann hat die Herzogin öffentlich eine große Szene gemacht, weil ich aus ihrem Bett geflüchtet bin. Schließlich hat selbst Sir Robert eingesehen, daß es für alle Beteiligten das beste wäre, wenn sein unehelicher Sohn für eine Weile das Land verläßt.«

Wolfes Wange strich sanft über Jessicas Brust. Sie hob die Hände, versuchte aber nicht, ihn von sich zu stoßen. Seine Worte ließen ein Gefühl der Hilflosigkeit in ihr zurück. Mit jedem Augenblick, in dem seine Hände sie leidenschaftlich liebkosten, fühlte sie sich ihm mehr ausgeliefert. Sie vergrub ihre Finger in seinem rabenschwarzen Haar, bis sie die warme Haut darunter spüren konnte. Als sie merkte, wie er auf ihre Berührungen reagierte, massierte sie noch einmal vorsichtig mit ihren Fingernägeln seine Kopfhaut.

»Ich habe geweint, als ich hörte, daß du abgereist bist«, flüsterte sie.

»Wirklich? Ich habe nur gesehen, wie du gelächelt hast. Außerdem war da so ein herablassender Tonfall in deiner Stimme, als du dich über meine Vorliebe für die Herzogin ausgelassen hast.«

»Ich war wütend.«

»Du warst eifersüchtig auf mich, Jessi. So wie nur eine Frau auf ihren Geliebten eifersüchtig sein kann. Lady Victoria hat das damals schon genau erkannt. Und sie hat erkannt, daß es etwas gab, das ich stets vor mir selbst verborgen hielt.«

»Und was war das?«

»Daß mich jede Kleinigkeit immer nur an dich erinnerte – der Klang einer bestimmten Stimme, der Duft einer Rose, ein Zimmer, in dem du dich kurz vorher aufgehalten hattest. Es war, als wenn man mich auf eine Folterbank gespannt hätte. Ich sah keinen anderen Ausweg mehr; andere Frauen hatten ihren Reiz für mich völlig verloren. Es blieb mir nichts anderes übrig, als wegzugehen.«

Hilflos schaute Wolfe zu Jessica auf. Er unternahm keinen Versuch, das Verlangen nach ihr zu verbergen, das im Lauf der Jahre zu einem

Teil von ihm geworden war, den er sich aus seinem Leben nicht mehr wegdenken konnte.

»Das wußte ich nicht«, flüsterte sie.

Sie sahen sich tief in die Augen. Das abgrundtiefe Verlangen in seinem Blick traf sie wie ein elektrischer Schlag.

»Ich habe mein Verlangen nach dir vor mir selbst genauso geheimgehalten wie vor dir«, sagte er.

Langsam wandte Wolfe das Gesicht ab. Erneut betrachteten seine dunklen Augen ihren Körper. Der Unterschied zwischen ihrer hell schimmernden Haut und der dunklen Glut ihres mahagonifarbenen Haars überraschte ihn jedesmal von neuem. Bewundernd schweiften seine Augen über ihre vollen Brüste und die sanft geschwungenen Hüften, die fließend in die Kurven ihrer schlanken Beine übergingen.

»Als du weggegangen bist, hat die Sonne aufgehört für mich zu scheinen«, flüsterte Jessica. »Oh, Wolfe, ich habe dich so vermißt, daß ich schon geglaubt habe, ich müßte sterben. Ich habe dich so sehr geliebt. Ich habe dich immer schon geliebt.«

Sein Herzschlag setzte kurz aus und kehrte dann mit einem heftigen Pochen zurück.

»Verlieb dich bloß nicht in mich, Jessi. Das kann für keinen von uns beiden gut sein. Ich hätte niemals zeigen dürfen, wie sehr ich dich begehre, sogar jetzt nicht. Aber ich bringe es einfach nicht über mich. Du bist so schön, und ich habe so lange von dir geträumt.«

Wolfe beugte sich zu ihren Brüsten hinunter. Seine Zunge fuhr zärtlich über die Stelle, wo ihre helle, seidige Haut in eine rosige Versuchung überging, der er nur wenige Augenblicke lang zu widerstehen vermochte. Er knabberte zärtlich an ihr, und sie antwortete mit einem leisen Stöhnen. Ihre Finger gruben sich in sein Haar.

»Hab keine Angst«, hauchte Wolfe. »Ich bin kein betrunkener Lord, der über dich herfällt, bis du blutend am Boden liegst. Ich bin nur ein Halbblut ohne Rang und Namen; jemand, der sein Leben lang darauf gewartet hat, dich nur einmal berühren zu dürfen.«

Noch bevor Jessica einen Ton herausbrachte, sah sie, wie sich Wolfes Lippen öffneten. Sie spürte, wie sich eine atemberaubende Hitze in ihr auszubreiten begann, als seine Zunge ihre Brustwarze berührte und als sich sein Mund fest um sie schloß. Unkontrolliert bäumte sie sich auf, als eine Welle des Begehrens sie erfaßte. Sie rief seinen Namen, und er antwortete ihr, indem er seinen Mund nur noch fester auf sie preßte und seine Lippen sanft hin und her bewegte. Unbewußt verkrallten sich ihre Finger in seinem Haar, als erneut eine Welle des Begehrens über sie hereinbrach.

Zärtlich tippte Wolfe mit seiner Zungenspitze an die pralle Knospe, die an der Stelle erblüht war, wo er sie eben noch geküßt hatte. Sie stöhnte und bäumte sich unter ihm auf. Er zog die Zähne ein wenig zurück und berührte prüfend mit seinen Lippen ihre Brustwarze. Die Glut, die sein Kuß in ihr entfachte, war unbeschreiblich und entlockte ihr einen rauhen, leidenschaftlichen Schrei. Wolfe hörte nicht auf, bis sich ihr Atem wieder beruhigt hatte und sie sich genußvoll unter der Berührung seines Mundes hin und her wand. Mit aufreizender Langsamkeit löste er sich von ihrer Brust und bewunderte die feste dunkelrote Knospe, die er mit seinen Lippen geschaffen hatte.

»Jetzt siehst du aus wie damals im Regen.«

»Wie bitte?« fragte sie benommen.

»Hier.« Wolfe ergriff Jessicas Hand und strich mit ihr sacht über ihre Brust. »Spürst du, wie die Leidenschaft dich verändert hat? Wie fest und seidig du dich anfühlst?«

Erschrocken weiteten sich ihre Augen.

Mit einem leisen Lachen küßte Wolfe ihre Handfläche. Er biß sanft in das weiche Fleisch zwischen Daumen und Zeigefinger und spürte, wie ihr ganzer Körper lustvoll erschauderte. Dann nahm er ihre Brustwarzen zwischen die Finger und massierte sie so lange, bis Jessica alles um sich herum vergaß und sich nur noch auf ihre Gefühle konzentrierte, die sie durchfluteten wie Sonnenstrahlen einen Garten.

Als Wolfe eine Hand an ihrem Körper heruntergleiten ließ, protestierte sie nicht. Die Wärme seiner Finger, während sie an ihren Beinen entlangstrichen, gehörte zu dem feurigen Netz, das ihren ganzen Körper umhüllte und sich jedesmal ein wenig enger um sie zusammenzog, wenn sein Mund ihre Brüste liebkoste. Die ganze Zeit über hatte sie gar nicht bemerkt, daß sich ihre Beine unter dem sanften Druck seiner Hand unruhig hin und her bewegt hatten, so daß jetzt auf einmal ihre innersten Geheimnisse unverhüllt vor ihm lagen.

»Weißt du noch, wie der Sonnenstrahl die Knospe berührt?« fragte Wolfe.

Seine Stimme war tief und warm; so warm wie seine Hand, die nur wenig oberhalb ihrer dichten, mahagonifarbenen Locken ruhte.

»Sanft«, flüsterte Jessica. »Zärtlich.«

»Überall gleichzeitig.«

Langsam dämmerte ihr, was er ihr klarzumachen versuchte. »Oh, Wolfe. Sogar dort?«

»Ganz besonders dort. Wie eine Rosenknospe, die sich zum ersten Mal der warmen Sonne öffnet, wirst auch du dich jetzt gleich für mich öffnen.«

Regungslos betrachtete Jessica sein dunkles, geheimnisvolles Gesicht.

»Du brauchst keine Angst zu haben«, sagte er. »Du willst es doch auch. Ich kann es genau sehen, auch wenn du noch nicht sicher bist. Außerdem hast du schon damit begonnen, dich für mich zu öffnen.«

Als sie spürte, wie seine Hand sich ein Stück weiter nach unten bewegte, stieß sie einen leisen Schrei aus, der entfernt an Wolfes Namen erinnerte.

»Verkrampf nicht deine Beine«, sagte er leise. »Wir dürfen jetzt keinen Schritt weitergehen, wenn wir verhindern wollen, daß du deine Jungfräulichkeit verlierst. Ich will nur, daß du genau weißt, was mit dir geschieht.«

Wolfes Hand hörte auf, sich zu bewegen, während er reglos neben ihr lag und auf ihre Entscheidung wartete.

»Wolfe«, flüsterte sie, brachte aber kein weiteres Wort heraus.

»Meine schüchterne, kleine Rose.«

Er küßte ihre Schulter und fuhr dann mit den Zähnen über die Stelle, an der all ihre Nerven zusammenliefen. Sie gab ein leises genußvolles Stöhnen von sich.

»Ich weiß genau, daß du dir nichts sehnlicher wünschst, als endlich die Sonne zu spüren«, sagte er. »Ich kann sie dir schenken.«

Die Zärtlichkeit, mit der seine Zähne an ihrer Schulter entlangfuhren, war gleichzeitig ein Appell an ihr Vertrauen in ihn und ein Vorgeschmack auf das, was sie erwartete, wenn sie sich ihm hingab. Langsam atmete Jessica aus und entspannte ihre Beine. Wolfe streichelte mit seiner Handfläche über ihren Bauch, ihre Hüften und ihre Schenkel. Gleichzeitig liebkoste sein Mund weiter spielerisch ihre Brüste, so daß ihr ein heißer Schauer nach dem anderen den Rücken hinunterlief, bis sie unentrinnbar im feurigen Netz der Leidenschaft gefangen war.

Als Wolfe sanft mit den Fingernägeln an der Innenseite ihrer Schenkel entlangkratzte, zog sich das feurige Netz plötzlich so eng um sie zusammen, daß sie laut aufstöhnte. Mit gespreizten Fingern legte sich seine Hand flach gegen ihren Schenkel und fuhr dann an seiner gewölbten Innenseite entlang. Unentwegt streichelte er sie mit der offenen Handfläche, wobei er sich langsam zwischen ihre Schenkel vorarbeitete. Diesmal wehrte sie sich nicht, als er mit einer sanften Berührung ihre Schenkel spreizte.

»Jessi«, hauchte Wolfe. Ihr unausgesprochenes Vertrauen in ihn erschütterte ihn zutiefst.

Seine Handfläche strich über die dunklen Locken, in die er am liebsten seine Finger vergraben hätte, und suchte dann nach dem weichen, duftenden Geheimnis, von dem er genau wußte, daß es sich nach seiner Berührung sehnte. Sanft drückte er seine Hand zwischen ihre Beine. Seine Finger schlossen sich um ihr weiches Fleisch, während seine Handfläche träge die mahagonifarbenen Locken massierte, unter denen jetzt ganz langsam ihr geheimstes Innerstes zum Vorschein kam.

Als sie spürte, wie er sie dort unten berührte, holte sie so tief Luft, daß es sich anhörte, als wenn man ein Stück Seide zerreißt. Mit großer Sorgfalt untersuchte er die geheimnisvolle Blüte ihrer Weiblichkeit, bis sie die von Tau glänzenden Blätter eines nach dem anderen unter seinen forschenden Fingern zu öffnen begann.

»Was für eine wunderschöne Blume«, sagte er mit heiserer Stimme. »Ob sie wohl Nektar enthält?«

Jessica wußte nicht genau, was Wolfe damit meinte, bis sie auf einmal spürte, daß sie sich ihm noch ein weiteres Stück geöffnet hatte. Eigentlich hatte sie erwartet, daß das sanfte Vordringen seines Fingers Widerstand in ihr auslösen würde, doch ihre unterschwellige Angst konnte sich gegen die Flut von Gefühlen nicht durchsetzen, die in diesem Moment bereits in ihr aufstieg, sich rasend schnell ausbreitete und sie mit Leidenschaft erfüllte.

»Wolfe.«

»Ich weiß«, flüsterte er gequält. »Ich fühle es auch, und es ist heißer, als ich zu träumen gewagt hätte.«

Langsam, ganz langsam bewegte er noch einmal seine Hand, und ihre Reaktion war so überschäumend, daß beide von einer Welle der Leidenschaft erfaßt und davongetragen wurden. Tief aus ihrer Kehle stieg ein lustvolles Keuchen auf, während sie sich ihm entgegenstreckte, um noch ein weiteres Mal die unbeschreibliche Bewegung in ihrem Inneren zu spüren. Plötzlich fühlte er, wie die unsichtbare Schranke ihrer Jungfräulichkeit seinem Vorstoß Einhalt gebot. Er stieß einen Fluch aus und begann, sich vorsichtig zurückzuziehen. Was hätte er darum gegeben, in diesem Moment nicht aufhören zu müssen!

»Bitte«, flüsterte Jessica und versuchte, ihn in sich festzuhalten. »Mach doch weiter.«

»So nicht.«

»Willst du ... möchtest du ... gefällt es dir etwa nicht?«

Wolfe lachte herzhaft und fuhr fort, das feuchte, warme Geheimnis zu erkunden. Die Laute, die Jessica ausstieß, verrieten ihm, daß ihre Augen weit geöffnet waren und daß sie das, was sie sah, gleichzeitig verunsicherte und mit heißer Leidenschaft erfüllte.

»Ja, Jessi. Schau nur genau zu und stell dir vor, wie es sein könnte, wenn meine Küsse sich wie ein warmer Regen über deinen ganzen Körper ergießen.« Er erschauderte und setzte flüsternd hinzu: »Und deine Küsse sich über mich.«

Ein unbestimmtes Gefühl, das gleichzeitig verlockend und beunruhigend war, erfaßte Jessica. Sie versuchte, ihrer Gefühle Herr zu werden, aber sie hätte genausogut versuchen können, die Sonne mit einem Seufzen zum Stillstand zu bringen.

»Was geschieht nur mit mir?« fragte sie. »Was tust du... ich kann doch nicht... *Wolfe.*«

Erstaunt flüsterte sie seinen Namen, als ihr Körper sich unwillkürlich aufbäumte. Sie zog ihn tiefer und tiefer in sich hinein, während der warme Regen der Leidenschaft seine Hand benetzte.

Heftiges Begehren erfaßte Wolfe, so daß er selbst dann noch aufstöhnte, als er sich schon aus Jessicas Körper zurückzog. Mit ernstem Gesicht verteilte er die Spuren ihrer Erregung auf den empfindlichsten Stellen ihrer Haut. Als er sich wieder ihren Brüsten zuwandte, stöhnte sie voller Überraschung und unterdrückter Leidenschaft. Mit seinen Fingerspitzen ergriff er das feste Fleisch, massierte es und strich prüfend mit dem Daumen darüber, um zu sehen, wie empfindlich es war.

In völliger Selbstaufgabe bäumte Jessica sich auf, als Wolfe sie lehrte, daß Leidenschaft genauso unerträglich sein konnte wie Schmerz; ein elementarer, sinnlicher Funke, der heiß bis in die Tiefen ihrer Seele fuhr.

Wolfes dunkle Augen waren fest auf Jessica gerichtet. Aufmerksam beobachtete er die Veränderungen, die die Ekstase, in die er sie getrieben hatte, in ihr hervorrief. Er wünschte, er könnte noch einmal tief in sie eindringen und das wundervolle, leise Zittern spüren, das ihn wie mit samtigen Flügeln zärtlich streichelte. Er wußte, daß er den dünnen

Schleier ihrer Jungfräulichkeit nicht in Gefahr bringen durfte, doch die Versuchung war einfach zu groß.

Seine Hand bewegte sich, und noch einmal glitt er in ihren Körper. Das langsame Vordringen entlockte ihr einen heiseren Schrei der Erfüllung.

»Deine Jungfräulichkeit ist so hauchdünn«, flüsterte Wolfe. »Ich weiß genau, daß ich so mit dir zusammensein könnte, wie ich es mir schon immer erträumt habe, und daß du dabei, so wie ich, auf deine Kosten kommen würdest.«

Wolfes Daumen bewegte sich langsam, und Jessica stöhnte auf, als eine weitere Welle der Lust sie erfaßte.

»Ich werde deine Jungfräulichkeit nicht anrühren«, sagte Wolfe mit heiserer Stimme, als er sich zu ihr hinunterbeugte, »aber ich werde dich auf eine Art lieben, auf die ich bisher noch keine andere Frau geliebt habe.« Er erschauderte und liebkoste sie hingebungsvoll, indem er noch einmal mit dem Mund über sie hinwegstrich. »Gib dich mir hin, Jessi. Deine Leidenschaft ist alles, was ich will.«

Eine Welle der Lust erfaßte sie. Mit einem gequälten Stöhnen machte sie sich Wolfe zum Geschenk. Sein Mund strich mit hungriger Besessenheit über sie hinweg, schenkte ihr ungeahnte Leidenschaft und erforschte schweigend ihre tiefsten Geheimnisse. Er hörte nicht eher auf, bis sie erschöpft und zitternd unter seinen Händen zurücksank und mit jedem Atemzug voller Verwunderung seinen Namen wiederholte.

Dann nahm er sie in seine Arme und verfluchte sich im stillen dafür, was für ein Narr er gewesen war. Er hatte ihr geholfen, sich selbst neu zu entdecken, aber eine Frau fürs Leben hatte er deshalb immer noch nicht in ihr gefunden. Dafür begehrte er sie jetzt mehr als jemals zuvor; und doch würde sie niemals ihm gehören. So weit durfte es nicht kommen.

Sie paßten immer noch nicht zusammen. Nichts hatte sich wirklich geändert. Vom Regen in die Traufe. Immerhin *eine* Veränderung.

Es dauerte sehr lange, bis Wolfe endlich einschlief.

14

»Es sieht hier draußen gar nicht so aus, als käme langsam der Frühling«, sagte Willow und massierte sich geistesabwesend den Rücken. »Zuerst hat es getaut, dann ist alles wieder gefroren, dann hat es wieder angefangen zu schneien, dann taut es wieder, und jetzt ist der Himmel wolkenlos und ein eisiger Wind weht von Norden her. Hörst du das?«

»Es ist kaum zu überhören«, sagte Jessica.

Das ausdauernde, wilde Heulen des Windes stand in nichts dem nach, woran sich Jessica aus ihrer Kindheit in Schottland erinnerte. Doch selbst jetzt, als sich ihre Finger unwillkürlich um das Medaillon mit Wolfes Bild schlossen, wußte sie, daß der Wind nicht länger Macht über sie besaß. Sie würde niemals sein furchterregendes Jammern gelassen ertragen können, aber dafür würde sie auch nicht mehr vor Angst bis ins Mark erstarren. Sie hatte endlich begriffen, worin der Unterschied zwischen der Wirklichkeit, ihren Alpträumen und den grauenvollen Erinnerungen eines kleinen Kindes bestand.

Und das verdanke ich Wolfe.

Als Jessica an die vergangene Nacht dachte, spürte sie einen angenehmen Kitzel, der ein warmes Gefühl hinterließ. Sie hätte niemals zu träumen gewagt, daß der Körper einer Frau zu solcher Leidenschaft fähig war. Sie glaubte nicht mehr daran, daß ein Mann seine Frau nach dem ersten Kind dazu zwingen mußte, sich ihm noch einmal bereitwillig hinzugeben. Die Risiken von Schwangerschaft und Geburt waren nach wie vor nicht zu unterschätzen, aber genausowenig ließen sich die damit verbundenen Augenblicke der Leidenschaft leugnen.

Und sie kannte sie jetzt genau. Wolfe hatte ihr gezeigt, was alles möglich war. Dann hatte er sie in seinen Armen gehalten, bis die letzte Freudenträne vergossen und das letzte Zittern von ihr gewichen waren.

Wolfe hat mir so viel geschenkt, und ich ihm... gar nichts.

»Wie lange es dieses Jahr dauert, bis der Frühling endlich kommt«, seufzte Willow und schaute aus dem Fenster.

Jessica blickte an Willow vorbei. Das erste Gras war inmitten des schmelzenden Schnees schon zu erkennen. Büsche und Bäume erstrahlten in frischem Grün. Der Bach im Tal hinter der Scheune plätscherte trotz des eisigen Windes mit frischer Energie.

Weder die eisige Kälte, die sich immer noch im Boden hielt, noch der wilde Schrei des Windes hatten Jessica in der vergangenen Nacht etwas anhaben können.

Sie hatte erfahren, was es hieß, zu brennen, ohne sich zu verbrennen, und war anschließend in Wolfes Armen mit dem Gesicht auf der heißen Haut seiner Brust eingeschlafen. Sein herber männlicher Duft und sein Geschmack auf ihrer Zunge waren in allen ihren Träumen gegenwärtig und hatten ihre Ängste zum Schweigen gebracht.

Nähe. Herr im Himmel. Jessica erschauderte, als sie an letzte Nacht zurückdachte. *Bis gestern nacht hatte ich nicht einmal eine Ahnung, was Nähe wirklich bedeutet.*

»Jessi?«

Sie blinzelte verstört und bemerkte dann, daß Willow neben ihr stand. »Ja?«

»Hör auf, über gestern abend nachzugrübeln.«

Einen Moment lang dachte Jessica, daß Willow erraten hatte, was sich in der vergangenen Nacht hinter den verschlossen Türen ihres Schlafzimmers abgespielt hatte. Eine tiefe Schamesröte überlief ihr Gesicht, bevor ihr einfiel, was gestern abend außerdem noch passiert war – Wolfes verletzende Aufzählung ihrer Fehler und Schwächen als Frau vor all den anderen.

»Wolfe hat sich heute morgen bei uns allen entschuldigt«, fuhr Willow fort, »also nehme ich an, daß er sich letzte Nacht schon bei dir entschuldigt hat.«

»Von ganzem Herzen«, sagte Jessica und war sich sicher, daß sie dabei von neuem rot wurde.

Willow rang sich ein Lächeln ab, das ihr sichtliche Mühe bereitete. »Das gehört zu den Freuden der Ehe. Genauso leidenschaftlich Reue zu zeigen, wie man sich vorher gestritten hat.«

»Streitest du dich manchmal mit Caleb?«

»Du klingst so überrascht. Du mußt doch inzwischen selbst gemerkt haben, daß mein Mann so stur wie ein alter Maulesel sein kann.« Willow lächelte scheu. »Selbstverständlich streiten wir uns.«

»*Du* bist natürlich kein bißchen stur«, sagte Jessica trocken.

»Natürlich nicht«, sagte Willow mit gespielter Unschuld. »Ich bin eine empfindliche, kleine Mimose. Wie könnte ich da jemals so dumm sein, mich mit dem breitschultrigen Revolverhelden, den ich geheiratet habe, auf einen Streit einzulassen?«

Jessica lachte. »Ach, wenn Caleb dich jetzt hören könnte.«

»Ja. *Wenn*.«

Die Besorgnis, die sich hinter Willows unbekümmerten Worten verbarg, entging Jessica nicht.

»Stimmt etwas nicht?«

»Der Schneesturm. Die Kälte. Das Vieh kann jeden Moment mit dem Kalben beginnen. Caleb sagte gestern abend, daß auch die Pferde kurz vor dem Fohlen stehen.«

»Ich weiß. Wolfe hat mich geweckt, bevor er gegangen ist. Er sagte etwas davon, daß die Tiere sich vom Sturm vorwärts treiben lassen. Er macht sich Sorgen um die schwangeren Stuten.«

»Wir hatten keine Zeit, die Weide für die Pferde abzuzäunen«, sagte Willow stirnrunzelnd, als sie daran dachte, wie weit und endlos sich das Land um sie herum erstreckte. »Ishmael, mein Hengst, hat sich bisher um die Sicherheit der Stuten gekümmert. Doch er ist in Ställen und auf umzäunten Weiden groß geworden. Südlich von hier herrscht unberührte Wildnis und das Land ist unzugänglich. Wenn sich die Stuten vom Sturm dorthin treiben lassen, haben wir alle Hände voll damit zu tun, sie dort zu finden. Der Wind ist eisig. Und wenn die Stuten anfangen zu fohlen...«

Willows Stimme erstarb. Ohne eine weiteres Wort stand sie vor dem Fenster und starrte hinaus ins dichte Schneetreiben.

Jessica stellte sich neben sie und legte ihr den Arm tröstend um die Schulter. »Die Männer werden deine Stuten schon finden.«

»Nicht nur die Stuten; auch die Kühe und die einjährigen Stiere. Dieser verdammte Sturm könnte uns um alles bringen, was wir besitzen. Ich wünschte, ich könnte dort draußen bei Caleb sein und ihm zur Seite stehen. Wir brauchen jetzt jede Hilfe, die wir bekommen können. Ich komme mir so überflüssig vor. Ich...«

Willows Stimme erstarb, und sie stöhnte gequält auf.

Zuerst dachte Jessica, daß Willows Stimme von Tränen erstickt war; doch dann wurde ihr auf einmal klar, daß Willow die ersten Anzeichen der Geburtswehen überkamen.

»Wie lange geht das schon so?« fragte Jessica besorgt.

»Der Sturm? Seit gestern nacht.«

»Zum Teufel mit dem Sturm! Wie lange hast du schon diese Schmerzen?«

»Seit Mitternacht; sie kommen und gehen ganz unregelmäßig.«

Jessica schloß für einen Moment die Augen. Als sie sie wieder aufmachte, war ihr Blick klar und ernsthaft.

»Hast du Caleb gegenüber ein Wort davon erwähnt?«

»Nein.« Willows Stimme klang leblos und unbeteiligt. »Meine Mutter hat mir erzählt, daß man beim ersten Kind nie vorher genau sagen kann, wie lange es dauert. Die Wehen können einsetzen und sich dann wieder legen, und das kann ein paarmal hintereinander passieren.« Willow holte tief Luft. »Es ist wichtiger, daß wir unsere Tiere in Sicherheit bringen, als daß Caleb während der Wehen meine Hand hält; das kann Tage dauern.«

Trotz Willows tapferer Worte konnte Jessica den Ausdruck der Beunruhigung in ihren großen, haselnußbraunen Augen erkennen. Sie wäre beruhigter gewesen, wenn ihr Mann in diesem Moment bei ihr gewesen wäre.

»Ist das das erste Mal, daß du Schmerzen hast?«

»Seit fast zwei Tagen geht das jetzt schon so«, gestand Willow. »Aber beim letzten Mal war es etwas anderes.«

»Darf ich?« fragte Jessica und legte ihre Hände auf Willows runden Bauch.

Überrascht nickte Willow.

Eine Weile herrschte Stille, und nur das Heulen des Windes war zu hören.

Je länger Jessica vorsichtig Willows Bauch betastete, desto beunruhigter wurde sie. Das Baby bewegte sich nicht. Wenn sie den Büchern glauben konnte, die sie gelesen hatte, begann auch das gesundeste aller Babys, nachdem es die richtige Stellung für die Geburt eingenommen hatte, sich in den Stunden vor dem Einsetzen der Wehen ganz still zu verhalten.

Genauso wie Babys, die nicht mehr am Leben waren. Diese traurige Einsicht hatte sich jedesmal während der sinnlosen Wehen ihrer Mutter für Jessica bestätigt.

»Sag mir Bescheid, wenn die nächste kommt«, sagte sie mit einer inneren Ruhe, die tiefer ging als ihr Lächeln. »In der Zwischenzeit kannst du ja weiter die Säume an den Kinderdecken vernähen, an denen du gearbeitet hast.«

Es dauerte eine halbe Stunde, bevor Willows Körper von der nächsten Welle von Wehen erfaßt wurde. Sie schaute von der Decke auf, die sie gerade zusammenfaltete.

»Jessi!« rief sie.

»Jetzt?«

»Ja.«

Jessica ließ den Pumpenschwengel los und lief von der Küche ins Wohnzimmer, wo Willow auf dem Sofa saß. Als Jessica ihre Hände auf Willows runden Bauch legte, waren alle Muskeln straff gespannt. Mit einem Stirnrunzeln begann Jessica, sorgfältig den Bauch abzutasten. Sie hatte genug über Frühwehen gelesen, um zu wissen, daß sie selten den Körper einer Frau in solchem Maße beanspruchten. Auch das Baby hatte seine Stellung nicht verändert.

Nachdem sie langsam bis drei gezählt hatte, begannen sich Willows Muskeln zu entspannen.

»Diese Verspannung – hast du sie überall gleichzeitig gespürt?« fragte Jessica und richtete sich wieder auf.

»Es ging hinten im Rücken an und zog sich dann bis nach vorne«, sagte Willow und zeigte Jessica, was sie meinte.

»Kannst du aufstehen?«

»Ohne den starken Arm meines Mannes, um mich hochzuziehen?« fragte Willow mit einem gequälten Lächeln. »Wir werden sehen.«

Als Willow sich hingestellt hatte, beugte Jessica sich vor und untersuchte ihren geschwollenen Unterleib. Das Baby war eindeutig ein Stück nach unten gerutscht, wenn auch nicht so weit wie in den Zeichnungen in Jessicas Büchern, die seine Stellung kurz vor der Geburt zeigten. Andererseits war eine Erstgeburt eben ... eine Erstgeburt. Unberechenbar.

Obwohl Jessica lange Zeit wartete, konnte sie nicht feststellen, ob sich das Baby bewegte.

Sie verbarg ihre Angst und schaute auf, lächelte Willow an und sprach mit einem leicht spöttischen Tonfall.

»Deine Brüder würden wahrscheinlich sagen: ›Na bitte, Willy, das paßt ja mal wieder zu dir.‹ Das Baby ist tiefer gerutscht, mit dem Kopf voraus, und anscheinend kann es kaum den Augenblick erwarten, endlich die Welt zu erblicken.«

Ein scheues Lächeln huschte über Willows Gesicht. Sie ergriff Jessicas Hand und drückte sie.

»Ich bin so froh, daß du bei mir bist, Jessi.«

»Ich auch.«

Das stimmte nur zum Teil. Um Willows willen war sie froh, daß sie hier bei ihr war. Keine Frau sollte sich den Gefahren einer Geburt allein stellen müssen.

Doch Jessica hatte gehofft, nie wieder die Qualen, das Grauen und die herzzerreißende Sinnlosigkeit einer Geburt miterleben zu müssen.

»Hast du gefrühstückt?« fragte sie.

»Nein. Ich hatte keinen Appetit.«

»Gut. Dein Körper muß sich jetzt auf anderes konzentrieren. Wo finde ich saubere Bettlaken?«

»In der Kommode am Fuß des...oh!«

»Was ist los?«

Kaum hatte Jessica gefragt, als sie auch schon die Nässe sich unter Willows Röcken ausbreiten sah.

»Deine Fruchtblase ist geplatzt.«

»Ja, natürlich, das muß es sein.« Willow lächelte unsicher. »Wie albern von mir, einen Schreck zu bekommen. Ich hatte ganz vergessen, daß das passieren würde.«

Jessica umarmte Willow und streichelte ihr goldenes Haar, als wäre sie ein kleines Kind.

»Es ist ganz natürlich, wenn du dir Gedanken machst, ganz besonders beim ersten Mal.«

Einen Augenblick lang klammerte sich Willow an Jessica, die viel kleiner war als sie. Dann trat sie einen Schritt zurück und drückte ihr Kreuz durch.

»Es ist vielleicht ganz gut, daß Caleb nicht hier ist«, sagte Willow. »Er macht sich solche Sorgen, daß ich das gleiche Schicksal wie seine Schwester erleiden könnte.«

Jessica erinnerte sich an den Abend, als Caleb seine schlafende Frau aus dem Wohnzimmer getragen hatte. Sein Gesicht war unbeteiligt, doch der Ausdruck in seinen Augen war herzzerreißend gewesen.

Sie ist mein Leben.

Jessica hatte sich damals gefragt, wie es wohl sein würde, so rückhaltlos von einem Mann geliebt zu werden. Sie hätte Himmel und Erde in Bewegung gesetzt, um Wolfe dazu zu bringen, sie nur einmal so anzusehen.

Doch Jessica wußte, daß das niemals geschehen würde.

Wir passen einfach nicht zusammen.

Wolfe mochte glauben, daß dem so war, aber sie fand, daß er der Richtige für sie war.

Nur war sie eben nicht die Richtige für ihn.

Mit einiger Mühe verdrängte Jessica ihren inneren Zwiespalt. Sie nahm Willow bei der Hand und führte sie ins Schlafzimmer.

»Ich wollte Wolfe fragen, ob er mal mit Caleb reden kann«, sagte Jessica, »aber ich konnte nie den richtigen Moment abpassen. Man hat herausgefunden, daß sich Kindbettfieber vermeiden läßt, wenn sich der Arzt die Hände mit Wasser und Seife wäscht, bevor er sich um einen neuen Patienten kümmert.«

»Tatsächlich? Und was für einen Unterschied sollte das machen?«

»Ich weiß auch nicht genau. Aber sich die Hände zu waschen ist einfach genug. Und wenn ich schon einmal dabei bin, werde ich auch gleich nachschauen, ob die Bettlaken und dein Nachthemd frisch gewaschen sind und natürlich ob der Rest von dir schön sauber ist.«

Willow lächelte scheu. »Wenn es bei den Händen hilft, warum dann nicht auch bei anderen Dingen, richtig?«

»Genau«, sagte Jessica. »Komm, ich helfe dir beim Ausziehen.«

»Ich schaffe das schon.«

»So geht es einfacher.« Jessica lächelte Willow an und begann ihr Kleid aufzuknöpfen. »Eine Geburt ist nicht der Moment für falsche Scham. Was geschehen soll, wird geschehen, ob du willst oder nicht; da fragt dich keiner, wie du es am liebsten hättest. Und wenn es soweit ist, werden wir sowieso keinen Gedanken an etwas anderes verschwenden als daran, wie wir die Sache möglichst gut bewältigen.«

Willow gab einen langgezogenen Seufzer von sich. »Bei dir ist man nie vor einer Überraschung sicher.«

»Mit anderen Worten, ich bin nicht ganz so nutzlos, wie Wolfe euch alle glauben machen wollte?«

»Was für ein Unfug! Ich hätte Wolfe für sein Benehmen an den

Ohren packen und schütteln können. Du kannst genausowenig an den Umständen deiner Geburt etwas ändern wie er an seinen.«

Jessica lächelte grimmig und schwieg.

»Was mich überrascht hat«, sagte Willow, »war, daß du nicht über die, äh... körperliche Seite der Ehe Bescheid gewußt hast. Ich hatte einfach angenommen, daß du in diesen Dingen etwas zurückhaltend bist und sie peinlich findest. Aber wenn es um eine Geburt geht, bist du ein eher praktisch veranlagter Mensch, oder?«

»Ich habe die ersten neun Jahre meines Lebens auf einem Landsitz verbracht. Hunde, Schafe, Katzen, Pferde, Schweine, Kühe, Kaninchen – alles, was dazugehört. Die haben so regelmäßig Junge bekommen, wie morgens die Sonne aufgeht.«

»Besonders die Kaninchen?« sagte Willow grinsend.

Jessica lachte. »Ob Regen oder Sonnenschein, auf die kleinen Tierchen konnte man sich immer verlassen.«

»Ich bin wirklich froh, daß du nicht bei Hofe gelebt hast«, gestand Willow. »Ich bin selbst noch nie bei einer Geburt dabeigewesen, aber ich bin mir ziemlich sicher, daß ich dich brauchen werde; und wenn es nur dazu ist, mich zu beruhigen oder dich um das Baby zu kümmern, wenn ich selbst dazu nicht in der Lage bin.«

Jessicas entschlossenes Lächeln wäre beinahe verflogen. Sie hatte nie das Glück gehabt, bei einer erfolgreichen Geburt dabeizusein, aber das wollte sie jetzt nicht erwähnen. Alles, was in diesem Augenblick zählte, war, daß Willow nicht den Mut verlor. Das letzte, was sie jetzt gebrauchen konnte, waren irgendwelche Geschichten über schwierige Geburten und tote Babys.

»Stütz dich auf mich, während du dir die Röcke und das Mieder ausziehst«, sagte Jessica.

Jessica arbeitete zügig, doch ohne Eile. Sie wusch Willow und zog ihr ein sauberes Nachthemd an. Das Bett hatte sie vorbereitet, indem sie das alte Bettzeug abgezogen, eine Plane aus Segeltuch über die Matratze gelegt und dann frische Laken drübergelegt hatte. Als Willow unbeholfen ins Bett kletterte, kündigte sich bereits die nächste Wehe an, die ihren ganzen Körper erfaßte.

Es bestand kein Zweifel daran, daß die Wehen jetzt tatsächlich mit ganzer Kraft eingesetzt hatten.

»Ich bin gleich wieder da«, sagte Jessica und zog Willow die Bettdecke bis zum Kinn. »Wenn du einen Gewehrschuß hörst, mach dir keine Sorgen. Ich benachrichtige nur die Männer.«

»Nein, es geht mir bestens. Ich will sie nicht von der Arbeit abhalten.«

»Willow, was glaubst du, würde Caleb mit jemandem machen, der ihn von dir in einem Moment der Gefahr fernzuhalten versuchte?«

Tränen schimmerten in Willows Augen. »Aber die Stuten brauchen ihn jetzt dringender als ich.«

»Wolfe wird sich um die Stuten kümmern. Er liebt Pferde über alles.«

»Aber dich noch mehr.«

Jessica lächelte traurig. »Der Einsame Baum liebt mich nicht. Er kümmert sich um mich und weiter nichts; und selbst das ist noch mehr, als ich verdient habe.«

»Unfug«, sagte Willow.

»Nein. Es ist die reine Wahrheit. Alles, was Wolfe gestern abend über mich gesagt hat, ist wahr. Ich habe Wolfe gegen seinen Willen zur Heirat gezwungen. Er wollte eine Frau aus dem Westen, so wie dich. Und was er bekommen hat, ist eine Aristokratin, die sich nicht einmal allein die Haare kämmen kann.«

Jessica lächelte, als sie den Ausdruck des Entsetzens in Willows Gesicht sah. »So sieht es nun einmal aus«, sagte sie. »Die Haarbürste war in meiner Hand so fehl am Platze wie eine Goldmünze in der Hand eines Bettlers.«

»Oje«, flüsterte Willow.

»Aber ich lerne ständig dazu, was ich zum großen Teil dir verdanke.« Jessica strich mit der Hand über Willows Haar. »Ruh dich jetzt aus. Du brauchst all deine Kraft, um Calebs Baby zur Welt zu bringen.«

Willow dreht sich um und schaute aus dem Fenster. Außer den Bäumen, die vom Wind hin und her geschüttelt wurden, war draußen nichts zu erkennen.

»Sie werden den Gewehrschuß nicht hören können«, sagte sie ruhig. »Der Wind kommt aus der anderen Richtung.«

Im stillen stimmte Jessica ihr zu. Doch sie ging trotzdem hinaus auf die Veranda. Der Wind riß ihr die Klinke aus der Hand und schmetterte die Tür mit aller Kraft gegen die Wand. Die Luft war eisig. Zitternd hob sie den Karabiner, der ein Geschenk zu einer Hochzeit gewesen war, die niemals hätte stattfinden dürfen. Die goldenen und silbernen Einlegearbeiten schimmerten matt im schwachen Licht des Schneesturms.

Sie schoß dreimal hintereinander in die Luft, wartete einen Moment und gab dann noch einmal drei Schüsse ab. Mit einem heftigen Zittern ließ sie den Karabiner sinken und floh zurück in den Schutz des Hauses. Nach einem kurzen Kampf mit der Tür gelang es ihr, den eisigen Wind auszusperren.

Lange Zeit stand sie allein im Wohnzimmer und bereitete sich innerlich auf das vor, was sie erwartete. Dann machte sie sich an die Arbeit.

Sie achtete nicht weiter auf ihre zitternden Hände, sondern säuberte sorgfältig die Schere, die sie für Näharbeiten benutzte, und wickelte sie in ein sauberes Handtuch. Dann legte sie sie auf den Stapel mit den unbenutzten Decken, die Willow so liebevoll für die Wiege genäht hatte. Bei dem Gedanken daran, noch einmal eine winzige Leiche auf ein Begräbnis vorbereiten zu müssen, überkam Jessica eine Welle der Verzweiflung. Sie hatte die Kleider für das Baby gesehen und seine kleine, liebevoll geschnitzte Wiege. Sie hatte gesehen, wie Caleb strahlte und Willow sich freute, wenn er seine Hand auf ihren Bauch legte und spürte, wie ihr Kind sich bewegte.

Bitte, lieber Gott, mach, daß das Kind lebendig zur Welt kommt!

Der Wind rüttelte am Haus, und ein kalter Schauer überlief Jessica. Eilig holte sie sich ein Buch und einen Stuhl und setzte sich zu Willow.

»Mutter schien es zu helfen, wenn ich ihr vorgelesen habe«, sagte Jessica mit einer inneren Ruhe, die nicht ihren wirklichen Gefühlen entsprach. »Wenn dir das nicht gefällt, kann ich einfach still hier neben dir sitzen, bis du mich brauchst.«

»Bitte«, sagte Willow mit gequälter Stimme, »lies ruhig.«

»Versuch nicht den Atem anzuhalten, wenn die Schmerzen anfangen«, sagte Jessica sanft. »Das macht es nur noch schlimmer.« Sie fing an, Willow aus dem *Sommernachtstraum* vorzulesen.

Die Zeit verging wie im Fluge. Die Wehen, die jetzt mit jedem Mal heftiger wurden, folgten immer kürzer aufeinander, bis nur noch wenige Minuten zwischen ihnen lagen. Willows Körper versteifte sich vor Anstrengung, und jedesmal gab sie ein unterdrücktes Stöhnen von sich.

»Versuch nicht, dagegen anzukämpfen«, sagte Jessica leise. »Das Erlebnis der Geburt ist sowieso stärker als wir. Dagegen können wir uns nicht durchsetzen. Alles, was wir tun können, ist das Erlebnis mit dem Baby zu teilen.«

Ganz langsam begann Willow sich trotz der Schmerzen zu entspannen.

»Hier«, sagte Jessica und zog einen Ledergurt aus der Tasche. »Nimm das zwischen die Zähne.«

Keine der beiden Frauen hörte, wie sich die Vordertür öffnete und wie Caleb Willows Namen rief. Jessica begriff erst, daß Caleb ins Zimmer gekommen war, als ein Paar Arbeitshandschuhe zu Boden fiel und eine kräftige männliche Hand sich Willow entgegenstreckte.

»Nein!« sagte Jessica entschieden und stellte sich ihm in den Weg. »Du mußt dich erst waschen. Nichts, was nicht ganz sauber ist, darf mit ihr oder dem Kind in Berühung kommen, wenn wir nicht wollen, daß sie Fieber bekommt.«

Caleb sammelte seine Handschuhe vom Boden auf und rannte aus dem Zimmer. Als er zurückkam, war er noch dabei, sich die Hände abzutrocknen. Der Geruch nach Seife lag in der Luft. Er trug eine frische Hose, die er sich im Gehen zuknöpfte.

Willow wimmerte leise, als eine Wehe ihren Höhepunkt erreichte. Als sie die Augen aufschlug, sah sie Caleb, der sich gerade die Hose zumachte. Als hätte sie ein schlechtes Gewissen, ließ sie Jessicas Hand los, spuckte den Lederriemen aus und versteckte ihn schnell unter der Bettdecke.

Doch sie war nicht schnell genug. Nur wenige Menschen waren schnell genug, wenn es darum ging, etwas vor Calebs golden schimmernden Augen zu verbergen.

»Ich habe Jessi gesagt, sie soll das Gewehr nicht abfeuern«, sagte Willow. »Die Stuten...«

»Wolfe hat sie gefunden«, unterbrach Caleb sie, während er sich ein Hemd nahm. »Weshalb die Gewehrschüsse?«

»Ich habe versucht, euch zu rufen, als Willows Wehen eingesetzt haben«, sagte Jessica, während sie einen Lappen auswrang, mit dem sie Willows Stirn kühlte.

»Ich habe keine Schüsse gehört.«

Jessica schaute zum Fenster hinüber. Draußen herrschte nach wie vor Tageslicht. Der Wind heulte. Niemand außer Caleb war bisher aufgetaucht.

»Woher wußtest du dann, daß du zurückkommen solltest?« fragte sie.

»Ich habe gehört, wie Willow meinen Namen gerufen hat.«

Jessica starrte Caleb an, aber der hatte nur Augen für seine Frau. Er kniete in seinem halb zugeknöpften Hemd neben dem Bett. Niemand außer Jessica schien sich an Calebs halboffener Kleidung zu stören, als er sich zu Willow hinunterbeugte, leise mit ihr redete, ihr Haar streichelte und sie mit solch unbeschreiblicher Zärtlichkeit anlächelte, daß Jessica Tränen in sich aufsteigen fühlte.

Als die nächste Wehe einsetzte, war es Calebs Hand, an der Willow sich festklammerte. Sie gab sich alle Mühe, nicht laut aufzuschreien, aber ein heiseres Keuchen konnte sie nicht unterdrücken.

»Na los«, sagte Caleb, »du kannst ruhig schreien, fluchen oder weinen. Was immer am besten hilft.«

Willow schüttelte den Kopf.

Als die Wehe vorbei war, suchte Jessica nach dem Lederriemen, den Willow unter der Bettdecke versteckt hatte. Sie legte den Gurt neben Willow auf die Decke.

»Ich habe das hier besorgt, weil ich genau weiß, daß du es brauchen würdest«, sagte Jessica. »Wenn du nicht jammerst und den Riemen nicht benutzen willst, werde ich Caleb sagen, daß er gehen soll. Das letzte, worüber du dir jetzt den Kopf zerbrechen solltest, ist dein Mann und ob er deine Schmerzensschreie ertragen kann. Er hat zu verantworten, daß das Kind in deinem Körper ist. Er muß genauso wie du lernen, den schmerzhaften Teil der Geburt durchzustehen.«

Stummer Protest zeichnete sich auf Willows Gesicht ab.

Caleb küßte seine Frau und sagte so leise etwas zu ihr, daß Jessica es nicht hören konnte.

»Ich wollte nicht, daß du dir Sorgen machst«, sagte Willow. »Liebster, du bist ja schon besorgt, wenn ich mich beim Kochen verbrühe.«

Er ergriff ihre Hände und küßte sie zärtlich. Dann nahm er den ledernen Riemen. Die Spuren ihrer Zähne waren deutlich zu erkennen. Seine Finger krallten sich um das dunkle Stück Leder.

»Wenn ich es dir abnehmen könnte, würde ich keinen Moment zögern«, sagte er heiser.

»Ich weiß. Es hilft schon, wenn du hier bist.«

Es war die Wahrheit.

Trotz der Heftigkeit der Wehen konnte Jessica erkennen, wie sich die tiefen Falten der Anspannung in Willows Gesicht bereits zu glätten begannen. Als Caleb sich über seine Frau beugte und ihr etwas zuflüsterte, leuchtete ein Ausdruck der Liebe in ihren Augen und ihrem Gesicht auf.

Doch dann mußte sie sich wieder ganz auf die Anforderungen der Geburt konzentrieren. Caleb spürte genau, wie ihre Muskeln sich anspannten. Ohne ein Wort zu verlieren, hielt er ihr den Gurt hin. Sie nahm ihn in genau dem Moment zwischen die Zähne, in dem sich ihr ganzer Körper erneut unter einer Wehe aufbäumte.

Danach gab es nichts weiter zu tun, als Willow hier und da zur Hand zu gehen, während sie die schwere Arbeit verrichtete, die dazu nötig war, neues Leben in die Welt zu setzen. Während die Geburt ihren natürlichen Verlauf nahm, betete Jessica im stillen inbrünstig darum, daß nicht alles umsonst sein würde; all die schrecklichen Schmerzen und das Blut, die Qualen, die sich auf Calebs Gesicht abzeichneten und Zeugnis davon ablegten, wie sehr er die Frau liebte und sich um sie sorgte, die in diesen Augenblicken sein Kind zur Welt brachte.

Schließlich folgten die Wehen so kurz aufeinander, daß Willow zwischendurch keine Zeit mehr blieb, um sich zu erholen. Keuchend, schwitzend und wie benommen versuchte sie Caleb anzulächeln, bevor sie erneut von einer Wehe ergriffen und fortgetragen wurde.

»Wie lange noch?« fragte er Jessica ängstlich.

»So lange, wie das Baby braucht.«

»Sie hält das nicht mehr lange aus.«

»Du würdest dich wundern, wenn du wüßtest, wieviel eine Frau aushält.«

Und sie sollte recht behalten.

In den letzten Zügen der Geburt entwickelten Willows Hände eine Kraft, die selbst Caleb überraschte. Auf seinen Händen, die von schwerer körperlicher Arbeit gestählt waren, hinterließen ihre Finger große, blaue Flecke, die er zuerst nicht einmal bemerkte. Alles, was er im Sinn hatte, war Willows Wohlergehen und wie er ihr zusätzlich Erleichterung verschaffen konnte.

Die Schreie des Babys kamen für alle unerwartet.

»Du hast einen Sohn«, rief Jessica. Sie weinte und lachte gleichzeitig. »Einen wunderbaren, quicklebendigen kleinen Sohn mit einem roten Gesicht!«

Willow lächelte glücklich und schloß die Augen. Die Welt versank um ihren Sohn und ihren Mann, der ihr voller Dankbarkeit einen heißen Kuß auf die Handfläche drückte.

Trotz der Freudentränen, die Jessica herunterliefen, gelang es ihr, die Nabelschnur zu durchschneiden und zu verknoten. Sie wusch das Baby mit warmem Wasser, wickelte es in eine Decke und reichte es Caleb. Sie war sprachlos, als sie Tränen in Calebs Augen entdeckte, während er sein Kind betrachtete.

»Zeig Willow deinen Sohn«, sagte Jessica mit heiserer Stimme. »Und dann legst du ihn ihr am besten an die Brust. Er muß noch einmal ihren Herzschlag hören und umgekehrt.«

Voller Ehrfurcht trug Caleb seinen Sohn zu Willow hinüber. Als Jessica zu ihnen hinüberschaute, lag Willow in den Armen ihre Mannes und das Baby nuckelte gierig, wobei sein winziger Kopf in Calebs großer Hand lag.

»Geht es dir gut?« fragte Wolfe besorgt und nahm Jessica in seine Arme, bevor sie noch antworten konnte.

»Willow hat die ganze Arbeit geleistet, nicht ich.«

Wolfe schien nicht auf sie zu hören. Er drückte Jessica fest an sich. »Als Reno mir Bescheid gesagt hat, mußte ich sofort an deine Mutter denken und daran, was für schreckliche Dinge du in deiner Kindheit durchgemacht hast. Ich hatte Angst, daß du es nicht ertragen könntest, noch einmal bei einer Geburt dabeizusein.«

»Ich hatte auch Angst«, gestand Jessica und legte ihre Arme um Wolfes schlanke Taille. »Ich hatte Angst, das Kind würde tot zur Welt kommen, genau wie all die anderen.«

Wolfe gab ein gequältes Stöhnen von sich, doch die Hand, mit der er ihr aufgelöstes Haar streichelte, war sanft.

»Diesmal war das Baby lebendig«, fuhr sie fort. Die Aufregung klang in jedem Wort mit. »Es hat geweint und mit seinen winzigen Fäustchen gewedelt. Sein Gesicht war ganz rot, und es hatte schwarzes Haar, und alles an ihm war so winzig. Es war einfach vollkommen ... und quicklebendig!«

Lächelnd beugte sich Wolfe über sie und küßte sie. Als sie unerwartet den Kuß erwiderte und ihm nicht auswich, überlief ihn ein angenehmes Kribbeln. Die Erinnerung an die vergangene Nacht hatte ihn den ganzen Tag nicht ruhen lassen. Er hatte Jessica so sehnsüchtig vermißt, wie er sich niemals hätte träumen lassen.

Mit unbändigem Verlangen drängte Wolfe sie dazu, ihre Lippen für ihn zu öffnen. Obwohl sein Bedürfnis nach ihr plötzlich übermächtig schien, berührte er ihre Zunge mit großer Zärtlichkeit und nahm ihren Duft nur langsam in sich auf. Lange Zeit verging, bis er sich von ihr löste.

»Reno hat gesagt, daß es Willow und dem Jungen gutgeht«, sagte er und schaute zur verschlossenen Schlafzimmertür hinüber.

»Ja.« Jessica lächelte und küßte einen von Wolfes Mundwinkeln. »Ganz ausgezeichnet sogar. Oh, Wolfe, es war einfach wundervoll! Als ich dieses kleine Etwas in meinen Händen hielt, kam ich mir so vor, als könnte ich Gott selbst lächeln sehen. Als ich dann den Ausdruck auf Calebs Gesicht sah, während er seinen Sohn auf den Arm nahm, wußte ich genau, daß es ihm nicht anders ging.«

»Und wann darf ich dieses kleine Wunder mit dem roten Kopf sehen?«

»Willow kann es gar nicht erwarten, ihn überall herumzuzeigen. Sobald du dich gewaschen hast, kannst du hineingehen.«

»Ich bin makellos sauber«, sagte Wolfe mit einem schrägen Grinsen. »Reno hat mich höchstpersönlich ins Badezimmer geschleift. Er sagte, er würde seinen einzigen Neffen nicht wegen eines dreckigen Halbbluts aufs Spiel setzen.«

»Was?« Jessicas Kopf fuhr überrascht in die Höhe. »Und da hast du ihn mit dem Leben davonkommen lassen?«

»Du wußtest wohl noch nicht, daß er mit seinem Schießeisen schneller ist als ein geölter Blitz? Ich war so sanft wie ein Lamm – hinter den Ohren habe ich mich sogar zweimal gewaschen.«

»Dem werde ich die Hammelbeine langziehen«, murmelte sie. »Dich zu beschimpfen. Der sollte sich was schämen.«

Wolfe brach in schallendes Gelächter aus, umarmte Jessica und schwenkte sie herum.

»Was für ein wildes Elfchen du doch bist«, sagte er und küßte sie erneut. »Ich habe doch nur gescherzt. Reno hat mich zwar schon einmal beschimpft, aber niemals würde er etwas Abfälliges über meine Mutter oder die Cheyenne sagen.«

Wenn Wolfe lachte, nahmen seine Augen einen wundervollen mitternachtsblauen Farbton an. Sein Lächeln betonte seine schrägen Wangenknochen und die ausgeprägten Züge um seinen Mund. Wieder einmal mußte Jessica sich eingestehen, wie stark sie sich von Wolfes Äußerem angezogen fühlte.

Plötzlich kam ihr der Gedanke, wie es wohl sein würde, auf das Gesicht eines schlafenden Babys herunterzuschauen und in ihm Züge von Wolfes geliebtem Gesicht wiederzuentdecken.

»Was war denn das für ein Laut? Ist das alles in Ordnung, Jessi?«

»Ja. Nein. Also ich ...«

Jessicas aquamarinblaue Augen schauten forschend in Wolfes Gesicht. Sie fuhr mit den Fingern durch sein schwarzes Haar und stellte fest, daß es immer noch feucht war. Bei der Berührung mit den kühlen, glatten Strähnen überlief sie ein angenehmer Schauer. Sie hauchte seinen Namen und beobachtete ihn mit großen, fragenden Augen.

»Jessi, ist alles in Ordnung? Du schaust mich so an, als hättest du mich noch nie zuvor gesehen.«

»Habe ich auch nicht.« Noch bevor er etwas sagen konnte, bot sie ihm ihren Mund zum Kuß. »Küß mich, Wolfe. Küß mich ganz fest.«

Sein Kuß war heiß und leidenschaftlich und schien niemals enden zu wollen. Als er vorbei war, atmeten beide schneller. Gerade als Wolfe sie noch ein weiteres Mal küssen wollte, fiel die Vordertür laut ins Schloß.

»Macht ruhig so weiter, und wenn der Winter kommt, haben wir noch so einen kleinen Schreihals im Haus«, sagte Rafe. Er gab sich alle Mühe, sein Lächeln zu unterdrücken, was ihm allerdings gründlich mißlang.

Wolfe drückte Jessicas feuerrotes Gesicht gegen seine Brust. »Wir wollten gerade deinen Neffen bewundern gehen.«

»Aha. Was habe ich da gehört – ich muß erst einmal ein Bad nehmen, bevor ich das kleine Würmchen sehen darf?«

»Frag Reno.«

»Habe ich schon. Er hat mir eine Bürste in der Größe eines Wagenrades unter die Nase gehalten, und dabei haben seine Augen vor Schadenfreude nur so gefunkelt.«

Jessica lachte und drückte ihr Gesicht in Wolfes Hemd.

»Hast du vor, sie zu ersticken?« fragte Rafe höflich.

Wolfes Hand ergriff Jessicas Kinn. Er hob ihren Kopf und streifte ihre Lippen mit einem Kuß.

»Hast du Angst, zu ersticken?« fragte Wolfe sie sanft.

Sie wurde rot und sagte etwas, das Rafe nicht genau hören konnte.

»Wie bitte?« fragte Rafe.

»Sie sagte, viel Spaß bei deinem Bad.«

»Verdammt noch mal. Genau wie ich befürchtet hatte. Sieh zu, daß von dem kleinen Leckerbissen noch etwas übrig ist, wenn ich zurückkomme.«

»Was für ein Leckerbissen?« fragte Wolfe.

»Wolfe!« sagte Jessica und gab ihm mit der flachen Hand einen Klaps auf die Brust.

Rafe lachte immer noch, als er die Vordertür hinter sich ins Schloß zog.

»Komm, mein kleiner Leckerbissen«, sagte Wolfe und ließ Jessica wieder herunter. »Zeig mir das kleine Wunder.«

Willows strahlendes Lächeln lenkte davon ab, wie blaß sie war, als sie Wolfe begrüßte. Caleb saß neben dem Bett und hielt das schlafende Baby im Arm. Als Wolfe näher kam, hielt ihm Caleb vorsichtig das winzige Bündel hin.

»Du mußt eine Hand unter seinen Kopf und die andere unter sein Hinterteil halten«, sagte Jessica zu Wolfe.

»Jesus«, flüsterte Wolfe. »Er ist so winzig.«

»Nicht für ein Neugeborenes«, sagte Caleb. »Er ist beinahe sechzig Zentimeter groß und wiegt fast neun Pfund.«

»Genau wie ich sagte – winzig.«

Wolfe nahm das schlafende Baby auf den Arm und betrachtete es so liebevoll, daß sich alle Falten in seinem Gesicht glätteten. Als das Baby die Augen aufschlug, gab er einen leisen, erstaunten Laut von sich.

»Schau nur, seine braunen Augen. Ja, die Ähnlichkeit mit dir ist wirklich unverkennbar.«

Das Baby begutachtete Wolfe unsicher, gähnte, sabberte ein bißchen und schlief wieder ein. Wolfe lachte leise und berührte die kleine, perfekt geformte Wange des Babys mit seinem Daumen.

Wolfe so zu sehen, löste ein schmerzhaftes Gefühl in Jessica aus. Sie hatte den ehrfürchtigen Ausdruck in seinen Augen gesehen, als er zuerst die goldenen Augen des Babys betrachtet und dann zu Caleb hinübergeschaut hatte. Und etwas anderes war ihr aufgefallen. Sie hatte Wolfes sehnlichen Wunsch erkannt, eines Tages ein Baby in seinen Armen zu halten und zu wissen, daß er selbst am Wunder des Lebens teilgehabt hatte.

Ein Mann brauchte keine Titel oder Besitztümer, um sich ein Kind zu wünschen. Diese plötzliche Erkenntnis war mit einem so tiefen Schmerz verbunden, daß Jessica kaum ein Stöhnen unterdrücken konnte.

»Wirst du genauso starrsinnig und anständig sein wie dein Vati?« fragte Wolfe das Baby mit leiser Stimme. »Das hoffe ich jedenfalls.

Die Welt braucht mehr Engel der Gerechtigkeit wie ihn, die sich nicht davor fürchten, den Teufeln das Handwerk zu legen.«

Wolfe schaute auf und lächelte Caleb an. »Wie dem auch sei, ich hoffe nur, daß es beim nächsten Mal eine Tochter wird. Die Welt kann genauso ein paar anständige Frauen mehr vertragen.«

»Darum mußt du dich schon selbst kümmern«, sagte Caleb gelassen.

Jessica allein sah, wie das Leuchten in Wolfes Augen mit einem Schlag erlosch. Seine schwarzen Wimpern senkten sich, als betrachtete er noch einmal das Baby. Sie wußte genau, daß er an ihre Ehe dachte und an die Falle, in der sie ihn gefangen hatte und die dafür sorgen würde, daß er niemals eigene Töchter und Söhne haben würde.

Doch als Wolfe wieder aufschaute und Willow das Baby zurückgab, lag ein Lächeln auf seinem Gesicht. Das Lächeln war genauso aufrichtig wie vorher der Ausdruck des Schmerzes in seinen Augen.

»Ein wunderbares Baby hast du da zur Welt gebracht«, sagte Wolfe zu Willow.

»Das ist nicht allein mein Verdienst.«

»Zum größten Teil. Jemand, der so häßlich ist wie Caleb, kann wohl zu so einem hübschen Baby nicht viel beigesteuert haben.«

Willow lächelte und betrachtete Caleb. »Mein Mann sieht aus wie ein junger Gott.«

»In deinen Augen vielleicht«, sagte Wolfe nüchtern. »Alles, was ich dazu sagen kann, ist, daß ich hübschere Dinge auf der Erde entdeckt habe, nachdem eine Büffelherde vorbeigezogen ist.«

Caleb lachte. Wolfe drehte sich um und umarmte seinen Freund. Die Umarmung war kurz und herzlich wie zwischen zwei Brüdern.

»Vorher gehörte dir die Sonne«, sagte Wolfe. »Jetzt hast du auch noch den Mond und die Sterne dazubekommen. Paß gut auf sie auf.«

Nach einer Weile wandte Jessica den Blick ab. Sie konnte nicht länger ertragen, wie sich ein leiser Ton der Traurigkeit in die Freude mischte, die Wolfe für seinen guten Freund empfand.

15

Splitternackt stand sie auf einer endlosen, vereisten Ebene. Nichts Lebendiges war weit und breit zu sehen. Nichts bewegte sich außer dem Wind, der ihr mit seinen gespenstischen Stimmen leise zuflüsterte. In weiter Ferne wuchs ein mächtiger Baum, dessen Äste ihr Schutz bieten konnten.

Dieser Baum war ihr Ziel.

Doch je verzweifelter sie von der Stelle zu kommen versuchte, desto schwerer wurden die Eisklumpen an ihren Beinen. Sie war eine Gefangene der Kälte und ein Spielzeug des Windes. Und doch kämpfte sie sich weiter auf den Baum zu, während der Wind sie verhöhnte:

Und diese Frau wird Jessica niemals sein.

Der schlimmste Fehler meines Lebens.

Nicht füreinander geschaffen.

Unwillkürlich schreckte Jessica im Bett hoch, als draußen das erste Licht der Morgendämmerung den Himmel rötlich zu färben begann.

»Jessi?« Wolfes Hand legte sich auf ihre Schulter. »Hast du wieder von der Vergangenheit geträumt?«

»Nein. Nicht von der Vergangenheit.«

»Komm wieder unter die Decke«, sagte Wolfe leise. »Es ist kalt da draußen.«

»Eiskalt«, flüsterte sie.

Sie legte sich wieder hin und drehte sich Wolfe zu. Sie brauchte seine Wärme, um den kalten Schauer ihrer Träume zu vertreiben.

»Was ist denn?« fragte er und strich ihr übers Haar.

»Nur ein Alptraum, weiter nichts. Ich war ganz allein.«

»Du bist aber nicht allein. Ich bin ja da.«

Aber für wie lange?

Wolfe spürte, wie sich Jessicas Arme um seinen Hals legten. Ihre festen Brüste drückten sich gegen seine nackte Haut. Als er selbst aus seinen Träumen erwachte, hatte er sich bereits in einem Zustand der Erregung befunden. Sie auf seiner nackten Haut zu spüren, verstärkte sein Begehren in schmerzhaftem Maße. Als sie sich fester an ihn drükken wollte und dazu noch unruhig hin und her rutschte, berührte sie ihn mit der Hüfte dort, wo sich seine Erregung unmöglich verbergen ließ. Er hörte, wie sie leise aufstöhnte und erschreckt zurückzuckte.

»Hab keine Angst«, sagte Wolfe. »Es ist nicht das erste Mal, daß ich die Nacht so verbracht habe, und bisher habe ich mich noch nie an dir vergangen. Und ich verspreche dir, daß sich daran auch in Zukunft nichts ändert. Alles, woran ich denken muß, ist deine Angst, wenn ein Mann dich berührt, und woher diese Angst kommt, und sofort habe ich nicht die geringsten Schwierigkeiten, mich zurückzuhalten.«

»Das ist es nicht. Du hast mir nur... einen Schreck eingejagt.«

Jessica holte langsam Luft und versuchte, ihre Träume zu vergessen. Sie rieb ihre Wange an Wolfe und spürte, wie seine beruhigende Wärme die eisige Kälte vertrieb, die ihre Träume mit sich gebracht hatten. Immer und immer wieder hatte sie Wolfes Stimme gehört, die ihr vorhielt, wie wenig sie als Frau taugte. Als sie spürte, daß Wolfe sich von ihr abwenden wollte, gab sie einen verzweifelten Laut von sich und klammerte sich so fest an ihn, daß er ganz überrascht war.

»Laß mich nicht los«, flüsterte sie ängstlich.

»Ich dachte, du hast Angst vor mir.«

Sie schüttelte den Kopf. Ein seidiger Vorhang aus Haaren strich über Wolfes Brust.

»Bist du sicher?« fragte er.

»Ganz sicher.«

Langsam legte Wolfe seine Arme wieder um sie und zog sie an sich. Sie entspannte sich ein wenig, obgleich sie immer noch die unverkennbaren Anzeichen seiner Erregung spüren konnte. Lange Zeit herrschte Schweigen und nur der Wind war zu hören, der im ersten Licht der Dämmerung sein grausames Spiel mit ihr trieb.

»Wolfe?«

Er gab ein unbestimmtes Knurren von sich.

»Als du Willow so gesehen hast...« Jessica zögerte und überlegte, wie sie ihre Gedanken am besten in Worte fassen konnte. »Die Geburt war...«

Wolfe küßte sie auf die Stirn. »Sie hat deine alten Alpträume wieder zum Leben erweckt, nicht wahr? Mach dir keine Sorgen. Sie werden wieder vergehen. Sogar wenn alles bestens verläuft, ist eine Geburt eine ziemlich gewaltsame Angelegenheit. Mit deinen Erinnerungen an die Vergangenheit muß es schrecklich gewesen sein, dabei zuzuschauen.«

»Das wollte ich gar nicht sagen. Ja, eine Geburt ist eine gewaltsame Angelegenheit, aber das ist der Frühling auch. Wo gehobelt wird, fallen eben Späne; du weißt ja.«

Wolfe lächelte und schmiegte sich an Jessicas Wange. »Habe ich dich eigentlich schon dafür gelobt, wie tapfer du warst, Jessi?«

»Ich bin nur ein armseliger, kleiner Feigling, und niemand weiß das besser als du.«

Die Resignation in Jessicas Stimme erstaunte ihn. Wolfe hob ihr Gesicht an, damit er ihr in die Augen schauen konnte.

»Das stimmt nicht«, sagte er. »Als kleines Kind hast du Dinge überstanden, an denen die meisten Erwachsenen zerbrochen wären.«

Ohne etwas zu sagen, schloß Jessica die Augen und schüttelte den Kopf.

»Jessi«, flüsterte Wolfe und küßte ihre Augenlider. »Niemand hätte dir einen Vorwurf gemacht, wenn du in den Nächten davongelaufen wärst und dich versteckt hättest, in denen dein Vater deine Mutter vergewaltigt hat. Aber du bist geblieben. Du bist zu deiner Mutter zurückgekommen und hast ihr so gut du konntest geholfen.«

»Es war nicht genug.«

»Es war mehr als genug«, widersprach er ihr. »Du mußt vor Angst von Sinnen gewesen sein, und doch hast du den Menschen getröstet, der eigentlich dich hätte trösten müssen.«

»Sie konnte niemanden trösten. Als es dem Ende zuging, war sie bestimmt schon völlig verrückt.«

Wolfe schloß die Augen. »Das wäre wahrscheinlich ein Segen gewesen.«

»Ja. Aber ich war ganz allein. Als sie an der Cholera gestorben ist, habe ich fest damit gerechnet, daß es mir genauso ergehen würde. So krank war ich damals. Doch dann kam er und hat mich gebadet, mich mit Haferflockensuppe gefüttert und mich warm gehalten, bis er selbst die Cholera bekommen hat.«

»Wer?«

»Der Graf. Mein Vater. Alle anderen waren bereits tot oder lagen im Sterben. Ich habe versucht, ihm zu helfen, aber der Wind hat ihn mir genommen. Ich glaube ... ich glaube, er hat sich nicht einmal dagegen gewehrt.«

Wolfe stöhnte unterdrückt. »Du warst noch so jung damals. Es bricht mir das Herz, wenn ich mir vorstelle, wie allein und verängstigt du damals gewesen sein mußt.«

»So war ich immer«, sagte sie ganz sachlich, »bis du gekommen bist. Ich habe versucht, vor dir zu verbergen, was für ein Feigling ich bin, aber du hast mich durchschaut.«

»Sei jetzt still«, sagte er und küßte ihre Wimpern. »Ein Feigling wäre aus dem Haus gerannt und hätte Willow während der Geburt allein gelassen. Doch du bist geblieben. Trotz deiner schrecklichen Erinnerungen bist du nicht von ihrer Seite gewichen und hast deine Ängste für dich behalten. Caleb hat mir erzählt, daß man dir nichts angemerkt hat.«

»Wenn Willow Angst gehabt hätte, wäre alles für sie noch schwieriger gewesen. Das konnte ich ihr nicht antun.« Jessica stöhnte, als wenn sie nicht wüßte, ob sie lachen oder weinen sollte. »Du hattest recht, Wolfe. Sie ist eine außergewöhnliche und wundervolle Frau. Dabeizusein, als ihr Sohn zur Welt kam, hat mir geholfen ... weniger Angst zu haben.«

Lächelnd streichelte Wolfe mit den Fingern Jessicas Wange. Sie drehte langsam den Kopf, bis sie seinen Zeigefinger mit ihren Lippen umschließen konnte. Sie spürte den Geschmack seiner Haut auf ihrer Zunge. Als er plötzlich tief Luft holte, wußte sie, daß sie damit seine ganze Aufmerksamkeit hatte.

»Caleb hat mir auch etwas beigebracht«, sagte sie.

»Tatsächlich?«

»Mhm.«

Wolfes Atem setzte für einen Moment aus, als er Jessicas warme, weiche Zunge zwischen seinen Fingern spürte.

»Als ich Caleb mit seinem Sohn gesehen habe«, sagte sie, »wurde mir klar, daß Kinder noch etwas anderes darstellen als Nachkommen, denen man seinen Namen und seinen Besitz vererben kann.«

Wolfe hörte kaum auf das, was sie sagte. Sie biß ihn so zärtlich, daß er sich fragte, ob er sich das alles nur einbildete. Nicht einmal in seinen wildesten Träumen hatte er sich vorgestellt, daß sie ihn mit ihren scharfen, kleinen Zähnen so liebkosen würde.

»Du hast mir auch etwas beigebracht«, fuhr Jessica fort.

»Noch einmal«, flüsterte er.

»Wie bitte?«

»Beiß mich noch einmal so, Elfchen.«

Lächelnd fuhr sie ein zweites Mal mit ihren scharfen Zähnen über die Innenseite seines Fingers. Als sie an der Fingerwurzel angekommen war, leckte sie mit der Zungenspitze die Stelle zwischen den beiden Fingern.

»Das habe ich dir nicht beigebracht«, sagte er mit heiserer Stimme.

»Nein, du hast mir etwas viel Wichtigeres beigebracht.«

»Tatsächlich?«

»Ja«, flüsterte sie. »Ich habe gesehen, wie sehr du dir ein eigenes Kind wünschst. Ich möchte dir dieses Kind schenken.«

Er wurde auf einmal ganz still.

»Ich möchte, daß du mich liebst, Wolfe. Und ich möchte dich lieben.

Du mußt mir erlauben, nur einen kleinen Teil des Wunders für dich zu vollbringen, das du mir zum Geschenk gemacht hast.«

»Jessi«, flüsterte er und brachte sie mit dem sanften Druck seines Daumens auf ihren Lippen zum Schweigen. »Es ist alles in Ordnung. Du brauchst dich nicht auf diese Weise bei mir zu bedanken.«

»Ich will aber.«

Er lächelte traurig. »Du bist aufgewacht, weil deine Träume dir wieder angst gemacht haben.«

»Nicht dieselben, alten Träume. Diesmal war es ein neuer Traum.«

»Kannst du dich daran erinnern?«

»O Gott, nur zu gut. Du warst nicht da, und ich war ganz allein, und der Wind hat mich verspottet, weil ich nicht dazu tauge, eine richtige Frau zu sein... *deine* Frau zu sein, und...«

Wolfes Arme legten sich fester um sie. »Das ist nicht wahr.«

»Warum willst du dann unsere Ehe nicht vollziehen?«

»Jessi... Elfchen...«

Sie wartete geduldig, und ihre Augen leuchteten vor Erwartung wie die eines kleinen Kindes.

»Meine Kleine«, flüsterte Wolfe und küßte sie zwischen jedem Wort, »es hat nichts damit zu tun, ob wir die Ehe vollziehen oder nicht. Für eine schottische Aristokratin und ein Halbblut wie mich gibt es nun einmal keine gemeinsame Zukunft. Du bist einfach nicht geschaffen für die Wildnis hier draußen im Westen. Ich schon. Dafür bin ich nicht für die eleganten Londoner Salons geschaffen. Dort gehörst du hin. Du brauchst einen Mann, der zivilisierter ist als ich. Und ich...« Seine Stimme erstarb. »Eines Tages wirst du dir eingestehen, daß wir nicht zusammenpassen, und einer Annullierung unserer Ehe zustimmen.«

Als Jessica den Mund aufmachen wollte, um ihm zu widersprechen, brachte Wolfe sie mit einem leidenschaftlichen Kuß zum Schweigen, der ihr ein unterdrücktes Stöhnen entlockte.

»Doch bis zu diesem Tag«, flüsterte er, als er sich schließlich von ihr löste, »können wir uns einander hingeben, ohne daß deine Jungfräulichkeit dabei angetastet wird. So wirst du für den Grafen oder Herzog bereit sein, den du irgendwann einmal in jeder Hinsicht als deinen Mann anerkennst.«

»Ich werde niemals einen anderen wollen als dich.«

»Doch, das wirst du«, widersprach ihr Wolfe sanft. »Du bist zu leidenschaftlich, als daß du weiterhin das Leben einer Nonne führen könntest, und das weißt du genau. Mir geht es doch nicht anders. Ich werde mit der Erinnerung daran sterben, wie du geduftet und geschmeckt hast und was für Worte du mir zugeflüstert hast, als meine Lippen dir geholfen haben, diese Leidenschaft in dir zu entdecken.«

Noch bevor Jessica etwas sagen konnte, küßte Wolfe sie heiß und innig. Die aufreizenden Bewegungen seiner Zunge brachten sie beinahe um den Verstand. Als er ihre Brüste streichelte und mit seinem Daumen vorsichtig in kreisenden Bewegungen über ihre zarten Knospen strich, brachte sie nur ein gebrochenes Stöhnen hervor. Zögernd hob Wolfe den Kopf, um zu sehen, ob er zu weit gegangen war.

»Lust oder Leid?« fragte er mit heiserer Stimme.

»Wie bitte?« erwiderte sie benommen, während die Hitze in ihr langsam verebbte.

Seine Hände streichelten sie noch einmal, und die schwache Glut wurde zu einem lodernden Feuer, dessen Hitze sie verzehrte. Leise Laute der Lust kamen über ihre Lippen. Einer davon war Wolfes Name.

»Wolfe?«

»Schon gut«, hauchte er. Seine Finger streichelten ihre Brüste und brachten die zarten Knospen dazu, sich seiner Berührung begierig entgegenzustrecken. »Dein Körper sagt mir alles, was ich im Moment wissen muß.«

Ihre Gedanken verloren sich, als sich ein warmes Gefühl überall in ihr ausbreitete. Sie spürte Wolfes warmen Atem auf ihren Brustwarzen. Sie wußte, daß sie ihm im selben Moment rettungslos verfallen würde, in dem sich sein Mund um sie schloß.

»Warte«, sagte sie atemlos. »Ich will...«

Als sie zu sprechen versuchte, konnte sie nicht die richtigen Worte finden.

»Ist ja schon gut«, entgegnete er und streichelte mit seinen Lippen ihre samtigen, harten Brustwarzen. »Ich weiß genau, was du willst. Ich will es doch auch.«

»Wirklich?«

Wolfe zögerte, als er hörte, wie aufrichtig ihre Stimme bei dieser Frage geklungen hatte. Widerwillig löste er sich von der atemberaubenden Versuchung ihrer Brüste.

»Wußtest du das denn noch nicht?« flüsterte er. »Daß mir das genausoviel Spaß macht wie dir?«

»Das kann ich mir kaum vorstellen.«

»Du klingst ziemlich überzeugt«, sagte Wolfe amüsiert.

Obwohl Jessicas Wangen nicht nur vom Licht der Morgendämmerung gerötet waren, sprach sie weiter; eine unbestimmte Ahnung, die wichtiger war als alles, was dieser Augenblick ihr vielleicht noch zu bieten hatte, drängte sie dazu.

»Wenn du mich streichelst, fühle ich mich, als wenn ich die warmen Sonnenstrahlen auf meinem Körper spüre«, sagte sie.

Wolfes Augen und sein leidenschaftlicher Mund versprachen ihr, daß ungeahnte sinnliche Freuden sie erwarteten. »Das will ich doch hoffen, Jessi. Ich liebe es, dir dabei zuzusehen, wie du dich vor Leidenschaft verzehrst.«

»Aber ich weiß nicht, was ich tun muß, damit es dir genauso geht.«

Einen Augenblick lang sagte Wolfe gar nichts. Er brachte kein Wort heraus, und sein Herz hämmerte wild.

»Soll ich es dir zeigen?« fragte er schließlich.

»Ist das möglich? Kann ich etwas tun, damit du auch die Sonnenstrahlen auf deinem Körper spürst?«

»Es ist nicht nur möglich; es wäre sogar einfach. Allein der Gedanke an deine Hände...« Ein heftiger Schauer überlief Wolfe.

»Meine Hände? Wohin, Wolfe? Was soll ich tun? Zeig es mir.«

Die Versuchung war beinahe übermächtig. Zu lange hatte er sich schon vergeblich nach Jessica gesehnt. Er wußte, daß er niemals seine Selbstbeherrschung bewahren konnte, wenn sie ihn jetzt berührte. Doch gleichzeitig konnte er die Vorstellung nicht ertragen, daß er sie im selben Moment, in dem er die größte Leidenschaft empfand, abstoßen würde.

»Meine Reaktion könnte ... dich erschrecken«, sagte er schließlich. »Du mußt es nicht tun, Elfchen. Obwohl alle Männer sich ständig darüber beschweren, ist noch niemand an sexueller Frustration gestorben.«

»Hat dich meine Reaktion abgestoßen?« fragte Jessica neugierig.

Sein Lächeln wirkte melancholisch, doch in seinen Augen schwelte die Glut alter Erinnerungen. »Ich habe noch nie etwas so Schönes gesehen wie dich, als dich die Leidenschaft überwältigt hat.«

Jessicas Hände vergruben sich tief in Wolfes Haar, bevor sie ihn zu sich hinunterzog, um ihn so zu küssen, wie er es ihr beigebracht hatte. Er reagierte mit einer rastlosen Gier, die sie beinahe genauso erregte wie die Berührung seiner Hände auf ihren Brüsten.

»Bring mir bei, wie ich die Leidenschaft in dir wecken kann«, hauchte sie.

Wolfe ergriff ihre Hände und küßte ihre Handflächen. Dann schlug er seine Zähne mit ungezügelter Wildheit in ihren Handrücken, so daß sie gequält aufstöhnte.

»Ich glaube, wir lassen uns besser ein bißchen Zeit. So kannst du jederzeit aufhören, wenn dir danach zumute ist.« Wolfe schaute auf und betrachtete sie aufmerksam mit seinen klaren, dunklen Augen. »Es ist mein Ernst, Jessi. Die Vorstellung, daß du dich von mir abgestoßen fühlen könntest, ist mir unerträglich.«

Tränen stiegen in Jessicas Augen auf, als ihr erneut klar wurde, wie tief sie ihn mit ihrem Vorwurf verletzt hatte, sie fände seine Berührung abstoßend.

»Niemals, Wolfe. Von dir könnte ich mich niemals abgestoßen fühlen.«

»Ich möchte wetten, ich könnte dir einen ganz schönen Schreck einjagen«, sagte er trocken, um sie zum Lachen zu bringen.

Sie lächelte mit zitternden Lippen. »Mein liebster Wolfe, du hast mir bereits den Schreck meines Lebens eingejagt.«

Seine schwarzen Augenbrauen hoben sich fragend.

»Jedesmal wenn du mich berührst, geht ein angenehmer Schreck durch meinen ganzen Körper«, gestand sie.

Wolfe war überrascht. »Ist das wahr, Jessi?«

Sie streckte die Hand aus, damit er sehen konnte, wie sehr sie zitterte. »Das hat nichts mit Angst oder Ekel zu tun. Das passiert einfach, wenn du mich berührst oder wenn ich daran denke, wie du mich bei anderer Gelegenheit berührt hast.«

Sanft führte Wolfe ihre Hand an seinen Mund, küßte ihre Finger und verwob sie dann mit seinen eigenen Fingern.

»Warum fängst du nicht damit an, mich überall dort zu berühren, wo du selbst gerne berührt wirst?« schlug er vor.

Jessica legte den Kopf auf die Seite und schaute Wolfe überrascht an. Obwohl sein Körper von der Hüfte abwärts mit den Bettlaken bedeckt war, bestand nicht der geringste Zweifel an seiner Männlichkeit. Als sie den Kopf wieder hob, lag in ihren Augen ein spitzbübischer, sinnlicher Ausdruck.

»Ich befürchte, ich muß hier auf ein kleines Problem aufmerksam machen.« Sie wurde rot und räusperte sich verlegen, als ob sie plötzlich von Heiserkeit geplagt würde. »Eigentlich ist es gar nicht so klein. Es ist eher... von einem gewissen Ausmaß.«

»Was?«

Sein herausforderndes, träges Lächeln hatte auf Jessica die gleiche Wirkung wie die Berührung seiner Hände. Das Gefühl war gleichzeitig aufregend und beunruhigend.

»Für einen Mann, der den Ruf hat, ein wahres Adlerauge zu besitzen, wenn er am Lauf eines Gewehrs entlangvisiert«, murmelte sie, »befürchte ich beinahe, daß du auf kurze Entfernungen gar nicht so besonders gut sehen kannst.«

»Was soll das heißen?« fragte er und betrachtete schmunzelnd die Röte, die sich langsam auf ihren Wangen ausbreitete.

»Und da behauptest du, *ich* wäre unerfahren. Hast du es denn noch nicht bemerkt, mein Liebster? Wir sind nicht überall vollkommen gleich, was es mir natürlich ziemlich schwierig machen wird, deinem Vorschlag nachzukommen und dich überall dort zu berühren, wo ich auch gerne berührt werde.«

»Wir haben beide ein Paar Ohren«, stellte Wolfe unbeeindruckt fest.

»Soll das heißen, daß ich dich endlich ins Ohrläppchen beißen darf?«

Bevor Wolfe ihr noch antworten konnte, spürte er Jessicas Atem an seinem Ohr, die Wärme ihrer Zunge und ihre kleinen, spitzen Zähne. Er gab ein leises, lustvolles Stöhnen von sich, als ihre Zunge sich langsam vorarbeitete und ein süßer Schauer ihm den Rücken hinunterlief. Sie hob den Kopf und sah, wie seine Augen in der Morgendämmerung funkelten.

»Das hat dir wohl gefallen?« fragte sie.

Er grinste übers ganze Gesicht. »Allerdings.«

»Wie wundervoll«, murmelte sie und beugte sich erneut über ihn. »Mir nämlich auch.«

Spielerisch prüfte Jessica den Unterschied zwischen Ohr und Ohrmuschel mit der Zunge, den Zähnen, den Lippen. Nachdem sie Wolfe ein weiteres leises Stöhnen entlockt hatte, küßte sie ihn zärtlich hinters Ohr.

»Wir haben beide einen Hals«, flüsterte sie und schmiegte sich an seinen Hals.

»Wie bitte?«

»Einen Hals«, wiederholte sie. »Wir haben beide einen Hals. Mir gefällt es, wenn du meinen Hals mit dem Mund berührst. Soll das heißen, daß...«

»Ja«, unterbrach er sie hastig. »Bitte.«

Lächelnd rutschte sie ein Stück tiefer. Dabei bemerkte sie kaum, wie sich unter Wolfes geschickten Fingern ihr Nachthemd ein ganzes Stück geöffnet hatte. Der weiße Spitzenbesatz fiel auseinander, und darunter kamen ihre Brüste zum Vorschein, während sie selbst die straffen Sehnen und festen Muskeln an Wolfes Hals erforschte. Sein ganzer Körper war hart wie poliertes Holz, doch gleichzeitig viel geschmeidiger. Er strahlte Leben und Wärme aus.

»Dein Hals ist viel stärker als meiner.«

»Ich bin eben nicht so ein zartes Blümchen wie du«, stimmte Wolfe ihr zu. »Du kannst mich ruhig beißen, Elfchen. Laß mich deine Zähne und deine warme, kleine Zunge spüren. Du kannst mir nicht weh tun.«

Einen Augenblick später spürte er, wie Jessica vorsichtig an ihm knabberte. Ihre Bereitwilligkeit, ihm jeden Wunsch von den Lippen abzulesen, war genauso erregend wie die Liebkosung selbst. Obgleich Wolfe genau wußte, daß er sich nicht vollkommen in der Gewalt hatte, zog er ihr Nachthemd beiseite und betrachtete ihre Brüste. Mit dem Zeigefinger streichelte er die sahnig weiße Haut genau an der Stelle, wo sie in den rosigen Samt der Brustwarze überging.

Jessica erschauderte und schlug ihre Zähne ein bißchen zu fest in die straff gespannten Muskeln seines Halses. Eine Hitzewelle rollte über ihn hinweg. Er packte die empfindliche Knospe ihrer Brust mit den Fingerspitzen und rieb sie mit unendlicher Zärtlichkeit. Sie stöhnte auf und kratzte mit ihren Fingernägeln über seine Brust. Als sie die winzigen, harten Perlen seiner Brustwarzen spürte, zögerte sie zuerst und begann dann, neugierig zu untersuchen, was sie so unerwartet auf seiner muskulösen Brust entdeckt hatte.

»Ja, wir beide haben eine Brust«, sagte Wolfe und lächelte, obwohl jeder Muskel in seinem Körper bis zum Zerreißen gespannt war. »Nur daß deine sich wunderbar weich anfühlt.«

»Deine gefällt mir besser.«

Schlanke Finger glitten über Wolfes Brust, massierten die festen

Muskelstränge in atemlosem Erstaunen, streichelten das mitternachtsschwarze Haar und kreisten um die empfindlichen Brustwarzen, ohne sie zu berühren. Dann senkte sich ihr Kopf, und wie eine Welle ergoß sich ihr nach Rosen duftendes Haar über ihn. Kurz bevor ihre Lippen ihn berührten, sah er ihre Zungenspitze. Mit der ernsthaften Neugier eines Kätzchens schnupperte sie an seiner Brustwarze. Seine Finger vergruben sich in ihrem Haar und drückten sie an sich. Ihre Zunge tänzelte spielerisch über seine Haut.

»Weißt du noch, wie ich dich geküßt habe?« brachte er mühsam heraus.

»Ja.«

»Hat es dir gefallen?«

Ihr Lachen war voller Sinnlichkeit, genau wie die Berührung ihrer Zunge. »Soll das heißen, du möchtest gerne so geküßt werden?«

»Nur wenn es dir nichts ausmacht.«

Jessica antwortete ihm, indem sie ihren Mund leicht öffnete und ihn mit dem sanften Druck ihrer Lippen zu massieren begann. Ihre Zähne schlossen sich zärtlich um seine Brustwarze und dann saugte sie zärtlich an ihr. Er gab einen keuchenden Laut von sich, sein Herz schlug schneller, und seine Haut rötete sich sichtbar, so daß sie genau wußte, daß sie alles richtig machte.

Jessica spürte, wie ihr eigener Körper auf dieses Wissen mit einem warmen Schauer reagierte. Sie hätte niemals zu träumen gewagt, daß ihre Berührung solch eine Wirkung auf Wolfes mächtigen Körper haben könnte. Auch hatte sie nicht erwartet, daß es ihr solchen Spaß machen würde, ihn zu berühren. Doch genau so war es. Sie stellte fest, daß sie ihn am liebsten überall gleichzeitig gestreichelt hätte; daß sie sich ihm am liebsten ganz und gar hingegeben hätte, bis die ganze Welt um ihn herum versunken wäre.

Während sie Wolfe Liebesbeteuerungen ins Ohr murmelte, strich sie zuerst mit der einen, dann mit der anderen Wange über seine Brust. Sie liebkoste ihn und kostete seine Wärme und Stärke wie einen schweren

Wein. Sie verlor sich in ihm, und schließlich wurde ihr klar, daß sie sich genau das immer schon gewünscht hatte. In diesem Moment wußte sie nicht einmal mehr, wann ihr der Gedanke zum ersten Mal in den Sinn gekommen war.

Jetzt lag er hier vor ihr. Ein Taumel ergriff sie, als sie erkannte, daß er sich vollkommen in ihrer Gewalt befand.

Als ihre Hand unter die Laken glitt, um Wolfes Schenkel zu streicheln, begann er seine Hüften unruhig hin und her zu bewegen. Sie mußte daran denken, wie erregt sie selbst gewesen war, als sie seine Hand zwischen ihren Beinen spürte. Sie schob ihre Finger ein Stück weiter unter die Bettlaken und hoffte, daß sie die gleiche intensive Lust in ihm erwecken konnte, die seine Berührung vorher in ihr ausgelöst hatte. Doch als sie versuchte, mit ihren Fingern von seinem Knie zu seiner Hüfte hinaufzufahren, preßte er seine Schenkel fest zusammen.

»Willst du nicht, daß ich dich dort anfasse?« fragte Jessica.

Wolfe antwortete nicht und betete darum, daß er tatsächlich so standhaft war, wie er es sich vorgenommen hatte.

Dann entdeckte Jessica die Stelle, an der seine Männlichkeit bereits ungeduldig ihre Berührung erwartete. Prüfend wog sie sein Glied in ihrer Hand. Wolfe war dort so empfindlich, daß er unwillkürlich aufstöhnte, als sie ihn vorsichtig streichelte. Sofort wollte sie die Hand wegziehen. Die Finger seiner einen Hand schlossen sich um ihr Handgelenk, während sich die anderen im Laken verkrallten. Er drückte ihre offene Handfläche fest an sich, während er darauf wartete, daß er langsam wieder zur Besinnung kam.

Dann wurde Wolfe klar, was er getan hatte.

»Verzeih mir«, krächzte er. »Ich wollte dich zu nichts zwingen.«

Zärtlich küßte sie die straffe Haut über Wolfes Hüfte, wo das Laken sich fest verknotet hatte. »Ich will dich ja berühren. Ich weiß bloß nicht genau, wie. Und nach allem, was du mir beigebracht hast, ist ein Mann dort, trotz seiner Härte, immer noch sehr empfindlich.«

»Wie bitte? Ach so, das«, sagte Wolfe, als er sich erinnerte, wovon sie sprach. »Dieser kleine, häßliche Trick.«

»Dieser kleine, häßliche Trick hat mich vor Lord Gore bewahrt.«

»Was soll das heißen?«

»Er hat mich so fest gegen die Wand geschleudert, daß ich nicht einmal mehr stöhnen konnte, geschweige denn das ganze Haus zusammenschreien, wenn ich es versucht hätte. Wenn ich mich nicht mit dem Knie genauso gewehrt hätte, wie du es mir beigebracht hast, wäre ich wie meine Mutter auf dem Fußboden im Korridor vergewaltigt worden.«

»Jessi.«

Wolfe richtete sich auf, damit er ihr Gesicht besser sehen konnte. Was er sah, waren ihre schneeweißen, entblößten Brüste und ihr Haar, das im Morgengrauen seidig glänzte. Über ihm schwebte außerdem ihr süßer Mund, der ihm so nahe war, daß er jeden ihrer Atemzüge wie einen warmen Wind unter den Laken spürte. Er streichelte eine Strähne ihres langen, mahagonifarbenen Haars, die sich auf seine Brust verirrt hatte.

»Deine Hand zittert«, flüsterte sie.

»Ja«, sagte er mit heiserer Stimme. »Du überraschst mich immer wieder. Du hast kaum einen Grund, dich einem Mann anzuvertrauen, und doch bist du mit deiner Sinnlichkeit so großzügig wie kaum eine andere Frau, die ich jemals kennengelernt habe.«

»Nur wenn ich mit dir zusammen bin. Du bist nie wie die anderen zu mir gewesen. Du bist eben mein Lord Wolfe, mein Einsamer Baum, Der-mit-dem-Donner-spricht. Du hast mir Mut gemacht, damit ich mich nicht mehr vor dem Donner zu fürchten brauche.«

Jessica küßte ihn sanft auf die Stelle, wo Haut und Laken aneinanderstießen. Die Berührung seiner Fingerspitzen auf ihren Lippen weckte alte Erinnerungen.

»Du hast noch einen anderen Spitznamen«, sagte sie.

»Ich weiß. Der wilde Sohn des Grafen.«

»Nein.« Wie zur Bestrafung knabberte sie zärtlich an Wolfes straffem Bauch. »Für mich hast du nichts Wildes an dir. Für mich bist du ab heute Der-mir-die-Sonne-schenkt.«

Wolfe wollte sich gerade fragen, wie oft es Jessica wohl noch gelingen würde, ihn zu überraschen, als sie ihm plötzlich das Laken herunterzog und den Teil von ihm küßte, den sie vorher mit ihren Zärtlichkeiten zum Leben erweckt hatte.

Der Kuß war zart wie die Berührung eines Schmetterlingsflügels und ließ sich mit nichts vergleichen, was er jemals zuvor erlebt hatte... bis zu dem Moment, in dem Jessica ihr Haar über ihn ausbreitete. Er spürte genau, wie jede einzelne Strähne wie eine zärtliche Liebkosung in Zeitlupe an ihm herunterglitt und dabei von ihm abfiel wie ein lästiges Kleidungsstück.

»Zeig mir, wie ich dich berühren soll«, flüsterte Jessica und streichelte ihn dabei sacht mit ihren Händen. »Zeig mir, wo du am empfindlichsten bist.«

Fassungslos murmelten Wolfes Lippen ihren Namen. Das war alles, was er herausbrachte, während er sich bemühte, nicht die Kontrolle über seine Triebe zu verlieren, die ihn an den Rand des Wahnsinns brachten. Eine Weile versuchte er sich zusammenzunehmen, ohne daß ihm dabei aufgefallen wäre, daß Jessica ihn die ganze Zeit beobachtete. In diesen Augenblicken der Leidenschaft wirkten ihre Augen verschleiert. Schließlich gab er ein langgezogenes Stöhnen von sich.

»Du bist atemberaubend«, flüsterte er.

»Dann schenke ich dir meinen Atem.«

Jessicas Gesicht senkte sich über ihn. Sie hauchte seinen Namen, während sie einen Kuß austauschten, in dem die Glut unterdrückter Leidenschaft schwelte. Langsam schlossen sich seine Hände um ihre Finger und strichen mit ihnen über seinen ganzen Körper. Mit einem leisen, erwartungsvollen Stöhnen küßte sie zuerst seinen Mundwinkel, dann die Ader, die heftig an seinem Hals pochte, und schließlich seine muskulöse Brust. Die ganze Zeit über hielt sie sein erregtes Glied zwischen ihren offenen Handflächen, so daß er nur ihre Körperwärme spürte und nicht die Berührung selbst.

Als Wolfe schließlich ein paar Worte herausbrachte, klang seine Stimme so rauh, daß Jessica genau wußte, wie angespannt er war.

»Warum faßt du mich nicht hier an, wo ich dich am meisten vermisse?« hauchte er und schloß ihre kleine Hand um sein Glied.

Jessicas Hand begann, ihn sanft zu massieren. Sie spürte die wilde Kraft, die sich in ihm verbarg. Langsam schob er ihre Hand weiter nach oben, damit sie ihn von der Wurzel bis hinauf zur sanft gerundeten, weichen Spitze mit einer Hand umfassen konnte.

»Genau dort«, sagte Wolfe heiser. »Dort bin ich sehr empfindlich. Genau an dieser Stelle spüren wir beide dieselbe Leidenschaft, wenn wir zärtlich berührt werden.«

Jessica schnurrte behaglich und strich neugierig mit den Fingern über die Haut, die an dieser Stelle seines Körpers so ganz anders war. Wolfe spürte, wie ihre Finger in seiner Hand zitterten, und lächelte zufrieden.

»Gibt es noch etwas, was du gerne wissen möchtest?« fragte er.

»Ja«, flüsterte sie.

»Und das wäre?«

»Ich möchte gerne wissen, wie es sich anfühlen würde, wenn ich dich in mir spürte.«

»Das darf niemals geschehen. Aber das hier... ja... Deine Hände fühlen sich wunderbar an, Jessi. Noch nie habe ich mich so nach etwas gesehnt wie nach deiner Berührung.«

Ihre Hände massierten ihn liebevoll, und eine Welle der Leidenschaft schlug über Wolfe zusammen. Sie küßte die muskulöse Rundung seines Schenkels, die glatte, warme Fläche seines Unterleibs, die geheimnisvolle Mulde seines Nabels.

Mit aufmerksamem Blick beobachtete er Jessica, während sie ihn auf die einzige Art und Weise liebkoste, die unter diesen Umständen für sie in Frage kam. Nach und nach verwandelte sich die ehrfürchtige

Stille im Zimmer in die Art von Spannung, die der Entladung eines Gewitters vorausgeht.

Das unverhohlene Begehren, das der Anblick seines Körpers in Jessica auslöste, und ihre natürliche Ungezwungenheit machten ihn beinahe rasend. Er mußte alle Kräfte zusammennehmen, um sie nicht an sich zu reißen und ihre zärtlichen Liebkosungen auf seine Art zu erwidern. Doch er wußte genau, daß er vollkommen die Beherrschung verlieren würde, sobald er einmal den ersten Schritt getan hatte; daß er nicht aufhören würde, bis er ganz und gar in ihr aufgegangen war; bis er spürte, wie sie ihn in ihrer Ekstase mit sich riß und beide taumelnd in die Sonne stürzten und in ihrer Glut vergingen.

Wolfes Finger vergruben sich in ihrem langen Haar, als er spürte, wie ihre warmen Lippen über seine Haut strichen. Dann konnte er nicht mehr länger zusehen und mußte die Augen schließen und gegen die übermächtigen Triebe ankämpfen, die ihn jeden Moment zu überwältigen drohten. Trotz der sinnlichen Freuden, von denen er stets geträumt hatte, wenn er an sein kleines Elfchen dachte, wäre ihm niemals der Gedanke gekommen, daß sie sich so offen und ohne falsche Scham an seinem Körper erfreuen würde. Noch nie zuvor war er so erregt gewesen. Und nie zuvor hatte er sich so als Mann gefühlt.

Dann glitt Jessicas Zunge über die Stelle, von der die wilde Erregung ausging, die seinen ganzen Körper erfaßt hatte. Er gab ein gequältes Stöhnen von sich, als die Leidenschaft ihn zu überwältigen drohte. Sie drehte den Kopf zur Seite, und ihr Haar breitete sich wie seidiges Feuer über ihm aus. Wie ein leichter Hauch glitt ihr Haar zwischen seine Beine. Ein sichtbarer Schauder überlief ihn.

»Wolfe? Habe ich dir weh getan?«

Er lächelte, obwohl sein ganzer Körper gnadenlos nach mehr verlangte. »Hast du je so eine Art angenehmes Kribbeln gespürt, wenn ich dich berührt habe?«

Sie nickte. Die Bewegung ließ sinnliches Feuer über seinem festen Fleisch aufflackern. Mit Mühe konnte er ein Stöhnen unterdrücken.

»Meine süße Jessi, nur wenn du aufhörst, verschwindet dieses Kribbeln wieder.«

»Aber was soll ich als nächstes tun? Wir sind so verschieden.«

»Es gibt da etwas, worum ich eine Frau noch nie gebeten habe.« Wolfe betrachtete Jessica, und seine Augen funkelten wie dunkelblaue Juwelen. »Diese Art der Liebe kann ich von einem unschuldigen Elfchen wie dir unmöglich verlangen.«

»Vielleicht sollte ich es nicht zugeben, aber eigentlich gefällt es mir gar nicht, immer rein und unschuldig zu sein. Ich habe nämlich festgestellt, daß ich eigentlich ganz gerne ein bißchen... unanständig bin.«

»Und ich habe festgestellt, daß ich noch nie so erregt gewesen bin. Ich frage mich, wie lange ich das wohl noch ertragen kann.« Wolfe holte tief Luft und atmete dann langsam wieder aus. »Wir werden es gemeinsam erfahren.«

»Das alles kann doch nichts Neues für dich sein.«

Er grinste schief. »Ist es aber.«

»Deine Herzoginnen...«

»Zum Teufel mit meinen Herzoginnen«, sagte Wolfe unbeherrscht. »Sie haben mir niemals ganz gehört und ich ihnen auch nicht. Ich war nichts weiter als eine Trophäe für sie. Nicht eine hat sich auch nur einen Deut um irgend etwas anderes geschert, als mich ins Bett zu bekommen. Nicht eine hat mir auch nur halb soviel bedeutet wie du.«

»Ist das wirklich so?« flüsterte Jessica. »Du meinst, als ich dich dort berührt habe, wo wir uns am meisten voneinander unterscheiden?«

Wolfe lächelte und streichelte mit dem Daumen ihre Lippen; nur so konnte er sichergehen, daß er die Beherrschung über sich behielt, wenn er sie berührte.

»Genau, und vorher, als du dich über mich gebeugt hast, als wäre ich eine warme Quelle, in der du baden wolltest.«

»Für mich bist du das auch.« Jessica strich mit der Wange über das feste Fleisch, das bewies, wie sehr er sie begehrte. »Genau wie ich für dich.«

»Du willst in mir baden?«

»Ja.« Sie drehte den Kopf auf die andere Seite und liebkoste ihn mit der anderen Wange.

»Mach nur so weiter«, keuchte er, »und dein Wunsch wird schneller in Erfüllung gehen, als du denkst.«

Jessica wartete einen Moment und lächelte dann still in sich hinein, als sie verstand, was er damit meinte. »Das wäre ja wohl nur gerecht.«

»Nein.«

»Doch.« Ihr Kopf bewegte sich noch einmal, doch diesmal war es ihr Mund, der ihn liebkoste, und nicht ihre Wange. »Hast du etwa nicht in mir gebadet?«

Wolfe murmelte ein paar Worte auf Cheyenne, als sein ganzer Körper sich aufbäumte.

»Du bist ausgesprochen hart, mein Liebster.«

Die Worte, die er mühsam hervorbrachte, waren weitgehend unverständlich, und das war auch gut so. Er wußte genau, daß sie bei diesen Worten zusammengezuckt wäre.

»Du bist ausgesprochen warm«, flüsterte sie und erkundete seine warmen Stellen mit der Zungenspitze.

»Ich kann nur hoffen, du machst nicht im letzten Moment noch einen Rückzieher«, brachte er mühsam hervor.

»Mach dir keine Sorgen. Das Blut fließt so heiß in deinen Adern. Ich kann es genau spüren.« Jessicas Herzschlag beschleunigte sich, so als wollte sich ihr Körper ihm anpassen. »Es fließt hier unten noch heißer als in deiner Halsschlagader.«

Wolfe antwortete ihr nicht. Er brachte kein Wort heraus. Er hätte niemals gedacht, wie aufregend es sein könnte, seinen eigenen Körper mit Jessicas Augen zu sehen; ihn mit ihren Händen zu spüren, mit ihren Worten zu beschreiben.

Dann fühlte er die sanfte, forschende Berührung ihres Mundes. Mit einem leisen Stöhnen, in dem sich Lust und Überraschung miteinander vermischten, nahm sie ihn in sich auf. Wolfes Finger krallten sich tief in die Bettlaken, als eine Welle unaussprechlicher Leidenschaft ihn erfaßte. Er kämpfte erbittert darum, nicht die Beherrschung über das wilde Klopfen seines Herzens und das unbändige Drängen seiner Erregung zu verlieren, aber er wußte bereits, daß der Kampf verloren war.

Ihm blieb kaum genug Kraft, Jessica zu sich hinaufzuziehen und seine Zunge tief in ihrem Mund zu vergraben. Beim Spiel ihrer Zungen keuchte er, als würde er in Stücke gerissen.

Voller Ehrfurcht beobachtete Jessica das rhythmische Pulsieren seines Gliedes in ihrer Hand. Sie spürte, wie sich im Augenblick seiner Erfüllung eine angenehm warme Feuchtigkeit über ihre Hand ausbreitete, und wußte genau, daß sie das Leben selbst berührte. Leidenschaftlich erwiderte sie seinen Kuß und wünschte sich dabei nichts sehnlicher, als dieses Leben in sich selbst zu spüren.

»Ich wollte dich eigentlich nicht so erschrecken«, sagte er, als er wieder zu Atem kam. »Als du mich so zärtlich geküßt hast, hätte ich beinahe die Selbstbeherrschung verloren.«

»Du hast mich nicht erschreckt.«

»Bist du sicher? Du hast den Geschmack ja noch auf der Zunge.«

»Ja«, flüsterte Jessica. »Das war das Beste von allem. Du schmeckst nach Tränen, salzig und geheimnisvoll.«

Ihre Worte erschienen Wolfe wie die Morgendämmerung am Ende einer langen Nacht; in einem einzigen Atemzug veränderte und erneuerte sich sein ganzes Leben.

»Du wirst mich noch um den Verstand bringen, Elfchen«, sagte er und drehte sich auf die Seite, so daß Jessica zwischen ihm und der Bettkante gefangen war. »Doch vorher werde ich noch einmal dafür sorgen, daß du nicht davonkommst, ohne diese süßen Qualen selbst durchgemacht zu haben.«

Jessica wußte zuerst gar nicht, was er meinte, doch dann spürte sie plötzlich Wolfes Mund auf ihrer Brust. Seine Hand glitt an ihrem Körper hinunter und suchte nach den sanft duftenden Blütenblättern der Blume, die sich nur für ihn allein öffnete. Sie war bereits feucht, erwartungsvoll, begierig. Ihn im Moment seines Höhepunkts zu beobachten, hatte leidenschaftliche Erwartungen in ihr ausgelöst. Bei der ersten Berührung seiner Finger stöhne sie leise. Dann keuchte sie und eine angenehme Hitzewelle überlief sie.

Und schließlich befand sie sich auf dem Weg zur Sonne.

16

Auch wenn Wolfes Gesichtsausdruck ziemlich grimmig war, als er von draußen hereinkam, zögerte er einen Moment lang und betrachtete seine Frau dabei, wie sie eine Portion Chili für ihn in eine Schüssel füllte. Das geheimnisvolle Lächeln, das sich auf seinem Gesicht ausbreitete, während er seine ledernen Arbeitshandschuhe abstreifte, verriet Jessica, daß er daran dachte, was sich zwischen ihnen in der Stille der Morgendämmerung drei Nächte zuvor abgespielt hatte – und danach in jeder weiteren Nacht.

Als sie Wolfe die Schüssel reichte, berührte er mit der Handfläche die Rückseite ihrer Finger. Weil sie nicht allein waren, hielt er sich diesmal allerdings zurück. Wenn es nach seinem Willen gegangen wäre, hätte er sich bei ihr mit einem Kuß auf ihren verlockenden Mund bedankt. Als er hörte, wie Jessica bei der Berührung mit seiner Handfläche der Atem stockte, wußte er, daß auch sie sich diesen Kuß wünschte.

»Wie geht es dem kleinen Kerl?« fragte er Willow, indem er Jessica und ihrem verführerischen Mund den Rücken zukehrte.

Willow schaute auf. Sie war gerade damit beschäftigt, das Baby vorsichtig zu baden. Dem Kleinen schien das warme Wasser genauso gut zu gefallen wie die Berührung seiner Mutter.

»Ethan Caleb Black geht es ganz ausgezeichnet«, erwiderte sie lächelnd.

»Ethan also. Habt ihr euch endlich entschlossen?«

»So hieß Calebs Vater.«

»Hoffen wir, daß der Kleine in die Fußstapfen seines Großvaters treten wird«, sagte Wolfe. Er betrachtete Willow prüfend. »Bist du sicher, daß du schon wieder aufstehen und arbeiten solltest?«

»Nur Leute, die wirklich krank sind, liegen faul im Bett herum. Und ich bin nicht krank.«

Mit einem Stirnrunzeln sah Jessica zu ihnen herüber. Sie stellte ein Blech mit Maisbrot auf dem Herd ab, um es warm zu halten.

»In England bleiben die Frauen nach der Geburt für mehrere Wochen unter Beobachtung«, erklärte sie.

»Wundert mich gar nicht«, sagte Wolfe. Seine Stimme triefte vor Verachtung für die feine englische Gesellschaft. »Der ganze Haufen ist eben zu nichts nütze.«

Alles, was Willow dazu zu sagen hatte, war: »Je länger man im Bett bleibt, desto länger braucht man hinterher, um wieder auf die Beine zu kommen.«

»Du siehst trotzdem müde aus«, wiederholte Jessica.

»Ich bin in meinem Leben schon erschöpfter gewesen. Da kannst du Caleb fragen.« Sie nahm Ethan auf den Arm und verpackte, während sie weitersprach, sein Hinterteil in eine weiche Baumwollwindel. »Ethan und ich haben heute morgen ein schönes Nickerchen zusammen gemacht, nicht wahr, mein Süßer? Und nach dem Mittagessen machen wir gleich noch eins.«

Wolfe schüttelte den Kopf – offensichtlich aus Bewunderung und nicht aus Mißbilligung. »Und ich habe immer geglaubt, die Frauen der Cheyenne wären hart im Nehmen. An dem Tag, als Caleb dich gefunden hat, muß ein ganzer Himmel voller Glückssterne für ihn geschienen haben.«

Jessica beugte sich über das Kuchenblech und steckte das Tuch an den Ecken fester, mit dem sie das Maisbrot abgedeckt hatte, um es warm zu halten. Diese Vorsichtsmaßnahme war nicht unbedingt notwendig, aber sie lieferte ihr einen Vorwand, wenigstens so lange ihr Gesicht zu verbergen, bis niemand mehr erkennen konnte, wie enttäuscht sie über Wolfes Bemerkungen war. Obwohl sie wußte, daß er sie mit seinen Worten nicht persönlich angreifen oder herabwürdigen wollte, spürte sie dennoch, daß sie innerlich verletzt war.

Insgeheim hatte sie gehofft, daß er sich vielleicht doch mit ihrer Ehe abfinden würde. Seit der Nacht, in der Wolfe den Grund für ihre Angst vor Männern, der Ehe und dem Kinderkriegen erfahren hatte, verhielt er sich wieder wie damals, als sie noch gute Freunde gewesen waren. Außerdem war er für sie zu einem rücksichtsvollen, großzügigen Lehrer in der uralten Kunst der Sinnlichkeit geworden.

Doch erst jetzt wurde Jessica klar, daß Wolfe sie niemals ganz als seine Frau akzeptiert hatte. Und es war eher unwahrscheinlich, daß er es sich jemals anders überlegen würde. Seine abgrundtiefe Verachtung für die adlige Oberschicht steckte einfach zu tief in ihm.

Jessica war in diese adlige Oberschicht hineingeboren worden. Darüber kam Wolfe einfach nicht hinweg; nicht einmal in den Augenblikken, in denen er seiner Leidenschaft hilflos ausgeliefert war. Genau das war der Grund, warum Jessica auch jetzt noch, nach drei Nächten intensiver Leidenschaft, immer noch Jungfrau war. Sie gehörte zur Aristokratie, was sie zu einer der Frauen machte, mit denen Wolfe seine sinnlichen Spiele treiben konnte, ohne daß er deshalb automatisch in ihr jemanden sah, mit dem er den Rest seines Lebens verbringen konnte.

Der Wind heulte ums Haus, als wenn er seine Kraft mit den Menschen messen wollte, und erinnerte die Männer daran, was sie dort draußen nach dem Essen erwartete. Ein schwaches kratzendes Geräusch war an den Fenstern zu hören, als der beständig auffrischende Wind Hagelkörner von draußen gegen die Scheiben schleuderte. Die Männer hörten auf zu essen und warfen sich im selben Moment unbehagliche Blicke zu.

Ohne ein Wort stand Wolfe auf und ging zur Hintertür. Er beachtete den eisigen Wind nicht, sondern entfernte sich so weit vom Haus, bis er zu allen Seiten einen freien Blick auf die Berggipfel und den Himmel hatte. Die Luft war klar. Der kräftige Wind roch nach Winter.

Obwohl es gerade erst zwölf Uhr mittags war, ertönte überall in den Wäldern das gespenstische Bellen der Wolfsrudel, die sich auf der Jagd befanden.

Bewegungslos und schweigend stand Wolfe da und nahm all die unterschwelligen Signale in sich auf, die Himmel und Erde, Wind und Wolken ihm zukommen ließen. Als er sich umdrehte und wieder zurückkam, war sein Gesicht ausdruckslos und seine Augen blickten düster.

Caleb betrachtete ihn ungeduldig, während er sich wieder an den Tisch setzte. »Und?« fragte er leise.

Wolfe zögerte und zuckte dann die Achseln. Der Wind würde früher oder später die Wahrheit ans Tageslicht bringen, ganz gleichgültig, was er jetzt sagte.

»Es wird bald zu schneien anfangen.«

Caleb murmelte etwas vor sich hin, das Jessica lieber überhört haben wollte. Schweigend stellte sie ein zweites Blech mit Maisbrot und eine Schüssel mit Chili vor ihn auf den Tisch.

»Wird es schlimm?« fragte Caleb.

»Die reinste Hölle«, sagte Wolfe. Seine Stimme klang leise, doch an seinen Worten bestand nicht der geringste Zweifel.

»Dann wird außer mir niemand dort hinausgehen. Wir dürfen nicht riskieren, daß sich jemand im Schneesturn verirrt.«

»Ich werde die Kühe und Kälber zusammentreiben«, sagte Rafe, ohne sich darum zu scheren, was Caleb gerade gesagt hatte. »Die Pferde werden unruhig, wenn ich meine Peitsche einsetze, aber das Vieh reagiert darauf ausgezeichnet.«

»Ich werde dir helfen«, sagte Reno. »Gott sei Dank sind bisher noch nicht so viele Kälber zur Welt gekommen. Die sind jetzt im Mutterleib viel sicherer. Haben die Stuten angefangen zu fohlen?«

»Nein«, sagte Wolfe. »Meine graue Stute wird vermutlich die erste sein. Wenn sie erst einmal gefohlt hat, läßt der Rest auch nicht mehr lange auf sich warten. Und wenn sie ihre Fohlen inmitten des Schneesturms zur Welt bringen ...«

Caleb machte ein besorgtes Gesicht, sagte aber nichts. Nichts, was er jetzt noch hätte sagen können, konnte den eisigen Nordwind aufhalten.

»Sobald wir meinen Mustang eingefangen haben«, fuhr Wolfe fort, »wird Ishmael schon dafür sorgen, daß der Rest der Herde sich ihm anschließt.«

»Teufel noch mal«, sagte Caleb wütend. »Das letzte Mal, als ich versucht habe, deine graue Stute mit dem Lasso einzufangen, mußte ich ihr stundenlang hinterherlaufen.«

»Ein flinkes, kleines Ding, stimmt's? Und schlau außerdem.« Wolfes Lächeln verblaßte. »Wenn ich ihr nicht gut zureden kann ...«

»Gut zureden?« unterbrach Jessica ihn.

Caleb grinste schief. »In Cheyenne. Das ist das Verrückteste, was ich je gesehen habe. Wolfe kann sich an einen Mustang heranschleichen und ihm gut zureden, so daß das Pferd ihm beinahe jedesmal wie ein Schoßhündchen hinterhergelaufen kommt.«

»Das ist auch der Spitzname, den die Cheyenne für ihre Pferde haben – Hündchen«, bemerkte Wolfe nüchtern. Seine Stimme klang jetzt anders als zuvor. »Wenn die Stute nicht auf uns hört und uns nicht nahe genug an sich heranläßt, um sie mit dem Lasso einzufangen, muß ich versuchen, sie mit einer Kugel lahmzulegen.«

Jessica betrachtete Wolfe unglücklich. Sie wußte, daß Wolfe vorhatte, eine eigene Herde mit der grauen Zuchtstute aufzuziehen.

»Wenn es sich nicht vermeiden läßt, werde ich es tun«, sagte Wolfe.

Am dritten Tag des Schneesturms waren die Männer vollkommen erschöpft, weil sie nicht genug Schlaf bekamen und Stunde um Stunde unter den unvorstellbarsten Bedingungen im Sattel verbrachten. Jessica kochte ihnen literweise heiße Suppe und hatte immer ein Blech heißes

Maisbrot im Ofen und eine Kanne Kaffee auf dem Herd. Alles das stand zu jedes Tages- und Nachtzeit in der Küche bereit, weil sie nie vorher genau sagen konnte, wann wieder einer der Männer zitternd vor Kälte und hungrig wie ein Bär nach dem Winterschlaf durch die Hintertür hereinkommen würde.

»Geh ins Bett zurück«, sagte Willow zu Jessica.

»Du stehst schon seit dem Morgengrauen in der Küche. Und jetzt ist es später Nachmittag. Du mußt vollkommen erledigt sein.«

»Es geht mir bestens. Ich bin stärker, als ich aussehe. Das war schon immer so.«

Willow betrachtete Jessicas eingefallenes Gesicht und wußte genau, was ihr im Kopf herumging.

»Den Männern geht es bestimmt gut, Jessi. Die sind daran gewöhnt, sich draußen in der Wildnis zurechtzufinden.«

Ein unbehagliches Kopfnicken war Jessicas einzige Anwort. Sie wußte nicht genau, wieviel Caleb seiner Frau von den Wölfen erzählt hatte, die draußen im Sturm auf der Jagd waren; ob er erwähnt hatte, daß das weit verstreute Vieh meistens im denkbar ungünstigsten Moment anfing zu kalben. Und dann war da natürlich noch der Sturm, der mit Tausenden von eisigen Zähnen auf Mensch und Vieh losging und ihnen in Sekundenschnelle die Lebenskraft raubte.

Jessica wußte über diese Probleme bestens Bescheid, denn Wolfe hatte ihr mit seinen einsilbigen Antworten und seinem beredten Schweigen mehr verraten, als er sich vorstellen konnte.

»Wenn nur der unglückselige Wind endlich nachlassen würde«, sagte Jessica plötzlich.

»Ja, das wäre eine Erleichterung. Wenigstens schneit es nicht mehr«, sagte Willow und ging ans Fenster. Sie ergriff das Fernglas, das sie auf der Fensterbank abgelegt hatte. Sie schaute hindurch und zählte leise die Pferde, die draußen auf der Weide standen. Wegen der hüfthohen Schneewehen war es unmöglich, sich ganz sicher zu sein, aber sie hatte den Eindruck, daß einige der Tiere fehlten.

»Was ist denn los?« fragte Jessica und stellte sich neben sie.

»Mindestens vier unserer Stuten fehlen.«

»Ishmael wird sie zurückbringen.«

»Nicht, wenn sie gerade fohlen«, flüsterte Willow. »Ein Hengst nähert sich niemals einer Stute, wenn sie sich von der Herde abgesondert hat, um zu fohlen.« Ein gespanntes Schweigen folgte, bis Willow hinzusetzte: »Ich habe mindestens einen Wolf gesehen. Da sind bestimmt mehrere Rudel unterwegs.«

Einen Augenblick lang schloß Jessica die Augen. Sie hatte Willows Araberhengst zum ersten Mal gesehen, als die Männer die Pferde auf die Weide hinter dem Haus getrieben hatten. Selbst jetzt noch, als die Stuten ihr dichtes Winterfell trugen und hochschwanger waren, besaßen ihre Formen und Bewegungen eine Eleganz, die Jessica verzauberte. Bei der Vorstellung, daß sich die Stuten inmitten des dichten Schneegestöbers niederließen, um ihre Fohlen zur Welt zu bringen, während hungrige Wölfe sie umkreisten, überkam Jessica ein namenloses Grauen. Während der Geburt waren die Stuten hilflos dem Gesetz des Stärkeren ausgeliefert. Selbst eine Weile nach der Geburt waren sie noch verletzbar wie die Fohlen, die den warmen Mutterleib verlassen und mit der hartgefrorenen Erde vorliebnehmen mußten.

»Die Fohlen ...«, flüsterte Jessica.

Willow schaute schweigend durchs Fernglas hinaus.

»Kannst du die Männer irgendwo erkennen?« fragte Jessica.

»Nein. Sie sind wahrscheinlich gerade dabei, den Wald nach verstreutem Vieh zu durchkämmen. Als der Wind im Morgengrauen nach Nordosten gedreht hat, muß er die Herde aus dem Eagle Creek Basin vor sich hergetrieben haben.«

Mit zunehmender Spannung wartete Jessica, während Willow die Weide draußen absuchte, soweit es das langsam einsetzende Schneegestöber zuließ. Als sie mit mühsam unterdrückter Enttäuschung das Fernglas absetzte, ahnte Jessica bereits, daß sie die Stuten nirgends entdecken konnte.

»Ich kann die graue Stute nirgendwo sehen«, sagte Willow schließlich. »Ich glaube, die Herde hat angefangen zu fohlen.«

»O Gott, nein«, hauchte Jessica. »Wir dürfen die Stute jetzt einfach nicht verlieren. Wolfe war so erleichtert, als sie zu ihm kam. Es war beinahe so, als hätte sie verstanden, daß sie bei ihm in Sicherheit war.«

Willow legte das Fernglas beiseite. »Ich habe Ethan erst vor ein paar Minuten gestillt. Wenn er zu weinen anfängt, bevor ich zurückkomme...«

»Nein.«

Diese unmißverständliche Antwort hatte Willow nicht erwartet.

»Du mußt bei deinem Baby bleiben«, sagte Jessica streng. »Ich werde mich um die Stuten kümmern.«

»Das kann ich nicht zulassen. Die Kälte ist zu gefährlich.«

»Deshalb sollst du ja bei Ethan bleiben. Wenn dir etwas zustößt, wird das Baby sterben. Wenn mir etwas zustößt...« Jessica zögerte und sprach dann die bittere Wahrheit ohne einen Hauch von Reue aus, »... trifft es niemanden außer mir.«

Willow faltete die Hände und versuchte, die Ruhe zu bewahren. »Jessi, du darfst da nicht hinausgehen. Du weißt ja nicht, wie schnell man bei diesem eisigen Wind aus den Bergen die Orientierung verliert.«

»Mit der Kälte und dem Sturm kenne ich mich aus. Ich habe zusehen müssen, wie Schafe im Stehen auf der Weide erfroren und Brunnen bis zum Grund zugefroren sind.«

Ein ungläubiger Ausdruck trat in Willows große, haselnußbraune Augen. »Ich wußte gar nicht, daß es in England so kalt werden kann.«

»Wird es auch nicht. Ich rede von Schottland. Hast du Winterkleidung, die mir passen könnte?«

»Jessi...«

»Ja oder nein?«

»Im Schlafzimmer. Komm, ich zeige sie dir.« Willow lächelte gequält. »Ein paar von den Sachen dürftest du vielleicht sogar wiedererkennen. Caleb hat sie von Wolfe bekommen. Sie haben einmal dir gehört. Über der Vordertür hängt eine Schrotflinte. Die nimmst du am besten mit. Ich hole inzwischen Munition.«

Ohne Zeit zu vergeuden, machte sich Jessica auf den Weg. Sie war von oben bis unten in Kleidungsstücke aus Wolle und Leder vermummt, die ihr sehr bekannt vorkamen. Außerdem trug sie einen von Willows Pelzmänteln, der eine Kapuze hatte. Statt eines Rocks hatte sie sich eine Hose übergezogen, und in der Hand hatte sie die Schrotflinte. Ihre Taschen sackten unter dem Gewicht der Munition nach unten.

Das einzige Pferd auf der ganzen Koppel, das noch nicht halb erfroren zu sein schien, war ein großer, schwarzer Wallach. Er sträubte sich, als sie versuchte, ihn zu satteln und aufzuzäumen. Nachdem sie aufgestiegen war, machte er zwei Schritte und versuchte dann, sie wieder abzuwerfen. Schließlich gab er jedoch nach und trabte mit angelegten Ohren von der Koppel. Als sie in den Sturm hinausritt, dankte sie im stillen Wolfe dafür, daß er darauf bestanden hatte, daß sie die Arbeiten eines Stallburschen verrichtete. Nur so hatte sie gelernt, wie man mit einem widerspenstigen Pferd umging.

Noch bevor Jessica auf der Weide ankam, sah sie schon die ersten Wölfe. Sie ließen sich neugierig den Wind um die Nase wehen und schienen ganz genau zu wissen, wohin sie wollten. Sie folgte ihrer Eingebung und ritt ihnen hinterher. Sie verlor die Fährte auf halben Weg zwischen dem Wäldchen und dem Haus. Hier unter den Bäumen war der Wind nicht ganz so gnadenlos, auch wenn der Unterschied kaum spürbar war.

Gerade als Jessica die Suche aufgeben und zur Weide zurückreiten wollte, hörte sie von weitem das Wiehern eines Pferdes, das genau wittert, daß es in Gefahr ist. Sie riß den schwarzen Wallach herum und galoppierte in die Richtung, aus der das Wiehern gekommen war. Sie duckte sich unter Ästen hindurch und hielt sich krampfhaft am Sattelknauf fest, als das Pferd einen großen Satz über eine Bodensenke machte, wo die Schneewehen besonders hoch waren.

Zuerst sah sie nur die Wölfe. Dann erkannte sie die graue Stute, die sich auf den Hinterbeinen aufzurichten versuchte, um sich den langsam näher kommenden Jägern zu stellen. Jessica hob die Schrotflinte und feuerte auf die Wölfe. Sie wichen den Kugeln aus, kehrten aber Sekunden später wieder zu der Stute zurück. Jessica gab einen Schuß nach dem anderen ab, wobei sie trotz ihrer dicken Handschuhe so gut es ging nachlud.

Nach weiteren Schüssen zogen sich die Wölfe zurück und verschwanden im Schneegestöber. Jessica stieg ab und ging zu Wolfes grauer Stute hinüber. Das Pferd zuckte zusammen und legte die Ohren an, aber letztendlich war es zu beschäftigt, die Geburt hinter sich zu bringen, um sich gegen Jessicas Hände zu wehren, die ihr zu Hilfe kamen.

Sobald das Fohlen auf der Welt war, nahm Jessica es auf den Schoß, damit der eisige Boden ihm nicht gleich alle Wärme und Lebenskraft entziehen konnte. Nach kurzer Zeit war die Mutter wieder auf den Beinen und beschnupperte neugierig das glitschige, nasse Bündel auf Jessicas Schoß. Ihre unerwartet lange, bewegliche Zunge machte sich daran, das Fohlen sorgfältig sauberzulecken. Dabei störte sich die Mutter nicht weiter an Jessicas Händen oder Beinen.

Plötzlich hob die Stute den Kopf und blähte ihre Nüstern. Sie scheute, kehrte aber sofort wieder zu ihrem Fohlen zurück. Eindringlich wieherte sie dem Fohlen zu. Sofort versuchte das Fohlen aufzustehen.

Mit wenigen Handgriffen gelang es Jessica, ihm dabei zu helfen, sich mühsam aufzurichten. Doch es dauerte nicht lange, bevor seine dünnen Beinchen sich durchbogen und es breitbeinig zu Boden glitt. Als Jessica es auffangen wollte, hörte sie plötzlich eine rauhe männliche Stimme inmitten des Sturms.

»Was zum Teufel glaubst du eigentlich, was du hier draußen tust? Einer feinen Südstaatenlady wie dir sollte Gott etwas mehr Verstand mitgegeben haben!«

Noch bevor sie ein einziges Wort herausbringen konnte, wurde sie von großen Männerhänden gepackt und auf die Beine gestellt. Sekunden später stand sie Caleb gegenüber, der sie wütend anfunkelte. In diesem Moment war in seinen Augen keine Spur mehr des sinnlichen Liebhabers, des liebevollen Vaters oder des verliebten Ehemanns zu entdecken. Wie ein dunkler Racheengel stand er mit seinen wütend funkelnden, goldenen Augen vor ihr.

»Jessi!«

Sie lächelte zögernd, brachte aber kein Wort heraus, weil ihr Mund zum Sprechen zu trocken war. Caleb sah furchteinflößend aus.

»Herr im Himmel«, sagte er. Offenbar konnte er seinen Augen immer noch nicht trauen. »Als ich gesehen habe, daß jemand Luzifer reitet und diesen Pelzmantel trägt, habe ich natürlich gedacht, daß es Willow ist. Weiß Wolfe, daß du in diesem elenden Wetter unterwegs bist?«

Durch das plötzliche Auftauchen einer Meute schiefergrauer Schatten in der Ferne wurde Jessica davor bewahrt, ihm antworten zu müssen. Noch bevor sie tief Luft holen konnte, stützte Caleb sie mit dem linken Arm ab, während er bereits seinen Revolver in der Rechten hielt. Schneller, als irgend jemand hätte mitzählen können, hallten die Schüsse durch das wütende Heulen des Windes. In etwa fünfzig Meter Entfernung stürzte ein Wolf zu Boden und blieb regungslos liegen. Der Rest des Rudels verschwand genauso lautlos, wie er aufgetaucht war.

Voller Bewunderung für Calebs Schnelligkeit und Genauigkeit, starrte Jessica ihn fassungslos an. Im Schutz des Schneesturms hatten sich die Wölfe genauso unbemerkt herangeschlichen, wie sie auch wieder geflüchtet waren. Doch Caleb gab in diesem Moment weder besonders viel auf seine Schnelligkeit noch auf seine Geschicklichkeit.

»Verdammt! Wie konnte ich nur so oft danebenschießen? Da müssen beinahe dreißig dieser Halunken herumschleichen.«

Caleb machte sich erst gar nicht die Mühe, Jessica wieder abzusetzen. Er hob sie einfach auf Luzifers Rücken, lud eilig seinen Revolver nach und ging dann zu dem Fohlen hinüber, das immer noch aufzustehen versuchte. Als er näher kam, legte die graue Stute die Ohren an.

»Immer schön mit der Ruhe, du schielende Schönheit. Ich will deinem Baby doch nur helfen.«

Die Stute schnaubte mißtrauisch. Der Geruch des Fohlens war auf Jessica übergegangen. Als Caleb sie hochgehoben hatte, hing genug davon in seiner Kleidung, um die Stute zu verwirren. Sie stampfte mit den Hufen, wedelte mit dem Schwanz und wieherte unbehaglich, während sie Caleb dabei zuschaute, wie er das Fohlen auf den Arm nahm und Jessica quer über den Schoß legte.

»Bring es in den Stall. Das wird der Stute zwar nicht gefallen, aber sie wird dir hinterherkommen.«

»Mindestens drei andere Stuten sind von der Herde abgeschnitten worden«, sagte Jessica.

Mit einem mühsam unterdrückten Fluch zog sich Caleb wieder die Handschuhe über. »Wenn schon etwas schiefgeht, dann aber auch richtig. Nur eine eigensinnige Stute kann sich in den Kopf setzen, bei diesem Wetter unbedingt ihre Nachkommen zur Welt zu bringen.«

»Nur ein eigensinniger Hengst kann sich über etwas beschweren, woran er selbst letzten Sommer schuld war«, erwiderte Jessica.

Caleb lachte lauthals, während er Luzifer einen festen Klaps auf seine muskulöse, schwarze Kruppe versetzte. »Dann mal los, Kleiner. Wenn man so vorlaut ist wie deine kleine Reiterin, wird einem in diesem Sturm schnell kalt.«

»Ich bin nicht klein«, sagte Jessica, als der Wallach lostrabte.

»Weißt du, seit dem Tag, an dem ich Willow kennengelernt habe, erzählt sie mir genau dasselbe. Das habe ich ihr damals nicht abgenommen. Das nehme ich ihr heute noch nicht ab. Sei vorsichtig mit Luzifer. Der mag den Sturm nicht besonders.«

»Das habe ich auch schon gemerkt. Ich komme noch mal zurück und kümmere mich um die anderen Fohlen.«

»Nein. Bei diesem Sturm und mit den Wölfen ist das einfach zu gefährlich. Bleib am besten zu Hause. Reno ist mir dicht auf den Fersen. Wir suchen dann schon nach den Stuten, die von der Herde getrennt wurden.«

»Und was ist mit dem Vieh? Das braucht ihr doch noch dringender als die Fohlen. Die meisten Pferde gehören sowieso Wolfe.«

Caleb antwortete nicht. Statt dessen schwang er sich mit einer schnellen Bewegung in den Sattel und verschwand im dichten Schneegestöber. Hinter ihm drängten sich die Pferde schutzsuchend aneinander.

Mit der besorgten Stute dicht auf den Fersen ritt Jessica zum Stall zurück. Zuerst wollte die Stute nicht tun, was Jessica von ihr verlangte, aber nach einer Weile ließ sie sich widerwillig in den Stall locken. Jessica führte die Mutter und ihr Neugeborenes in eine leere Box, schleppte einen Eimer Wasser und einen Armvoll Heu heran und schwang sich dann noch einmal mühevoll in den Sattel.

Luzifer gefiel die Idee zuerst gar nicht, den warmen Stall wieder zu verlassen. Nach einem erbitterten Ringen mit seiner Reiterin legte der Wallach schließlich die Ohren an und trabte noch einmal hinaus in den eisigen Wind, der ihn bereits mit seinen scharfen Klauen erwartete.

Der Klang von Revolverschüssen verriet Jessica, wo Caleb zu finden war. Als sie zu ihm stieß, waren die Wölfe bereits allesamt verschwunden. Breitschultrig und mit dem Rücken zu ihr, stand Caleb über einem neugeborenen Fohlen und lud seinen Revolver nach, während seine Augen die dichten, wirbelnden Schneeflocken nach einem weiteren Anzeichen der hungrigen Wölfe absuchten. Als alles still blieb, steckte er die Waffe mit einer schnellen Bewegung weg und beugte sich über das Fohlen, um es auf den Arm zu nehmen. Diesmal war die Stute zahmer. Abgesehen davon, daß sie das Fohlen ununterbrochen beschnupperte, versuchte sie nicht, sich einzumischen.

Als ob die Wölfe genau begriffen hatten, daß Caleb in diesem Moment abgelenkt war, kamen sie gleichzeitig von drei Seiten auf ihn zu.

Bevor Jessica ihn warnen konnte, richtete er sich auf, zog die Waffe und begann im selben Moment auch schon zu feuern. Das Ganze dauerte nur Sekundenbruchteile. Obwohl Jessica ihm schon einmal beim Schießen zugesehen hatte, war sie auch diesmal wieder überrascht von seiner Schnelligkeit.

Die Wölfe stoben in alle Himmelsrichtungen auseinander. Nur zwei dunkle Schatten blieben zurück. Sofort begann er nachzuladen. Dann hörte er ein Geräusch hinter sich und wirbelte mit schußbereiter Waffe in der Hand herum. Seine blaßgrünen Augen funkelten bedrohlich in seinem von Wind und Kälte geröteten Gesicht.

Im selben Augenblick mußte Jessica daran denken, was Wolfe über Reno und Caleb gesagt hatte und darüber, wie gut sie sich ergänzten, wenn es um Schnelligkeit im Umgang mit dem Revolver ging.

»Willy, was zum Teufel tust du hier draußen, und dann ausgerechnet auch noch mit Luzifer! Weiß Caleb, was du hier für einen verdammten Unfug veranstaltest?«

Als Jessica ihr Pferd antrieb, riß ihr der Sturm die Kapuze vom Kopf. Ihre mahagonifarbenen Locken leuchteten im Licht des späten Nachmittags.

»Jessi! Um Himmels willen, weiß Wolfe...«

»Gib mir endlich das Fohlen, bevor es noch am Boden festfriert«, unterbrach sie ihn ungeduldig. Sie war es leid, sich von einem breitschultrigen, sprachlosen Mann nach dem anderen anhören zu müssen, daß sie nach Hause und an den Herd gehörte.

Ungeduldig stopfte sie ihr Haar zurück unter die Kapuze und zog den Kragen fest zu. Kaum war sie damit fertig, setzte Reno ihr auch schon das Fohlen auf den Schoß, dessen lockiges Fell bereits über und über mit Eis bedeckt war. Eine große, braune Stute blieb Reno so dicht auf den Fersen, daß sie ihm beinahe auf die Füße trat.

»Warst du das vorhin mit der Schrotflinte?« fragte er Jessica.

»Ja.«

»Hast du nachgeladen?«

»Wolfe hat mir alles beigebracht, was man über Gewehre wissen muß«, erwiderte sie. »Was glaubst du?«

Reno schenkte ihr ein breites Lächeln. »Ich würde sagen, du hast nachgeladen. Ich habe hier deinen Karabiner. Möchtest du tauschen?«

»Im Gegensatz zu Wolfe kann ich nicht mit einer Hand schießen, während ich mich mit geschlossenen Augen aus dem Sattel hängen lasse«, sagte Jessica nüchtern. »Ich bin mit der Schrotflinte besser bedient. Alles, was ich tun muß, ist in die richtige Richtung zu zielen und abzudrücken.«

»Na gut, Herzchen. Die Geburten und der verrückte Sturm haben dafür gesorgt, daß jedes Wolfsrudel zwischen der Ranch und dem Paß in einen regelrechten Blutrausch geraten ist. Da draußen treiben sich bestimmt vierzig oder fünfzig Wölfe herum. So was habe ich noch nie vorher gesehen. Wenn du einen abschießt, kommen gleich drei neue an seiner Stelle auf dich zu.« Er gab Jessicas Pferd einen Klaps. »Bring sie nach Hause, Luzifer.«

Luzifer machte sich auf den Weg in Richtung Stall, gefolgt von einer Stute, die beinahe so groß war wie er selbst. Das Fohlen versuchte seiner Mutter zu folgen, gab dann aber auf und blieb still liegen, während der eisige Wind unbekümmert weiterheulte.

Sobald Luzifer den dürftigen Schutz der Bäume verlassen hatte, stob überall der Schnee in dichten Wolken auf und ließ sich stechend auf Jessicas nackter Haut nieder. Der Wallach zerrte an den Zügeln und sträubte sich, als wollte er noch einmal versuchen, sie abzuwerfen.

»Komm bloß nicht auf dumme Gedanken«, murmelte Jessica und zog die Zügel straffer.

Plötzlich war sie von Wölfen umgeben.

Mit einem Angstschrei ließ sie die Zügel fallen, hob das Gewehr und schoß auf einen der flinken, schwarzen Schatten. Im selben Moment schlug Luzifer mit den Hinterbeinen aus, und die große braune Stute ging auf einen der Wölfe los, der sofort zurückwich. Dabei kam die Stute langsam näher, bis sie direkt neben Jessicas Wallach stand.

Instinktiv versuchten die Pferde die empfindlichen Sehnen in ihren Fußgelenken zu schützen, indem sie sich eng aneinanderdrängten und sich Seite an Seite den Wölfen stellten. Jessica versuchte Luzifer nicht dazu zu zwingen, zum Stall zurückzulaufen; auch sie wußte, daß es das Pferd niemals bis zum sicheren Stall schaffen würde, bevor die Wölfe seine Fesseln packen und es zu Boden reißen würden.

Während Luzifer nach den Wölfen auskeilte, die so unvorsichtig waren, sich nahe genug heranzuwagen, versuchte Jessica, im Sattel zu bleiben, das Fohlen gut festzuhalten und gleichzeitig die Schrotflinte nachzuladen. Doch auch als es ihr gelang, eine weitere Patrone nachzuschieben, wußte sie schon, daß sie verloren war.

Es waren einfach zu viele Wölfe.

Eine unheimliche innere Ruhe überkam sie, als sie das Gewehr ein weiteres Mal abfeuerte. Sie wußte genau, daß das ein Rennen gegen die Zeit war, in dem sich herausstellen mußte, ob sie nachladen konnte, bevor sich die Wölfe erneut zusammenfanden und sie einkreisten. Wenn sie dieses Rennen verlor, bestand ihre einzige Hoffnung darin, daß einer der Männer das unverkennbare Dröhnen der Schrotflinte gehört hatte und sie rechtzeitig finden konnte.

Sie zog den Abzug durch. Die Wölfe stoben auseinander, als eine Ladung Schrot auf sie herunterprasselte wie Hagelkörner im Sturm. Einige von ihnen sprangen knurrend beiseite und schnappten dabei wild um sich, als verfolgte sie ein wütender Schwarm Bienen. Während Jessica sich bemühte, nicht mit dem Fohlen auf dem Schoß aus dem Sattel zu rutschen, gelang es ihr, das Gewehr noch einmal nachzuladen, bevor die Wölfe ihren Mut wiedergefunden hatten.

Als sie das Gewehr ansetzte, begann ihr das Fohlen langsam wegzurutschen. Verzweifelt hielt sie es fest, während sie versuchte, auf den Wolf zu zielen, der offensichtlich der Anführer der Meute war – ein großes, schiefergraues Männchen, das klug genug war zu erkennen, welche Gefahr die Schrotflinte für ihn darstellte, und jedesmal rechtzeitig beiseite sprang, wenn sich ihr Lauf auf ihn richtete.

Noch bevor Jessica die Schrotflinte ein weiteres Mal ansetzen konnte, stürmte das Männchen auf sie zu. Doch dann stolperte es plötzlich, begann sich zu überschlagen und blieb regungslos liegen. Im selben Moment, als sie noch einmal inmitten des wütend tobenden Sturms Gewehrschüsse hörte, riß es ein weiteres Tier herum, das bewegungslos am Boden liegenblieb.

Drüben am Waldrand nahm Wolfe den Wolf ins Visier, der den Pferden am nächsten war, und drückte ab. Trotz der Angst, die ihn fest im Griff hatte, war seine Hand ruhig und zielsicher. Mit einem unbarmherzigen Kugelhagel trennte er die Jäger von ihrer Beute.

Zu viele verdammte Wölfe, dachte er grimmig. *Was zum Teufel hat sich Caleb nur dabei gedacht, als er Willow erlaubt hat, sich in diesem elenden Sturm aus dem Haus zu wagen?*

Plötzlich waren keine Wölfe mehr zu sehen. Wie eine Rauchwolke im Wind hatten sie sich zurückgezogen und waren spurlos verschwunden.

Wolfe lud nach und ritt auf die Wiese hinaus. Er sah, wie Luzifer auf den Stall zutrabte und sich der Reiter tief über das Fohlen beugte. Eine von Calebs großen Montana-Stuten folgte ihnen.

Obwohl er Willows Mut bewunderte, sich dem schrecklichen Sturm und den Wölfen entgegenzustellen, hatte er gehofft, daß sie die Situation auch ohne Willows Hilfe in den Griff bekommen konnten. Doch was geschehen war, war geschehen. Sie mußten für jeden dankbar sein, der mithalf, selbst wenn es eine Frau war, die eigentlich bei ihrem Neugeborenen sein sollte, statt im Sattel zu sitzen und ein hilfloses Fohlen in Sicherheit zu bringen.

Bei Sonnenuntergang ließ der Sturm endlich nach und verschaffte Mensch und Tier gleichermaßen Erleichterung. Die Stuten waren mit ihren Fohlen im Stall, die Kühe mit ihren Kälbern auf der Koppel, und die Männer wechselten sich damit ab, die Herde zu bewachen. Die Temperatur stieg mit jeder Stunde, die Wolfe bei der Herde verbrachte.

Der Wind drehte, und diesmal war es eine sanfte Brise, die von Süden kam. Als der Mond aufging, hatte der Schnee unter dem warmen Hauch dieser Brise angefangen zu schmelzen. Wolfe stellte sich in die Steigbügel und ließ seinen Blick über das weite Land schweifen, das im Mondlicht sanft schimmerte. Er streckte sich und gab einen tiefen Seufzer von sich; er war hundemüde.

»Du kannst zum Haus zurückreiten«, rief ihm Caleb aus der Dunkelheit zu. »Das Vieh kann von jetzt an auf sich selbst achtgeben. Jedes Tier, das bei diesem milden Wetter immer noch zugrunde geht, ist sowieso zum Überleben zu schwach. Und davon abgesehen sind wir so erschöpft, daß wir uns wahrscheinlich eher in den Fuß schießen, als einen Wolf zu treffen.«

»Von denen ist keiner mehr zu sehen. Und bis wieder so ein höllischer Sturm aufkommt, werden sie sich nicht noch einmal zusammenrotten.«

Als Caleb hörte, wie sicher Wolfe sich seiner Sache war, entspannte er sich merklich. Er legte den Kopf auf die Seite und betrachtete den Mann, der ihm wie ein Bruder ans Herz gewachsen war, auch wenn er ihn nicht immer durchschaute.

»Wie lange wird es dauern, bis wieder so ein höllischer Sturm aufkommt?« fragte er.

»Die Mutter meiner Mutter hat als Kind einen miterlebt. Deine Enkelkinder werden den nächsten zu sehen bekommen, wenn sie alt genug werden.«

»Wünschen wir ihnen, daß sie gute Freunde wie dich haben, die ihnen helfen.«

»Und Frauen wie Willow«, sagte er leise.

Doch Caleb hörte ihm nicht zu. Er hatte bereits sein Pferd gewendet und trottete auf die Koppel mit den Pferden zu, die von Reno und Rafe bewacht wurde. Wolfe ritt zurück zum Haus, wo ihn helle, warme Lichter in jedem Fenster willkommen hießen.

Weil Wolfe genau wußte, wie erschöpft Willow sein mußte, war er beim Hereinkommen um so überraschter, daß ihm aus der Küche ein angenehmer Duft entgegenwehte. Ein Topf mit heißem Wasser stand auf dem Herd; daneben lagen ein frisches Handtuch und ein Stück Seife. Er lächelte und begann, Hut und Handschuhe auszuziehen, dann seine dicke Jacke und die feuchten Stiefel, Weste, Hemd und Unterhemd. Er wusch sich so gut er konnte und genoß dabei das angenehme Gefühl des warmen Wassers und des frischen Handtuchs auf seiner Haut.

Als er hinter sich einen Rock rascheln hörte, wußte er, daß er nicht länger allein war. Schon als er sich umdrehte, begann sein Blut bei dem Gedanken daran schneller zu fließen, Jessica in den Arm zu nehmen und sie fest an sich zu drücken. Er mochte ihren frischen, sauberen Duft. Sie im Arm zu halten war genauso, als läge er an einem schönen Sommertag mitten in einem Rosengarten.

Doch diesmal war es der Duft nach Lavendel und nicht nach Rosen, der Wolfe entgegenschlug. Willow lächelte und hielt ihm ein sauberes Hemd hin.

»Wenn deine Sachen auch nur im entferntesten so dreckig sind wie die von Caleb, können sie wahrscheinlich von allein aufstehen und loslaufen.«

Wolfe zog sich das Hemd über. Der saubere, weiche, warme Flanell fühlte sich unbeschreiblich gut an. Er betrachtete den Topf mit Suppe, der leise auf dem Herd vor sich hin brodelte, und den Berg von Brötchen und schüttelte voll stiller Bewunderung den Kopf.

»So etwas wie dich gibt es wirklich nur einmal, Willow. Nicht genug damit, daß du ein Neugeborenes hast, um das du dich kümmern mußt; dabei wäschst und kochst du auch noch Tag und Nacht für vier ausgewachsene Männer. Und zwischendurch rettest du noch ein paar Fohlen das Leben und schießt auf Wölfe.«

Willow warf ihm einen seltsamen Blick zu. »Soweit es das Baby und die Brötchen angeht, hast du recht; aber um den Rest hat Jessi sich gekümmert, einschließlich des Abendessens. Wenn jemand irgendwelche Fohlen gerettet hat, dann war sie es und nicht ich. Alles, was ich dazu getan habe, war, ihr meine Kleider und eine Schrotflinte zu leihen.«

»Wovon redest du überhaupt?«

»Von Jessi. Sie war es, die in den Sturm hinausgezogen ist; nicht ich.«

Wolfes Augen weiteten sich ungläubig. Seine Finger krallten sich so fest um Willows Schultern, daß sie leise stöhnte.

»Ich habe dich doch da draußen auf Luzifer gesehen«, sagte er mit ausdrucksloser Stimme. »Ich habe genau gesehen, wie dich ein Wolf angesprungen hat. Du hast die Schrotflinte abgefeuert und nachgeladen, während Luzifer wie wild hin und her gesprungen ist, und dabei hast du das Fohlen im Schoß gehalten, so daß ich nicht genau wußte, ob ich den gottverdammten Wolf treffen würde, bevor er dich und das Fohlen mit sich in den Schnee herunterreißt!«

»Jessi«, sagte Willow mit betonter Langsamkeit. »Jessi, Jessi und nochmals Jessi.«

Wolfe ließ Willow los und ging dann auf das Schlafzimmer zu, das er mit Jessica teilte.

»Wenn du nach der vornehmen, kleinen Dame suchst«, sagte Willow nüchtern, »mußt du im Stall nachschauen.«

Wolfe wirbelte herum. »Wie bitte?«

»Jessi hat sich Sorgen gemacht, daß die Wölfe in den Stall kommen könnten. Sie weiß genau, wie wichtig dir dieser graue Mustang ist. Genau deshalb ist sie auch in den Schneesturm hinausgeritten, als ich gesehen habe, daß die Stute verschwunden war. Und deshalb sitzt sie jetzt auch mit der Schrotflinte im Arm im Stall. Sie bewacht eure Zukunft, genau wie ich es an ihrer Stelle auch getan hätte.«

Wolfe starrte Willow fassungslos an und konnte nicht glauben, was er hörte.

»Ich wollte mich selbst darum kümmern«, fuhr Willow fort. »Aber Jessi wollte mich nicht gehen lassen. Sie sagte, wenn mir etwas zustieße, würde Ethan ebenfalls sterben. Wenn ihr dagegen etwas zustieße, würde es niemanden außer ihr treffen.«

»*So etwas Unvernünftiges*!«

»Ist es das tatsächlich? Sie mag vielleicht in einer adligen Familie aufgewachsen sein, aber sie ist ganz bestimmt nicht das nutzlose, kleine Spielzeug, für das du sie hältst.«

Doch Willow führte bereits Selbstgespräche. Die Tür schlug hinter Wolfe zu, als er zum Stall hinausrannte.

17

Als die graue Stute Wolfe witterte, wieherte sie leise zur Begrüßung. Er öffnete die Tür der Box und schaute hinein. Ihm stockte der Atem.

Jessica hatte sich schutzsuchend in einer Ecke zusammengerollt und war fest eingeschlafen. Die Schrotflinte lehnte an der Wand neben ihr, wo sie bequem zu erreichen war. Ein frischgeborenes dunkelbraunes Stutenfohlen kuschelte sich an sie und wärmte sich an ihr. Schweigend dachte Wolfe darüber nach, wie sehr sich das Mädchen, mit dem er in London getanzt hatte, von der jungen Frau unterschied, die jetzt hier vor ihm lag.

Damals in London war Jessicas Haut makellos wie eine kostbare Perle gewesen. Das Leben in Amerika war seitdem nicht gerade sanft mit ihr umgesprungen. Eine Seite ihres Gesichts zwar zerkratzt und aufgedunsen, und die Haut auf ihren Wangen war immer noch vom Wind gerötet. In London hatte ihr Teint eine frische, beinahe leuchtende Farbe gehabt. Jetzt waren ihre Lippen blaß, und unter ihren Augen zeichneten sich dunkle Ränder ab.

In London war ihr Haar glatt und glänzend gewesen, und in den sorgfältig frisierten Locken funkelte meist eine juwelenbesetzte

Spange. Jetzt war ihr Haar ungekämmt, vom Wind zerzaust und voller Stroh. In London waren ihre Kleider aus den feinsten Stoffen; die Schnitte kamen vom teuersten Schneider der Stadt, und ihre Röcke waren weich und duftig. In Amerika war sie angezogen wie ein kleiner Junge. Ihre Unterwäsche war aus Flanell, ihr Hemd und ihre Hose aus Leder, und überall auf ihrer Kleidung bis hinunter zu den Stiefeln waren noch die Spuren der harten Arbeit zu erkennen, die sie bei der Geburt des Fohlens geleistet hatte.

In London schwebte Jessica von einer Teegesellschaft und einem Ball zum anderen und las stets die neuesten Bücher. In Amerika mußte sie schuften wie eine Küchenmagd oder ein Stalljunge. In London unterhielt sie ihre Gäste mit geistreicher Konversation und ihrem entzückenden Lächeln. In Amerika hatte sie nichts zu lachen. Was gab es auch schon zu lachen, wenn sie beinahe ums Leben gekommen wäre?

Jessi, was habe ich dir nur angetan?

Doch auf Wolfes stille, erbitterte Frage gab es nur eine Antwort. Es wäre einzig und allein seine Schuld gewesen, wenn dieses Mädchen, das ihm wie niemandem sonst auf der Welt vertraute, beinahe ums Leben gekommen wäre.

Ohne einen Laut ging Wolfe in die Box. Er ergriff die Schrotflinte, entfernte die Patrone aus der Kammer und sicherte die Waffe wieder. Als Jessica das leise Klicken hörte, wachte sie auf. Erschreckt fuhr sie in die Höhe und griff instinktiv nach der Schrotflinte, die sie neben sich abgelegt hatte.

»Es ist alles in Ordnung, Jessi. Die Wölfe sind geflüchtet.«

Sie blinzelte verwirrt und lächelte dann verschlafen, als sie sah, daß es Wolfe war. »Alle außer einem, und das ist *mein* liebster Wolfe. Bei ihm bin ich in Sicherheit.«

Ein bitterer Schmerz, den Wolfe nicht genau beschreiben konnte, traf ihn wie ein Blitz aus heiterem Himmel. Es war eine Qual, die er noch nie zuvor erlebt hatte. Jessica vertraute ihm ohne Vorbehalte, und doch hatte er nichts als Unglück und Gefahr über sie gebracht.

»Meine Dummheit hat dich beinahe das Leben gekostet, Elfchen. Wenn ich nur daran denke, daß du um ein Haar von Wölfen zerfleischt worden wärst...«

»Du bist ein ausgezeichneter Schütze«, murmelte sie verschlafen.

»Ich bin ein Narr.«

Obgleich Wolfes Stimme rauh klang, war er sehr sanft, als er Jessica auf den Arm nahm. Als ihr klar wurde, daß er vorhatte, sie ins Haus zu tragen, wurde sie endgültig wach.

»Warte. Du hast ja noch nicht einmal das Stutenfohlen bewundert«, protestierte sie. »Mit ihr können wir eine wundervolle Herde heranziehen. Ich habe noch nie eine so edle Kopfform bei einem Neugeborenen gesehen oder eine so breite Brust. Ist sie nicht wundervoll? In ein paar Jahren wird sie...«

»Zum Teufel mit der grauen Stute und ihrem Fohlen«, fuhr ihr Wolfe ungeduldig dazwischen. »Begreifst du denn nicht? *Du hättest da draußen sterben können!*«

Jessica blinzelte verwirrt. »Genau wie du.«

»Das ist etwas anderes. Jetzt ist Schluß, Jessi.«

»Wie bitte?«

»Ich bringe dich nach London zurück, sobald die Pässe frei sind.«

»Du willst wohl der Kutsche noch eine zweite Gelegenheit geben; ist es das?«

»Wovon redest du?«

Jessica lächelte und streichelte Wolfes Kinn. »Ich wäre in London beinahe von einer Kutsche überrollt worden, weißt du das denn nicht mehr?«

Wolfes Miene entspannte sich ein wenig. »Ich erinnere mich genau.«

»Das solltest du auch. Du hättest den Kutscher beinahe zu Tode geprügelt.«

»Ich hätte den betrunkenen Kerl am liebsten umgebracht.«

»Von seiner Sorte gibt es noch mehr«, erklärte Jessica geduldig.

»Und?«

»Willst du mir weismachen, daß ich in London sicherer bin als hier?«

Jessicas Zungenspitze hinterließ eine heiße Spur auf Wolfes Kinn.

»Darum geht es nicht«, sagte er heiser.

»Worum geht es dann?«

»Als ich versucht habe, dich zu der Einsicht zu zwingen, daß du nicht für ein Leben hier draußen im Westen geeignet bist, habe ich dich in große Gefahr gebracht. Du bist eine schottische Aristokratin und verdienst das luxuriöse Leben, an das du gewöhnt bist und auf das man dich seit deiner Kindheit vorbereitet hat.«

Mitten im Satz trat Wolfe hinaus ins Freie. Überall um sie herum glänzte der Schnee im hellen Mondlicht. Obwohl der Boden noch stellenweise gefroren war, hatte der Schnee bereits zu tauen begonnen. Die Luft war lau und mild.

»Unfug«, sagte Jessica gähnend. »Du wärst in England nicht glücklich.«

»Darüber würde ich mir an deiner Stelle nicht den Kopf zerbrechen.«

Jessica wurde in Wolfes Armen auf einmal ganz still. Ihre Müdigkeit wich einer Welle des Unbehagens.

»Was willst du damit sagen?« flüsterte sie.

»Ich werde England wieder verlassen, sobald unsere Ehe für ungültig erklärt ist.«

»Ich habe aber nicht mein Einverständnis...«

»Das brauchst du auch nicht«, unterbrach sie Wolfe grimmig. »Ich bin derjenige, der die Annullierung beantragen wird.«

»Aber warum denn?« flüsterte sie. »Was habe ich denn getan, daß du mich so haßt?«

»Ich hasse dich nicht. Ich habe dich nie gehaßt, nicht einmal damals, als ich dich am liebsten erwürgt hätte, weil du mich zur Heirat gezwungen hast.«

»Warum willst du dann...«

Jessica konnte die Frage nicht beenden, denn Wolfe versiegelte ihren Mund mit einem zärtlichen Kuß. Als er sich wieder von ihr löste, atmeten beide schneller.

»Es ist vorbei, Jessi. Es hätte niemals geschehen dürfen.«

»Wolfe, hör auf mich«, sagte sie besorgt. »Ich möchte deine Frau sein, ohne dir etwas von mir vorzuenthalten. Ich möchte mit dir zusammenbleiben, Seite an Seite mit dir in die Zukunft schauen, deine Kinder zur Welt bringen, dich gesund pflegen, wenn du krank bist, und mit dir lachen, wenn der Rest der Welt grau und unfreundlich ist.«

Ihre Worte trafen Wolfe wie Dolche, die sich unbarmherzig in sein Herz bohrten, sich in der Wunde umdrehten und seine Selbstbeherrschung zerfetzten, bis er nur noch an das denken konnte, was niemals geschehen durfte – ein Elfchen von adliger Abstammung und ein unehelicher Mustangjäger. Seit ihrem fünfzehnten Geburtstag hatte er sich damit abgefunden, daß genau das niemals geschehen durfte.

Und seit ihrem fünfzehnten Geburtstag hatte er genau deshalb unbeschreibliche Qualen durchgestanden: ständig vor Augen zu haben, was er sich wünschte, und es doch niemals bekommen zu können; hören zu müssen, wie man von jenseits einer abgrundtiefen Schlucht gerufen wurde, die man niemals durchqueren durfte; zu wissen, daß man das zerstörte, was man sich wünschte, indem man die Hand danach ausstreckte.

Und genau diesen Fehler hatte er, trotz aller guten Absichten, um ein Haar begangen.

»Ich liebe dich«, sagte Jessica. »Ich liebe...«

»Schluß jetzt«, unterbrach Wolfe sie barsch. Ihre Worte waren verletzender als alle Wunden, die sie ihm jemals zugefügt hatte. »Ich bin Einsamer Baum. Du bist Lady Jessica Charteris. In England gibt es nichts, wovor du dich fürchten mußt. Ich werde mich persönlich darum kümmern, daß du dort einen passenden Mann bekommst.«

Wolfe hoffte im stillen darauf, daß sich kein passender Mann finden würde. Die Vorstellung, daß ein anderer Jessica berühren würde, vergrößerte seine Höllenqualen. Er wußte nicht genau, ob er das ertragen konnte. Doch er hatte keine Wahl. Er holte tief Luft, atmete langsam wieder aus und sagte dann sanft: »Man sollte mich dafür aufhängen, daß ich dich in diese Wildnis geschleift habe.«

»Aber…«

»*Kein Aber.*«

Jessica zuckte zusammen, als sie Wolfes schmerzverzerrte Stimme hörte. Es gab nichts, was sie so schnell zum Schweigen gebracht hätte. Eine kalte Welle der Angst erfaßte sie. Sie schloß die Augen und barg ihr Gesicht an seiner Brust, damit er die Verzweiflung in ihren Augen nicht sehen konnte.

Seine Wut konnte sie ertragen, wie sie in der Vergangenheit bereits bewiesen hatte. Seine Verzweiflung allerdings löste nur tiefe Ratlosigkeit in ihr aus.

Als Wolfe durch die Küchentür ins Haus kam, warf Willow einen kurzen Blick auf sein finsteres Gesicht und schickte ein Stoßgebet zum Himmel. Wolfe ging an ihr vorbei, als wenn er sie nicht gesehen hätte.

»Was ist denn los? Ist sie verletzt?« fragte Willow besorgt und kam ihm hinterher.

»Nur erschöpft.«

Als Wolfe die Schlafzimmertür hinter sich mit dem Fuß zuschlug, sah er, daß ihm jemand im Schlafzimmer etwas zu essen, eine Karaffe mit Brandy und ein paar Wärmflaschen hingestellt hatte. Im Kamin flakkerte ein munteres Feuer.

»Kannst du stehen?« fragte er leise.

Jessica nickte.

Wolfe setzte sie neben dem Kamin ab, den er für Caleb gebaut hatte, und begann, sie mit vorsichtigen Bewegungen auszuziehen.

Jessica schaute weder auf, noch wehrte sie sich. Statt dessen stand sie so teilnahmslos da, daß Wolfe ihr von Zeit zu Zeit einen prüfenden Blick zuwarf. Schon bald trug sie nichts weiter als ihr dünnes Unterhöschen und ihr Mieder. Nachdem er gesehen hatte, in welchem Zustand sich die äußeren Schichten ihrer Kleidung befanden, hatte sie jetzt beinahe etwas erschreckend Sauberes, Elegantes und Weibliches an sich. So vorsichtig, als könnte sie jeden Moment in seinen Händen zerbrechen, streifte er ihr die Unterwäsche ab.

Jessica zitterte, als das letzte Stück Spitze raschelnd zu Boden glitt. Nackt stand sie vor dem Kaminfeuer und dem Mann, den sie liebte und den sie verletzt hatte, ohne es zu wollen.

Wolfe zog die Felldecke vom Bett und wickelte sie darin ein.

»Warm genug so?« fragte er.

Ohne ihn anzuschauen, nickte sie nur.

»Hast du Hunger?«

Sie schüttelte den Kopf.

»Wann hast du zum letzten Mal etwas gegessen?« fragte er.

»Ich weiß nicht mehr genau.«

Der Klang ihrer Stimme fegte durch Wolfe wie ein eisiger Wind. Alle Fröhlichkeit, das unbeschwerte Lachen, der wohlwollende Spott und die Wärme, die in ihrer Stimme mitgeklungen hatten, seitdem sie ihre Liebe zueinander offen bekannt hatten, waren in diesem Moment spurlos verschwunden. Die Tatsache, daß sie nach wie vor unberührt war, lag immer noch wie ein gähnender Abgrund zwischen ihnen, den er niemals durchqueren durfte.

Die Aristokratin und das uneheliche Halbblut.

»Jessi...«, flüsterte Wolfe.

Doch es gab nichts mehr zu sagen. Alles war bereits gesagt. Alles, was ihm jetzt noch zu tun blieb, war, sie in ihre Heimat zurückzubringen und ihr das Leben zurückzugeben, für das sie geschaffen war; eine Heimat und ein Leben, von denen er auf ewig ausgeschlossen bleiben würde.

Schweigend ergriff Wolfe ihre Haarbürste und ging zum Feuer zurück, wo sie immer noch bewegungslos stand. Wortlos begann er, ihr wirres Haar zu bürsten.

»Ich bin nicht mehr so hilflos, daß ich mir nicht allein mein Haar bürsten kann.«

Wolfes Gesicht verzog sich zu einem schmerzhaften Ausdruck, als er hörte, wie leer und leblos ihre Stimme klang. Das gleiche galt für ihren Körper. Wie ein Baum, der vom Sturm entwurzelt wurde, hatte sie alle Lebenskraft verloren. Doch genau wie ein Baum würde auch sie sich wieder erholen, nachdem der Sturm weitergezogen war. Daran bestand für ihn kein Zweifel. Alles, was sie brauchte, war etwas Ruhe und eine vertraute Umgebung mit vertrauten Gesichtern.

»Ich bürste dir gerne das Haar«, versicherte er ihr. »Es fühlt sich gleichzeitig kühl und warm an, und es duftet nach Rosen. Dein Anblick und dein Duft werden mich immer begleiten.«

Jessica antwortete nicht, denn mit jedem Wort hätte sie die Tränen preisgegeben, die ihr in den Augen brannten. Wolfe stand direkt neben ihr, und doch verschwand er mit jedem Atemzug, mit jeder Sekunde, langsam aus ihrem Leben; und seine Bürstenstriche in ihrem Haar flüsterten leise »Lebe wohl«.

Mit geschlossenen Augen und der Geduld einer zum Tode Verurteilten stand Jessica da und ließ sich von dem Mann das Haar bürsten, der ihr alles auf dieser Welt bedeutete. Hätte sie auf der Stelle tot umfallen können, hätte sie keinen Moment gezögert, doch auch das wäre keine Lösung gewesen. Alles, was sie jetzt noch tun konnte, war seine Berührung willenlos über sich ergehen zu lassen und insgeheim drauf zu hoffen, daß dieser Moment niemals vergehen würde und sie sich niemals von ihm trennen mußte.

Als Jessicas Haar wie eine sanft schimmernde, lockere Wolke um sie herum erstrahlte, legte Wolfe widerstrebend die Haarbürste beiseite. Seine Bewegungen erzeugten eine leichte Brise, in der ihr Haar sanft hin und her zu flattern begann. Bei jeder Bewegung schimmerten die roten Locken wie flüssiges Feuer.

Wolfe stockte der Atem, als Jessicas Bild sich ihm für alle Zeiten so einprägte, wie sie in diesem Moment vor dem Kaminfeuer stand. Er wünschte, er könnte ihre klaren, aquamarinblauen Augen sehen, doch die waren unter ihren halbgeschlossenen Lidern und den dichten Wimpern verborgen. Sie sah aus, als hätte sie nicht einmal mehr die Kraft, ihrem Mann in die Augen zu schauen, nachdem er ihr das Leben zur Hölle gemacht hatte.

Wolfe trug das Becken mit dem warmen Wasser hinüber zum Kamin. Er wrang einen kleinen, weichen Waschlappen aus, seifte ihn ein und begann, Jessicas Gesicht damit zu waschen. Der Duft eines sommerlichen Rosengartens breitete sich langsam im Zimmer aus.

»Ich bin nicht mehr so hilflos, daß ich mich nicht einmal allein waschen kann«, sagte sie leise. Dabei schaute sie zum Kamin hinüber und vermied es, ihn anzusehen, während er ihr rücksichtsvoll und voller Zärtlichkeit das Herz aus dem Leibe riß.

»Ich weiß. Du bist müde. Du mußt mir schon erlauben, daß ich mich wenigstens jetzt so um dich kümmern darf, wie ich es schon von Anfang an hätte tun sollen.«

Jessicas Augenlider zuckten, als er mit dem Lappen an ihre Wange kam.

»Tut das weh?« flüsterte er.

Sie schüttelte den Kopf.

»Bist du sicher? Diese Striemen sehen ziemlich empfindlich aus. Woher kommen die?«

»Ich weiß nicht mehr«, sagte sie mit ausdrucksloser Stimme.

Wolfes Fingerspitzen strichen behutsam über Jessicas Wangen. Ihr Atem stockte für einen Moment, bevor sie leise stöhnte. Als er die Felldecke bis zu ihrer Taille hinunterzog, gab sie ein ängstliches Wimmern von sich.

»Mach dir keine Sorgen, mein Elfchen. Ich will keine sinnlichen Spielchen mit dir treiben. Du bist zu müde... und ich kann einfach nicht aufhören, daran zu denken, daß du beinahe gestorben wärst. Heute abend weiß ich nicht genau, ob ich meiner Selbstbeherrschung noch vertrauen könnte.«

Jessicas Augen weiteten sich ungläubig. Zum ersten Mal schaute sie Wolfe direkt in die Augen. Er merkte es nicht. Er hatte nur Augen für das Bild, das sie mit dem glänzenden Fell um ihre Hüften abgab. Gedankenverloren betrachtete er ihr prachtvolles, mahagonifarbenes Haar, das über die makellosen Rundungen ihrer Brüste fiel.

Bedächtig strich er ihr das Haar aus der Stirn und legte es über ihre Schultern. Noch bevor der Waschlappen mit ihren Brüsten in Berührung kam, zogen sich die Brustwarzen zu festen, samtigen Knospen zusammen, die sich vom blassen Ton ihres Teints deutlich abhoben.

»Deine Schönheit übertrifft alles, was ich bisher gesehen habe«, flüsterte er ergriffen. »So werde ich dich bis zu meinem Tode in Erinnerung behalten.«

Und bis zu meinem Tode will ich nur dich und niemand anderes.

Doch diese Worte behielt Wolfe für sich. Wie ein greller Blitz hatte ihn diese Erkenntnis getroffen und eine weitere schmerzhafte Wunde in die Tiefen seiner Seele geschlagen.

Jessica stöhnte unhörbar, als sie die schmerzverzerrten Züge in Wolfes Gesicht sah. Sie wollte ihn fragen, was ihn quälte. Aber sie wagte nicht, den Mund aufzumachen, weil sie befürchtete, daß sie ihre Liebe und Leidenschaft für ihn laut herausschreien würde, obgleich er keines ihrer Gefühle erwiderte. Und so schwieg sie, während eine unsagbare Trauer die Worte in ihrer Kehle ersterben ließ.

Wolfe ergriff die Decke und zog daran, bis Jessicas Hüften unter ihr zum Vorschein kamen. Leise raschelnd fiel die Decke zu Boden, doch er beachtete sie weiter gar nicht. Alles, wofür er in diesem Moment Augen hatte, waren Jessicas schlanke Beine. Außerdem gab es da noch das verführerische, mahagonifarbene Schamhaar, hinter dem Jessicas tiefste Geheimnisse verborgen waren.

Bedächtig und mit ehrfürchtigem Schweigen fuhr Wolfe fort, Jessica zu waschen. Bei der Berührung mit den ersten Wassertropfen stockte ihr der Atem. Als Wolfe ihr zu verstehen gab, daß er mehr Platz brauchte, rutschte sie ein Stück zur Seite und bot ihm ihren ganzen

Körper dar. Lange Zeit war nur das Plätschern des Wassers zu hören, das Knistern der Flammen und das Rascheln des Lappens auf ihrer nackten Haut. Schließlich spülte Wolfe widerstrebend den letzten Rest des Seifenschaums ab, in dessen Duft sich ihr Aroma mit dem eines Rosengartens vermischte.

»Das war alles«, sagte er mit heiserer Stimme.

Eilig stand er auf und schloß die Augen. Keine Sekunde länger konnte er Jessica ansehen, ohne sie auf eine Art berühren zu wollen, für die es keine Entschuldigungen mehr gab. In seinem Inneren wütete ein Begehren, dessen gnadenlose Klauen ihn schon viel zu lange gepackt hielten und das nur darauf wartete, daß er aufhörte, sich gegen seine geheimsten Wünsche zu wehren, die niemals Wirklichkeit werden durften.

Jessica erkannte, was sich in Wolfe abspielte, und spürte im selben Moment das gleiche Verlangen. Vielleicht war da sogar noch etwas anderes, das ihr selbst nicht ganz klar war. Ohne ein weiteres Wort begann sie, Wolfes Hemd aufzuknöpfen.

Er schlug die Augen auf.

»Was machst du da?« fragte er mit rauher Stimme.

»Ich ziehe dich aus.«

»Das sehe ich.«

»Dann kannst du mir dabei zusehen, wie ich dich wasche.«

»Nein.«

»Wieso nicht?«

»Du bist vollkommen erschöpft.«

Jessicas schlanke Finger zögerten keinen Moment. »Ich bin genauso erschöpft wie du.«

»Jessi...«

Ihre Blicke trafen sich. Einen Moment lang war er nicht sicher, ob er verantworten konnte, was sich in den klaren, hellblauen Tiefen ihrer Augen anzukündigen schien.

»Du hast getan, worum dich Lady Victoria gebeten hat«, sagte

Jessica leise. »Du hast mir beigebracht, daß ich keine Angst zu haben brauche, wenn mich ein Mann berührt. Jetzt willst du mich aus deinem Leben verbannen. Willst du mir diese Nacht etwa vorenthalten?«

Wolfe wußte genau, daß er der ganzen Sache in diesem Moment ein Ende setzen konnte, doch er brachte die Worte einfach nicht über seine Lippen. So wie er selbst, hatte auch Jessica sich letztendlich mit dem unvermeindlichen Ende ihrer Ehe abgefunden: sie würde sich bestimmt nicht länger dagegen sträuben, ihre Ehe für ungültig erklären zu lassen.

Er hatte nicht damit gerechnet, daß es ihm so wenig Spaß machen würde, recht behalten zu haben.

Jetzt willst du mich aus deinem Leben verbannen.

Schweigend zog er sich Stiefel und Socken aus. Dann schloß er die Augen, stand auf und blieb regungslos stehen, während Jessica ihn weiter auszog. Wie aus weiter Ferne kam ihm der Gedanke, daß er sich noch nie zuvor einer Frau hingegeben hatte, indem er blindlings seinen Körper ihren Händen anvertraute.

Das Gefühl, als Jessica ihm das Hemd auszog, war unbeschreiblich. Der Ruck an seinem Gürtel, als sie die Schnalle löste, gefolgt vom langsamen, unvermeindlichen Herabgleiten der Kleider an seinem Körper war so unvertraut, als wäre er zum ersten Mal in seinem Leben vollkommen nackt. Mit einem unwirklichen Gefühl stieg er aus dem Bündel von Kleidern, das zu seinen Füßen lag, und schob es mit dem Fuß beiseite.

Als der warme Lappen sein Gesicht berührte, zuckten seine Augenlider.

»Tut das weh?« fragte sie leise. Genau dieselbe Frage hatte er ihr kurz zuvor gestellt.

»Du bist auch so zusammengezuckt, als ich dich zum ersten Mal mit dem Lappen berührt habe. Hat das etwa weh getan?«

»Nein. Mein Begehren nach dir war so überwältigend, daß schon die geringste Berührung zuviel war.«

»Genau«, sagte Wolfe und schlug die Augen auf. Er brauchte Jessica nicht länger etwas vorzumachen.

Er spürte ihren Atem wie einen warmen Hauch auf seiner Brust, als sie zu ihm aufschaute.

»Wenigstens in dieser Hinsicht passen wir gut zusammen«, flüsterte sie.

Wolfe antwortete nicht. Er brachte kein Wort heraus. Als die ersten Wassertropfen mit der leicht pulsierenden Ader an seinem Hals in Berührung kamen, stockte ihm der Atem. Das Plätschern des Wassers, als sie den Lappen auswrang, war wie Musik in seinen Ohren. Der Duft einer Rose, deren Blütenblätter sich langsam öffnen, erfüllte seine Sinne. Die rauhe Oberfläche des Waschlappens ließ ihn vor Erregung zu seiner ganzen Größe anschwellen.

Er schloß noch einmal die Augen, um Jessicas Gegenwart ganz in sich aufzunehmen. Langsam glitt der Lappen über seine Arme und Schultern und vertrieb die Müdigkeit mit gleichmäßigen, wohltuenden Bewegungen. Alles um ihn herum versank, bis nur die Gewißheit ihrer zärtlichen Berührung blieb, ihr leises Atmen und ihr süßer Duft, der ihn mit einer Sinnlichkeit erfüllte, die er noch nie zuvor erlebt hatte. Für eine kleine Ewigkeit schien er frei im Raum zu schweben, während ihre Berührung eine neue, magische Welt um ihn herum erstehen ließ.

Das Wasser plätscherte leise, als sie den Lappen ausspülte und Wolfe damit den Seifenschaum abwischte. Er bemerkte, daß sie sich vor ihn hingekniet hatte. Als er den Lappen erneut auf seiner Haut spürte, reagierte sein Körper ohne Zögern oder Scham. Er konnte diese Reaktion sowieso nicht vor ihr verbergen, denn wo immer sie ihn berührte, begegnete sie den unüberschaubaren Anzeichen seines Begehrens.

Auch wollte Wolfe sich nicht länger vor ihr verstecken, weil er genau wußte, daß sie dieses Begehren mit ihm teilte. Sie berührte ihn, als wäre er ein Traum, der aus den Flammen emporgestiegen war. Das ehrfürchtige Schweigen, mit dem sie sich seiner annahm, war selbst schon eine Art wortloser Liebesbeweis.

Der Waschlappen entglitt ihren Fingern und fiel unbeachtet neben dem Kamin zu Boden. Das Gefühl, das ihre Finger auf seinen Schenkeln hinterließen, verschaffte ihm Erleichterung und verstärkte gleichzeitig seine Qualen. Ruhelos glitten ihre Handflächen über seine nackte Haut. Der sanfte Hauch ihres Atems, den er genau dort am intensivsten spürte, wo seine Erregung am stärksten war, riß ihn mit sich durch Himmel und Hölle.

Unwillkürlich stieß er ein leises Stöhnen aus, als Jessicas Hand sich fest um ihn schloß. Ein glitzernder Tropfen, der unter ihren geschickten Fingern hervorquoll, verriet ihr, daß sein Verlangen nach ihr keine Grenzen kannte.

Als sie ihn dann dort auch noch zärtlich küßte, hätte er beinahe den Verstand verloren.

»Du bist wunderbar«, keuchte Wolfe.

»Du auch«, flüsterte sie und drückte seine Hände tiefer nach unten. »Ich will, daß du mich berührst. Du sollst spüren, wie sehr ich dich begehre.«

Es war, als stünde sein ganzer Körper in Flammen. Nichts erinnerte mehr an ihre Ängste, an ihre schüchterne Zurückhaltung. Statt dessen entdeckte er eine taubedeckte Rose, deren Blätter sich unter seiner zärtlichen Berührung öffneten und sich ihm bereitwillig darboten. Jessica klammerte sich an ihn und wandte den Blick nicht von ihm ab. Sie entdeckte, daß sich das atemlose Beben ihrer eigenen Erregung in seinen geweiteten Pupillen widerspiegelte; daß die glänzende Feuchtigkeit, mit der sie seine Hand bedeckte, ihn in einen Zustand versetzte, der dem ihren in nichts nachstand.

Dann konnte sie sich auf einmal nicht mehr allein aufrecht halten. Mit einem heiseren Stöhnen ließ sie sich auf das Fell zurücksinken und zog Wolfe mit sich, der sie dabei fest in seinen Armen hielt.

»Du hast mir soviel über den Körper eines Mannes beigebracht«, flüsterte sie. »Ich hätte niemals geahnt…«

Ihre Worte gingen in ein heiseres Keuchen über, als Wolfe sie mit einer sicheren, zärtlichen Handbewegung öffnete und in sie eindrang. Ohne sich gegen das unwiderstehliche Verlangen wehren zu können, ihre Hüften im Einklang mit seiner Hand zu bewegen, spürte sie, wie sie ihn tiefer und tiefer in sich aufnahm.

Wolfe schloß die Augen und kostete in vollen Zügen das Gefühl aus, als sie sanft und doch kraftvoll seine Hand umschloß. Er spürte, daß sie seine Finger wie ein leiser Sommerregen mit ihrer Feuchtigkeit benetzte, als er sich der hauchdünnen Barriere ihrer Jungfräulichkeit näherte. Sie begehrte ihn, wie sie noch nie zuvor einen Mann begehrt hatte, und mit jeder Träne der Leidenschaft, die sie seinetwegen vergoß, ließ sie ihn wissen, daß sie bereit für ihn war.

»Was war es, was du niemals geahnt hättest?« fragte Wolfe, als er wieder die Kontrolle über seine Stimme erlangt hatte.

»Daß du wie Honig und Feuer auf meiner Zunge bist.«

»Das paßt viel besser zu dir als zu mir. Honig und Feuer.«

Wolfe hauchte Jessicas Namen und zog sich vorsichtig aus der zärtlichen Liebkosung ihres Körpers zurück. Er hörte, wie sie enttäuscht aufstöhnte. Nur wenige Sekunden lang konnte er es ertragen, wieder von ihr getrennt zu sein, bis beide es schließlich nicht mehr aushielten. Erneut glitt er in sie hinein und spürte noch einmal bis in die Tiefen seiner Seele ihre süßen Qualen.

»Halt mich fest«, flüsterte sie. »Ich brauche dich und das Gefühl deiner Hand tief in mir. Bitte, Wolfe, *ich brauche dich*.«

»Eigentlich sollte ich das nicht tun.«

»Warum nicht?«

»Du bist zu gefährlich, wenn du so leidenschaftlich bist. Du bringst mich dazu, daß ich alles andere vergesse.«

Doch noch während Wolfe diese Worte aussprach, schmiegte er sich enger an sie und drückte sie sanft auf die Felldecke. Als er spürte, wie sie sich an seinen nackten Körper preßte, verlor er beinahe die Besinnung. Als sie unruhig hin und her zu rutschen begann, um ihn fester an sich zu ziehen, drückte er seine Hüften gegen ihren Unterleib.

»Lieg endlich still«, hauchte er, so daß sie seine Worte auf ihren Lippen spürte. »Ich verliere sonst noch die Beherrschung. Und das will ich nicht.«

»Was willst du dann?«

»Einen Kuß von dir.«

»Den kannst du haben, Wolfe.«

Dankbar nahm er sich, was sie ihm so freizügig angeboten hatte. Sie zu küssen, ließ sich mit nichts vergleichen, was er jemals erlebt hatte. Er spürte, wie sie im Feuer der Leidenschaft miteinander verschmolzen und eins wurden. Langsam begann er, in ihr hin und her zu gleiten, so daß sie beide gleichzeitig den Genuß ihrer Liebe steigern konnten. Sie ragierte instinktiv auf seine Bewegungen, indem sie sich weiter öffnete und sich ihm blind und voll verzweifeltem Begehren darbot.

Doch obwohl sie tat, was er von ihr verlangte, hielt er sich eisern zurück.

»Wolfe«, sagte sie schließlich mit gequälter Stimme. »Begehrst du mich denn gar nicht? Du hast mir soviel über deinen und meinen Körper beigebracht. Jetzt mußt du mir beibringen, wie wir gemeinsam die Liebe entdecken können.«

»Nein, mein Elfchen.«

»Tut es vielleicht weh, wenn man sich nicht zurückhält? Ist es das, was du mir ersparen willst? Ist das das Schicksal, das mich in England erwartet und dem du mich überlassen willst? Willst du wirklich, daß dein Elfchen eines Tages schreiend und blutend unter einem anderen Mann liegt?«

Wolfe lief bei dem Gedanken daran, daß ein anderer Mann Jessica besitzen könnte, ein kalter Schauer über den Rücken. Gleichzeitig spürte er erneut sein Verlangen, denn sie lag in diesem Augenblick mit gespreizten Beinen unter ihm und schmiegte sich weich und warm wie Honig und Feuer an ihn.

»Nein, Jessi«, keuchte er. »Es darf einfach nicht geschehen.«

Doch Wolfe wußte selbst nicht genau, was er damit meinte; sollte sie niemals einem anderen gehören, oder wollte er damit sagen, daß er sie selbst niemals besitzen durfte?

»Dann hatte ich doch recht«, klagte ihn Jessica wütend an. »Am Ende erwarten mich wieder nur Schmerzen. Du hast mir alles mögliche erzählt, nur nicht die Wahrheit!«

»Einen Mann in dich aufzunehmen, kann dir nicht schaden.«

»Das glaube ich dir nicht. Ich habe gesehen, wie ein Mann aussieht, wenn er erregt ist. Und ich habe genau gespürt, wie eng ich mich um deine Finger geschlossen habe. Du lügst mich an!«

Jessica begann sich unter Wolfes Gewicht zu winden, was ihn beinahe um den Verstand brachte. Er wußte genau, daß es das beste gewesen wäre, sich auf die Seite zu drehen, doch statt dessen versiegelte er ihren Mund mit einem Kuß und lehnte sich mit seinem ganzen Gewicht auf sie, um sie zur Ruhe zu bringen. Seine Zunge schob sich drängend in ihren Mund vor und füllte ihn so aus, wie er am liebsten ihren ganzen Körper ausgefüllt hätte. Seine Hüften bewegten sich unablässig und rieben sich dabei an den Stellen ihres Körpers, an denen sie am empfindlichsten war.

Eine unbeschreibliche Hitze breitete sich in Jessica aus und ging von dort auf Wolfe über. Nackte Haut glitt über nackte Haut mit leidenschaftlicher Sinnlichkeit. Er gab ein unterdrücktes Stöhnen von sich, als sich alle Muskeln in seinem Körper anspannten und Begehren und Leidenschaft ihn bis ins Mark erschaudern ließen.

Mit einem Wimmern bäumte Jessica sich auf. Alles, was sie brauchte, war das Gefühl seines Körpers in ihrer Nähe.

»Beweg dich jetzt nicht«, befahl ihr Wolfe mit heiserer Stimme. »Beweg dich nicht, bis ich es dir sage. Hast du verstanden, Jessi? Ich will dir zeigen, daß du vor einem Mann keine Angst zu haben brauchst. *Aber du mußt dabei ganz still liegenbleiben.*«

Sie erschauderte und hörte auf, sich zu bewegen.

Wolfe holte zweimal tief Luft und versuchte, sein wildes, unbändiges Verlangen unter Kontrolle zu bringen. Doch das stellte sich als unmöglich heraus. Seine Selbstbeherrschung entglitt ihm immer wieder. Alles, wofür er Augen hatte, war Jessica, die vor ihm lag und ihn mit verführerischen Augen anschaute.

»Leg deine Beine um meine Hüften. Langsam, Jessi. Ganz langsam.«

Sie wandte den Blick nicht von ihm ab, während sie tat, was er von ihr verlangte, und ihre Beine fest um seine Hüften schlang.

»So?« flüsterte sie.

Wolfe biß die Zähne zusammen, als er mit der Wärme ihrer geheimsten Stelle in Berührung kam, die jetzt offen vor ihm lag. Ein lang anhaltendes Zittern erfaßte ihn und drohte ihm die Sinne zu rauben. Langsam atmete er durch, bis er wieder klar denken konnte.

»Ja, genau so.« Seine Stimme war leise und klang fast wie ein Keuchen. »Genau so. Beweg dich nicht, Jessi. Nicht einmal einen Zentimeter. Ich werde dir jetzt zeigen, wie einfach es für dich ist, einen Mann in dich aufzunehmen.«

»Jetzt sofort?«

»Jetzt sofort. Aber nur einen Moment lang. Nur ein kleines Stückchen. Nur um dir zu zeigen, daß du keine Angst haben mußt. Deine Jungfräulichkeit wirst du dabei nicht verlieren, aber du mußt ganz still liegenbleiben.«

Jessica spürte plötzlich, wie Wolfes Finger sie zuerst liebkoste, sie dann ganz sanft öffnete und sich schließlich so langsam und vorsichtig in sie hineinschob, daß sie nicht wußte, wie ihr geschah.

Und dann wurde ihr klar, daß es nicht sein Finger war, den sie tief in sich spürte.«

»O Gott«, flüsterte sie erstaunt.

»Ja, genau. O Gott.«

Erneut überkam Wolfe eine Welle des Verlangens, während er ein kleines Stück tiefer eindrang. Er konnte zusehen, wie sich ihre Pupillen weiteten, bis sie wie tiefe, schwarze Teiche glänzten. Er kostete ihren Atem, der schneller und schneller ging, auf seinen Lippen. Er spürte, wie sie Stück für Stück nachgab und ihn tiefer in sich aufnahm. Und er hörte die leisen, glücklichen Laute, die aus den Tiefen ihrer Kehle aufstiegen, während ihre Fingernägel an seinen Armen entlangfuhren.

»Tu ich dir weh?« hauchte er.

Statt ihm zu antworten, gab Jessica nur ein leises Stöhnen von sich. Ihre Augen blieben dabei geschlossen, doch der sanfte Sommerregen, mit dem sie ihn in sich willkommen hieß, war ihm Antwort genug.

Es war atemberaubend.

»Jessi, mein süßes Elfchen...«

Zitternd gruben sich Wolfes Hände in ihr dichtes Haar, bis seine Finger untrennbar mit ihren langen Locken verwoben waren. Nichts auf der Welt hätte er sich in diesem Moment sehnlicher gewünscht, als seine Hüften zu bewegen und sich tiefer in die sanfte Glut ihres Körpers gleiten zu lassen.

Was ihn überall in Schweiß ausbrechen ließ, war die Gewißheit, daß Jessica sich genau dasselbe wünschte.

»Schau mich an«, murmelte er. »Ich will dich sehen können, wenn wir so miteinander vereint sind, und wenn es auch nur auf diese Weise ist. Gott weiß, daß es nicht genug ist, nicht einmal annähernd genug; aber weiter dürfen wir nun einmal nicht gehen. Schau mich an, Jessi. Laß mich die Leidenschaft in deinen Augen sehen.«

Langsam öffneten sich Jessicas Augen. Sie betrachtete die tiefen Falten in Wolfes Gesicht und seinen schweißglänzenden Körper. Die Mühe, die es ihn kostete, sich in diesem Moment zurückzuhalten, war unübersehbar. In seinen Augen erkannte sie dieselbe Leidenschaft, die auch sie erfaßt hatte und die das Feuer des Begehrens zwischen ihren Schenkeln schürte.

Dann bewegte er sich ganz vorsichtig vor und wieder zurück.

Eine Welle der Glut erfaßte Jessica und rollte über sie hinweg. Wolfe spürte genau, was in ihr vorging, und auch er ließ sich von dieser Welle erfassen und davontragen. Sie keuchte und spannte die Muskeln in ihren Beinen instinktiv an, um den unbeschreiblichen Moment der Vereinigung hinauszuzögern.

Wolfe ballte die Fäuste, als er spürte, wie er in der heißen, geheimnisvollen Feuchtigkeit von Jessicas Körper die Beherrschung zu verlieren drohte. Er wußte selbst nur zu gut, daß es an der Zeit war, sich aus ihr zurückzuziehen, doch er brachte es einfach nicht über sich. Sie war alles, was er sich jemals gewünscht hatte, und zu lange hatte er auf diesen Moment warten müssen.

Er sagte sich, daß dies das letzte Mal sein würde, und glitt ein wenig tiefer in sie. Beide stöhnten auf, als sie sich der vollkommenen Vereinigung erneut näherten.

»Tut das weh?« fragte er rauh.

Jessica schüttelte den Kopf und fragte sich, warum seine Stimme so gequält geklungen hatte. Eine neue Hitzewelle ließ sie stöhnen.

Auch Wolfe konnte ein Stöhnen nicht unterdrücken, als er Jessicas Reaktion darauf spürte, daß sie auf einmal so unmittelbar miteinander verbunden waren. Schweißtropfen sammelten sich auf seinem Rücken und liefen an ihm hinunter. Er wußte genau, daß er aufhören mußte, bevor ihn die Leidenschaft mit solcher Gewalt überkam, daß er sich wirklich nicht mehr beherrschen konnte.

»Siehst du, du hast von einem Mann nichts zu befürchten, wenn du ihn in dich aufgenommen hast«, sagte er mit zusammengebissenen Zähnen. Sein eigenes Begehren quälte ihn so mitleidslos, daß er nur mit Mühe ein enttäuschtes Stöhnen zurückhalten konnte. »Hast du gehört, Elfchen? Du hast nichts zu befürchten.«

Jessicas Atem stockte. Ihre Hüften bewegten sich im Einklang mit dem pulsierenden Gefühl, das sich überall in ihr ausgebreitet hatte.

»Hör auf«, sagte Wolfe. Ein Schauder überlief ihn mit jeder neuen Bewegung, die sie ausführte. »Jessi – hör auf!«

»Es tut mir leid. Ich kann nicht... *Wolfe.*«

Er sah, wie sie sich auf die Unterlippe biß, um gegen die Versuchung anzukämpfen, alle Vorsicht aufzugeben und sich ihm vorbehaltlos hinzugeben. Er strich mit seinem leicht geöffneten Mund über ihre Lippen, während er sich vorsichtig in ihr bewegte.

»Ist schon gut, mein Elfchen«, hauchte er, als ihre Lippen sich fanden. »Ist ja schon gut. Du brauchst dich nicht dagegen zu wehren. Laß mich spüren, ob dir das gefällt.«

Wolfes Hand schob sich zwischen ihre Körper und tastete nach der Stelle, an der sie miteinander verschmolzen waren. Er spürte, wie die unerträgliche Hitze, die von Jessica ausging, auch ihn erfaßte. Ihre rückhaltlose Hingabe brachte ihn an den Rand der Selbstbeherrschung. Er wartete zitternd, während sie sich an ihn klammerte und mit dem rastlosen Drängen ihrer Hüften um mehr bat.

»Deine Leidenschaft brennt so heiß«, flüsterte Wolfe. »Du bringst mich noch um den Verstand. Du kannst alles von mir haben, und das weißt du genau.«

Mit trägem Blick beobachtete sie ihn dabei, wie er sie zwischen den Beinen streichelte, die sich für ihn bereitwillig spreizten.

»Alles, was ich weiß, ist, daß du nicht wie die anderen bist«, sagte Jessica.

»Was das angeht«, er bewegte seine Hüften, »bin ich wie alle anderen.«

»O Gott«, flüsterte sie. »Mach das noch einmal.«

»Was?«

»Mach das noch einmal. Bitte, Wolfe. Nur noch einmal.«

Mit einem unterdrückten Fluch, der gleichzeitig ein Flehen um innere Stärke war, wiederholte Wolfe die Bewegung und streichelte sie dabei gleichzeitig.

Sie stieß ein leises Keuchen aus, als eine Welle von ungekannten Empfindungen sie erfaßte und nichts als sanft glühende Ekstase hinterließ. Sie gab sich diesen Gefühlen so rückhaltlos hin wie dem Mann, der diese Leidenschaft in ihrem tiefsten Inneren geweckt hatte. Mit jeder neuen Welle, die sie erfaßte, küßte sie ihn und flüsterte die einzige Wahrheit, auf die es wirklich ankam.

»Du gehörst nur mir, Liebster.«

Ihre Worte wurden zu einem Teil von ihm. Selbst als er hörte und sah, wie Jessica zu ungeahnten Höhen der Leidenschaft gelangte, war er so benommen von seinen eigenen Gefühlen, daß er nicht einmal sagen konnte, wie rettungslos er ihr bereits verfallen war. Ein Schauer überlief ihn bei jeder Berührung ihres Mundes. Doch ihre Worte waren noch viel verführerischer, weil sie ihm verrieten, was er schon immer gewußt und doch niemals hatte einsehen wollen.

»Ich werde niemals... einen anderen Mann... so in mich aufnehmen.«

Jessicas Hände glitten an Wolfes schweißnassem Rücken hinab zu den festen Muskeln seiner Hüften. Sie tasteten blind umher, bis sie schließlich fanden, wonach sie gesucht hatten. Mit aufreizender Langsamkeit fuhr sie mit ihren Fingernägeln über seine glühende Haut.

»Ich will dir gehören, Wolfe... dir allein.«

Wie einen verzweifelten Aufschrei rief Wolfe ihren Namen, als er endgültig die Beherrschung verlor. Er glitt tief in sie hinein und veränderte damit in einem einzigen, unwiderruflichen Augenblick ihr gemeinsames Schicksal.

Ihr Atem stockte, als sie spürte, daß sie plötzlich bis zum Überfließen angefüllt war. Er befand sich so tief in ihr, daß sie genau fühlen konnte, wie er im Augenblick der Erleichterung in ihr verging und ihre Herzen im selben Takt schlugen. Sie legte die Arme um seine zitternden Schultern und drückte ihn fest an sich. Sie küßte seine Augen, Wangen und Mundwinkel, bis er wieder zu Atem gekommen war und sprechen konnte.

»Jetzt gehörst du mir, Jessi. Mir allein.« Als Wolfe sich zu ihr hinunterbeugte, flüsterte er: »Möge Gott sich meiner Seele erbarmen.«

»Wolfe?« Ihre Arme legten sich fester um ihn. »Stimmt etwas nicht?«

»Jetzt kommt es auch nicht mehr darauf an. Ich habe dich so lange begehrt, daß auch die Hölle mich nicht mehr das Fürchten lehren kann. Doch es gibt noch andere Dinge, die ich dir beibringen möchte, Jessi. Zusammen können wir den Himmel erstürmen.«

Bevor Jessica noch ein Wort herausbringen konnte, versiegelte Wolfe ihren Mund mit einem Kuß, der sie so rettungslos in seinen Bann schlug wie alles, was sie vorher miteinander verbunden hatte. Dann begann er seine Hüften kraftvoll hin- und herzubewegen, und alles um sie herum versank in einem Taumel der Gefühle.

Mit jeder stoßenden Bewegung, die Wolfe ausführte, wurde Jessica von einer neuen Welle der Leidenschaft gepackt. Die Spannung steigerte sich, bis sie kaum noch atmen konnte. Und doch zögerte Wolfe keinen Moment, sondern zwang ihr seinen gnadenlosen Rhythmus auf, der die Glut in ihr noch einmal von neuem anfachte, bis sie glaubte, bei lebendigem Leib zu verbrennen.

Sie wollte etwas sagen, fand aber nicht die richtigen Worte oder die innere Kraft, um diese Worte hervorzubringen. Alles, was sie leise vor sich hin murmelte, war sein Name. Bis die Welt um sie herum versank und ihr außer ihm nichts blieb, an dem sie sich festhalten konnte, flüsterte sie immer wieder nur: »Wolfe!«

Jessica erkannte die ersten Anzeichen dafür, daß sie sich dem Augenblick der Erfüllung näherte. Wild bäumte sie sich unter seinen Stößen auf. Sie keuchte laut, als ungekannte Gefühle sich in ihr ausbreiteten; Gefühle, die zudem so übermächtig waren, daß sie beinahe schon etwas Furchteinflößendes an sich hatten.

»Wolfe?«

»Du spürst es auch, nicht wahr?« Wolfes Stimme klang so entschlossen wie der Ausdruck in seinen Augen, die sie aufmerksam beobachteten. »Du hast es so gewollt, Jessi. Seit deinem fünfzehnten Geburtstag hast du davon geträumt. Und seit deinem fünfzehnten Geburtstag habe ich gehofft, ich könnte derjenige sein, der dir deinen Wunsch erfüllt.«

Jessica keuchte, und ihre Augen weiteten sich vor Überraschung, als die Leidenschaft sie wie ein Blitz aus heiterem Himmel traf. Er lachte glücklich und biß sie so fest in den Hals, daß seine Zähne Spuren auf ihrer zarten Haut hinterließen.

»Gemeinsam werden wir den Himmel erstürmen, Jessi. Ich werde dafür sorgen, daß du die Flügel ausbreitest und fliegst.«

Jessica stieß ein unterdrücktes Stöhnen aus, als sie spürte, wie Wolfe mit seinen Zähnen hemmungslos über ihre nackte Haut fuhr. Als sie einen lauten, unbeherrschten Schrei ausstieß, versiegelte er ihren Mund mit einem Kuß.

Ihre Nägel zerkratzten seine Haut und entlockten ihm ein unkontrolliertes Stöhnen. Der oberflächliche Schmerz führte dazu, daß die unerträglichen Qualen der Leidenschaft sich auf einen bestimmten Punkt seines Körpers konzentrierten. Als er seine Lippen auf die heftig pulsierende Ader an Jessicas Hals preßte, reagierte sie auf das unbändige Drängen seiner Liebkosung, indem sie sich aufbäumte wie ein wildes Pferd.

Wolfe betrachtete sie, wie sie erschöpft und schweißüberströmt vor ihm lag. Dann begann er erneut, sich zu bewegen; zuerst ganz langsam, dann jedoch immer schneller, bis sie mit jedem mächtigen Stoß seiner Hüften ungeahnte Gipfel der Lust erreichte. Genau wie er, begann auch sie schwer zu atmen. Ihre Haut fühlte sich heiß an, und sie war schweißnaß. Es bestand für ihn kein Zweifel daran, daß sie sich nichts sehnlicher wünschte als die Erfüllung, die er ihr bisher stets verweigert hatte.

»Ich kann es nicht mehr länger ertragen«, keuchte sie mühsam. Qualvoll wand sie sich in seinen Armen und biß ihn in seine Brust, so als wollte sie ihn für seine Grausamkeit bestrafen, ohne ihm wirklich weh zu tun.

Wolfe lachte und biß sie zärtlich in die Schulter, während er sie mit den Hüften in die Kissen drückte. »So habe ich dich fünf Jahre lang begehrt. Und da kannst du nicht einmal fünf Minuten länger warten?«

Als Jessicas Hände an Wolfes Körper hinunterglitten, packte er ihre Handgelenke und hielt sie mit einer Hand über ihren Kopf.

»Schluß jetzt mit deinen raffinierten Tricks, mein Elfchen.«

»Du willst mich ... quälen.«

»Eine Qual ist es nur für mich selbst. *Dir* will ich etwas beibringen. Leg deine wundervollen Beine um mich. Ja, genau so. Jetzt heb deine Hüften ein Stück.« Bei jedem Wort versetzte er ihr einen zärtlichen Biß. »Bald wirst du bekommen, wonach du dich so verzweifelt gesehnt hast.«

Jessica streckte sich ihm voller Begehren entgegen, während er tief in sie eindrang. Das Gefühl war so überwältigend, daß sie am liebsten laut aufgeschrien hätte. Doch Wolfes Mund versiegelte ihre Lippen und stahl ihr den Atem. Er schob seinen Arm unter ihre Hüften und preßte sie so fest an sich, daß er jeden einzelnen Knochen in ihr spüren konnte. Dann begann er hart und rhythmisch zu stoßen und wartete, ob sie jemals den Punkt erreichte, an dem sie ihn bitten würde aufzuhören.

Doch statt dessen öffnete sie sich noch weiter für ihn. Ihre Hitze erfaßte ihn wie ein hell loderndes Feuer. Sie breiteten die Flügel aus und flogen. Und ohne daß sie jetzt noch irgend etwas hätte aufhalten können, stürzten sie gemeinsam kopfüber in die Sonne.

Später, viel später, hielt er Jessica in seinen Armen. Und während sie friedlich schlief, fragte er sich, welchen Preis er für das, was er ihr angetan hatte, bezahlen mußte.

18

Als Jessica am nächsten Morgen erwachte, stand Wolfe am Fenster und sah hinaus auf die Berge, die mächtig und unverhüllt wie er selbst die Morgendämmerung begrüßten. Während er das unberührte Land betrachtete, lag auf seinem Gesicht ein Ausdruck der Sehnsucht, bei dessen Anblick es Jessica das Herz zerriß. Sie fragte sich, was dieser majestätische Sonnenaufgang wohl für ihn bedeutete.

Und warum er ihn so traurig machte.

»Wolfe?«

Als er zum Bett zurückkam, hatte sich sein Gesichtsausdruck verändert. Sein liebevolles Lächeln ließ Tränen in ihren Augen aufsteigen. Seine indigofarbenen Augen betrachteten ihr glänzendes Haar und die kristallklare Vollkommenheit ihrer Augen. Mit seinen langen, schlanken Fingern fuhr er über ihre Augenbrauen, ihre Wangenknochen und die Rundungen ihres Mundes. Er setzte sich neben sie aufs Bett und küßte sie zärtlich.

»Guten Morgen, Mrs. Lonetree.«

Sie hatte er sie noch nie zuvor genannt. Die Worte trafen Jessica genauso tief wie der Kummer, der sich hinter dem Lächeln ihres Mannes verbarg. Zitternd erwiderte sie sein Lächeln; doch dann stockte ihr Herzschlag und das Lächeln drohte auf ihren Lippen zu ersterben.

Nichts auf der Welt ließ sich mit Wolfes melancholischem Blick und seinem zärtlichen Lächeln vergleichen.

»Habe ich letzte Nacht daran gedacht, dir zu sagen, wie wunderschön du bist?« fragte er.

»Wenn ich bei dir bin, weiß ich, daß ich schön bin.«

»Vergiß das niemals.« Für einen Moment schloß er die Augen, als wäre der Schmerz kaum zu ertragen. »So zerbrechlich wie du bist.«

»Was ist denn los?« flüsterte sie.

»Gar nichts. Außer dem hier ... und dem hier ... und dem hier.«

Er zog die Bettdecke herunter und berührte Jessica überall dort, wo er im Fieber der Leidenschaft in der vergangenen Nacht seine Spuren auf ihrer Haut hinterlassen hatte. Unausgesprochene Worte und Gefühle standen zwischen ihnen, doch niemand brach das Schweigen.

»Beim nächsten Mal werde ich vorsichtiger mit dir sein, Elfchen.« Er schaute in ihre strahlenden, hellblauen Augen. »Wenn du willst, daß es ein nächstes Mal gibt.«

Jessica ergriff seine Hand, küßte die Handfläche und drückte sie an ihre Wange.

»Ich liebe es, mit dir eins zu sein«, sagte sie mit leiser Stimme. »Und ich wünsche mir, daß es noch unendlich oft geschieht.«

Die melancholischen, indigofarbenen Abgründe seiner Augen verschwanden hinter seinen schwarzen Wimpern. »Ich werde alles versuchen, damit du nicht schwanger wirst, aber... ich kann nicht versprechen, daß ich mich jedesmal beherrschen kann.«

»Willst du denn kein Kind?«

»Ich habe dir schon genug Angst und Schmerzen bereitet. Ich werde dich nicht dazu zwingen, Kinder zur Welt zu bringen, die weder einen Adelstitel noch ein großes Vermögen zu erwarten haben.«

»Wolfe«, sagte sie verzweifelt. »Ich wünsche mir doch Kinder von dir!«

»Laß nur, Elfchen«, murmelte er und legte seinen Daumen auf ihre Lippen. »Das ist nicht nötig. Nur weil ich vielleicht keinen Sohn bekomme, werde ich nicht darauf bestehen, daß unsere Ehe für ungültig erklärt wird. Bei mir bist du sicher. Jetzt brauchst du nie wieder Angst zu haben.«

Jessicas Finger verkrampften sich um Wolfes Hand. Sie spürte die tiefe Trauer in ihm, ohne zu wissen, wie sie ihm helfen konnte. Sie spürte den Schmerz, doch wußte sie nicht, woher er kam.

»Ich liebe dich, Wolfe«, sagte sie und führte seine Hand an ihre Lippen. »Ich habe dich immer geliebt. Und ich werde dich immer lieben.«

»Ja, ich weiß.«

Jessica wartete vergeblich darauf, daß Wolfe noch etwas sagte. Eine abgrundtiefe Verzweiflung erfaßte sie, als sie endlich begriff, worin die Quelle seiner Qualen bestand.

Einsamer Baum.

»Du liebst mich nicht«, sagte sie. Zu spät hatte sie erkannt, was sie dem einzigen Mann angetan hatte, den sie wirklich liebte.

»Ich will dich, Jessi. Ich habe dich schon immer gewollt. Ich werde dich immer wollen.«

Mit unendlicher Vorsicht drückte Wolfe seinen Mund auf ihre Lippen, bevor er sie mit einer einzigen, leidenschaftlichen Berührung seiner Zunge erneut in seinen Bann schlug. Der Kuß steigerte sich, bis ihr Atem schneller ging und sie sich gierig an ihn preßte.

»Wolfe«, keuchte sie mühsam.

»Leg dich zu mir, Jessi. Ich will dich noch einmal glücklich machen.«

Jessica war dem Drängen in Wolfes Stimme und seinen Bewegungen hilflos ausgeliefert. Sie ließ ihn zu sich kommen und erlaubte ihm, sich in ehrfürchtigem Schweigen mit ihr zu vereinigen. Auch diesmal brachte er sie so zärtlich zum Höhepunkt, daß sie nicht wußte, was mit ihr geschah, bis die Welt um sie herum plötzlich in goldenem Licht erstrahlte und sie sich schluchzend an seine Brust warf. Leise flüsterte sie immer und immer wieder seinen Namen. Er hielt sie in den Armen, und heiße Tränen liefen ihr übers Gesicht. Schließlich holte sie tief Luft und lag still neben ihm.

Wolfe erhob sich vom Bett und begann, sich langsam anzuziehen. Lautlos öffnete und schloß sich die Schlafzimmertür. Wenige Augenblicke später schlug Jessica ihre tränenverschleierten Augen auf. Sie trocknete ihre Augen und griff nach ihren Kleidern.

Reno saß allein in der Küche. Die leeren Kaffeetassen und Teller verrieten Wolfe, daß Caleb und Rafe schon mit dem Essen fertig und bei der Arbeit waren. Aus dem Nebenzimmer erklang Willows Stimme, die ihrem Baby beim Stillen leise etwas vorsang. Als Wolfe die Melodie hörte, verstärkte sich der bittere Schmerz in seinem Inneren. Er mußte daran denken, was er dem hilflosen Mädchen nebenan angetan hatte, das ihm stets blind vertraut und fest damit gerechnet hatte, daß er es stets beschützen würde.

Statt dessen war er einfach mit ihr ins Bett gegangen.

»Ist mit Jessi alles in Ordnung?« fragte Reno.

Wolfe warf ihm einen vernichtenden Blick zu und fragte sich, ob sein Freund irgendwie erraten hatte, daß Jessica seit letzte Nacht nicht mehr nur dem Namen nach seine Frau war.

»Es geht ihr bestens«, sagte er mürrisch. »Ich habe ihr gesagt, daß sie im Bett bleiben kann. Wieso?«

»Willow hat mir erzählt, daß sie gestern abend ziemlich mitgenommen ausgesehen hat.«

»Genau wie ich.«

»Das kann man wohl sagen«, sagte Reno.

»Drei Tage in diesem höllischen Schneesturm, und der Teufel selbst könnte sich nicht auf den Beinen halten.«

Reno lächelte und drückte sich den Hut fester auf sein schwarzes, glänzendes Haar. Das helle Grün seiner Augen schimmerte wie geschliffenes Kristall. Als Wolfe ihn betrachtete, fragte er sich unwillkürlich, wie Jessica es geschafft hatte, Reno Morans Charme und seinen äußerlichen Reizen zu widerstehen. Oder Rafes, der das unschuldige Lächeln eines gefallenen Engels besaß und dessen Augen wie die tiefsten Abgründe der Hölle funkelten? Wolfe mußte sich eingestehen, daß jeder der beiden Brüder Jessica besser behandelt hätte als er selbst – ein Halbblut, das ihr nichts zu bieten hatte, außer einer sicheren Hand im Umgang mit Wildpferden und Gewehren.

Dabei wußte er genau, daß er jeden Mann kaltblütig töten würde, der versuchte, ihm sein sinnliches, kleines Elfchen wieder wegzunehmen; die einzige Frau, mit der zusammen er ungeahnte Höhepunkte der Leidenschaft erlebt hatte.

»Die Kleine ist mutig«, sagte Reno. »Nicht jede Frau wäre in diesem Schneesturm losgezogen; nicht für Geld und gute Worte, und schon gar nicht, um diesen tückischen, grauen Mustang wieder einzufangen, den die meisten Männer wahrscheinlich sowieso ohne mit der Wimper zu zucken abknallen würden.«

Wolfes Gesicht war schmerzerfüllt, als er daran zurückdachte, was sie durchgemacht hatte. »Das war alles meine Schuld. Jessi hat nur versucht zu beweisen, daß ich sie nicht nach England zurückzuschicken brauche.«

Reno warf Wolfe einen fragenden Blick zu.

»Jessi hat mir erzählt, daß sie und die Fohlen dir ihr Leben verdanken, nachdem du ihr mit dem Revolver die Wölfe vom Leib gehalten hast«, sagte Wolfe und versuchte so, das Thema zu wechseln, während er sich eine Tasse Kaffee eingoß. »Das werde ich dir nie vergessen.«

»Ist schon erledigt. Wenn du nicht gewesen wärst, hätte Jed Slater Willow, mich und Caleb umgebracht.«

»Du kannst dir eins von meinen Fohlen aussuchen«, fuhr Wolfe fort, als hätte er nicht gehört, was Reno gesagt hatte.

»Lonetree, manchmal kannst du ein ganz schön sturer Hurensohn sein.«

»Danke für das Kompliment.«

Reno warf ihm einen ungläubigen Blick zu und lachte dann lauthals.

Wolfe lächelte, doch sein Lächeln war nicht von großer Dauer. Der Schatten eines Vogels, der draußen am Fenster vorbeiflog, erregte seine Aufmerksamkeit. Lange schaute er sehnsüchtig an Wiesen und Wäldern vorbei zu der unverhüllten Pracht der San-Juan-Berge auf. Bis zu diesem Augenblick, in dem er ahnte, daß er die rauhe Schönheit der Berge bald auf ewig hinter sich zurücklassen mußte, war ihm nicht klar gewesen, wie sehr sie zu einem Teil seines Lebens geworden waren. Der Gedanke an den bevorstehenden Verlust hinterließ tiefe Furchen um seinen Mund.

Doch er hatte keine Wahl.

»Erinnerst du dich noch an den Rappen, der dir so gefallen hat?« fragte er Reno mit leiser Stimme.

»Der temperamentvolle Bursche, den du vor ein paar Jahren eingefangen hast?«

Wolfe nickte.

»Ja, ich erinnere mich. Ein verdammt gutes Pferd für lange Ritte durch die Prärie. Das beste Pferd, das mir je untergekommen ist.«

»Er gehört dir.«

»Moment mal«, begann Reno.

»Du wirst ihr dir allerdings erst verdienen müssen«, sagte Wolfe und ließ Reno erst gar nicht zu Wort kommen. »Er wird dich den größten Teil des Sommers kosten, den du sonst auf Goldsuche verbringen würdest.«

Renos Augen verengten sich mißtrauisch, während er den Mann eingehend musterte, der ihm am Frühstückstisch gegenübersaß.

»Du mußt Jessi und mich bis zum Missisippi begleiten«, fuhr Wolfe fort. »Bei all den Indianern, den Goldsuchern und den Soldaten, die auf beiden Seiten des Bürgerkriegs gekämpft haben...« Er zuckte die Achseln.

»Kann es leicht gefährlich werden«, stimmte Reno ihm zu.

»Wenn es nur um mich ginge, käme es nicht darauf an. Aber Jessi braucht Schutz. Ich würde mich wohler fühlen, wenn ich wüßte, daß du mir den Rücken freihältst.«

Renos Gesichtsausdruck verriet seine Anspannung. Er spürte genau, welche inneren Kämpfe Wolfe hinter seinem gelassenen Äußeren mit sich austrug.

»Dir würde ich in den Schlund der Hölle folgen«, antwortete Reno. »Das weißt du genau.«

»Ich reite aber nicht in den Schlund der Hölle. Jedenfalls brauchst du mir nicht ganz so weit zu folgen.« Wolfes Lächeln erstarb auf seinen Lippen.

»England?« fragte Reno.

»Wo Jessi hingehört.«

»Es wird schwierig werden, wenn du in England nach Mustangs jagen willst.«

»Lord Stewart hat sich schon seit Jahren gewünscht, daß ich für ihn arbeite. Jetzt wird er seinen Willen bekommen.«

Reno murmelte etwas auf spanisch vor sich hin, das sich ganz so anhörte, als bestätigte er Wolfe, daß er das Herz eines Ochsen hatte – und dessen Verstand.

»*Gracias*«, sagte Wolfe ironisch.

Dann herrschte Schweigen. Nur das Geräusch von Renos Arbeitshandschuhen war zu hören, mit denen er gegen seine Handfläche klopfte.

»Wann willst du aufbrechen?« fragte Reno schließlich.

»So bald wie möglich. Jessi ist einfach nicht für das Leben im Westen geschaffen.«

»Ich habe nicht gehört, daß die Kleine sich beschwert hätte. Du etwa?«

Wolfe schenkte der Frage keine Beachtung. Nach einer Weile erhob sich Reno mit der Trägheit, die schon andere Männer zu der falschen Annahme verleitet hatten, sie hätten es mit jemandem mit langsamen Reflexen zu tun.

»*Amigo,* ich glaube, du begehst einen schweren Fehler.«

»Nein, alles, was ich tue, ist, für einen alten Fehler zu bezahlen.«

»Und was für ein Fehler sollte das sein?« fragte Jessica, die in der Tür zum Schlafzimmer stand.

»Er hat da so eine komische Idee, daß...«, wollte Reno gerade sagen, als Wolfe ihm einen Blick zuwarf, der den stärksten Mann zum Schweigen gebracht hätte. Mit einem lautlosen Fluch klopfte Reno noch einmal mit den Handschuhen gegen seine Handfläche und verließ ohne ein weiteres Wort das Haus durch die Hintertür.

Jessica betrachtete Wolfe neugierig.

»Ich habe Reno gesagt, er kann sich eines der Fohlen aussuchen«, sagte Wolfe.

»Das ist gut. Er hat es sich redlich verdient. Ohne ihn hätten wir bestimmt mehr als nur ein Fohlen verloren.«

»Genau das habe ich auch gesagt.«

Als ob Wolfe magisch vom Fenster angezogen wurde, drehte er sich noch einmal um und schaute hinaus. Jessica sah, daß sich tiefe Gefühle in seinen Augen widerspiegelten und dann wieder in ihren geheimnisvollen Schatten verschwanden. Genau das gleiche hatte sie bereits heute morgen beobachtet, als er den Sonnenaufgang betrachtet hatte. Sie kam näher und stellte sich neben ihn. Draußen vor dem

Fenster war nichts zu sehen außer der atemberaubend schönen Landschaft.

»Wolfe? Stimmt etwas nicht?«

Er drehte sich um und betrachtete sie mit seinen melancholischen Augen.

»Wolfe«, flüsterte sie und streckte die Hand nach ihm aus.

»Küß mich, Jessi«, sagte er und beugte sich über sie. »Küß mich, so fest du nur kannst. Nur wenn du mich küßt, kann ich für einen Augenblick vergessen, was uns beiden bevorsteht.«

Mit einem leisen Stöhnen stellte sie sich auf die Zehenspitzen und streckte sich seinen offenen Armen entgegen. Alles, woran er in diesem Moment dachte, war die Leidenschaft, die Jessica allein in den Tiefen seiner Seele zu wecken vermochte.

»Soll das heißen, daß du Jessi dafür verziehen hast, daß sie allein in den Schneesturm hinausgegangen ist?« fragte Willow, die in der Tür stand.

Widerwillig brach Wolfe den Kuß ab und drückte Jessicas scharlachrotes Gesicht an seinen Hals. Trotz der bittersüßen Mischung aus Trauer und Begehren, die sich in ihm ausbreitete, schenkte er Willow ein Lächeln.

»Wir stecken noch in den Verhandlungen«, sagte er.

»Ihre Kapitulation oder deine?« wollte Willow wissen.

»Meine natürlich. Elfen sind zu zerbrechlich. Die überleben es nicht, wenn sie den kürzeren ziehen.«

»Wenn das so ist«, sagte Willow trocken, »werde ich nur schnell Ethans Badewasser einlassen und euch dann wieder euren, äh, Verhandlungen überlassen.«

Während Wolfe Jessica wieder herunterließ, erfüllte sie plötzlich beim Klang seiner Worte eine böse Vorahnung.

Elfen sind zu zerbrechlich. Die überleben es nicht, wenn sie den kürzeren ziehen.

Jessica sagte so lange nichts, bis Willow mit einem Eimer mit heißem

Wasser die Küche wieder verlassen hatte. Als sie sich umdrehte, starrte Wolfe bereits wieder aus dem Fenster. Als sie sah, was für ein tiefer Kummer in seinen Augen lag, spürte sie, wie sich ihr Herz ängstlich zusammenzog.

»Mein Liebster, was ist denn los?« fragte sie.

»Nichts.«

Bedächtig schüttelte sie den Kopf. »Deine Augen sind so traurig.«

»Das bildest du dir nur ein.« Wolfe lächelte und streichelte sanft ihre Wange. »Elfen sind bekannt für ihre lebhafte Fantasie.«

»Wolfe«, flüsterte sie. »Ich kann keine Witze machen, wenn ich den Ausdruck in deinen Augen sehe. Wen oder was betrauerst du?«

Überrascht schaute er sie an. Er hatte nicht erwartet, daß sie ihn so leicht durchschauen würde, leichter als er sich selber.

Trauer.

»Ich bin jedesmal traurig, wenn ich mich von Caleb und Willow verabschiede«, sagte Wolfe nach einer Weile. Das war das einzige Körnchen Wahrheit, das er ihr gegenüber zugeben wollte.

Jetzt war Jessica an der Reihe, überrascht zu sein. »Wir reisen ab?«

»Es ist hier zu gefährlich.«

Der Ton in Wolfes Stimme klang überzeugt und endgültig. Ein kalter Schauer überlief Jessica.

»Was willst du damit sagen?« flüsterte sie.

»Wir gehen nach England zurück.«

»Ich würde lieber Mustangs jagen«, sagte sie, »oder willst du etwa bis zum Herbst warten, wenn die einjährigen Fohlen von der Mutter entwöhnt sind?«

Ohne ihr zu antworten, drehte Wolfe sich um.

»Wolfe?«

»Wir werden in England sein, wenn die Fohlen entwöhnt sind.«

»Dann kommen wir eben im nächsten Frühjahr zurück.«

»Nein.« Seine Stimme war leise, endgültig.

»Warum nicht?«

»Frühjahr und Herbst sind die Jahreszeiten, in denen Sir Robert die Wildhüter auf seinen Landgütern am dringendsten braucht.«

Der kalte Schauer, der Jessica überlaufen hatte, verwandelte sich in einen Eisklumpen, der sich am Grund ihres Magens festsetzte.

»Und was hat das alles mit uns zu tun?« fragte sie besorgt.

»Ich werde einer dieser Wildhüter sein.«

»Was willst du damit sagen?«

Wolfe schaute aus dem Fenster. »Wir werden in England leben.«

»Aber du magst England nicht.«

Wolfe zuckte die Achseln. »Es gibt Gegenden, die sind ganz nett.«

»Die können sich doch niemals damit messen«, sagte sie und deutete auf die wilde Schönheit der Berge draußen vor dem Fenster.

»Nein, da hast du recht.«

»Und was wird aus den Mustangs?«

»Die bekommt Caleb.«

Jessica wankte benommen und flüsterte: »Du hast gar nicht vor, jemals wieder in den Westen zurückzukehren!«

Wolfe antwortete nicht. Es war auch nicht nötig. Die Schatten in seinen Augen sprachen Bände.

»Aber warum nur? Du liebst dieses Land. Ich habe es genau gesehen, Wolfe. Dieses Land ist wie eine Geliebte in deinen Augen.«

»Es reicht, Jessi!«

»Nein! Warum können wir nicht hierbleiben? Warum müssen wir in England leben?«

»Hier ist kein Platz für dich«, sagte Wolfe leise. »Für dieses Land muß man geboren sein. Und das bist du nicht.«

»Aber du!«

Er machte eine beinahe etwas hilflose Handbewegung. »Ja. Aber ich kann in England überleben. Du kannst im Westen nicht überleben.«

»O Gott, wie sehr muß du mich nur hassen!«

Unvermittelt drehte Wolfe sich um und streichelte Jessicas Wange. »Ich hasse dich doch nicht, mein Elfchen.«

»Noch nicht. Ich habe dich um das einzige gebracht, was du jemals wirklich geliebt hast. Bald wirst du mich genauso leidenschaftlich hassen, wie du dieses Land liebst.«

Wolfe sah die Tränen in Jessicas Augen und nahm sie in seine Arme. »Sei still, mein Schatz. Du quälst dich damit nur selbst.«

»Ich will aber nicht in England leben«, sagte sie mit ausdrucksloser Stimme und stieß ihn von sich. »Hast du verstanden? Ich liebe die Berge. Warum können wir nicht hierbleiben?«

»Du hast dich mir anvertraut. Und ich kann nicht tatenlos zusehen, wie dich dieses wilde Land langsam umbringt.«

Jessicas Finger krallten sich in Wolfes Hemd und vergruben sich in der straffen Haut unter dem Stoff.

»Wolfe, hör auf mich. *Ich bin stärker, als du denkst.* Wenn ich wirklich das schwache, kleine Elfchen wäre, für das du mich hältst, wäre ich schon als kleines Kind gestorben.«

Seine Hand legte sich unter ihr Kinn. Schweigend fuhr er über ihre zarte Haut und die feingeschnittenen Züge. Er lächelte traurig.

»Du bist nicht einmal annähernd so stark wie ich«, sagte Wolfe. »In England kommt es darauf nicht an.«

»In England wird niemand über deine uneheliche Abstammung und dein indianisches Blut hinwegsehen können«, sagte sie kalt. »Hier hast du Freunde und die Möglichkeit, dir ein besseres Leben zu schaffen. Kannst du das nicht einsehen? Kannst du denn nicht...«

Wolfes Daumen versiegelte Jessicas Lippen, so daß ihre eindringlichen Worte ungesagt blieben.

»Das weiß ich alles selbst«, sagte er mit ruhiger Stimme. »Deshalb habe ich damals England und dich verlassen. Ich kann dich haben oder ich kann den Westen haben. Ich habe mich für dich entschieden, obwohl ich genau weiß, was ich damit in Kauf nehmen muß. England.«

»Aber ich...«

»Es ist vorbei, Jessi«, unterbrach er sie. »Es war im selben Moment vorbei, als du deine Jungfräulichkeit verloren hast.«

»Wolfe, so glaube mir doch! Ich wollte nicht, daß es soweit kommt. Nicht auf diese Weise. O Gott, nicht auf diese Weise!«

Sanft löste Wolfe ihre verkrampften Finger aus seinem Hemd. »Ich weiß. Doch all dein Betteln und Flehen kann jetzt auch nichts mehr an den Tatsachen ändern. Du bist nun einmal du. Und ich bin ich. Wir sind Mann und Frau, und unser Zuhause wird England sein.«

Jessica schloß die Augen. Sie hätte sich lieber verprügeln lassen, als sich Wolfes nüchterne Beschreibung ihres gemeinsamen Lebens mit anhören zu müssen.

»Geh jetzt und fang an zu packen«, sagte Wolfe leise. »In der Zeit, die uns noch bleibt, werde ich Caleb helfen.«

Die Küchentür öffnete sich und fiel dann leise hinter Wolfe ins Schloß.

Lange Zeit stand Jessica regungslos da und starrte auf die Tür. Die Tränen liefen ihr übers Gesicht. Zu spät hatte sie begriffen, was Wolfe schon immer gewußt hatte: ihre Heirat würde irgendwann einmal einen von ihnen zerstören, wenn nicht sogar beide.

Du mußt einer Annullierung zustimmen. Verdammt noch mal, laß mich endlich gehen!

Ich bin nicht der Richtige für dich. Du bist nicht die Richtige für mich. Wenn wir das Bett miteinander teilen, wäre das der schlimmste Fehler unseres Lebens.

Du bist für das Leben hier draußen in der Wildnis nicht geboren, so wie ich.

Verlieb dich bloß nicht in mich, Jessi. Das würde uns beiden nur schaden.

Es ist vorbei, Jessi. Es war im selben Moment vorbei, als du deine Jungfräulichkeit verloren hast.

Du bist du. Ich bin ich.

Einsamer Baum.

Jessica schlug die Augen auf und legte schützend die Arme um sich, so als wollte sie die eisige Kälte abwehren, die sich unaufhaltsam in ihr ausbreitete. Mit derselben wilden Entschlossenheit, die sie bereits als Kind an den Tag gelegt hatte, begann sie jetzt nach einem Ausweg aus der Falle zu suchen, die sie Wolfe gestellt hatte.

Als sie endlich eine Lösung gefunden hatte, wusch sie sich die Spuren der Tränen vom Gesicht und machte sich auf die Suche nach Caleb Black.

»Ein Aufschub hilft jetzt auch nicht mehr«, sagte Wolfe. Seit dem Morgengrauen, als Jessica ihn geweckt hatte, führten sie nun schon diese Unterhaltung. »Ob wir heute oder in zehn Tagen abreisen – abreisen werden wir auf jeden Fall.«

»Wie ich bereits sagte, ich werde mit dir nach England gehen, ohne eine Szene zu machen, wenn du noch ein letztes Mal mit mir auf die Jagd nach Mustangs gehst«, beteuerte Jessica. »Und das ist mein voller Ernst.«

Am Ende seiner Geduld angekommen, betrachtete Wolfe sie. Er hatte sie in allen möglichen Stimmungen erlebt – von extremer Angst bis hin zu extremer Leidenschaft –, doch von dieser Seite hatte er sie bisher noch nicht kennengelernt. Sie hatte nichts Elfenhaftes, Niedliches oder Zerbrechliches mehr an sich. Alles, was er sah, war eine Ansammlung von Kräften und Entschlossenheit, die ihn stark an sich selbst erinnerte.

»Ich habe keine Lust, Mustangs jagen zu gehen«, sagte Wolfe vorsichtig.

»Dann tu es für Caleb. Er braucht mehr Pferde, wenn er die Ranch ordentlich führen soll. Das hat er selbst gesagt.«

Wolfe betrachtete Jessica unbehaglich. Er spürte genau den tiefen Kummer in ihr, so wie sie an jenem Morgen gespürt hatte, daß ihm etwas auf der Seele lag. Und doch standen ihr keine Tränen in den Augen, und ihre Stimme klang offen und zuversichtlich.

So kannte er sie nicht. Das beunruhigte ihn.

Er streckte die Hände nach Jessica aus und nahm sie in seine Arme.

»Ich werde dich nicht in die Wildnis mitnehmen«, brummte er mürrisch.

»Ich weiß.«

»Ist das der Grund, warum du es kaum erwarten kannst, mich gehen zu sehen? Bist du meiner bereits überdrüssig?«

Wolfe hatte die Worte kaum ausgesprochen, als Jessica ihn auch schon küßte. Es war, als rechnete sie fest damit, im nächsten Moment tot umzufallen; als wollte sie ihm vorher noch einen letzten Beweis dafür geben, wie schön das Leben sein konnte. Er erwiderte ihren Kuß auf die gleiche Weise, bis beide vor Begehren zu stöhnen begannen.

»Komm zu mir«, flüsterte Jessica. »Komm zu mir und füll mich aus, bis ich nicht mehr weiß, wie es ist, ohne dich zu sein. Komm zu mir, als wäre es das letzte Mal.«

Mit einem heiseren Stöhnen schob Wolfe die durchsichtigen Schichten ihres Nachthemds bis zu ihrer Taille hinauf. Er flüsterte leise ihren Namen, während er zwischen ihren Beinen kniete und ihre Schenkel spreizte. Die Leichtigkeit, mit der er in sie hineinglitt, war ein größerer Liebesbeweis als alle Worte. Ein heiserer Laut entfuhr ihrer Kehle, als sie sich dem süßen Gefühl hingab, mit ihm in einem vollkommenen Augenblick der Leidenschaft zu verschmelzen.

»Mehr«, drängte Jessica. »Wolfe, hör jetzt nicht auf.«

»Du bist noch nicht soweit. Ich werde dir weh tun.«

»Bitte ...«

Sie zerrte an ihm, preßte sich enger an ihn, bettelte und flehte ihn an, er solle sich nicht zurückhalten. Ihre Worte verzehrten ihn wie schwarzes Feuer und ließen ihn erschaudern, während ein ungeahntes Verlangen ihn erfaßte. Mit einem heiseren Keuchen schob er seine Arme unter ihre Knie und hob ihre Beine an, so daß sie weit geöffnet, doch ohne den leisesten Hauch von falscher Scham vor ihm zu liegen kam. Sie stöhnte und biß sich auf die Lippen, bäumte sich auf und bettelte, er solle nicht aufhören. Er spürte, wie ihre glühende Hitze ihn erfaßte und jede ihrer geflüsterten Liebesbeteuerungen unterstrich.

»Und ich habe gedacht, du bist eine Nonne«, sagte Wolfe mit heiserer Stimme. »Du bist wie Feuer, mein Elfchen. Brenne für mich!«

Dann endlich wurde ihr Flehen erhört. Er kam zu ihr und versank in ihren Tiefen, bis sie ihn überall in ihrem Körper spüren konnte und sich vorbehaltlos der Leidenschaft hingab, die sie fest in ihren Klauen hielt, während sie lichterloh brannte.

Wolfe spürte, wie sie sich dem Augenblick der Erfüllung näherte. Ein glückliches, befreiendes Lachen stieg in seiner Kehle auf. Er bewegte sich langsam und mit Gefühl, während er ihr dabei zuschaute, wie sie lichterloh brannte und bei jeder Bewegung kleine Schreie der Entzükkung ausstieß. Genau wie sie brannte auch er, während das hell lodernde Feuer des Rausches ihre Körper untrennbar miteinander vereinte. Immer und immer wieder stieß er sie, tiefer und tiefer, während er betete, es möge niemals enden. Doch sie fühlte sich zu gut an, er konnte ihren Verlockungen nicht widerstehen. Ihre Worte, ihre kleinen Schreie, ihr ganzer Körper ließen ihm keine andere Wahl, als sich ihr genauso rückhaltlos hinzugeben, wie sie sich ihm geschenkt hatte.

Selbst als Wolfe sich noch zurückzuhalten versuchte, wußte er bereits, daß es zu spät war. Sein Körper war zu fest mit dem ihren verschmolzen, als daß er noch hätte sagen können, wo er aufhörte und sie begann. Wie zwei Flammen, die im selben Augenblick flackerten, waren all ihre Bewegungen im Einklang miteinander. Er hörte auf, sich zu wehren, und vertraute sich ihr und der Leidenschaft an, die höher und höher schlug und sich im Augenblick seiner Erlösung nur noch verstärkte, bis sie gemeinsam wie eine einzige Flamme untrennbar, hellauf lodernd verglühten.

Caleb wartete auf Jessica in der Küche. Er betrachtete ihr blasses, verhärmtes Gesicht und ihre ausdruckslosen Augen und begann, leise vor sich hin zu fluchen.

»Und du willst wirklich mit dieser dummen Idee weitermachen?« fragte er sie.

»Ja.«

»Hast du Wolfe davon erzählt?«

»Das hatten wir nicht abgemacht. Ich habe versprochen, mich nicht allein auf den Weg zu machen, wenn du versprichst, ihm nichts davon zu erzählen, daß ich weggehe.«

Caleb nahm seinen Hut ab, fuhr mit seinen langen Fingern unter der Krempe entlang und bemerkte nüchtern: »Ich finde, das Ganze ist eine blödsinnige Idee.«

»Das weiß ich selbst«, sagte Jessica. »Ich weiß auch, daß Wolfe vermutlich Reno oder Rafe umbringen würde, wenn einer von den beiden mir helfen würde. Dir wird er nichts tun.«

»Da bist du dir deiner Sache ein ganzes Stück sicherer als ich«, erwiderte Caleb.

»Wolfe mag vielleicht wütend sein, aber er weiß genau, daß es außer Willow für dich keine andere gibt. Reno oder Rafe würden mich selbstverständlich ebensowenig anrühren, aber ich will Wolfes Geduld lieber nicht auf die Probe stellen. Es könnte sein, daß er anfängt zu schießen, bevor er jemanden zu Worte kommen läßt. Er kann leider nur zu gut mit dem Gewehr umgehen.«

»Könnte es nicht sein, daß ein Mann, der so auf seine Frau aufpaßt, sie vielleicht auch ein bißchen liebt?«

»Sex ist nicht dasselbe wie Liebe«, sagte Jessica mit einem gequälten Lächeln.

»Jessi...«, hob Caleb an, aber er wurde sofort wieder unterbrochen.

»Ich habe den Einsamen Baum mit einer List zur Ehe gezwungen. Jetzt werde ich ihn von seiner Pflicht befreien.«

»Jessi...«

»Sind die Pferde soweit?« fragte sie und hörte nicht auf das, was er noch sagen wollte.

Es herrschte gespanntes Schweigen.

»Ich würde Wolfe am liebsten hinterherreiten«, sagte Caleb schließlich.

»Ich kann dich nicht aufhalten.«

»Genausowenig wie ich dich aufhalten kann. Willst du das damit sagen? Bei der erstbesten Gelegenheit würdest du dich aus dem Staub machen?«

»Selbstverständlich. Nur deshalb hast du dich doch überreden lassen, mich zur Postkutsche zu bringen.«

»Erpressung.«

»Das könnte man so sagen.«

Caleb verzog mißbilligend den Mund, während er den Ausdruck grimmiger Entschlossenheit in Jessicas Augen beobachtete. Er mußte an Willow denken und daran, wie sie sich mitten in der Nacht mit Ishmael aus dem Staub gemacht hatte, um Caleb nicht zu einer Ehe zu zwingen, von der sie sicher war, daß er sie nicht gewollt hatte. Willow hatte ihren Entschluß, Caleb seine Freiheit zu lassen, beinahe mit dem Leben bezahlen müssen. Der Gedanke daran, daß er sie um ein Haar verloren hätte, machte ihm immer noch zu schaffen. Wenn er sich versichern mußte, daß Willow auch wirklich bei ihm und in Sicherheit war, nahm er sie fest in seine Arme.

Genau wie Willow, war auch Jessica fest entschlossen, genau das zu tun, was sie für richtig hielt. Alles, was Caleb jetzt noch unternehmen konnte, war aufzupassen, daß Jessica nichts zustieß, bis Wolfe die Sache auf seine Weise regeln konnte.

Mit grimmiger Miene zog Caleb seinen Revolver, drehte die Trommel, um zu überprüfen, ob er geladen war, und steckte die Waffe dann wieder mit tödlicher Schnelligkeit zurück in das Holster.

»Die Pferde warten, Mrs. Lonetree.«

Unerwartet stiegen ihr Tränen in die Augen. »Mein Name ist Lady Jessica Charteris.«

»Na los«, sagte Reno.

»Kopf«, sagte Rafe.

»Adler.«

Rafe warf die Münze.

Renos Hand fing die Münze im Flug und schlug sie auf seinen Handrücken. Er steckte sie weg, ohne einen Blick auf sie zu werfen.

»Adler«, sagte Reno und drehte sich um.

Als er nach den Zügeln seines Pferdes griff, zuckte plötzlich Rafes Peitsche vor, als besäße sie einen eigenen Willen. Ein Knall wie ein Pistolenschuß erklang.

Reno drehte sich nach Rafe um, der mit schnellen Bewegungen seine Peitsche wieder aufwickelte.

»Das war nur eine Kostprobe, Matt«, sagte Reno mit ausdrucksloser Stimme. »Versuch das nicht noch einmal. Welches Pferd möchtest du?«

»Nur einer von uns kann gehen. Und das bin ich. Du mußt hier bei Willow bleiben.«

Rafe lächelte gequält. »Soviel habe ich auch begriffen. Was du anscheinend noch nicht ganz verstanden hast, ist Wolfes seltsames Verhalten. Wieso kann er es auf einmal kaum erwarten, von der Mustangjagd nach Hause zu kommen, wo eine Frau auf ihn wartet, von der er vorher gar nicht schnell genug wegkommen konnte?«

Zögernd hörte Reno zu.

»Wenn du ihn eingeholt hast und mit ihm zusammen zur Ranch zurückkommst«, fuhr Rafe fort, »wird Caleb einen ganz schönen Vorsprung haben. Also, welche Pferde aus Calebs Herde sind am besten für einen Ritt durch unebenes Gelände geeignet?«

»Willow hat gesagt, wir sollen dafür sorgen, daß Ishmael eines der Pferde ist, die für Wolfe bereitstehen.«

»Na gut. Welche sonst noch?«

Renos strahlendes Lächeln ließ keinen Zweifel an seiner Entschlossenheit. »Darauf kommt es jetzt auch nicht mehr an. Die Pferde, die Caleb zurückgelassen hat, sind tausendmal besser als die Gäule, die er sich ausgesucht hat. Der Bursche hat es nicht besonders eilig gehabt, Jessica vor Wolfe in Sicherheit zu bringen.«

Rafe blinzelte verwirrt und lachte dann leise. »Ganz schön gerissen.«

»Und klug außerdem. Wolfe wird aus den Bergen auf ihn heruntergestoßen kommen wie ein hungriger Raubvogel.«

»Kann sein. Es kann aber auch sein, daß er Jessi einfach gehen läßt. Nach allem, was ich gesehen habe, war er nicht gerade sehr erfreut darüber, mit ihr verheiratet zu sein.«

Reno musterte Rafe mit seinen blaßgrünen Augen, bevor er seine Zähne mit einem raubtierhaften Grinsen entblößte. »Und genau das wolltest du Wolfe unter die Nase reiben, stimmt's?«

Rafes Lächeln war so kühl wie seine grauen Augen. »Niemand kann bestreiten, daß er ziemlich hart mit ihr umgesprungen ist.«

»Er hatte seine Gründe; Jessi hat das selbst zugegeben.«

»Wie dem auch sei, ich möchte jedenfalls derjenige sein, der es Wolfe sagt.«

»Tut mir leid, großer Bruder. Diesmal bin ich an der Reihe.« Reno schwang sich in den Sattel und schaute auf Rafe herunter. »Denk doch mal nach. Warum, glaubst du, hat Jessica ausgerechnet Caleb und nicht einen von uns beiden darum gebeten, mit ihr zu kommen?«

»Das habe ich mich auch schon gefragt«, gab Rafe zu. »Besonders wo er sich doch jetzt um seine Frau und das neue Baby kümmern muß.«

»Zerbrich dir nicht weiter den Kopf. Es gibt keinen Mann, der verheirateter ist als Caleb, und Wolfe weiß das ganz genau. Genauso wie Jessi.«

»Keiner von uns beiden hätte Jessi auch nur angerührt«, sagte Rafe sofort. »Das weiß sie ganz genau.«

»Mh-hm. Und jetzt frag dich mal, ob du das alles Wolfe erklären möchtest, während er dich aus einer halben Meile Entfernung über den Lauf seines Gewehrs anvisiert?«

»Wenn Jessi sich nicht in diesen starrköpfigen Trottel verliebt hätte, wäre ich gerne bereit, es ihm auf jede nur erdenkliche Art zu erklären.«

»Genau wie ich«, sagte Reno. »Aber sie liebt ihn nun einmal.«

Rafe dachte kurz nach. Er nickte und machte Reno den Weg frei.

»Na gut, Schwarzfuß«, sagte Reno. »Dann wollen wir doch mal sehen, ob Jed Slater recht hatte und du wirklich lebensmüde bist.«

Der schwere Rappen machte einen Satz und fiel Sekunden später in einen schnellen Trab.

Seit zwei Tagen waren sie nun schon unterwegs. Caleb verbrachte genausoviel Zeit damit, über seine Schulter zu sehen, wie vor sich den Weg im Auge zu behalten.

»Hör schon auf, dir den Hals zu verrenken«, sagte Jessica und schaute nach den Pferden, die am Flußufer standen und tranken. »Wolfe wird nicht versuchen, mich zurückzuholen.«

»Dafür, daß du so ein aufgewecktes Mädchen bist, kannst du manchmal ganz schön naiv sein.« Caleb überprüfte die Schnallen an den Packsätteln und dann die am Zaumzeug seines eigenen Pferdes. »Wolfe liebt dich.«

»Er begehrt mich. Das ist ein Unterschied.«

»Nicht für einen Mann, Schätzchen. Jedenfalls nicht zu Anfang.«

Caleb schwang sich in den Sattel, und sein Pferd trottete los. Jessica schaute ihm hinterher. Er hielt sein Tempo und hoffte insgeheim, daß sie ihn nicht beschuldigte, er wollte seinen Teil ihrer Abmachung nicht einhalten. Warum aber sollte er Wolfe einen Anlaß bieten, noch wütender zu werden, als er ohnehin schon war?

Es dauerte bis zum späten Nachmittag, bevor Caleb anhielt und den Weg genauer begutachtete. Zu beiden Seiten erhoben sich hohe Gipfel aus nacktem Fels, die von einem breiten Tal getrennt waren, in dem Bäume, Büsche und Gras wuchsen. Diese grüne Talsohle war mehrere Meilen breit und begann nach einer weiteren Meile auf beiden Seiten steil anzusteigen. Wo Caleb und Jessica sich befanden, hatte der Frühling bereits Einzug gehalten. Die Bäume trugen frisches Laub, und in den Bächen plätscherte fröhlich das Wasser der Schneeschmelze aus den nahe gelegenen Bergen.

»Hier schlagen wir unser Lager auf«, sagte Caleb.

»Es dauert noch zwei Stunden, bis es dunkel wird.«

Caleb warf Jessica einen kühlen Blick aus seinen bernsteinfarbenen Augen zu. »Es wird länger als nur zwei Stunden dauern, um den Paß zu überqueren. Wenn wir hier nicht unser Lager aufschlagen, werden wir uns den Weg über die verschneite Paßstraße im Dunkeln suchen und wahrscheinlich die ganze Nacht im Sattel verbringen müssen.«

Jessica erwiderte Calebs Blick, seufzte und schaute sich unbehaglich über die Schulter um. Sie dachte, sie hätte hinter sich eine Bewegung wahrgenommen, aber Caleb schien nicht weiter besorgt zu sein. Als sie sich wieder umdrehte, betrachtete er sie mit einem seltsamen Lächeln auf dem Gesicht.

»Mach dir keine Sorgen, Herzchen«, sagte er aufmunternd. »Ich habe schon dafür gesorgt, daß du genug Vorsprung hast. Bevor dein Mann uns einholt, hat er ausreichend Gelegenheit, seine Wut abkühlen zu lassen.«

»Wolfe wird nicht kommen.«

»Unsinn.«

Jessica warf Caleb einen erstaunten Blick zu.

Er lächelte sie so zärtlich an, als wäre sie Willow.

»Sogar wenn du recht hättest«, sagte Jessica mit schwerer Stimme, »kann Wolfe uns nicht einholen, ohne ein Pferd dabei zu Tode zu schinden. Und das würde er niemals tun.«

»Ein einzelnes Pferd würde es niemals schaffen«, stimmte Caleb ihr zu. »Drei Pferde könnten es schaffen – Pferde wie Luzifer, Trey und Ishmael.«

»Wie bitte?«

Caleb schaute an Jessica vorbei zu der Lichtung hinüber, die sie gerade überquert hatten.

»Ich an deiner Stelle«, sagte er, »würde die nächsten paar Minuten damit verbringen, mir genau zu überlegen, wie ich Wolfes Wut am besten besänftige.«

Der Klang in Calebs Stimme löste eine Welle des Unbehagens in Jessica aus. Sie stellte sich in die Steigbügel und schaute an ihm vorbei.

Zwei große Rappen und ein kleinerer, rotbrauner Fuchs tauchten hinter ihnen am Waldrand auf und hielten quer über den langgezogenen, grasbewachsenen Hang hinweg auf sie zu. Nur eines der Pferde trug einen Reiter auf seinem Rücken. Vor ihren Augen schwang sich der Reiter vom Rappen hinüber auf den Fuchs, ohne auch nur für einen Moment sein Tempo zu verlangsamen.

»O Gott«, hauchte sie.

»Sieht eher nach Wolfe Lonetree aus«, stellte Caleb nüchtern fest.

Mit aufmerksamen, bernsteinfarbenen Augen sah Caleb zu, wie die Pferde immer näher kamen. Als er sah, daß Wolfes Gewehr immer noch in seinem Sattelholster steckte, atmete er erleichtert auf und schenkte Jessica ein beruhigendes Lächeln. Jessica beachtete ihn nicht. Sie blieb abwartend im Sattel sitzen und fand sich damit ab, daß ihr eigenes Pferd niemals in der Lage sein würde, Wolfes Araberhengst davonzulaufen.

Wolfe würdigte Caleb keines Blickes, als er herangaloppierte und Ishmael zügelte. Der Hengst stellte sich auf den Hinterbeinen auf. Alles, wofür Wolfe Augen hatte, war das rothaarige Mädchen, das kerzengerade im Sattel saß. Ruhig und gelassen stieg er ab, übergab Caleb die Zügel der verschwitzten Pferde und stand dann einfach nur da und sah Jessica schweigend an.

»Ich werde unter diesen Bäumen dort das Lager aufschlagen«, sagte Caleb und deutete auf ein Wäldchen in einer Meile Entfernung.

Wolfe nickte.

»Du solltest immer daran denken, daß sie nur das Beste für dich wollte«, sagte Caleb, während er Ishmaels Zügel ergriff. »So, wie du nur das Beste für sie wolltest.«

»Adios, Cal«, sagte Wolfe mit ausdrucksloser Stimme.

Caleb wendete sein Pferd und ritt mit den Pferden im Schlepptau der untergehenden Sonne entgegen. Jessicas Pferd zerrte an seinem Zaumzeug und wieherte protestierend, weil es nicht allein zurückgelassen werden wollte.

Ohne Vorwarnung schwang sich Wolfe hinter Jessica in den Sattel, nahm ihr die Zügel ab und steuerte auf ein Birkenwäldchen ganz in der Nähe zu. Das zarte, frische Laub der Bäume leuchtete in einem unwirklichen Grünton im Licht des späten Nachmittags. Als eine milde Brise aufkam, begannen die Blätter leise zu zittern.

Jessica fühlte sich wie eines dieser Blätter. Sie schaute auf die dunkle, schlanke Hand herunter, die die Zügel hielt, und auf den Arm, der sich von hinten um sie legte. Die Versuchung, mit dem Finger über die Adern auf Wolfes Handrücken zu streichen, war so übermächtig, daß sie die Augen schließen mußte. Ein unterdrückter Seufzer überlief sie, als sie gegen das Bedürfnis ankämpfte, ihren Finger auf den Puls zu legen, der unter Wolfes Haut schlug.

Wolfe stieg ab und band Jessicas Pferd an einer schlanken Birke fest. Dann stand er da und betrachtete sie. Es war die längste Minute ihres Lebens. Sie erwiderte seinen mißtrauischen Blick, doch weigerte sie sich strikt, sich anmerken zu lassen, daß unter der Maske ihrer äußeren Gelassenheit immer noch heißes Verlangen brodelte.

»Als ich angeritten kam, sahst du überrascht aus«, sagte Wolfe.

»Ganz im Gegensatz zu Caleb. Der hätte am liebsten den Wald in Brand gesteckt, um dich davon abzuhalten, uns zu folgen.«

»Ich hätte dich auch gefunden, wenn du barfuß über Fels gegangen wärst.«

»Warum?«

Die Frage wirkte wie ein Streichholz unter einem Pulverfaß. *»Du bist meine Frau.«*

»Die Ehe ist ungültig.«

»Unfug! Wir haben die Ehe mit solcher Leidenschaft vollzogen, daß es ein wahres Wunder ist, daß wir beide noch gerade gehen können.«

Scharlachrote Flecke zeichneten sich auf Jessicas Wangen ab, aber sie wich keinen Schritt zurück. »Trotz meiner ausdrücklichen Wünsche hast du darauf bestanden, daß aus unserer Vereinigung keine Kinder hervorgehen durften«, sagte sie vorsichtig. »Das ist ein ausreichender Grund für eine Annullierung.«

»Ich habe nur versucht, dir die Gefahren einer Schwangerschaft zu ersparen!«

»Das behauptest du.« Jessica zuckte gelassen die Achseln, obwohl ihr ganzer Körper so angespannt war, daß sich jeder Knochen mürbe und brüchig anfühlte. »Ein Schwurgericht könnte unstandesgemäße Absichten hinter deinen Handlungen vermuten.«

»Genau das ist es ja«, fuhr Wolfe sie an. »Ich bin nicht von Adel, also brauche ich mich nicht standesgemäß zu verhalten. So wie du übrigens auch.«

Sosehr Jessica auch dagegen ankämpfte, konnte sie nicht verhindern, daß ihr eine glühendheiße Träne übers Gesicht rollte. Trauer und Wut ließen ihre Stimme erzittern.

»Womit wir wieder bei diesem Punkt angekommen wären«, sagte sie. »Das einzige, woran ich nichts ändern kann und was du mir niemals verzeihen kannst.«

»Ich weiß nicht, wovon du redest.«

Ihre Augen richteten sich auf ihn. Sie waren so blaß und ohne Wärme wie das Eis zu beiden Ufern des Flusses.

»Ich kann lernen, wie man kocht und putzt und Wäsche wäscht«, sagte sie. »Ich kann in deinen Armen die Erfüllung finden und du in meinen... doch das genügt nicht. Es wird niemals genug sein. Du verachtest alle Menschen, die adliger Abstammung sind. Und mein Vater war nun einmal ein Graf.«

»Das ist es nicht...«

»Du begehrst mich«, fuhr sie erbarmungslos fort, »doch nicht als deine Frau. Ich bin nicht geeignet, die Mutter deiner Kinder zu sein. Ich bin nur ein verzogenes, grausames, kleines Kind. Ich bin nur ein...«

»Jessi, das wollte ich gar nicht...«

»... kleines Mädchen, keine richtige Frau, vollkommen überflüssig in deinem Leben, die falsche...«

»Verdammt noch mal, das ist nicht...«

»Ist es doch!« rief sie ihm ungeduldig dazwischen. »Du hast mich niemals angelogen, ganz gleichgültig, wie sehr die Wahrheit auch weh getan hat. Fang jetzt nicht noch damit an, wo gar kein Anlaß mehr dazu besteht. Ich habe dir eine Falle gestellt, jetzt lasse ich dich frei. Geh zurück zu dem wilden Land, das du so sehr liebst; dem Land, für das du geschaffen bist; dem Land, das ich nicht wert bin, mit dir zu teilen, und auch niemals sein werde. Ich bin eben ich, und du...«

»*Verdammt noch mal!* Willst du jetzt zuhören oder muß ich erst...«

»... du bist Einsamer Baum, und mit mir ins Bett zu gehen, war der schlimmste Fehler deines Lebens!«

»Das stimmt nicht«, sagte Wolfe wütend. »Der schlimmste Fehler meines Lebens war, Willow zu versprechen, daß ich erst mit dir zu reden versuche!«

Ohne Vorwarnung riß Wolfe sie aus dem Sattel und brachte sie mit einem Kuß zum Schweigen. Sie drehte und wand sich, aber er war einfach zu stark. Er hielt sie so lange fest, bis das wilde Drängen seines Kusses alle Worte überflüssig machte.

Schließlich verließ Jessica die Kraft, Wolfe und sich selbst noch länger die Zärtlichkeit vorzuenthalten, die er sich bereits genommen hatte. Sie erwiderte seinen Kuß voller Leidenschaft. Lange Zeit verging, bis er sich von ihr löste.

»Dies ist die einzige Wahrheit, auf die es wirklich ankommt«, sagte Wolfe und wischte Jessica die Tränen aus dem Gesicht. »Du gehörst mir, mir allein. Und ich gehöre nur dir.«

»Du bist Einsamer Baum.«

»Und du bist mein Sonnenschein. Laß mich nicht im Dunkeln zurück, Jessi.«

Sie versuchte, etwas zu sagen, doch als sie den Ausdruck in seinen Augen sah, murmelte sie nur leise seinen Namen.

»Wolfe?«

»Bleib bei mir, Jessi Lonetree«, flüsterte er. »Hier in diesem wilden Land ist unser gemeinsames Zuhause. Liebe mich, so wie ich dich liebe.«

Epilog

In den Monaten darauf zeigte Wolfe ihr die schönsten Stellen im ganzen Westen. Gemeinsam erlebten sie, wie der Regen, begleitet von Blitz und Donner und Wind über die Wüste getragen wurde und dem ausgedörrten Boden das Wunder des Lebens spendete. Gemeinsam standen sie auf den Hochplateaus der Mesas, die wie große Schiffe im endlosen Meer des Sandes verankert waren.

Gemeinsam standen sie am Rand von Cañons, die so breit waren, daß nur die Sonne sie an einem Tag überqueren konnte. Auf ihrem Grund sahen sie Flüsse, die sich unwirklich wie silbrig schimmernde Schlangen hin und her wanden. Gemeinsam lauschten sie der Stille in sonnendurchfluteten Städten, in die schon seit Jahrtausenden kein Mensch mehr seinen Fuß gesetzt hatte. Nur der Wind wohnte noch in den verlassenen Steinfestungen, die in die nackte Felswand gehauen waren. Kein Weg führte zu den Häusern und kein Weg führte von ihnen fort, und doch überdauerten sie die Zeit – abweisend, geheimnisvoll, fremd und unwirklich.

Gemeinsam ritten sie am Ufer von Flüssen entlang, die keinen Namen hatten: erkletterten Berge, die noch nie jemand vor ihnen bestiegen hatte und auf deren Gipfel es so still war, daß sie kurz vor dem Mondaufgang den leisen Gesang der Engel hören konnten. Gemeinsam tranken sie aus Seen, die genauso blau waren wie Wolfes Augen. Einer schlief in den Armen des anderen, und als sie erwachten, hatte der Winter die Birken mit seinem eisigen Hauch überzogen.

Schließlich folgten sie der untergehenden Sonne zurück in die San-Juan-Berge. Eine knappe Stunde von Willows und Calebs Haus entfernt errichteten sie ihr eigenes Heim an den klaren Wassern des Columbine. Dort flüsterte Wolfe leise seinen Mustangs ins Ohr und Jessica suchte nach dem Ende des Regenbogens in den tiefen Teichen entlang des Flusses. Dort, unter dem Himmel, der so endlos und klar war wie ihre Liebe, schufen sie neues Leben und neue Hoffnungen für die Zukunft. Die Jungen besaßen Wolfes Kraft und die Mädchen Jessicas Lachen und ihr überschäumendes Temperament.

Und durch all die stürmischen und friedvollen Jahre, die ihnen gemeinsam gegönnt waren, war Jessica die Sonne, die nur für Wolfe allein schien und dem Einsamen Baum Licht und Leben spendete.

Homöopathie

Die sanfte Heilkunst

Dana Ullman

Homöopathie
Die sanfte Heilkunst

Was ist und was kann Homöopathie?

Scherz

1. Auflage der Sonderausgabe 1991
Einzig berechtigte Übersetzung aus dem Amerikanischen von Christopher Baker.
Texterweiterung und fachliche Beratung für die deutschsprachige Ausgabe:
Dr. med. Jürgen Hansel.
Titel des Originals: «Homeopathy for the 21st Century».

Schutzumschlag von Gerhard Noltkämper

Inhalt

Vorwort

Es ist ein Gebot der Stunde, die Homöopathie im Lichte der modernen Wissenschaft zu verstehen und sie in ein umfassendes Gesundheitssystem zu integrieren – Dana Ullman ist das mit diesem Buch in bemerkenswerter Weise gelungen.

Die homöopathische Fachliteratur wirkt auf viele Leser eher frustrierend, denn die Mehrzahl der gängigen Bücher ist über hundert Jahre alt – nur wenige sind während der letzten zwanzig Jahre entstanden –, so daß die Homöopathie als eine Heilkunst des 19. Jahrhunderts erscheint. Außerdem sind diese Bücher aufgrund ihres Alters oder der darin enthaltenen Vorurteile nicht in der Lage, den medizinischen Entdeckungen und Einsichten des 20. Jahrhunderts im Hinblick auf Krankheiten und Leiden der Menschheit gerecht zu werden. Doch der gebildete Mensch von heute wünscht sich Informationen über die Homöopathie in verständlicher Sprache und, wo dies möglich ist, verbunden mit Hinweisen auf die neuesten wissenschaftlichen Erkenntnisse.

Einem Fachbuch, das sowohl von einem Anhänger der Homöopathie wie von einem Skeptiker gelesen werden kann und eine vernünftige Einschätzung der Homöopathie gestattet, ist demnach ein Desiderat. Ein Buch also, das die Homöopathie als ein medizinisches System für Menschen jedes Lebensalters beschreibt, ein System, auf das man sich beziehen kann, wenn eine Krankheit droht oder bereits ausgebrochen ist.

Es ist mir eine Freude, dieses Buch zu empfehlen, das sicher zu einem der Standardwerke auf dem Gebiet der Homöopathie werden wird. Neben der Beschreibung der Prinzipien der Homöopathie werden hier auch die Geschichte, die Forschung und die verschiedenen Anwendungsbereiche der Homöopathie in der klinischen Praxis aufgezeigt. Das Buch befaßt sich daher mit der Geburtshilfe, Frauenkrankheiten, Kinderkrankheiten, Infektionskrankheiten, Allergien, chronischen Krankheiten, Sportverletzungen, Geisteskrankheiten und Zahnheilkunde. Es ist allerdings keine Anleitung zur Selbsthilfe, sondern möchte die Heilungsmöglichkeiten der Homöopathie bei vielen akuten und chronischen Krankheiten vor Augen führen. Mögen alle Leser einen Nutzen aus diesem Buch ziehen.

Ronald Davey, Leibarzt Ihrer Majestät,
Königin Elizabeth II. von England

Einleitung
Gesundheit, Krankheit und die Medizin im 21. Jahrhundert

Nach dem Tod von Elvis Presley stellte man bei der Obduktion neun verschiedene Medikamente in seinem Körper fest! Glaubt man seinen Ärzten, so hat es «vernünftige, rationale medizinische Gründe» für die Verordnung aller neun Medikamente gegeben. Diese Verlautbarung mag zwar dem Ruf von Elvis dienlich gewesen sein, läuft jedoch letztendlich auf eine Anklage gegen die Schulmedizin hinaus, die allen Ernstes annimmt, es gäbe «rationale, vernünftige Gründe» für die gleichzeitige Verordnung von neun verschiedenen Medikamenten bei einem Patienten.

So wertvoll die Schulmedizin ist, so hat sie doch ihre Grenzen und ihre Probleme. Da konventionelle Medikamente aufgrund ihrer Wirkung auf bestimmte Teile und Systeme des Körpers verordnet werden, ist klar, daß verschiedene Arzneimittel zur Behandlung verschiedener Symptome bei einem Patienten verschrieben werden können – was wiederum zusätzliche Medikamente erforderlich machen könnte, um die eine oder andere Nebenwirkung der zunächst verabreichten Präparate in den Griff zu kriegen.

Die Homöopathie stellt eine Alternative dar. Anstatt einem Patienten ein Präparat gegen Kopfschmerzen, ein anderes gegen Verstopfung, ein weiteres gegen Reizbarkeit und schließlich etwas gegen bestimmte Nebenwirkungen eben dieser Medikamente zu verabreichen, verordnet der homöopathische Arzt ein einziges Mittel, welches das Immunsystem und die Abwehrkräfte des Individuums anregt und eine allgemeine Besserung des Gesundheitszustandes bewirkt. Das Verfahren der genauen, individuellen Arzneimittelfindung macht Kunst und Wissenschaft der Homöopathie aus.

Die beste Medizin ist die, welche wissenschaftliche Methodik und Heilkunst miteinander verbindet. Die Homöopathie stellt ein solches System dar. Das soll nicht heißen, daß wir die Homöopathie als die einzig wahre Heilkunst ansehen. Obwohl sie eine tiefgreifende und außerordentlich wirksame Methode darstellt, die Heilungsvorgänge im Individuum anzuregen, ist sie eine neben anderen Maßnahmen zur Erhaltung der Gesundheit und ergänzt verschiedene Heilverfahren. Eine gesunde Ernährungsweise, Bewegung, die verschiedenen Programme zur Bewältigung von Streß und zur Aufrechterhaltung des emotionalen und geistigen Gleichgewichts sowie der Einsatz schulmedizinischer Diagnose- und Therapieverfahren (dort, wo sie ihre Berechtigung haben) bilden zusammen ein umfassendes Gesundheitssystem, das den vielfältigen Bedürfnissen unserer komplexen modernen Gesellschaft gerecht wird.

An der Schwelle zum 21. Jahrhundert wird sich ein neues, umfassendes Gesundheitssystem herausbilden, ein System, das die verschiedenen Naturheilverfahren und die konventionellen Methoden integriert. Ein solches System wird nicht nur deshalb entstehen, weil die Menschen es als rationale Alternative erkannt haben, sondern auch weil wir es ganz einfach brauchen, um unsere körperliche, geistige und seelische Gesundheit aufrechtzuerhalten.

Die Krankheiten des 21. Jahrhunderts

Die Krankheiten des 21. Jahrhunderts werden sich unweigerlich von denen des 20. unterscheiden, genauso wie unsere gegenwärtigen Krankheiten sich von denen des 19. unterscheiden. Obwohl sich der allgemeine Gesundheitszustand der Menschen in vieler Hinsicht gebessert hat und die Lebenserwartung gestiegen ist, sind neue Krankheiten und Störungen aufgetreten, die unsere Lebensqualität bedrohen. Bereits in den achtziger Jahren ließen sich einige bedeutsame Veränderungen beobachten, die eine Vorstellung geben von den gesundheitlichen Problemen, die uns im 21. Jahrhundert bevorstehen:

- Erkrankungen des Immunsystems – nicht nur AIDS, sondern eine ganze Reihe von Störungen, die mit einem schwachen oder überaktiven Immunsystem verbunden sind – haben epidemische Ausmaße angenommen.*
- Die Anzahl der Menschen, die an Viruskrankheiten leiden, die durch konventionelle Therapien nicht zu heilen sind, ist im Steigen begriffen, und die Anzahl der neudefinierten Viruskrankheiten (z. B. Epstein-Barr-Virus oder Zytomegalo-Viren) hat ebenfalls signifikant zugenommen.
- Die Anzahl der bakteriellen Infektionen, die eine Resistenz gegenüber den gebräuchlichen Antibiotika aufweisen und den Einsatz immer stärkerer Antibiotika erfordern, deren Erfolg ungewiß ist, nimmt ebenfalls zu.
- Lebensmittelallergien und Allergien gegen gewöhnliche, alltägliche Substanzen oder neue chemische Verbindungen sind ebenfalls immer häufiger zu verzeichnen.
- Chronische Leiden treten bei immer jüngeren Patienten auf.
- Die Zahl derer, die an psychischen Störungen leiden, steigt ebenfalls.

Zu diesen verschiedenen Trends kommt ein weiterer für die Zukunft unseres Gesundheitswesens bedeutsamer Faktor hinzu: Wir werden immer älter. Schätzungen des amerikanischen Statistischen Bundesamts zufolge wird der Anteil der über Fünfundsechzigjährigen an der amerikanischen Gesamtbevölkerung sich bis zum Jahr 2030 verdoppelt haben.[1]

Zukunftsforscher gehen im allgemeinen davon aus, daß die Medizin im 21. Jahrhundert über neue und stärkere Medikamente verfügen wird sowie über verschiedene innovative technische Eingriffsmöglichkeiten. Dabei übersieht man gern die ernsten Probleme, die heutzutage durch die Verordnung konventioneller Medikamente verursacht werden. Laut statistischen Erhebungen des Jahres 1986 entfallen auf den durchschnittlichen Amerikaner 7,5 Medikamenten-

* Auf jeden der hier erwähnten Trends wird in diesem Buch an entsprechender Stelle näher eingegangen.

verordnungen pro Jahr.[2] Diese Zahl ist insofern besonders erschrekkend, da wohl jeder eine Reihe von Menschen kennt, die im Laufe eines Jahres überhaupt kein Medikament genommen haben, was bedeutet, daß deren 7,5 Medikamentenverordnungen einem anderen noch zusätzlich aufgebrummt werden. Angesichts der Tatsache, daß die meisten Medikamente Nebenwirkungen haben und kranken Menschen häufig mehrere Arzneimittel auf einmal verordnet werden, von denen jedes einzelne ja ein beträchtliches Nebenwirkungspotential besitzen kann, ist es kein Wunder, daß fünfzig Prozent der Rezepte gar nicht erst eingelöst werden. Außerdem haben verschiedene Studien ergeben, daß 25 bis 90 Prozent der Patienten Fehler bei der Einnahme von Medikamenten machen.[3] Trotz des Respekts, den die meisten Menschen den Ärzten entgegenbringen, scheinen sie in deren Verordnungen nicht das gleiche Vertrauen zu setzen.

Die meisten Zukunftsforscher, die über das Gesundheitswesen im 21. Jahrhundert geschrieben haben, neigen dazu, diese schwerwiegenden Probleme zu übergehen. Sie diskutieren neue Wege, Computer und Scanner einzusetzen sowie andere Technologien, erwähnen jedoch die vielen Naturheilverfahren, die sich seit Jahrhunderten bewährt und in den siebziger und achtziger Jahren zunehmend Verbreitung gefunden haben, nur selten.

Im Gegensatz zu den meisten anderen Zukunftsforschern haben Clement Bezold, Rick Carlson und Jonathan Peck in ihrem Buch *The Future of Work and Health* («Die Zukunft von Arbeit und Gesundheit») prognostiziert, daß die Medizin des 21. Jahrhunderts zwar eine High-Tech-Komponente haben wird, aber auch eine starke «Berührungskomponente».[4] Neben neuen technischen Diagnose- und Therapieverfahren wird es eine wesentlich stärkere Hinwendung zu gesundheitlichen Selbsthilfemethoden geben: Gesundheitsprogramme, Therapie-, Ernährungs- und Fitneßprogramme sowie alternative Heilverfahren. Die Autoren stellen ebenfalls fest, daß der Einfluß des jeweiligen psychischen Zustands auf verschiedene physiologische Prozesse von der Wissenschaft allmählich anerkannt und zunehmend integriert werden. Die Psychoneuroimmunologie, die die Fachrichtungen Psychiatrie, Neurologie und innere Medizin umfaßt, entwickelt sich rasch zu einem anerkannten Gebiet wissenschaftlicher Forschung über die Beziehungen zwischen Geist und Körper.[5] Die Praktiker dieser neuen Disziplin versuchen, Krankheit auf eine ganzheitlich-wissenschaftliche Art und Weise zu verstehen und ihr vorzubeugen, und sind gegenwärtig dabei, Methoden zu entwickeln, mit deren Hilfe die Genesung beschleunigt und die Gesundheit des einzelnen verbessert werden kann.

Bezold, Carlson und Peck prognostizieren ebenfalls, daß Wissenschaft und Medizin sich im Rahmen erweiterter Gesundheitskonzepte auch für verschiedene spirituelle Methoden öffnen werden, die der Gesundheit und der Heilung dienen. Aufgrund ihrer Wirkung, Zustände der Entspannung und des erweiterten Bewußtseins herbeizuführen, wird Meditation sich einer größeren Wertschätzung erfreuen. Handauflegen, von Menschen verschiedener religiöser Richtungen praktiziert, wird verstärkt in den Vordergrund treten. Geistheilung, von jeher populär, wird wissenschaftliche Anerkennung finden.

Man kann sich die Medizin des 21. Jahrhunderts schwer ohne eine starke «Berührungskomponente» vorstellen. Abgesehen davon, daß die technologisch orientierte Medizin sich als zu kostspielig erweisen wird, hat die High-Tech-Medizin bei der Behandlung einer ganzen Reihe von gewöhnlichen akuten und chronischen Krankheiten versagt. Obwohl es immer wieder so aussah, als stünde die endgültige Heilmethode für verschiedene Krankheiten «unmittelbar bevor», sind echte Heilungen durch den Einsatz von schulmedizinischen Verfahren doch eher die Ausnahme geblieben. Bei sehr vielen Krankheiten sprechen die Schulmediziner erst gar nicht davon, diese zu heilen, sondern lediglich davon, sie zu «beherrschen». Dank der schulmedizinischen Therapien sind die gesundheitsschädlichen Wirkungen vieler akuter Infektionskrankheiten signifikant reduziert worden. Die Schulmedizin hat auch «heroische» Eingriffsmöglichkeiten entwikkelt, mit deren Hilfe wir ein breites Spektrum medizinischer Notfälle bewältigen können; doch weder Hausarzt noch Facharzt sind imstande, die meisten chronischen Symptome, Syndrome und Krankheiten, an denen so viele Menschen leiden, wirkungsvoll zu behandeln. Da chronische Leiden infolge des immer weiter steigenden Durchschnittsalters der Bevölkerung in Zukunft noch verbreiteter sein werden, müssen Medizin und Wissenschaft an therapeutischen Verfahren interessiert sein, mit deren Hilfe sich die Symptome nicht nur beherrschen oder kontrollieren, sondern auch tatsächlich heilen lassen.

Groß ist heutzutage ebenfalls die Zahl der Menschen, deren Leiden nicht einmal diagnostiziert werden kann. Für solche «unspezifischen» oder «undifferenzierten» Krankheiten kann die Schulmedizin meist auch keine wirkungsvolle Therapie anbieten. Es ist offensichtlich, daß wir alternative und ergänzende diagnostische und therapeutische Methoden brauchen, um zu einem effektiven Gesundheitssystem zu gelangen. Die Homöopathie hat hier ein großes Potential anzubieten. In vielen Fällen stellt sie eine Ergänzung der schulmedizinischen Therapie dar, vermag diese aber auch häufig zu ersetzen (dafür werden in den folgenden Kapiteln noch eine ganze Reihe von Beispielen angeführt). Aufgrund ihres diagnostischen Systems, das den ganzen Organismus und nicht bloß einzelne Teile erfaßt, und ihres therapeutischen Systems, das die körpereigene Abwehr und das Immunsystem anregt, anstatt Symptome zu beherrschen oder zu unterdrücken, wird die Homöopathie bestimmt zu einem integralen Bestandteil des künftigen Gesundheitswesens.

Die Rolle der Homöopathie im 21. Jahrhundert

Die meisten Amerikaner wissen heute nur wenig oder gar nichts über die Homöopathie, obwohl sich um die Jahrhundertwende 15 Prozent der amerikanischen Ärzte als Homöopathen[6] bezeichneten und obwohl sich die Homöopathie weltweit großer Beliebtheit erfreut[7]. Die homöopathische Medizin ist ein natürliches pharmazeutisches System, das kleine, potenzierte Mengen von Substanzen aus dem Pflanzen-, Mineral- oder Tierreich verwendet, um die inneren Heilkräfte des einzelnen anzuregen. Um diese Heilreaktion auszulösen, verfügt die Homöopathie über eine sehr verfeinerte Methode, diese kleinen Arzneigaben individuell anzuwenden. Anders als bei konventionellen Medikamenten, deren Wirkung primär auf ihrem direkten Einfluß auf bestimmte physiologische Prozesse, die mit den Krankheitssymptomen zusammenhängen, beruht, geht man davon aus, daß die Wirkung homöopathischer Arzneimittel auf der Anregung des Immun- und Abwehrsystems des einzelnen basiert, wodurch der Allgemeinzustand des Patienten so verbessert wird, daß die Gesundheit wiederhergestellt und weiteren Krankheiten vorgebeugt wird.

Natürlich vermag die Homöopathie nicht jede Krankheit, jeden Menschen zu heilen, doch bietet sie die Möglichkeit einer echten Heilung bei vielen tiefsitzenden, akuten, chronischen und vererbten Leiden. Es gibt bereits Forschungsergebnisse (wir werden später darüber berichten), die diese Behauptung stützen, doch bedarf es sicher noch weiterer wissenschaftlicher Arbeiten, um die Wirksamkeit der Homöopathie zu bestimmen und zu steigern.

Da Wissenschaft und Öffentlichkeit ein immer tieferes Verständnis und größeren Respekt für das Immunsystem des Körpers entwickeln, wird die Homöopathie als wichtigste pharmakologische Methode zur Anregung eben dieses Immunsystems zunehmend an Bedeutung gewinnen. Die konventionellen medikamentösen Therapien, die vornehmlich Symptome behandeln und unterdrücken, werden weiterhin einen wichtigen Platz im Gesundheitssystem einnehmen, jedoch nicht unbedingt als Therapie der ersten Wahl.*

So wichtig Antibiotika bei der Behandlung von bakteriellen Infektionskrankheiten sein mögen, die Zahl antibiotikaresistenter Infektionen nimmt doch ständig zu. In medizinischen Fachkreisen geht man

* Wenn von «konventioneller Medizin» oder «Schulmedizin» oder «konventioneller medizinischer Behandlung» die Rede ist, dann ist damit die allgemeine allopathische Medizin, wie sie Mitte der achtziger Jahre angewandt wird, gemeint. Diese Begriffe mögen beliebig erscheinen, denn was heute «konventionell» oder «Schule» ist, kann morgen schon als Quacksalberei angesehen werden, und das, was heute als Quacksalberei gilt, kann morgen schon Bestandteil der konventionellen Medizin sein. Einem ähnlichen semantischen Problem begegnen wir, wenn von «alternativen» Heilverfahren die Rede ist, denn diese werden von einer immer größeren Anzahl Menschen bevorzugt. In der Tat gibt es weltweit wahrscheinlich mehr Menschen, die sich der Naturheilverfahren, die als alternative Heilverfahren bezeichnet werden, bedienen, als solche, die von Vertretern der «konventionellen» Medizin behandelt werden. Dennoch wollen wir in diesem Buch die Begriffe «konventionelle» oder «Schulmedizin» und «alternative Heilverfahren» entsprechend ihrer Bedeutung Mitte der achtziger Jahre verwenden.

im allgemeinen davon aus, daß dieser Trend sich im 21. Jahrhundert fortsetzen wird. Es wird unweigerlich zur Entwicklung neuer und stärkerer Antibiotika kommen, doch werden auch alternative pharmakologische Mittel eine große Rolle bei der Beherrschung und Heilung ansteckender Krankheiten spielen.

Homöopathische Arzneimittel werden künftig wahrscheinlich die Behandlung der Wahl bei Viruserkrankungen darstellen. Die heutige Schulmedizin hat bei schweren Virusinfektionen, und auch bei den häufigen, leichteren Viruserkrankungen, wenig anzubieten. In seinem zukunftsweisenden Buch *The Mirage of Health* hat der Mikrobiologe und Pulitzerpreisträger René Dubos seine Bedenken geäußert hinsichtlich der Fähigkeit der konventionellen Medizin, mit den verschiedenen Infektionsarten fertig zu werden. Er bezweifelt, daß die Schulmedizin diese Krankheiten erfolgreich behandeln kann, ehe ein Umdenken und eine Umstellung in der therapeutischen Praxis stattgefunden hat. «Man könnte annehmen», schreibt er, «daß das anhaltende Vorhandensein mikrobenbedingter Krankheiten nur als vorübergehend zu betrachten ist, ein Problem, das bald durch die Entdeckung neuer und stärkerer Medikamente gelöst werden wird. Doch in Wirklichkeit hat auch die beste medikamentöse Therapie ihre Grenzen. Einige dieser Grenzen sind technischer Natur und können hier nicht weiter diskutiert werden. Andere jedoch sind von grundsätzlicher Art und liegen in der eigentlichen Philosophie der Beherrschung von Krankheit.»[8]

Die Homöopathie basiert auf einer anderen Philosophie, denn homöopathische Arzneimittel sind keine antibakteriellen oder antiviralen Mittel, sondern regen die allgemeinen Abwehrkräfte des einzelnen an. Homöopathische Mittel kräftigen den Organismus, so daß dieser sich besser gegen Krankheiten verteidigen kann, erzeugen dabei jedoch keine Nebenwirkungen, wie dies bei Antibiotika der Fall ist. Eine solche Therapie stellt eine ökologische Methode der Behandlung ansteckender Krankheiten dar, da die natürliche Homöostase des Körpers unterstützt wird, ohne die dem Organismus innewohnende Abwehrtätigkeit zu unterdrücken.

Ihre ursprüngliche Beliebtheit in Europa und in den Vereinigten Staaten verdankte die Homöopathie ihren Erfolgen bei der Behandlung verschiedener ansteckender, epidemischer Krankheiten, die im 19. Jahrhundert grassierten.[9] Ich bin sicher, daß die homöopathischen Mittel in Zukunft ein integraler Bestandteil der Behandlung ansteckender Krankheiten sein werden. Zweifellos wird man weiterhin Antibiotika verordnen, doch in signifikant geringerem Maße, als dies heute der Fall ist. Da homöopathische Mittel wesentlich ungefährlicher sind als allopathische Medikamente, wird ihr zunehmender Einsatz im 21. Jahrhundert zu einer starken Reduzierung von iatrogenen (durch den Arzt hervorgerufenen) Krankheiten führen. Eine Studie aus dem Jahr 1981 über die Einlieferungsgründe an einer angesehenen Universitätsklinik in Boston kam zu dem erstaunlichen Ergebnis, daß 36 Prozent der Patienten aufgrund von iatrogenen Störungen aufgenommen wurden.[10] Die Homöopathie stellt eine entschiedene Lösung dieses ernsten Problems dar.

Im 21. Jahrhundert wird die Homöopathie zur Heilung eines breiten Spektrums von akuten und chronischen Krankheiten eingesetzt werden. Die nachfolgenden Kapitel 4 bis 13 diskutieren die Anwendbarkeit der Homöopathie auf verschiedenen Gebieten der Geburtshilfe sowie in der Kinder- und Frauenheilkunde und behandeln des weiteren Themen wie ansteckende Krankheiten, Allergien, chronische Krankheiten, Sportmedizin, psychische Probleme und Zahnheilkunde. Diese Kapitel belegen in eindrucksvoller Weise, warum die Homöopathie mehr und mehr zur bevorzugten Behandlungsweise einer wachsenden Zahl von Patienten und Therapeuten wird. Trotz des breiten Anwendungsspektrums der Homöopathie möchte ich aber noch einmal betonen, daß ihr Einsatz durch eine solide medizinische Betreuung ergänzt werden sollte. Mit anderen Worten, da die meisten Homöopathen entweder ausgebildete Ärzte sind oder einem anderen Heilberuf angehören (zum Beispiel Arzthelfer, Krankenschwester, Zahnarzt, Heilpraktiker, Chiropraktiker und Akupunkteur), gehen sie im allgemeinen nach ähnlichen oder gleichen diagnostischen Methoden vor wie ihre allopathischen Kollegen und werden ihre Patienten, wenn notwendig, an die zuständigen Spezialisten überweisen. Die klinische Erfahrung hat die Homöopathen gelehrt, daß ihre Arzneimittel sehr oft die allopathischen Medikamente ersetzen können und gravierendere Eingriffe überflüssig machen. Im idealen Fall vereint ein Homöopath das Beste, was die Schulmedizin, und das Beste, was die Naturheilkunde zu bieten hat, um die Art von Medizin zu schaffen, die im 21. Jahrhundert gebraucht werden wird. Einer der wichtigsten Aspekte der Homöopathie besteht darin, daß sie den Begriff der Heilung wieder in die Medizin einführt. Ärzte und Wissenschaftler sprechen heute von der Behandlung und Bekämpfung von Krankheiten, der Unterdrückung von Symptomen und der Beherrschung bestimmter «Zustände», wobei das Ziel der *Heilung* des betreffenden Patienten häufig aus dem Auge verloren wird. In letzter Zeit war in der schulmedizinischen Literatur häufiger die Rede davon, daß die Wiederherstellung der Homöostase ein Weg zur Wiedererlangung der Gesundheit sein könnte. Diese subtile und doch wichtige Verschiebung in der medizinischen Sprache zeugt von einem tiefgreifenden Wandel in der Einstellung zum Heilen bei einer wachsenden Zahl von Ärzten.

Homöopathen sprechen von der Anregung der körpereigenen Abwehr, von der Stärkung des Immunsystems und der «Lebenskraft», wenn sie über ihre Patienten reden.* Wie Ihnen jeder Sprachwissenschaftler oder Therapeut sagen kann, ist die Wahl der Wörter, die wir verwenden, keineswegs zufällig oder ohne Bedeutung. Homöopathen und Schulmediziner haben ein grundsätzlich verschiedenes Verständnis von Gesundheit, Krankheit und Heilung. Es ist zu hoffen, daß im Zuge der zunehmenden Verbreitung der Homöopathie die eher konventionell orientierten Ärzte sich veranlaßt sehen, die Grundlagen ihrer Arbeit zu überdenken.

Die Homöopathie wird uns nicht nur helfen, durch die Klärung des Unterschieds zwischen Symptomunterdrückung und Heilung zu einer neuen Definition von Gesundheit und Heilung zu gelangen, sie wird uns vor allem auch helfen, die natürlichen Selbstheilungskräfte des Körpers wieder zu respektieren, und uns lehren, wie wir jene dem Körper innewohnende Intelligenz unterstützen können. Durch eine

* «Lebensenergie» ist ein Begriff, den die Homöopathen des 19. Jahrhunderts verwendeten, um die allgemeinen, miteinander verbundenen energetischen und Abwehrprozesse zu umschreiben sowie die dem Körper innewohnende Weisheit, sich selbst zu schützen und zu heilen.

homöopathische Behandlung können Patienten lernen, eine aktivere Rolle im Hinblick auf ihre Gesundheit zu spielen und eine auf Zusammenarbeit beruhende Beziehung zum homöopathischen Therapeuten zu entwickeln. Es ist daher nicht verwunderlich, daß der zweimalige Gewinner des National Science Writers Award, Gay Gaer Luce, erklärt hat: «Die Homöopathie ist ein hochentwickeltes Heilverfahren, das sich einer systematischen Methode zur Behandlung der Gesamtheit der individuellen Gesundheit bedient. Jeder, der zu einem umfassenderen Verständnis von Gesundheit und Heilung gelangen möchte, wird die Homöopathie als außerordentlich wichtig und effektiv betrachten.»[11]

Annahmen über die gegenwärtige Medizin und die Medizin des 21. Jahrhunderts

Einer der besten Wege, zu einem Verständnis der eigenen Kultur zu gelangen, besteht darin, eine andere kennenzulernen. Es gibt so viele Dinge, die jeder von uns als selbstverständlich erachtet, weswegen wir gerne annehmen, daß andere Menschen ähnlich denken, empfinden und handeln wie wir. So gehen die Menschen im allgemeinen auch davon aus, daß die schulmedizinischen Ansichten über Gesundheit, Krankheit und Heilung die einzig gültigen sind. Dieser «medizinische Chauvinismus» erhält einen gehörigen Dämpfer, wenn wir einmal einen Vergleich mit einem anderen kohärenten System von Gesundheit, Krankheit und Heilung anstellen, nämlich der Homöopathie.

Da die Homöopathie ein zusammenhängendes, wohldefiniertes System darstellt, das sich von der Schulmedizin deutlich unterscheidet, hilft sie uns, die konventionelle Medizin besser zu verstehen. Obwohl dies kein Buch über die Schulmedizin ist, werden die Leser hoffentlich auch zu einigen wichtigen Einsichten über die moderne Medizin gelangen und so eine neue, umfassendere Sicht von Gesundheit, Krankheit und Heilung gewinnen; dann wird der «medizinische Chauvinismus», von dem die westliche Kultur durchdrungen ist, allmählich abnehmen und schließlich verschwinden.

Es gibt einige Annahmen über die gegenwärtige Medizin und über die Heilkunde des 21. Jahrhunderts, die diesem Buch weitgehend zugrunde liegen:

1. Trotz der vielfältigen medizinischen Fortschritte gibt es noch weit mehr, was wir *nicht* wissen.
2. Unsere Medizin muß noch viel wissenschaftlicher werden, als dies bis heute der Fall ist. Die Medizin sollte nicht nur die Einzelheiten verschiedener physiologischer und psychologischer Prozesse und deren Wechselwirkungen besser kennen, sondern zu einem umfassenderen Verständnis der Natur von Krankheit und Gesundheit finden. Um dieses Ziel zu erreichen, sollten sich unsere Ärzte das gesamte medizinische Wissen anderer Kulturen und anderer medizinischer Schulen zunutze machen.
3. Obwohl unsere konventionellen Ärzte viel Mitgefühl für ihre Patienten aufbringen und geradezu heroische Anstrengungen machen, um Schmerzen und Leid zu mindern, vermögen die heutigen schulmedizinischen Therapien nur unter bestimmten Umständen, Krankheiten tatsächlich zu heilen. Obwohl es gewiß Ausnahmen gibt, bewirkt die gegenwärtige allopathische Therapie meist nur eine vorübergehende Linderung von Symptomen, ohne sich um die ihnen zugrundeliegenden Prozesse zu kümmern.
4. Die Nebenwirkungen von Medikamenten sind in Wirklichkeit keine «Neben»-Wirkungen, sondern stellen integrale und oft vorhersehbare, direkte Wirkungen einer Substanz auf den menschlichen Organismus dar. Man nimmt im allgemeinen nur gern an, daß die erwünschten Wirkungen eines Medikaments eben dessen eigentliche Wirkung, die unerwünschten, negativen Wirkungen hingegen dessen «Neben»-Wirkungen sind. In Wahrheit haben Medikamente schlicht und einfach bestimmte Wirkungen, und wir treffen eine willkürliche Entscheidung zwischen erwünschten und unerwünschten.
5. Das, was vor nur dreißig Jahren als Schulmedizin praktiziert wurde, wird heute weitgehend als primitiv betrachtet, die medizinische Praxis vor hundert Jahren hingegen erscheint uns heute

bereits als barbarisch. In ähnlicher Weise wird das, was wir heute konventionelle Medizin nennen, in naher Zukunft wahrscheinlich als barbarisch gelten. Wenn diese Perspektive der fortschreitenden Evolution der Medizin einmal wirklich zur Kenntnis genommen worden ist, werden unsere Ärzte und Wissenschaftler wahrscheinlich nicht mehr so dogmatisch verfahren bei der Abkanzlung unkonventioneller Therapien, die sich scheinbar nicht in die heutigen Theorien über Gesundheit und Krankheit einfügen lassen.[12]

6. Die Medizin des 21. Jahrhunderts wird sich auf Methoden konzentrieren, die die Tätigkeit des Immun- und Abwehrsystems anregen, und nicht auf Behandlungen, die vornehmlich auf Symptomenbekämpfung abzielen.
7. Die Kontrolle und Unterdrückung bestimmter Symptome mit Hilfe pharmazeutischer Mittel wird im 21. Jahrhundert zwar ebenfalls praktiziert werden, doch im allgemeinen nicht als Therapie der ersten Wahl.
8. Die Behandlung von Symptomen mit konventionellen, allopathischen Medikamenten oder chirurgischen Maßnahmen wird als «radikale Therapie» bezeichnet werden, während die risikoärmeren Methoden zur Anregung der Selbstheilungskräfte künftig als «konservative Therapie» gelten werden.
9. Die Homöopathie wird die wichtigste pharmakologische Methode zur Anregung des Immun- und Abwehrsystems sein.
10. Was wir heute als «alternative» Medizin bezeichnen, wird integraler Bestandteil eines umfassenden, ganzheitlichen Gesundheitswesens sein.
11. Schließlich wird ein ganzheitliches, vernetztes Gesundheitssystem entstehen, in dem Ärzte und Angehörige verschiedener Heilberufe zusammenarbeiten werden, wobei dem Patienten eine aktivere Rolle als integrierter Teil eines Therapeutenteams zukommt.

Alan Kay, der Gründer der Atari Corporation, hat einmal gesagt: «Der beste Weg, die Zukunft vorherzusagen, ist, sie selbst zu erfinden.» Der beste Weg, die Zukunft der Medizin vorherzusagen, ist, sie zu praktizieren. Da die Homöopathie ein fester Bestandteil jener Zukunft sein wird, stellt der Einsatz der Homöopathie heute einen wichtigen Schritt dar, um die Zukunft der Gegenwart ein Stück näher zu bringen.

I Wissenschaft und Kunst der Homöopathie

1 Homöopathische Medizin heute

Die königliche Familie Großbritanniens, Mahatma Gandhi, Mutter Teresa, John D. Rockefeller sen., Tina Turner und Yehudi Menuhin haben nicht sehr viel gemeinsam – außer daß sie alle ausgesprochene Befürworter der Homöopathie sind.[1] Es gibt einen einfachen Grund, warum diese und andere angesehene Persönlichkeiten auf der ganzen Welt die Homöopathie unterstützen: Sie wirkt.

Wissenschaft und Kunst der Homöopathie repräsentieren das, was sich viele Menschen unter der Heilkunde des 21. Jahrhunderts vorstellen. Die Homöopathie ist ein Heilverfahren, das die Weisheit des Körpers respektiert, indem sie Arzneimittel verwendet, die das Immun- und Abwehrsystem des Körpers anregen, um so den Prozeß der Heilung einzuleiten. In der Homöopathie werden die Heilmittel auf der Basis der Totalität der physischen, emotionalen und psychischen Symptome individuell eingesetzt. Sie stellt eine Methode dar, die allgemein als risikoarm gilt und sich dennoch als außerordentlich wirksam erweist bei der Behandlung jener neuen Krankheitsarten, mit denen wir heute zu tun haben und im 21. Jahrhundert konfrontiert sein werden.

Um diese Wissenschaft und Kunst zu verstehen, ist es zunächst notwendig, einige wichtige Annahmen der Homöopathie zum Begriff der Heilung genauer zu definieren.

Symptome als Signale der körpereigenen Abwehr

Nur allzuoft gehen sowohl Ärzte als auch Patienten davon aus, daß die Krankheitssymptome eines Menschen eben dessen Krankheit sind und daß die Behandlung dieser Symptome der beste Weg ist, den Patienten von seiner Krankheit zu heilen. Eine solche Therapie entspricht der Maßnahme, beim Auto das blinkende Warnlicht der Ölanzeige zu entfernen. Durch Herausschrauben der Birne hört in der Tat das irritierende Blinken auf, doch ändert sich damit nichts an der Ursache für das Warnzeichen.

Das Wort Symptom kommt aus dem Griechischen und bezeichnet «etwas, das mit etwas anderem zusammenfällt». Symptome sind demnach ein Zeichen oder Signal von etwas anderem, und ihre Behandlung bewirkt nicht notwendigerweise eine Veränderung dieses «anderen».

Im Jahre 1942 schrieb der Arzt Walter B. Cannon ein Buch mit dem Titel *The Wisdom of the Body*.[2] Dieses Buch, ein Klassiker der medizinischen Literatur, beschreibt detailliert die eindrucksvollen und raffinierten Anstrengungen, die der Körper unternimmt, um sich zu schützen und zu heilen. Eine wachsende Zahl von Physiologen, allen voran Dr. Hans Selye, der «Vater der Streßtheorie», haben Cannons Arbeit weitergeführt und erkannt, daß Krankheitssymptome tatsächlich die Anstrengungen des Organismus darstellen, mit Streß oder Infektionen fertig zu werden, und nicht lediglich als Zeichen körperlichen Versagens zu betrachten sind.[3] Die Vorstellungen der neuen Physik bieten weitere Belege für die Ansicht, daß lebende und nichtlebende Systeme über inhärente, selbstregulierende, selbstorganisierende und selbstheilende Kräfte verfügen. Dieser ständige Prozeß zur Aufrechterhaltung der Homöostase (des Gleichgewichts) und zur Entwicklung immer höherer Ebenen der Ordnung und der Stabilität wurde vom Physiker und Nobelpreisträger Ilya Prigogine in dem Buch *Dialog mit der Natur*, von Fritjof Capra in *Wendezeit* und von Erich Jantsch in *Die Selbstorganisation des Universums* genauestens beschrieben.[4]

Jüngste Forschungen haben gezeigt, daß Fieber einen Selbstheilungsmechanismus des Organismus darstellt. Fieber tritt häufig in

Zusammenhang mit bakteriellen oder viralen Infektionen auf. Der Physiologe Matthew Kluger und seine Mitarbeiter an der University of Michigan Medical School haben gezeigt, daß der Organismus sich durch die Erzeugung von Fieber zur Abwehr einer Infektion rüstet und dann in der Lage ist, mehr Interferon (eine antivirale Substanz) zu produzieren. Durch Fieber werden Beweglichkeit und Aktivität der weißen Blutkörperchen erhöht, die einen wichtigen Faktor bei der Infektabwehr bilden.[5]

Wenn Fieber nun zunehmend als eine Verteidigungsmaßnahme des Körpers anerkannt wird, ist verständlich, daß die Unterdrückung von Fieber durch Einnahme von Aspirin allmählich immer mehr verpönt sein wird.* Der Einsatz dieses Medikaments bei Kindern mit Grippe oder Windpocken ist besonders kontraproduktiv, da er das Risiko erhöht, am Reye-Syndrom zu erkranken (einer akuten neurologischen Krankheit mit häufig tödlichem Ausgang).

Die moderne medizinische Wissenschaft erkennt eine wachsende Zahl von Symptomen als Anpassungsreaktionen des Körpers an. So erklären zum Beispiel Standardwerke der Pathologie den Vorgang der Entzündung als einen Versuch des Körpers, infektiöse Erreger oder Fremdstoffe abzukapseln, zu erhitzen und zu verbrennen.[6] Es ist seit langem bekannt, daß Husten als Schutzmechanismus zur Reinigung der Atemwege fungiert. Durchfall ist ebenfalls ein Abwehrmechanismus des Körpers, um Krankheitserreger und Reizstoffe rasch aus dem Darm zu schaffen.[7] Ausscheidungen stellen einen Versuch des Körpers dar, sich von Schleim, toten Bakterien, Viren und Zellen zu befreien. Die Anerkennung von Krankheitssymptomen als Ausdruck von körpereigenen Abwehrmechanismen ist von weitreichender Bedeutung. Da viele konventionelle, allopathische Medikamente gerade zur Beherrschung oder Unterdrückung

* Es gibt natürlich Fälle, in denen das Fieber derart ansteigt, daß das Risiko schwerer Langzeitschäden für den Betreffenden besteht. Viele homöopathische Praktiker sind jedoch approbierte Ärzte und erkennen, wann der Einsatz von Antibiotika geraten erscheint. Homöopathen neigen allerdings dazu, eher konservative Behandlungsmethoden einzusetzen und symptomunterdrückende Medikamente nur dann zu gebrauchen, wenn sie aus medizinischen Gründen zwingend geboten sind oder der Patient sehr leidet.

von Symptomen eingesetzt werden, können sie aufgrund eben dieser Wirkung die Abwehr- und Immuntätigkeit des Organismus hemmen. Außer in ganz besonders gelagerten Fällen sollte man daher vom Gebrauch solcher Mittel absehen.

Das Grundprinzip der Homöopathie: das Ähnlichkeitsgesetz

Es ist eine anerkannte Tatsache, daß jede Pflanze, jedes Mineral und jede chemische Verbindung, verabreicht in einer zu hohen Dosis, einen eigenen, einzigartigen Komplex von körperlichen, emotionalen und psychischen Symptomen hervorruft. Ebenfalls anerkannt ist die Tatsache, daß verschiedene Menschen im Krankheitsfall jeweils ihre eigenen idiosynkratischen physischen, emotionalen und psychischen Symptomenmuster aufweisen, auch wenn sie an derselben Krankheit leiden. Die Homöopathie ist eine natürliche pharmazeutische Wissenschaft, in der der Therapeut eine Substanz sucht, die bei Überdosierung ähnliche Symptome erzeugen würde wie jene, an denen der Patient leidet. Wenn diese Übereinstimmung gegeben ist, wird die betreffende Substanz in einer sehr kleinen, sicheren Dosis verabreicht, woraufhin oft eine geradezu dramatische Heilwirkung einsetzt.

Die Homöopathie hat dieses Prinzip, das dem Vorgang der Übereinstimmung zugrunde liegt, als «Ähnlichkeitsgesetz» bezeichnet. Dieses «Gesetz» ist der Schulmedizin nicht unbekannt: Die Immunisierung beruht auf dem Ähnlichkeitsprinzip. Kein Geringerer als Emil Adolph von Behring, der «Vater der Immunologie», hat direkt auf diesen Ursprung der Immunisierung hingewiesen, als er einst erklärte: «Mit welchem technischen Begriff könnten wir diesen Einfluß treffender bezeichnen als mit dem Hahnemannschen Wort ‹Homöopathie›?»[8] Auch die moderne Allergiebehandlung bedient sich des homöopathischen Prinzips, indem sie Allergene in kleinen Dosen einsetzt, um den Organismus zur Antikörperbildung anzuregen.

Die Schulmedizin arbeitet ebenfalls mit Mitteln, die dem Ähnlichkeitsgesetz entsprechen, zum Beispiel bei der Bestrahlung von

Krebspatienten (durch Strahlen kann Krebs hervorgerufen werden), bei Digitalisgaben im Fall von Herzkrankheiten (Digitalis verursacht Störungen der Herztätigkeit), beim Einsatz von Ritalin bei hyperaktiven Kindern (Ritalin ist ein amphetaminähnliches Medikament, das normalerweise Überaktivität hervorruft). Weitere Beispiele sind der Gebrauch von Nitroglyzerin bei Herzleiden, Goldsalzen bei arthritischen Zuständen und Colchizin bei Gicht.*

Es sollte an dieser Stelle angemerkt werden, daß diese schulmedizinischen Therapien, obwohl sie auf dem homöopathischen Ähnlichkeitsgesetz basieren, sich dennoch nicht nach den übrigen grundlegenden Prinzipien der Homöopathie richten. So werden sie zum Beispiel weder individuell dosiert noch mit dem Grad der in der Homöopathie üblichen Selektivität in ungefährlichen, extrem kleinen Gaben verordnet.

Das Ähnlichkeitsgesetz ist auch ein Grundprinzip der Physik, das viele von uns aus der Schule kennen werden. Meine Lehrerin zeigte uns damals Magnete und führte vor, wie Gegenpole sich anziehen, während gleiche Pole sich abstoßen. Sie zeigte uns auch, wie man einen geschwächten Magneten wieder auflädt, indem man gleiche Pole nebeneinanderlegt; schließlich wird der schwächere aufgeladen sein und sich vom «Kraftgeber» wieder abstoßen. Wie in der Homöopathie wird Ähnliches wiederaufgeladen, regeneriert, geheilt.

Das Ähnlichkeitsgesetz besitzt weltweit eine lange Tradition in der Heilkunde.[9] Der Ausspruch des Hippokrates: «Durch das Ähnliche wird die Krankheit erzeugt, und durch die Anwendung des Ähnlichen wird sie geheilt», stammt aus dem 4. Jahrhundert[10], und das delphische Orakel verkündete: «Das, was krank macht, wird heilen.»

* Nur wenige werden wissen, daß es Constantin Hering, ein homöopathischer Arzt, war, der als erster Nitroglyzerin in die Medizin einführte. Zur detaillierteren Geschichte über den Gebrauch des Nitroglyzerins in der Medizin siehe W. B. Fye, «Nitroglycerin: A Homeopathic Remedy», *Circulation*, 73 (Januar 1986): 21–29. Eine historische Abhandlung über die verschiedenen homöopathischen Mittel, die in die schulmedizinische Praxis integriert wurden, findet sich bei Harris Coulter, *Homoeopathic Influences in Nineteenth Century Allopathic Therapeutics* (St. Louis: Formur, 1973).

Eine Geschichte aus der griechischen Mythologie nimmt ebenfalls Bezug auf das Ähnlichkeitsgesetz, wenn auch eher in einem magischen als in einem medizinischen Zusammenhang: Die Speerwunde von Telephos, dem trojanischen Helden, kann nur durch Berührung mit jener Speerspitze, die ihm die Wunde zufügte, geheilt werden. Auch Paracelsus, der berühmte Arzt und Alchemist des 15. Jahrhunderts, hat in seiner Praxis ausgiebig Gebrauch vom Ähnlichkeitsgesetz gemacht und es in seinen Schriften erwähnt. Seine Formulierung der «Doktrin der Signaturen» bezieht sich direkt auf die Bedeutung der Verwendung ähnlicher Mittel in der Heilkunde.[11] Sogar Shakespeare erkennt die Bedeutung des Ähnlichkeitsprinzips, wenn er in *Romeo und Julia* schreibt:

> Pah, Freund! Ein Feuer brennt das andere nieder;
> Ein Schmerz kann eines anderen Qualen mindern.
> Dreh' dich im Schwindel, hilf durch Drehn dir wieder!
> Fühl' andres Leid, das wird dein Leiden lindern!
> Saug' in dein Auge neuen Zaubersaft,
> So wird das Gift des alten fortgeschafft.

Der Gebrauch des Ähnlichkeitsprinzips hat auch östliche Wurzeln. Der Kampfsport Aikido beruht auf der Erkenntnis, daß man sich am besten verteidigen kann, wenn man die Kraft des Angreifers gegen diesen selbst richtet. Die Bewegungen von Aikido-Adepten fließen mit der Kraft des Angreifenden und können diesen so ohne viel Anstrengung zu Fall bringen. In ähnlicher Weise werden homöopathische Mittel so ausgewählt, daß ihre Eigenschaften den Krankheitssymptomen gleichen und sie nachahmen und dadurch mit der körpereigenen Abwehrtätigkeit in Einklang sind, anstatt dieser entgegenzuarbeiten. So kann man es verstehen, wenn Stewart Brand, der Herausgeber des *Whole Earth Catalog*, die Homöopathie als «Aikido in der Medizin» bezeichnet.[12]

Für das Ähnlichkeitsgesetz mag es in der Tat verschiedene Anwendungsmöglichkeiten geben, doch dessen Einsatz in der Heilkunde bildet das Fundament der Homöopathie – ein sehr vernünftiges Fundament, denn wenn man bedenkt, daß Symptome die Abwehrtätigkeit des Organismus darstellen, ist es nur logisch, sie zu unterstützen, anstatt zu unterdrücken.

Das Ähnlichkeitsgesetz ist nicht bloß ein philosophisches Konstrukt, sondern ein praktischer Leitfaden zur Verordnung eines Heilmittels. Nehmen wir zum Beispiel Andrea, ein vierzehnjähriges Mädchen, das eines Morgens mit Halsschmerzen aufwachte. Es gab an, ein starkes Schwellungsgefühl und brennende, stechende Schmerzen im Hals zu haben. Weitere Fragen ergaben, daß sich die Schmerzen durch warme Speisen oder Getränke verschlimmerten, während kalte Speisen oder Getränke als wohltuend empfunden wurden. Obwohl Andrea hin und wieder ein wenig trank, war sie eigentlich gar nicht durstig. Sie weinte immer wieder und war quengelig. Würde man in einer der gebräuchlichen homöopathischen Arzneimittellehren nachschlagen, würde man die Übereinstimmung ihrer Symptome mit denen des Bienengifts (*Apis mellifica*) entdekken. Wie auch dem Laien bekannt, verursacht das Bienengift Schwellungen, die mit brennenden, stechenden Schmerzen verbunden sind. Eine weitere Untersuchung der toxikologischen Eigenschaften des Bienengifts weist alle anderen Symptome auf, die wir bei Andrea vorfanden.

Andrea erhielt eine sehr kleine, nach den homöopathischen Vorschriften hergestellte Gabe von Bienengift und war innerhalb weniger Stunden wieder wohlauf. Das homöopathische Mittel regt die spezifische Abwehrreaktion an, die zur Heilung erforderlich ist.

Die Schönheit des Ähnlichkeitsgesetzes besteht darin, daß es nicht nur den Weg zur Heilung weist, sondern auch den Respekt vor der Weisheit des Körpers fördert. Dadurch lernen wir Behandlungen, die Symptome unterdrücken, zu vermeiden und nur wahre Heilverfahren anzuwenden. Wir werden uns der Tatsache bewußt, daß es Arzneimittel gibt, die das Immunsystem und die körpereigene Abwehrtätigkeit anregen können. Das Ähnlichkeitsgesetz ist ein Naturgesetz, und sein sachgemäßer Gebrauch stellt eine unserer wertvollsten Technologien dar.

Die Bedeutung der Individualisierung

Es ist bemerkenswert, daß Menschen im allgemeinen annehmen, ihre eigenen Kopfschmerzen, Magenschmerzen oder Depressionen entsprächen genau denen ihrer Mitmenschen. Sie nehmen dann natürlich auch an, daß sie zur Heilung das gleiche Medikament benötigen.

Wenn man sich mit Menschen, die unter Kopfweh leiden, ausführlich unterhält, wird jedoch klar, daß es gravierende Unterschiede hinsichtlich ihrer Schmerzen gibt. Ein Mensch hat sie in der Stirngegend, ein anderer dagegen in der Hinterkopfregion. Bei dem einen sind die Schmerzen auf der linken, beim anderen auf der rechten Seite. Beim einen wird es ganz schlimm, wenn er sich bewegt, beim anderen, wenn er liegt. Es gibt Menschen, die sich mit einer warmen Kompresse Erleichterung verschaffen, während andere auf einen Eisbeutel schwören.

Fragt man weiter, kann man erfahren, daß bei einigen die Kopfschmerzen mit Verdauungsstörungen einhergehen, während bei anderen Halsschmerzen, Schwindel oder Rückenschmerzen zusammen mit dem Kopfweh auftreten.

In der Homöopathie wird der Wirkungsumfang einer homöopathischen Arznei durch Experimente, sogenannte «Arzneimittelprüfungen» festgestellt. Bei einer solchen Arzneimittelprüfung werden gesunden Menschen kontinuierlich Gaben einer bestimmten Substanz verabreicht – so lange, bis sich eine Reaktion auf diese Substanz zeigt.* Die Probanden müssen detaillierte Aufzeichnungen über alle auftretenden Symptome machen; zusätzliche Symptome werden

* Bei diesen Experimenten wird nur mit gesunden Menschen gearbeitet. Die Symptome von Kranken wären nicht so zuverlässig, da man nicht sicher sein könnte, ob es sich um eine Wirkung der Substanz oder um einen Teil des Krankheitsprozesses handelt. Die Prüfungen werden meist mit homöopathisch potenzierten Gaben einer Substanz durchgeführt, obwohl bei ungiftigen Substanzen auch Prüfungen mit unverdünnten Gaben der Rohsubstanz gemacht werden. (Siehe die nachfolgenden Ausführungen über «Potenzierung».) Nicht alle Menschen reagieren auf die wiederholte Einnahme von homöopathischen Gaben einer jeden Substanz. Es gibt jedoch immer wieder Menschen, die besonders sensibel auf bestimmte Mittel reagieren.

noch durch Befragung der einzelnen festgestellt. Wenn besonders unangenehme oder schmerzhafte Symptome auftreten, wird die Einnahme der betreffenden Substanz abgebrochen.

Wenn die Symptome, die eine Substanz hervorruft, einmal bekannt sind, dann weiß man auch, welchen Einfluß diese Substanz ausübt und was sie als homöopathisch potenziertes Mittel in kleinen Gaben zu heilen vermag. Die durch die Prüfungen erhaltene Information wird in die *Materia Medica* (eine Enzyklopädie der Arzneimittelwirkungen) und ins *Repertorium* (Bücher, in denen die Krankheitssymptome sowie die Mittel, die diese Symptome verursacht und/oder geheilt haben, aufgelistet sind) aufgenommen.

Wer mit moderner Datentechnik und dem homöopathischen *Repertorium* vertraut ist, wird merken, daß sich das System für die Bearbeitung durch den Computer ideal eignet, und es gibt in der Tat einige gute Computerprogramme für den praktizierenden Homöopathen. Bei all diesen Programmen gibt man die Symptome des Patienten ein, und der Computer sucht und findet die Mittel, die die Mehrzahl dieser Symptome hervorrufen bzw. heilen kann. Obwohl dies relativ einfach klingt, muß gleich betont werden, daß zur Bestimmung der richtigen homöopathischen Arznei mehr gehört, als einfach das Mittel zu finden, das die meisten Symptome abdeckt. Letztendlich geht es darum, die Medizin zu finden, die dem Gesamtbild des Patienten entspricht und nicht bloß bestimmte Teilbereiche erfaßt. Der Computer ist darum zwar keineswegs die Lösung aller Probleme des homöopathischen Verordnens, jedoch ein sehr nützliches Werkzeug. Obwohl es zur Zeit noch keine Programme gibt für Laien, die sich selbst und ihre Familie behandeln wollen, wird ein solches Angebot wahrscheinlich nicht mehr lange auf sich warten lassen.

Unter denen, die sich für Homöopathie interessieren, wird es gewiß manche geben, die selbst versuchen möchten, die geeigneten homöopathischen Mittel für bestimmte Krankheiten zu finden. Sie wollen wissen, welches Mittel bei Kopfschmerzen, Arthritis, prämenstruellen Beschwerden, Schlaflosigkeit oder einer Reihe anderer Störungen hilfreich ist. Die Homöopathie ist aber von ihrem Ansatz her wissenschaftlich zu differenziert, als daß es ein einziges Mittel geben könnte, das jedem hilft, der an einer bestimmten Krankheit leidet. In der Homöopathie ist die individuelle Verordnung eine unerläßliche Voraussetzung.

Es gibt natürlich gewisse Mittel, die häufiger als andere bei bestimmten Zuständen verordnet werden; und einige homöopathische Mittel werden bei bestimmten Störungen so häufig verordnet, daß einige sie als «spezifische» Mittel betrachten. Trotzdem sollte stets die individuelle Krankengeschichte sehr genau erhoben werden, damit ein Mittel verordnet werden kann, das dem Einzelfall möglichst präzise und nicht bloß annähernd entspricht.

Jeder, der einmal einen homöopathischen Therapeuten aufgesucht hat, weiß, daß dieser eine Menge Fragen stellt zu den Haupt- und Nebenbeschwerden des Patienten sowie zu verschiedenen anderen körperlichen und psychischen Symptomen. Homöopathen halten sich viel darauf zugute, daß sie sich für die idiosynkratischen Charakteristika ihrer Patienten interessieren und diese im Rahmen der Behandlung berücksichtigen. Zu den Fragen, die häufig von Homöopathen gestellt werden, gehören solche wie: «Gibt es eine bestimmte Tageszeit, zu der Sie sich am wohlsten oder am schlechtesten fühlen oder zu der irgendwelche spezifische Beschwerden auftreten? Wie reagieren Sie auf das Wetter? Wie fühlen Sie sich am Meer oder im Gebirge? Haben Sie ein besonderes Verlangen nach oder eine Abneigung gegen irgendwelche(n) Nahrungsmittel?»

Skeptiker neigen dazu, das Interesse des Homöopathen an den einzigartigen Symptomen des einzelnen als Beweis für Unlogik und Kuriosität dieses Systems zu betrachten. Die moderne Wissenschaft hat jedoch erkannt, daß jedes Organ, jedes Enzym im Körper seinen eigenen Tagesrhythmus hat und zu ganz bestimmten Zeiten besonders aktiv oder inaktiv ist. Wir wissen inzwischen, daß die Luft am Meer und im Gebirge einen höheren Anteil an positiven Ionen aufweist, was einen Einfluß auf unsere Gesundheit haben kann. Ebenfalls anerkannt ist die Tatsache, daß das Verlangen nach oder die Abneigung gegen bestimmte(n) Nahrungsmittel Anzeichen für bestimmte Stoffwechselvorgänge sind.

Bei näherer Betrachtung sehen wir, daß die Homöopathie keineswegs ein seltsames oder unlogisches System ist. Sie ist vielmehr eine sehr verfeinerte Methode, um kleine Gaben von potenzierten Arzneimitteln ganz individuell anzuwenden. Je mehr wir Prinzipien und Methodologie der Homöopathie verstehen lernen, desto eher werden wir anfangen, viele subtile Zusammenhänge im menschlichen Körper zu begreifen, die unserem gegenwärtigen Verständnis nicht zugänglich sind.

Die Verwendung von «kleinen» Arzneigaben

Das homöopathische Ähnlichkeitsgesetz und das Prinzip der individuellen Behandlung wird von den meisten Menschen verstanden und akzeptiert. Die spezielle pharmazeutische Methode der Homöopathie bleibt jedoch der am meisten kontroverse Aspekt. Dieser Vorgang der Arzneimittelherstellung, der als «Potenzierung» bezeichnet wird, beinhaltet eine schrittweise Verdünnung, wobei 1 Anteil (nach Volumen) einer Substanz mit 99 Teilen destillierten Wassers oder Äthylalkohols verdünnt und anschließend kräftig verschüttelt wird. Ein Teil dieser Lösung wird erneut mit 99 Teilen destillierten Wassers oder Äthylalkohols verdünnt und wiederum verschüttelt. Dieser Vorgang der Verdünnung und der Verschüttelung kann bis in die verschiedenen Potenzhöhen fortgesetzt werden, wobei 3, 6, 12, 30, 200, 1000, 10 000, 50 000 oder 100 000 die gebräuchlichsten Stufen sind.*

Man wundert sich zunächst, wenn man erfährt, daß Arzneimittel, die so oft verdünnt wurden, überhaupt eine Wirkung haben. Noch erstaunlicher mag sein, wenn man erfährt, daß Homöopathen während der letzten zweihundert Jahre beobachtet haben, daß je weiter, je höher ein Mittel potenziert worden ist – das heißt in der genannten Weise verdünnt und verschüttelt wurde –, dessen Wirkungsdauer

* Homöopathische Mittel, die vor der Zahl ein C aufweisen, wurden im Verhältnis 1:99 verdünnt. Medikamente mit einem X oder einem D wurden hingegen im Verhältnis 1:9 verdünnt. Ein Mittel mit der Angabe D 30 wurde im Verhältnis 1:9 verdünnt und kräftig verschüttelt; wiederum im Verhältnis 1:9 verdünnt und dann verschüttelt, wobei dieser Vorgang 30mal wiederholt wurde. Homöopathische Mittel mit der Bezeichnung LM wurden im Verhältnis 1:50 000 verdünnt.

zunimmt, tiefergreifende Heilungen erzielt und weniger Arzneigaben benötigt werden.

Obwohl dies auf den ersten Blick als eine verwirrende Logik erscheinen mag, gibt es nicht nur eine ganze Reihe eindrucksvoller klinischer Erfahrungen, die diese Tatsachen bestätigen (siehe in Kapitel 2, «Der gegenwärtige Stand der Homöopathie»), sondern auch wissenschaftliches Beweismaterial (siehe Kapitel 3) sowie einleuchtende, leicht verständliche und nichtmystische Theorien zum Wirkungsmodus homöopathischer Potenzen.

Ehe wir nun die eine oder andere dieser Theorien näher betrachten, sei kurz angemerkt, daß solche theoretischen Erklärungen für jene, die homöopathische Mittel verordnen und einnehmen, von eher sekundärer Bedeutung sind. Die meisten Menschen verwenden diese Arzneimittel wegen ihrer vorzüglichen Wirkung – gewiß ein guter Grund. Man sollte sich in diesem Zusammenhang auch vor Augen halten, daß Pharmakologen heute bei der Mehrzahl der konventionellen Medikamente den genauen Wirkungsmodus weder kennen noch sagen können, warum diese Wirkung erfolgt – trotz der großen Summen, die für Forschung ausgegeben werden. Schließlich werden Tatsachen nicht durch Theorien bestätigt. Indem man eine Theorie über die Wirkungsweise potenzierter Heilmittel widerlegt, wird ja nicht die Homöopathie als solche widerlegt, sondern eben nur jene Theorie.

Bei der Erklärung der Wirkungsweise potenzierter Mittel ist eine Analogie zur Musik hilfreich. Es ist allgemein bekannt, daß durch das Anschlagen der Note «C» auf einem Klavier dieses «C» anderswo ebenfalls in Schwingung versetzt wird: Auch die «C»-Noten eines Klaviers am anderen Ende des Raums zeigen sich äußerst empfänglich für die «C»-Resonanz. In der Musiktheorie und in der Physik gibt es ein Grundprinzip, nach dem zwei Dinge dann – und nur dann – «miteinander schwingen», wenn sie «ähnlich» sind.

In der Homöopathie wird ein Arzneimittel aufgrund seiner «Ähnlichkeit» mit der Totalität der Symptome des Betreffenden verordnet. Das Vorhandensein dieser Ähnlichkeit zeigt an, daß der Patient eine Hypersensibilität für diese Substanz besitzt. Die Wirkung von kleinen, potenzierten Arzneigaben können wir uns als eine biologische Version des oben erwähnten Resonanzphänomens vorstellen. Ein Skeptiker könnte nun einwenden, daß Mittel, die einen bestimmten Potenzierungsgrad überschritten haben, kein Molekül mehr von der Ausgangssubstanz aufweisen.* Auch den Homöopathen ist klar, daß Verdünnungen jenseits von D 24 und C 12 keine Moleküle der Ausgangssubstanz mehr enthalten, sie behaupten jedoch, daß dennoch «etwas» übrigbleibt: die Essenz der Substanz, deren Resonanz, Energie, Muster.

In der Biologie spielt der Begriff des Musters in der Tat eine wichtige Rolle. Im Körper sterben 2,5 Millionen rote Blutkörperchen pro Sekunde ab, während eine ähnliche Zahl neu entsteht. Nach sieben Jahren ist jede Zelle im Körper ausgetauscht. Obwohl wir neue Zellen haben, sind wir dennoch die gleichen Menschen. Dies ist so, weil das Muster, das unserer Existenz zugrunde liegt, das gleiche geblieben ist. Der Wissenschaftsschriftsteller K. C. Cole hat diese Vorstellung noch einen Schritt weitergeführt: «Sogar das grundlegendste Muster, das den Verlauf aller anderen Muster in einem lebenden Wesen bestimmt – die Doppelhelix der DNS –, ist schließlich nur eine Ansammlung von Atomen und Molekülen. Auch diese können und werden dauernd ersetzt. Nur das Muster bleibt.»[13]

Obwohl bestimmte homöopathische Mittel so weit verdünnt und verschüttelt werden, bis sie keine Moleküle der Ursprungssubstanz mehr enthalten, bleibt dennoch ein Muster dieser Substanz erhalten.

José Delgado, ein Neurowissenschaftler, der Funktion und Verhalten des Gehirns untersucht hat, vergleicht das menschliche Gehirn mit einem Radioempfänger, der auch sehr schwache anregende Signale zu empfangen vermag. Er stellt fest, daß dieser Empfang nur dann möglich ist, wenn Frequenz, Amplitude und andere Merkmale der elektromagnetischen Signale sich innerhalb eines bestimmten Spektrums befinden.[14]

Beispiele für die Empfänglichkeit von Lebewesen oder Organis-

* Wissenschaftler beziehen sich auf die Avogadrosche Regel, die besagt, daß aller Wahrscheinlichkeit nach keine Moleküle mehr vorhanden sind, wenn eine Substanz über $6{,}02 \times 10^{-23}$ hinaus verdünnt worden ist. Die genaue Ebene der Ultramolekularität hängt von der Konzentration der ursprünglichen Substanz ab.

men für kleine Dosen von bestimmten Stoffen sind überall in der Natur zu finden. Die Wissenschaft hat erst in jüngerer Zeit das Vorhandensein von Pheromonen entdeckt; das sind Drüsenabsonderungsstoffe eines Tieres, die offensichtlich nur von den Artgenossen wahrgenommen werden, nicht von anderen Lebewesen. Auch hier sehen wir also das Ähnlichkeitsgesetz am Werk.

Im Grunde genommen ist das homöopathische Ähnlichkeitsgesetz eine Methode, die es gestattet, eine individuell ausgewählte Substanz zu finden, für die der Organismus höchst empfänglich ist. Wenn der Organismus diese Information erhält, werden Immun- und Abwehrsysteme so katalysiert, daß Heilungsprozesse eingeleitet werden. Die Grundlagenforschung in der Immunologie, der Allergologie und der Physik bietet Belege für die regenerative Wirkung von «ähnlichen» Substanzen auf das Abwehrsystem, doch die Homöopathie hat dieses pharmazeutische Prinzip bereits in eine raffinierte medizinische Wissenschaft und Heilkunst umgewandelt.

James Tyler Kent, der große amerikanische homöopathische Arzt des 19. Jahrhunderts, wies häufig auf «die dem menschlichen Organismus innewohnende Intelligenz» hin.[15] Dabei sprach Kent jenen Aspekt des Organismus an, der imstande ist, auf die kleinen, potenzierten Gaben der richtig gewählten Substanz mit der Einleitung des Heilungsprozesses zu reagieren.

Der zeitgenössische Homöopath George Vithoulkas erklärt die durch kleine Gaben potenzierter Heilmittel erzielten Heilungen, indem er den menschlichen Organismus als ein großartiges kybernetisches System betrachtet.[16] Ein solches System besitzt stets die inhärente Fähigkeit, entsprechend seinen gegenwärtigen Möglichkeiten auf Veränderungen in der wirkungsvollsten und effizientesten Art und Weise zu reagieren. Vielleicht hat der Astronom Johannes Kepler bereits Jahrhunderte vor der Entwicklung von Computern dieses Phänomen am treffendesten beschrieben, als er sagte: «Die Natur verwendet stets sowenig von etwas wie möglich.»

Nach den Theorien von R. R. Sharma, einem indischen Professor der Biophysik, haben die kleinen Gaben, die in der Homöopathie verwendet werden, die Fähigkeit, die Blut-Gehirn-Schranke zu überwinden und die zelluläre und nukleare Membrane zu durchdringen.

Dr. Sharmas Hypothesen zufolge wirken die höher potenzierten homöopathischen Mittel länger und tiefergreifend aufgrund ihrer Fähigkeit, diese physiologischen Barrieren zu durchdringen und dadurch nachhaltigere therapeutische Wirkungen zu entfalten.[17]

Diese modernen Perspektiven zur Wirkungsweise homöopathischer Mittel haben einige Ähnlichkeiten mit den traditionellen Erklärungen innerhalb der Homöopathie zur Wirkungsweise potenzierter Mittel. Homöopathen hatten und haben stets die Vorstellung einer «Lebenskraft» oder «Lebensenergie», und sie beschreiben diese Energie als die inhärenten, grundlegenden, miteinander verbundenen Selbstheilungsprozesse des Organismus. Diese bioenergetische Kraft ist dem ähnlich, was die Chinesen als «Chi», die Japaner als «Ki», die Yogis als «Prana», russische Wissenschaftler als «Bioplasma» und die *Krieg der Sterne*-Helden als «Die Kraft» bezeichnen. Der homöopathischen Theorie zufolge ist dieser bioenergetische Prozeß empfänglich für die Wirkung submolekularer, potenzierter Mittel, so daß die Resonanz des potenzierten Arzneimittels auf die Resonanz der Lebenskraft des einzelnen wirkt.

Über neue Beweise für die Tatsache, daß kleine Dosen von Substanzen tatsächlich stärker wirken können, hat in jüngster Zeit die amerikanische Zeitschrift *Science News* berichtet.[18] Chemiker des Normenausschusses (National Bureau of Standards) der US-Regierung, die von Homöopathie nichts wußten, stellten fest, daß die Verschüttelung von aneinandergekoppelten Molekülen von Stickstoffmonoxid diese Einheiten keineswegs schwächte oder zersetzte, sondern die Entwicklung stärkerer molekularer Bindekräfte zur Folge hatte. Man könnte nun die Theorie aufstellen, daß die homöopathische Arzneimittelherstellung, basierend auf dem Vorgang der Verdünnung und Verschüttelung, superstarke Moleküle und vielleicht superstarke Arzneimittel entstehen läßt.

Auch die nichtmedizinische Wissenschaft ist dabei, den Wert der Anwendung von kleinen Dosen zu entdecken. Während der Ölkrise, zum Beispiel, haben Dr. Stanley Ries und seine Kollegen an der Michigan State University Mikrodosen eines Düngers verwendet, um die Erträge zu steigern.[19] Als Alternative zu Düngemitteln auf Erdölbasis verwendete er Gaben eines aus Alfalfa abgeleiteten Alkohols, die etwa einer D 9 entsprachen – eine Gabe, die, wie ein Journalist bemerkte, einem Schuß Wermut auf 2 960 000 Liter Gin entspricht![20]

Ries veröffentlichte seine Studie in der angesehenen Zeitschrift *Science* und berichtete, daß damit behandelte Tomatenpflanzen 30 Prozent mehr Früchte trugen als unbehandelte, Möhren waren um 21 Prozent größer und schwerer, Spargelpflanzen zeigten eine Gewichtszunahme um 35 bis 60 Prozent, der Ertrag von Mais stieg um fast 25 Prozent, und Reis zeigte ein verstärktes Wachstum und einen höheren Eiweißgehalt.

Der vernünftige Einsatz von Mikrodosen beginnt gerade erst in den Blickpunkt zu rücken. Wenn solche Forschung sich eine Stufe weiterentwickelt, werden neue, ungefährlichere, ungiftige Technologien verfügbar sein und wir werden zu einem neuen Verständnis eines Naturgesetzes gelangen.

Zum Verständnis des Heilungsvorgangs

Wie wir schon festgestellt haben, ist der menschliche Körper ein bemerkenswerter Organismus, der über eine große Bandbreite von Reaktionen verfügt, um sich zu schützen und zu überleben. Unsere Krankheiten sind Ausdruck dieses Vorgangs, und die vielfältigen, unterschiedlichen Symptome stellen verschiedene Ebenen der Abwehr dar, auf denen unser Körper gleichzeitig reagiert, um zu überleben.

Ausgehend von ihrer grundlegenden Arbeitshypothese, daß der Mensch auf drei Ebenen der Erfahrung lebt – der körperlichen, der emotionalen und der geistigen –, haben die Homöopathen eine hierarchische Ordnung erkannt, nach der jeder Heilungsprozeß bei chronischen Krankheiten abläuft und die außerdem gestattet, bestimmte Entwicklungen vorherzusehen. In jeder Kategorie gibt es bestimmte Symptome, die je nach ihrer Intensität, schwererwiegende Belastungen des Abwehrsystems darstellen als andere.

Wir wollen diese Hierarchie, die relativ offensichtlich ist, in einer stark vereinfachten Form beschreiben. Auf der körperlichen Ebene ist ein Hautausschlag nicht so ernst wie eine Hepatitis und diese wiederum nicht so schwerwiegend wie eine Herzerkrankung. Auf der emotionalen Ebene ist ein Zustand leichter Reizbarkeit eine oberflächlichere Störung als starker Zorn, während eine ausgeprägte Todesangst einen tiefergreifenden, ernsteren Krankheitszustand anzeigt als die beiden zuvor genannten. Auf der geistigen Ebene ist ein nicht so gutes Gedächtnis eine relativ geringe Störung, verglichen mit einem Zustand allgemeiner geistiger Verwirrung, der wiederum nicht so schwer wiegt wie eine manifeste Schizophrenie.*

Im allgemeinen werden psychische Störungen als die größte Gefahr für die Gesundheit eines Menschen angesehen, da sie den Kern der Persönlichkeit betreffen. Emotionale Probleme stehen an zweiter und die körperlichen Symptome an dritter Stelle. Das tatsächliche Gewicht eines individuellen Symptoms für die Gesundheit des einzelnen wird durch dessen Schwere und Häufigkeit bestimmt sowie durch das Ausmaß, in dem es den Menschen in seiner persönlichen Handlungs- und Entfaltungsfreiheit hemmt. Daher zeigen alle schweren oder anhaltenden körperlichen Symptome, die das Überleben gefährden oder das Leben sehr erschweren, tiefergreifende Krankheiten an als emotionale oder psychische Symptome.

Der Arzt Constantin Hering (1800–1880), Vater der amerikanischen Homöopathie, war einer der ersten, die ganz spezifische Verlaufsformen des Heilungsvorgangs entdeckt und festgehalten haben. Hering machte drei wesentliche Beobachtungen zum Heilungsvorgang, die seiner Ansicht nach zusammen ein einheitliches Muster bilden – von den Homöopathen später als das «Heringsche Gesetz» bezeichnet.

Seine erste Beobachtung war, daß der Körper stets versucht, die Krankheit von tieferen, inneren Ebenen auf oberflächlichere, äußere Ebenen zu verlagern. So tritt bei einem Menschen, der an Asthma leidet, ein Hautausschlag auf – als Teil des Heilungsprozesses. Jemand, der an Kopfschmerzen leidet, macht im Verlauf des Heilungsprozesses ein oder zwei Tage mit Fieber und starken Schweißausbrü-

* Symptome auf der geistigen Ebene, psychische Symptome, werden definiert als Störungen der kognitiven Funktionen, des Empfindens der eigenen Person, der Verbindung mit der Welt oder als Störungen, die den Willen betreffen.

chen durch. Ein Mensch mit emotionalen oder psychischen Symptomen erlebt verschiedene Stadien weniger ernster emotionaler oder psychischer Störungen oder körperliche Symptome, während der Heilungsprozeß sich vollzieht. Leider behandeln die meisten Schulmediziner jedes Symptom als isoliertes Phänomen, ohne Verbindung zum «Rest» des Menschen. So wird der Hautausschlag eines Patienten mit Kortison behandelt und damit unterdrückt – was das Asthmaleiden des Betreffenden möglicherweise wieder aktiviert. Bei Menschen mit psychischen Störungen werden neu auftretende körperliche Symptome ebenfalls unterdrückt, was zu einer Verschlechterung des psychischen Zustands führt.

Herings zweite Beobachtung war, daß der Heilungsprozeß von oben nach unten fortschreitet. Jemand, der zum Beispiel an Arthritis in zahlreichen Gelenken leidet, wird im allgemeinen eine Besserung im oberen Abschnitt des Körpers erfahren, ehe sich im unteren etwas tut. Das Verständnis dieser Regeln hilft den Homöopathen, zwischen echten Heilreaktionen und vorübergehenden oder Plazeboreaktionen zu unterscheiden.

Herings dritte Beobachtung war, daß die Heilung sich in der umgekehrten Reihenfolge vollzieht, in der die Symptome sich gezeigt haben. Die zuletzt aufgetretenen Symptome werden demnach zuerst geheilt. Aus diesem Grund kann es vorkommen, daß bei jemandem im Verlauf der Heilung bisweilen Symptome wieder auftreten, die früher einmal dagewesen sind (im allgemeinen handelt es sich dabei um Symptome, die unterdrückt oder nie richtig abgeheilt waren). Kein Wunder also, daß Homöopathen sich darüber freuen, wenn Patienten vom Wiederauftreten früherer Symptome berichten. Obwohl diese früheren Symptome irritierend sein können, wird ein Homöopath sie nicht unterdrücken. Meist sind sie nur von kurzer Dauer, und wenn sie verschwinden, erfährt der Betreffende meist eine signifikante Besserung seines Gesundheitszustands.

Diese drei Beobachtungen des Heilungsprozesses sind nicht als universale Gesetze zu verstehen, sondern als allgemeine Leitlinien, mit deren Hilfe wir erkennen können, ob sich der Zustand eines Patienten bessert oder verschlechtert.

Diese Gesetze einer echten Heilung sind jedoch nicht nur von

Homöopathen entdeckt worden. Akupunkteure haben Aspekte dieser Regeln über einen Zeitraum von Tausenden von Jahren beobachtet. Heilpraktiker verschiedener Fachrichtungen und Psychotherapeuten haben ebenfalls festgestellt, daß bei ihren Patienten alte körperliche oder psychische Symptome im Verlauf der Heilung erneut auftreten.

Das Heringsche Gesetz stellt eine bedeutsame Entwicklung in der Medizin dar. Die meisten allopathischen Ärzte und sogar ein Großteil der «alternativen» Praktiker bewerten den gesundheitlichen Zustand ihres Patienten nach seinem Hauptsymptom, dem Anlaß der Konsultation also. Ist dieses Symptom verschwunden, geht man im allgemeinen davon aus, daß die Therapie «angeschlagen» hat, obwohl möglicherweise nun einige neue Symptome zu behandeln sind. Die meisten Therapeuten arbeiten nicht auf der Basis von Behandlungskonzepten, die den Heilungsvorgang als solchen definieren. Das Heringsche Gesetz der Heilung stellt ein einzigartiges, ganzheitliches Werkzeug dar, mit dessen Hilfe man den Fortgang des Heilungsprozesses bewerten kann.

Homöopathische Typologien: Psychosomatische Persönlichkeitsbilder

Klinische Psychologen erkennen das Vorhandensein verschiedener Persönlichkeitstypen an; in ähnlicher Weise unterscheiden Physiotherapeuten und Sporterzieher, die den menschlichen Körper studieren, verschiedene Körpertypen. Homöopathen behaupten, daß Körper und Psyche nicht voneinander getrennt werden können, und postulieren die Notwendigkeit, «Körper/Psyche»-Typen zu betrachten.

Homöopathen kennen bestimmte Gruppen von psychophysischen Symptomenmustern, die dem Wirkungsspektrum eines bestimmten homöopathischen Mittels entsprechen. Das Wort Symptom wird hier im weitesten Sinne definiert als jede Empfindung, die dem einzelnen Unbehagen bereitet oder dessen physische oder psychische Funktionen einschränkt. Homöopathen erkundigen sich nach den Faktoren (in der Homöopathie als «Modalitäten» bezeichnet), die eine Besserung oder Verschlechterung der individuellen Symptome bewirken. Zusätzlich zu der Verordnung eines Mittels auf der Basis dieser Faktoren kann ein Homöopath auch Informationen über den Körpertyp, das Temperament, die Disposition und Verhaltenstendenzen des Betreffenden bei der Bestimmung des richtigen Mittels heranziehen.

Francisco Eizayaga, ein argentinischer Urologe und international angesehener Homöopath, hat beigetragen zu einer Differenzierung der verschiedenen Symptome und der charakteristischen Eigenschaften eines Menschen im Hinblick auf die Bestimmung des richtigen Mittels. Dr. Eizayaga zufolge werden «Konstitutionsmittel» hauptsächlich entsprechend den individuellen genetischen Eigenschaften und tiefsitzenden psychologischen Merkmalen ausgewählt. Ein «Basismittel» wird entsprechend den funktionellen Symptomen verordnet, die die Reaktion des Organismus auf verschiedene aktuelle Belastungen darstellen.* Dr. Eizayaga bemerkt, daß Basiszustände sich verändern und wie die konzentrischen Häute einer Zwiebelschale überlagern können. Er unterscheidet auch zwischen der Behandlung von organischen Krankheitsbildern und der Behandlung von konstitutionellen oder Basiszuständen, doch die Erörterung dieses Themas würde den Rahmen dieses Buchs sprengen.[21]

Homöopathen assoziieren bestimmte Symptomenmuster mit den homöopathischen Mitteln, die diese geheilt haben. So sprechen sie zum Beispiel von einem «Phosphor-Typ», dem «Sulfur-Typ», dem «Arsenicum-Typ», einem «Natrium-muriaticum-Typ» usw. Jede dieser Typologien bezieht sich nicht nur auf eine besondere Art von Kopfschmerzen, zum Beispiel, sondern auf all die Faktoren, die diese Kopfschmerzen verschlimmern oder lindern, sowie alle anderen kör-

* Viele Homöopathen unterscheiden nicht zwischen Konstitutions- und Basismitteln. Als Konstitutionsmittel bezeichnen sie im allgemeinen jenes homöopathische Mittel, das einer schon lange bestehenden Gruppe von Symptomen, an denen der Betreffende leidet, entspricht, während das «akute Mittel» jenes ist, das vorübergehende Krankheitszustände abdeckt. Der Einfachheit halber wird in den nachfolgenden Kapiteln im Zusammenhang mit der Behandlung von chronisch Kranken auf der Basis der Totalität der Symptome nur von «Konstitutionsmittel» die Rede sein.

perlichen Symptome, die möglicherweise damit einhergehen. Sie umfassen jedoch auch frühere oder aktuelle Symptome und Krankheiten, Nahrungsmittelvorlieben oder -abneigungen, Reaktionen auf unterschiedliche Temperaturen und klimatische Einflüsse, Stärke des Energiepotentials zu verschiedenen Tageszeiten, Neigung zum Schwitzen, die Beschaffenheit von Stuhl und Harn, die Menstruation, emotionale und psychische Zustände und bestimmte Verhaltenseigenarten.

Nachdem die eingehende Befragung durch den Homöopathen abgeschlossen ist, wird der Therapeut ein Mittel suchen, das der «Essenz» der Totalität der Symptome des Patienten entspricht. Das Wort Essenz ist wichtig in diesem Zusammenhang, denn die Homöopathie ist die Wissenschaft von der Bestimmung des Arzneimittels, das dem Kranken am «ähnlichsten» ist. Dabei geht es nicht darum, jedes Symptom des Betreffenden mit den Symptomen, die eine Stubstanz verursacht, in Übereinstimmung zu bringen. Statt dessen genügt es, jene Substanz zu finden, die der Essenz der charakteristischen Merkmale der Person entspricht.

Wenn das passende Konstitutions- oder Basismittel ausgewählt und verabreicht wird, kommt es nicht nur zu einer merklichen Besserung der Hauptbeschwerden des Patienten, sondern der Betreffende fühlt sich auch allgemein, in physischer und psychischer Hinsicht, wesentlich wohler als zuvor. Obwohl eine einzige Gabe des passenden Konstitutions- oder Basismittels manchmal zur Heilung ausreicht, ist es häufiger der Fall, daß diese Arznei den Heilungsprozeß einleitet und im folgenden eine ganze Reihe von Mitteln benötigt wird, um eine vollständige Heilung zu erzielen. Während die Heilung voranschreitet und der Patient sich verändert, entwickelt sich oft ein völlig neues Bild, das auch die Verordnung eines neuen Mittels erfordert. Manche Homöopathen sind der Ansicht, daß das Konstitutionsmittel sich niemals verändert, während andere vom Gegenteil überzeugt sind.

Es gibt Laien, die viel Spaß daran haben, ihr eigenes Konstitutionsmittel oder das ihrer Verwandten und Freunde zu entdecken. Die beliebtesten und nützlichsten Bücher in diesr Hinsicht sind folgende: *Porträts homöopathischer Arzneimittel* von Catherine Coulter, *Psy-*

che und Substanz: Essays zur Homöopathie im Lichte der Psychologie C. G. Jungs von Edward C. Whitmont, die Vorträge zur homöopathischen *Materia Medica* von James Tyler Kent sowie *Studies of Homoeopathic Remedies* von D. M. Gibson und *Drug Pictures* von Margret Tyler.

Die Bestimmung des Konstitutionsmittels erfordert intellektuelle wie auch intuitive Fähigkeiten; dabei muß der Therapeut teilweise die Rolle eines Detektivs, teils die Rolle eines Psychologen und auch die eines recherchierenden Reporters übernehmen. Trotz der Herausforderung, die dieses Unterfangen darstellt, ist es aus verschiedenen Gründen nicht ratsam, sich selber ein Konstitutions- oder Basismittel zu verordnen. Unter homöopathischen Praktikern besteht Einigkeit darüber, daß Laien durchaus lernen können, sich bei akuten, ungefährlichen Störungen selbst zu behandeln. Die Komplexität der Behandlung chronischer Zustände einschließlich der notwendigen Folgebehandlung erfordert jedoch professionelle Überwachung. Da die Therapie chronischer Krankheiten meist eine ganze Reihe von Verordnungen erfordert (entweder die Wiederholung des gleichen Mittels in der gleichen oder einer anderen Potenz oder die Verordnung eines anderen Mittels), sollte sie denjenigen vorbehalten bleiben, die über eingehende Kenntnisse homöopathischer Prinzipien und der *Materia Medica* verfügen.

Ein weiterer Grund, warum Laien Konstitutions- oder Basismittel nicht verordnen sollten, ist, daß solche Mittel bisweilen Heilkrisen verursachen können, in deren Verlauf es zur Verschlimmerung bestimmter Symptome kommt. Wenn der Laie nicht weiß, wie man in einer solchen Situation reagieren muß, wird der Behandelte nicht den größtmöglichen Nutzen aus der Wirkung der Medizin ziehen können. Obwohl also dem Laien nicht empfohlen werden kann, Mittel bei chronischen Zuständen zu verordnen, kann es für ihn trotzdem lohnend sein, die verschiedenen homöopathischen Typen zu studieren und dem Therapeuten seine Meinung zum möglicherweise angezeigten Mittel mitzuteilen. Dennoch gibt es drei Einwände.

Zum einen neigen Menschen, die bestimmte Mittel studieren, dazu, per Autosuggestion gewisse Symptome bei sich hervorzurufen, die für das jeweilige Mittel spezifisch sind. Zum anderen neigen manche Menschen dazu, bestimmte Symptome zu übertreiben, damit diese einem Mittel entsprechen. Schließlich kommt es nicht selten vor, daß Menschen sich gern als «sympathische» oder «interessante» Arzneimitteltypen sehen – wie *Pulsatilla*, *Phosphor* oder *Sulfur* – und ihre Tendenz zu den mehr reizbaren Typen wie *Nux vomica, Sepia* oder *Arsenicum* vehement leugnen. Die Gefahr der Befangenheit und der Selbsttäuschung ist offensichtlich.

Das richtig gewählte Konstitutionsmittel ist imstande, bestimmte physische oder psychische Tendenzen so weit zu reduzieren, daß sie der Entfaltung des individuellen Potentials nicht mehr im Wege stehen. Ein homöopathisches Mittel vermag extreme Symptome, die Körper und Psyche belasten, zu reduzieren und die allgemeine physische und psychische Spannkraft und Belastbarkeit zu erhöhen, doch kann es nicht jene Eigenheiten und Tendenzen verändern, die jeden Menschen zu einem einmaligen Individuum machen. Edward Whitmont beleuchtet dieses Phänomen anhand einer humoristischen Pantomime – «Das Haar in der Suppe» –, welche die Reaktion von vier Leuten karikiert, die jeweils ein Haar in ihrer Suppe finden.

Der erste gerät in Rage und schmeißt dem Kellner die Suppe vor die Füße. Der zweite ekelt sich, tut die Sache mit einem Achselzucken ab und verläßt pfeifend das Lokal. Der dritte bricht in Tränen aus, weil alle schlimmen Dinge immer ihm passieren müssen. Der vierte schaut das Haar an, läßt es liegen, ißt weiter und bestellt sich schließlich noch eine Portion.

Whitmont bemerkt, daß diese vier Reaktionen den vier klassischen Temperamenten entsprechen. Jede dieser Reaktionen ist ein Reflexverhalten, das, wie ein einfacher Husten, eine automatische Schutzreaktion darstellt. Man kann sich verschiedenen Therapien unterziehen, um sich seiner Verhaltensmuster bewußter zu werden, doch der Versuch, die eigene Natur zu ändern, ist meist wenig wirksam und erzeugt gern seinen eigenen Symptomenkomplex. Der zornige Mensch, der seine Suppe dem Kellner vor die Füße schmeißt, wird, nachdem er sein passendes konstitutionelles Mittel bekommen hat, immer noch mit Zorn reagieren, aber das Feuer seiner Emotionen eher auf eine mehr konstruktive Art und Weise zum Ausdruck bringen. Wenn jemand andererseits versucht, seine leidenschaftlichen

Gefühle zu ignorieren oder zu unterdrücken, werden sein Körper und seine Psyche einen anderen Preis dafür zu bezahlen haben. So kann also die Homöopathie verschiedene körperliche und psychische Symptome beseitigen, nicht jedoch die ureigensten Neigungen der Person.

Die Behandlung des gesamtkonstitutionellen Zustands ist ein uralter therapeutischer Ansatz und zugleich ein zukunftsweisendes Konzept. Die Behandlung der Konstitution ist spätestens seit Hippokrates fester Bestandteil der Medizin und als Methode häufig der bloßen Behandlung eines bestimmten Symptoms oder einer Krankheit vorgezogen worden. Heute sind konstitutionelle Therapien jene, die das Immunsystem und die körpereigenen Abwehrkräfte unterstützen und sich als besonders wertvoll bei der Vorbeugung und Behandlung verschiedener akuter und chronischer Zustände erweisen. Die homöopathische Methode der individuellen Arzneimittelwahl auf der Basis der Totalität der Symptome des einzelnen ist eine hochentwikkelte Wissenschaft des 21. Jahrhunderts.

Unkonventionelle Vorgehensweisen in der Homöopathie

Dieses Buch befaßt sich hauptsächlich mit der traditionellen oder klassischen homöopathischen Methode, die eben darin besteht, ein einziges, potenziertes Mittel auf der Basis der körperlichen und psychischen Symptome des Patienten zu verordnen. Seit den Anfängen der Homöopathie haben jedoch manche ihrer Vertreter mehr als ein einziges Mittel gleichzeitig angewandt, und verschiedene andere haben Apparate eingesetzt, um das richtige homöopathische Mittel für den Patienten zu bestimmen.

Die bekannteste unkonventionelle Anwendung von homöopathischen Arzneien sind die sogenannten Komplexmittel. Ein Komplexmittel besteht aus einer Mischung von drei bis acht homöopathischen Einzelmitteln, meist in niedrigen Potenzen zwischen D 3 und D 12, die aufgrund ihrer häufigen Verwendung bei einem bestimmten Zustand ausgewählt wurden. In den Vereinigten Staaten und in England werden diese Arzneien, die meist nach der spezifischen Krankheit oder dem Symptom, das sie heilen sollen, benannt werden, in Naturkostläden verkauft. So gibt es also Komplexmittel fürs «Zahnen», gegen «Schlaflosigkeit», «Husten» oder «Heuschnupfen». Manche Hersteller benennen das Mittel nach seiner Wirkung, wie zum Beispiel «Sedaplax» bei einem Komplexmittel für hyperaktive oder nervöse Zustände. Komplexmittel sind nur erhältlich für Zustände, die nicht lebensbedrohend sind.

Aufgrund ihrer weiten Verbreitung und leichten Verfügbarkeit machen heute viele Menschen ihre erste Bekanntschaft mit der Homöopathie durch die Anwendung von Komplexmitteln. Die Erfahrungen damit sind oft recht positiv. Eine wirkungsvolle Behandlung von immer wiederkehrenden Symptomen erfordert jedoch im allgemeinen die Anwendung des individuell verordneten Einzelmittels. Durch eine solche individuelle Behandlung kann das betreffende Problem behoben, aber auch der zugrundeliegende Zustand wirkungsvoll angegangen werden. Dennoch sind die Komplexmittel von unschätzbarem Wert, wenn das richtige Einzelmittel nicht zur Verfügung steht oder wenn bei weniger ernsthaften Beschwerden ein einzelnes homöopathisches Mittel nicht zu eruieren ist.

Ein anderer unkonventioneller Einsatz homöopathischer Arzneien ist die gleichzeitige Anwendung von zwei oder mehr Einzelmitteln, wobei jedes zu einer anderen Tageszeit eingenommen wird. Beim «Pluralismus», wie diese Methode, die in Frankreich besonders beliebt ist, genannt wird, verordnet man ein Mittel für eine Gruppe von Symptomen, ein zweites für eine andere Gruppe und ein drittes Mittel für eine dritte Gruppe von Symptomen. Es gibt Homöopathen, die von guten Erfolgen mit dieser Methode berichten, doch sind noch keine wissenschaftlichen Untersuchungen durchgeführt worden, um dieses Vorgehen mit der klassischen homöopathischen Therapie zu vergleichen.

Außer den oben genannten unkonventionellen Anwendungsmöglichkeiten homöopathischer Mittel gibt es auch unkonventionelle Wege der Mittelfindung. Im Zuge der Entwicklung moderner Technologie sind neue elektronische Apparate zur Mittelfindung angewandt worden. Der Therapeut bewertet den Gesundheitszustand des

Patienten, indem er Elektroden auf Akupunkturpunkten anbringt und den elektrischen Hautwiderstand auf diesen Stellen mißt. Auf einer Hundert-Punkte-Skala, die bei den meisten Elektroakupunktur-Apparaten üblich ist, gilt ein Wert von 50 als normal oder gesund, während Werte über 50 Hyperaktivität oder Entzündung anzeigen, Werte unter 50 hingegen auf Unteraktivität und Degeneration hinweisen. Der Therapeut vergleicht dann diesen Wert mit einem zweiten Wert, der ermittelt wird, während der Patient Teströhrchen mit verschiedenen homöopathischen Arzneien in der Hand hält. Das oder die Mittel, die die Werte wieder normalisieren, gelten als die für den Patienten geeigneten.

Manche Ärzte in Europa und den Vereinigten Staaten setzen seit über zwanzig Jahren elektronische Apparate zur Bestimmung von homöopathischen Mitteln ein. Es sind jedoch noch keine wissenschaftlichen Untersuchungen durchgeführt worden, um die Wirkung der so verordneten Mittel nachzuweisen. Eine kleine Gruppe von Therapeuten verwendet Radiästhesie, um das richtige Mittel zu eruieren. Dabei wird meist mit dem Pendel gearbeitet.

Dr. Albert Abrams, Dekan der Fakultät für Klinische Medizin an der Stanford Medical School, hat den Einsatz des Pendels zu Beginn dieses Jahrhunderts erweitert, indem er einen Apparat entwickelte, mit dem sich subtile Ausstrahlungen des Körpers und der Arzneien messen ließen. Dieses Verfahren wurde zunächst als «die elektronische Abrams-Reaktion» bekannt, später jedoch «Radionik» genannt. Obwohl Radionik heute von Kritikern als Inbegriff der Quacksalberei verspottet wird, hat Sir James Barr, ein früherer Präsident des British Medical Association, der einige von Abrams' Experimenten erfolgreich wiederholte, diesen als eines der größten Genies auf dem Gebiet der Medizin im frühen 20. Jahrhundert bezeichnet.[22]

Eine in neuerer Zeit verwendete Methode zur Bestimmung des richtigen Mittels ist die sogenannte «angewandte Kinesiologie», wobei die Muskelkraft getestet wird, um die Gesundheit der den einzelnen Muskeln zugeordneten Organsysteme zu überprüfen. Der Therapeut bestimmt die Muskelkraft und vergleicht diesen Wert mit dem Kraftindex, der gemessen wird, während der Patient ein homöopathisches Mittel in der Hand hält. Wie die meisten der unkonventionellen diagnostischen und therapeutischen Methoden ist die angewandte Kinesiologie ebenfalls noch nicht hinreichend auf ihre Genauigkeit und Wirksamkeit hin überprüft worden.

Obwohl manche Homöopathen der Ansicht sind, daß diese unkonventionellen Methoden die Wahl des richtigen Mittels objektiv verifizieren, geben selbst erfahrene Anwender dieser Methoden zu, daß stark subjektive Faktoren eine entscheidende Rolle spielen bei der Einschätzung und Behandlung der Patienten. Infolge der Ungenauigkeit dieser verschiedenen unkonventionellen Methoden der Arzneimittelfindung scheint es aus Gründen der Vorsicht geboten, sie nur zusammen mit der konventionellen homöopathischen Anamese und Fallanalyse einzusetzen.

Grenzen und Gefahren der Homöopathie

Homöopathische Mittel sind in der Tat mächtige Werkzeuge, doch sie sind keine Allheilmittel. Manche Störungen sprechen nicht auf potenzierte Mittel an, da sie chirurgische Maßnahmen erfordern, in anderen Fällen muß eine sofortige und sichere Lindung von Symptomen erreicht werden. Es gibt andere Zustände, die sinnvollerweise durch einfache Umstellungen in Ernährung und Lebensweise anzugehen sind, sowie Fälle, die nur durch eine Reduzierung bestimmter Streßfaktoren in der Umgebung und der Umwelt des Patienten zu bessern sind. Schließlich gibt es auch Menschen, die aus unbekannten Ursachen grundsätzlich keine Besserung durch den Gebrauch von homöopathischen Mitteln erfahren.

Um die Jahrhundertwende waren einige der führenden amerikanischen Chirurgen ebenfalls Homöopathen. Homöopathen sind also keineswegs Gegner der Chirurgie, da sie, wie andere Angehörige von Heilberufen, den besonderen Wert der Chirurgie in bestimmten Fällen anerkennen. Andererseits kann eine rechtzeitige homöopathische Behandlung einen chirurgischen Eingriff oft überflüssig machen, sie kann aber auch bei der Nachbehandlung chirurgischer Maßnahmen von unschätzbarem Wert sein.

Bei der Therapie von lebensbedrohlichen Symptomen, die ein

sofortiges und zuweilen heroisches Eingreifen erfordern, ist die Homöopathie nicht die Therapie der ersten Wahl. Bei bestimmten Fällen von Asthma mit starker Atemnot, bei einer Gehirnhautentzündung, deren Bekämpfung Antibiotika erfordert, um drohenden Gehirnschäden vorzubeugen oder Lebensgefahr abzuwenden, sowie bei verschiedenen anderen Zuständen muß die konventionelle, allopathische Medizin eingesetzt werden, um das Überleben des Patienten zu sichern.

Damit soll nicht gesagt sein, daß die Homöopathie in solchen Fällen völlig wertlos ist. Tatsache ist vielmehr, daß die Homöopathie auch in manchen schwierigen Fällen die Notwendigkeit für konventionelle medikamentöse Therapien reduzieren kann. Mit Hilfe potenzierter Arzneimittel ist es möglich, einen schweren Asthmaanfall wirkungsvoll zu behandeln, schwere Infektionen ohne Antibiotika zu heilen und bei vielen anderen lebensbedrohlichen Symptomen rasche Linderung zu verschaffen. Da homöopathische Mittel eine strenge Individualisierung erfordern, um ihre optimale Wirkung zu entfalten, ist die rasche und sichere Linderung von solchen bedrohlichen Symptomen allerdings nicht immer gewährleistet. Homöopathen sind sich darüber einig, daß homöopathische Mittel dennoch in Notfällen angewandt werden können, und zwar entweder auf dem Weg zum Arzt oder zum Krankenhaus und/oder in Verbindung mit den heroischen konventionellen medizinischen Maßnahmen.

Homöopathische Mittel sind ebenfalls unwirksam bei der Behandlung mancher Zustände, denen nur durch eine Umstellung der Ernährung und/oder der Lebensweise beizukommen ist, wie zum Beispiel einem Fall von Anämie aufgrund von Eisenmangel in der Ernährung. Homöopathische Mittel können verordnet werden, um mit einigen der Symptome fertig zu werden, und sie können sogar eingesetzt werden, um die Eisenassimilation aus der Nahrung zu verbessern; doch ohne ausreichende Eisenzufuhr bleiben viele der Symptome bestehen. Die Einwirkung von Umweltgiften wird mehr und mehr zu einem Problem. Obwohl homöopathische Mittel eine Hilfe sein können, das Gleichgewicht nach Störungen, verursacht durch Toxine, wiederherzustellen, wird es keine gesundheitlichen Fortschritte geben, solange die Einwirkung bestehen bleibt.

Ich denke da zum Beispiel an jene Frau, die einen Homöopathen wegen ihres Hautausschlags aufsuchte. Aufgrund ihrer Symptome verordnete der Arzt Sulfur C30. Der Zustand hat sich dann vorübergehend verschlechtert, eine klassische Reaktion nach dem Heringschen Gesetz, wurde dann besser, um nach zwei Wochen jedoch wieder so schlecht zu sein wie zu Beginn. Der Homöopath verordnete Sulfur in einer höheren Potenz, worauf der Prozeß nach dem gleichen Muster ablief: Verschlimmerung, Besserung und Rückkehr der Symptome. Eine genauere Befragung der Patientin über ihre Arbeit in einem Lebensmittelbetrieb ergab, daß dort Trockenfrüchte zur Haltbarmachung mit Schwefel besprüht wurden. Die Frau machte eine Sulfur-«Prüfung», das heißt eine Arzneiprüfung mit Schwefel durch. Ihre Haut besserte sich erst, als sie ihren Arbeitsplatz wechselte.

Die größte Frustration für den homöopathischen Therapeuten (und den Patienten) sind jene Fälle, in denen die homöopathischen Mittel aus unerfindlichen Gründen nicht richtig wirken. Homöopathen gehen dann häufig erst mal davon aus, daß sie den Fall nicht richtig analysiert haben und die mangelnde Reaktion darauf beruht, daß das richtige Mittel noch nicht verordnet wurde. Erfahrene Homöopathen kennen auch bestimmte Mittel, sogenannte Reaktionsmittel, die dann helfen, wenn die angezeigte Arznei nicht anschlägt. Da im allgemeinen empfohlen wird, diese Mittel einzeln zu probieren und einen Monat oder länger dazwischen verstreichen zu lassen, kann es manchmal Monate dauern, bis ein wirkungsvolles Medikament gefunden wird.* Wenn Menschen mit chronischen Verdauungsbeschwerden, Kopfschmerzen, Arthritis oder anderen chronischen Symptomen nicht in allopathischer Behandlung stehen, sind solche Verzögerungen weiter kein Problem, da sie ohnehin schon seit Jah-

* Die einzelnen Schulen in der Homöopathie empfehlen unterschiedliche Zeitintervalle zwischen den verschiedenen Mitteln und Dosen. Manche Homöopathen verordnen tägliche Gaben eines Mittels und ändern möglicherweise die Dosis oder das Mittel nach Belieben, während andere eine einzige oder mehrere Gaben verabreichen und dann ein bis mehrere Monate warten, bis sie die Dosis oder das Mittel ändern. Die Homöopathen, die ihre Mittel mehrmals wöchentlich oder monatlich verordnen, verwenden im allgemeinen sogenannte Tiefpotenzen – zum Beispiel die 3., 6., 9., 12. oder 18. Potenz.

ren oder gar Jahrzehnten vergeblich Heilung gesucht haben. Bei Patienten mit Schmerzen werden verständlicherweise einige nach Alternativen zur Homöopathie suchen, ehe das *«Similimum»* (das ähnlichste Mittel) gefunden werden kann.

Wenn eine sorgfältige Analyse der Fallgeschichte, der jetzigen Lebensweise und möglicher Umwelteinwirkungen keine offensichtlichen Gründe für die mangelnde Reaktion auf die ausgewählten potenzierten Mittel ergibt, wird ein Homöopath entweder einen Kollegen hinzuziehen oder den Patienten an einen Therapeuten einer anderen Fachrichtung weiterempfehlen.

Häufig wird gefragt: «Gibt es bestimmte Krankheiten, bei deren Behandlung die Homöopathie besondere Erfolge erzielt, und/oder solche, bei denen meist keine guten Ergebnisse zu verzeichnen sind?» Eine schwierige Frage, die man am besten mit dem Klischee beantworten kann, daß die Homöopathie keine Krankheiten behandelt, sondern nur kranke Menschen. In der homöopathischen Fachliteratur finden sich Fallgeschichten, die von erfolgreichen Heilungen bei fast allen nur erdenklichen akuten und chronischen Krankheiten berichten. Viele Homöopathen gehen davon aus, daß es keine unheilbaren Krankheiten gibt, sondern nur unheilbare Menschen.

Diese Parameter sind recht vereinfachend, da eine große Anzahl von chronischen Krankheiten ab einer bestimmten Phase der Entwicklung nicht mehr vollständig heilbar sind. Eine homöopathische Behandlung vermag in solchen Fällen die Schmerzen zu lindern, den pathologischen Prozeß zu verlangsamen oder ihm gar Einhalt zu gebieten, doch ist fraglich, ob es überhaupt Therapieformen gibt, die hier noch eine Heilung ermöglichen könnten.

Was die Gefahren homöopathischer Mittel betrifft, ist man sich im allgemeinen einig, daß die größte Gefahr darin besteht, daß die homöopathische Behandlung in manchen Fällen den Einsatz anderer potentiell wirksamer Therapien verzögert. Da die meisten Homöopathen jedoch Ärzte oder ausgebildete Mitglieder anderer zugelassener Heilberufe sind, wissen sie im allgemeinen sehr wohl, wann konventionelle medizinische Betreuung erforderlich oder die Überweisung zu einem Spezialisten angebracht ist.

Eine weitere potentielle Gefahr potenzierter Heilmittel ist dann gegeben, wenn jemand ein nichtangezeigtes Mittel wiederholt einnimmt. Ein gewisser Prozentsatz dieser Menschen wird eine «Prüfung» durchmachen und Symptome bilden, die durch die Überdosierung der potenzierten Substanz hervorgerufen werden. Wie zuvor bereits beschrieben, können diese Symptome auch bei Hochpotenzen auftreten.

In der Homöopathie werden Prüfungssymptome dieser Art jedoch nicht als besondere Gefahr angesehen, da sie meist nach dem Absetzen der Arznei rasch wieder abklingen. Manche Homöopathen unterbrechen eine unfreiwillige Prüfung durch die Verordnung des gleichen Mittels in einer höheren Potenz, während andere ein Mittel verabreichen, das als Antidot bekannt ist. Da eine solche Prüfung grundsätzlich möglich ist, wenn man ein unpassendes Mittel nimmt, sollte man ein homöopathisches Mittel nie länger als eine Woche nehmen, wenn man nicht von einem ausgebildeten Homöopathen betreut wird.

In einem unlängst veröffentlichten Brief an den Chefredakteur des *New England Journal of Medicine*[23], wird der erste jemals in einer amerikanischen medizinischen Fachzeitschrift veröffentlichte Fall geschildert, in dem die Einnahme eines homöopathischen Mittels schwere gesundheitliche Schäden verursacht haben soll. Dieser Patient nahm innerhalb von zwei Stunden acht Dosen eines Mittels, das ihm von einem Chiropraktiker verordnet worden war, umd bekam kurze Zeit darauf schwere Oberbauchschmerzen, die später als eine Bauchspeicheldrüsenentzündung (eine potentiell gefährliche Krankheit) diagnostiziert wurden. Es sollte jedoch angemerkt werden, daß es sich bei dem vom Chiropraktiker verordneten Mittel um ein Komplexmittel handelte (mit neunzehn verschiedenen Bestandteilen) und daß es zur Behandlung einer Krebserkrankung verordnet worden war. Obwohl die Fallgeschichte im Brief nicht weiter ausgeführt wurde, kann man wohl davon ausgehen, daß der Betreffende auch vor der Behandlung nicht gesund war und daß die Einnahme des Mittels nicht unbedingt der Auslöser des genannten akuten Zustands gewesen sein muß.

Es besteht im allgemeinen Einigkeit darüber, daß homöopathische

Arzneimittel risikoarm sind. Sie können jedoch auch mißbraucht werden, genauso wie Möhrensaft, Vitamine und viele andere natürliche Substanzen. In den Vereinigten Staaten wird die Homöopathie vom National Center of Homeopathy als «Die gefahrlose Medizin» propagiert, eine Behauptung, der kaum zu widersprechen ist.

Zusammenfassung

Die Homöopathie ist eine hochentwickelte medizinische Wissenschaft, die potenzierte Substanzen auf der Basis der Totalität der individuellen Symptome individuell anwendet. Das einmalige Symptomenmuster eines Menschen, zum Beispiel seine Kopfschmerzen, Magenschmerzen, Verstopfung, Energiemangel in der Früh, Kälteempfindlichkeit, Reizbarkeit aus geringstem Anlaß und Höhenangst, sind alle miteinander verbunden und dürfen nicht isoliert betrachtet werden. Ganz gleich wie die individuellen Symptome aussehen, sie werden hauptsächlich als ein Versuch des Organismus verstanden, sich an verschiedene innere und äußere Streßfaktoren anzupassen und mit diesen fertig zu werden.

Methoden, die darauf abzielen, Symptome einfach zu unterdrücken, zu beherrschen oder unter Kontrolle zu halten, sind zu vermeiden, da solche Therapien die dem Organismus innewohnende Fähigkeit, sich selbst zu schützen und zu heilen, gefährden. Die von diesen Therapien verursachten Nebenwirkungen sind in Wirklichkeit direkte Wirkungen der eingesetzten Medikamente. Homöopathische Mittel dagegen werden verordnet, um die höchst raffinierten Selbstheilungsmechanismen des Organismus zu unterstützen.

Wenn man bedenkt, daß der homöopathische Ansatz auf einem grundsätzlichen Respekt vor der Weisheit des Körpers basiert, ist es kein Wunder, daß er eine gefahrlosere Medizin im Vergleich zur Allopathie darstellt.

Da wir uns heutzutage an einem Punkt befinden, an dem es von entscheidender Bedeutung ist, Therapieformen zu entwickeln, die das Immunsystem stärken, ist es ganz natürlich, daß die Homöopathie sich wieder wachsender Beliebtheit erfreut. Sie verkörpert die Eigenschaften einer medizinischen Wissenschaft, die man sich für das 21. Jahrhundert nur erhoffen und erträumen kann. Am schönsten ist jedoch, daß wir nicht bis zum Anbruch des 21. Jahrhunderts warten müssen und schon jetzt davon profitieren können.

2 Kurzer historischer Abriß der Homöopathie

Im 19. Jahrhundert erlebte die Homöopathie einen geradezu spektakulären Aufstieg in den Vereinigten Staaten und in Europa, wobei der europäische Adel, amerikanische Unternehmer, Größen der Literatur und religiöse Führer zu ihren stärksten Fürsprechern gehörten. Doch während die Homöopathie sich in weiten Teilen der Bevölkerung zunehmender Beliebtheit erfreute, wurde sie zur Zielscheibe feindseliger, heftiger Angriffe von seiten der etablierten Medizin. Die Auseinandersetzung zwischen Homöopathie und Schulmedizin war anhaltend und bitter. Wir wissen, wer die erste Runde gewonnen hat. Warten wir nun auf den Ausgang der zweiten Runde. Es bleibt jedoch zu hoffen, daß alle bald begreifen werden, daß ein «Kampf» um die «richtige» Heilkunde wenig bringt und daß einfach *verschiedene* Systeme und Methoden des Heilens notwendig sind, um ein umfassendes und wirkungsvolles Gesundheitswesen aufzubauen.

Die Geschichte der Homöopathie beginnt mit den Entdeckungen ihres Begründers Samuel Hahnemann (1755–1843), eines deutschen Arztes. Hahnemann prägte den Begriff *Homöopathie* (*homoios* bedeutet im Griechischen «ähnlich», während *pathos* «Leiden» heißt). Das Ähnlichkeitsprinzip wurde zuvor schon von Hippokrates und Paracelsus formuliert und in vielen Kulturen angewandt, zum Beispiel bei den Mayas, den Chinesen, den nordamerikanischen Indianern und den Indern,[1] doch war es Hahnemann, der dieses Gesetz zu einer systematisierten medizinischen Wissenschaft entwickelte.

Hahnemanns erste Anmerkungen zur allgemeinen Anwendbarkeit des Ähnlichkeitsgesetzes stammen aus dem Jahr 1789, als er ein Buch von William Cullen, einem der führenden Ärzte jener Zeit, übersetzte. An einer Stelle seines Buchs schreibt Cullen die Wirkung der Chinarinde bei der Behandlung von Malaria ihren bitteren und zusammenziehenden Eigenschaften zu. In seiner Übersetzung fügte Hahnemann eine gewagte Fußnote ein, in der er Cullens Erklärung in Frage stellte. Hahnemann behauptete, daß die Wirkung der Chinarinde auf einem anderen Faktor beruhen müsse, denn es gäbe Substanzen und Mixturen von Substanzen, die wesentlich bitterer und von stärker zusammenziehender Kraft seien, jedoch keine Wirkung bei der Behandlung von Malaria zeigten. Er beschreibt daraufhin seine eigenen Versuche, bei denen er wiederholt Gaben dieser Heilpflanze einnahm, bis sein Körper mit Fieber, Schüttelfrost und anderen malariaähnlichen Symptomen reagierte. Hahnemann schloß daraus, daß die Wirkung dieser Heilpflanze darauf beruht, daß sie ähnliche Symptome hervorzurufen vermag, wie jene der zu behandelnden Krankheit.[2]

Hahnemann gehörte nämlich nicht nur zu den angesehensten Übersetzern seiner Zeit – im Alter von nur vierundzwanzig Jahren beherrschte er mindestens sieben Sprachen in Wort und Schrift –, sondern er war auch ein eifriger Forscher und anerkannter Chemiker. Er war der Autor eines vierbändigen Werks mit dem Titel *Apotheker-Lexikon*, eines der Standardnachschlagewerke für Apotheker und Chemiker jener Tage.[3] Gleichzeitig ist diese «Fußnoten-Geschichte» ein Indiz für Hahnemanns Mut, mit seiner Meinung nicht hinterm Berg zu halten, auch wenn er damit der Analyse eines hochangesehenen Arztes widersprach. Er scheute sich nicht, allgemein akzeptierte Wahrheiten in Frage zu stellen, und tat alles, um seine eigenen Erklärungen zu suchen.

Nach der Übersetzung von Cullens Werk führte Hahnemann sechs Jahre lang an sich selbst, an Mitgliedern seiner Familie und einer kleinen, aber wachsenden Anhängerschar Experimente durch. Im Jahr 1796 berichtete er über seine Erfahrungen mit dem Ähnlichkeitsgesetz in Hufelands *Journal der practischen Heilkunde,* einer angesehenen deutschen Zeitschrift für Medizin.[4]

Durch Zufall hatte Edward Jenner im Jahr 1798 die Wirkung

kleiner Dosen von Kuhpocken als Maßnahme zur Immunisierung gegen Pocken entdeckt. Während die Behandlungsmethode Jenners Eingang in die orthodoxe Medizin fand, wurde Hahnemanns Arbeit nicht akzeptiert. Hahnemann und die neue Schule der Medizin, die sich Homöopathie nannte, stieß auf so viel Widerstand, daß ganze medizinische Journale sich ihre Bekämpfung zur Aufgabe machten, wie zum Beispiel die *Anti-Homöopathischen Archive* oder das *Anti-Organon* (*Organon* war der Titel von Hahnemanns Grundlagentext über die Kunst und Wissenschaft der Homöopathie).[5]

Aufgrund der Tatsache, daß Hahnemann die Verwendung von jeweils nur einem Arzneimittel empfahl, das er zudem noch in kleinen Dosen verordnete, war er bei den Apothekern besonders unbeliebt.[6] Da er nur kleine Dosen eines jeden Mittels verschrieb, konnten die Apotheken nicht viel dafür verlangen. Außerdem erforderte die sachgerechte Herstellung der Arzneien viel Sorgfalt, und Hahnemann stellte fest, daß die Apotheker nicht immer korrekt dabei vorgingen oder den Patienten sogar absichtlich falsche Mittel gaben.

Aufgrund seines wachsenden Mißtrauens gegenüber den Apothekern, sah er sich schließlich veranlaßt, seine eigenen Arzneimittel zu dispensieren, was zu der Zeit in Deutschland verboten war. Die Apotheker klagten Hahnemann an, ihre «Privilegien der Dispensierung von Arzneien zu verletzen»[7]. Er wurde im Jahr 1820 in Leipzig verhaftet, für schuldig befunden und mußte die Stadt verlassen. Hahnemann zog nach Köthen, wo er vom Großherzog Ferdinand, einem der vielen Mitglieder europäischer Adelsfamilien, die die Homöopathie unterstützten, eine Sondererlaubnis erhielt, zu praktizieren und selbst zu dispensieren.[8]

Trotz der anhaltenden Verfolgung entwickelte die Homöopathie sich weiter. Das lag nicht nur daran, daß sie eine systematische Methode zur Behandlung kranker Menschen darstellte, sondern auch daran, daß die schulmedizinischen Therapien oft unwirksam oder gar gefährlich waren. Heute sind sich Medizinhistoriker im allgemeinen darüber einig, daß die Schulmedizin des 18. und besonders des 19. Jahrhunderts den Patienten häufig mehr Schaden zufügte, als daß sie ihnen nutzte.[9]

Bis in die Mitte des vorigen Jahrhunderts hinein waren Aderlässe und das Ansetzen von Blutegeln weit verbreitet. Ein französischer Arzt ließ seine Patienten so ausgiebig zur Ader, daß scherzhaft behauptet wurde, in seiner Praxis sei mehr Blut vergossen worden als während der Napoleonischen Kriege.[10] Benjamin Rush, der Vater der amerikanischen Medizin, betrachtete den Aderlaß als nützliche Maßnahme bei allen allgemeinen und chronischen Krankheiten.[11] Im Jahr 1833 wurden 41 Millionen Blutegel aus Frankreich in die Vereinigten Staaten eingeführt.[12] In den Vereinigten Staaten importierte eine Firma 500 000 Blutegel im Jahr 1856; eine Konkurrenzfirma brachte es auf 300 000 Stück.[13]

Neben Aderlaß und Blutegeln setzte die Schulmedizin jener Epoche Medikamente aus Quecksilber, Blei, Arsen und verschiedenen stark wirksamen Arzneipflanzen ein, um den Körper von krankheitsverursachenden Stoffen zu befreien.

Die Kombination von schlechter medizinischer Versorgung und ressentimentgeladener Reaktion auf die Homöopathie wird verständlich angesichts der medizinischen Ausbildung jener Zeit. Nathan Smith Davis, treibende Kraft bei dere Gründung der American Medical Association, beschreibt im Jahr 1845 die «Ausbildung» jener Zeit wie folgt:

> Alles, was ein junger Mann tun muß, ist, sich Zugang zur Praxis eines Arztes zu verschaffen, wo ihm eine Reihe gewöhnlicher medizinischer Bücher zur Verfügung steht; einmal im Monat einen Patienten zu sehen und vielleicht noch einmal im Jahr an einer hastig vorgenommenen Autopsie teilzunehmen; und im Verlauf von drei auf diese Weise zugebrachten Jahren ein oder zwei Kurse an den medizinischen Hochschulen zu besuchen, wo ihm die ganze Wissenschaft der Medizin, einschließlich Anatomie, Physiologie, Chemie, *Materia Medica,* Pathologie, medizinische Praxis, medizinische Rechtskunde, Chirurgie und Geburtshilfe in der kurzen Zeit von *sechzehn* Wochen eingetrichtert wird ..., womit seine Grund- und medizinische Ausbildung als vollständig erachtet werden.[14]

Trotz der Tatsache, daß die Medizin des 18. und 19. Jahrhunderts heute von Historikern und Wissenschaftlern als unwissenschaftlich und sogar als barbarisch angesehen wird, schreckten die Schulmediziner jener Epoche nicht davor zurück, die Homöopathie als «Quacksalberei», «unwissenschaftlich», «kultisch» oder gar als «teuflisch» zu bezeichnen.

Die Opposition gegen die Homöopathie

Die Homöopathie stellte eine ernsthafte Bedrohung für die etablierte Medizin dar. Die Schulmedizin warf Kräuterheilkundigen, Hebammen und verschiedenen anderen nicht «regulären» Praktikern vor, daß sie keine medizinische Ausbildung besäßen. Doch Homöopathen konnten nicht so ohne weiteres als «ungebildet» abgetan werden, da sie dieselben Universitäten besucht hatten wie die «regulären» Ärzte. Viele der ersten Homöopathen kamen von Harvard, Dartmouth und anderen angesehenen medizinischen Schulen.[15]

Die Tatsache, daß die Homöopathie eine integrierte, zusammenhängende, systematische Basis für ihre therapeutische Praxis anzubieten hatte, stellte ebenfalls eine Bedrohung für die etablierte Medizin dar. In seinem mit dem Pulitzer-Preis ausgezeichneten Buch *The Social Transformation of American Medicine* schreibt Paul Starr: «Da die Homöopathie gleichzeitig philosophischer und experimenteller Natur war, schien sie vielen Menschen eher wissenschaftlicher und nicht weniger wissenschaftlich als die Schulmedizin zu sein.»[16]

Einer der wichtigsten Gründe, warum die Schulmediziner und die Arzneimittelhersteller sich nicht für die Homöopathie erwärmen konnten, lag sicher darin, daß der homöopathische Ansatz auch eine scharfe Kritik der Anwendung konventioneller Medikamente enthielt. Die Hauptkritik der Homöopathen richtete sich gegen die suppressive Natur dieser Medikamente. Ihrer Ansicht nach «maskieren» solche Mittel die Symptome des Patienten nur und erzeugen so tiefergreifende, ernstere Leiden. Den Homöopathen war auch bekannt, daß dieses «Maskieren» der Symptome das Auffinden des richtigen Mittels erschwerte, da die charakteristischen Symptome des einzelnen den wichtigsten Wegweiser bei der individuellen Bestimmung des Mittels darstellen.

Auf einem Treffen der American Medical Association im Jahr 1903 hat eines ihrer angesehensten Mitglieder den vielleicht wichtigsten Grund für die Ablehnung der Homöopathie durch die Schulmedizin recht treffend formuliert: «Wir müssen zugeben, daß wir den Homöopathen nie aufgrund von Prinzipien bekämpft haben; wir bekämpften ihn, weil er in unsere Gemeinschaft eindrang und ins Geschäft kam.»[17] Obwohl die meisten Ärzte, gestern wie heute, das nicht so ohne weiteres zugeben würden, entscheiden wirtschaftliche Faktoren maßgeblich darüber, wie praktiziert wird und was praktiziert werden darf.

Die Hahnemannschen Prinzipien stellten daher eine philosophische, klinische und wirtschaftliche Bedrohung der Schulmedizin dar.

Kurze Zeit nachdem Hans Gram, ein holländischer Homöopath, im Jahr 1825 nach Amerika emigriert war, begann der Aufstieg der Homöopathie. Sie verbreitete sich so rasch, daß die homöopathischen Ärzte beschlossen, eine nationale medizinische Gesellschaft zu gründen. Im Jahr 1844 wurde das American Institute of Homeopathy gegründet, die erste nationale medizinische Gesellschaft in den Vereinigten Staaten.[18]

Teilweise als Reaktion auf die wachsende Zahl homöopathischer Ärzte, formierte sich eine gegnerische Gruppe im Jahr 1846, die sich zum Ziel setzte, die Ausbreitung der Homöopathie zu stoppen.[19] Diese Gesellschaft nannte sich American Medical Association.

Die Mitglieder der AMA hegten eine ausgeprägte Feindschaft gegen die Homöopathie und ihre Vertreter, die so weit ging, daß man sich kurz nach Bildung der AMA entschloß, sämtliche Mitglieder der örtlichen medizinischen Gesellschaften, die Anhänger der Homöopathie waren, aus dem Verband auszuschließen.[20] Diese Säuberungsaktion war in allen Bundesstaaten erfolgreich, außer in Massachusetts. Da die Homöopathie unter der Elite von Boston viele Anhänger hatte, gestattete die AMA diese Ausnahme unter der Bedingung, daß die Massachusetts Society sich verpflichtete, keine neuen homöopathischen Mitglieder aufzunehmen. Im Jahr 1871 wurden dann schließlich die acht noch verbliebenen homöopathischen Ärzte aus dem Verband ausgestoßen – wegen des abscheulichen Vergehens, Homöopathie zu praktizieren.

Im Jahr 1882 lehnte die AMA die Anerkennung von Delegierten der New York State Medical Society ab, da diese Gesellschaft vor kurzer Zeit eine Resolution verabschiedet hatte, nach der alle ordentlich approbierten Ärzte, und damit auch homöopathische, anzuerkennen seien.

Doch der Ausschluß der Homöopathen aus den medizinischen Gesellschaften genügte der AMA nicht: Im Jahr 1855 führte sie eine «Konsultationsklausel» in ihren Ehrenkodex ein, nach der alle Ärzte ihre Mitgliedschaft in der AMA verlieren sollten, die einen Homöopathen oder «nichtregulären» Praktiker konsultierten.[21]

Zu jener Zeit bedeutete der Verlust der Mitgliedschaft in der örtlichen medizinischen Gesellschaft in manchen Bundesstaaten auch den Verlust der Erlaubnis, den Arztberuf auszuüben. Es kam häufig vor, daß allopathische Ärzte, die die Machtposition in den Verbänden innehatten, homöopathischen Ärzten die Mitgliedschaft verweigerten und sie dann verhaften ließen, da sie ohne Lizenz praktizierten.[22] Schließlich gründeten homöopathische Ärzte ihre eigenen örtlichen Verbände und ihre eigenen Gesundheitsbehörden.

Zu einer Zeit in der Geschichte der amerikanischen Medizin, da es höchst selten, wenn überhaupt vorkam, daß Kollegen einander kritisierten, wurden die Vorschriften zum Umgang mit homöopathischen Ärzten streng gehandhabt.[23] So wurde ein Arzt aus Connecticut aus einer örtlichen medizinischen Gesellschaft ausgeschlossen, weil er einen homöopathischen Arzt konsultiert hatte – nämlich seine Frau.[24] Einem Arzt aus New York widerfuhr das gleiche Geschick, weil er in einer homöopathischen Apotheke Milchzucker gekauft hatte.[25] Joseph K. Barnes, Generalarzt der Vereinigten Staaten, wurde denunziert, weil er sich mit um Leib und Leben von Außenminister William Seward bemüht hatte in jener Nacht, als dieser erstochen und Präsident Lincoln erschossen wurde – nur weil Sewards persönlicher Arzt ein Homöopath war.[26]

In einer bizarren Aktion wurde Christopher C. Cox die Aufnahme in die Medical Society von Columbia verweigert, da er am gleichen

Ort in der Gesundheitsbehörde gearbeitet hatte, die auch ein homöopathisches Mitglied besaß. Dr. W. Bliss, ein allopathischer Arzt und Kollege von Dr. Cox, wurde ebenfalls aus der Gesellschaft ausgeschlossen, aber nicht weil er einen homöopathischen Arzt, sondern weil er Dr. Cox konsultiert hatte, der zuvor ausgeschlossen worden war. Ironischerweise kam die Medical Society zu dem Schluß, die beiden hätten sich eines abscheulichen Vergehens schuldig gemacht, das darin bestand, den Vizepräsidenten der Vereinigten Staaten, Shulyer Colfax, behandelt zu haben.[27]

Die AMA und ihre Mitglieder taten alles, um die Ausbildung von Homöopathen zu verhindern. Zu Beginn der vierziger Jahre des vorigen Jahrhunderts und erneut im Jahr 1855 hatten Fürsprecher der Homöopathie den Gesetzgeber des Bundesstaates Michigan bewogen, die Einrichtung einer Professur für Homöopathie an der medizinischen Fakultät der University of Michigan zu verfügen. Die AMA beschloß, den «regulären» Absolventen die Anerkennung zu verweigern, wenn ein Homöopath, als Mitglied des Lehrkörpers, ihr Diplom mitunterschrieben hatte (zu jener Zeit wurden die Diplome stets von allen Professoren unterschrieben).

Die Homöopathen brachten die Angelegenheit dreimal vor das höchste Gericht des Bundesstaates Michigan, doch war das Gericht jedesmal unschlüssig, ob es befugt sei, den Verwaltungsrat der Universität zu zwingen, gegen diese Diskriminierung vorzugehen.[28] Schließlich einigte man sich auf einen Kompromiß: 1875 beschloß der Gesetzgeber des Bundesstaates Michigan, Geld für ein neues Krankenhaus zu bewilligen, unter der Bedingung, daß zwei Professoren der Homöopathie einen Lehrauftrag an der medizinischen Fakultät bekämen. Es wurde ebenfalls beschlossen, daß die Diplome nur vom Präsidenten und vom Sekretär der Universität zu unterschreiben seien, wodurch alle Absolventen die Anerkennung der AMA erhielten. Trotz dieses Kompromisses hat fast jede medizinische Zeitschrift des Landes die medizinische Fakultät aufgefordert zurückzutreten, anstatt sich an der Ausbildung von Homöopathen zu beteiligen.[29]

Die Feindseligkeiten gegen die Homöopathie beschränkten sich keineswegs auf die Vereinigten Staaten, sondern waren auch in Europa gang und gäbe. In Frankreich wurde auch eine «Konsultationsklausel», ähnlich der in den Vereinigten Staaten, eingeführt. Als J. P. Tessier, ein französischer allopathischer Arzt, die Ergebnisse, die aufgrund homöopathischer Therapie am St.-Marguerite-Krankenhaus erzielt worden waren, auswertete und der Pariser Akademie mitteilte, daß diese günstig seien, entfachte er einen Sturm des Protests.[30] Alle medizinischen Zeitschriften weigerten sich, diese Ergebnisse zu publizieren, und als Dr. Tessier sie in einer homöopathischen Zeitschrift veröffentlichte, wurde er aus dem Ärzteverband ausgeschlossen.[31]

In den dreißiger Jahren des vorigen Jahrhunderts wurde die Homöopathie in Österreich gesetzlich verboten. Trotz des Verbots verwendeten viele Menschen homöopathische Mittel während der Choleraepidemie von 1831. Die Statistiken zeigen, daß unter jenen Cholerakranken, die homöopathisch behandelt wurden, eine Todesrate zwischen 2,4 und 21,1 zu verzeichnen war, während über 50 Prozent der allopathisch behandelten Cholerapatienten starben.[33]

Auch in Deutschland wurden Homöopathen in der zweiten Hälfte des vorigen Jahrhunderts immer schärfer von der orthodoxen Ärzteschaft angegriffen. Auf dem Wiesbadener Ärztetag von 1873 wurde schließlich beantragt, homöopathische Ärzte von der Mitgliedschaft auszuschließen. Dieser Antrag wäre auch angenommen worden, hätte nicht jedem Arzt in Bayern und Sachsen ein verfassungsmäßiges Recht auf Mitgliedschaft zugestanden. In einzelnen Vereinen anderer deutscher Länder wurden jedoch die beantragten Restriktionen ausdrücklich genehmigt und auch eingeführt.[33]

«Es gehörte kein geringer Mut dazu, sich in jenen Zeiten als wissenschaftlich gebildeter Arzt zur Homöopathie zu bekennen, keine geringe moralische Kraft, sich wissenschaftlich, wirtschaftlich und gesellschaftlich an den Pranger gestellt, boykottiert zu sehen und ihr doch treu zu bleiben.»[34]

Abgesehen von den Angriffen der Schulmediziner auf das Recht der Homöopathen, zu praktizieren, medizinischen Verbänden beizutreten und eine medizinische Ausbildung zu erhalten, versuchten die allopathischen Ärzte auch, den Ruf der Homöopathen zu schädigen. Homöopathen wurden als «unmoralisch», «illegal» und «unmännlich» angeprangert. Die Opposition gegen die Homöopathie beruhte nicht auf einer wissenschaftlichen Bewertung dieser Heilkunst, sondern hauptsächlich auf ökonomischen Gründen: Die Homöopathen stellten eine ernst zu nehmende Konkurrenz für die Schulmediziner dar.

Der Aufstieg der Homöopathie

In einer Ausgabe der Zeitschrift *Harper's Magazine* aus dem Jahre 1890 stellte Mark Twain den besonderen Wert der Homöopathie fest: «Die Einführung der Homöopathie zwang den Arzt der alten Schule, sich zu rühren und etwas über die rationale Natur seines Geschäfts zu lernen.»[35] Und er meinte: «Sie können wohl dankbar sein, daß die Homöopathie die Versuche der Allopathen, sie zu vernichten, überlebt hat.»

Trotz der massiven Unterdrückung von seiten der Schulmedizin überlebte die Homöopathie und erlebte im vorigen Jahrhundert und zu Beginn des 20. Jahrhunderts sogar eine Blütezeit. Bis zum Jahr 1900 gab es in den Vereinigten Staaten 22 homöopathische medizinische Schulen, mehr als 100 homöopathische Krankenhäuser, über 60 Waisenhäuser und Altenheime und über 1000 homöopathische Apotheken.[36]

Diese eindrucksvollen Zahlen allein reichen aber nicht aus, um wirklich ein genaues Bild von dem großen Einfluß zu geben, den die Homöopathie auf das Leben in den Vereinigten Staaten ausübte. Die Homöopathie gewann die Unterstützung von vielen angesehenen Mitgliedern der amerikanischen Gesellschaft. Zu ihren Fürsprechern zählten damals William James, Henry Wadsworth Longfellow, Nathaniel Hawthorne, Harriet Beecher-Stowe, Daniel Webster, William Seward, Horace Greeley und Louisa May Alcott. Der berühmte Journalist William Cullen Bryant war Präsident der New York Homeopathic Society.[37] John D. Rockefeller nannte die Homöopathie einen «progressiven und aggressiven Schritt der Medizin». Die Tatsache, daß er in seinem späteren Leben von einem homöopathischen Arzt betreut wurde, mag vielleicht einer der Gründe sein, warum er 99 Jahre alt wurde.[38]

Die Beliebtheit der Homöopathie bei den oberen Schichten der Gesellschaft war auch in Europa nicht zu übersehen. Abgesehen von der Patronage der königlichen Familie Englands seit den dreißiger Jahren des vorigen Jahrhunderts[39], zählte die Homöopathie Persönlichkeiten wie Charles Dickens, W. B. Yeats, William Thackeray, Benjamin Disraeli, Johann Wolfgang von Goethe und Papst Pius X. zu ihren Anhängern.[40]

Da zwei Vorkämpfer für die Sklavenbefreiung, William Lloyd Garrison und Zabina Eastman, erklärte Befürworter der Homöopathie waren und auch weil viele homöopathische Ärzte eine progressive politische Haltung zeigten, wurde die Homöopathie sowohl mit der Emanzipation der Frau wie mit der Emanzipation der schwarzen Bevölkerung identifiziert.[41] Vielleicht hat dies ihre Beliebtheit in den Nordstaaten gefördert* und ihre Verbreitung in den Südstaaten verlangsamt.[42]

Die Homöopathie war außerordentlich populär gerade bei Frauen, nicht nur als Patientinnen, sondern auch als Praktikerinnen. Die weltweit erste medizinische Schule für Frauen war das homöopathische Boston Female Medical College, das im Jahr 1848 gegründet wurde. Vier Jahre später wurde es zum New England Female Medical College, und im Jahr 1873 vereinigte es sich mit der Boston University, einer anderen homöopathischen Hochschule.[43] Von den homöopathischen Verbänden wurden weibliche Ärzte viel früher aufgenommen als von den orthodoxen allopathischen Ärzteverbänden. Das American Institute of Homeopathy gestattete Frauen den Beitritt bereits im Jahr 1871, während sie in der AMA erst im Jahr 1915 Aufnahme fanden.[44] Im Jahr 1890 schließlich wurden die ersten weiblichen Studenten an der allopathisch orientierten medizinischen Fakultät der Johns Hopkins University zugelassen, aber nicht etwa aus Gründen der Gleichberechtigung, sondern weil dafür eine Stiftung in Höhe von 500 000 Dollar angeboten wurde.[45] Das gleiche Angebot war zuvor von der Harvard University abgelehnt worden.[46]

* Statistiken zeigen, daß die Zahl der Homöopathen im Bundesstaat New York sich alle fünf Jahre zwischen 1829 und 1869 verdoppelte (*New England Medical Gazette*, 1869, S. 63).

Viele Geistliche waren nicht nur selber Anhänger der Homöopathie, sondern trugen auch zu ihrem weiteren Bekanntwerden bei.[47] Sogar Mary Baker Eddy, die Gründerin der Christian Science, der «Christlichen Wissenschaft», die den Gebrauch von Arzneimitteln generell strikt ablehnte, erkannte den Wert der Homöopathie an, da deren Medikamentensystem eine fortschreitende Spiritualisierung erkennen lasse im Gegensatz zur Allopathie*.[48]

Die amerikanische Presse jener Zeit stellte sich häufig auf die Seite der Homöopathie, wie das *Journal of the American Medical Association* mit Bedauern feststellte: «Wir wissen alle sehr genau, daß die Homöopathie die Sympathie der Presse und der Öffentlichkeit genießt.»[49]

Es ist daher kein Wunder, daß Henry James, ein weiterer Verteidiger der Homöopathie, diese medizinische Wissenschaft in seinem Roman *The Bostonians* in einem recht positiven Licht erscheinen läßt:

Ransom: Sie müssen sagen, wieviel Sie einnehmen. Einen Teelöffel?

Miss Birdseye: Ich glaube, diesmal nehme ich zwei. Es ist etwas Homöopathisches.

Ransom: Oh, daran zweifele ich nicht. Ich nehme an, Sie würden nichts anderes nehmen.

Miss Birdseye: Nun, es gilt jetzt im allgemeinen als das wahre System.[50]

Obwohl die Homöopathie bei den gebildeten und oberen Schichten besonders beliebt war, genoß sie auch bei den Armen einen guten Ruf. Das war sicher zum Teil auf die kostenlose Verteilung homöopathischer Medikamente in manchen Städten zurückzuführen.[51]

Der wichtigste Grund jedoch, warum die Homöopathie so enorm populär werden konnte, waren die Behandlungserfolge während der verschiedenen Epidemien, die im vorigen Jahrhundert in Amerika

* Allopathie ist übrigens ein von Hahnemann geprägter Begriff für die konventionelle Schulmedizin.

und Europa wüteten: Statistiken belegen, daß die Sterblichkeitsrate in den homöopathischen Krankenhäusern oft die Hälfte bis ein Achtel der Sterblichkeitsrate allopathischer Krankenhäuser betrug.[52] Die Homöopathen in Cincinatti waren bei der Cholera-Epidemie im Jahr 1849 so erfolgreich, daß sie täglich eine Liste ihrer Patienten – mit Name und Adresse – in der Presse veröffentlichten und angaben, wer geheilt und wer verstorben war. Nur 3 Prozent der 1116 homöopathisch behandelten Patienten starben, während 48 bis 60 Prozent der schulmedizinisch Behandelten den Tod fanden.[53]

Die Behandlungserfolge bei der Gelbfieber-Epidemie von 1848 im Süden der Vereinigten Staaten waren so eindrucksvoll, daß die Homöopathie von da an auch in dieser Region mehr Beachtung fand. Die Sterblichkeit der homöopathisch Behandelten betrug ein Drittel der Rate der allopathisch therapierten Fälle.[54]

Außer zur wirkungsvollen Behandlung von ansteckenden Krankheiten bot sich die Homöopathie an für ein breites Spektrum von akuten und chronischen Leiden. Die Beobachtung, daß homöopathisch behandelte Patienten eine höhere Lebenserwartung hatten, veranlaßte einige Lebensversicherungsgesellschaften, diesen Personen einen Rabatt von 10 Prozent zu gewähren.[55] Es gibt versicherungsstatistische Belege dafür, daß die Begünstigten von homöopathischen Patienten höhere Ausschüttungen von Lebensversicherungen erhielten, aufgrund der höheren Lebenserwartung der homöopathisch behandelten Personen.[56]

Die fachliche Ausbildung der Homöopathen des vorigen Jahrhunderts brauchte ebenfalls keinen Vergleich mit der Ausbildung der allopathischen Kollegen zu scheuen. Wie schon erwähnt, besuchten viele zunächst die konventionellen medizinischen Schulen. Schließlich gründeten sie ihre eigenen Ausbildungsstätten oder unterhielten Abteilungen für Homöopathie innerhalb traditionell-medizinischer Fakultäten. Die Boston University, die University of Michigan, die University of Minnesota, das Hahnemann Medical College und die University of Iowa gehörten neben anderen zu den Stätten, an denen Homöopathie unterrichtet wurde. Heute sind die Historiker der Ansicht, daß die Ausbildung an den homöopathischen Schulen durchaus dem Niveau der konventionellen Ausbildung entsprach.[57]

Eindrucksvoll ist die Tatsache, daß der Prozentsatz der Medizinstudenten, die die Prüfungen der Gesundheitsbehörden bestanden, bei den Homöopathen höher lag als bei den allopathischen Kandidaten.[58] Wissen und Gelehrsamkeit standen bei den Homöopathen von jeher hoch im Kurs. Einer US-Bildungskommission zufolge waren drei der vier medizinischen Fakultäten mit den größten Bibliotheken homöopathische Hochschulen.[59] Zur Jahrhundertwende gab es 29 verschiedene homöopathische Fachzeitschriften.

Die Popularität der Homöopathie in den Vereinigten Staaten war offensichtlich und tiefgreifend. Doch wird sie in den meisten Büchern über die Geschichte der amerikanischen Medizin kaum oder gar nicht erwähnt, und wenn dies trotzdem der Fall ist, dann im allgemeinen in abwertendem Sinne, als eine Anomalie in der Medizin, ein Kult, der schließlich in der Versenkung verschwand, eine Wissenschaft von Placebos anstatt von «echten Medikamenten» oder als Häresie. Die Geschichte wird nun mal von den Siegern geschrieben und nicht von den Besiegten. Die Geschichte der amerikanischen Medizin ist eine weitere traurige Bestätigung dieser Maxime.

Niedergang der Homöopathie

Es ist durchaus bemerkenswert, daß die Homöopathie die unablässigen und energischen Versuche, sie zu vernichten, überhaupt überleben konnte. Nach der Jahrhundertwende gelang es der AMA jedoch immer besser, die Homöopathie zu unterdrücken. Strategisch geschickt und publikumswirksam bewilligte die AMA den Absolventen homöopathischer Fakultäten den Zutritt zur AMA – freilich unter der Bedingung, daß sie der Homöopathie abschworen oder diese nicht praktizierten.[60] Im Jahr 1901 beschloß die AMA außerdem, die Konsultationsklausel fallenzulassen, aber nicht etwa weil sie das Kriegsbeil begraben hatte, sondern weil sie neue und wirksamere Wege gefunden hatte, gegen die Homöopathie vorzugehen.

Die Carnegie Foundation gab 1910 den berüchtigten *Flexner Report* heraus, eine Bewertung der medizinischen Fakultäten unter dem Vorsitz von Abraham Flexner in Zusammenarbeit mit führenden

Mitgliedern der AMA.[61] Während der Bericht Objektivität vortäuschte, etablierte er in Wirklichkeit Richtlinien, die auf eine Sanktionierung der orthodoxen medizinischen Ausbildungsstätten und eine Verurteilung der homöopathischen hinausliefen. Der Bericht bewertete jene Fakultäten am höchsten, deren Lehrpersonal ganztägig unterrichtete und die pathologische und physiochemische Analyse des menschlichen Körpers als zentral betrachtete. Die homöopathischen Ausbildungsstätten wurden angeprangert, da sie Professoren bevorzugten, die nicht nur als Lehrer oder Forscher tätig waren, sondern auch in der klinischen Praxis standen. Zu den vielen wissenschaftlichen Grundkursen im Rahmen der homöopathischen Ausbildung gehörten auch solche über Pharmakologie, die der *Flexner Report* für überflüssig hielt.

Wie man sich leicht vorstellen kann, wurden die homöopathischen Schulen vom *Flexner Report* im allgemeinen schlecht bewertet. Aufgrund des Reports wurden nur die Absolventen der hochbewerteten Schulen zu den amtlichen Lizenzprüfungen zugelassen. Im Jahr 1900 gab es 22 homöopathische Colleges, von denen bis zum Jahr 1923 nur noch 2 übriggeblieben waren.[62]

Diese Schulen waren nicht die einzigen, die durch den *Flexner Report* geschädigt wurden. Von den 7 Schulen für Farbige blieben nur 2 übrig, und der Bericht war auch mitverantwortlich dafür, daß die Zahl der weiblichen Absolventen um 33 Prozent zurückging.[63]

Um den neuen Richtlinien und den neuen Lizenzprüfungen mit ihren größeren Anforderungen an wissenschaftliche Grundkenntnisse gerecht zu werden, beschlossen die homöopathischen Anstalten, das Lehrangebot in Pathologie, Chemie, Physiologie und anderen medizinischen Wissenschaften zu erweitern, was jedoch zur Folge hatte, daß die speziell homöopathische Ausbildung zu kurz kam[64] und die Absolventen immer seltener in der Lage waren, wirklich gute Homöopathie zu praktizieren. Anstatt die Mittel entsprechend der Totalität der Symptome individuell anzuwenden, begannen viele, die Mittel krankheitsspezifisch zu verordnen. Andere gaben ihre homöopathische Praxis auf, und viele ehemalige Patienten wechselten zu anderen Behandlungsarten über.

Es gab jedoch noch andere Gründe für den raschen Niedergang der

Homöopathie nach der Jahrhundertwende: Die Schulmedizin war nicht mehr so barbarisch wie im Jahrhundert zuvor und hatte darum keine so abschreckende Wirkung auf die Patienten. Im Gegenteil – die Überzeugungskraft und der neue Schwung, die von der Zellularpathologie eines Rudolf Virchow und der Bakteriologie eines Robert Koch ausgingen, sowie die unbestreitbaren Erfolge der neuen naturwissenschaftlichen Medizin führten in Deutschland schon früh zum Niedergang der Homöopathie. Nach dem schon erwähnten gegen die Homöopathie gerichteten Ärztetag 1873 halbierte sich die Zahl homöopathischer Ärzte im Laufe von zehn Jahren und blieb bis 1923 auf dem gleichen niedrigen Niveau.[65]

Die Schulmedizin hatte außerdem ebenfalls begonnen, einige homöopathische Arzneimittel in ihr Repertoire aufzunehmen. Obwohl diese Mittel nicht in kleinen Dosen verordnet wurden wie in der Homöopathie, war der Einsatz von bestimmten homöopathischen Mitteln für den Laien dennoch verwirrend, der zunehmend Schwierigkeiten hatte, Allopathen von Homöopathen zu unterscheiden.[66]

Ein weiterer Faktor, der beim Niedergang der Homöopathie eine Rolle spielte, war die Wirtschaftlichkeit. Eine gute Homöopathie zu praktizieren erfordert eine eingehende Individualisation des Patienten, was erheblich mehr Zeit in Anspruch nimmt, als die meisten Schulmediziner für ihre Patienten übrig haben. Da wirtschaftliche Faktoren einen weit größeren Einfluß auf die medizinische Praxis haben, als allgemein angenommen wird, können wir getrost davon ausgehen, daß die Tatsache, daß Ärzte im 20. Jahrhundert mit der Schulmedizin wesentlich mehr Geld verdienen konnten als mit Homöopathie, nicht unwesentlich zum Niedergang letzterer beigetragen hat.

Wer weiß, ob die Geschichte nicht einen anderen Verlauf genommen hätte, wenn die großen Summen, mit denen John D. Rockefeller, ein entschiedener Fürsprecher der Homöopathie, homöopathische Institutionen fördern wollte, diese auch erreicht hätten. Doch sein Finanzberater Frederick Gates, ein überzeugter Anhänger der Schulmedizin, hat den entsprechenden Auftrag Rockefellers einfach nicht ausgeführt.[67] Dieser Verlust potentieller finanzieller Unterstützung war in der Tat tragisch, da Rockefeller zu Beginn des Jahrhunderts zwischen 300 und 400 Millionen Dollar stiftete, von denen der Großteil an allopathische medizinische Institutionen ging.[68]

Auch die Opposition der Arzneimittelhersteller trug wesentlich zu den kollektiven Bemühungen bei, den homöopathischen Zweig der Medizin zu unterdrücken. Da die Arzneimittelhersteller zugleich auch Herausgeber medizinischer Fachzeitschriften waren, konnten sie diese als Sprachrohre gegen die Homöopathie und zur Unterstützung der Schulmedizin nutzen. Sogar das *Journal of the American Medical Association* stellte im Jahr 1906 fest, daß «die medizinische Fachpresse dem Einfluß der Besitzinteressen [der Arzneimittelfirmen] in erheblichem Maße unterliegt»[69].

Zusammen mit verschiedenen äußeren Faktoren, die der weiteren Durchsetzung entgegenwirkten, gab es auch Probleme unter den Homöopathen selbst. Meinungsverschiedenheiten innerhalb der Homöopathie haben eine lange Tradition. Hahnemann verlangte von seinen Schülern, daß sie genau nach seinen Vorschriften praktizierten: «Wer nicht genau in der gleichen Linie schreitet wie ich, wer nur um eine Haaresbreite nach links oder rechts abweicht, ist ein Abtrünniger und ein Verräter.»[70] Wie sich unschwer ahnen läßt, gab es viele Homöopathen, deren Praxis von der Hahnemanns abwich.

Der bereits im Jahre 1826 gegründete «Verein zur Beförderung und Ausbildung der homöopathischen Heilkunst», der noch heute als «Deutscher Zentralverein homöopathischer Ärzte» weiterbesteht, spaltete sich noch zu Lebzeiten Hahnemanns in eine «naturwissenschaftlich-kritische» und eine Hahnemann-treue, «klassische» Richtung. Der Hader innerhalb des Vereins hat bis in die heutige Zeit angehalten, und wohl nur die massiven Angriffe von außen verhinderten ein Auseinanderfallen der Homöopathen in zwei unversöhnliche Lager.[71]

Die berühmtesten Homöopathen in den Vereinigten Staaten waren größtenteils klassische Homöopathen oder «Hahnemannier» (wie sie im englischsprachigen Raum genannt werden). Die Mehrheit der Homöopathen verschrieb jedoch ihre Arzneimittel nicht auf der Grundlage der Gesamtheit der Symptome, sondern entsprechend der Hauptkrankheit des Patienten. Diese Homöopathen verordneten ihre Mittel gegen spezifische Krankheiten, wobei sie zuweilen ein

Mittel gegen die Kopfschmerzen eines Patienten, ein anderes gegen dessen Verdauungsbeschwerden und ein drittes gegen seine Hautprobleme verschrieben. Hahnemann und seine Anhänger waren besonders unerbittlich, was die Verwendung von jeweils nur einem einzigen Mittel anbelangt, und Hahnemann bezeichnete jene Praktiker, die mehr als ein Mittel gleichzeitig einsetzten, als «Pseudo-Homöopathen» und schlimmeres.

Im Laufe seines Lebens setzte Hahnemann hauptsächlich Mittel ein, die 3-, 6-, 9-, 12- oder 30mal potenziert worden waren. Einige seiner Kollegen hatten jedoch auch erfolgreich mit Mitteln experimentiert, die 90-, 200-, 1000- oder 10 000mal potenziert waren. Im Jahr 1821 äußerte Hahnemann in einem Brief an einen Freund Zweifel an der Wirksamkeit solcher Mittel. Er machte sich auch Sorgen, daß die Öffentlichkeit der Homöopathie kein Vertrauen schenken würde, wenn sie mit so extrem hohen Potenzen arbeitete. Er empfahl seinen Anhängern, nicht über die 30ste Potenz hinaus zu verordnen.[72] Später erkannte Hahnemann die Wirksamkeit auch dieser höheren Potenzen an, obwohl es keine Aufzeichnungen von ihm über den Einsatz von Mitteln über der 1500sten Potenz gibt.*

Nach dem Tod Hahnemanns ging die Mehrheit der Homöopathen in den Vereinigten Staaten zu den höheren Potenzen über. Die sogenannten Tiefpotenzler waren jedoch keineswegs bekehrt, und so war die Bühne frei für die Austragung eines weiteren Meinungsstreits unter Homöopathen. Die beiden Richtungen der Hoch- und Tiefpotenzler gründeten eigene Organisationen, Krankenhäuser und Fachzeitschriften. Aufgrund der diversen Meinungsverschiedenheiten gab es zum Beispiel allein in Chicago vier verschiedene homöopathische Gesellschaften.

Die schlechte Ausbildung durch die homöopathischen Schulen nach der Jahrhundertwende hat schließlich den ursprünglich rigorosen Ansatz der Hahnemannschen Methode verwässert.

* Höher potenzierte Mittel sind solche, die 200-, 1000-, 10 000-, 100 000mal oder noch häufiger potenziert worden sind; niedrige Potenzen sind solche, die 3-, 6-, 9- oder 12mal potenziert wurden; ein Mittel, das 30mal potenziert wurde, ist eine mittlere Potenz.

Aus den Jahren zwischen 1930 und 1975 gibt es kaum noch Horrorgeschichten über die Unterdrückung der Homöopathie durch die AMA, hauptsächlich weil die AMA den Krieg bereits gewonnen zu haben schien. Im Jahr 1950 waren alle homöopathischen Ausbildungsstätten in den Vereinigten Staaten entweder geschlossen oder lehrten keine Homöopathie mehr. Es gab nur noch zwischen 50 und 150 praktizierende Homöopathen, von denen die meisten über fünfzig waren.

Aber die Wahrheit läßt sich auf die Dauer schwerlich unterdrükken. Die Homöopathie befindet sich erneut im Aufwind, und diesmal wird die Geschichte umgeschrieben werden müssen.

Der gegenwärtige Stand der Homöopathie

Homöopathen in anderen Ländern haben ebenfalls unter der Gegnerschaft der Schulmediziner zu leiden gehabt, waren jedoch nicht solchen systematischen und intensiven Angriffen ausgesetzt, wie die amerikanischen Homöopathen es durch ihre allopathischen Kollegen waren. Wo der Homöopathie ein gewisses Maß an Freiheit gewährt wurde, konnte sie gedeihen.

Vom Beginn der zwanziger Jahre an erholte sich die Homöopathie in Deutschland langsam von ihrem Rückschlag. Mit der Einrichtung des homöopathischen Robert-Bosch-Krankenhauses in Stuttgart und mit dem Eintreten des berühmten Berliner Chirurgen August Bier für die Homöopathie nahm das Interesse an dieser Heilkunst zu, und die Zahl homöopathischer Ärzte wuchs langsam, aber beständig. Nach dem Zweiten Weltkrieg wandten sich immer mehr Ärzte der «klassischen» Richtung Hahnemanns zu. Als Übermittler dieser Tradition wirkten in dieser Zeit vor allem einige Schweizer Homöopathen um den Genfer Arzt Pierre Schmid.

Motor des neuen Aufstiegs der Homöopathie war das wachsende Interesse der Bevölkerung. Aufgrund der Arzneikatastrophen der sechziger Jahre, allen voran die Contergan-Affäre, suchten viele Menschen nach einer weniger schädlichen Medizin. Nicht zuletzt als Reaktion darauf verdoppelte sich die Zahl der Mitglieder im Deutschen Zentralverein homöopathischer Ärzte innerhalb von zehn Jahren auf über 1500 im Jahre 1986. Der Schweizer Verein homöopathischer Ärzte zählt derzeit ca. 110 Mitglieder.

Doch die Nachfrage nach homöopathischer Behandlung kann durch diese Ärzte bei weitem nicht gedeckt werden. Das Heilpraktiker-Gesetz erlaubt in Deutschland auch Nicht-Ärzten, homöopathisch tätig zu werden, und viele bundesdeutsche Patienten suchen homöopathische Behandlung bei Heilpraktikern. Da homöopathische Fachkenntnisse nicht Gegenstand der staatlichen Prüfung von Heilpraktiker-Anwärtern sind und da eine qualifizierte Ausbildung nicht Voraussetzung für eine Tätigkeit als Heilpraktiker ist, sagt die Berufsbezeichnung natürlich auch nichts über die fachliche Qualifikation als Homöopath aus.[73] Deshalb haben klassisch homöopathisch arbeitende Heilpraktiker heute eine homöopathische Aus- und Fortbildung organisiert (siehe Teil III), und Hunderte von Teilnehmern jedes Jahr belegen das große Engagement vieler Heilpraktiker, sich in der Ausübung der Methode zu qualifizieren.

Homöopathie wird an den deutschen Universitäten nach wie vor offiziell weder erforscht noch gelehrt. Auf Initiative von Studenten halten allerdings mittlerweile an 15 deutschen Hochschulen homöopathische Ärzte Vorlesungen. Die Einrichtung eines Lehrstuhls konnte jedoch bisher von den Gegnern der Homöopathie erfolgreich verhindert werden. So hatte im Jahre 1979 die Mehrheit des bayerischen Landtags einen solchen Lehrstuhl gefordert. Das Vorhaben scheiterte an einem Gutachten der medizinischen Fakultät Bayerns, nach dem die Homöopathie «weder Kunst, noch Wissenschaft» sei und daher keinen Platz an den Universitäten Bayerns zu beanspruchen habe.[74]

Durch ein neues Arzneimittelgesetz drohte der Homöopathie in den siebziger Jahren sogar das endgültige Aus. Der Gesetzentwurf sah vor, Arzneimittel nicht zuzulassen, wenn sie «bei den vom Antragsteller angegebenen Anwendungsgebieten nicht ausreichend wirksam sind». Eine am Individuum und nicht an Krankheitsbegriffen orientierte Therapie kann jedoch nicht mit den in der konventionellen Medizin üblichen experimentellen und statistischen Testmethoden überprüft werden. Nach gut achtjährigem Ringen erreichten die Vertreter der Homöopathie, daß die Sonderstellung ihrer Methode berücksichtigt und Spezialnormen für die Zulassung homöopathischer Arzneimittel aufgestellt wurden. Die Arzneimittelkommission der Deutschen Ärzteschaft bezeichnete die endgültige Fassung des Gesetzes als «verwässert» und «unbefriedigend». Es war nicht gelungen, die Homöopathie auf diesem Wege auszuschalten. Sie wurde sogar dadurch aufgewertet, daß die homöopathische Pharmazie Eingang in die Studienordnung der Apotheker fand.

Eine gewisse Anerkennung bedeutet auch die Tatsache, daß der 90. Deutsche Ärztetag 1987 die Bedingungen für den Erwerb der Zusatzbezeichnung «Homöopathie» bundeseinheitlich geregelt hat. Für die Durchführung einer qualifizierten Weiterbildung approbierter Ärzte im Bereich Homöopathie sorgt der Deutsche Zentralverein homöopathischer Ärzte. Die in den letzten Jahren neu entstandenen Institute für homöopathische Medizin in Celle und Detmold sind weitere Zeichen dafür, daß die Homöopathie in ihrem Vaterland aus dem Dornröschenschlaf erwacht ist.

Die Homöopathie ist besonders populär in Großbritannien, wo die königliche Familie, wie bereits erwähnt, seit den dreißiger Jahren des vorigen Jahrhunderts von homöopathischen Ärzten behandelt wird.[77] Die *New York Times* berichtet, daß die Zahl derer, die homöopathische Ärzte aufsuchen, in England um 39 Prozent jährlich steigt.[76] Bei einer Untersuchung stellte eine englische Verbraucherorganisation mit 28 000 Mitgliedern fest, daß 80 Prozent davon irgendeine Form von komplementärer Medizin* in Anspruch genommen hatten und daß 70 Prozent derer, die in homöopathischer Behandlung waren, eine Heilung oder zumindest eine Besserung ihrer Beschwerden verzeichnen konnten.[77]

Vom wachsenden Interesse der breiten Öffentlichkeit für die Ho-

* In Großbritannien und zum Teil auch in den Vereinigten Staaten sind die Begriffe «komplementäre Medizin» oder «komplementäre Therapieformen» dabei, die Begriffe «alternative Medizin» oder «alternative Therapieformen» zu ersetzen. Die Befürworter komplementärer Therapieformen weisen darauf hin, daß diese Therapien keine «Alternativen», sondern einen wachsenden Bestandteil der Schulmedizin darstellen.

möopathie abgesehen, findet diese derzeit überraschend viel Anerkennung von seiten der allopathischen Ärzte. In einer jüngst veröffentlichten Meinungsumfrage unter britischen Ärzten zu ihrer Einstellung gegenüber komplementären Heilverfahren, berichtete die Fachzeitschrift *The British Medical Journal*, daß 42 Prozent der Befragten Patienten an homöopathische Ärzte überweisen.[78] Bei einer weiteren, in der Londoner *Times* veröffentlichten Studie, waren es gar 48 Prozent der befragten Ärzte, die Patienten an Homöopathen überwiesen.[79] Eine im *British Medical Journal* veröffentlichte Umfrage stellte fest, daß 80 von 100 gerade promovierten Ärzten Interesse an einer Ausbildung in Homöopathie, Akupunktur oder Hypnose zeigten.[80]

Ein ähnlich eindrucksvoller Zuwachs ist derzeit in Frankreich zu beobachten. Eine kürzliche Befragung französischer Ärzte hat gezeigt, daß 11 000 von ihnen homöopathische Mittel einsetzen, ungefähr 25 Prozent der französischen Bevölkerung homöopathische Arzneien ausprobiert haben oder gegenwärtig einnehmen und über 20 000 französische Apotheken zur Zeit homöopathische Arzneimittel verkaufen.[81] Diese Studie stellte ebenfalls fest, daß an sechs medizinischen Schulen homöopathische Ausbildungskurse angeboten werden, die mit einem Titel abschließen. Homöopathie wird im Rahmen aller Apothekerlehrgänge und an vier veterinärmedizinischen Fakultäten unterrichtet. Das Homöopathie-Interesse wächst in Frankreich so rasch, daß eine vor kurzem in *Le Nouvel Observateur*, einer der führenden Zeitschriften Frankreichs, erschienene Titelgeschichte davon berichtete, daß Präsident Mitterrand und sechs Vorsitzende medizinischer Fakultäten die Forderung nach mehr Forschung über Homöopathie erhoben.[82] In einem Leitartikel stellt der Autor fest: «Es ist eine Tatsache, daß die Homöopathie wirkt, ja bisweilen spektakuläre Erfolge erzielt.»

Ein im Jahr 1981 von der holländischen Regierung herausgegebener Bericht mit dem Titel *Alternative Medizin in den Niederlanden* kam zu dem Ergebnis, daß 20 Prozent der Bevölkerung alternative Heilmethoden anwenden und daß die Homöopathie zu einem der beliebtesten Heilverfahren zählt.[83]

Obwohl die Homöopathie in Europa weit verbreitet ist, erfreut sie sich in Asien, besonders in Indien, Pakistan und Sri Lanka, doch einer noch größeren Popularität – in Indien teilweise aufgrund der Unterstützung Mahatma Gandhis, aber auch wegen ihrer vorzüglichen Wirksamkeit bei der Behandlung vieler akuter Infektionskrankheiten und chronischer Leiden auf dem indischen Subkontinent. In einem Artikel in der Zeitschrift der Weltgesundheitsorganisation WHO, *World Health Forum*, war zu lesen: «Die homöopathische Behandlung scheint sich gut für ländliche Gebiete zu eignen, wo die für die allopathische Medizin erforderliche Infrastruktur, Ausrüstung und Medikamente fehlen.»[84]

Die Homöopathie ist außerdem wesentlich billiger als die konventionelle allopathische Medizin, und jedermann kann lernen, eine kleine Anzahl von Medikamenten für einfache, alltägliche Beschwerden anzuwenden. Gegenwärtig gibt es in Indien über 120 homöopathische medizinische Schulen, die eine vier- oder fünfjährige Ausbildung anbieten. 19 davon werden vom Staat unterhalten, und die meisten von ihnen sind in Universitäten integriert.[85] Im gleichen Artikel in der oben genannten WHO-Zeitschrift heißt es weiter: «Auf dem indischen Subkontinent ist die rechtliche Stellung homöopathischer Therapeuten jener der konventionellen Ärzte angeglichen worden.»[86]

In Südamerika erfreut sich die Homöopathie nicht der gleichen Beliebtheit wie in Europa oder Asien, ist aber dennoch weit verbreitet. Die Popularität der Homöopathie in Argentinien geht auf den größten Nationalhelden dieses Landes zurück, auf General San Martín, von dem berichtet wird, daß er einen Satz homöopathischer Mittel mit sich führte, als er 1816 bei seinem Versuch, Chile und Peru von der spanischen Herrschaft zu befreien, die Anden überquerte. Francisco Eizayaga, einer der angesehensten homöopathischen Ärzte Argentiniens, schätzt, daß es gegenwärtig ungefähr 2000 Ärzte in Argentinien gibt, die Homöopathie praktizieren, und etwa drei Millionen Menschen, die von homöopathischen Mitteln Gebrauch gemacht haben.[87]

Die Homöopathie ist gleichermaßen in Brasilien beliebt, wo es ungefähr 2000 Ärzte gibt, die homöopathische Mittel einsetzen. Es ist interessant, daß die Apotheker in Brasilien einen Pflichtkurs in homöopathischer Pharmakologie absolvieren müssen. Es gibt mindestens zehn homöopathische Schulen in Brasilien, und einige konventionelle medizinische Fakultäten bieten Kurse über Homöopathie an.[88]

Außer der besonderen Beliebtheit der Homöopathie in den beiden zuvor erwähnten Ländern, ist sie auch weitverbreitet in Mexiko, Griechenland, Belgien, Italien, Spanien, Australien, Südafrika, Nigeria und in der Sowjetunion.

Auch in den Vereinigten Staaten erlebt die Homöopathie derzeit eine Renaissance. In den frühen siebziger Jahren gab es nur etwa 50 bis 100 homöopathische Ärzte in Amerika, doch Mitte der achtziger Jahre waren es schon etwa 1000. Der *Washington Post* zufolge hat sich die Zahl der homöopathischen Ärzte zwischen 1980 und 1982 verdoppelt.[89]

Gleichzeitig werden homöopathische Mittel zunehmend auch von Vertretern anderer Heilberufe eingesetzt, zum Beispiel von Zahnärzten, Fußorthopäden, Veterinärmedizinern, Arzthelfern, Krankenschwestern, Heilpraktikern, Akupunkteuren, Chiropraktikern und Psychologen. Und es ist zu erwarten, daß das Interesse in naher Zukunft rasch weiterwachsen wird.

Die Wiederentdeckung der Homöopathie in der Öffentlichkeit ist ein noch ermutigenderes Zeichen. Die Zeitschrift *FDA Consumer* berichtete kürzlich von einer 1000prozentigen Verkaufssteigerung homöopathischer Mittel im Zeitraum zwischen Ende der siebziger und Anfang der achtziger Jahre.[90]

Im Gegensatz zu der Ansicht mancher Kritiker, daß vor allem eher weniger Gebildete der Homöopathie zuneigen, ergab eine im *Western Journal of Medicine* veröffentlichte Untersuchung, daß Homöopathie-Patienten in der Regel einen höheren Bildungsgrad aufweisen als der Durchschnittsamerikaner.[91]

Es ist schwierig vorherzusagen, wie populär die Homöopathie im 21. Jahrhundert in den Vereinigten Staaten sein wird, obwohl wahrscheinlich ist, daß die Mehrzahl der Ärzte einen Teil der potenzierten Arzneimittel verwenden wird, deren Wirksamkeit durch die Forschung belegt ist. Eine wachsende Anzahl von Laien wird auch lernen, sich bei einfachen, akuten gesundheitlichen Störungen mit homöopathischen Mitteln selbst zu behandeln, und wird sich wahrscheinlich bei ernsteren Störungen an einen homöopathischen Therapeuten wenden.

Zweifelsohne wird die Homöopathie eine zunehmend größere Rolle im Gesundheitswesen spielen, denn wie der international bekannte Geigenvirtuose und Humanist Yehudi Menuhin einmal bemerkte: «Die Homöopathie ist eines der wenigen Spezialgebiete der Medizin, die keine Nachteile, sondern nur Vorteile mit sich bringen.»

3 Die wissenschaftliche Verifikation der Homöopathie

Sogar Sir William Olser, der Vater der modernen Medizin, erkannte das ernsthafte Interesse der Homöopathen an der wissenschaftlichen Medizin an. Vor einer Gruppe allopathischer Ärzte sagte er im Jahr 1905: «Es ist beileibe nicht so, daß unsere homöopathischen Kollegen schlafen: ganz im Gegenteil, was die Bedeutung der wissenschaftlichen Erforschung der Krankheit anbelangt, sind viele von ihnen hellwach.»[1] Wenn Skeptiker heute behaupten, daß es keine Forschung im Bereich der Homöopathie gibt, dann deswegen, weil sie im Hinblick auf die letzten Entwicklungen in Wissenschaft und Medizin nicht auf dem laufenden sind; es gibt nämlich Dutzende von guten wissenschaftlichen Studien über Homöopathie. Um unser Wissen über die Homöopathie zu vergrößern, sind weitere Untersuchungen zwar unbedingt erforderlich, doch sollte niemand die bereits durchgeführten wissenschaftlichen Forschungen über diese pharmazeutische Methode ignorieren.

Skeptiker nehmen bisweilen an, daß die von den Homöopathen verwendeten potenzierten Heilmittel unmöglich irgendwelche biologischen oder klinischen Wirkungen haben können. Auch wenn entsprechende bestätigende Forschungsergebnisse in angesehenen wissenschaftlichen Fachzeitschriften erscheinen, werden viele allopathische Ärzte die Möglichkeit einer Arzneimittelwirkung dennoch abstreiten. Manche Ärzte haben in jüngster Zeit einige homöopathische Doppelblindversuche*, deren Ergebnisse in dem angesehenen Ärzteblatt *Lancet* veröffentlicht wurden, abzuwerten versucht, indem sie die Meinung äußerten, die Forscher hätten ein Placebo gegen das andere untersucht.[7] In ihrer Antwort darauf äußerten sich die Autoren des Forschungsberichts besorgt über eine derart zynische Beurteilung einer wissenschaftlichen Methode, die im allgemeinen als anerkanntes Verfahren gilt, um die Reaktion auf ein Placebo von einer Arzneimittelwirkung zu unterscheiden.[3]

Obwohl manche Skeptiker sich der Homöopathie gegenüber verschlossen haben und sich auch durch Tatsachen nicht beirren lassen wollen, gibt es eine wachsende Anzahl von Ärzten und Wissenschaftlern, die das Faktum anerkennen, daß die Wirkung homöopathischer Arzneimittel durch sorgfältige Forschung belegt worden ist. Sie versuchen nun, deren Implikationen zu verstehen.

Es gibt aber auch viele, denen es ganz gleich ist, ob die Homöopathie erklärt werden kann bzw. ob sie wissenschaftlich «bewiesen» ist oder nicht. Solche Menschen haben vielleicht den Wert homöopathischer Mittel bereits erfahren und wollen nun wissen, ob sie auch in Zukunft von ihnen profitieren können. Sie lassen sich mehr durch ihre eigene Erfahrung leiten als durch das, was andere als «wissenschaftlich» definieren.

Das empirische Beweismaterial

Ganz gleich, ob man von der homöopathischen Forschung überzeugt ist oder nicht, an ihr interessiert ist oder nicht, es lohnt sich auf jeden Fall, die folgenden Tatsachen zu bedenken, die nahelegen, daß es sich bei den homöopathischen Mitteln um keine Placebos handelt, sondern um Arzneigaben mit biologischen Wirkungen.

1. *Homöopathische Arzneimittel werden häufig in der Veterinärmedizin eingesetzt – von Laien und von Tierärzten.* Die Erfolge bei der

* Bei einem Doppelblindversuch wissen weder Versuchsleiter noch die Probanden, welche Teilnehmer das zu prüfende Präparat und welche ein Placebo erhalten.

Behandlung von Tieren mit potenzierten Mitteln sind so signifikant gewesen, daß ganze Bücher über die homöopathische Behandlung des Hundes, der Katze, des Pferds und sogar des Rinds geschrieben worden sind. Es sind außerdem einige eindrucksvolle klinische Doppelblindversuche mit Tieren durchgeführt worden (siehe S. 93ff.). Obwohl ein gewisser Grad von Suggestion auch bei Tieren möglich ist, erscheint es doch zweifelhaft, daß bloße psychologische Einflußnahme ausreichen könnte, um neurologische Störungen bei Hunden, Abszesse bei Katzen, Hautkrankheiten bei Pferden oder Mastitis bei Kühen mit jener Regelmäßigkeit zu heilen, wie man sie beim Einsatz der homöopathischen Mittel beobachtet hat. Weit wahrscheinlicher ist, daß die Mittel eben eine Wirkung haben und nicht als bloße Placebos anzusehen sind.

2. *Homöopathische Arzneimittel werden häufig bei Säuglingen angewandt.* Säuglinge mögen ebenfalls bis zu einem gewissen Grad Suggestionen zugänglich sein, doch beobachten homöopathische Therapeuten und Eltern regelmäßig die fast sofortige Wirkung homöopathischer Mittel bei Beschwerden beim Zahnen, fieberhaften Zuständen, Schlaflosigkeit und neurologischen Störungen im Säuglingsalter. Es reicht nicht aus, diese regelmäßig erzielten Wirkungen als bloße Placeboeffekte zu erklären (siehe Kapitel 5 über Kinderheilkunde).
3. *Im vorigen Jahrhundert wurde die Homöopathie in den Vereinigten Staaten und in Europa vor allem populär aufgrund ihrer Erfolge bei der Behandlung verschiedener Epidemien, die zu jener Zeit grassierten, einschließlich Cholera, Typhus, Gelbfieber und Scharlach.* Es ist wiederum zweifelhaft, ob Placebos bei der Behandlung dieser schweren Infektionskrankheiten die gleiche vorzügliche Wirkung gezeigt hätten.
4. *Homöopathische Mittel sind von heilender Wirkung, wenn sie sachgerecht verordnet werden. Sie können jedoch auch die gleichen Symptome, die sie zu heilen vermögen, hervorrufen, wenn Menschen, die eine besondere Sensibilität für die betreffende Substanz besitzen, wiederholt Gaben des potenzierten Mittels einnehmen.* Jene Gruppe von Symptomen, die mit einer Arznei wirkungsvoll behandelt werden kann, wird hauptsächlich durch Experimente

eruiert, durch sogenannte «Arzneimittelprüfungen». Dabei werden kleine, potenzierte Gaben der betreffenden Substanz ein- oder zweimal täglich eingenommen, bis jene Testpersonen, die für die Substanz empfänglich sind, Symptome bilden. Die zu prüfende Substanz wird in Gaben von C3, C6 oder C9 verabreicht (Potenzen, die alle einen zwar sehr kleinen, aber meßbaren Anteil der betreffenden Substanz aufweisen). Es werden aber auch Arzneimittelprüfungen mit C30, C200 und höheren Potenzen durchgeführt. Der Anteil der Ausgangssubstanz ist dabei so gering, daß diese Potenzen wahrscheinlich keine Moleküle der betreffenden Substanz mehr enthalten. Dennoch vermögen auch diese Mittel bei regelmäßiger Einnahme ihre eigenen, einzigartigen Symptomenkomplexe hervorzurufen.
Die Tatsache, daß potenzierte Arzneimittel nicht nur heilen, sondern auch Symptome hervorrufen können, ist ein Beleg für die biologische Wirkung von hochpotenzierten Mitteln. Es kommt in der Tat selten vor, daß ein Placebo eine ähnliche Gruppe von Symptomen hervorruft, und man kann daher annehmen, daß potenzierte homöopathische Mittel *keine* Placebos sind.

5. *Wenn ein Mensch, der an einer chronischen Krankheit leidet, ein gut gewähltes homöopathisches Einzelmittel erhält, kommt es relativ häufig vor, daß der Betreffende eine «Heilkrise» durchmacht – eine vorübergehende Verschlimmerung von gegenwärtigen oder auch von früheren Symptomen.* Obwohl sie zuweilen Symptome wirkungsvoll bessern können, rufen Placebos im allgemeinen keine Reaktionen hervor und noch seltener eine Verschlimmerung von Symptomen. Da Homöopathen, die Hochpotenzen einsetzen (C200, C1000, C10 000 oder C50 000 zum Beispiel), eine Heilkrise bei 10 bis 30 Prozent ihrer Patienten beobachten, ist es unwahrscheinlich, daß ein Placebo die einzige Ursache hierfür sein könnte.
6. *In der Vergangenheit haben homöopathische Apotheken höhere Potenzen (C200, C1000, C10 000 und höher) nur an Angehörige von anerkannten Heilberufen verkauft.* Obwohl der freie, uneingeschränkte Verkauf der Hochpotenzen an Laien den Apotheken finanzielle Vorteile gebracht hätte, haben sie die außerordentliche Wirksamkeit der hohen Potenzen anerkannt und ihre Verfügbar-

keit eingeschränkt. Da die Allgemeinheit heutzutage besser über den Gebrauch von homöopathischen Arzneien informiert wird, schränken die Apotheken den Verkauf von Hochpotenzen nicht mehr ein.

Im Lichte der sechs oben angeführten empirischen Beobachtungen spricht bereits auf den ersten Blick viel für die Wirksamkeit von potenzierten Arzneimitteln. Darüber hinaus gibt es jedoch auch eine Reihe von Doppelblindversuchen, die beachtliche weitere Belege für die biologische Wirkung und die klinische Wirksamkeit homöopathischer Arzneimittel liefern.

Das klinische Beweismaterial

Die Durchführung klinischer Forschungsreihen gestaltet sich weitaus schwieriger, als man zunächst annehmen möchte. Trotz der riesigen Summen und des großen Aufwands an Arbeitsstunden, die bei der Untersuchung konventioneller Arzneimittel aufgewandt werden, kommt ein Bericht des U.S. Congress's Office of Technology Assessment zu der abschließenden Aussage: «Schätzungen zufolge haben nur 10 bis 20 Prozent aller Verfahren, die in der heutigen medizinischen Praxis angewandt werden, in kontrollierten Versuchen ihre Wirksamkeit beweisen können.»[4]

Zwar standen der Homöopathie wesentlich geringere Geldmittel zur Verfügung, doch sind die Forschungsergebnisse zur Wirksamkeit homöopathischer Arzneien mindestens ebenso überzeugend wie jene anderer Arzneitherapien.

Einer der ersten Doppelblindversuche, die jemals mit homöopathischen Arzneimitteln durchgeführt worden sind, wurde im Jahr 1906 von einer homöopathischen Organisation gesponsert. Bei diesem Experiment wurde eine Arzneimittelprüfung von *Belladonna* (Tollkirsche) in 11 verschiedenen Städten mit insgesamt 51 Teilnehmern durchgeführt. Die Probanden bildeten eine eindrucksvolle Anzahl von Symptomen, die das, was bereits über die Giftwirkung von *Belladonna* bekannt war, im wesentlichen bestätigten.[5]

Eine weitere frühe Doppelblindstudie wurde im Auftrag der britischen Regierung während des Zweiten Weltkriegs durchgeführt. Dieses Experiment hat gezeigt, daß Menschen mit Verbrennungen durch Senfgas, die mit *Senfgas C30** *Rhus tox C30* (Giftsumach) oder mit *Kalium bichromicum C30* (Kaliumbichromat) behandelt wurden, wesentliche Verbesserungen gegenüber jenen zeigten, die ein Placebo erhalten hatten.[6] Eine in jüngster Zeit durchgeführte Analyse der Studie hat die statistische Signifikanz dieser Forschungsarbeit weiter untermauert.[7]

Ein Doppelblindversuch homöopathischer Heuschnupfen-Behandlung wurde kürzlich in der angesehenen englischen Ärztezeitschrift *Lancet* veröffentlicht.[8] Die Studie wurde von zwei Vertretern des Glasgow Homeopathic Hospital durchgeführt und von den Abteilungen für Statistik und Immunologie an der University of Glasgow ausgewertet. Im Rahmen der Untersuchung wurden zwei Gruppen von Heuschnupfen-Patienten verglichen – die eine erhielt ein homöopathischs Präparat, bestehend aus zwölf Arten von Pollen in der Potenz C30, die andere ein Placebo. Die Studie hat ergeben, daß die Gruppe mit dem homöopathischen Präparat 6mal weniger Symptome aufwies als die Gruppe mit Placebo. Beiden Patientengruppen wurde gestattet, bei entsprechend schweren Symptomen ein Antihistaminikum einzunehmen. Am Ende der Untersuchung hatte die Gruppe mit dem homöopathischen Mittel das allopathische Mittel *halb* so oft gebraucht wie die Gruppe, die ein Placebo erhalten hatte.

Ein Doppelblindversuch mit an rheumatoider Arthritis Leidenden wurde im *British Journal of Clinical Pharmacology* veröffentlicht.[9] Zunächst wurde ein homöopathisches Mittel individuell für jeden Patienten verordnet, doch erhielt nur die Hälfte der Teilnehmer dieses Mittel, während die andere Hälfte ein Placebo bekam. Bei dieser Studie waren es eindrucksvolle 82 Prozent derjenigen, die ein homöopathisches Mittel erhielten, die eine Besserung ihrer Symptome vermelden konnten, während lediglich 21 Prozent der

* Der Buchstabe *C* vor einer Zahl kennzeichnet das Verdünnungsverhältnis 1:99, während der Buchstabe *D* für ein Verdünnungsverhältnis von 1:9 steht.

Personen, die ein Placebo genommen hatten, von einem ähnlichen Grad der Besserung berichteten.

Ein Doppelblindversuch mit einer einzigartigen Anordnung wurde mit Patienten durchgeführt, die an Fibrositis, einer rheumatologischen Erkrankung, litten.[10] Dieser Anordnung zufolge durften die Homöopathen lediglich eins von drei Mitteln verordnen (*Arnica, Rhus tox* und *Bryonia* – Arnika, auch Bergwohlverleih genannt, der Giftsumach und Zaunrübe). Es gab keinen statistischen Unterschied zwischen der Gruppe, die homöopathische Mittel erhielt, und der Placebo-Gruppe. Als ein Teil der Versuchsanordnung wurde jedoch die jeweilige Genauigkeit der Verordnung nachträglich durch eine Gruppe von homöopathischen Ärzten ausgewertet. Diese Zweitauswertung hat gezeigt, daß es einen statistisch *signifikanten Unterschied gab* zwischen den Patienten, die nach Ansicht der Gruppe von homöopathischen Ärzten das *richtige,* angezeigte Mittel erhalten hatten, und der Placebo-Gruppe. (Die Ärzte wurden zuvor nicht darüber informiert, bei welchen Patienten eine Besserung eingetreten war.) Dieses besondere Experiment verdeutlicht, daß man nicht einfach eine Besserung durch die Verordnung irgendeines homöopathischen Mittels erwarten kann, sondern daß das Mittel dem Kranken individuell angepaßt sein muß.

Ein weiterer Doppelblindversuch wurde bei Patienten mit neuralgischen Zahnschmerzen nach Zahnextraktionen durchgeführt.[11] 30 Patienten erhielten *Arnica C7* (Arnika) und *Hypericum C15* (Johanniskraut), die abwechselnd in vierstündigen Intervallen verabreicht wurden, während 30 andere Patienten ein Placebo erhielten. Bei der Homöopathie-Gruppe waren es eindrucksvolle 76 Prozent, die eine Besserung angaben, während es bei der Placebo-Gruppe 40 Prozent waren, die eine ähnliche Besserung meldeten.

Eine weitere Studie, die in einer angesehenen deutschen pharmakologischen Fachzeitschrift erschienen ist, belegte die Wirkung eines homöopathischen Komplexmittels* bei der Behandlung von Schwindel und Übelkeit.[12] Nach sowohl subjektiven als auch objektiven

* Komplexmittel sind eine Mischung aus mehreren Mitteln und liegen als Kügelchen oder in flüssiger Form vor.

Gesichtspunkten war eine statistisch signifikante Besserung bei der Homöopathie-Gruppe gegenüber der Placebo-Gruppe festzustellen.

Französische Wissenschaftler haben kürzlich einen Doppelblindversuch mit einem Komplexmittel zur Behandlung schwangerer Frauen abgeschlossen. Die Studie hat ergeben, daß es durch die Einnahme des homöopathischen Mittels zu einer signifikanten Verkürzung der Geburtsperiode und einer Verminderung von abnormer Wehentätigkeit kam. Der Versuch umfaßte 93 Teilnehmerinnen; 40 Personen erhielten ein Placebo, während 53 Teilnehmerinnen das Komplexmittel in der C5 erhielten, welches sich aus *Caulophyllum* (Frauenwurzel), *Actea raeemosa* (Cimicifuga oder Wanzenkraut), *Arnica* (Arnika oder Bergwohlverleih), *Pulsatilla* (Kuhschelle) und *Gelsemium* (wilder Jasmin) zusammensetzte. Die Forscher fanden heraus, daß die Frauen, die das homöopathische Mittel erhielten, eine durchschnittliche Wehenperiode von 5,1 Stunden hatten, während es bei der Placebo-Gruppe durchschnittlich 8,5 Stunden dauerte. Abnorme Wehentätigkeit wurde bei 11,3 Prozent der Frauen in der Homöopathie-Gruppe festgestellt, während dies bei 40 Prozent der Frauen in der Placebo-Gruppe auftrat.[13]

Ein Experiment, bei dem die homöopathischen Mittel sich als nicht wirksam erwiesen, soll ebenfalls erwähnt werden. Patienten mit Osteoarthritis erhielten entweder *Rhus tox C6*, oder Fenoprofen (ein allopathisches Mittel mit entzündungshemmenden, schmerzlindernden Wirkungen), oder ein Placebo. Diese Studie hat gezeigt, daß die Patienten durch das allopathische Arzneimittel die größte Linderung ihrer Symptome erfuhren. Die Besserung durch *Rhux tox C6* war nicht ausgeprägter als in der Placebo-Gruppe.[14]

Wenn man diese letzte Studie isoliert betrachtet, könnte man zu dem Schluß kommen, daß homöopathische Mittel inaktive Substanzen sind, genau wie Placebos. Die Antwort von Homöopathen auf dieses Experiment lautet, daß der Einsatz von nur einem Medikament für alle Patienten, anstatt der Individualisierung der Mittel entsprechend der Totalität der Symptome des einzelnen, nur in sehr seltenen Fällen wirksam sein kann.[15] Osteoarthritis gehört jedoch nicht in diese Kategorie von Krankheiten. Die Wahl von *Rhus tox* war auch ganz offensichtlich nicht geeignet für die Behandlung von

Osteoarthritis, denn obwohl das Mittel häufig bei rheumatoider Arthritis mit Erfolg verordnet wird, ist es nur selten bei Osteoarthritis eingesetzt worden. Die Versuchsanordnung war ebenfalls schlecht konzipiert, denn es wurde in einem kurzen Zeitraum der unangemessene Vergleich gezogen zwischen einem schnell wirkenden Medikament, dem allopathischen entzündungshemmenden Schmerzmittel, und einem langsam wirkenden Präparat, der homöopathischen Arznei. Bei einem ähnlichen Vergleich zwischen Morphium und einem homöopathischen Mittel würde ersteres ebenfalls kurzfristig besser abschneiden, was aber noch lange nicht heißt, daß Morphium eine bessere langfristige Heilwirkung entfaltet als das angezeigte homöopathische Mittel.

Klinische Versuche mit Tieren

Tierexperimente sind besonders wertvoll, da die Wahrscheinlichkeit eines Placeboeffekts geringer ist. Daher kann man aus den folgenden Doppelblindversuchen mit relativer Sicherheit schließen, daß die geprüften homöopathischen Mittel eine Heilwirkung entfaltet haben.

Eine Studie, die von vier deutschen Wissenschaftlern an einer veterinärmedizinischen Fakultät abgeschlossen wurde, hat gezeigt, daß *Chelidonium D3* (Schöllkraut) den Cholesterinspiegel zu senken vermag, wenn es zweimal täglich Hasen verabreicht wird, die cholesterinreiches Futter erhalten.[16] Nach 34 Tagen hatten 7 Hasen, die mit dem homöopathischen Arzneimittel behandelt wurden, 25 Prozent weniger Cholesterin im Blut als die 7 Hasen der Placebogruppe.

Eine wichtige Studie, veröffentlicht in der angesehenen Fachzeitschrift *Human Toxicology*, hat gezeigt, daß Ratten materielle Gaben von Arsen mit Hilfe von nachträglich verabreichten potenzierten Gaben von Arsen besser ausscheiden konnten.[17] Diese Untersuchungen verglichen auch verschiedene Potenzen von *Arsenicum album* (Arsen) einschließlich D10, D14, D18, D22, D26, D30 sowie C5, C7, C11, C13 und C15. Alle diese Potenzen unterstützten die Arsenausscheidung bei den Ratten, im Gegensatz zu den Ratten, die ein

Placebo erhalten hatten. Die besten Ergebnisse wurden mit den Potenzen D14 und C7 registriert. Die Untersuchungen ergaben ebenfalls, daß die «D»-Potenzen die Arsenausscheidung stärker förderten als die «C»-Potenzen. Eingedenk der Tatsache, daß die Umweltbelastung durch Schwermetalle ein bedeutendes Problem in unserer modernen Welt geworden ist, wären weitere Untersuchungen zum Einsatz homöopathischer Mittel zur Ausscheidung von Umweltgiften von größter Bedeutung.

Der englische Tierarzt Christopher Day verwendete *Caulophyllum C30* (Frauenwurzel) bei Schweinen, die eine hohe Rate von Totgeburten aufwiesen.[18] Die Schweine aus der Placebo-Gruppe hatten 103 Geburten und 27 Totgeburten (20,8 Prozent), während es in der homöopathischen Gruppe zu 104 Geburten und 12 Totgeburten kam (10,3 Prozent).

Christopher Day führte auch mehrere Pilotstudien durch, die Belege dafür lieferten, daß homöopathische Mittel das Kalben bei Rindern erleichtert und das Auftreten von Mastitis bei Kühen vermindert.[19]

In einem Krebsforschungszentrum in Indien hat man herausgefunden, daß Mäuse, die ein Fibrosarkom (eine Krebsart) transplantiert bekamen und dann mit homöopathischen Mitteln behandelt wurden, wesentlich länger lebten als unbehandelte Mäuse.[20] Von den 77 homöopathisch behandelten Mäusen haben 52 Prozent länger als ein Jahr überlebt, während alle 77 unbehandelten Mäuse innerhalb 10 bis 15 Tagen starben.

Ein weiteres wichtiges Experiment mit Nagetieren ergab, daß homöopathische Mittel bei der Hemmung der Schmerzreaktion auf den bekannten biochemischen Wegen wirken müssen.[21] Wissenschaftler an einer englischen Apothekerschule stellten fest, daß Nagetiere, die *Hypericum C30* (Johanniskraut) erhalten hatten, länger auf einer heißen Platte aushalten konnten als andere Tiere, die nur Wasser bekamen. Die Tiere erhielten wiederum *Hypericum C30* und eine zusätzliche Gabe von Naloxone, einem chemischen Präparat, das die Endorphin- oder schmerzlindernde Reaktion herabsetzt. Naloxone war ebenfalls imstande, die Schutzwirkung von *Hypericum* herabzusetzen. Da Naloxone die schmerzlindernde Wirkung von Morphium reduziert, kamen die Forscher zu dem Schluß, daß das homöopathische Mittel scheinbar eine ähnliche biochemische Reaktion anregt.

Obwohl dieser Versuch wie auch einige der anderen, die in diesem Kapitel erwähnt wurden, von besonderem Wert ist, wenn es darum geht, die Heilwirkung von potenzierten Arzneimitteln zu belegen oder gar Hinweise auf ihren Wirkmechanismus zu erhalten, muß doch angemerkt werden, daß viele Tierversuche die Rechte des Tieres verletzen. Daher sollte diese Art von Forschung auf ein Minimum reduziert werden.

Laborbefunde

Durch Laboruntersuchungen kann weder eine spezifische noch eine allgemeine Wirkung homöopathischer Arzneimittel bewiesen oder widerlegt werden; solche Untersuchungen können nur auf biologische Auswirkungen potenzierter Arzneimittel hinweisen, falls es solche gibt. Einige gutangelegte Studien können uns vielleicht sogar helfen beim Verständnis einer noch schwierigeren Frage – nämlich *wie* und *warum* potenzierte Arzneimittel wirken.

Die Kernresonanzspektrometrie ist eine hochmoderne medizinische Technik, die den Protonen-Spin mißt. Eine kürzlich durchgeführte Versuchsreihe mit Kernresonanzspektrometrie ergab bei 23 verschiedenen homöopathischen Arzneimitteln und Potenzen deutliche Werte von subatomarer Tätigkeit, während ein Placebo keine solchen Werte anzeigte.[22]

Französische Forscher haben gezeigt, daß potenzierte Gaben von *Apis* (zerstoßene Honigbiene) und *Histaminum* eine statistisch signifikante hemmende Wirkung auf die Freisetzung bestimmter allergieverursachender chemischer Stoffe von den basophilen Granulozyten (eine Art von weißen Blutkörperchen, die in Zusammenhang mit Allergiesymptomen auftreten) ausüben. Diese Forschungsergebnisse zeigen, daß diese Mittel möglicherweise bei der Reduzierung von Allergiesymptomen hilfreich sein könnten.[23]

Forschungsergebnisse, veröffentlicht in der Fachzeitschrift *International Journal of Immunotherapy* haben Belege dafür geliefert, daß potenziertes Eigenblut (D5, D7) eine hemmende Wirkung auf die basophile Degranulierung hat.[24] Dieser Effekt konnte nach Einwirkung von vierzehn der achtzehn zur Versuchsreihe gehörenden Allergene belegt werden, einschließlich Pollenarten von Bäumen, Schimmel, Milben, Hausstaub, Penicillin, *Candida albicans* und Aspirin.

Eine weitere Studie, die in einer angesehenen Fachzeitschrift für Pharmakologie veröffentlicht wurde, hat gezeigt, daß *Silicea C6* und *Silicea C10* eine statistisch signifikante Wirkung auf die Stimulierung von Makrophagen bei Mäusen besitzt.[25] Ein solcher Beleg für die Anregung der Tätigkeit des Immunsystems durch homöopathische Mittel ist besonders interessant.

Eine Studie, die die antivirale Wirkung homöopathischer Mittel belegt, könnte angesichts des plötzlichen, weltweiten Anstiegs von schweren Virusinfektionen von großer Bedeutung sein. Ein Versuch, der mit Hühnerembryos durchgeführt wurde, ergab, daß acht von zehn geprüften homöopathischen Mitteln eine virushemmende Wirkung zwischen 50 und 100 Prozent entfaltete.[26] Die Forscher testeten auch vier Mittel an einem Virus, der Mäuse befällt, konnten in diesem Fall jedoch keine positive Wirkung feststellen. Dieser Versuch zeigt abermals, daß die Wahl des passenden Mittels ausschlaggebend ist für die gewünschten Wirkungen.

Ein ausführliches und mit größter Sorgfalt kontrolliertes Experiment wurde in den Jahren 1941 und 1942 von dem schottischen homöopathischen Arzt und Wissenschaftler W. E. Boyd durchgeführt.[27] Boyd bewies, daß potenzierte Gaben von Quecksilberchlorid statistisch signifikante Wirkungen auf die Diastasetätigkeit hatten (Diastase ist ein Enzym, das während des Keimvorgangs produziert wird). Ein Dekan einer amerikanischen medizinischen Fakultät war von Dr. Boyds Arbeit so beeindruckt, daß er bemerkte: «Die Genauigkeit von Boyds Methode ist beispielhaft für wissenschaftliche Forschung auf höchstem Niveau.»[28]

Boyds Experiment war so gründlich kontrolliert, daß jeder heutige Wiederholungsversuch sich außerordentlich teuer gestalten würde. Raynor Jones und Michael Jenkins, zwei englische Forscher, haben kürzlich vergleichbare, jedoch leichtere und weniger kostspielige Experimente mit Hefe und Weizenkeimlingen abgeschlossen.[29]

Diese Versuche haben gezeigt, daß *Pulsatilla* (Kuhschelle) in verschiedenen Potenzen bis C13 ein vermehrtes Wachstum der Hefe und der Weizenkeimlinge auslöst im Vergleich zur Wirkung von destilliertem Wasser auf entsprechende Organismen.

Es sollte in diesem Zusammenhang angemerkt werden, daß ein englischer Forscher, William Steffan, diesen Versuch wiederholt hat und die Ergebnisse nicht bestätigen konnte.[30] Zwei andere Forscher haben Steffans Arbeit neu analysiert und festgestellt, daß sie doch die Ergebnisse von Jones und Jenkins bestätigt.[31]

Obwohl Forschungsarbeit oft ein Spezialwissen auf einem bestimmten Gebiet der Wissenschaft erfordert, sind manche Experimente so einfach, daß sie im Prinzip von jedem wiederholt werden können. Jessica Chou, eine Studentin aus San Diego, Kalifornien, hat ein wissenschaftliches Projekt über homöopathische Medizin an ihrer Schule abgeschlossen. Ihr gelang der Nachweis, daß potenzierte Gaben eines im Handel erhältlichen Düngemittels eine statistisch signifikante Wirkung auf das Wachstum von Mungbohnenkeimlingen hatten. Ihre wissenschaftliche Methodologie und ihre Forschungsergebnisse waren so beeindruckend, daß ihr Projekt mit mehreren Preisen ausgezeichnet und ihre Arbeit in der Fachzeitschrift *Journal of the American Institute of Homeopathy* veröffentlicht wurde.[32]

Von den verschiedenen hier beschriebenen Studien, die für eine biologische Wirkung den klinischen Wert von potenzierten Arzneimitteln sprechen, abgesehen, hat A. R. D. Stebbing, ein englischer Wissenschaftler, der nicht auf dem Gebiet der Homöopathie tätig ist, auf über hundert Studien aus verschiedenen Gebieten der Wissenschaft hingewiesen, die die Tatsache belegen, daß auch sehr kleine Dosen bestimmter Stoffe größere Wirkungen auf lebende Systeme haben können als große Gaben der gleichen Substanz.[33] Obwohl diese Studien nicht auf die extremen, in der Homöopathie verwendeten Mikrodosen hinweisen, liefert Stebbing dennoch wichtige Belege für die Kraft selbst kleiner Gaben von bestimmten Substanzen auf einzelne Systeme.

Implikationen der homöopathischen Forschung

Die Implikationen der homöopathischen Forschung sind tiefgreifender Natur und können kaum überbewertet werden. Durch sie könnte unser Verständnis des menschlichen Organismus erheblich weiterentwickelt werden. Die Tatsache, daß homöopathische Potenzen eine biologische Wirkung haben, legt die Möglichkeit eines bioenergetischen Prozesses im Körper nahe, der offensichtlich fähig ist, diese potenzierten Substanzen zu empfangen und auf sie zu reagieren. Ein größeres Verständnis dieses bioenergetischen Prozesses könnte der Wissenschaft einige der zur Zeit noch fehlenden Glieder in der Kette physiologischer Funktionen liefern. Die wissenschaftliche Erforschung dieser zugrundeliegenden verbindenen Kraft wird gewiß einige Geheimnisse des menschlichen Körpers entschlüsseln helfen.

Die Implikationen der homöopathischen Forschung ermutigen nicht nur zur weiteren Erforschung der Anwendungsmöglichkeiten homöopathischer Mittel in der Humanmedizin, sondern auch zur Untersuchung ihrer Einsatzmöglichkeiten bei Tieren, Pflanzen, verschiedenen Organismen und Ökosystemen. Auf fast allen Gebieten der Wissenschaft könnte die Forschung von weiteren Arbeiten zum Phänomen der potenzierten Stoffe und der Mikrodosen profitieren.*

Durch die Wirkungsweise der homöopathischen Mittel gelangen wir schließlich dazu, die der Natur innewohnende Weisheit anzuerkennen, die jeden Organismus im Zuge seiner Selbstheilungsbestrebungen bestimmte Symptome bilden läßt. Es ist in der Tat ein Wunder, daß unsere psychosomatische Körper-Geist-Einheit uns ja die Hinweise dafür liefert, welche Substanzen in potenzierter Form zur Einleitung des Heilungsvorgangs verwendet werden sollten. Die Implikationen der homöopathischen Forschung besagen ferner, daß wir nicht in einer Welt schrumpfender, sondern wachsender Ressourcen leben, wenn wir nur lernen könnten, sie optimal zu nutzen.

* Es ist wichtig zu bedenken, daß wir hierbei nicht kleine Gaben, sogenannte Mikrodosen, meinen, sondern kleine, potenzierte Dosen von Substanzen, die durch die homöopathischen Potenzierungsverfahren an arzneilicher Wirkkraft zugenommen haben.

Die Implikationen für die Medizin sind überwältigend. Die Verwendung von kleinen, besonders zubereiteten Gaben von Arzneimitteln zur Anregung des Immun- und Abwehrsystems des einzelnen kann die heutigen medizinischen Verfahren in ihrer Effektivität steigern, ergänzen und bisweilen vollkommen ersetzen. Durch die Verwendung potenzierter Arzneimittel können wir eine neue Achtung für den Körper und dessen regenerativen Fähigkeiten lernen und so begreifen, daß man den Körper nicht mit starken Medikamenten traktieren und dabei ernste Nebenwirkungen riskieren muß. Kleine Gaben einer Substanz können in vielen Fällen mächtiger und wirkungsvoller sein als große Gaben.

Die Implikationen der homöopathischen Medizin sind in der Tat bedeutend und verlangen dringend nach weiteren Forschungen, sowie der Wiederholung mancher früherer Versuchsreihen. Wenn man bedenkt, welches Potential das weite Feld der Homöopathie in sich birgt, wäre es geradezu ein Verbrechen, dieses zu ignorieren. Die Homöopathie ist ein wahrer Schatz, der nur gehoben zu werden braucht.

II Die Indikationsbreite der homöopathischen Praxis

Jedes der Kapitel im zweiten Teil dieses Buches behandelt die Anwendung homöopathischer Arzneimittel bei verschiedenen häufigen und wohl auch in Zukunft relevanten gesundheitlichen Störungen. Wenn Sie diesen Kapiteln auch wertvolle Hinweise für Ihre eigene Gesundheit und Gesundheitsvorsorge entnehmen können, sind sie doch nicht als umfassende medizinische Information gedacht. Wer sich für die Behandlung einfacher, akuter gesundheitlicher Störungen interessiert, der sei auf die entsprechende Fachliteratur verwiesen (siehe Teil III).

4 Schwangerschaft und Geburt: Ein guter Anfang ist wichtig

Warum scheinen so viele Ärzte eine Geburt für die chirurgische Lösung einer neunmonatigen Krankheit zu halten? Obwohl eine gute medizinische Versorgung in Risikofällen für Mutter und Kind natürlich ein Segen ist, greifen Ärzte zu häufig in den Geburtsprozeß ein und verwandeln normale Geburten in medizinische Notfälle.

Vom American College of Obstetrics and Gynecology (ACOG) ist häufig zu hören, daß ihre Mitglieder sich bei der Senkung der Kinder- und Kindbettsterblichkeitsrate im vorigen Jahrhundert Verdienste erworben haben. Was von dieser Organisation jedoch nicht ohne weiteres anerkannt wird, ist die Tatsache, daß die meisten Länder mit den niedrigsten Kindersterblichkeitsraten zugleich auch die meisten Hebammen haben, die Heimgeburten ermöglichen und nur selten technische Interventionsmaßnahmen ergreifen. Trotz der höchsten Pro-Kopf-Ausgaben im Gesundheitswesen stehen die Vereinigten Staaten laut Statistiken aus dem Jahr 1984 erst an 18. Stelle bei der Kindersterblichkeit.[1] Man ist verblüfft, wenn man bedenkt, daß nicht nur alle skandinavischen Länder vor den Vereinigten Staaten liegen, sondern auch Länder wie Irland, Spanien und die Deutsche Demokratische Republik.

Trotz verschiedener Nachteile ist die moderne Geburtshilfe sicher ein Fortschritt gegenüber den Methoden, die im vorigen Jahrhundert von den Ärzten angewandt wurden. In den siebziger Jahren des 19. Jahrhunderts erhielten die Frauen in vielen Fällen vor der Geburt regelmäßig Chiningaben zur Fiebervorbeugung, zusätzlich noch ein starkes Abführmittel, «um den Körper zu reinigen», dann Mutterkorn zur Einleitung der Geburt und Morphium zur Linderung etwaiger Schmerzen.[2] Der Einsatz dieser stark wirkenden Medikamente hat die Kinder- und Kindbettsterblichkeit eher erhöht statt herabgesetzt.

Im Zuge der Bakterienfurcht, die vor allem um die Jahrhundertwende grassierte, unternahmen die Krankenhäuser alles mögliche, um die Ansteckungsgefahr auszumerzen. Die Krankenschwestern wuschen die Köpfe der Schwangeren mit Kerosin, Äther und Ammonium. Bisweilen wurde das Schamhaar als mögliche Brutstätte von Bakterien wegrasiert. Während der Geburtsphase erhielten die Frauen alle zwölf Stunden einen Einlauf sowie häufige Spülungen mit Salzlösungen, denen Whisky und Quecksilberbichlorid zugesetzt wurden.[3]

Die verstärkten Anstrengungen zum Schutz von Mutter und Kind führten zu Manipulationen des Geburtsvorgangs, die diesen sowohl traumatisch wie auch gefährlich gestalteten. Mit ihrer Beschreibung des Facharztes für Geburtshilfe im 19. Jahrhundert haben die Historiker Richard und Dorothy Wertz leider auch dessen Kollegen im 20. Jahrhundert charakterisiert:

> Die Ärzte waren auf der Suche nach Risikofaktoren bei der Geburt. Dies schien ihr Hauptanliegen zu sein. Sie fanden auch eine Menge Schwierigkeiten; in der Tat so viele, daß sie begannen, jede Geburt als potentielle Katastrophe zu betrachten und die Frauen dementsprechend für den schlimmsten Fall vorzubereiten. Gemäß dieser Sichtweise haben die Ärzte ihre Kontrolle über die Patientinnen während des ganzen Geburtsvorgangs zunehmend ausgeweitet, so daß diese immer weniger imstande waren, die Geburt wirklich zu erleben oder aktiv an ihr teilzunehmen. Die Frauen fügten sich dieser rigiden Kontrolle, da sie ebenfalls glaubten, daß die Geburt auf diese Art und Weise sicherer wurde.[4]

Die Fachärzte für Geburtshilfe gingen prinzipiell von der Annahme aus, daß technische Eingriffe nötig sind, um eine gesunde und sichere Schwangerschaft und Geburt zu gewährleisten. Obwohl bestimmte

Eingriffe sicherlich von großem Wert sind, besteht heute Einigkeit darüber, daß nach wie vor bei der Geburt ein überzogener medizinischer Aufwand getrieben wird. Zum Teil deshalb, weil die Ärzte alles tun wollen, um etwaigen Kunstfehler- und/oder Unterlassungsklagen vorzubeugen, zum Teil weil sie wirklich glauben, daß mehr medizinische Interventionen die Chancen erhöhen, daß Mutter und Kind gesund bleiben.*

Zur Zeit wächst die Sorge angesichts der massiven Verwendung von Medikamenten während der Schwangerschaft, da der Fötus unweigerlich auf diese Art und Weise Mengen von Stoffen erhält, die Entwicklungsstörungen zur Folge haben können. Forschungsarbeiten haben gezeigt, daß die Medikamente, die während der Geburt zum Einsatz kommen, sowohl kurzfristige wie auch langfristige Wirkungen auf den Säugling haben können.[5] Sogar das Komitee für Medikamente der American Acadamy of Pediatrics (Kinderheilkunde) kam zu dem Schluß, daß Ärzte «die kleinstmöglichen Mengen von erforderlichen Medikamenten verordnen und über deren Wirkungen und Nebenwirkungen vor der Geburt mit der Mutter sprechen sollten».[6]

Fachärzte für Geburtshilfe behaupten, daß die verschiedenen Eingriffe für eine sichere Geburt notwendig seien. Es bestreitet ja auch niemand, daß bestimmte medikamentöse Maßnahmen Komplikationen reduzieren und zuweilen auch lebensrettend sein können. Es ergeben sich jedoch Probleme, wenn konventionelle Medikamente und die moderne medizinische Technologie bei normalen oder relativ normalen Geburten im heute üblichen Umfang sozusagen automatisch eingesetzt werden. Geburtshelfer haben die Tatsache geflissentlich ignoriert, daß die Länder mit der *geringsten* Quote an medizini-

* Es kommt selten vor, daß Ärzte wegen eines zu massiven Einsatzes medizinischer Maßnahmen verklagt werden, doch wird oft geklagt, wenn ein Arzt vor dem Ergreifen einer bestimmten Maßnahme gewartet hat. Hierzu bemerkt Dr. David Rubsamen, Arzt, Rechtsanwalt und Berater von Versicherungen: «Es kommt sehr selten vor, daß ein Facharzt für Geburtshilfe wegen eines unnötigen Kaiserschnitts verklagt wird. Doch sind Fälle, in denen der verantwortliche Arzt verklagt wird, weil er 45 Minuten zu lang gewartet hat, sehr häufig» (Fran Smith, «The Losing Battle to Reduce Caesareans», *San José Mercury News*, 17. Februar 1985, S. 1A).

schen Eingriffen während der Geburt die besten Geburtsstatistiken aufweisen.

Während bei 85 Prozent aller Frauen, die in den Vereinigten Staaten im Krankenhaus entbinden, ein Scheidendammschnitt vorgenommen wird, sind es nur 8 Prozent in den Niederlanden und nur 3 Prozent in Schweden.[7] In den Vereinigten Staaten liegt der Prozentsatz von Zangengeburten bei 25 bis 33 Prozent, während er in Europa bei 5 Prozent liegt.[8] Bei 20 Prozent aller Frauen, die in den Vereinigten Staaten im Krankenhaus entbinden, wird ein Kaiserschnitt gemacht, während nach einer vorsichtigen Schätzung der Weltgesundheitsorganisation «es in keiner Region [der Welt] eine Rechtfertigung für eine Rate von über 10 bis 15 Prozent gibt».[9]

Was uns besonders bedenklich erscheint, ist die Tatsache, daß eine Maßnahme zur nächsten führt, wobei jeder zusätzliche Eingriff gesundheitliche Risiken für Mutter und Säugling mit sich bringt. Der Einsatz von Medikamenten während der Schwangerschaft schafft potentiell gesundheitliche Probleme für den Fötus und erhöht die Gefahr des fötalen Streß-Syndroms, was einen Kaiserschnitt möglicherweise notwendig macht. Durch eine Amnionpunktur geht das Fruchtwasser, das den Fötus umhüllt, ab. Das mag zwar helfen, die Geburt einzuleiten, doch verliert der Fötus den Puffer von gleichmäßigem Druck, der ihn während der Kontraktionen schützt und den Druck gegen den Kopf mindert.

Die sogenannte Lithomie-Lage, bei der die Frau auf dem Rücken liegt, die Füße in Fußhaltern, ist für den Arzt sehr bequem, für die Frau während der Geburt jedoch unbequem und wenig effektiv.* Diese Stellung hat ungünstige Auswirkungen auf die Wehentätigkeit und erhöht die Gefahr, daß der Arzt zu wehenfördernden Mitteln oder zur Zange greifen muß oder einen Dammscheidenschnitt vornimmt. Diese Lage erhöht außerdem den Blutdruck, was die Sauerstoffversorgung des Fötus nachteilig beeinflussen kann und die Notwendigkeit eines Kaiserschnitts erhöht.

* Eine Studie hat gezeigt, daß 95 Prozent der Frauen eine aufrechte Haltung während der Wehen und der Geburt bevorzugen (Diana Korte und Roberta Scaer, *A Good Birth, A Safe Birth*, New York: Bantam, 1984).

Die Verabreichung von schmerzstillenden und anästhesierenden Mitteln während der Geburt setzt Stärke und Häufigkeit der Kontraktionen herab, so daß meist wehenfördernde Mittel oder Zangen benötigt werden. Solche Medikamente können auch den Blutdruck der Mutter senken, was das Leben des Fötus gefährden kann. Beim Einsatz starker schmerzstillender Mittel kann die Frau nicht mehr richtig spüren, wie stark sie das Baby gegen ihren Damm drückt, was zur Überdehnung und zum Einreißen führen kann. Diesem Risiko müssen die Ärzte wiederum durch einen Dammscheidenschnitt vorbeugen.

Die Durchführung eines Dammscheidenschnitts erfordert eine lokale Anästhesie, was die oben genannten Risiken mit sich bringt. Bei einem Dammscheidenschnitt hat der Arzt die Möglichkeit, Zangen zur Beschleunigung der Geburt einzusetzen, obwohl dies zusätzliche Risiken für das Baby bedeutet, einschließlich Blutungen im Kopf und Schädigungen der Gesichts- und Armnerven. Bei einem Dammscheidenschnitt und dem Gebrauch von Zangen droht vermehrt die Gefahr von schwereren Rißwunden.

Alle oben erwähnten Eingriffe und Maßnahmen erhöhen die Wahrscheinlichkeit, daß ein Kaiserschnitt nötig wird. Einer Schätzung der Fachzeitschrift *Canadian Medical Association Journal* zufolge gibt es 26mal so viele Todesfälle bei Kaiserschnitten wie bei normalen Entbindungen.[10] Auch wenn Frauen, die vor der Schwangerschaft an einer schweren Krankheit gelitten haben, ausgeklammert wurden, lag die Sterblichkeitsrate bei Kaiserschnitten immer noch 10mal höher.

Da ein Kaiserschnitt ein größerer chirurgischer Eingriff ist, der eventuell eine Vollnarkose erfordert, kann die Mutter ihr Baby nicht unmittelbar nach der Geburt stillen. Da die Mutter meist weitere Medikamente nach dieser Operation benötigt, erreichen solche Medikamente schließlich über die Muttermilch das Baby.

Bei Frauen, die während oder nach der Geburt oder während der Stillzeit Medikamente einnehmen, gelangen ebenfalls Spuren dieser Mittel in die Muttermilch. Obwohl es sich dabei um relativ kleine Mengen handelt, sind Nieren, Leber, das Immunsystem und die allgemeinen Abwehrsysteme des Säuglings noch nicht so ausgereift, daß er diese Medikamente ausreichend entgiften könnte. Die Folgen mögen oft nur geringfügig sein, in anderen Fällen jedoch gravierend.

Der Einsatz von Medikamenten während der Schwangerschaft kann jedoch auch traumatischere Wirkungen auf das neue Leben, das im Mutterleib heranwächst, ausüben.* Thalidomid, ein Medikament, das schwangeren Frauen in den sechziger Jahren häufig verordnet wurde und eine traurige Berühmtheit erlangte aufgrund der schweren Geburtsdefekte, die es verursachte, zwang die amerikanische Food and Drug Administration zur Einführung schärferer Zulassungsbestimmungen für Arzneimittel. Dennoch können viele häufig verordnete Medikamente schädliche Wirkungen auf den Fötus haben, besonders wenn Mittel verschrieben werden, die nicht miteinander kompatibel sind. Nach einer Expertenschätzung aus dem Jahr 1980 erhält die durchschnittliche schwangere Frau in den Vereinigten Staaten vier verschiedene Medikamente verordnet.[11] Es ist daher nicht verwunderlich, daß selbst nach vorsichtigen Schätzungen 12 Prozent der Babys, die in den Vereinigten Staaten geboren werden, schwere, oft unheilbare geistige oder körperliche gesundheitliche Schäden davontragen.[12]

Man ist sich heute einig, daß der Einsatz von Medikamenten während Schwangerschaft, Geburt und Stillzeit auf ein Minimum reduziert werden sollte. Die meisten Ärzte in den Vereinigten Staaten kennen jedoch keine spezifischen Alternativen zu konventionellen, allopathischen Arzneimitteln und sind daher häufig gezwungen, diese als Haupttherapie bei der Behandlung von Krankheiten während der Schwangerschaft und der Stillzeit einzusetzen.

Es ist eine traurige Tatsache, daß die Ärzte in den Vereinigten Staaten nicht viel über Homöopathie wissen, daher wissen sie im allgemeinen auch nichts über den Nutzen der Homöopathie bei verschiedenen Störungen während der Schwangerschaft, über ihren günstigen Einfluß auf Geburt und Wehentätigkeit sowie bei Schmerzen, Störungen und Krankheiten, die während der Stillzeit auftreten.

* Der Gebrauch von Medikamenten während der Schwangerschaft ist eine der signifikanten Ursachen für Geburtsfehler; die genetische Disposition und die Einwirkung verschiedener toxischer Substanzen und Strahlen spielen ebenfalls eine Rolle.

Der Gebrauch dieser Mittel birgt im allgemeinen keine Gefahren, ihr Nutzen ist groß, die Risiken gering. Eine wachsende Zahl von amerikanischen Ärzten fängt endlich an, sich mit Homöopathie zu befassen. Unserer Kinder werden uns dankbar dafür sein.

Homöopathische Mittel während der Schwangerschaft

Aufgrund ihrer relativen Ungefährlichkeit sind homöopathische Mittel eine unschätzbare Hilfe während der Schwangerschaft, der Geburt und der Zeit nach der Entbindung. Ananda Zaren, eine Krankenschwester, Hebamme und Homöopathin aus Santa Barbara, Kalifornien, die von der Homöopathie bei Hunderten von Geburten Gebrauch gemacht hat, sagt: «Es gibt nichts Ungefährlicheres.» Davon abgesehen, sind die Mittel außerordentlich wirksam bei verschiedenen häufigen gesundheitlichen Störungen während der Schwangerschaft. Mrs. Zaren meint: «Die homöopathischen Arzneien helfen, die Frauen in physischer und psychischer Hinsicht zu stärken.»*

Homöopathische Therapeuten sagen gern scherzhaft, daß die Schwangerschaft eine ausgezeichnete Zeit für eine homöopathische Behandlung ist, da gleich zwei Menschen (die Mutter und das Kind im Mutterleib) davon profitieren für den Preis einer einzigen. Hierbei wird nicht nur die Gesundheit der Mutter verbessert, sondern auch der Fötus positiv beeinflußt. Obwohl es da noch keine Statistiken gibt, haben Homöopathen sehr häufig die Beobachtung gemacht, daß Kinder von Müttern, die während der Schwangerschaft homöopathisch behandelt worden sind, sich einer besseren Gesundheit erfreuen als andere. Diese Annahme stützt sich auf den Vergleich zwischen Kindern der gleichen Mutter, die während früherer Schwangerschaften keine und während späterer Schwangerschaften eine homöopathische Behandlung erhalten hat.

Es ist allgemein bekannt, daß die Gesundheit der Mutter einen großen Einfluß auf die Gesundheit des Fötus hat. Da die Schwanger-

* Direkte Zitate in diesem und anderen Kapiteln ohne Quellennachweis sind persönliche Mitteilungen an den Autor.

schaft eine besondere Belastung für den weiblichen Körper sein kann, kommt es oft zu Verschlimmerungen früherer gesundheitlicher Probleme oder zu neuen Symptomen. Zu den häufig auftretenden Symptomen und Zuständen gehören Übelkeit, Blähungen, Scheideninfektionen, Herpes, Schlaflosigkeit, Anämie, Rückenschmerzen, Schwellungen der Brüste und allgemeine Schwellungen, Verstopfung, Hämorrhoiden, Krämpfe in den Beinen, Hautausschläge und Krampfadern.

Manche dieser Symptome und Zustände sind geringfügig und benötigen weder eine allopathische noch eine homöopathische Behandlung, sondern lassen sich durch entsprechende Änderungen in der Ernährung und Lebensweise weitgehend beheben. Andere wiederum können so störend sein, daß eine Therapie erforderlich ist. Da schwangere Frauen mit der Einnahme allopathischer Medikamente sehr vorsichtig sein sollten, wäre es bei einer Vielzahl von Beschwerden, die keine akuten Notfälle darstellen, vernünftig, zunächst den Einsatz homöopathischer Mittel zu erwägen.

Schwangeren wird im allgemeinen empfohlen, sich in die Obhut eines ausgebildeten homöopathischen Therapeuten zu begeben, anstatt sich selbst zu behandeln. Da das Wohlergehen zweier Menschen in ihrer Gesundheit abhängt, verdient eine schwangere Frau die bestmögliche Betreuung, die ihr ein erfahrener Praktiker bieten kann. In den Fällen, in denen ein solcher nicht zur Verfügung steht, kann man lernen, sich homöopathische Mittel selbst zu verordnen. Leider gibt es nicht sehr viele gute Bücher über Homöopathie und Geburtshilfe, und bei keinem der englischsprachigen Werke handelt es sich um einen modernen Text. In deutscher und französischer Sprache liegen einige moderne Fachbücher zu diesem Thema vor (siehe Teil III).

Einige Fälle werden natürlich schwieriger zu behandeln sein als andere. Anliegen dieses Buchs ist es nicht, die technischen Details der homöopathischen Behandlung zu erläutern, aber es ist wichtig zu wissen, daß man in der Homöopathie zwischen akuten und chronischen Symptomen unterscheidet. Akute Symptome stellen die Selbstschutzmechanismen des Körpers dar, mit deren Hilfe der Organismus versucht, mit aktuellen Infektionen, Streß oder Belastungen fertig zu werden. Chronische Symptome sind dagegen wiederkehrende, erfolglose Anstrengungen des Organismus, die Gesundheit wiederherzustellen. Solche Symptome können bestehenbleiben infolge einer konstitutionellen Schwäche des Individuums aufgrund genetischer oder Umweltfaktoren, aufgrund der jeweiligen Lebensweise oder weil der einzelne unter Dauerstreß steht oder immer wieder neu angesteckt wird (siehe Kapitel 9 über chronische Krankheiten). Bisweilen ist das, was uns ein akutes Symptom zu sein scheint, Ausdruck eines zugrundeliegenden, chronischen Zustands. Anstatt ein Medikament gegen das am stärksten hervortretende Symptom zu verschreiben, wird der Homöopath in solchen Fällen ein «Konstitutionsmittel» verordnen, das auf der Basis der Totalität der Symptome individuell ausgesucht wird, wobei der augenblickliche Zustand ebenso wie die Gesundheit der Eltern und Familienkrankheiten überhaupt berücksichtigt werden.

Es ist wichtig, sich den Unterschied zwischen Verordnungen gegen akute und Verordnungen gegen chronische Zustände zu vergegenwärtigen, da ich im folgenden über die individuelle Anwendung von homöopathischen Mitteln bei den häufigeren Beschwerden während Schwangerschaft, Geburt und der Zeit danach sprechen werde. Obwohl ich einige der oft verordneten Mittel bei verschiedenen Störungen auflisten werde, kann es in manchen Fällen auch vorkommen, daß ein Homöopath ein Grund- oder Konstitutionsmittel anstelle eines akuten Mittels verordnet. Wir können hier nicht alle Konstitutionsmittel anführen, da es einerseits recht viele davon gibt und da andererseits die konstitutionelle Behandlung dem erfahrenen Homöopathen vorbehalten sein sollte.

Homöopathische Therapeuten haben festgestellt, daß Frauen, die sich vor ihrer Schwangerschaft einer homöopathischen konstitutionellen Behandlung unterzogen haben, selten an morgendlichem Erbrechen während der Schwangerschaft leiden. Sollte dies dennoch auftreten, gibt es eine Reihe von homöopathischen Mitteln, die sich bei der Behandlung der Übelkeit, des Erbrechens und der Verdauungsstörungen, die mit dem Schwangerschaftserbrechen einhergehen, bewährt haben. *Sepia* (der Tintenfisch), *Nux vomica* (die Brechnuß), *Colchicum* (Herbstzeitlose), *Silicea* (Kieselsäure), *Ipecacu-*

anha (Brechwurzel), *Pulsatilla* (Kuhschelle) und *Symphoricarpus racemosa* (Schneebeere) sind nur einige der häufig verordneten Mittel bei der Behandlung des Schwangerschaftserbrechens. Alle diese Mittel verursachen im Falle einer Überdosierung Übelkeit und Erbrechen und sind imstande, diese Symptome als potenzierte Arzneimittel, wie sie in der Homöopathie verwendet werden, zu heilen.

Um eine Vorstellung von der Individualisierung zu bekommen, die bei der Verordnung homöopathischer Mittel erforderlich ist, wollen wir im folgenden einige der Symptome differenzieren, die bei der Verordnung ausschlaggebend für die Wahl sind.

Frauen, die *Sepia*, *Colchicum*, *Ipecacuanha* oder *Symphoricarpus* benötigen, reagieren auf Essensgerüche mit Übelkeit, obwohl Frauen, die *Sepia* brauchen, sich manchmal nach dem Essen wohler fühlen. Bei Frauen, die nicht nur am Morgen, sondern ständig Übelkeit verspüren, können *Ipecacuanha, Nux vomica, Silicea* oder *Symphoricarpus* hilfreich sein. Übelkeit, die durch Hinlegen gebessert wird, erfordert *Nux vomica, Silicea* oder *Symphoricarpus*, während Übelkeit, die durch Bewegung verschlechtert wird, auf *Ipecacuanha, Sepia* oder *Symphoricarpus* hinweist.

Das Mittel *Nux vomica* zum Beispiel ist angezeigt bei sehr reizbaren Frauen mit Symptomen von Übelkeit, Erbrechen und Verstopfung, die vor allem am Morgen schlimm sind. Häufig sind dauernde Magenschmerzen, ein Druckgefühl in der Magengegend sowie ein Verlangen nach alkoholischen Getränken anzutreffen.

Pulsatilla ist ein Mittel für gefühlsbetonte Frauen, die launisch, weinerlich und unentschlossen sind sowie an häufigem Aufstoßen von sauren, ranzigen, heißen unverdauten Speiseresten leiden. Nächtliche Durchfälle von wiederholt wechselnder Farbe und Beschaffenheit treten ebenfalls oft auf.

Frauen, die *Sepia* benötigen, sind zutiefst unzufrieden oder innerlich gleichgültig. Sie leiden an einem Gefühl der Leere in der Magengrube, an Verstopfung und haben einen bitteren oder salzigen Geschmack im Mund. Wenn sie überhaupt Appetit haben, dann auf saure Speisen. Homöopathen sind sich einig, daß *Sepia* das am häufigsten angezeigte Mittel bei Schwangerschaftserbrechen ist.

John Renner, ein homöopathischer Arzt mit über fünfzigjähriger

Praxis, der bei Tausenden von Geburten dabei war, hatte die besten Erfolge mit *Asconit D3* (Eisenhut) und *Bryonia D3* (Zaunrübe), zusammen alle dreißig Minuten gegeben. Wenn es innerhalb von sechs Stunden zu keiner merklichen Besserung kommt, sollte ein anderes Mittel in Betracht gezogen werden.

Es sollte der Ehrlichkeit halber nicht verschwiegen werden, daß es zwar Homöopathen gibt, die gute Ergebnisse bei der Behandlung von Schwangerschaftserbrechen erzielen, andere jedoch diese Symptome als schwer zu beheben einstufen. Ananda Zaren, homöopathische Praktikerin und Hebamme, rät: «Es gibt Fälle, in denen man das konstitutionelle Mittel geben muß, während andere wiederum das angezeigt akute Mittel erfordern. Obwohl das Schwangerschaftserbrechen bisweilen schwierig zu behandeln ist, bilden Homöopathie und eine vernünftige Ernährungsberatung eine risikoarme und häufig wirksame Therapie dieser unangenehmen Beschwerden.»

Schwangerschaftserbrechen wird als keine gefährliche Krankheit angesehen, stellt jedoch aufgrund der Störung einer guten und ausreichenden Ernährung gewisse Risiken für den Fötus dar.

Da ein homöopathisches Mittel auf der Basis der Totalität der Symptome des einzelnen verordnet wird, kommt es häufig vor, daß Frauen durch seine Einnahme nicht nur ein Nachlassen des Schwangerschaftserbrechens erfahren, sondern auch eine spürbare Besserung verschiedener anderer Symptome. Es ist in der Tat ungewöhnlich, wenn eine dauerhafte Besserung der Übelkeit nicht von einer gleichzeitigen allgemeinen Besserung des individuellen Gesundheitszustands begleitet wird. Es gibt noch keine Forschungsarbeiten über die Wirkung homöopathischer Arzneimittel bei Frauen mit Schwangerschaftserbrechen oder über eine positive Wirkung auf den Fötus, doch hat die klinische Erfahrung ihre positiven Auswirkungen auf werdende Mütter gezeigt, und es kann kein Zweifel bestehen, daß eine solche Wirkung auch dem Fötus zugute kommt.

Für viele Frauen, die während ihrer Schwangerschaft, jenem ganz besonderen Abschnitt im Leben, keine allopathischen Medikamente einnehmen wollen, sind homöopathische Arzneien ein Geschenk des Himmels. Die Homöopathie ist von unschätzbarem Wert bei der Behandlung einer Reihe von unangenehmen Störungen, die während der Schwangerschaft auftreten können, einschließlich Scheideninfektionen, Blasenentzündungen, Herpes, Schlaflosigkeit, Verstopfung, Hämorrhoiden, Krämpfen der Beine, Muskelschmerzen und Hautauschlägen. Jacques Imberechts, ein angesehener belgischer Homöopath, hat einmal gesagt: «Aufgrund der ausgezeichneten Wirksamkeit homöopathischer Mittel bei der Therapie so vieler Symptome und Syndrome der Schwangerschaft habe ich erlebt, daß meine Patienten selten etwas anderes verlangen oder brauchen außer der homöopathischen Behandlung.»

Dr. Imberechts gibt allerdings zu, daß er Schwierigkeiten bei der Behandlung von Frauen gehabt hat, die während der Schwangerschaft Krampfadern bekamen. Persönlich ist er der Meinung, daß diesem Zustand durch eine konstitutionelle Behandlung vor und während der Schwangerschaft vorgebeugt werden kann. Dr. Richard Moskowitz, ein Homöopath aus Boston, hat mit *Pulsatilla* und *Hamamelis* (Virginischer Zauberstrauch) die besten Ergebnisse bei der Behandlung von Krampfadern erzielt. Marcel Simons, ein belgischer Facharzt für Geburtshilfe und Homöopath, wußte neben diesen beiden Mitteln auch von guten Ergebnissen mit *Vipera berus* (Kreuzotter) zu berichten.

Homöopathische Arzneimittel während der Geburt

Außer der Verwendung homöopathischer Mittel bei verschiedenen Unannehmlichkeiten während der Schwangerschaft können diese auch zur Geburtsvorbereitung verordnet werden. Homöopathen haben häufig von Fällen berichtet, bei denen das angezeigte Mittel geholfen hat, ein Kind in Steißlage oder Querlage in die Kopflage zu bringen.

Pulsatilla wird hierbei häufig eingesetzt, doch ist das beste Mittel im allgemeinen jenes, das entsprechend den einzigartigen individuellen Symptomen angezeigt ist. Ananda Zaren berichtet, daß homöopathische Mittel imstande sein *können*, die Steißlage eines Kindes noch in den letzten Monaten der Schwangerschaft zu wenden, obwohl die Wirkung eine schnellere ist, wenn diese Lage zu einem früheren Zeitpunkt der Schwangerschaft festgestellt und behandelt wird. Mrs. Zaren weist ferner darauf hin, daß eine Steiß-Fußlage (eine seltene Lage, bei der ein Fuß oder beide Füße bei der Geburt zuerst erscheinen) ein strukturelles Problem darstellt und der Behandlung mit homöopathischen Mitteln nicht zugänglich ist.

Kann man durch die Gabe eines homöopathischen Mittels das Kind aus einer Steiß- oder Querlage in eine Kopflage bringen, wird eine Schwangerschaft, die mit größeren Risiken behaftet war, zu einer normalen Schwangerschaft. Aufgrund ihrer vorzüglichen Wirkung und dem äußerst geringen Potential an Nebenwirkungen werden homöopathische Mittel in naher Zukunft und im 21. Jahrhundert gewiß eine zunehmend bedeutende Rolle während Schwangerschaft und Geburt spielen.

John George, ein Facharzt für Geburtshilfe und Gynäkologe aus Seattle, verwendet homöopathische Mittel in seiner Praxis und stellte fest, «daß sie in vieler Hinsicht zu einer leichteren Geburt für die Frau und den Arzt beitragen. Durch den Gebrauch der Mittel geht alles viel reibungsloser.» Im einzelnen bemerkt Dr. George: «Durch eine korrekte homöopathische Verordnung zur Geburtsvorbereitung wird der Gebärmutterhals auf die Geburt vorbereitet, indem dieser vor dem Einsetzen der Wehen weicher und geschmeidiger wird und sich bereits dehnt. Die zweite Beobachtung ist die Tatsache, daß die Kontraktionen während der Wehen einen wesentlich geordneteren und effizienteren Verlauf nehmen. Drittens haben die Frauen weit weniger Schmerzen während der Wehen, was die Notwendigkeit von schmerzstillenden Mitteln und Anästhesie erheblich reduziert.»

Ananda Zaren bemerkt, daß Konstitutionsmittel selten während der Geburt angezeigt sind, da der Geburtsvorgang eine Belastung darstellt, die den Gebrauch von akuten Mitteln erforderlich macht. Ihren Beobachtungen nach hilft die Homöopathie, Komplikationen während der Geburt vorzubeugen, ferner wird die Geburtsdauer verkürzt und die Schmerzschwelle heraufgesetzt, so daß die Schmerzen während des Geburtsvorgangs besser ertragen werden.

Wenn die Wehentätigkeit normal verläuft, neigen Homöopathen wie gute allopathische Ärzte dazu, überhaupt keine Medikamente zu verordnen. Wenn jedoch Komplikationen auftreten, verfügt die Homöopathie über einige Mittel, mit denen unterstützend eingegriffen werden kann. *Caulophyllum* (Frauenwurzel) gehört zu den hervorragendsten Mitteln zur Kräftigung der Gebärmuttermuskulatur und wird zur Förderung der Wehentätigkeit verordnet. Es ist nicht das einzige Mitel, das bei diesem Zustand verordnet wird, doch wird es am häufigsten eingesetzt. Bei Wehenschwäche, wenn der Gebärmuttermund eventuell krampfartig rigide ist und schwache Kontraktionen gegeben sind, wird im allgemeinen die 3., 6., 12., 30. oder 200. Potenz verordnet. *Caulophyllum* wird ebenfalls bei unregelmäßiger Wehentätigkeit oder bei Atonie (Schwäche) der Gebärmutter während der Geburt verabreicht. Hierzu bemerkt Jacques Imbechts halb im Scherz: «Wenn es so aussieht, als ob die Wehen einsetzten, sollten Sie ein Taxi rufen und dann *Caulophyllum* nehmen. Wenn Sie das Mittel einnehmen, bevor Sie das Taxi rufen, kann es Ihnen passieren, daß das Kind im Auto zur Welt kommt.»

Französische Wissenschaftler haben neulich einen Doppelblindversuch mit *Caulophyllum* und vier anderen homöopathischen Mitteln bei der Behandlung von schwangeren Frauen abgeschlossen.* Die Studie ergab, daß der Einsatz der homöopathischen Mittel zu einer kürzeren Geburtszeit und einem geringeren Vorkommen von abnormer Wehentätigkeit führte. Die Studie umfaßte 93 Frauen, von denen 40 ein Placebo und 53 ein Komplexmittel in der Potenz C5 erhielten. Die Forscher stellten fest, daß die Geburt bei den Frauen, die das homöopathische Präparat eingenommen hatten, durchschnittlich 5,1 Stunden dauerte, während die Placebo-Gruppe auf eine durchschnittliche Dauer von 8,5 Stunden kam. Der Prozentsatz der Frauen mit abnormer Wehentätigkeit lag bei nur 11,3 Prozent in der Homöopathie-Gruppe, während es ganze 40 Prozent in der Placebo-Gruppe waren.[13]

Von den Untersuchungen beim Menschen abgesehen, haben Tierversuche den Wert von *Caulophyllum* zur Geburtsförderung bestätigt. Eine englische Studie, die über 200 Geburtsfälle umfaßte,

* Die anderen in diesem Präparat enthaltenen Mittel waren *Actea racemosa* (*Cimicifuga* oder Wanzenkraut), *Arnica* (Bergwohlverleih), *Pulsatilla* (Kuhschelle) und *Gelsemium* (wilder Jasmin).

ergab eine signifikante Reduzierung der Totgeburten bei einer Herde von Schweinen mit einer vorher hohen Totgeburtenrate.[14]

Der angesehene englische Homöopath Douglas Borland empfahl *Caulophyllum C12* oder *C30* täglich während der letzten zwei oder drei Wochen der Schwangerschaft als kräftigende, geburtsvorbereitende Maßnahme.[15] Andere Homöopathen vertreten die Ansicht, daß man *Caulophyllum* niemals routinemäßig verordnen dürfe und die individuelle Behandlung den Vorrang haben müsse.

Belladonna (Tollkirsche) und *Cimicifuga* (Wanzenkraut) sind zwei andere häufig verordnete Mittel zur Unterstützung der Wehentätigkeit. *Belladonna* ist dann angezeigt, wenn einige der charakteristischen Symptome dieses Mittels anzutreffen sind, wie zum Beispiel eine extreme Nervosität und Unruhe, deliriöse Zustände, starkes Erröten des ganzen Gesichts und der Schleimhäute und eine heiße Hautoberfläche.

Frauen, die *Cimicifuga* benötigen, neigen zu etwas hysterischem Verhalten, seufzen oft, leiden an krampfartigen Schmerzen, die im Körper in verschiedene Richtungen herumzufliegen scheinen, und ertragen ihre Schmerzen nur sehr schlecht. Ein charakteristisches Symptom bei Frauen, die *Cimicifuga* brauchen, ist Pessimismus im Hinblick auf die bevorstehende Geburt, was Äußerungen wie «Ich schaffe es nicht» oder «Ich werde noch verrückt; ich kann es nicht länger ertragen» zur Folge hat.

Es gibt einige weitere Mittel, die je nach den individuellen Symptomen in Erwägung gezogen werden müssen. Die Verordnung homöopathischer Mittel während der Geburt ist eine weitere gute Gelegenheit, eine risikoarme Alternative zur konventionellen medikamentösen Therapie zu praktizieren.

Die homöopathische Behandlung von Mutter und Kleinkind

Der Geburtsvorgang kann erschöpfend sein. Bei Frauen, die nach der Geburt sehr ermüdet sind oder nach dieser körperlichen Anstrengung an Muskelschmerzen leiden, ist *Arnica* (Arnika oder Bergwohlverleih) angezeigt. In Kapitel 10 (über Sportmedizin) wird eingehend über *Arnica* gesprochen, denn es ist ein hervorragendes Mittel gegen Schmerzen nach Überanstrengung und gegen Schock und Trauma nach Verletzungen. Obwohl die Geburt keine «Verletzung» im eigentlichen Sinne darstellt, bedeutet dieser Vorgang doch einen gewissen Schock und ein Trauma für den weiblichen Körper. *Arnica* ist für Mutter und Kind nach der Geburt von unschätzbarem Wert, da es bei beiden den Erholungsprozeß nach der Anstrengung so wirkungsvoll unterstützt. (Homöopathische Arzneimittel sind für Kleinkinder zwar ungefährlich, doch wird empfohlen, nur kleine Kügelchen [Globuli] zu verabreichen oder größere zu zerstoßen, damit der Säugling nicht daran würgt. Man kann die Kügelchen auch in Wasser auflösen und diese Flüssigkeit mit einem sauberen Teelöffel oder einer Pipette verabreichen.)

Homöopathische Arzneimittel können ebenfalls eine Hilfe für Frauen sein, die das Drama und Trauma einer Geburt mit chirurgischen Eingriffen hinter sich haben. Wenn ein Dammscheidenschnitt oder ein Kaiserschnitt durchgeführt worden ist, wird häufig *Staphisagria* (Stephanskörner) verordnet, ein Hauptmittel in der Homöopathie nach chirurgischen Eingriffen. Homöopathische Therapeuten haben die Beobachtung gemacht, daß Frauen, die *Staphisagria* genommen hatten, weniger Schmerzmittel nach der Geburt verlangten als andere.

John George hat auch gute Behandlungserfolge mit *Sulfur* nach langen oder schweren Geburten erzielt. Hierzu bemerkt Dr. George: «Durch Dehnung und Gewebsverletzungen im Bereich der Blase, des Damms und der Scheide gelangt eine Flut von Bakterien in das umliegende Gewebe, was zu einer Blaseninfektion oder anderen Komplikationen führen kann. *Sulfur* scheint hier von ausgezeichneter vorbeugender Wirkung zu sein.»

Wenn es während der Geburt zu einem Dammriß gekommen ist, empfiehlt der englische Homöopath Robert Davidson *Bellis perennis C200* (Gänseblümchen). Nach seiner Erfahrung ist dieses Mittel von guter Wirkung bei solchen inneren Verletzungen. *Calendula Tinktur* ist ebenfalls eine wertvolle Unterstützung des Heilungsvorgangs und wird verdünnt mit einem nassen Schwamm aufgetragen.

Beim Scheintod eines Neugeborenen (*Asphyxia neonatorum*) sind konventionelle medizinische Maßnahmen erforderlich, doch vermag die Homöopathie die Überlebenschancen zu erhöhen. *Antimonium tartaricum* (Brechweinstein) ist eines der am häufigsten verordneten Mittel bei Asphyxie. Das Baby mag wie tot erscheinen, häufiger jedoch findet man ein Rasseln im Hals und Atemschwierigkeiten aufgrund von Schleim, der die Atmung behindert. *Antimonium tartaricum* scheint den Schleim sofort zu beseitigen. Wenn *Antimonium tartaricum* nicht wirkt, werden im allgemeinen *Carbo vegetabilis* (Holzkohle) oder *Camphora* (Kampfer) benötigt.

Kinder, die *Carbo vegetabilis* brauchen, neigen dazu, kalt und von bläulicher Verfärbung zu sein. Die Kinder, die *Camphora* benötigen, haben meist hohes Fieber, tetanische Krämpfe, und das ganze Abdomen und die Oberschenkel sind dunkelrot.

Opium ist ein weiteres homöopathisches Mittel, das angezeigt sein kann, wenn das Kind bewußtlos und am ganzen Körper steif ist. Dieses Mittel wird auch dann häufig benötigt, wenn die Mutter entweder während der Schwangerschaft oder während der Geburt voller Angst war.

Laurocerasus (Kirschlorbeer) ist ein wertvolles Mittel, wenn das Kind ein Gesichtszucken aufweist, während es nach Luft ringt.

Arnica ist dann angezeigt, wenn das Kind eine traumatische Entbindung erfahren hat und Hämatome (Blutungen und Schwellungen) am Kopf aufweist. Wie *Opium* ist *Arnica* ebenfalls angezeigt, wenn das Neugeborene am ganzen Körper steif ist, doch ist *Arnica* der Vorzug zu geben, wenn das Kind außerdem einen heißen Kopf hat, der Körper jedoch kalt ist und eine ruckartige Atmung und Zittern der Extremitäten gegeben sind. Die Erfahrung hat gezeigt, daß bei solchen Zuständen das korrekt verordnete Mittel eine sofortige Wirkung zeigt, was angesichts der Situation auch notwendig ist für das Überleben des Säuglings. Die Verordnung dieser Mittel sollte jedoch keine der anderen heroischen medizinischen Maßnahmen verzögern, die die Überlebenschancen des Babys erhöhen können.

Homöopathen berichten ebenfalls über Erfolge bei der Behandlung von Gelbsucht bei Neugeborenen (*Icterus neonatorum*). Das richtige Mittel behebt diesen Zustand in ein bis drei Tagen. Bei der konventionellen Behandlung muß das Kind ins Krankenhaus, wo es in einem Brutkasten einer besonders fluoreszierenden Beleuchtung ausgesetzt wird, die den Abbau des Bilirubins und eine gesunde Leberfunktion fördert. Diese Therapie dauert drei Tage bis zwei Wochen. Besonders schwerwiegend ist dabei, daß das Kind durch den Brutkastenaufenthalt von der Mutter getrennt wird, was das Stillen erschwert oder gar unmöglich macht. Dadurch wird auch der Hautkontakt zwischen Mutter und Säugling, der in physiologischer wie auch psychologischer Hinsicht für beide so wertvoll ist, empfindlich unterbrochen.

Alphonse Teste, ein berühmter französischer Homöopath des 19. Jahrhunderts, bemerkte zur Gelbsucht bei Neugeborenen, daß *Aconit* (Sturmhut) «häufig ausreicht, um die Krankheit zu heilen»[16]. Wenn innerhalb von vierundzwanzig Stunden keine Besserung eintritt, sollten *Nux vomica* (Brechnuß), *Chelidonium* (Schöllkraut), *Lycopodium* (Bärlapp), *Chionanthus* (Fransenbaum), *Bovista* (Bovist) oder *Natrium sulfuricum* (Natriumsulfat, Glaubersalz) in Erwägung gezogen werden.

Abgesehen von ihrer Nützlichkeit während Schwangerschaft und Geburt können homöopathische Mittel auch den Frauen helfen, die Probleme mit dem Stillen haben. Das Stillen spielt natürlich eine sehr große Rolle bei der Versorgung des Säuglings mit wichtigen Antikörpern, Enzymen und anderen notwendigen Nährstoffen, die dem Baby helfen, sich an die jeweilige Umwelt anzupassen und sich gut zu entwickeln. Frauen mit Mastitis (Brustdrüsenentzündung) müssen so bald wie möglich behandelt werden, damit sie mit dem Stillen fortfahren können. Der bekannte Kinderarzt Robert Mendelsohn ist der Ansicht, daß Stillen derart wichtig ist, daß es von Ärzten und anderen stets nachdrücklich gefördert werden sollte. Jenen, die am Stillen coram publico Anstoß nehmen, entgegnet Dr. Mendelsohn, daß das Füttern mit der Flasche in der Öffentlichkeit im Grunde genommen das Anstößigere sei.

Mastitis ist eines der häufigsten Probleme, die das Stillen nach der Geburt erschweren. Die konventionelle Behandlung besteht in der Verordnung von Antibiotika. Obwohl diese Präparate recht wirksam sind, wäre der Versuch mit einer sowohl ungefährlichen wie auch wirksamen alternativen Behandlung dennoch lohnend, da das Kind schließlich doch Spuren von den Antibiotika durch die Muttermilch erhält.

Belladonna, Bryonia, Phytolacca (Kermesbeere) und *Lac caninum* (Hundemilch) sind die am häufigsten angezeigten Mittel bei Mastitis. *Belladonna* und *Bryonia* werden oft in den ersten Stadien von Mastitis verordnet. *Belladonna* ist angezeigt, wenn die Brüste rot, heiß und geschwollen sind und wie bei *Lac caninum* sehr empfindlich auf Bewegung oder Berührung reagieren. Frauen, die *Belladonna* brauchen, haben hohes Fieber, Blutandrang zum Kopf, klopfende Kopfschmerzen und ein gerötetes Gesicht. Wenn die Brüste hart wie Stein sind, ist *Bryonia* angezeigt. Die Brüste sind heiß und schmerzhaft, jedoch nicht sehr gerötet. Es können scharfe, stechende Schmerzen gegeben sein, die sich durch Bewegung verschlimmern, besonders beim Anheben des Arms. Die Frauen haben trockene Lippen, Durst und leiden unter Verstopfung.

Bei Frauen, die *Phytolacca* brauchen, sind die Brüste ebenfalls hart wie Stein, schmerzen sehr und sondern Eiter ab. Häufig ist auch ein sehr starker Milchfluß gegeben, doch sind die Brustwarzen so empfindlich, daß beim Stillen Schmerzen auftreten, die auf den ganzen Körper ausstrahlen.

Frauen, die *Lac caninum* benötigen, haben schmerzhafte und empfindliche Brüste, wobei die Schmerzen sich durch Bewegung oder auch nur eine leichte Erschütterung verschlimmern. Diese Frauen haben Schmerzen beim Gehen, bisweilen sogar durch bloßes Einatmen, obwohl diese Schmerzen abklingen, wenn die Brüste bei Bewegungen abgestützt werden.

Es gibt natürlich noch viele Beschwerden, die während Schwangerschaft, Geburt und der Zeit danach auftreten können, die wir hier jedoch nicht erwähnt haben. Da eine homöopathische Behandlung den gesamten gesundheitlichen Zustand des Patienten stärkt, kann ein breites Spektrum von akuten und chronischen geburtshilflichen Störungen mit homöopathischen Mitteln angegangen werden. Die Homöopathie wird sich wahrscheinlich nicht nur für unsere Kinder im 21. Jahrhundert, sondern auch für deren Kinder als unschätzbare Hilfe erweisen.

5 Kinderheilkunde: Homöopathische Therapie statt Medikamentenmißbrauch

In unserem Jahrhundert starben vor der Einführung der Antibiotika 95 Prozent aller Kinder, die an Meningitis erkrankt waren. Heute beträgt die *Überlebensquote* dank Antibiotika 95 Prozent. Die Kindersterblichkeit in den ersten Lebensjahren ist ebenfalls dank der konventionellen Medizin erheblich zurückgegangen. Die Anzahl von Kindern, die an Leukämie sterben, hat sich gleichfalls erheblich verringert, was einen weiteren eindrucksvollen Erfolg der modernen Medizin darstellt. Aber trotz dieser Errungenschaften der modernen Medizin besteht allgemein Einigkeit darüber, daß es auch vieles in der medikamentösen Therapie gibt, was verbessert werden kann und verbessert werden sollte. Man ist sich auch darüber einig, daß die moderne Medizin nicht immer ungefährlich ist und daß sie bisweilen mehr Schaden anrichtet als Nutzen bringt.

Die Schäden ärztlicher Therapie bei Kindern

Benjamin Rush (1745–1813), der «Vater der amerikanischen Medizin», war ein so überzeugter Befürworter des Aderlasses, daß er diese Maßnahme sogar bei kranken Säuglingen empfohlen hat.[1] Rush nannte Ärzte, die ihre Patienten nicht zur Ader ließen, Quacksalber.* Obwohl diese barbarische Methode heute nicht mehr angewandt wird, müssen wir uns fragen, ob die Art und Weise, wie wir in unserer Zeit Kinder mit stark wirkenden Medikamenten behandeln, wobei diese oft wiederholt und in Kombination mit anderen Medikamenten verordnet werden, nicht ebenfalls einmal als barbarisch betrachtet werden wird.

Es wird empfohlen, konventionelle Medikamente bei der Behandlung von Neugeborenen, Säuglingen und Kindern mit Vorsicht und Zurückhaltung einzusetzen, da der ganze Organismus, das funktionelle Zusammenspiel der Organe und Drüsen und die immunologischen und Abwehrreaktionen sich noch in Entwicklung befinden. Es wird mittlerweile anerkannt, daß Frauen während der Schwangerschaft die Einnahme von Medikamenten möglichst vermeiden sollten, doch wenn unsere Kinder einmal geboren sind, scheinen wir ganz zu vergessen, daß ihre Körper sich im Wachstum und in der Entwicklung befinden, ein sensibler Zustand, auf den viele der häufig verordneten Medikamente einen erheblichen Einfluß ausüben.

Die Tatsache ist wenig bekannt, daß die meisten der allopathischen Medikamente, die bei der Behandlung von Säuglings- und Kinderkrankheiten eingesetzt werden, nicht ausreichend an Kindern geprüft wurden. Sogar in einem Bericht der American Academy of Pediatrics wurde zugegeben, daß «möglicherweise dreiviertel aller Medikamente, die im Krankenhaus in der Kinderheilkunde verordnet werden, keine offizielle Zulassung für die Indikationen haben, für die sie dort im allgemeinen eingesetzt werden.»[2]

Noch im Jahr 1975 haben 95 Prozent aller amerikanischen Ärzte Kindern ein oder mehrere Medikamente bei gewöhnlichen grippalen Infekten verordnet, wobei eines der verordneten Medikamente in ungefähr 60 Prozent der Fälle ein Antibiotikum war.[3] Im Jahr 1979

* Beim Aderlaß wird ein spezielles Messer (Lanzette oder Aderlaßschnäpper) eingesetzt, um einer Vene des Patienten Blut zu entnehmen. Obwohl diese Behandlung Röte und Schwellung einer Entzündung vorübergehend reduziert, stellt sie auch eine große Schwächung des bereits kranken Patienten dar. Der Aderlaß war einst ein so angesehenes Verfahren, daß eines der wichtigsten englischen Ärzteblätter den Namen *Lancet* trug (und auch heute noch unter diesem Namen erscheint).

hat die amerikanische Food and Drug Administration (FDA) dreißig Medikamente für unwirksam befunden, von denen die Hälfte häufig Kindern verschrieben wurde.[4]

Die American Academy of Pediatrics gab 1975 die Empfehlung, bei Kindern unter acht Jahren keine Tetrazykline zu verordnen, da diese das Knochenwachstum verzögern, die Leber schädigen, verschiedene Verdauungsstörungen hervorrufen und sogar eine dauerhafte Verfärbung der Zähne bewirken können. Dennoch ergab eine im Jahr 1977 durchgeführte Studie, daß 27 Prozent der 1947 im Bundesstaat Tennessee ansässigen Ärzte Kindern unter acht Jahren Tetrazykline verordnet hatten.[5] Obwohl einige allopathische Medikamente für Kinder gefährlicher sind als andere, gibt es kaum Kontroversen über die Tatsache, daß wir bei der medikamentösen Behandlung von Säuglingen und Kindern noch größere Sorgfalt walten lassen müssen als bei der Behandlung von Erwachsenen.

Während der Schwangerschaft wird der Fötus durch die Antikörper der Mutter geschützt, die ihm regelmäßig über die Nabelschnur zugeführt werden. Nach der Geburt enthält die Muttermilch ebenfalls wichtige Antikörper und Nährstoffe, die von unschätzbarem Wert sind, um das Immunsystem und die Abwehrkräfte des Neugeborenen aufzubauen. Im zarten Alter von nur zwei Monaten beginnt der Mensch, sechs bis neun virale Infektionen jährlich durchzumachen – bis zum Ende seiner Kindheit. Diese manifestieren sich meist als gewöhnliche Erkältung, in deren Verlauf der Virus schließlich überwunden wird, ein Vorgang, der das Immunsystem des Babys stärkt und trainiert.

Fieber ist eine Reaktion, bei der der Körper seine Temperatur erhöht, um ein inneres Milieu zu schaffen, in dem Viren sich nicht vermehren können. Während des Fieberzustands werden die weißen Blutkörperchen aktiver, und die Produktion von Interferon steigt an, was die Bekämpfung der viralen Infektion unterstützt.* Es ist kaum verwunderlich, wenn festgestellt wurde, daß der Einsatz von Aspirin zur Unterdrückung von Fieber bei Kindern zum Reye-Syndrom füh-

* Interferon ist eine vom Körper hergestellte, natürliche Eiweißverbindung, die die Virenvermehrung hemmt.

ren kann, einer neurologischen Erkrankung mit möglicherweise tödlichem Ausgang.

Nasenabsonderungen sind ebenfalls Ausdruck des Heilungsbestrebens des kindlichen Organismus. Die Absonderung setzt sich hauptsächlich aus toten Viren, Bakterien und weißen Blutkörperchen und Schleim zusammen. Durch den Gebrauch von Nasensprays und Antihistaminika werden solche Absonderungen, die einen Abwehrmechanismus des Körpers darstellen, unterdrückt. Vom Standpunkt der Physiologie aus macht die Unterdrückung von Nasenabsonderungen keinen Sinn, was wahrscheinlich auch der Grund dafür ist, daß solche Mittel häufig nicht wirksam sind oder oft sogar verschiedene Nebenwirkungen hervorrufen, die im allgemeinen schlimmer sind als die ursprüngliche Erkältung selbst.

Kindern werden häufig hustenunterdrückende Medikamente verordnet. Da der Husten einen natürlichen Abwehrmechanismus des Körpers zur Reinigung der Luftwege darstellt, ist es vom physiologischen Standpunkt aus unsinnig, hustenunterdrückende Mittel routinemäßig an Kinder zu verordnen. Was die Sache noch verschlimmert, ist, daß viele der beliebten Erkältungs- und Hustenmittel 50- bis 80prozentigen Alkohol enthalten. Ein Bericht der American Academy of Pediatrics aus dem Jahr 1984 spricht die Warnung aus, «daß sogar kleine Mengen von Alkohol eine Wirkung auf das Zentralnervensystem des Kindes und damit eine verzögerte Reaktionszeit, muskuläre Koordinationsstörungen und Veränderungen des Verhaltens zur Folge haben können»[6].

Wenn einem Menschen eine Arbeit abgenommen wird, lernt er nicht, diese selber zu verrichten. Das trifft auch auf der physiologischen und immunologischen Ebene zu, wenn Symptome oder Infektionen mit medikamentösen Unterdrückungsmaßnahmen angegangen werden. In solchen Fällen wird dem Körper die Möglichkeit genommen, sich selbst zu heilen.

Die homöopathische Alternative zur Verordnung von Aspirin bei Fieber

Die Homöopathie bietet eine echte Alternative zu Medikamenten, die Symptome unterdrücken. Sogar in einem Buch aus dem Jahr 1858, das als Kritik der Homöopathie erschienen war, wird zugegeben, daß homöopathische Arzneimittel «die eindeutigen Favoriten bei Kindern waren»[7].

Obwohl es natürlich seltene Fälle gibt, in denen das Fieber bei einem Säugling oder Kind so hoch ist, daß eine Behandlung, auch eine fieberunterdrückende, erforderlich ist, bewirken homöopathische Mittel häufig eine rasche Heilung solcher Zustände.* *Aconit* (Sturmhut) und *Belladonna* (Tollkirsche) sind zwei gern verordnete homöopathische Mittel gegen fieberhafte Erkrankungen im Säuglingsalter. Bei beiden handelt es sich um Giftpflanzen, doch sind sie als homöopathische Potenzen wertvolle und ungefährliche Medikamente.

Sidney Ringer (1835–1910), der englische Physiologe, der die sogenannte «Ringer-Lösung» entwickelte (eine häufig verwendete Elektrolytlösung zur intravenösen Anwendung), erklärte, daß «kein anderes Medikament so wertvoll ist wie *Aconit*», um Entzündungen zu behandeln.[8] Sogar Joseph Lister (1827–1912), einer der angesehensten englischen Chirurgen, erkannte den Wert von *Aconit* an. Lister erklärte, seine Kenntnisse in der Anwendung von *Aconit* und *Belladonna* von Homöopathen zu haben.[9]

Die Symptome der Kinder, die *Aconit* oder *Belladonna* benötigen, haben Gemeinsamkeiten, aber auch individualisierende Unterschiede. Beide Symptomenkomplexe können mit einem plötzlichen Einsetzen des Fiebers beginnen, und in beiden Fällen kann sich auch sehr hohes Fieber entwickeln. Beide sind vornehmlich in den ersten

* Detaillierte Angaben zur Frage, wann medizinische Hilfe angezeigt ist, finden sich bei Stephen Cummings und Dana Ullman, *Everybody's Guide to Homeopathic Medicines* (Los Angeles: J. P. Tarcher, 1984); Robert Mendelsohn, *«Trau keinem Doktor!...* (Laer: Mahajiva, 1988); Robert Pantell, James Fries und Donald Vickery, *Taking Care of Your Child* (Reading, Mass.: Addison-Wesly, 1977).

Fieberstadien von Nutzen, während sie keinen Wert haben bei Fieberformen, die sich länger hinziehen.[10]

Aconit wird sehr häufig bei Säuglingen und Kindern verordnet, deren Erkrankungen sich nach Einwirkung von trockener und kalter Luft oder Wind einstellen, besonders wenn sie dabei noch geschwitzt haben. Säuglinge oder Kinder, bei denen *Aconit* angezeigt ist, haben oft trockene Haut, trockenen Husten, trockenen Mund und bisweilen einen unstillbaren Durst, im allgemeinen nach kalten Getränken. Sie sind geistig wach, wobei sie meist auch unruhig und ängstlich sind. Sie werfen sich im Schlaf hin und her oder werfen ihre Bettdecken oder Kleider ab.

Säuglinge oder Kinder, die *Belladonna* brauchen, sehen deutlich anders aus. Sie haben ein stark gerötetes Gesicht, eine sehr heiße Haut (die bisweilen eine so starke Wärme abstrahlt, daß sie wahrgenommen werden kann, ohne die Haut direkt zu berühren) sowie glasige Augen mit erweiterten Pupillen. Sie delirieren und scheinen nicht recht zu begreifen, was um sie herum vor sich geht. Durch ihre Krankheit werden sie lethargisch und geistig stumpf. Statt der Angst und der Unruhe des *Aconit*-Kindes findet man beim *Belladonna*-Kind Unruhe, verbunden mit geistiger Stumpfheit und Verwirrung. Wenn diese Kinder sehr hohes Fieber haben, kann es sein, daß sie auf Gegenstände einschlagen, hineinbeißen oder sie zerreißen. Diese Kinder haben manchmal wilde Träume, in schweren Fällen kann es dazu kommen, daß sie Ungeheuer sehen oder halluzinieren. Hin und wieder kommt es zu Muskelzuckungen, die scheinbar plötzlich auftreten und wieder verschwinden.

Einige der *Belladonna*-Symptome sind auch Meningitis-Symptome, und Homöopathen sind der Ansicht, daß eine drohende Meningitis häufig durch eine fachgerechte homöopathische Behandlung abgewehrt werden kann. Wird bei einem Kind die Diagnose Meningitis gestellt, haben Homöopathen aufgrund der Schwere und Dringlichkeit der Erkrankung und ihrer möglichen Folgen nichts gegen den Einsatz von Antibiotika einzuwenden. Einer der besonderen Vorzüge der Anwendung homöopathischer Mittel bei fieberhaften Säuglings- und Kinderkrankheiten ist die Tatsache, daß die Mittel im allgemeinen außerordentlich schnell wirken. Wenn versehentlich das falsche Mittel verordnet wurde, gibt es keine unangenehmen Nebenwirkungen.

Bei Säuglingen sind Krämpfe zusammen mit Fieber auch ohne Meningitis keine Seltenheit. Nur allzu häufig erhalten diese Säuglinge dann starke krampflösende, antikonvulsive Mittel. Eltern sollten wissen, daß es keine Beweise dafür gibt, daß die Kinder später an ernsten Folgen dieser Krämpfe zu leiden haben werden. Eine Studie über 1706 Kinder mit Fieberkrämpfen hat ergeben, daß diese keinen einzigen Todesfall oder motorischen Defekt zur Folge hatten. Es gibt ebenfalls keine überzeugenden Beweise dafür, daß Fieberkrämpfe zu einem späteren Auftreten von Epilepsie führen. Schwere, wiederholte Fieberkrampfanfälle können jedoch zu Gehirnschäden führen und bedürfen unbedingt einer allopathischen oder homöopathischen Behandlung. Die Behandlung gewöhnlicher Fieberkrämpfe mit antikonvulsiven Medikamenten ist jedoch unangebracht und gefährlich.

Zu den homöopathischen Mitteln, die eine ungefährliche Alternative zu den allopathischen antikonvulsiven Medikamenten darstellen, gehören *Belladonna, Chamomilla, Calcium carbonicum* (Calciumcarbonat, Kalk), *Helleborus* (Christrose), *Opium, Stramonium* (Stechapfel), *Nux vomica* (Brechnuß) und *Zincum* (Zink). Die Therapie solcher Zustände gehört in die Hände eines erfahrenen homöopathischen Praktikers.

Die homöopathische Behandlung häufiger gesundheitlicher Störungen im Säuglingsalter: Beschwerden beim Zahnen, Koliken, Ekzeme

Shakespeare beschrieb das Säuglingsalter einst als das Lebensalter des «Wimmerns und Erbrechens in den Armen der Amme». Obwohl es unzählige Theorien gibt, warum Säuglinge erbrechen oder den einen oder anderen Zustand entwickeln, geht die Homöopathie davon aus, daß die Symptome Reaktionen des Organismus sind, um mit Infektionen oder inneren bzw. äußeren Streßfaktoren fertig zu werden. Diese Symptome stellen die besten Versuche des Körpers dar, sich zu verteidigen und zu heilen.

Neben den wenig sinnvollen Unterdrückungstherapien bei fieberhaften Säuglingskrankheiten und -erkältungen werden auch gegen Beschwerden beim Zahnen oft unzweckmäßige medikamentöse Therapien angewendet. Eine großangelegte Befragung amerikanischer Kinderärzte hat erst kürzlich ergeben, daß fast alle gegen Beschwerden beim Zahnen Schmerzmittel in verschiedenen Stärken, Beruhigungsmittel und örtliche Betäubungsmittel verordnen.[11]

Der Wunsch der Eltern, die Schmerzen während des Zahnens zu lindern, ist nur allzu verständlich. Von den Schmerzen und dem starken Speichelfluß abgesehen, kommt es oft auch zu Fieber, Verdauungsstörungen (meist Durchfall oder Verstopfung im Wechsel mit Durchfall), Erkältungen und Hautausschlägen. Gewiß kann jeder verstehen, daß ein Arzt, der den leidenden Säugling und die verschreckten und besorgten Eltern erlebt, gern etwas unternehmen möchte. Bei der Behandlung von Beschwerden beim Zahnen hat die Homöopathie jedoch eine so wirkungsvolle Alternative anzubieten, daß immer mehr Ärzte und Eltern darauf aufmerksam werden.

Chamomilla ist wahrscheinlich das Mittel, das mehr Eltern mit der Homöopathie bekannt gemacht hat als jedes andere. Es ist beileibe nicht die einzige Arznei, die Homöopathen gegen Beschwerden beim Zahnen verordnen, doch findet es so häufig und erfolgreich Anwendung, daß es im allgemeinen empfohlen wird, wenn die Symptome des Säuglings nicht deutlich ein anderes Mittel erfordern. Die häufigsten Symptome von Säuglingen, die *Chamomilla* benötigen, sind entzündetes Zahnfleisch, Speichelfluß und das Verlangen, ständig die Finger im Mund zu haben. Oft ist eine Backe rot und heiß, während die andere blaß ist. Noch auffälliger als diese körperlichen Symptome sind die Veränderungen in Stimmung und Verhalten. Die Säuglinge sind übermäßig reizbar, in vielen Fällen schreien sie und schlagen um sich. Sie verlangen nach irgendwelchen Dingen, die aber abgelehnt werden, sobald man sie ihnen geben will. Ihr Schlaf ist unruhig, sie werfen sich hin und her und schreien bisweilen auf. Nur durch Herumtragen oder Schaukeln tritt eine Besserung ein. Diese Beschreibung der typischen *Chamomilla*-Symptome wird vielen Eltern bekannt vorkommen.

Zu den anderen homöopathischen Mitteln, die gegen Beschwerden beim Zahnen häufig verordnet werden, gehören *Calcium phosphoricum* (Calciumphosphat), *Calcium carbonicum* (Calciumcarbonat) und *Coffea* (Kaffee).

Bei vielen gesundheitlichen Störungen im Säuglings- und Kindesalter wäre es oft angebrachter, die Angst der Eltern anstatt die jeweiligen Beschwerden des Kleinen zu behandeln. Die Fieberphobie vieler Eltern und ihre Vorstellung, daß jedes Symptom eine sofortige Behandlung erfordere, ist zwar weit verbreitet, doch «heilbar». Obwohl es natürlich Krankheiten gibt, die einer ärztlichen Behandlung bedürfen, sind die meisten Symptome, die im Säuglings- und Kindesalter auftreten, nicht als Grund zu besonderer Besorgnis anzusehen. Nach Ansicht des Kinderarztes Robert Mendelsohn heilen 95 Prozent aller Kinderkrankheiten von allein und erfordern keine besondere ärztliche Behandlung.[12]

Eltern, die unbedingt wollen, daß ihre Kinder behandelt werden, sollten dann aber auf jeden Fall Therapieformen vermeiden, die Symptome unterdrücken. Behandlungen, die den natürlichen Abwehrbestrebungen des Körpers entgegenwirken, sind jedoch im allgemeinen Unterdrückungsmaßnahmen. Ein Beispiel für ein häufig angewandtes Hausmittel bei Koliken von Säuglingen (und bisweilen auch bei Verdauungsstörungen von Kindern) ist die Gabe von Backpulver. Obwohl Backpulver überschüssige Magensäure neutralisiert, bewirkt es auch eine darauffolgende, entgegengesetzte Wirkung, wonach der Organismus auf das Backpulver mit einer noch stärkeren Absonderung von Magensäure reagiert.

Die homöopathische Alternative gegen Koliken bei Säuglingen und Verdauungsstörungen bei Kindern besteht in der Verordnung eines individuell ausgewählten homöopathischen Mittels. *Chamomilla* gehört zu den gegen Koliken häufig angewandten Mitteln, wenn der Säugling den zuvor schon beschriebenen, außerordentlich reizbaren Zustand aufweist.

Pulsatilla (Kuhschelle) ist ein anderes häufig benötigtes Mittel bei Kolik, doch sind die Säuglinge, die *Pulsatilla* brauchen, im allgemeinen sehr anhänglich, liebebedürftig und verlangen viel Zuwendung und Sympathie; obwohl sie aufgrund der Schmerzen gereizt sein können, sind sie im Grunde noch freundlich gestimmt.

Zu den anderen, bei Koliken häufig verordneten homöopathischen Mitteln gehören *Arsenicum album* (Arsen), *Nux vomica* (Brechnuß), *Bryonia* (Zaunrübe), *Magnesium phosphoricum* (Magnesiumphosphat), *Colocynthis* (Koloquinte), *Lycopodium* (Bärlapp) und *Sulfur* (Schwefel). Es gibt aber noch zahlreiche weitere homöopathische Mittel, die gelegentlich gegen Koliken bei Säuglingen verordnet werden, hier jedoch nicht alle aufgelistet werden können.

Immer wieder vorgebracht wird die Theorie, solche Koliken beruhten auf einer Allergie gegen Milch oder andere Bestandteile der Nahrung. Aus homöopathischer Sicht der Lebensmittelallergien ist jedoch nicht das betreffende Nahrungsmittel das eigentliche Problem, sondern der gesundheitliche Zustand des einzelnen. Dieser individuelle Zustand erzeugt eine schlechte Assimilation und Verwertung der Nahrung, was schließlich zu bestimmten Symptomen führt. Man hat die Erfahrung gemacht, daß homöopathische Mittel sehr wirksam sind bei der Behebung dieser zugrundeliegenden gesundheitlichen Störungen und so zur Reduzierung von Lebensmittelallergien beitragen. (Weitere Informationen zur homöopathischen Behandlung von Allergien finden sich in Kapitel 8.)

Ekzeme treten im Säuglingsalter ebenfalls häufig auf. Die konventionelle, allopathische Behandlung solcher Störungen ist ein trauriges Beispiel für Symptomenunterdrückung. Nach homöopathischem Verständnis sind Hautkrankheiten (ausgenommen Verletzungen der Haut oder Symptome, die durch Reizstoffe hervorgerufen wurden) nicht einfach als lokale Probleme anzusehen, sondern als Ergebnis und Ausdruck einer zugrunde liegenden, inneren gesundheitlichen Störung. Durch den Einsatz von Kortison oder anderen stark wirksamen Steroidpräparaten werden die natürlichen Abwehrmechanismen des Körpers unterdrückt. Obwohl diese Mittel bisweilen die Symptome sehr wirksam beseitigen, sind sie nicht imstande, die zugrundeliegende innere Krankheit zu heilen.

Systemisch wirksames Kortison, oral eingenommen oder injiziert, ruft wesentlich schwerer wiegende Nebenwirkungen hervor als Kortisonsalben, äußerlich angewendet, doch sind auch diese Salben nicht unbedenklich. Obwohl dem Gebrauch von Kortisonsalben bislang nur wenige ernste Symptome zugeschrieben werden konnten, sind ihre Langzeitwirkungen nur sehr schwer abzuschätzen.

Eltern haben beobachtet, daß Ekzeme oft in noch schwererer Form zurückkehren, nachdem das Kortison abgesetzt worden ist. Bei den «Glücklichen» kommt es zu keinem Wiederauftreten des Ekzems; aus homöopathischer Sicht kann dies entweder ein gutes oder ein schlechtes Zeichen sein. Es kann bedeuten, daß der Säugling schließlich «aus dem Zustand herausgewachsen ist», aber auch, daß die Krankheit nach innen getrieben worden ist und sich schließlich als noch ernstere Störung manifestieren wird. Sehr häufig führt nach Beobachtungen homöopathischer Praktiker die Unterdrückung von Hautsymptomen zu späteren Lungenstörungen, häufig zum Auftreten von Asthma.* Da die Haut einen erheblichen Anteil der Atemleistung des Körpers übernimmt und die Funktion einer «dritten Lunge» erfüllt, ist verständlich, daß die Krankheit zunächst die «oberflächliche» Lunge angreift. Wenn der Zustand dann entweder unsachgemäß behandelt oder unterdrückt wird, greift die Krankheit die beiden tiefer gelegenen Quellen des Lebensatems an.

Nach homöopathischem Verständnis werden Ekzeme als innere Krankheit aufgefaßt, daher muß die Arzneimittelwahl individuell, auf der Grundlage einer vollständigen Auswertung der charakteristischen körperlichen, emotionalen und geistigen Merkmale des Kleinkinds erfolgen, wobei konstitutionelle Vererbungsfaktoren ebenfalls berücksichtigt werden. Solche Fälle bedürfen der sachgerechten Behandlung durch einen erfahrenen Homöopathen, der Laie sollte lieber die Finger davon lassen. Säuglinge und Kleinkinder befinden sich in einer sensiblen Phase ihrer Entwicklung und müssen daher mit der größtmöglichen Sorgfalt behandelt werden.

* Allopathische Ärzte haben ebenfalls häufig die Verbindung zwischen Ekzemen und Asthma beobachtet, obwohl sie im Gegensatz zu Homöopathen beides als getrennte Krankheiten betrachten und mit unterschiedlichen Medikamenten behandeln. Diese Ärzte erkennen ein solches Nach-innen-Treiben der Krankheit nicht als eine Unterdrückung oder Verschlimmerung der Krankheit an. Nach homöopathischer Ansicht verschlechtert jede Behandlung, die die Krankheit lediglich beherrscht oder Symptome unterdrückt, die Chancen für eine echte Heilung und ermöglicht der Krankheit ein noch tieferes Eindringen.

Die homöopathische Behandlung von Kinderkrankheiten

Der berühmte amerikanische Kinderarzt Benjamin Spock hat einmal gesagt, daß ein Kind, das sich noch nie den Kopf angeschlagen hat, zu ängstlich behütet wird. Die Folgen von Unfällen sind bei Kindern in der Tat eines der häufigsten Probleme, die einer Behandlung bedürfen. Obwohl der Ruf der Homöopathie hauptsächlich auf der erfolgreichen Behandlung akuter und chronischer Krankheiten beruht, ist sie auch bei Verletzungen von großem Nutzen.

Die eindrucksvolle, schnell schmerzlindernde und heilende Wirkung von *Arnica* (Arnika, Bergwohlverleih) bei Kopftrauma oder Verletzungen des weichen Gewebes hat unzählige Eltern mit der Homöopathie bekannt gemacht. Aufgrund der vorzüglichen Wirkung bei Verletzungen des weichen Gewebes ist *Arnica* das am häufigsten verordnete Mittel bei Verletzungen, die sich bläulich und dunkel verfärben. (Weitere Informationen über die homöopathische Behandlung verschiedener Verletzungen finden sich in Kapitel 10.)

Viele Kinderkrankheiten, die früher häufig auftraten (Masern, Röteln, Mumps, Keuchhusten, Diphtherie) sind heutzutage selten geworden. Das ist in einigen Fällen auf die Immunisierung durch Impfung zurückzuführen, in anderen Fällen handelt es sich um die natürliche Evolution einer ansteckenden Krankheit. Obwohl die Homöopathie bei der Behandlung dieser Krankheiten recht gute Ergebnisse zu erzielen vermochte, sind sie in der Regel so selten geworden, daß es sich nicht lohnt, hier weiter darüber zu sprechen.

Windpocken gehören zu jenen immer noch oft auftretenden ansteckenden Kinderkrankheiten, die auf eine homöopathische Behandlung gut ansprechen. Homöopathische Praktiker haben vor allem festgestellt, daß es bei fachgerechter Behandlung sehr selten zu den Komplikationen kommt, die sich gelegentlich nach Windpocken einstellen. Obwohl es eine Anzahl homöopathischer Mittel gibt, die zur Behandlung von Windpocken in Frage kommen, ist *Rhus tox* (Giftsumach) das am häufigsten angezeigte. *Rhus tox* ist in diesem Fall wirksam, weil es einen ähnlichen Juckreiz und brennende Hautsymptome hervorruft, wie man sie bei Windpocken antrifft.

Zu den anderen homöopathischen Mitteln, die man in Erwägung ziehen soll, gehören *Pulsatilla* (Kuhschelle), *Antimonium tartaricum* (Brechweinstein), *Antimonium crudum* (schwarzer Spießglanz), *Arsenicum album* (Arsen), *Belladonna* (Tollkirsche) und *Mercurius* (Quecksilber).

Die Homöopathie ist auch bei der Behandlung vieler ansteckender Kinderkrankheiten von ausgezeichneter Wirkung, einschließlich Ohrinfektionen und Streptokokken-Angina. (Eine detailliertere Beschreibung dieser Therapie finden Sie in Kapitel 7 über Infektionskrankheiten.)

Eines der häufigeren Kindheitsprobleme ist die sogenannte «Hyperaktivität», oft auch als «Konzentrationsmangel», «Lernschwierigkeiten» oder «minimale zerebrale Dysfunktion» bezeichnet. Obwohl es so aussieht, als ob viele Kinder hyperaktiv wären, ist nur ein relativ kleiner Prozentsatz von ihnen wirklich krank. Viele Kinder besitzen eben sehr viel Energie, sind schnell gelangweilt und haben einfach keine Lust, für bestimmte Schulfächer zu lernen. Die meisten Kinder wachsen ohne irgendwelche größeren Schwierigkeiten aus dieser hyperaktiven Phase heraus.

Hyperaktivität kann jedoch auch eine echte Krankheit sein. Lern- und Konzentrationsschwierigkeiten treten auf, die Kinder gelten als Störenfriede und haben schlechte zwischenmenschliche Beziehungen – zu Freunden, Geschwistern und anderen Familienmitgliedern. In solchen Fällen verordnen allopathische Ärzte häufig *Ritalin*, ein amphetaminähnliches Medikament. Es entbehrt nicht der Ironie, daß hyperaktiven Kindern ein amphetaminähnliches Medikament verordnet wird. Man könnte meinen, die Kinder würden dadurch noch unruhiger. Doch hat *Ritalin* bei solchen Kindern eine deutlich entgegengesetzte Wirkung. Mit Hilfe der beruhigenden Wirkung können sie eher zum Spiel finden oder sich hinsetzen und lernen, ohne ein gestörtes Verhalten an den Tag zu legen.

Allopathische Ärzte sprechen von der «paradoxen Wirkung» von *Ritalin* als Grund für dessen Wirksamkeit bei Hyperaktivität. Doch diese «paradoxe Wirkung» ist nur ein anderer Name für das homöopathische Ähnlichkeitsgesetz. Das Medikament bewirkt keine weitere Beruhigung bei Kindern, die bereits ruhig sind, sondern beruhigt nur jene, die hyperaktiv sind. Da *Ritalin* normalerweise Hyperaktivität hervorruft, kann es diese auch erfolgreich bekämpfen.

Obwohl *Ritalin* im allgemeinen in der Lage ist, bei Hyperaktivität vorübergehend Abhilfe zu schaffen, handelt es sich doch um ein starkes Medikament mit Nebenwirkungen. *Ritalin* und andere Amphetamine, die zur Behandlung von Hyperaktivität eingesetzt werden, können als Nebenwirkungen folgende Symptome hervorrufen: Nervosität, Schlaflosigkeit, Appetitverlust, Gewichtsverlust, verlangsamtes Wachstum, Magenschmerzen, Hautausschläge, Kopfschmerzen und Halluzinationen. Vor allem über ihre Langzeitwirkungen auf den empfindlichen kindlichen Organismus ist so gut wie nichts bekannt.

Die Behandlung der Hyperaktivität bei Kindern gehört ebenfalls in die Hände eines erfahrenen homöopathischen Praktikers. Zu den am häufigsten verordneten Mitteln gehören *Argentum nitricum* (Silbernitrat), *Arsenicum album* (Arsen), *Phosphor, Hepar sulfuris* (Kalkschwefelleber), *Tuberculinum* (Tuberkulinbazillen), *Sulfur* (Schwefel), *Staphisagria* (Stephanskörper), *Nux vomica* (Brechnuß) und *Zincum* (Zink). Um dem Leser eine Vorstellung von zwei besonders häufig verordneten Mitteln und ihrer typischen, individuellen Symptomatik zu geben, wollen wir im folgenden *Argentum nitricum* und *Arsenicum* vergleichen.

Es ist passend, daß Silber bei der Behandlung von Hyperaktivät eingesetzt wird, denn dieses Metall ist eine der Substanzen mit der höchsten Leitfähigkeit. Kinder, die *Argentum nitricum* benötigen, können leicht, vielleicht zu leicht, Energie weiterleiten, genau wie das Silber selbst. Sie sind ständig in Eile und voller Ängste. Vor Auftritten jeder Art, ob vor einer Prüfung oder einer Theateraufführung in der Schule, leiden sie unter starker Erwartungsspannung. Sie sind nicht imstande, ihre Aufmerksamkeit auf einen Gegenstand zu konzentrieren. Oft versuchen sie, sich und ihr Verhalten zu erklären. Solche Kinder sind wahre Meister im Rationalisieren, obwohl die meisten ihrer Erklärungen irrational sind (manche bezeichnen diese Erklärungen allerdings auch als «kreativ»). In körperlicher Hinsicht sehen sie möglicherweise älter aus, als sie tatsächlich sind. Sie gehen schneller als andere. Auffallend ist ihr starkes Verlangen nach Zukker, obwohl einige ihrer körperlichen oder psychischen Symptome möglicherweise bald nach dem Genuß von Süßem in Erscheinung treten. Sie brauchen nicht so warme Kleidung wie andere – ihr Zustand wird durch Wärme sogar meist verschlimmert – und fühlen sich in kühlerer Umgebung wohler. Man findet bei solchen Kindern zuweilen Korordinationsstörungen oder sogar Muskelzittern, auch zu starken Blähungen und Magenschmerzen kann es kommen.

Hyperaktive Kinder, die *Arsenicum* benötigen, sind von einer treibenden Unruhe erfüllt. Sie sind sehr ängstlich, entweder wegen einer speziellen Sache oder ganz allgemein. Sie leben in der Erwartung, daß etwas Schlimmes sich ereignen könnte, besonders wenn sie allein sind. Falls möglich, versuchen sie alles, um das Alleinsein zu vermeiden und in Gesellschaft von anderen Menschen zu sein. Sie sind sehr besitzergreifend, anspruchsvoll und heikel. Sie lassen andere nicht mit ihrem Spielzeug spielen, und wenn nötig spielen sie mit allen ihren Sachen gleichzeitig, um sie anderen Kindern vorzuenthalten. Im allgemeinen übersteigen ihre Wünsche ihre Bedürfnisse, was in sich ständig ändernden und übertriebenen Ansprüchen zum Ausdruck kommt. Sie haben oft einen Hang zum Perfektionismus, was sich in einer stark ausgeprägten Ordnungsliebe manifestiert oder im Bestreben, die Dinge «genau richtig» zu tun.

Als Folge ihrer Hyperaktivität machen Kinder, die *Arsenicum* benötigen, Phasen der Erschöpfung und der Schwäche durch. Sie reagieren überempfindlich auf Gerüche, Berührung und Geräusche und können auch physische oder psychische Reaktionen auf Milch, Weizen, Zucker oder Eis zeigen. Sie frösteln leicht, und durch Kälteeinwirkung können Erkältungen, Husten oder Kopfschmerzen entstehen. Die meisten Formen von Wärme bringen eine Besserung ihrer Beschwerden. Sie haben oft großen Durst, trinken jedoch nur kleine Schlucke auf einmal. Bisweilen treten um Mitternacht starke Verschlimmerungen auf, die sie vom Schlaf abhalten.

Diese ausgeprägten, charakteristischen Symptome von *Argentum nitricum* und *Arsenicum* zeigen, wie Kinder verschiedene Symptomenmuster aufweisen können, trotz der gleichen Diagnosestellung. Die homöopathische Medizin bietet eine hochentwickelte Methodologie zur individuellen Behandlung des einzelnen Kindes.

Die Geschichte von Eric: Eine gewaltige Nervensäge, aber ein toller Junge

Eric war neun Jahre alt, als sein Vater mit ihm wegen seiner immer wieder auftretenden Bauchschmerzen, verbunden mit Übelkeit, einen Homöopathen aufsuchte. Obwohl Eric auch schwere Verhaltensstörungen zeigte, dachte sein Vater bestimmt nicht daran, daß die Homöopathie auch dagegen etwas tun könnte, sondern hoffte nur auf eine Besserung der abdominellen Symptome.

Eric beschrieb seine Beschwerden als einen «knotenartigen Schmerz», der am Morgen besonders schlimm war, vor allem beim Aufwachen. Der Schmerz kehrte wieder, wenn er abends ins Bett ging. Er trat auch auf, wenn er irgendwohin mußte, wo er nicht hinwollte, wie zum Beispiel in die Schule. Bisweilen stellten sich die Schmerzen auch vor irgendwelchen aufregenden Ereignissen ein.

Eric gab an, daß die Schmerzen nachließen, wenn er brechen konnte. Sie wurden teilweise auch durch Trinken von Limonade und durch Liegen auf dem Magen gebessert.

Eric war häufig erkältet, wobei seine Nase meist einfach verstopft war, ohne zu laufen. Sein Vater sagte, die Nase sei eigentlich ständig verstopft. Wenn es zu einer Absonderung kam, dann war diese gelblich und nachts schlimmer. Eric neigte dazu, morgens beim Aufwachen zu husten. Seit er sechs Jahre alt war, hatte er nachts im Bett an Schmerzen in den Beinen gelitten, doch wurden diese Schmerzen durch warme Bäder gebessert.

Erics andere charakteristische Symptome waren ein starkes Verlangen nach frischer Luft, besonders nachts. Er schlief mit vielen Decken, bestand aber darauf, daß das Fenster offenblieb. Während der Nacht streckte er oft seine Füße heraus oder warf die Decken ab. Er schlief am liebsten in einem kühlen Raum.

Eric hatte großen Appetit, aber eine Abneigung gegen Sardellen, gekochtes Gemüse und Fett. Er liebte Knoblauch und aß manchmal eine ganze Zehe auf einmal oder das Knoblauchpulver direkt aus der Dose. Er hatte auch einen Heißhunger auf Zwiebeln und Joghurt.

Von diesen charakteristischen körperlichen Symptomen abgesehen, hatte Eric einige beunruhigende emotionale Probleme. Seine

Lehrerin bezeichnete den Jungen als «schwierigen Fall», da er ihr Widerworte gab, während des Unterrichts außerordentlich unruhig war und dabei dauernd versuchte, mit anderen Kindern zu reden. Eric war zwar relativ intelligent, doch auch recht faul und machte selten Hausaufgaben. Er hatte auch Probleme mit der Rechtschreibung und neigte dazu, manche Buchstaben verkehrt herum zu schreiben (zum Beispiel q statt p). Außerhalb des Unterrichts raufte er häufig mit anderen Kindern, meist infolge seiner Versuche, ein anderes Kind zu maßregeln.

Ein weiteres charakteristisches Merkmal von Erics Persönlichkeit war seine ausgesprochene Unordentlichkeit, so daß er sein Zimmer nie aufräumte oder saubermachte, ohne dazu angehalten worden zu sein.

Eric erhielt eine einzige Gabe *Sulfur C30*. Während der Fahrt nach Hause stellten sich seine typischen Magenschmerzen ein. Einen Monat lang war er «erkältet», aber diesmal war es keine bloße Verstopfung der Nase, sondern sie lief auch. Während dieses Monats traten die Magenschmerzen immer seltener auf. Am bemerkenswertesten war, nach Aussage seiner Eltern und seiner Lehrerin, daß Eric viel ruhiger erschien. Die Lehrerin, die nichts von Erics homöopathischer Behandlung wußte, teilte seinen Eltern mit, daß es eine dramatische Wende zum Besseren gegeben hätte. Eric war nicht mehr so unruhig, störte den Unterricht nicht und raufte nicht mehr.

Es sollte an dieser Stelle angemerkt werden, daß die vorübergehende Verschlimmerung der Magenschmerzen unmittelbar nach Einnahme des homöopathischen Mittels relativ häufig vorkommt. Die Tatsache, daß aus der chronisch verstopften eine laufende Nase wurde, ist aus homöopathischer Sicht als eine direkte Wirkung der Heilbestrebungen des Körpers zu sehen, die darauf abzielten, diese Störung der Atmung zu überwinden. Obwohl diese Triefnase unangenehm war, riet der Therapeut, nichts dagegen zu unternehmen, da sie einen Teil des Heilungsvorganges darstelle. Es gibt ein Sprichwort, das besagt, daß man eine Grippe nicht behandeln, sondern sich statt dessen von ihr kurieren lassen sollte, was sich in diesem Fall als sehr zutreffend erwies.

Neben den verschiedenen Besserungen des körperlichen und psychischen Zustands ihres Sohnes fiel den Eltern auch auf, daß Eric ihnen und seiner kleinen Schwester gegenüber mehr Zuneigung zeigte. Nach wie vor klagten sie jedoch über das chronische Chaos in seinem Zimmer.

Die Homöopathie vermag ein breites Spektrum von Kinderkrankheiten zu behandeln. Da konventionelle, allopathische Medikamente, ob einzeln verordnet oder in Verbindung mit weiteren Präparaten, bekannte und unbekannte Nebenwirkungen bei Kleinkindern und Kindern hervorrufen, ist es im allgemeinen lohnend, bei Kinderkrankheiten zunächst einen Versuch mit ungefährlichen, wirksamen Alternativen zu machen. Die homöopathische Behandlung vermag nicht nur die Gesundheit von Säuglingen und Kindern zu verbessern, sondern trägt wahrscheinlich auch wesentlich dazu bei, daß unsere Kinder sich zu gesunden Erwachsenen entwickeln.

6 Frauenleiden: Den weiblichen Körper behandeln, nicht mißhandeln

«Zu viele Frauen von Schulmedizinern suchen homöopathische Therapeuten auf», lautete die Klage eines Arztes bei einer Veranstaltung der American Medical Association im Jahr 1883, und er fügte hinzu: «Und was die Sache noch schlimmer macht, sie bringen auch ihre Kinder zum Homöopathen!»[1]

Wie die Frauen des vorigen Jahrhunderts haben viele Frauen von heute entdeckt, daß die konventionelle Behandlung bei vielen häufig auftretenden gesundheitlichen Störungen mehr schadet als nutzt. Da Frauen wesentlich öfter als Männer einen Arzt aufsuchen, tragen sie durch die Einnahme von mehr Medikamenten sowie durch häufigere chirurgische Eingriffe und andere medizinische Maßnahmen ein wesentlich höheres gesundheitliches Risiko.

Es ist traurig, aber wahr, daß Frauen, die über die Nebenwirkungen der verschiedenen Medikamente, die ihnen verordnet worden sind, klagen, nur allzuoft ein weiteres Medikament verordnet bekommen, meist ein Beruhigungsmittel. Untersuchungen haben gezeigt, daß Ärzte bei vergleichbaren psychischen Symptomen Frauen die doppelte Menge an Medikamenten verordnen wie Männern.[2] Ein Bericht einer amerikanischen Regierungsbehörde hat gezeigt, daß Frauen 71 Prozent aller ärztlich verordneten Antidepressiva, 80 Prozent aller Amphetamine sowie 60 Prozent aller Psychopharmaka einnehmen.[3]

Auch bei der Behandlung von Frauenleiden stellt die Homöopathie eine echte Alternative dar. Homöopathische Mittel sind wesentlich risikoärmer, sie werden auch in kleineren Dosen seltener eingenommen, so daß die Patientin dadurch weniger belastet und nicht auf eine ständige Medikamentengabe fixiert ist. Von größter Bedeutung ist die Tatsache, daß die Homöopathie sich als wirksam, zuweilen auch als geradezu frappierend erfolgreich erwiesen hat bei der Behandlung eines breiten Spektrums der häufig auftretenden Frauenleiden. Hierzu gehören das prämenstruelle Syndrom, Zystitis (Blasenentzündung), Eierstockzysten, Gebärmutterfibrome, verschiedene Erkrankungen der Brust und die Beschwerden während der Wechseljahre. Erfolge sind auch bei der Behandlung von Brust-, Gebärmutter- und Eierstockkrebs verzeichnet worden, wobei die pathologischen Prozesse verlangsamt oder zum Stillstand gebracht, in manchen Fällen sogar rückgängig gemacht werden konnten.

Natürlich ist die Homöopathie nicht *immer* erfolgreich bei der Behandlung von Krebs oder anderen chronischen Krankheiten. Es gibt zahlreiche Faktoren, die einen Einfluß auf das mögliche positive oder negative Therapieergebnis ausüben. Einer der Gründe, warum die homöopathische Behandlung chronischer Krankheiten nicht noch erfolgreicher ist, besteht darin, daß viele Menschen sich erst dann in homöopathische Behandlung begeben, wenn ihre Krankheit bereits so weit fortgeschritten ist, daß eine Heilung nicht mehr möglich ist. Trotz dieser schlechten Voraussetzungen in vielen Fällen sind Homöopathen und ihre Patienten immer wieder beeindruckt von den dennoch erzielten Erfolgen der homöopathischen Behandlung.

Die homöopathische Behandlung des prämenstruellen Syndroms und der Zystitis

Bei der Verordnung von homöopathischen Mitteln für Frauen stehen vor allem die Symptome des Fortpflanzungssystems im Mittelpunkt. Der Zustand dieses Systems ist eine direkte Widerspiegelung der empfindlichen und dynamischen Wechselwirkung und des Gleichgewichts zwischen dem hormonellen System und dem Nervensystem, zwei der wichtigsten Regulationsmechanismen des Körpers.

Um das hormonelle Gleichgewicht wiederherzustellen, verordnen

Frauenärzte häufig Hormonpräparate wie empfängnisverhütende Mittel (zum Beispiel bei Pubertätsakne), Östrogene, Progesterone und synthetische männliche Hormone. Durch die Einnahme solcher Präparate erhöht sich der Anteil der jeweiligen Hormone im Blut, und es kommt zu einem Abklingen der Symptome, die infolge des entsprechenden Mangels entstanden waren. Solche Hormonpräparate haben aber keinen Einfluß auf die zugrundeliegende Disharmonie, die für den jeweiligen Hormonmangel in erster Linie verantwortlich ist, noch helfen sie dem Organismus, seine Fähigkeit, das hormonelle Gleichgewicht aufrechtzuerhalten, wiederzuerlangen.

Homöopathen sehen von der Verwendung von Hormonpräparaten ab, da diese die Tendenz haben, die Symptome zu verwischen, ohne die Gesundheit im eigentlichen Sinne wiederherzustellen. Wenn die Symptome unterdrückt werden, ist es wesentlich schwerer, das passende, individuelle Mittel zu finden, da die neuen Symptome der Patientin nicht unbedingt Krankheits-, sondern Medikamentensymptome sind. Nun ist der Körper gezwungen, sich sowohl mit den Medikamentenwirkungen als auch mit der Krankheit auseinanderzusetzen.

Moderne Forscher vermuten, daß hormonähnliche Botensubstanzen, sogenannte Prostaglandine, für das prämenstruelle Syndrom verantwortlich sind. Doch verwechseln diese Wissenschaftler erneut ein Symptom mit dessen Ursache. Die überschüssigen Prostaglandine, die im Körper einer Frau gefunden werden, die unter dem prämenstruellen Syndrom leidet, können ebensogut nur ein weiteres Symptom der zugrundeliegenden Krankheit sein. Neben Hormonpräparaten werden häufig andere allopathische Medikamente verordnet, die einzelne Symptome des prämenstruellen Syndroms bekämpfen sollen. So werden zum Beispiel Diuretika, harntreibende Mittel, gegen die Schwellungen verschrieben, die bei manchen Frauen vor der Regel auftreten. Diese Diuretika können aber den körpereigenen Vorrat an Kalium erschöpfen und Muskelschmerzen und Krämpfe verursachen. Wieder einmal ist die konventionelle Therapie nur eine symptomorientierte, die bestenfalls vorübergehende Besserung verschafft und nur allzuoft Nebenwirkungen hervorruft.

Das prämenstruelle Syndrom ist erst in neuerer Zeit «offiziell» als gesundheitliche Störung anerkannt worden, während Homöopathen das Problem seit jeher kennen und behandeln. Im Gegensatz zur Mehrzahl ihrer allopathischen Kollegen sind die Homöopathen nie davon ausgegangen, daß solche Beschwerden «eingebildet» oder «rein psychischer Natur» seien. Vielmehr haben sie die verschiedenen subtilen oder schweren physischen und/oder psychischen Symptome, die bei vielen Frauen im Zusammenhang mit der monatlichen Regelblutung auftreten, stets zur Auffindung des richtigen, individuell angezeigten homöopathischen Mittels herangezogen. Homöopathische Therapeuten und ihre weiblichen Patienten sind von der ausgezeichneten Wirkung individuell verordneter homöopathischer Mittel immer wieder beeindruckt.

In manchen Fällen können Frauen lernen, gelegentlich auftretende akute Symptome des prämenstruellen Syndroms selbst zu behandeln, doch bei immer wiederkehrenden oder besonders schweren Symptomen ist es im allgemeinen ratsam, sich in die Obhut eines erfahrenen Homöopathen zu begeben. Während es einige homöopathische Arzneien gibt, die bei Symptomen eines akuten prämenstruellen Syndroms eine wirksame und nebenwirkungsfreie Hilfe sind, gibt es andere homöopathische Mittel, die auf einer tieferen Ebene wirken und das Wiederauftreten chronischer Symptome reduzieren sowie den allgemeinen gesundheitlichen Zustand der Patientin erheblich verbessern können.

Ganz gleich, worin die Beschwerden bestehen, ob es sich um Krämpfe, Kopfschmerzen, Schwellungen, psychische Veränderungen oder andere häufige prämenstruelle Symptome handelt, ist es wichtig für Frauen zu wissen, daß sie diese monatlichen Schmerzen und Unannehmlichkeiten nicht einfach hinnehmen müssen. Anstatt den Versuch zu unternehmen, die Menge der Prostaglandine im Körper zu reduzieren oder das sensible hormonelle Gleichgewicht nach mechanistischen Vorstellungen zu regeln, erfahren viele Frauen, die unter dem prämenstruellen Syndrom leiden, die vorzügliche Wirkung homöopathischer Mittel.

Einige der häufig verordneten Mittel für Frauen mit gelegentlich auftretenden prämenstruellen Symptomen sind *Belladonna* (Tollkirsche), *Magnesium phosphoricum* (Magnesiumphosphat), *Colocynthis* (Koloquinte), *Cimicifuga* (Wanzenkraut), *Chamomilla* (Kamille), *Caulophyllum* (Frauenwurzel), *Pulsatilla* (Kuhschelle), *Lachesis* (Gift des Buschmeisters), *Sepia* (Tintenfisch) und *Natrium muriaticum* (Kochsalz).

Magnesium phosphoricum und *Colocynthis* sind die zwei am häufigsten verordneten homöopathischen Mittel bei Regelkrämpfen. Obwohl die Symptome, welche die beiden Mittel wirksam behandeln können, ähnlich sind, gibt es doch charakteristische Merkmale, die sie voneinander unterscheiden. Bei den Symptomen von Frauen, die *Magnesium phosphoricum* benötigen, handelt es sich um krampfartige Schmerzen, die vor allen Dingen durch Wärme gebessert werden, obwohl Druck und Sich-Vorwärtsbeugen ebenfalls lindern. Bisweilen konzentrieren sich die Schmerzen auf die Gebärmutter und strahlen nach allen Richtungen aus. *Colocynthis* hilft bei ähnlichen Symptomen, doch finden die Frauen ihre Schmerzen hauptsächlich durch Vorwärtsbeugen gebessert und erst in zweiter Linie durch Wärme und Druck. Ein weiteres Unterscheidungsmerkmal bei Frauen, die *Magnesium phosphoricum* benötigen, ist die Tatsache, daß sie im allgemeinen weniger reizbar sind als Frauen, bei denen *Colocynthis* angezeigt ist.

Frauen können lernen, sich bei einigen anderen akuten Problemen selbst zu behandeln. In der homöopathischen Literatur finden sich zum Beispiel viele Berichte von Frauen, die das bei einfachen Blasenentzündungen getan haben. Seltsamerweise ist das häufigste Mittel gegen diesen Zustand *Cantharis*, die spanische Fliege. Dieses Mittel ist als Aphrodisiakum bekannt, doch besteht seine eigentliche Wirkung darin, einen solchen Reizzustand und Brennen im Urogenitaltrakt zu erzeugen, daß das Bedürfnis besteht, die Geschlechtsorgane zu berühren und zu reiben. Die spanische Fliege erzeugt auch starke, brennende Schmerzen während und nach dem Wasserlassen – Hauptsymptom einer Blasenentzündung. Aufgrund dieser Tatsache verwenden Homöopathen potenzierte Gaben von *Cantharis* zur erfolgreichen Behandlung von Blasenentzündungen.

Andere homöopathische Mittel, die bei Blasenentzündungen häufig Verwendung finden, sind *Sarsaparilla* (Stechwinde), *Mercurius*

(Quecksilber), *Nux vomica* (Brechnuß), *Berberis* (Berberitze), *Pulsatilla* (Kuhschelle) und *Apis* (Honigbiene).

Die konventionelle Medizin setzt bei Blasenentzündungen Antibiotika ein. Obwohl diese Mittel «wirksam» erscheinen (die Entzündung verschwindet), stellen sich bei 15 Prozent aller Frauen wiederholt Blasenentzündungen ein. Es ist allgemein anerkannt, daß Antibiotika bestenfalls die Entzündung vorübergehend beseitigen, doch die Faktoren, die zu dieser Entzündung geführt haben, unbeeinflußt lassen. Im Idealfall sollte doch das Ziel der Medizin eine Therapie sein, die nicht nur die aktuellen Beschwerden behebt, sondern den Körper auch so stärkt, daß dadurch zukünftigen Störungen vorgebeugt wird. Darin besteht das – oft erreichte – Ziel der Homöopathie.

Die homöopathische Behandlung von Scheideninfektionen und chronischen Frauenleiden

Der Wert der Homöopathie bei der Therapie verschiedener ansteckender Krankheiten kommt auch in der erfolgreichen Behandlung vieler Infektionen bei Frauen zum Ausdruck. Scheidenentzündungen sind ein sehr häufiges gesundheitliches Problem von Frauen. Verschiedene Erreger finden sich im Zusammenhang mit solchen Entzündungen, einschließlich *Candida albicans* (Hefe), *Gardnerella* (früher *Haemophilus Vaginalis* genannt), *Trichomonas* und *Chlamydia*.

In den kommenden Jahren wird die moderne Medizin gewiß weitere Erreger in der Scheide entdecken, die jeweils ihre eigenen Symptome hervorbringen. Zweifellos werden auch neue konventionelle Medikamente entwickelt werden, obwohl (wie in Kapitel 7 über ansteckende Krankheiten erläutert) solche Behandlungen nicht notwendigerweise die Heilung der zugrundeliegenden Krankheit oder Anfälligkeit bewirken. Durch die Verwendung konventioneller Medikamente entstehen schließlich medikamentenresistente Erreger, und jedes der verordneten Mittel wird gewisse Nebenwirkungen haben.

Anstatt Medikamente einzusetzen, die einen speziellen Krankheitserreger angreifen, versuchen Homöopathen, das Mittel zu finden, das die körpereigene Abwehr und das Immunsystem so anregt, daß der Organismus selber den jeweiligen Erreger überwinden kann. Ein homöopathisches Mittel wird individuell, auf der Basis einer Analyse der einzigartigen, charakteristischen körperlichen, emotionalen und psychischen Merkmale der zu behandelnden Frau ausgewählt. Im Fall einer Krankheit, bei der bestimmte Mikroorganismen auftreten, interessieren sich homöopathische Therapeuten mehr für die *Individualität der Patientin* als für den *Mikroorganismus* als solchen. Der homöopathische Ansatz ist ein Modell dessen, was Sir William Osler, der Vater der modernen Medizin, gemeint hat mit seiner Feststellung: «Die Frage ist nicht, welche Art von Krankheit der Patient hat, sondern welche Art von Patient die Krankheit hat.»

Aus dieser Perspektive wird verständlich, daß es eine Auswahl von homöopathischen Mitteln gibt, die weiblichen Patienten entsprechend ihrer jeweiligen individuellen Typologie verordnet werden. Drei der am häufigsten bei Frauenkrankheiten verordneten Mittel sind nicht nur bei akuten Infektionen hilfreich, sondern werden auch bei verschiedenen chronischen Gesundheitsproblemen verordnet. Diese drei sind *Pulsatilla, Sepia* und *Natrium muriaticum.*

Wenn eine Frau einem dieser Mittel typologisch entspricht, ist damit nicht gesagt, daß dieses Mittel alle ihre Krankheiten heilt oder daß kein anderes homöopathisches Mittel jemals benötigt werden wird. Die Entsprechung bedeutet jedoch, daß dieses bestimmte Mittel sehr wichtig ist, um den allgemeinen gesundheitlichen Zustand zum gegebenen Zeitpunkt und möglicherweise auch in Zukunft signifikant zu verbessern.

Ehe wir uns der Beschreibung dieser drei häufig verordneten Mittel und der psychischen und physischen Symptome, die mit ihnen behandelt werden, zuwenden, ist festzuhalten, daß homöopathische Therapeuten nicht davon ausgehen, daß eine Frau *alle* Symptome eines einzelnen Mittels aufweist, sondern eher, daß eine Übereinstimmung mit den *allgemeinen* charakteristischen Merkmalen eines Mittels gegeben ist. Homöopathen haben festgestellt, daß, wenn eine homöopathische Arznei den allgemeinen gesundheitlichen Zustand einer Patientin verbessert hat, ein anderes Mittel angezeigt sein kann, um die weitere Heilung zu fördern.

Es sollte ebenfalls an dieser Stelle erwähnt werden, daß homöopathische Mittel auf der Basis von charakteristischen Krankheitssymptomen oder Funktionsstörungen verordnet werden und nicht auf der Grundlage von charakteristischen Gesundheitsmerkmalen. Die Beschreibungen der folgenden drei Mittel und der Frauentypen, die mit diesen Mitteln erfolgreich behandelt werden können, heben daher hauptsächlich auf die Probleme und Schwächen und nicht auf die Stärken des jeweiligen Typs ab.

Frauen, die *Pulsatilla* benötigen, sind sanfter und nachgiebiger Natur, angenehme Menschen, die Streitigkeiten aus dem Weg gehen, für die Gefühle anderer sensibel und nicht aggressiv sind. Sie brauchen viel Zuneigung, Sympathie, Anerkennung und sind gefühlsmäßig von anderen abhängig. Zu ihren größten Ängsten gehört die Angst, allein gelassen zu werden. Die Launen dieser Frauen wechseln rasch, so daß sie im einen Augenblick glücklich und im nächsten traurig sein können. Sie sind meist sehr gefühlsbetont und haben nah am Wasser gebaut, besonders in der Zeit kurz vor der Regel. Unabhängig von ihrem Bildungsgrad verlassen sich *Pulsatilla*-Frauen auf ihre Gefühle, wenn sie Entscheidungen zu treffen haben. Mit ihren wechselnden Launen sind sie sehr unentschlossen, ob es nun darum geht, was sie essen, was sie anziehen, welche Schule sie besuchen, welchen Beruf sie ergreifen oder was sie in ihrer Freizeit unternehmen sollen. Aufgrund ihrer sanften und anpassungsfähigen Natur sehen sie den Wert aller möglichen Alternativen und treffen ihre Entscheidungen, indem sie etwas unterlassen oder den Rat anderer befolgen.

In körperlicher Hinsicht sind *Pulsatilla*-Frauen im allgemeinen «warmblütig» (in der homöopathischen Terminologie jemand, der nicht so leicht friert wie andere, während «kaltblütige» Menschen leicht frieren und sich wärmer anziehen müssen), haben eine Abneigung gegen warme Räume und lieben frische Luft (in vielen Fällen bessern sich die körperlichen Symptome im Freien), sie haben einen labilen Kreislauf und erröten leicht. Entsprechend ihrer rasch wechselnden Gefühlslage «wandern» ihre physischen Symptome häufig von einem Körperteil zum anderen. *Pulsatilla*-Frauen haben eine Abneigung gegen Fettes (was bisweilen auch Symptome hervorruft) sowie gegen warme Speisen und Getränke. Obwohl sie oft einen trockenen Mund haben, sind sie selten durstig.*

Ganz anders als *Pulsatilla*-Frauen sind Frauen, die *Sepia* benötigen (Tintenfisch – ein Mitglied der Gattung der *Cephalopodae*, der Mollusken, zu der auch Muscheln, Austern und Schnecken gehören). *Sepia*-Frauen sind oft überarbeitete Hausfrauen oder selbstbewußte Karrierefrauen. Sie sind im allgemeinen freimütig, direkt, fleißig, kritisch und besitzen ein ausgeprägtes Pflichtgefühl. Sie sind stolz und unabhängig und stets bemüht, ihre Persönlichkeit ins rechte Licht zu rücken. Sie sind jedoch oft auch sehr zurückhaltend, selbst wenn sie sehr frustriert sind. Eine innere Reizbarkeit führt zu einer herrischen und nörgelnden Persönlichkeit. Sie neigen dann zu Krittelei, sind mit allem unzufrieden, leicht beleidigt und streitsüchtig. Manchmal betrachten sie die Liebe als eine schwere Verantwortung, als Pflicht. Sie genießen Sex weniger als andere Frauen. Manchmal sind sie nach dem Beischlaf schlecht gelaunt, haben wenig sexuelles Verlangen oder sogar eine Abneigung gegen Sex. Sie können auch ihrem Mann und sogar ihren Kindern gegenüber gleichgültig werden.

In körperlicher Hinsicht haben *Sepia*-Frauen im allgemeinen wenig Energie, leiden unter Verstopfung und sind bisweilen so «kaltblütig», daß sie sogar in einem warmen Raum frieren. Mit Hilfe von modernen diagnostischen Verfahren hat man herausgefunden, daß *Sepia*-Frauen dazu neigen, zu wenig Schilddrüsenhormone zu produ-

* Die «psychosomatischen Persönlichkeiten» homöopathischer Mittel werden oft in poetischer Weise geschildert. In *Porträts homöopathischer Arzneimittel* von Catherine Coulter (Heidelberg: Karl F. Haug, 1988) werden neun Hauptmittel, auch *Pulsatilla*, in sehr plastischer Weise beschrieben. Abgesehen von der Schilderung der Mittel beschreibt Coulter auch die betreffende Substanz, deren Vorkommen in der Natur und wie diese Merkmale dem Menschen, der dieses Mittel benötigt, entsprechen. In diesem Zusammenhang bemerkt Coulter, daß *Pulsatilla* (die auch «Windblume» genannt wird) eine kleine und zarte Blume ist, mit einem beweglichen Stengel, der sich mit dem Wind dreht (launisch, «wetterwendisch»). Die Pflanze wächst in Gruppen (Abhängigkeit von anderen) auf trockenem, sandigem Boden (nicht durstig).

zieren und auch zu einem niedrigen Blutdruck und einer herabgesetzten Nebennierenfunktion tendieren. Sie beklagen sich oft über ein allgemeines Gefühl der Erschlaffung und Erschöpfung. Bisweilen berichten sie von einem Gefühl der Leere im Bauch, das durch Essen nicht gebessert wird. Sie haben häufig ein Verlangen nach Essig, nach Saurem, nach Gurken und nach Süßigkeiten sowie eine Abneigung gegen Fett. Trotz ihres Energiemangels geht es ihnen offensichtlich physisch und psychisch besser nach Bewegung. Das Gesicht weist oft ein fahles, gedunsenes Aussehen auf. Zu den übrigen häufigen Symptomen gehören Schwäche im Kreuz und Kopfschmerzen.

Frauen, die *Natrium muriaticum* (Kochsalz) benötigen, sind warmblütig wie *Pulsatilla*-Frauen und selbständig wie *Sepia*-Frauen, unterscheiden sich jedoch ganz deutlich in anderer Hinsicht. Wahrscheinlich ist ihre Neigung zu Kummer und Sorgen das hervorstechendste charakteristische Merkmal. Ob durch die Eltern, einen geliebten Menschen oder enge Freunde verursacht, *Natrium muriaticum*-Frauen tendieren dazu, Leid, das man ihnen zugefügt hat, zu hegen und zu pflegen, und werden dem Menschen, der ihrer Meinung nach dafür verantwortlich ist, lange nicht verzeihen können. Ganz gleich, welches Problem sie haben, ihr Selbstständigkeitsbedürfnis hindert sie daran, Hilfe in Anspruch zu nehmen; sie haben geradezu eine Abneigung gegen jede Art von Anteilnahme. Aufgrund ihrer Unabhängigkeit können sie besondere berufliche, künstlerische oder andere Fähigkeiten entwickeln, doch machen sie es auch anderen Menschen schwer, ihnen näherzukommen. *Natrium muriaticum*-Frauen sind auch sehr empfindlich gegenüber Kritik oder Spott.

Aufgrund der Schmerzen, die sie ertragen, fällt es ihnen nicht leicht, Zuneigung zu zeigen oder die physische Nähe zu anderen aufrechtzuerhalten. So werden sie freudlos, traurig und niedergeschlagen. Sie nehmen alles sehr ernst und betrachten das Leben als eine Pflicht und eine Verantwortung, die viele Opfer verlangt. Nur wenn sie allein sind, lassen sie ihren Tränen freien Lauf, es sei denn, sie können ihren Kummer gar nicht mehr beherrschen, dann brechen sie in ein unkontrolliertes Schluchzen aus. Eine der Möglichkeiten, die sich *Natrium muriaticum*-Menschen bietet, mit ihrem eigenen Kummer fertig zu werden, besteht darin, anderen als Ratgeber,

Berater, Therapeut, Lehrer, Missionar, Rechtsanwalt oder Arzt zu dienen. So helfen sie anderen, das Glück zu erlangen, das ihnen selbst versagt ist. Diese Menschen haben ein starkes Gerechtigkeitsempfinden und hassen alles Unfaire. Sie können sich für eine Sache aufopfern, sei es auf politischem, religiösem oder künstlerischem Gebiet.

Zu den körperlichen Merkmalen der Frauen, die *Natrium muriaticum* benötigen, gehören trockene Schleimhäute (Mund, Scheide), ölige Haut (besonders im Gesicht), Verstopfung sowie allgemeine Schwäche und Müdigkeit (besonders um 10 Uhr vormittags). Obwohl sie warmblütig sind und sich oft nur leicht kleiden, fühlen sie sich in der heißen Sonne, in warmen Räumen und allgemein bei Hitze unwohl. Sie reagieren überempfindlich auf Licht, Rauch und Lärm, was sie reizbar macht. Ihre Symptome verschlechtern sich manchmal nach dem Essen, und sie fühlen sich deutlich besser, wenn sie fasten. (*Natrium muriaticum* ist ein häufig verordnetes Mittel bei Magersucht, wenn die Symptome mit dem allgemeinen Arzneimittelbild übereinstimmen.) Sie schwitzen selten, außer gelegentlich während des Essens. Zeitweilig haben sie ein Verlangen nach Salz, Brot sowie bitteren und sauren Speisen, zu anderen Zeiten können sie jedoch auch eine Abneigung gegen Salz, Brot und alle schleimigen Nahrungsmittel, wie Austern oder Fett, entwickeln. Bei einer Scheidenentzündung oder einer gewöhnlichen Grippe neigen sie zu reichlichen, wäßrigen Absonderungen; sie neigen auch zu Druckkopfschmerzen, besonders zwischen Sonnenaufgang und Sonnenuntergang, und zwar vor, während und nach der Regel. Moderne diagnostische Methoden haben gezeigt, daß *Natrium muriaticum*-Frauen einen Insulinmangel, eine Unterfunktion der Nebennieren sowie eine Überfunktion der Schilddrüse haben.

Jede Frau, die unter einem prämenstruellen Syndrom, an Zystitis, Vaginitis oder irgendeiner anderen Krankheit oder Störung leidet, wird Symptome mit anderen Frauen, die an der gleichen Krankheit leiden, gemeinsam haben, doch gibt es immer Idiosynkrasien, einzigartige Symptome oder Symptomenmuster, die sich nur bei diesem einen Menschen zeigen. Die Verordnung eines homöopathischen Mittels auf der Basis dieses einzigartigen Musters hilft, den allgemeinen gesundheitlichen Zustand der Patientin zu bessern, und führt schließlich zu einer Reduzierung oder gar vollständigen Beseitigung der Krankheitssymptome.

Die homöopathische Behandlung während der Wechseljahre

Die Wechseljahre, die auch als Klimakterium bezeichnet werden, beziehen sich auf jenen Abschnitt im Leben einer Frau (meist zwischen 48 und 55), da die monatliche Blutung auszubleiben beginnt. Die Eierstöcke produzieren weniger Östrogen, und der Körper stellt sich auf die begleitenden Veränderungen ein. Zu den häufigen Symptomen der Wechseljahre gehören Hitzewallungen, Trockenheit der Scheide, Osteoporose (eine Verminderung der Knochenfestigkeit) und vermehrte Schweißabsonderung. Obwohl manche Frauen während dieser Zeit unter schweren Symptomen leiden, hat die große Mehrzahl der Frauen geringe oder gar keine Beschwerden. Daher sollten die im folgenden beschriebenen Wechseljahrssymptome nicht als «normal», sondern als Ausdruck eines krankhaften Zustands angesehen werden.

Zu den bei Beschwerden vor und während der Menopause am häufigsten verordneten Medikamenten in der allopathischen Medizin heute gehören die Hormonpräparate. Die konventionelle Therapie ist eine «Östrogen-Substitutionstherapie», das heißt, daß die Hormone, die der Körper nicht mehr produziert, künstlich zugeführt werden. Einige Jahre lang haben die Ärzte nur Östrogen verabreicht, doch geriet diese Therapie in die Kontroverse, da einige Studien ergeben hatten, daß diese Östrogentherapie das Risiko von Gebärmutterkrebs (der Gebärmutterschleimhaut) erhöht hat. Neueren Untersuchungen zufolge bedeutet der Zusatz von Gestagen, einer synthetischen Form von Progesteron (ein weiteres weibliches Hormon), ein geringeres Krebsrisiko. Andere Untersuchungen haben jedoch ergeben, daß diese neue Mischung die gleichen Risiken einer erhöhten Krebsgefahr mit sich bringt wie andere Hormonpräparate.[4]

Angesichts der Tatsache, daß die Östrogen-Substitutionstherapie für den Rest des Lebens beibehalten werden soll, scheinen Nebenwirkungen eine unvermeidliche Folge zu sein. Obwohl im Rahmen neuerer Forschungsreihen die Wirkungen dieser Medikamente über einen Zeitraum von drei bis fünf Jahren untersucht wurden, ist das Problem der Langzeitwirkungen (von zehn bis zwanzig Jahren) noch völlig offen. Es erhebt sich schließlich die Frage, ob die Risiken den Nutzen rechtfertigen. Wenn die derzeitige konventionelle Therapie die einzig verfügbare wäre, würden viele Frauen diese Frage wahrscheinlich mit ja beantworten. Es gibt jedoch einige Belege dafür, daß grundsätzliche Verbesserungen in der Ernährung (erhöhte Zufuhr von Kalzium, Vitamin C, D und E und Bioflavonoiden) sowie Veränderungen der Lebensweise (mehr Bewegung) ausreichen können, um viele, wenn nicht alle Symptome der Wechseljahre erfolgreich zu behandeln.

Was die Homöopathie anbelangt, sind noch keine Doppelblinduntersuchungen über die Behandlung von klimakterischen Beschwerden durchgeführt worden. Die pragmatische klinische Erfahrung hat jedoch den Wert der homöopathischen Behandlung bestätigt.

Zwei der homöopathischen Mittel, die häufig bei klimakterischen Beschwerden verordnet werden, sind bereits beschrieben worden, nämlich *Sepia* und *Natrium muriaticum*. Das dritte oft verschriebene homöopathische Mittel ist *Lachesis* (das Gift des Buschmeisters, einer südamerikanischen Schlange). Frauen, die *Lachesis* benötigen, sind meist energisch, gesprächig, intensive Persönlichkeiten, die anderen mißtrauen. Es sind außerordentlich eifersüchtige Menschen, die häufig sehr starke Neid- und Haßgefühle hegen, obwohl sie große Anstrengungen unternehmen, diese zu verbergen. Sie können aus dem kleinsten Anlaß mit Reizbarkeit reagieren und schlagen bei der geringsten Provokation zurück, genau wie die Schlange, von der das für sie passende Mittel stammt. Sie nehmen leidenschaftlich Anteil an allem und neigen deswegen dazu, andere im Gespräch zu unterbrechen, obwohl sie es hassen, selbst unterbrochen zu werden. Sie denken und reden gleichermaßen schnell, sind sehr schlagfertig, doch ist ihr Humor oft boshaft. Ihren Freunden und Geliebten sind sie außerordentlich treu, und sie *fordern* von diesen das gleiche. Meist haben solche Frauen ein starkes sexuelles Verlangen.

Frauen, die *Lachesis* benötigen, fühlen sich in körperlicher und psychischer Hinsicht morgens, unmittelbar nach dem Aufwachen, schlechter. Ihre Symptome werden auch durch Hitze verschlechtert, dagegen sehr oft durch kaltes Baden oder bei kaltem Wetter gebessert. Sie sind sehr druckempfindlich und mögen keine enge Kleidung, vor allem nicht um den Hals und um den Bauch. Viele ihrer Symptome treten auf der linken Seite auf. Häufig besteht ein Verlangen nach Alkohol, obwohl sie empfindlich darauf reagieren, mit einer Neigung zu Kopfschmerzen, Herzklopfen oder anderen Symptomen.

Lachesis ist eines der am häufigsten verordneten Mittel in der Homöopathie bei älteren Frauen, deren gesundheitliche Probleme erst nach dem Klimakterium begonnen haben – doch wie in allen Fällen müssen auch diese homöopathischen Arzneien individuell verordnet werden.

Andere Mittel, die bei klimakterischen Beschwerden häufig eingesetzt werden, sind *Calcium carbonicum, Sulfur* und, nicht ganz so oft, auch *Apis, Graphites, Phosphor* und *Psorinum*. Elizabeth Hubbard, eine vor Jahren sehr gefragte homöopathische Ärztin aus New York, meinte angesichts der Erfolge homöopathischer Behandlung von Frauen: «Mit Hilfe der Homöopathie kann das Leben mit 60 so richtig losgehen!»[6]

7 Infektionskrankheiten: Es müssen nicht immer Antibiotika sein

Gegen Ende seines Lebens räumte Louis Pasteur ein, daß die Erreger einer Krankheit möglicherweise nicht ihre Ursache, sondern einfach ein weiteres *Symptom* der jeweiligen Krankheit seien. Er war zu der Erkenntnis gelangt, daß die Erreger hauptsächlich dann zum Ausbruch der Krankheit führen, wenn das Immun- und Abwehrsystem eines Menschen (das, was die Biologen als «Resistenz des Wirts» bezeichnen) nicht stark genug ist, um diese erfolgreich zu bekämpfen. Die «Ursache» einer Krankheit ist nicht einfach ein bestimmtes Bakterium oder Virus, sondern umfaßt auch die Faktoren, die die Resistenz des Wirts ausmachen. Hierzu gehören die Erbanlagen des Menschen, sein Ernährungszustand, aktuelle Belastungsfaktoren und Streß sowie seine psychische Verfassung. Bei der Beschreibung eines seiner Experimente mit Seidenraupen erklärte Pasteur, daß die Mikroorganismen, die in so großer Zahl im Darmtrakt der Seidenraupen vorhanden waren, «eher eine Auswirkung als eine Ursache der Krankheit» darstellten.[1]

Mit diesen weitreichenden Einsichten hat Pasteur ein ökologisches Verständnis der ansteckenden Krankheiten formuliert. Infektionskrankheiten haben nicht nur eine einzige Ursache, sondern sind das Ergebnis eines komplexen Geflechts von Wechselwirkungen im Innern des einzelnen und in seiner Umwelt.

Die homöopathische und ökologische Sicht der Infektionskrankheiten

Zum Verständnis der ökologischen Sicht der ansteckenden Krankheiten können wir auf eine Analogie zurückgreifen: Es ist allgemein bekannt, daß Sümpfe voller Moskitos sind, da diese dort jenes ruhige Gewässer vorfinden, in dem sie ihre Eier ablegen und sich ungestört entwickeln lassen können. Sümpfe stellen ein ideales Milieu für die Moskitovermehrung dar.

Ein Bauer könnte nun versuchen, die Moskitos auf seinem Grund auszurotten, indem er ein Insektenvertilgungsmittel über die Sümpfe spritzt. Wenn er Glück hat, gelingt es ihm auf diese Art und Weise, die Moskitos zu vernichten. Da der Sumpf aber immer noch ein Sumpf ist, existiert auch immer noch jenes ideale Milieu – und es werden sich neue Moskitos einfinden, um ihre Eier abzulegen. Der Bauer muß wieder sein Insektenvertilgungsmittel spritzen und findet trotzdem kurze Zeit danach noch mehr Moskitos vor. Einige der Moskitos – die, die etwas weniger als die tödliche Dosis des Insektizids abbekommen haben – lernen mit der Zeit, sich an das Mittel, das sie aufgenommen haben, anzupassen, und können die so erworbene Immunität an die nachfolgenden Generationen weitergeben. Bald ist der Bauer gezwungen, immer stärkere Insektizide einzusetzen; doch aufgrund ihrer Anpassungsfähigkeit werden immer einige Moskitos überleben.

Wenn bei einem Kind Streptokokken im Hals festgestellt werden, bedeutet das nicht, daß die Streptokokken die Halsschmerzen «verursacht» haben – ebensowenig wie man sagen könnte, daß der Sumpf die Moskitos «verursacht» habe. Streptokokken befinden sich auch im Hals gesunder Menschen, ohne daß sie zu Halsschmerzen führen. Die Symptome einer Streptokokken-Angina treten nur dann auf, wenn Bedingungen gegeben sind, die eine rasche Vermehrung der Streptokokken und ihr aggressives Eindringen in das Halsgewebe begünstigen. Ähnlich den Moskitos können sich Streptokokken nur dort festsetzen und vermehren, wo sie günstige Bedingungen vorfinden.

Ein Kind mit einer Streptokokken-Angina wird im allgemeinen

mit Antibiotika behandelt. Obwohl die Antibiotika die Erreger vorübergehend wirksam beseitigen, ändern sie nichts an den Faktoren, die eigentlich zur Entwicklung der Krankheit und zur Ansteckung geführt haben. Wenn der Bauer ein Insektizid spritzt oder der Arzt Antibiotika verordnet, ohne die Bedingungen zu ändern, die das Problem geschaffen haben, werden sowohl die Moskitos als auch die Bakterien sich wieder in dem Milieu ansiedeln, das ihrem Gedeihen förderlich ist.

Was die Angelegenheit noch verschlimmert, ist die Tatsache, daß Antibiotika die nützlichen Bakterien zusammen mit den schädlichen vernichten. Da diese nützlichen Bakterien eine wichtige Rolle bei der Verdauung spielen, wird die Fähigkeit des Patienten, notwendige Nährstoffe zu assimilieren, vorübergehend eingeschränkt, was letztendlich zu einer erhöhten Anfälligkeit für eine neue Infektion oder zu einer anderen Krankheit führt.

Marc Lappé, Professor für öffentliche Gesundheit und Pharmakologie an der University of Illinois und Autor von *When Antibiotics Fail*, schreibt: «Wenn diese nützlichen Bakterien absterben, lassen sie förmlich ein ‹Ödland› an unbesiedeltem Gewebe und Organen zurück. Dort, wo früher normale Bakterienstämme vorhanden waren, können sich nun neue Stämme ansiedeln. Einige von diesen neuen Stämmen haben schwere und bislang unerkannte Krankheiten verursacht.»[2]

Einige Kliniker haben entdeckt, daß gewöhnliche «Hefe»-Infektionen der Scheide (*Candida albicans*), die durch einfachen Juckreiz gekennzeichnet sind, durch unsachgemäßen Antibiotikagebrauch in systemische *Candida*-Infektionen verwandelt werden können, die eine Reihe von akuten und chronischen Störungen verursachen.[3] Obwohl es einige Kontroversen um die Diagnose «Systemische Candidaisis» gibt, ist man sich einig, daß Bakterien, die normalerweise in unserem Körper leben ohne irgendwelche Probleme zu verursachen, sich durch den häufigen Gebrauch von Antibiotika verändern und bei älteren, gebrechlichen und immunschwachen Menschen irritierende und gelegentlich schwere Infektionen verursachen können.[4]

Natürlich lernen auch Bakterien, sich an Antibiotika anzupassen und zu überleben. Die Wissenschaftler sind dann gezwungen, das Antibiotikum abzuändern (es gibt allein über 300 Arten von Penicillin) oder immer stärkere Varianten zu entwickeln (die im allgemeinen auch immer schwerere Nebenwirkungen haben). Trotz größter Anstrengungen der Wissenschaftler schaffen wir nach Ansicht von Dr. Lappé mehr Erreger als Medikamente zu deren Bekämpfung, da jedes neue Antibiotikum Millionen neue Feinde ins Leben ruft.

Vor nur fünfzehn Jahren war Penicillin bei der Behandlung von Gonorrhöe so gut wie immer erfolgreich. Nun gibt es penicillinresistente Gonorrhöe-Erreger, und zwar weltweit. Allein im Zeitraum zwischen 1983 und 1984 hat sich die Zahl der Fälle von penicillinresistenten Gonorrhöe-Erregern in den Vereinigten Staaten verdoppelt.[5]

Alexander Fleming, der Entdecker des Penicillins, warnte vor einem massiven Einsatz von Antibiotika. Wenn die Wissenschaftler und die Öffentlichkeit diese Warnung weiter in den Wind schlagen, wird nach Ansicht von Harvard-Professor und Chemie-Nobelpreisträger Walter Gilbert «in nicht allzu ferner Zukunft eine Zeit anbrechen, wo 80 bis 90 Prozent aller Infektionen resistent gegen alle bekannten Antibiotika sein werden».[6]

In der Wissenschaft sowie in der breiten Öffentlichkeit sollten die Einsichten Pasteurs und die Bedeutung der Resistenz des Wirts bei der Krankheitsvorbeugung wieder stärker ins Bewußtsein rücken. Viele Forscher haben die Erregertheorie akzeptiert, doch nur wenige sehen die Bedeutung des ökologischen Gleichgewichts der Mikroorganismen im Körper. Die Einsicht Pasteurs hat jedoch nichts von ihrer Gültigkeit verloren, und eine wachsende Zahl von Wissenschaftlern hat begonnen, die Notwendigkeit von Alternativen zu Antibiotika anzuerkennen. Sogar in einem Leitartikel des angesehenen amerikanischen Ärzteblatts *New England Journal of Medicine* wurde festgestellt, daß eine Behandlung von Infektionen mit «ökologisch weniger störenden Methoden» wünschenswert wäre.[7] Dabei wird die Homöopathie sicherlich eine Hauptrolle als eine dieser Alternativen spielen.

Wie nützlich sind Antibiotika bei Infektionen der Ohren und des Halses?

Claude Bernard, der «Vater der experimentellen Physiologie», hat Pasteurs Behauptung, nach der die Bakterien nicht die eigentliche Ursache von Krankheiten sind, bestätigt. In einem seiner berühmtesten Bücher bemerkte Bernard, daß, wenn die auslösende Ursache der Hauptfaktor wäre – zum Beispiel bei einer Lungenentzündung –, alle Menschen, die der Kälte ausgesetzt waren, sich diese Krankheit zuziehen würden, während es realiter nur in gelegentlichen Fällen nach einer Verkühlung zu einer Lungenentzündung kommt. Er zog daraus den Schluß, daß selbst die stärksten auslösenden Faktoren machtlos sind, wenn das Individuum nicht entsprechend prädisponiert ist. Er behauptet daher, daß die Prädisposition der «Dreh- und Angelpunkt aller experimentellen Physiologie» sei und die wahre Ursache der meisten Krankheiten.[8]

Anläßlich einer Konferenz über Fragen der Gesundheit im Jahr 1976 hat Jonas Salk bemerkt, daß es im Grunde genommen zwei Wege gibt, um kranke Menschen zu heilen. Man kann entweder versuchen, die einzelnen Symptome des Kranken zu kontrollieren, oder man kann versuchen, das Immun- und Abwehrsystem des Patienten so anzuregen, daß der Körper sich selber heilt.[9] Während die konventionelle, allopathische Medizin sich dem ersten Weg verschrieben hat, verfolgen die Homöopathie und eine Vielzahl von Naturheilverfahren den zweiten.

Ein gutes Beispiel für den fragwürdigen Wert der Antibiotika-Anwendung ist deren Einsatz bei Ohrinfektionen und Ohrschmerzen von Kindern (heute eine der häufigsten Kinderkrankheiten). Die Infektion und Entzündung des Mittelohrs und des Trommelfells («Otitis Media») wird von den meisten Ärzten mit Antibiotika behandelt. Einige Forscher haben jedoch herausgefunden, daß bei einem Vergleich zwischen Kindern, die Antibiotika erhalten haben, und Kindern, die keine bekamen, erstere keineswegs «gesünder» waren.[10] Andere Wissenschaftler haben festgestellt, daß Antibiotika zwar eine kurzfristige Besserung der Symptome herbeiführen, es aber in der darauffolgenden Zeit keine Unterschiede gibt zwischen den behandelten Kindern und solchen, die nur ein Placebo erhalten hatten.[11] Wieder andere Forscher fanden heraus, daß 70 Prozent der Kinder mit Otitis media nach vier Wochen der Behandlung immer noch Flüssigkeit in den Ohren hatten und daß 50 Prozent dieser Kinder eine weitere Ohrinfektion innerhalb von drei Monaten durchmachten.[12]

Obwohl einige Ärzte behaupten, daß es den Antibiotika zu verdanken ist, wenn bei Ohrinfektionen wie Mastoiditis heute selten Komplikationen vorkommen, haben Untersuchungen gezeigt, daß es keinen Beweis dafür gibt, daß Antibiotika das Mastoiditis-Risiko reduzieren.[13] Homöopathen berichten von einem ebenso seltenen Auftreten von Komplikationen ohne den Einsatz von Antibiotika.[14]

Eine der signifikantesten Studien hat gezeigt, daß Patienten mit Ohrinfektionen, die mit Antibiotika behandelt worden waren, wesentlich häufiger von einem erneuten Ausbruch der Krankheit heimgesucht wurden (bis zu 2,9mal häufiger) als Patienten, die keine Behandlung in Anspruch genommen hatten.

Bei chronischen Ohrinfektionen ist die Verwendung von Tuben in Verbindung mit oder anstatt Antibiotika üblich geworden. Mit Hilfe solcher Tuben wird der Eiter drainiert, doch befaßt sich eine solche Behandlung lediglich mit den Auswirkungen des zugrundeliegenden Problems und fragt nicht, warum sich eine solche Infektion überhaupt ausbreiten konnte. Die eigentliche Ursache wird dann selbstverständlich nicht behandelt. Diese physiologische Tatsache ist vielleicht auch der Grund dafür, daß man den Wert dieser Maßnahme für fragwürdig hält.[16]

Mit Antibiotika und der Drainage mittels Tuben werden die Symptome eines Problems behandelt. Dadurch wird weder der Organismus gekräftigt, damit er die Infektion selbst bekämpfen kann, noch wird der Körper resistenter gegenüber einer zukünftigen Infektion.

Der Mythos, Anginen und Halsentzündungen müßten mit Antibiotika traktiert werden, hält sich hartnäckig. Diese Maßnahme wird hauptsächlich damit begründet, daß dem Auftreten von rheumatischem Fieber vorgebeugt werden soll, eine Erkrankung, die einen tödlichen Ausgang nehmen kann. Wissenschaftler weisen darauf hin, daß rheumatisches Fieber heute außerordentlich selten geworden ist, was jedoch nicht auf den Einsatz von Antibiotika zurückzuführen ist, denn ein Rückgang war bereits vor der Entdeckung der Antibiotika zu verzeichnen gewesen.*

Neuere Untersuchungen haben sogar festgestellt, daß die heutigen Streptokokkenstämme nur selten rheumatisches Fieber verursachen[17] und daß Antibiotika die Streptokokken in 25 bis 40 Prozent der Fälle nicht vernichten, trotz der erwiesenen Empfänglichkeit des Organismus für das Antibiotikum.[18]

Es ist ebenfalls allgemein bekannt, daß die meisten Streptokokkeninfektionen unbehandelt bleiben, und dennoch entwickeln die Kranken größtenteils kein rheumatisches Fieber. Des weiteren treten 33 bis 50 Prozent der Fälle von rheumatischem Fieber ohne Anginasymptome auf.[19] Die amerikanische Ärztezeitschrift *New England Journal of Medicine* berichtete von einem neuerlichen Auftreten von rheumatischem Fieber.[20] Zwei Drittel der Kinder mit dieser Krankheit hatten keine klare Anginen-Vorgeschichte innerhalb von drei Monaten vor Ausbruch der Krankheit. Von besonderer Bedeutung ist die Tatsache, daß von 11 Kindern mit Halssymptomen, bei denen auch ein Abstrich gemacht wurde, 8 Streptokokken auf-

* Siehe Alan L. Bisno, «Where Has All the Rheumatic Fever Gone?», *Clinical Pediatrics* (Dezember 1983): 804–805; und M. Land, «Acute Rheumatic Fever: A Vanishing Disease in Suburbia», *Journal of the American Medical Association*, 249 (1983): 895–898. Im Jahr 1986 gab es einige Berichte über neue Ausbrüche von rheumatischem Fieber in einigen Teilen der Vereinigten Staaten. Dr. med. Ellen Wald, medizinische Direktorin des Children's Hospital in Pittsburgh, hat festgestellt, daß eine zu frühe Behandlung mit Antibiotika die normale immunologische Reaktion beeinträchtigen und die Möglichkeit einer erneuten Infektion begünstigen kann, so daß man dieses Problem gegen den Nutzen der möglichen Verhinderung des rheumatischen Fiebers abwägen muß. Eine neuere Studie hat gezeigt, daß bei Kindern, die sofort nach der Diagnosestellung einer Antibiotikatherapie unterzogen wurden, ein 8mal häufigeres Wiederauftreten von Streptokokken-Angina zu verzeichnen war als bei jenen, die erst zu einem späteren Zeitpunkt behandelt wurden («Pediatricians Urge Confirmatory Test for Suspected Strep Throat», *Medical World News* [12. Januar 1987]: 42). Im Zusammenhang mit den anderen in diesem Kapitel erwähnten Studien wäre es wohl lohnend, die Kinder, die mit Verspätung behandelt wurden, mit jenen zu vergleichen, die gar nicht mit Antibiotika behandelt wurden. Ebenso lohnend wäre der Vergleich mit Kindern, denen ein homöopathisches Mittel verordnet wurde.

wiesen. Diesen Kindern wurden Antibiotika verordnet, und dennoch haben alle 8 rheumatisches Fieber entwickelt.

Es gibt neuere Belege dafür, daß Antibiotika die Symptome von Angina schneller beseitigen als dies mit Placebos der Fall ist.[21] Es ist jedoch fraglich, ob Antibiotika bei der Behandlung solcher Krankheiten mit Selbstheilungstendenz angebracht sind. Der Einsatz von Antibiotika bei Lebensgefahr ist sicher verständlich. Ungewiß ist jedoch, wie wirksam sie tatsächlich bei der Prophylaxe dieser einen seltenen Krankheit, dem rheumatischen Fieber, sind. Die Verordnung dieser starken Medikamente für so viele Kinder in der Hoffnung, daß ein paar von ihnen *möglicherweise* einen Nutzen davon haben, ist ebenfalls von zweifelhaftem Wert.

Eine Routineverordnung von Antibiotika bei Kindern mit Verdacht auf Streptokokken-Angina ist auf jeden Fall entschieden abzulehnen. Jüngste Untersuchungen haben ergeben, daß 60 Prozent aller Halsentzündungen bei Kindern durch Viren verursacht werden, die auf eine Antibiotikabehandlung sowieso nicht ansprechen.[22]

Diese Ergebnisse weisen deutlich darauf hin, daß Alternativen zur Antibiotikabehandlung bei Infektionen des Ohrs und des Halses angebracht sind. Die Homöopathie stellt eine wirksame Alternative dar.

Die homöopathische Behandlung von Infektionskrankheiten

Wenn von den Erfolgen der modernen Medizin die Rede ist, wird häufig darauf abgehoben, daß wir heute eine erheblich längere Lebenserwartung haben als unsere Eltern oder Großeltern. Man verweist auf die Fortschritte bei der Behandlung von ansteckenden Krankheiten, die in früheren Jahrhunderten wüteten, wie Pest, Cholera, Scharlach, Gelbfieber und Typhus.

Wissenschaftler wie Historiker sind sich jedoch einig, daß diese Annahmen völlig unhaltbar sind. Unsere längere Lebenserwartung ist nämlich keineswegs in erster Linie auf moderne medizinische Errungenschaften zurückzuführen. Die Hauptfaktoren hierfür sind

1. eine signifikante Abnahme der Säuglingssterblichkeit, und zwar aufgrund der verbesserten hygienischen Bedingungen bei der Geburt (ein Lob der Seife!), 2. gesündere Ernährung (durch die Urbanisierung haben mehr Menschen Zugang zu einer größeren Nahrungsmittelvielfalt, was Mangel- und Unterernährung seltener werden ließ) und schließlich 3. Verbesserungen verschiedener öffentlicher Gesundheitsmaßnahmen wie sanitäre Einrichtungen, Kläranlagen, saubereres Wasser und die Bekämpfung von Ungeziefer und Schädlingen.[23]

Aber selbst wenn man alle diese Faktoren berücksichtigt, ist die Erhöhung der Lebenserwartung bei Erwachsenen nicht sehr erheblich. Statistiken zeigen, daß der durchschnittliche weiße Mann, der im Jahr 1960 das Alter von 40 Jahren erreicht hatte, eine Lebensspanne von 71,9 Jahren erwarten konnte; hingegen konnte der durchschnittliche Weiße, der im Jahr 1920 ein Alter von 40 erreicht hatte, von einer Lebenserwartung von 69,9 Jahren ausgehen. Wurde er im Jahr 1982 50 Jahre alt, hat er eine Lebenserwartung von 75,6 Jahren, während der durchschnittliche weiße Mann, der 1912 dieses Alter erreicht hatte, von einer Lebenserwartung von 72,2 Jahren ausgehen konnte.[24]

Der Pulitzerpreisträger und Mikrobiologe René Dubos bemerkte, daß «die Lebenserwartung von Erwachsenen heute nicht sehr viel anders ist als die vor einigen Generationen, noch ist sie in Gegenden mit hochentwickelter medizinischer Versorgung höher als in weniger wohlhabenden Ländern»[25].

Historiker und Epidemiologen erinnern daran, daß keineswegs die konventionelle, allopathische Medizin verantwortlich war für das Verschwinden der tödlich verlaufenden Infektionskrankheiten zwischen dem 15. und dem 19. Jahrhundert.[26] Antibiotika standen überhaupt erst in den vierziger Jahren dieses Jahrhunderts zur Verfügung, und es gab keine anderen konventionellen Medikamente, die bei der Bekämpfung der meisten früheren Epidemien erfolgreich hätten eingesetzt werden können. Auch die Sterblichkcitsziffern von Tuberkulose, Lungenentzündung, Bronchitis, Influenza und Keuchhusten waren stark im Rückgang begriffen, noch ehe überhaupt eine allopathische Behandlung dieser Krankheiten eingeführt wurde. Eine wichtige Ausnahme bildet die Senkung der Sterblichkeitsrate infolge von Kinderlähmung nach Einführung des Polio-Impfstoffs.

Es ist eine leider wenig bekannte historische Tatsache, daß die Homöopathie sowohl in den Vereinigten Staaten als auch in Europa aufgrund ihrer ausgezeichneten Erfolge bei der Behandlung von Epidemien, die im 19. Jahrhundert wüteten, große Popularität erlangte. Im Jahr 1900 veröffentlichte Thomas L. Bradford sein Buch *The Logic of Figures*, in dem die Sterblichkeitsraten homöopathischer bzw. allopathischer Krankenhäuser genau miteinander verglichen werden. Es zeigt sich, daß die Sterblichkeit bezogen auf je 100 Patienten in homöopathischen Krankenhäusern häufig nur die Hälfte oder gar ein Achtel der «allopathischen Quote» betrug.[27]

Im Jahr 1849 berichteten die Homöopathen von Cincinnatti, daß bei über 1000 Cholerafällen nur 3 Prozent der Patienten gestorben waren. Um diese hervorragenden Ergebnisse zu belegen, hatten sie sogar Namen und Adressen aller Patienten in den Tageszeitungen veröffentlicht.[28] Die Sterblichkeit der allopathisch behandelten Cholerapatienten lag im allgemeinen zwischen 40 und 70 Prozent.

Die Erfolge der Homöopathie bei der Behandlung von Gelbfieber waren so eindrucksvoll, daß der Bericht einer Expertengruppe der amerikanischen Regierung den Wert einiger homöopathischer Mittel bei dieser Erkrankung diskutierte, obwohl dieses Gremium sich hauptsächlich aus allopathischen Ärzten zusammensetzte, die der Homöopathie eher feindlich gegenüberstanden.[29]

Der Erfolg der Homöopathie bei der Behandlung ansteckender Krankheiten in unserer Zeit läßt sich mit ihren entsprechenden Erfolgen im vorigen Jahrhundert vergleichen. Es ist allgemein bekannt, daß homöopathische Praktiker selten auf Antibiotika oder andere Medikamente zurückgreifen müssen, die von der Schulmedizin bei Infektionen verordnet werden. Ein homöopathischer Arzt wird, wenn nötig, wie jeder gute Arzt ein Antibiotikum verordnen, doch wie wertvoll ist es, über wirksame Alternativen zu verfügen.

Der homöopathische Praktiker Randall Neustädter aus Palo Alto in Kalifornien stellt fest, daß eine akute Ohrinfektion «mit homöopathischen Mitteln einfach zu behandeln ist»[30]. Häufig angewandte homöopathische Mittel sind *Belladonna* (Tollkirsche), *Chamomilla*

(Kamille), *Pulsatilla* (Kuhschelle), *Ferrum phosphoricum* (Eisenphosphat) und *Hepar sulfuris* (Kalkschwefelleber).

Wenn ein Kind mit Antibiotika behandelt worden ist und in der Folge an wiederholten Ohrinfektionen leidet, dauert die homöopathische Therapie im allgemeinen länger, vermag aber in vielen Fällen eine echte Heilung zu bewirken. Solche immer wiederkehrenden Störungen erfordern eine homöopathische «Konstitutionsbehandlung», bei der ein homöopathisches Mittel nicht nur auf der Basis der Totalität der aktuellen Symptome verordnet, sondern auch die ganze Symptomatik-Vorgeschichte berücksichtigt wird. Während es häufig vorkommt, daß Eltern akute Ohrinfektionen selbst erfolgreich behandeln, gehören Kinder mit immer wiederkehrenden Ohrinfektionen oder anderen chronischen Störungen in die Obhut eines erfahrenen homöopathischen Praktikers.

Homöopathen können auch sehr gute Ergebnisse bei der Behandlung eines breiten Spektrums von anderen bakteriellen Infektionen verzeichnen. Zu den häufig verordneten homöopathischen Mitteln bei Halsinfektionen gehören *Belladonna* (Tollkirsche), *Arsenicum album* (Arsen), *Rhus toxicodendron* (Giftsumach), *Mercurius* (Quecksilber), *Hepar sulfuris* (Kalkschwefelleber), *Lachesis* (Gift des Buschmeisters), *Apis* (Honigbiene) oder *Phytolacca* (Kermesbeere).

Durch bakterielle Infektionen verursachte Furunkel und Eiterbeulen werden oft erfolgreich mit homöopathischen Mitteln wie *Belladonna, Hepar sulfuris, Silicea* (Kieselsäure), *Arsenicum* oder *Lachesis* behandelt.

Gerstenkörner, die meist die Folgen einer Staphylokokken-Infektion sind, werden erfolgreich mit *Pulsatilla, Hepar sulfuris, Apis, Graphites* (Reißblei) und *Staphisagria* (Stephanskörner) angegangen.

Neben der erfolgreichen Behandlung bakterieller Infektionen gibt es auch Belege für eine mögliche Wirkung homöopathischer Mittel bei der Prophylaxe spezifischer bakterieller Krankheiten. Im Rahmen einer eindrucksvollen Studie erhielten 18 640 brasilianische Kinder eine Einzelgabe von *Meningococcin C10* (ein homöopathisches Präparat aus dem Erreger *Neisseria meningitidis*). Bei den so immunisierten Kindern traten signifikant weniger Fälle von Meningitis auf als bei anderen Kindern, die in der gleichen Gemeinde lebten.[31]

Die homöopathische Behandlung von Viruskrankheiten

Konventionelle allopathische Medikamente können wenigstens die Symptome bakterieller Infektionen lindern, für die Behandlung der meisten Viruskrankheiten hat die Allopathie jedoch kaum etwas zu bieten. Da homöopathische Mittel die körpereigene Abwehr anregen, anstatt spezifische Krankheitserreger direkt anzugreifen, besitzt die Homöopathie auch bei der Behandlung von Viruskrankheiten ein reichhaltiges therapeutisches Instrumentarium.

Im Zuge jüngster Forschungsarbeiten über Viren, die Hühnerembryos befallen, konnte bei acht von zehn untersuchten homöopathischen Mitteln eine hemmende Wirkung von 50 bis 100 Prozent auf das Viruswachstum festgestellt werden.[32] Diese Untersuchungen sind von besonderer Bedeutung, da der konventionellen Wissenschaft nur sehr wenige Medikamente mit antiviraler Wirkung bekannt sind, von denen keines so risikoarm ist wie die entsprechenden homöopathischen Mittel.

Homöopathen behandeln häufig Menschen mit akuten und chronischen Viruskrankheiten. Hierzu gehören Erkrankungen des Atem- und Verdauungstrakts, Virusinfektionen des Nervensystems sowie Herpes, und in jüngerer Zeit haben auch einige AIDS-Kranke eine signifikante Besserung ihres Zustandes durch homöopathische Behandlung erfahren. Manchmal ist die Besserung eine sofortige und dramatische, in den meisten Fällen kommt es jedoch zu einer langsam fortschreitenden Besserung des allgemeinen gesundheitlichen Zustands.

Der englische Arzt Richard Savage stellt fest: «Während die Suche nach spezifischen antiviralen, nebenwirkungsfreien Präparaten weitergeht, kann die Homöopathie in vierfacher Hinsicht wirkungsvoll eingesetzt werden: 1. zur *Prophylaxe*, zur Steigerung der allgemeinen Resistenz gegen die Infektion; 2. zur *Behandlung der akuten Krankheit*, um Dauer und Schwere des Leidens zu mindern; 3. zur *Revitali-*

sierung des Patienten während der Rekonvaleszenz; und 4. zur *Behandlung der chronischen Folgeerscheinungen*, zur Wiederherstellung der Gesundheit.»[33] Wir wollen diese Punkte im folgenden nacheinander betrachten.

Prophylaxe

Im vorigen Jahrhundert haben Homöopathen häufig erfolgreich homöopathische Mittel bei der Prophylaxe und Behandlung von Krankheiten eingesetzt, die später als bakterielle oder Virusinfektionen erkannt wurden. *Aconit* und *Ferrum phosphoricum* wurden häufig beim ersten Auftreten von Fieber und Schmerzen als Influenza-Prophylaxe verabreicht; *Belladonna* erwies sich als das am häufigsten verwendete Mittel zur Prophylaxe und Behandlung von Scharlach; *Camphora* (Kampfer) war das Hauptmittel zur Prophylaxe oder Behandlung von Cholera. Die dramatischen Erfolge dieser Arzneien bei der Prophylaxe und Behandlung dieser gefürchteten Krankheiten haben der Homöopathie viele Anhänger verschafft.

Homöopathen stellen häufig fest, daß Personen, deren akute oder chronische Krankheiten erfolgreich homöopathisch behandelt wurden, allgemein gesünder und widerstandsfähiger werden und nicht mehr so häufig oder schwer erkranken. Während der späten achtziger Jahre des vorigen Jahrhunderts haben viele Lebensversicherungen ihren homöopathisch behandelten Versicherten niedrigere Beitragsraten eingeräumt, da Statistiken gezeigt hatten, daß diese Gruppe sich einer besseren Gesundheit und einer längeren Lebenserwartung erfreute.[34] Ebenfalls verbürgt ist die Tatsache, daß die homöopathisch behandelten Versicherungsnehmer in den Genuß höherer Ausschüttungen gelangten, da sie länger lebten als die vergleichbaren allopathisch behandelten Versicherten.[35]

Die Behandlung von akuten Krankheiten

Einer der zusätzlichen Vorteile der homöopathischen Behandlung von Viruserkrankungen ist die Tatsache, daß homöopathische Medikamente noch vor einer eindeutigen Diagnosestellung verordnet werden können. Dies ist möglich, weil das homöopathische Mittel auf der Grundlage der Totalität der Symptome verordnet wird und die Laborbefunde nicht immer abgewartet werden müssen, um das richtige Präparat zu eruieren. Einige Viruskrankheiten sind auch nach Laboruntersuchungen schwer zu diagnostizieren, und häufig gelingt es, Patienten mit homöopathischen Mitteln zu heilen, noch ehe die konventionelle medizinische Diagnose feststeht.

Antibiotika sind nur bei bestimmten bakteriellen Infektionen von Nutzen, bei den sehr häufig auftretenden Viruskrankheiten kann die konventionelle Medizin dagegen wenig Hilfe anbieten. Im Vergleich dazu erweist sich die homöopathische Behandlung bei einer Reihe von akuten Viruserkrankungen wie virusbedingten Erkältungen, Grippe, Influenza und Husten, Gastroenteritis (manchmal auch «Magengrippe» genannt) und Virus-Hepatitis häufig als erfolgreich.

Bei der Behandlung gewöhnlicher Erkältungskrankheiten setzen Homöopathen Mittel ein wie *Allium cepa* (Zwiebel), *Euphrasia* (Augentrost), *Natrium muriaticum* (Kochsalz) oder andere, individuell verordnete homöopathische Arzneien. Bei der Behandlung der gewöhnlichen, virusbedingten Infektionen des Atemtrakts sind *Aconit* (Sturmhut), *Belladonna, Bryonia* (Zaunrübe), *Phosphor* (gelber Phosphor) und andere homöopathische Mittel von guter Wirkung.

Influenza, eine Krankheit, die auf einer Virusinfektion beruht, kann sehr einfach homöopathisch behandelt werden. Obwohl die Individualisierung der homöopathischen Mittel im allgemeinen notwendig ist, gibt es auch Zustände, gegen die bestimmte Mittel stets ganz besonders wirksam sind.

Oscillococcinum ist eine homöopathische Arznei, die sich als außerordentlich wirksam bei der Behandlung von Grippe erwiesen hat. Der Hersteller, die Boiron Laboratorien in Lyon, Frankreich, haben festgestellt, daß bei 80 bis 90 Prozent aller Fälle eine Heilung eintritt, wenn das Mittel innerhalb der ersten 48 Stunden nach Einsetzen der Grippesymptome eingenommen wird. Seine vorzügliche Wirkung ist in Frankreich so bekannt, daß es dort das am häufigsten eingesetzte Grippemittel ist.

Interessanterweise wird das homöopathische Präparat *Oscillococcinum* aus Herz und Leber der Ente gewonnen. Mancher wird sich fragen, wie eine solche Substanz gegen Grippe helfen kann, doch gibt es da einen bemerkenswerten Zusammenhang: Forschungen an der

Mayo-Klinik haben gezeigt, daß Hühnerbrühe eine gewisse antivirale Wirkung besitzt. Da Hühnerbrühe ja eine Art Extrakt aus den Organen des Huhns ist, beruht die Wirkung der «Entensuppe» *Oscillococcinum* auf demselben Prinzip.

Ben Hole, ein homöopathischer Arzt aus Orinda, Kalifornien, berichtet: «Die Erfolge mit *Oscilloccinum* sind eindrucksvoll. In den seltenen Fällen, in denen es nicht wirkt oder nicht zur Verfügung steht, gibt es eine Reihe von anderen homöopathischen Mitteln, die bei entsprechender individueller Verordnung ausgezeichnete Wirkungen zeitigen.»

Zu den anderen bei Grippe und Influenza häufig verordneten homöopathischen Mitteln gehören *Gelsemium* (wilder Jasmin), *Bryonia, Rhus toxicodendron* und *Eupatorium perfoliatum* (Wasserhanf).

Revitalisierung nach wiederholten oder langanhaltenden Viruskrankheiten

Während die konventionelle allopathische Medizin bei der Behandlung von immer wiederkehrenden oder langanhaltenden Virusinfektionen wenig zu bieten hat, haben Homöopathen festgestellt, daß potenzierte Arzneimittel eine wesentliche Besserung der Symptome verschiedener chronischer Viruskrankheiten, wie Herpes simplex, Herpes genitalis, chronische Epstein-Barr-Virus-Syndrome und Warzen, herbeiführen können. Man kann nicht behaupten, daß homöopathische Mittel diese Viruserkrankungen «heilen», da man davon ausgeht, daß der Virus zeitlebens im Organismus vorhanden bleibt, doch haben Homöopathen festgestellt, daß ihre Patienten weniger schwere Schübe der Infektion durchmachen oder über längere Zeiträume symptomenfrei werden.

Die homöopathische Behandlung all dieser Krankheiten erfordert eine gründliche Analyse der Totalität der Symptome des jeweiligen Patienten. Daher gibt es kein einzelnes homöopathisches Mittel, das einer dieser Krankheiten spezifisch zugeordnet werden kann.

Die Behandlung der chronischen Folgeerscheinungen
Nach einer Virus- oder gar nach einer bakteriellen Infektion fühlen sich viele Menschen aufs ganze gesehen nicht mehr so gesund, wie dies zuvor der Fall war. Im allgemeinen wird auch dann ein individuell ermitteltes homöopathisches Präparat verordnet. Wenn ein solches Mittel versagt, werden in der Homöopathie gelegentlich potenzierte Gaben des spezifischen Virus verschrieben, um die vollständige Wiedergenesung zu fördern. *Variolinum* (Exsudat aus einem Windpockenbläschen) wird zum Beispiel häufig als ungefährliches potenziertes Mittel bei Symptomen, die nach überstandenen Windpocken zurückbleiben, verabreicht und *Parotidinum* (ein Exsudat, das den Mumps-Virus enthält) bei Symptomen, die nach Mumpserkrankungen zurückgeblieben sind.

Neuralgien nach Herpeserkrankungen werden oft mit *Hypericum* (Johanniskraut), *Kalmia* (Berglorbeer), *Magnesium phosphoricum* (Magnesiumphosphat), *Causticum* (Causticum hahnemanni), *Mezereum* (Seidelbast) oder *Arsenicum album* erfolgreich behandelt.

Bei Schwächezuständen nach Influenza wird häufig *China* (Chinarinde), *Gelsemium, Sulfur* (Schwefel), *Acidum phosphoricum* (Phosphorsäure), *Cadmium* (Kadmium) oder *Avena sativa* (Hafer) gegeben.

Infektionen des Atemtrakts setzen sich gelegentlich fest und rufen chronische Nasenabsonderungen, Nebenhöhlenentzündungen und Ohrinfektionen hervor. Zu den dann häufig verordneten homöopathischen Mitteln gehören *Kalium bichromicum* (Kaliumbichromat), *Kalium iodatum* (Kaliumjodid), *Kalium carbonicum* (Kaliumcarbonat), *Kalium muriaticum* (Kaliumchlorid), *Kalium sulfuricum* (Kaliumsulfat), *Silicea* (Kieselsäure), *Mercurius, Pulsatilla, Alumina* (Aluminium), *Nux vomica* (Brechnuß) und *Conium* (Schierling).

Die homöopathische Sichtweise von AIDS und dessen Behandlung

Wie jede andere ansteckende Krankheit wird AIDS als Folge einer spezifischen Virusansteckung betrachtet. Das Immun- und Abwehrsystem des Betroffenen ist nicht stark genug, um das Virus zu bekämpfen. Gegenwärtigen Schätzungen zufolge erkranken 20 bis 50 Prozent aller Menschen, die mit dem Virus in Berührung kommen, an AIDS. Eine der Theorien, warum manche, die mit dem Virus infiziert wurden, ein höheres Risiko tragen, tatsächlich an AIDS zu erkranken, ist die Hypothese einer Überbelastung des Immunsystems, die sogenannte «immune overload hypothesis»[36]. Dieser Hypothese zufolge gibt es zahlreiche Faktoren, die das Immunsystem schwächen, wie zum Beispiel schlechte Ernährung, wiederholte bakterielle Infektionen, frühere Viruserkrankungen, Analverkehr, genetische Disposition, intravenöser Drogenkonsum, Drogenmißbrauch (vor allem die immunsuppressive Wirkung von Amylnitrit ist festgestellt worden; Marihuana und Kokain haben ebenfalls immunsuppressive Wirkungen).

Es gibt jedoch einen zusätzlichen Faktor, den Wissenschaftler und Journalisten bei der Betrachtung der Kofaktoren von AIDS ignoriert haben. Während viele Wissenschaftler und Journalisten auf die immunschwächenden Auswirkungen des Drogenmißbrauchs hingewiesen haben, hat man die Tatsache geflissentlich übersehen, daß viele ärztlich verordnete Medikamente die gleiche Wirkung haben. Es gibt nämlich epidemiologische und toxikologische Belege dafür, daß Antibiotika, Kortikosteroide und der Pockenimpfstoff möglicherweise zusätzliche Kofaktoren darstellen, die die individuelle Empfänglichkeit für das AIDS-Virus erhöhen.

Es gibt epidemiologische Belege dafür, daß AIDS in Zentralafrika nicht nur infolge bestimmter Sexualpraktiken entstanden ist, sondern auch weil die «Angestellten im Gesundheitswesen in Afrika üblicherweise mit einer einzigen Nadel einer Reihe von Patienten Penicillin und andere Medikamente spritzten»[37]. Von einem ähnlich unhygienischen Gebrauch der Injektionsnadeln wird aus Haiti berichtet, wo freiverkäufliche Antibiotika gegen alle möglichen unpassenden, nichtbakteriellen Krankheiten verabreicht werden. Zur gleichen Zeit also, da die Ökologie des Organismus durch das Antibiotikum gestört ist, wird der Körper per Injektion direkt mit dem Virus konfrontiert.

Die Hauptrisikogruppen für AIDS in den Vereinigten Staaten und

Europa, Homosexuelle und Drogensüchtige, die Drogen intravenös injizieren, gehören auch zu den Hauptgruppen, die einen Antibiotikamißbrauch betreiben. Viele Homosexuelle haben wiederholt diese Mittel zur Behandlung von Geschlechtskrankheiten oder von parasitären Infektionen eingesetzt. Und auch Fixer sind oft Konsumenten von Antibiotika aufgrund ihrer häufigen Infektionen durch die gemeinsame Verwendung von Injektionsnadeln.

Strenggenommen kann man Penicillin nicht als immunsuppressive Substanz bezeichnen, wie dies bei anderen Antibiotika wie Tetrazyklin oder Zyklosporin der Fall ist. Es gibt jedoch toxikologische Belege dafür, daß Penicillin und die meisten anderen Antibiotika bei Überdosierung (oder regelmäßigen Dosen bei empfindlichen Personen) eine Verminderung der weißen Blutkörperchen, Durchfall (und damit eine schlechte Nährstoffabsorption und allmählichen Gewichtsverlust), sinkende Resistenz gegen Infektionen, Hautausschläge, anhaltendes Fieber und Schüttelfrost, Schwäche und starke Erschöpfungszustände sowie Krankheiten des Nervensystems hervorrufen – alles Hauptsymptome von AIDS.[38]

Zur Klarstellung muß gesagt werden, daß dieses Material nicht darauf hinweist, daß Antibiotika AIDS «verursachen», sondern daß diese möglicherweise einen zusätzlichen Kofaktor darstellen, wenn ein Mensch dem Virus ausgesetzt war.

Antibiotika sind jedoch nicht die einzigen Medikamente, die als AIDS-Kofaktoren in Frage kommen. Hans H. Neumann von der Gesundheitsbehörde des Bundesstaats Connecticut wies in der angesehenen amerikanischen Ärztezeitschrift *New England Journal of Medicine* darauf hin, daß Kortikosteroide das Immunsystem schwächen und so die Gefahr einer AIDS-Erkrankung erhöhen können, wenn jemand sich mit dem Virus infiziert hat. Neumann weist auf die Tatsache hin, daß viele homosexuelle Männer freiverkäufliche kortisonhaltige Salben bei Herpesinfektionen im Genitalbereich und bei Hautreizungen im Anal- und Genitalbereich verwendet haben. Über die dünne Penishaut kann Kortison besonders leicht absorbiert werden, und durch Analverkehr kann das vom Partner verwendete Kortison ebenfalls absorbiert werden.[39]

Ein kürzlich im *New England Journal of Medicine* erschienener

Artikel weist auf den Pockenimpfstoff als weiteren AIDS-Kofaktor hin.[40] Neuere Forschungsarbeiten haben gezeigt, daß der Pockenimpfstoff möglicherweise den latenten AIDS-Virus zu immunsuppressiver Tätigkeit anregt. Die Weltgesundheitsorganisation (WHO) mit ihrem weltweiten Pockenimpfprogramm hat nun begonnen, diesen möglichen Zusammenhang zu untersuchen. Ein Berater der WHO hat der Londoner *Times* gegenüber geäußert: «Es ist gut möglich, daß die Pockenimpfungstheorie die Erklärung für die AIDS-Explosion ist.»[41] Sogar Robert Gallo, einer der angesehensten AIDS-Forscher, meinte: «Eine Verbindung zwischen dem WHO-Programm und der Epidemie in Afrika zu sehen ist eine interessante und wichtige Hypothese. Ich kann nicht sagen, ob es tatsächlich so geschehen ist, doch weise ich seit Jahren darauf hin, daß die Verwendung lebender Impfstoffe, wie bei der Pockenimpfung, latente Infektionen wie HIV [Human Immunodefficiency Virus] aktivieren können.»[42]

Dieses Untersuchungsmaterial weist auf eine mögliche iatrogene (vom Arzt verursachte) Komponente von AIDS hin. Es gibt bei vielen Infizierten zweifelsohne eine ganze Reihe anderer Belastungsfaktoren, die eine wichtigere Rolle bei einer AIDS-Erkrankung spielen, doch darf die Möglichkeit verschiedener Kofaktoren dieser schrecklichen Krankheit nicht außer acht gelassen werden.

Was die homöopathische Behandlung von Menschen mit AIDS und ARC (AIDS-related complex; auf einem Immundefekt beruhendes, einen AIDS-Verdacht begründendes Krankheitsbild) anbelangt, so besteht allgemein Einigkeit darüber, daß für Menschen im Endstadium der Krankheit wenig getan werden kann. Hingegen haben einige Homöopathen bei Patienten, denen die Diagnose AIDS oder ARC erst vor kurzem gestellt wurde, Besserungen des Allgemeinzustands sowie eine Vermehrung der T- und B-Zellen, die besonders wichtige Indikatoren für die Stärke des Immunsystems sind, festgestellt.

Mitte 1987 befanden sich ungefähr 250 Menschen mit AIDS in homöopathischer Behandlung. Eine systematische Auswertung des Therapieverlaufs bei diesen Patienten wird erfolgen, sobald die notwendigen Forschungsmittel gesichert sind.

Bei den Patienten, die zwar HIV-positiv sind, aber noch kein voll entwickeltes AIDS-Krankheitsbild zeigen, haben einige Therapeuten festgestellt, daß die homöopathische Behandlung diese Menschen in vielen Fällen so kräftigen kann, daß die Krankheit nicht zum Ausbruch kommt. Michael Strange, ein Homöopath aus London, hat bei seinen 45 Patienten, die alle vor etwa zwei Jahren für HIV-positiv befunden wurden, noch keinen Ausbruch der Krankheit erlebt.[43]

Obwohl jeder Mensch mit AIDS oder ARC ganz individuell behandelt werden muß, sind einige der am häufigsten angezeigten Mittel *Mercurius* (Quecksilber), *Thuja* (Lebensbaum), *Arsenicum album* (Arsen), *Syphilinum* (Exsudat aus einem Syphilis-Schanker), *Tuberculinum* (Tuberkelbazillen), *Phosphor* (Phosphor), *Calcium carbonicum* (Kalziumphosphat), *Acidum nitricum* (Salpetersäure), *Natrium muriaticum* (Kochsalz), *Lachesis* (Gift des Buschmeisters), *Crotalus horridus* (Gift der Klapperschlange) und *Variolinum* (Exsudat einer Pockenpustel). Ein Forscher fand *Typhoidinum* (Typhusbazillen), *Badiaga* (ein Süßwasserschwamm) und *Cyclosporin* (ein Antibiotikum) am häufigsten angezeigt.[44] Es ist nur logisch, daß *Cyclosporin* (in homöopathischer Potenz) sich als wertvoll für Menschen mit AIDS erweisen könnte, da dieses Medikament in seiner konventionellen Dosierung ein Immunsuppressivum ist und daher in homöopathischer Dosierung bei der Heilung des als AIDS bezeichneten immunsuppressiven Zustands eingesetzt wird.

Bislang gibt es noch keine sorgfältig durchgeführten Forschungsarbeiten, die die Wirkung der Homöopathie bei der Behandlung von AIDS und ARC mit Sicherheit belegen. Das zuvor angeführte Material, das die antivirale Wirkung homöopathischer Mittel belegt[45], die Studie, die ihre Wirkung bei der Behandlung einer anderen Krankheit des Immunsystems (rheumatoide Arthritis) aufzeigt[46], und die Wirksamkeit der Homöopathie bei der Behandlung von schweren Infektionskrankheiten in der Vergangenheit liefern jedoch einige Belege für den möglichen Nutzen der Homöopathie bei der Therapie von AIDS oder ARC. Auf jeden Fall sollte der Einsatz homöopathischer Mittel im Hinblick auf AIDS oder ARC erforscht und unterstützt werden.

Zusammenfassung

Das homöopathische und ökologische Verständnis der Infektionskrankheiten zieht sowohl die Faktoren im Organismus wie auch in dessen Umwelt in Betracht, die es der Infektion ermöglicht haben, Fuß zu fassen und sich auszubreiten. Anstatt Therapieformen anzuwenden, die die Bakterien oder Viren angreifen, setzen Homöopathen potenzierte Gaben individuell ausgewählter homöopathischer Mittel ein, welche die körpereigenen Immun- und Abwehrsysteme stärken. Eine solche Behandlung wirkt der Ausbreitung von Bakterien oder Viren entgegen und stellt die Gesundheit und Lebenskraft des einzelnen wieder her.

Der berühmte Indianerhäuptling Seattle stellte einmal fest: «Wir sind ein Teil des Gewebes des Lebens. Wir sind nicht der Weber selbst. Wenn ein Teil des Gewebes vernichtet wird, wird damit auch ein Teil von uns selbst verletzt.» Die im menschlichen Körper enthaltenen Bakterien und Viren sind ebenfalls ein Teil von uns. Konventionelle, allopathische Medikamente, die diese zu zerstören versuchen, schaffen oft ihre eigenen Probleme. Es ist vielleicht kein Zufall, daß das Wort *Antibiotikum* soviel wie «gegen das Leben» (*anti* = gegen, *bios* = Leben) bedeutet.

Obwohl Antibiotika echte Lebensretter sein können, neigen sie dazu, das komplexe Gewebe des Lebens in uns zu zerreißen. Es wird nun klarer denn je, daß ein umsichtiger und wohlüberlegter Einsatz von Antibiotika notwendig ist. Und es wird zunehmend offensichtlich, daß die Homöopathie eine wirksame und sichere Alternative zu den Antibiotika darstellt.

8 Allergien: Nicht nur auf die Symptome starren

Zu Shakespeares Zeiten oder selbst vor einem Jahrhundert noch hat es das Wort Allergie nicht gegeben. Doch bereits medizinische Statistiken aus dem Jahr 1950 zeigen, daß damals jeder siebte Einwohner der Vereinigten Staaten an einer Allergie litt – bis zum Jahr 1970 war es jeder fünfte und 1985 schließlich jeder dritte Einwohner der USA, das sind insgesamt 75 Millionen Menschen.[1]

Allergie ist ein Sammelbegriff für ein breites Spektrum an Reaktionen auf Substanzen, die der Organismus als körperfremd definiert. Im strengen medizinischen Sinn bezieht sich der Begriff auf Zustände, die dann eintreten, wenn das Immunsystem gefordert wird und eine Überreaktion auf spezifische Substanzen in der Umwelt entwickelt. Bei diesen Substanzen kann es sich um Nahrungsmittel, Tierhaare, Hausstaub, Pollen oder andere pflanzliche Materialien, Schimmelpilze, Medikamente oder Chemikalien handeln.

Die Fähigkeit des Immunsystems, einzelne Substanzen zu identifizieren und darauf zu reagieren, ist für den Schutz des Körpers unerläßlich. Eine Überreaktion auf bestimmte Substanzen führt jedoch zu einer Reihe von unangenehmen und bisweilen gefährlichen Symptomen. Zu den häufigsten gehören Nasenabsonderungen, Niesen, Symptome des Atemtrakts, tränende Augen, Kopfschmerzen, Verdauungsstörungen und Hautreaktionen. Es gibt auch verschiedene idiosynkratische Symptome, die auftreten können.

Manche Menschen betrachten Allergien als eine einzige diagnostische Kategorie, doch gibt es viele verschiedene Krankheitsbilder, die allergische Reaktionen darstellen. Heuschnupfen ist eine allergische Reaktion auf Pollen. Asthma, Nesselsucht und Ekzeme werden ebenfalls als allergische Zustände betrachtet, obwohl sie sowohl durch psychologische Faktoren wie auch durch Allergene ausgelöst werden können. Obwohl es für die meisten von uns dafür wohl zu spät ist, gilt das Stillen als die vielleicht beste Allergievorbeugung. Flaschenkinder sind weitaus anfälliger für Allergien als Kinder, die gestillt worden sind.[2] Die Muttermilch enthält wichtige Antikörper und andere immunologische Faktoren, die nicht nur zum Schutz des Säuglings beitragen, sondern auch einen Einfluß auf die spätere Entwicklung des Immunsystems haben.

Daß Symptome des Atem- und Verdauungstrakts die häufigsten Reaktionen auf Allergene sind, liegt daran, daß beide Systeme einen hohen Anteil von Mastzellen aufweisen. Mastzellen enthalten Histamin und verschiedene andere chemische Verbindungen, die freigesetzt werden, wenn ein Mensch mit Allergenen konfrontiert wird. Histamin erweitert die Kapillaren, die dann die Blutzufuhr zur Peripherie des Körpers erhöhen, als Abwehrreaktion gegen das eindringende Allergen. Histamin verengt die Bronchiolen, mit deren Hilfe der Körper Husten erzeugt, um so die Allergene auszustoßen. Schließlich steigert Histamin auch die Magensaftsekretion, ein Versuch des Körpers, das Allergen zu verdauen. Trotz dieser verschiedenen Schutz- und Heilversuche des Körpers ist der Organismus oft nicht imstande, sich selbst zu heilen. Bisweilen ist der Körper so krank, daß es zu einer Überreaktion auf Substanzen kommt, mit denen ein gesunder Körper fertig wird, ohne daß irgendwelche Symptome auftreten.

Die konventionelle Behandlung von Allergien

Der erste Schritt bei der konventionellen medizinischen Behandlung von allergischen Reaktionen besteht meist in der Verordnung von Antihistaminika. Diese Medikamente können allergische Reaktionen jedoch nicht heilen, sondern bestenfalls einige Symptome vorübergehend lindern. Dieses Fehlen einer echten Heilwirkung ist vorhersehbar, denn Antihistaminika ändern nichts an dem Grund, der die Mastzellen zur Histaminabsonderung angeregt hat, statt dessen unterdrücken sie die Reaktion des Körpers auf das Allergen und behandeln so nur die Symptome des Problems und nicht die zugrundeliegende Störung.

Neuere Forschungen haben ergeben, daß die Mastzellen auch andere chemische Verbindungen freisetzen, einschließlich *Leukotrienen*, die Entzündungen und Reizungen verursachen. Die moderne medizinische Wissenschaft unternimmt zwar große Anstrengungen, Medikamente mit antileukotrienischer Wirkung zu entwickeln, doch werden solche Medikamente, ebenso wie die Antihistaminika, nur Symptome und nicht die Krankheit selbst behandeln. Deswegen werden antileukotrienische Medikamente auch ihre Nebenwirkungen haben.

Wenn Antihistaminika nicht wirken oder beim Patienten eine zu starke Müdigkeit oder andere Symptome verursachen, verordnen allopathische Ärzte im allgemeinen ein steroidhaltiges Nasenspray. Steroidhaltige (kortisonähnliche) Medikamente haben eine starke entzündungshemmende und abschwellende Wirkung. Bei oraler Einnahme rufen diese äußerst wirksamen Medikamente verschiedene ernste Symptome hervor, die meist von wesentlich bedenklicherer Natur sind als die ursprünglichen allergischen Symptome. Forschungsarbeiten haben ergeben, daß bei der Verwendung von steroidhaltigen Nasensprays diese schweren Symptome jedoch nicht auftreten. Solchen voreilig geäußerten Behauptungen über die Wirkung oder die geringen Nebenwirkungen dieser Sprays sollte man trotzdem nicht vorbehaltlos trauen. Diese Präparate sind nämlich erst seit einiger Zeit in Gebrauch. Über ihre Langzeitwirkungen wissen wir überhaupt nichts, und da ihre eigentliche Wirkung eine rein symptomatische ist, muß man allgemein damit rechnen, daß Allergiepatienten sie über einen längeren Zeitraum hinweg einnehmen werden.

Die jüngste Entwicklung bei der Behandlung von Allergien in den Vereinigten Staaten ist der Einsatz von Laser-Chirurgie, um das schleimbildende Nasengewebe aufzulösen. Diese Radikalkur wirkt natürlich bestenfalls symptomatisch, und man muß sich fragen, ob die Chirurgen vielleicht noch auf den Gedanken kommen werden, Allergikern die Nase zu entfernen.

Schleimhautabschwellende Mittel werden häufig bei der Behandlung von Allergien eingesetzt. Obwohl diese Mittel zunächst die Schwellung zurückgehen lassen, gibt es eine darauffolgende Gegenreaktion, bei der die Schwellung noch stärker als zuvor auftritt. Wie nur allzu viele allopathische Medikamente unterdrücken diese Mittel lediglich die Anstrengungen des Körpers, mit bestimmmten Streßfaktoren fertig zu werden, und sie schaffen schließlich ernstere Probleme als jene, die sie scheinbar lösen.

Die nächste Strategie in der Allergietherapie der konventionellen Medizin sind die Desensibilisierungsinjektionen mit einem Allergen (in den Vereinigten Staaten oft einfach als «Allergie-Spritzen» bezeichnet). Diese Behandlung ist jedoch mit größter Vorsicht einzusetzen, auch nach Ansicht der angesehensten medizinischen Kapazitäten. Joe Graedon, Autor des Buches *The People's Pharmacy*, weist darauf hin, daß die Ärzte bei dieser Therapie oft gar nicht wissen, wie hoch die Dosis ist, die der Patient mit einer Injektion erhält. Die Stärke der verabreichten Dosis kann bei Kreuzkrautpollen, Gräserpollen und verschiedenen Schimmelpilzen um das *Tausendfache* schwanken, auch wenn die Hersteller von einer gleichbleibenden Dosierung sprechen.[3]

Nach homöopathischen Prinzipien sind die Desensibilisierungsinjektionen die am wenigsten anfechtbare allopathische Allergietherapie. Hierbei werden die Symptome nicht direkt unterdrückt, und es werden keine starken Medikamente verabreicht. Da die Desensibilisierung auf einem der homöopathischen Grundsätze basiert, kann man schließen, daß die Teilerfolge dieser Therapie darauf beruhen, daß sie die Fähigkeit des Körpers, mit Allergenen fertig zu werden, steigert. Durch die Injektion wird der Körper mit den Allergenen auf eine ihm fremde Art und Weise konfrontiert, und ihre Wirkung wird möglicherweise durch diese Verabreichungsform herabgesetzt.

Obwohl die Desensibilisierung im Hinblick auf Bienengift und andere Insektengifte im allgemeinen gelingt, sind wissenschaftliche Studien über ihre Wirksamkeit gegen Pollen, Schimmelpilze, Hausstaub und Tierhaare meist wenig aussagekräftig oder fehlen ganz.[4]

Die Behandlung von Asthma ist ein ganz anderes Thema. Nicht etwa weil die konventiellen Medikamente imstande sind, diese Störung besonders erfolgreich zu heilen (dem ist nicht so), sondern weil akute Anfälle häufig beängstigende Symptome aufweisen und auch tödlich enden können. Deswegen sind Medikamente, die bestimmte Symptome wirksam unterdrücken, bisweilen unbedingt erforderlich.

In der Vergangenheit war Ephedrin das am häufigsten verwendete Medikament gegen Asthmasymptome, da es den muskulären Spasmus löst, der die Luftwege verengt. Ephedrin hat jedoch eine Reihe von Nebenwirkungen, die dessen therapeutischen Wert einschränken, besonders bei einer Langzeitbehandlung oder bei Patienten mit hohem Blutdruck, Herzkrankheiten, Schilddrüsenerkrankungen oder Prostataleiden. Bisweilen wird Ephedrin zusammen mit einem Barbiturat verordnet, um die Nebenwirkungen zu reduzieren, doch rufen solche Kombinationsmittel andere unerwünschte Symptome hervor.

Asthmapatienten wird häufig Theophyllin verordnet. Dieses Medikament, dem Kaffee chemisch verwandt, bringt vorübergehend Hilfe, ist jedoch auch nicht frei von Nebenwirkungen. Bezeichnenderweise verwenden Homöopathen gelegentlich Kaffee in potenzierter Form bei der Behandlung von Asthma, da Kaffee Symptome das Atemtrakts hervorruft, die dem Asthma ähneln. Ein weiterer «Zufall» ist die Verordnung von Ipratropiumbromid bei Asthma, ein dem Atropin verwandtes Medikament. Atropin ist der Hauptwirkstoff von *Belladonna*, einem weiteren häufig verwendeten homöopathischen Mittel bei der Behandlung von Asthmapatienten, deren Symptome den Symptomen ähneln, die *Belladonna* hervorzurufen vermag. (Einzelheiten sind homöopathischen Arzneimittellehren zu entnehmen.)

Bei schweren Asthmaanfällen kommen Steroide zum Einsatz. Diese Mittel sind wahre Lebensretter und häufig imstande, die lebensbedrohlichen Asthmasymptome wirksam zu reduzieren. Trotz ihres unbestrittenen Werts ist eine Heilung von Asthma mit Steroiden nicht möglich, und die Nebenwirkungen der Langzeittherapie sind so schwer, daß sogar die American Academy of Allergy ihren Einsatz nur in lebensbedrohlichen Situationen billigt.[5]

Bei sachgemäßem Gebrauch sind Inhalationsgeräte in den wenigen bedrohlichen Situationen von Nutzen und rufen weniger schwere Nebenwirkungen hervor als andere Formen der Medikation. Forschungen haben aber ergeben, daß 77 Prozent der Patienten mit Inhalationsgeräten diese nicht richtig handhaben, was den Wert des Medikaments signifikant herabsetzt.[6] Es besteht auch die Neigung, die Inhalationsgeräte zu häufig in Anspruch zu nehmen, was sowohl zu einer psychischen wie auch zu einer physiologischen Abhängigkeit führt. Sogar die Asthmapatienten, die ihre Inhalationsgeräte richtig und maßvoll einsetzen, klagen über Trockenheit der Lungensekretionen, was das Abhusten von Schleim, der die Atmung behindert, erschwert.

Wenn das eben Gesagte schon entmutigend klingt, so wird es noch beunruhigender, wenn man die Tatsache bedenkt, daß Asthmatiker häufig besonders empfindlich auf Medikamente reagieren. Sie neigen eher als andere dazu, Medikamentennebenwirkungen durchzumachen, und erhalten wegen der Nebenwirkungen häufig noch andere Medikamente, was bisweilen den Effekt der Asthma-Medikation beeinträchtigt und neue Nebenwirkungen schafft.

Zur Behandlung von Allergien und Asthma werden ständig neue Arneimittel und Verfahren getestet. Nach Ansicht mancher Ärzte liegt die Zukunft der Allergiebehandlung in Knochenmarktransplantationen. Andere sagen voraus, daß «Gehirn-Reparaturen», bei denen neue Zellen in das Gehirn eingepflanzt werden, die Methode der Zukunft sein werden. Wieder andere Ärzte empfehlen neue und stärkere Medikamente.[7]

Zu Beginn mag es so scheinen, als ob einige dieser Medikamente und neuen Therapien eine gute Wirkung auf die Symptome und wenige Nebenwirkungen haben. Es ist jedoch absehbar, daß auch diese Medikamente auf Dauer nicht die gewünschte Wirkung haben und daß ihre Nebenwirkungen bei der Langzeittherapie eine Verordnung nicht rechtfertigen. Dieses entmutigende Muster des konventionellen Medikamenteneinsatzes wird so lange fortbestehen, bis Ärzte und Wissenschaftler zu einem neuen Verständnis von Allergien und von Krankheit im allgemeinen gelangen. Die Homöopathie bietet da eine echte Alternative.

Die homöopathische Behandlung von Allergien

Die Homöopathie geht auch bei der Behandlung von Allergien davon aus, daß Symptome die Anstrengungen des Körpers sind, das verlorene Gleichgewicht des Systems wiederherzustellen. Anstatt sie zu unterdrücken, verordnet der Homöopath eine potenzierte Gabe einer individuell ausgewählten Substanz, die imstande ist, ähnliche Symptome hervorzurufen wie jene, an denen der betreffende Allergiker gerade leidet. An dieser Stelle wollen wir darauf hinweisen, daß es einige homöopathische Mittel für akute allergische Schübe gibt und andere Mittel zur Behandlung des zugrundeliegenden chronischen Krankheitszustands, der die Ursache für die immer wiederkehrenden allergischen Symptome darstellt. Während das akute Mittel im Hinblick auf die allergischen Symptome Abhilfe schafft, verhindert es im allgemeinen nicht deren zukünftiges Auftreten. Im Gegensatz dazu vermag das Mittel gegen den chronischen, zugrundeliegenden Zustand die Häufigkeit oder Intensität der Allergiesymptome zu reduzieren und schließlich dauerhaft zu heilen.

Eines der homöopathischen Mittel, die bei akuten allergischen Symptomen besonders oft verordnet werden, ist *Allium cepa*, die Zwiebel. Wie allgemein bekannt, laufen beim Zerschneiden einer Zwiebel Nase und Augen – zwei häufige Allergiesymptome. Näher betrachtet, verursacht *Allium cepa* brennende Nasenabsonderungen, die die Nasenlöcher und die Oberlippe reizen sowie Rötung und Brennen der Augen bewirken, obwohl die Tränen selbst weder Augenlider noch Wangen reizen. Menschen mit Symptomen, die homöopathische Gaben von *Allium cepa* erfordern, haben oft das Gefühl, als sei das Papiertaschentuch, mit dem sie ihre Nase putzen, zu rauh, obwohl es so weich ist wie eh und je. In Wirklichkeit hat die Nasenabsonderung die Nasenlöcher gereizt und besonders berührungsempfindlich gemacht. Ähnlich den «Zwiebel»-Symptomen, bestehen die Symptome derer, die dieses homöopathischen Mittels bedürfen, aus Augen- und Nasenabsonderungen, die in geschlossenen und warmen Räumen sowie abends schlimmer und durch frische Luft besser werden. Wenn die Menschen häufig niesen müssen, finden sie ebenfalls in der frischen Luft Erleichterung.

Im Gegensatz dazu haben Menschen mit akuten Allergiesymptomen, die *Euphrasia* (Augentrost) benötigen, eine nichtwundmachende, wäßrige Nasenabsonderung und starken, brennenden Tränenfluß (*Allium cepa* hingegen verursacht eine brennende Nasen- und eine milde Tränenabsonderung). Menschen, die *Euphrasia* brauchen, fühlen sich schlechter an der frischen Luft, am Morgen und im Liegen. Man findet zuweilen auch einen lockeren Husten, der meist weder tief sitzt noch besonders schwer ist. Der Husten ist stärker am Tag oder tritt möglicherweise überhaupt nur am Tag auf. Ansonsten wird er nachts durch Essen und durch Hinlegen gebessert, obwohl die Nasensymptome sich im Liegen verschlechtern.

Die Behandlung chronischer allergischer Symptome erfordert wie alle chronischen Symptome einen erfahrenen homöopathischen Praktiker. Obwohl im Zuge der Therapie von akuten allergischen Symptomen meist nur ein Dutzend homöopathischer Präparate zum Einsatz kommen, geht die Zahl der homöopathischen Mittel, unter denen der Homöopath bei der Behandlung chronischer Allergien wählen muß, in die Hunderte.

Abgesehen von den Erfolgen, von denen Homöopathen aus ihrer klinischen Praxis berichten, hat es auch einige gute Forschungsarbeiten gegeben, die Belege für den Wert homöopathischer Mittel zur Reduzierung von allergischen Reaktionen geliefert haben. Einige französische Wissenschaftler haben festgestellt, daß *Apis* (zerstoßene Honigbiene) und *Histaminum* in homöopathischen Potenzen eine statistisch signifikante Wirkung bei der Reduzierung allergischer Reaktionen zeigen.[8]

Apis ist ein häufig verordnetes homöopathisches Mittel bei verschiedenen allergischen Symptomen, da die von dieser Substanz hervorgerufenen Symptome einem allergischen Zustand ähneln. Wie allgemein bekannt, ruft das Bienengift brennende, stechende Schmerzen hervor, die durch Eis oder kalte Anwendungen gebessert und durch warme Kompressen oder auch nur bloßes Zudecken verschlechtert werden. Wenn sich der Zustand eines Menschen mit Nesselsucht zum Beispiel durch direkte Wärme, warme Anwendungen oder Erwärmung des Körpers nach einer Anstrengung verschlechtert, könnte *Apis* das Mittel der Wahl sein. Es ist vor allem angezeigt, wenn die Nesselsucht durch Essen von Schalentieren ausgelöst wurde oder Schwellungen um die Augen herum auftreten.

Ein anderes Mittel, das bei Nesselsucht erfolgreich verordnet wird, ist *Urtica urens*, die Brennessel. Jeder, der in einer gemäßigten Klimazone lebt, wo diese Pflanze wächst, weiß, daß eine bloße Berührung ausreicht, um eine nesselsuchtähnliche Reaktion auszulösen. Patienten, die *Urtica urens* benötigen, spüren eine deutliche Besserung, wenn sie sich hinlegen, jedoch eine Verschlechterung, wenn sie wieder aufstehen. Sie haben das Bedürfnis, den Ausschlag dauernd zu reiben, was den Zustand aber verschlechtern kann. Die Nesselsucht kann durch Essen von Schweinefleisch oder süßem Gebäck ausgelöst werden.

Auch bei Heuschnupfen hat sich die Wirksamkeit der Homöopathie gezeigt. Eine klinische Doppelblindstudie, die von Vertretern des Glasgow Homeopathic Hospital in Zusammenarbeit mit Wissenschaftlern von der University of Glasgow durchgeführt wurde, konnte eine signifikante Besserung von Heuschnupfensymptomen durch den Gebrauch homöopathischer Mittel eindeutig belegen. Die 144 Heuschnupfenpatienten berücksichtigende Studie, die im angesehenen englischen Ärzteblatt *Lancet* veröffentlicht wurde, zeigte, daß die Testteilnehmer, die eine homöopathische Gabe eines potenzierten Präparats mit gemischten Pillen erhielten (eine Mischung aus zwölf verschiedenen Gräserpollen in der Potenz C30*), sechsmal häufiger von einer Besserung ihrer Symptome berichteten als die Gruppe, die ein Placebo bekommen hatte. Im Rahmen dieser Studie durften alle Teilnehmer nach Bedarf ein allopathisches Medikament zur vorübergehenden Linderung akuter Symptome benutzen. Die Gruppe mit den homöopathischen Medikamenten benötigte das allopathische Mittel nur halb so oft wie die Teilnehmer der Placebogruppe.[9]

Trotz des Erfolgs dieses oder einiger anderer Mittel bei akuten Heuschnupfensymptomen gehen Homöopathen im allgemeinen da-

* Zur Herstellung der Potenz C30 wird ein Teil Arzneistoff mit 100 Teilen destilliertem Wasser vermischt und dann kräftig verschüttelt; dieser Vorgang wird dreißigmal wiederholt.

von aus, daß Heuschnupfen ein Zeichen einer zugrundeliegenden chronischen Störung ist, die der Behandlung eines erfahrenen Therapeuten bedarf. Auch wenn homöopathische Mittel die Heuschnupfensymptome wirkungsvoll lindern oder gar beseitigen, sollte man trotzdem nicht allein «herumdoktern». Wenn homöopathische Mittel versagen oder den Heuschnupfen nur vorübergehend lindern, wird dringend empfohlen, sich in die Obhut eines qualifizierten Homöopathen zu begeben.

Wie alle chronischen oder ernsten Zustände erfordert auch die homöopathische Behandlung von Asthma unbedingt einen erfahrenen homöopathischen Therapeuten. Besondere Probleme stellen sich in diesem Fall, da der Heilungsprozeß nicht unbedingt sofort einsetzt und es in der Zwischenzeit immer wieder zu Asthmaanfällen kommen kann, die den Einsatz allopathischer Medikamente erforderlich machen. Obwohl diese Mittel nützlich sind, um mit dem akuten Anfall fertig zu werden, können sie die Wirkung des homöopathischen Mittels hemmen und dadurch die Heilung verzögern, was zu einem unproduktiven Zyklus von Verschlimmerung und Unterdrückung führt.

Die Homöopathie ist nicht in allen Fällen in der Lage, eine Heilung zu erzielen, doch stellen Homöopathen häufig fest, daß physiologische Funktionen durch den Einsatz homöopathischer Mittel so gestärkt werden können, daß Häufigkeit und Schwere der Asthmaanfälle reduziert werden. Homöopathische Therapeuten und ihre Patienten wissen immer wieder von Fällen einer vollständigen Heilung vom Asthma zu berichten, doch ist bis jetzt ungewiß, wie häufig die Mittel in dieser durchschlagenden Art und Weise wirken.

Im allgemeinen ist die homöopathische Behandlung von Asthma eine Konstitutionsbehandlung, bei der die Mittel auf der Basis der Totalität aller Symptome des Betreffenden, sowohl früherer als auch jetziger, ganz individuell ausgewählt werden müssen. In den meisten Fällen reicht ein einziges Mittel nicht aus, um eine Heilung zu erzielen, und so müssen eine Reihe von Mitteln nacheinander über Monate oder Jahre hinweg verordnet werden.

Die homöopathische Behandlung eines Ekzems liefert ein klassisches Beispiel für den Unterschied zwischen konventioneller, allopathischer und homöopathischer Therapie. Bei der allopathischen Ekzembehandlung werden im allgemeinen steroidhaltige Salben und in schweren Fällen orale Kortisongaben verabreicht, um die allergischen Reaktionen in den Griff zu bekommen. Homöopathen betrachten Ekzeme nicht als lokale Hautprobleme, sondern gehen davon aus, daß die Hautsymptome einen zugrundeliegenden Krankheitsprozeß reflektieren. Die homöopathische Behandlung beruht daher auf der individuellen Verordnung jener Substanz, die bei entsprechender Überdosierung imstande ist, ein ähnliches Symptomenbild hervorzurufen wie das des Patienten. Zu diesem Bild gehören nicht nur die Hautsymptome, sondern auch jene des Verdauungs- und Atmungstrakts, der Ausscheidungsfunktionen sowie psychische Symptome und die verschiedenen anderen Symptome, die für den Patienten charakteristisch sind.

Obwohl ein Ekzem sicherlich eine unangenehme Sache ist, stellt es vom homöopathischen Standpunkt aus eine eher oberflächliche und keine tiefgreifende Krankheit dar. Nach dem Heringschen Gesetz der Heilung, das im ersten Kapitel eingehend besprochen wurde, sind die Hautsymptome im allgemeinen die geringste Bedrohung für das Überleben des Organismus. Hautsymptome sind aber in jedem Fall als Krankheit zu betrachten, und eine rein symptomatische Behandlung oder Unterdrückung dieser Symptome verzögert eine echte Heilung und erhöht die Möglichkeit des Auftretens von ernsteren Nebenwirkungen.

Bestimmte Nahrungsmittel können einen auslösenden Faktor bei Ekzemen darstellen. Da Nahrungsmittelallergien Anlaß zu wachsender Besorgnis geben, lohnt es sich, im folgenden die homöopathische Sicht- und Behandlungsweise dieser Störungen näher zu betrachten.

Die homöopathische Behandlung von Nahrungsmittelallergien

Das Thema Lebensmittelallergien kann leicht verwirrend sein. Viele von uns werden bemerkt haben, daß es bestimmte Nahrungsmittel gibt, die einem zwar nicht «bekommen», bei denen man aber nicht weiß, ob man allergisch dagegen ist oder mehr psychosomatisch reagiert. Da manche Menschen nicht unmittelbar nach dem Verzehr bestimmter Nahrungsmittel allergisch reagieren, sondern erst einige Stunden oder gar Tage später, läßt es sich schwer feststellen, ob unser Unwohlsein durch etwas, das wir gegessen haben, oder durch einen anderen Faktor verursacht worden ist.

Manche Naturheilkundige oder Ernährungsexperten diagnostizieren auch mehrere Nahrungsmittelallergien bei Patienten, selbst bei solchen, die sich relativ gut fühlen und keine signifikanten Symptome aufweisen. Dem Betreffenden wird gesagt, daß diese «Allergien» ein latentes Problem sind und in Zukunft Symptome verursachen werden, wenn nichts dagegen unternommen wird.

Man sollte an dieser Stelle festhalten, daß konventionelle Allergieuntersuchungen notorisch ungenau sind und die vielen alternativen Untersuchungsmethoden wie die klinische Ökologie, Muskeluntersuchungen, zytotoxische Untersuchungen, Irisdiagnose und psychische Diagnose bis jetzt auch nicht besser abschneiden.

Wenn bei einem Menschen eine Allergie gegen ein bestimmtes Nahrungsmittel «diagnostiziert» worden ist, wird ihm oder ihr im allgemeinen empfohlen, das betreffende Nahrungsmittel zu meiden.* Aus homöopathischer Sicht mag dies zwar bestimmte Symptome lindern, stellt aber gewiß keine Heilung dar. Durch Meiden eines Belastungsfaktors wird der Organismus nicht gekräftigt.

Zum homöopathischen Vorgehen gehört eine detaillierte Aufnahme des individuellen Falls mit allen körperlichen und psychischen Symptomen. Dabei fragt der Homöopath stets nach Nahrungsmitteln, die Symptome zu verursachen scheinen. Der homöopathische Therapeut fragt auch nach den Nahrungsmitteln, gegen die der Patient eine Abneigung bzw. nach denen er ein besonderes Verlangen

* Fachärzte für klinische Ökologie, eine verfeinerte Methode der Allergietestung, die jedoch Schwankungen hinsichtlich ihrer Genauigkeit unterworfen ist, versuchen interessanterweise Nahrungsmittelallergien dadurch zu reduzieren, indem sie kleine, allmählich ansteigende Dosen des Nahrungsmittels, gegen welches der Patient allergisch ist, verabreichen. Obwohl dieses Vorgehen nicht dem klassischen homöopathischen Ansatz entspricht, weist es dennoch homöopathische Elemente auf.

hat. Diese Informationen helfen, ein homöopathisches Mittel zu finden, das dem gesamten psychophysischen, metabolischen Zustand des Kranken in einzigartiger Weise entspricht und nicht bloß der einen allergischen Reaktion.

Die homöopathische Behandlung von Nahrungsmittelallergien erzielt bisweilen rasche Erfolge, doch in den meisten Fällen benötigt die Heilung einige Zeit. Während der homöopathischen Behandlung einer Nahrungsmittelallergie können folgende Richtlinien als Orientierungs- und Entscheidungshilfe nützlich sein.

1. Der Mensch ist physisch imstande, fast alle Arten von pflanzlichem und tierischem Gewebe zu essen, mit Ausnahme von hölzerner Zellulose und Lignin. Manche Nahrungsmittel sind schwer verdaulich und sollten ganz einfach nicht in großen Mengen gegessen werden. Zweifelsohne gibt es optimale Grenzen für die Menge der einzelnen Bestandteile der Ernährung, doch sollte man auch bedenken, daß Menschen in verschiedenen Kulturkreisen mit den unterschiedlichsten Ernährungsformen sich einer guten Gesundheit erfreut und ein hohes Alter erreicht haben.
2. Nur wenige Menschen leiden wirklich an Lebensmittelallergien oder anderen signifikanten Reaktionen auf bestimmte Nahrungsmittel. Man kann davon ausgehen, daß ein Mensch, der in einer allgemein guten gesundheitlichen Verfassung ist und stets auf sein Befinden achtet, keine Nahrungsmittelallergien hat.
3. Da jeder Mensch ein «Unikat» ist, sind auch die individuellen Reaktionen auf Nahrungsmittel einzigartig. Vielen von uns ist klar, welche Nahrungsmittel «bekömmlich» sind und nach welchen Nahrungsmitteln wir uns in irgendeiner Weise nicht ganz wohl fühlen. Ein vernünftiger Mensch wird sich vornehmlich an erstere halten und von letzteren nur wenig zu sich nehmen.
4. Manche Menschen reagieren nur bei seltenen Gelegenheiten auf bestimmte Nahrungsmittel. Ein möglicher Grund wäre eine spezifische Kombination von Nahrungsmitteln, die schwer verdaulich ist. In solchen Fällen – wenn diese Kombination häufig Probleme macht – könnte man es einfach lassen, diese Dinge zusammen zu essen. In anderen Fällen ist eine Überreaktion auf ein bestimmtes

Nahrungsmittel nur vorübergehend oder an eine Jahreszeit gebunden. Es kommt jedoch ebenfalls vor, daß die Symptome gar nichts mit dem Essen zu tun haben, sondern mit der psychischen Verfassung des Betreffenden zu der Zeit. Solche vorübergehenden Überempfindlichkeiten sollten nicht als Allergien angesehen werden, und man sollte auch nicht bestimmte Nahrungsmittel völlig meiden, nur weil man gelegentlich Probleme damit hatte.

5. Signifikante negative Reaktionen auf bestimmte Nahrungsmittel kommen vor und können bei manchen Leuten ein breites Spektrum unterschiedlicher Symptome hervorrufen. Kinder sind besonders anfällig für Nahrungsmittelallergien. Aufgrund der großen Bandbreite an Symptomen, und weil die Symptome sich oft erst Stunden oder gar Tage nach dem Essen manifestieren, wird die Diagnose Nahrungsmittelallergie häufig nicht in Erwägung gezogen, wo dies angebracht wäre.
6. Es ist bisweilen auch ohne einen Therapeuten möglich, eine Nahrungsmittelallergie mit Hilfe der Aussonderungsdiät zu diagnostizieren. Hierbei werden bestimmte Nahrungsmittel für drei bis vier Wochen vollständig vom Speiseplan gestrichen. Denn in den meisten Fällen wird das für die Allergie verantwortliche Nahrungsmittel regelmäßig, oft sogar besonders gern gegessen. Die häufigsten allergieverursachenden Nahrungsmittel sind Milch, Eier, Schokolade, Mais, Weizen, Zitrusfrüchte, Bohnen und Erbsen, Tomaten, Nüsse, Fisch, Konservierungsstoffe und Cola-Getränke. Nachdem die verdächtigen Nahrungsmittel drei bis vier Wochen lang weggelassen wurden, wird eine relativ große Portion eines dieser Nahrungsmittel gegessen. Die eventuell auftretenden Symptome werden dann protokolliert.*

Festzustellen, auf welche Nahrungsmittel man allergisch reagiert, mag in mancher Hinsicht nützlich sein, doch wird durch das Weglas-

* Eine eingehende Beschreibung der Aussonderungsdiät findet sich im Buch *The Type 1/ Type 2 Allergy Relief Program* von Alan Scott Levin und Merla Zellerbach (Los Angeles: J. P. Tarcher, 1983); oder in *Coping with Your Allergies* von Natalie Golas und Frances Golos Golbitz (New York: Fireside, 1986).

sen bestimmter Nahrungsmittel die zugrundeliegende Störung, die das Problem primär verursacht, keineswegs geheilt. Eine homöopathische Behandlung hingegen bietet ein echtes Potential zur Heilung von Nahrungsmittelallergien. Korrekt verordnete homöopathische Mittel stärken die Gesamtfunktionen des Organismus und stellen eine gesunde Verdauung, Assimilation und Ausscheidung der Nahrung wieder her.

Ganz gleich, ob es sich um Heuschnupfen, Asthma, Ekzeme oder andere allergische Reaktionen handelt, gehen Homöopathen davon aus, daß die spezifische allergieauslösende Substanz nicht das «Problem» darstellt. Das eigentliche Problem ist nämlich der überempfindlich auf die betreffende Substanz reagierende Organismus. Die Homöopathie ist ein hochentwickelte Behandlungsmethode, mit deren Hilfe nicht nur Häufigkeit und Schwere der Allergiesymptome reduziert werden, sondern auch die allgemeine gesundheitliche Verfassung des Betreffenden wesentlich verbessert werden kann. Obwohl weitere Forschungsarbeiten über die homöopathische Behandlung von Allergien erforderlich wären, ist ein Versuch damit allemal lohnend. Zu verlieren haben Sie nur Ihren Schnupfen, Ihre Verdauungsprobleme, Ihre Kopfschmerzen.

9 Chronische Krankheiten: Die homöopathische Alternative

Alle paar Monate wird in den Zeitungen und im Fernsehen über einen Erfolg bei der Bekämpfung einer weiteren Krankheit berichtet. Dennoch mußte Lewis Thomas, Leiter des renommierten Sloan-Kettering Institute, zugeben: «Die Wahrheit ist, daß es bei weitem nicht so viele Fortschritte gibt, wie man das Publikum glauben machen will.»[1]

Wenn all die Berichte über medizinische Großtaten in den Medien wahr wären, müßten wir mittlerweile in der Lage sein, fast jede Krankheit zu heilen. Leider ist das nicht der Fall. Die Medien berichten meist über die Anfangserfolge bestimmter medizinischer Verfahren. Wenn diese Methoden später dann gründlicher getestet werden, stellt sich meist heraus, daß sie nicht so effektiv sind wie ursprünglich angenommen oder gar mehr Schaden anrichten als nutzen. Berichte darüber gelten dann allerdings nicht als interessante Neuigkeiten.

Ein klassisches Beispiel für dieses Phänomen stellt die konventionelle Krebsbehandlung dar. Während der vergangenen Jahrzehnte haben das National Cancer Institute und einige andere Krebsforschungszentren immer wieder behauptet, *die Medizin werde den Krebs bald besiegen* – wenn nur der Staat und die Bevölkerung sie weiterhin mit riesigen Geldsummen unterstützen würden. Krebsforscher haben ständig über ihre «eindrucksvollen» Fortschritte berichtet, dabei aber die Statistiken in moralisch fragwürdiger Weise manipuliert. Ein kürzlich erschienener umfassender Report über Krebsforschung im *New England Journal of Medicine* gab zu: «Wir verlieren den Kampf gegen den Krebs.»[2]

Dieser Bericht enthüllte, daß die moderne Krebstherapie die Zahl der Patienten nicht verringern konnte und auch nicht in der Lage war, die Überlebensrate von fünf Jahren angemessen zu steigern.

Das National Cancer Institute schätzt, daß sich in den USA jährlich 200 000 Patienten einer Chemotherapie unterziehen. Ein Artikel im *Scientific American* drückt seine Besorgnis aus über die hohe Zahl und stellt fest: «Für eine Therapie, die gefährlich ist und ein so hohes Maß an technologischer Genauigkeit und Perfektion erfordert, sind das beunruhigende Zahlen, vor allem, da ihr Nutzen im Hinblick auf die meisten Krebserkrankungen noch bewiesen werden muß. Zudem kann die Anzahl der Geheilten kaum mehr als einige wenige Prozent der Behandelten betragen.»[3] Trotz dieser bedrückenden Analyse der gegenwärtigen Krebstherapie hat man der Öffentlichkeit ein völlig anderes Bild vermittelt. Wie Dr. D. S. Greenberg im *New England Journal of Medicine* feststellte, «ist die Presse recht leichtgläubig, was Nachrichten über ‹Fortschritte› auf dem Gebiet der Krebsbehandlung betrifft»[4].

Diese Art von Berichten über einen bevorstehenden Sieg über den Krebs erinnert an vergleichbare Äußerungen amerikanischer Generäle während des Vietnamkriegs, die ebenfalls stets behaupteten, der endgültige Sieg stünde kurz bevor, wenn nur die Regierung den Rüstungsetat erhöhen würde. Der Journalist Peter Barry Chowka führte diese Analogie weiter und stellte fest, daß der Krebspatient heute «einer Vietnamisierung des Körpers» unterliegt. Er wird mit chirurgischen Angriffen überzogen, und toxische Chemikalien verbrennen und vergiften ihn, während sich der schwer faßbare Feind in den meisten Fällen zurückzieht, um bald in noch tödlicherer Form anderswo wiederaufzutauchen. Um sein Leben zu retten, zerstören die Ärzte den Körper des Patienten.[5]

Während die moderne Medizin große Erfolge bei der Behandlung akuter Krankheiten und Notfälle für sich in Anspruch nimmt, wird im allgemeinen zugegeben, daß sie Patienten mit chronischen Leiden wenig zu bieten hat. Die Therapien wirken hier in erster Linie palliativ, das heißt lindernd, und selten heilend.

So ist es denn auch kein Zufall, daß die US-Bürger jährlich 20 000 Tonnen Aspirin konsumieren – das sind 225 Tabletten pro Kopf der

Bevölkerung. Aspirin vermag zwar vorübergehend schmerzlindernd zu wirken, aber es beeinflußt nicht die zugrunde liegenden Prozesse, die den Schmerz in erster Linie verursachen.

Weiter ist es kein Zufall, daß 20 Prozent der Patienten, die aus dem Krankenhaus entlassen werden, innerhalb von zwei Monaten wieder hospitalisiert werden müssen, und in der Regel wegen *derselben* Krankheit wie bei der ersten Einweisung![6] Die Linderung und Unterdrückung von Symptomen ist nicht nur medizinisch wertlos, sondern diese Behandlungsweise kann auch zu ernsten Symptomen oder sogar zum Tod führen.

Es ist kein Zufall, daß konventionelle Medikamente ernste Nebenwirkungen hervorrufen. Ein kürzlich im *Journal of the American Medical Association* veröffentlichter Artikel teilte mit, daß die Food and Drug Administration (Lebensmittel- und Medikamenten-Prüfstelle der Regierung) jedes Jahr Tausende von Berichten über negative Reaktionen auf Medikamente erhält. So erhielt die FDA 1984 30 000 solcher Berichte, und 1985 waren es bereits fast 40 000.[7]

Kein Zufall ist auch die Tatsache, daß die überwiegende Zahl der Medikamente, die im *Physician's Desk Reference* aufgeführt sind, nur zehn Jahre später nicht mehr in dieser Liste zu finden sind. Konventionelle Mediziner nennen so etwas «Fortschritt». Meist bedeutet dies, daß neue Medikamente von zweifelhafter Wirkung die alten, wirkungslosen ersetzt haben und selbst bald wieder neuen werden weichen müssen. Konventionelle Medikamente können möglicherweise schmerzlindernd wirken, aber leider heilen sie die eigentliche Krankheit in den seltensten Fällen, und allzuoft richten sie mehr Schaden an, als sie nutzen.

Um alles noch schlimmer zu machen, befinden sich die chronischen Krankheiten auf dem Vormarsch. Während um die Jahrhundertwende viele Leute an akuten Infektionskrankheiten starben, stirbt heute eine beträchtliche Anzahl an chronischen Leiden – und das nicht etwa, weil wir länger leben; es gibt genug Belege dafür, daß immer mehr jüngere Menschen schon mit chronischen Krankheiten geschlagen sind.

Dem National Center for Health Statistics zufolge hat sich die Anzahl der Personen unter 17 Jahren, die aufgrund chronischer

Leiden in ihrem Handlungs- und Bewegungsspielraum eingeschränkt sind, von 1967 bis 1979 um 86 Prozent erhöht.[8] Bei den 17- bis 44jährigen beträgt der Prozentsatz 21.[9] Was die Häufigkeit von Herzkrankheiten angeht, liegen die USA an der Weltspitze; und obwohl diese Krankheit während des letzten Jahrzehnts sehr zurückgegangen ist, hat die Anzahl der Menschen unter 45, die an Bluthochdruck leiden, im Vergleich zu den späten sechziger Jahren beträchtlich zugenommen.

Für die Zunahme der chronischen Krankheiten gibt es eine ganze Reihe von Ursachen. Ein Faktor ist die Tatsache, daß die konventionelle Medizin kaum über Therapieformen verfügt, die zu einer echten Heilung führen. Im Gegenteil: Viele ihrer Behandlungsweisen fördern regelrecht die Entwicklung ernster gesundheitlicher Probleme. Eine 1981 im *New England Journal of Medicine* erschienene Studie zeigte, daß 36 Prozent der Patienten eines angesehenen Universitätskrankenhauses wegen einer iatrogenen, das heißt vom Arzt verursachten Krankheit eingeliefert worden waren.[10]

Die konventionelle medizinische Behandlung von Herzleiden liefert uns ein ausgezeichnetes Beispiel für eine Therapie von fragwürdiger Wirkung. Wenn die Herzkrankheitsrate im letzten Jahrzehnt auch zurückgegangen ist, so muß doch festgestellt werden, daß sie in den siebziger Jahren derart hoch war, daß sie einfach zurückgehen *mußte*. Immer noch sterben jährlich 600 000 Menschen in den Vereinigten Staaten an einer Herzkrankheit – das ist etwa die Hälfte der Zahl der gemeldeten Geburten.

Fast 90 Prozent der herzkranken Amerikaner haben ein Herzkranzgefäßleiden, eine Störung, bei der die Arterien des Herzens zum Teil nicht mehr durchlässig sind, was eine verminderte Sauerstoffzufuhr zum Herzen zur Folge hat. Eines der am häufigsten verschriebenen allopathischen Mittel dagegen ist *Propranolol* (Inderal). Es senkt den Sauerstoffbedarf des Herzens, indem es seine Pumpleistung herabsetzt. Dadurch wird jedoch auch die Fähigkeit des Herzens, auf Bewegung zu reagieren, herabgesetzt. Bei manchen Patienten kann es Lungenkrankheiten verschlimmern oder Herzversagen, Erschöpfung, Depressionen und Impotenz verursachen.

Ärzte wenden verschiedene medikamentöse Therapien bei Bluthochdruck an, und im allgemeinen wird davon ausgegangen, daß die Patienten diese Medikamente so lange nehmen müssen, wie sie unter Bluthochdruck leiden – das bedeutet normalerweise, für den Rest ihres Lebens, da eigentlich nichts unternommen wird, um die dem Hochdruck zugrundeliegenden Ursachen zu behandeln. Der Gebrauch solcher Medikamente im Alter bringt aber zusätzliche gesundheitliche Risiken mit sich. Beim alternden Menschen ist die Blutzufuhr zum Gehirn reduziert. Eine weitere Verminderung der Blutzufuhr als Folge einer medikamentösen Therapie kann daher verschiedene physische und psychische Störungen verschlimmern.[11]

Die Bypass-Operation ist ein Eingriff, bei dem eine Vene aus dem Bein des Patienten entfernt und an eine Koronararterie angefügt wird, um so eine Art Umleitung für das Blut zu schaffen, das wegen einer Arterienblockierung nicht mehr durchfließen kann. Obwohl die Herzerkrankungen abgenommen haben, hat sich die Anzahl der Bypass-Operationen astronomisch vervielfacht. Während es 1977 noch 50000 waren, wurden 1986 über 200000 durchgeführt. Es muß festgehalten werden, daß dieser Eingriff die Schmerzen verringert, es aber noch nicht genügend Belege dafür gibt, daß er lebensverlängernd wirkt. Da Menschen mit Herzkranzgefäßleiden neben physischen auch zahlreiche psychische Symptome zeigen, verschreiben die Ärzte außerdem oft Valium und Librium, um Angst und Unruhezustände zu mildern.

Sie verordnen darüber hinaus Medikamente, die die Blutplättchen-Verklumpung herabsetzen, um so einem weiteren Arterienverschluß vorzubeugen, und setzen Arzneimittel ein, die Spasmen der Herzkranzgefäße verhindern sollen.

Diese medikamentösen und chirurgischen Therapien sind klassische Beispiele für eine Behandlungsweise, die sich mit den Symptomen einer Krankheit und nicht mit ihrer zugrundeliegenden Ursache beschäftigt. Da der Körper eines Menschen seine Symptome über mehrere Jahre oder gar Jahrzehnte hinweg entwickelt, kann sich eine Veränderung der komplizierten physiologischen Prozesse des Herzens mittels starker Medikamente verheerend auswirken. Wenn man den Blutdruck senkt, ohne sich mit den verschiedenen möglichen Ursachen zu befassen, derentwegen der Körper diese Störung entwickelt hat, verursacht man unvermeidlich Nebenwirkungen, die nicht einfach «Neben»wirkungen sind, sondern direkte Folgen einer medikamentösen Therapie.

Diese Medikamente und chirurgischen Maßnahmen können lebensrettend sein, aber es gibt immer mehr Hinweise darauf, daß es ungefährlichere Methoden gibt, dem lebensbedrohlichen Charakter der Herzkrankheit beizukommen. Dr. I. Hjermann und mehrere seiner Kollegen berichteten in der Zeitschrift *Lancet* über eine Untersuchung, die 1200 Männer zwischen 40 und 49 Jahren umfaßte, die ein hohes Risiko trugen, an Herzkranzgefäßleiden zu erkranken. Bei diesen Männern sank die Rate der Herzanfälle und Herztode um 47 Prozent, nachdem sie ihren Konsum an Zigaretten und tierischen Produkten eingeschränkt hatten.[12]

Julian Whitaker, Verfasser des Buchs *Reversing Heart Disease*, schätzt, daß 80 Prozent der Bypass-Operationen überflüssig würden, wenn die Ärzte ihre Patienten über weniger radikale Behandlungsmöglichkeiten informierten, wie beispielsweise eine vernünftige Ernährungsweise und ausreichende körperliche Bewegung.[13]

Die Homöopathie stellt eine risikoarme Behandlungsweise für Menschen mit Herzkrankheiten und anderen chronischen Leiden dar. Um zu verstehen, was die Homöopathie zu bieten hat, ist es notwendig, die homöopathische Auffassung von der Natur chronischer Krankheiten zu begreifen.

Die chronischen Krankheiten aus homöopathischer Sicht

Die überwiegende Mehrheit der Überlebenden von Hiroshima und Nagasaki starb an Leukämie, manchmal fünf, zehn, fünfzehn oder sogar zwanzig Jahre später. Die Tatsache, daß sie überlebten, ohne von Anfang an Symptome zu zeigen, bedeutet aber nicht, daß sie völlig gesund waren, bevor Leukämie diagnostiziert wurde.

Leukämie scheint, wie viele andere Krebsarten auch, keine vorwarnenden Symptome zu besitzen, und wenn die Krankheit schließlich festgestellt werden kann, ist es oft schwer, sie noch erfolgreich zu behandeln. Da ein Krebs sich gewöhnlich über viele Jahre, eventuell Jahrzehnte hinweg entwickelt, kann seine Wirkung auf den Körper, bevor die Erkrankung diagnostisch erfaßt ist, sehr subtil sein.

Die Homöopathie ist ein System der Arzneimittelwahl auf der Grundlage der Totalität der subtilen und offen zutage tretenden Symptome des Körpers und der Psyche. Ohne unbedingt wissen zu müssen, warum jemand an Verstopfung leidet, nach dem Genuß bestimmter Nahrungsmittel Blähungen bekommt, überempfindlich auf Kälte reagiert, sich beim Aufwachen matt fühlt, an Depressionen leidet, wenn er allein ist, oder sonst irgendein anderes individuelles, eigentümliches Symptom zeigt, verordnen Homöopathen die potenzierte Gabe eines Arzneimittels, das die Eigenschaft hat, einen ähnlichen Komplex an subtilen oder offenkundigen Symptomen hervorzurufen. Aus welchem Grund auch immer der Körper seine Symptome entwickelt, das passende homöopathische Mittel wird seine Fähigkeit, eine Krankheit abzuwehren oder sich selbst zu heilen, stärken.

Homöopathen sind davon überzeugt, daß Symptome Ausdruck der Selbstheilungsbestrebungen der körpereigenen Abwehr sind. Auf einer ersten Abwehrebene wird ein *Ausscheidungsvorgang* eingeleitet, bei dem die Organsysteme des Körpers auf Streß oder Infektion reagieren, indem sie ihre Abwehrkräfte intensivieren, was oft in ganz subtiler Weise geschieht, ohne daß der Mensch dies bewußt wahrnimmt. Alle Systeme des Organismus – der Magen-Darm-Trakt, der Atmungstrakt, das Kreislaufsystem, das Lymphsystem, das Drüsensystem und der Urogenitaltrakt – werden angeregt, um die Homöostase, das Systemgleichgewicht, wiederherzustellen.

Hat diese Abwehranstrengung einen gewissen Grad erreicht, beginnt man, die Reaktionen des Körpers zu spüren, und nimmt *sensorische Veränderungen* wahr. Der Philosoph Descartes hat den Sinn dieses innewohnenden Überlebensmechanismus treffend beschrieben: «Der große Baumeister des Universums hat den Menschen so vollkommen wie möglich geschaffen, und er konnte kein besseres Mittel für seine Erhaltung erfinden, als ihn mit einem Schmerzempfinden auszustatten.»

Die dritte Abwehrebene ist eine *funktionelle*. Bestimmte Körperfunktionen sind eingeschränkt oder laufen nicht mehr optimal ab.

Die Organsysteme werden in Mitleidenschaft gezogen und neigen im Zuge ihrer Heilungsversuche bisweilen entweder zu einer Überfunktion oder zu einer Unterfunktion aufgrund eines Erschöpfungszustands oder von Störungen anderer Organsysteme. Die Probleme, die der Körper bei seinen Versuchen, Stoffwechselprodukte und Schlacken auszuscheiden, hat, können dann zu lokalen oder Allgemeinsymptomen führen. Der Zwischenzellraum (die Umgebung der Zellen) läßt die normale Zellernährung nicht mehr zu, und wenn die Ausscheidungsprozesse nicht richtig funktionieren, kommt es zu *funktionellen* Störungen. Jemand, der zum Beispiel an Verdauungsstörungen leidet, wird nun Schwierigkeiten haben, größere Essensmengen zu verdauen, und erlebt Symptome wie Übelkeit, Erbrechen oder Durchfall. Bei einem Patienten mit starker Kongestion der Atemwege verschlechtert sich die Sauerstoffversorgung der Zellen, und er gerät deswegen leicht außer Atem.

Wenn der Belastungsfaktor oder die Infektion, die jene Abwehrreaktionen hervorruft, besonders stark oder anhaltend ist, wenn der Körper des Betreffenden aus welchem Grund auch immer geschwächt ist oder wenn die Abwehrversuche des Körpers unterdrückt werden (wie meistens beim Einsatz allopathischer Medikamente), dann ist der Körper nicht immer in der Lage, sich selbst zu heilen. Die sensorischen und funktionellen Symptome werden dann *chronisch*.

Chronische Symptome belasten den Körper, sie schwächen dessen Fähigkeit, neue Belastungsfaktoren oder Infektionen zu verkraften, und setzen die Funktionsfähigkeit des Organismus herab. Beim Versuch, mit den chronischen Symptomen fertig zu werden und sich an diese anzupassen, greift der Organismus wiederum auf eine ganze Reihe von Maßnahmen und Verhaltensweisen zurück, um sich zu verteidigen und zu heilen. Diese führen nun zum Auftreten von *pathologischen* und *strukturellen Gewebsveränderungen*.

Eine solche Entwicklung von einer ursprünglichen Belastung bis zum Auftreten pathologischer Gewebsveränderungen wollen wir am Beispiel eines Menschen, der an Verstopfung leidet, veranschaulichen. Zu Beginn mag es vielleicht nur ganz geringe, kaum merkliche Veränderungen in der Darmfunktion geben. Später treten dann sensorische Veränderungen stärker in den Vordergrund, und der Betreffende verspürt möglicherweise ein Unwohlsein im Abdomen und vermehrte Schwierigkeiten beim Stuhlgang. Als nächstes treten funktionelle Symptome auf: Die Energie läßt vielleicht nach, und es kommt neben den Verdauungsbeschwerden auch zu anderen körperlichen und psychischen Symptomen. Die chronisch gewordenen funktionellen Störungen bereiten den Weg für pathologische Gewebsveränderungen. Zu Beginn dieser Entwicklung könnten zum Beispiel Hämorrhoiden auftreten, als zweite Phase dann eine Divertikulose (eine Ausstülpung der Dickdarmwand aufgrund einer Schwäche der Muskelschicht derselben) und die dritte und Endphase dieser Entwicklung könnte ein Darmkrebs sein.*

In jedem Krankheitsstadium versucht der Körper, sich entsprechend seiner gegebenen Möglichkeiten zu verteidigen und zu heilen. Das Ergreifen bestimmter therapeutischer Maßnahmen (die Verabreichung von Hormonen bei mangelnder Hormonsekretion; die Verordnung von Abführmitteln bei Verstopfung; der Einsatz von Antihistaminika, um die Schleimhautabsonderungen zu stoppen) lenkt den Körper bisweilen ab von der selbständigen Entwicklung angemessener Heilungsstrategien. In der Tat bewirken diese Maßnahmen, die etwas *für* den Körper tun sollen, hauptsächlich eine Unterdrückung der Fähigkeit des Körpers, unabhängig zu reagieren, und führen oft zu einer Abhängigkeit oder Sucht. Sie können aber auch eine Gegenreaktion hervorrufen, so daß die bekämpften Symptome noch heftiger wiederauftreten und die Krankheit sich dadurch erheblich verschlimmert.

Nach Ansicht der Homöopathie ist die suppressive Natur der konventionellen allopathischen Therapie einer der Hauptgründe dafür, daß es heute so viele chronisch kranke Menschen gibt.

Obwohl diese suppressive Behandlungsweise zur Entstehung chronischer Krankheiten beiträgt, ist sie nicht die einzige Ursache. Hahnemann war seiner Zeit nicht nur als Arzt voraus, sondern auch als Umweltforscher. Er erkannte, daß bestimmte toxische Minerale und

* Weitere Informationen über die verschiedenen Phasen der Krankheit finden sich bei Hans-Heinrich Reckeweg, *Homötoxikologie. Ganzheitsschau einer Synthese der Medizin* (Baden-Baden: Aurelia, [6]1981).

chemische Verbindungen in der Umwelt für bestimmte Krankheiten verantwortlich sind, und er behauptete, daß die Heilung in solchen Fällen eine unvollständige sei, solange diese «Hindernisse» weiterbestünden.

Hahnemann und die meisten Homöopathen seither haben auch die Bedeutung von Erbfaktoren bei chronischen Krankheiten anerkannt. Hahnemann bezeichnete den sogenannten «miasmatischen» Zustand, eine grundsätzliche Empfänglichkeit, als die Hauptursache für die Mehrzahl der akuten und chronischen Krankheiten.

Hahnemanns Theorie der Miasmen ging von drei Hauptmiasmen aus. Das erste nannte er «Psora», und die eigentliche Bedeutung dieses Begriffs ist seit Hahnemann in der Homöopathie viel diskutiert worden. Er bezeichnet im wesentlichen einen zugrundeliegenden Mangelzustand und eine Empfänglichkeit für Krankheiten. Hahnemann nannte die Psora die «Mutter der chronischen Krankheiten» und meinte damit einen grundsätzlichen Zustand der Schwäche, der für eine Vielzahl chronischer Krankheiten empfänglich macht. Die zwei anderen Miasmen standen in Zusammenhang mit den Geschlechtskrankheiten Gonorrhöe und Syphilis. Hahnemann vertrat die Ansicht, daß die unwirksame, meist suppressive Behandlung von Gonorrhöe und Syphilis zu einem chronischen Miasma führt, das nicht nur eine ganze Reihe von schweren chronischen Krankheiten zu verursachen vermag, sondern auch als Belastungsfaktor genetisch an die Nachkommenschaft weitergegeben werden kann.

Nicht alle Homöopathen haben Hahnemanns Miasmenlehre akzeptiert, und die meisten konventionellen Ärzte lehnten sie als baren Unsinn ab. Im Rahmen unseres neuen Verständnisses von Genetik und Physiologie erscheint die Miasmentheorie jedoch in einem neuen Licht. Zum einen wissen wir zum Beispiel, daß in der Zeit vor 1940 die Allopathie verschiedene Quecksilberpräparate bei der Syphilisbehandlung einsetzte. Obwohl diese Behandlung bisweilen den Schanker reduzierte, hat sie die Syphilis häufig nicht geheilt. Der Betreffende starb zwar nicht sofort an der Krankheit, sondern lebte noch einige Jahre weiter, wobei jedoch schwere neurologische Störungen und Anomalien des Skelettsystems oft lange vor dem Tod in Erscheinung traten. Im Zeitraum zwischen Ausbruch der Krankheit und Tod haben diese Kranken auch Nachkommen gezeugt. Ein solches Kind muß nicht notwendigerweise an Syphilis im eigentlichen Sinn erkranken, kann jedoch die Auswirkungen dieser Krankheit bei Vater oder Mutter als Belastungsfaktor erben.

Es ist gut möglich, daß ein ähnlicher Vorgang sich abspielt, wenn Vater, Mutter oder ein anderer Vorfahre eine Gonorrhöe durchgemacht hat, die nicht erfolgreich behandelt wurde und deren Auswirkungen als genetischer Belastungsfaktor weitergegeben wurden.

Es ist ebenfalls möglich, daß es andere Krankheiten innerhalb der Familien gibt, die in der Vergangenheit nicht erfolgreich oder suppressiv behandelt wurden und so den Gesundheitszustand der Nachkommenschaft beeinflussen. Man weiß inzwischen, daß die DNS bestimmter Viren in das genetische Material der Zellen eingebaut und so an zukünftige Generationen weitergegeben werden kann. Möglicherweise schaffen wir durch die unwirksame, suppressive Behandlung vieler heutiger Krankheiten neue Miasmen für unsere Nachkommen.

An dieser Stelle sollte angemerkt werden, daß die Miasmen nicht immer zu spezifischen Krankheiten, sondern häufig zu einer bestimmten Konstitution führen, die die Art und Weise, in der der Betreffende Krankheiten durchmacht, wesentlich beeinflussen. Homöopathen haben zum Beispiel herausgefunden, daß Menschen, die durch das gonorrhöische Miasma belastet sind, Symptome von übermäßigem Gewebswachstum aufweisen (Organvergrößerungen, Tumore, Warzen, fibröse Geschwulste oder Zysten, Übergewicht) sowie Schleimansammlungen und Störungen, welche den Beckenbereich und die Geschlechtsorgane betreffen.* Die Symptome dieser Menschen tendieren zur Besserung nach dem Auftreten von Absonderungen aller Art und verschlechtern sich, wenn Absonderungen und Ausscheidungen unterdrückt werden. Die Symptome von Patienten mit diesem Miasma verschlechtern sich auch bei kaltem, nassem Wetter. In vielen Fällen handelt es sich um unruhige (in

* In der Homöopathie wird das gonorrhöische Miasma «sykotisches Miasma» genannt, in Anlehnung an die Bezeichnung für Feigwarzen, die auf Gewebsneubildungen hinweisen.

körperlicher und psychischer Hinsicht), reizbare, vergeßliche, egoistische und auch boshafte Menschen.

Im Gegensatz dazu neigen Personen mit dem syphilitischen Miasma zu Geschwürbildungen verschiedener Art (Magen, Zwölffingerdarm, Schleimhäute), zu Knochen- und Gewebsverformungen (vorstehende Stirn, große Lippen, Mißbildungen der Nägel, Haarausfall), zu Gewebszerstörung, die zu Blutungen und Störungen des Bluts führt, sowie zu Krampfadern. Diese Menschen erleben meist eine Verschlimmerung ihrer Symptome nachts und nachdem sie geschwitzt haben. Im Gegensatz zum sykotischen Miasma fühlen sie sich nicht besser nach Absonderungen. Es sind geistig stumpfe, schwerfällige, halsstarrige und mürrische Menschen. Sie neigen zu Alkoholismus und Gewalttätigkeit, und in extremen Fällen entsteht der Wunsch, Dinge zu zerstören, andere zu töten oder Selbstmord zu begehen.

Es sollte allerdings nicht vergessen werden, daß diese Skizzierungen nur grobe Verallgemeinerungen von sehr komplexen Typologien sind. Ausführliche Beschreibungen dieser miasmatischen Typologien finden sich in Hahnemanns *Chronische Krankheiten*, in *Art of Cure* von Roberts sowie in den *Vorträgen zur homöopathischen Philosophie* von Kent, in Allens *Chronic Miasms* oder den *Anmerkungen zu den Miasmen* von Ortega.[14]

Die Miasmentheorie sieht die chronischen Krankheiten in einem Kontext von Erbfaktoren. Die homöopathische Behandlung chronischer Leiden erfordert eine wesentlich umfassendere Kenntnis der Homöopathie als die Behandlung akuter Krankheiten. Während Homöopathen ihre Patienten oft ermuntern, sich bei einfachen, akuten Krankheiten oder Verletzungen selber zu behandeln, sind sie sich darüber einig, daß die Behandlung von chronischen Krankheiten dem erfahrenen homöopathischen Therapeuten vorbehalten sein sollte.

Der Miasmentheorie zufolge sind akute Symptome bisweilen die Folge des miasmatischen Zustandes des einzelnen. Wenn jemand sich anläßlich einer akuten Störung selbst behandelt, die Störung jedoch bestehen bleibt oder immer wiederkehrt, kann man davon ausgehen, daß eine tieferwirkende homöopathische Arznei – auch «miasmatisches» Mittel genannt – erforderlich ist, und zwar entweder ein antipsorisches, ein antisykotisches oder ein antisyphilitisches Mittel. Solche Fälle gehören in die Obhut eines erfahrenen homöopathischen Therapeuten.

Abgesehen von der Miasmentheorie zum Verständnis und zur Behandlung chronischer Krankheiten, kann die Kenntnis anderer Grundprinzipien der Homöopathie oft helfen, verschiedene Faktoren, die zur Entstehung bestimmter Krankheiten beitragen, aufzuspüren. Ein Beispiel hierfür ist die Alzheimer-Krankheit, eine Form von Altersdemenz, welche die vierthäufigste Todesursache bei 65jährigen und noch älteren Menschen darstellt. In den Vereinigten Staaten leiden gegenwärtig zwei Millionen an dieser Krankheit. Autopsien von vielen, aber nicht allen Alzheimer-Patienten haben erhöhte Aluminiumkonzentrationen in den Gehirnzellen ergeben. Da die allopathischen Ärzte krankheitsauslösende Faktoren in der Regel nur dann anerkennen, wenn sie in *fast jedem Fall* vorzufinden sind, hat das Aluminiumproblem noch nicht hinreichend Beachtung gefunden. In einem Ärzterundbrief hieß es, daß «das Vorhandensein von Aluminium genausogut die Folge der Krankheiten wie ihre Ursache sein könnte»[15].

Was immer der Grund für die erhöhte Aluminiumkonzentration in den Gehirnzellen mancher Menschen sein mag – es ist auf jeden Fall ratsam, sich so wenig wie möglich von diesem Stoff einzuverleiben. Daher ist die Verwendung von Aluminiumtöpfen ebenso abzulehnen wie die Einnahme bestimmter aluminiumhaltiger allopathischer Medikamente gegen überschüssige Magensäure.

Die Homöopathen warnen seit über hundert Jahren vor der Verwendung von Aluminiumkochgeschirr, weil sie die Wirkungen von Aluminiumüberdosierungen sehr genau kennen. Ein englischer Homöopath hat vor kurzem bei einem Vergleich zwischen den primären Symptomen der Alzheimer-Krankheit und den Hauptaspekten einer homöopathischen Arzneimittelprüfung mit Aluminium eine frappierende Übereinstimmung festgestellt.[16]

Die gegenwärtige Haltung der Wissenschaft gegenüber dem Zusammenhang zwischen der Alzheimer-Krankheit und Aluminium erinnert an die Situation vor einigen Jahrzehnten, als es noch nicht «eindeutig bewiesen» war, daß Rauchen Lungenkrebs verursacht. Die gegenwärtigen Belege sprechen dafür, daß Aluminium ein Hauptfaktor bei der Entstehung der Alzheimer-Krankheit ist, und wenn die Menschen weiterhin einen großzügigen Gebrauch von Aluminiumtöpfen und aluminiumhaltigen Antazida machen, wird die Alzheimer-Epidemie sich weiter ausbreiten.

Durch ein Studium der verschiedenen homöopathischen Arzneimittellehren können wir sehr viel darüber lernen, was verschiedene Pflanzen, Minerale, tierische und chemische Substanzen bei Überdosierung hervorrufen können. Diese homöopathischen Schriften sind wahre Schatzkammern an Information.*

Es ist offensichtlich, daß unsere jetzige Betrachtungsweise der chronischen Krankheiten nicht die therapeutischen Erfolge zeitigt, die sich Arzt und Patient wünschen. Anstatt mit noch höherem Einsatz an Forschungsmitteln und menschlicher Arbeit auf dem eingeschlagenen Weg fortzuschreiten, wäre es an der Zeit, an eine Richtungsänderung zu denken – und sich ernsthaft mit der homöopathischen Medizin zu befassen.

Homöopathische Behandlung chronischer Krankheiten

«Das immer aufgeschlagene Buch der Natur ... erschließt sich uns Seite für Seite, Wort für Wort und Buchstabe für Buchstabe in Gestalt lebendiger Menschen, die wir als Patienten zu bezeichnen belieben», schrieb J. Compton Burnett in seinem Buch *Diseases of the Veins*. Eine detaillierte Anamnese der vielfältigen, offenbaren und subtilen körperlichen, emotionalen und psychischen Symptome muß erstellt werden. Diese Symptome müssen ans Tageslicht geholt werden, ohne sie dem Patienten einzureden. Der Homöopath muß das Vertrauen seines Patienten gewinnen, selbst Intuition und

* Nur wenige Menschen werden durch die toxische Wirkung einer einzelnen Substanz krank. Versteht man jedoch, warum einige erkranken, so führt dies bisweilen zu einem umfassenderen Verständnis der Krankheits- und Heilungsvorgänge im allgemeinen.

Scharfblick entwickeln und psychisch und emotional ausgeglichen sein, um die erhaltene Information aufzunehmen und zu interpretieren. Eine gute und verständnisvolle Beziehung zum Patienten aufzubauen ist schwer, doch wer die Homöopathie anzuwenden versteht, findet hier eine lohnende Aufgabe.

Im 19. Jahrhundert beruhte die Popularität der Homöopathie auf den Erfolgen, die sie bei der Bekämpfung von epidemischen Krankheiten erzielte. Heute gründet sich ihr guter Ruf auf die wirkungsvolle Behandlung chronischer Leiden. Zwei Jahrhunderte klinischer Erfahrung haben die Effektivität der Homöopathie hinlänglich bewiesen. Zudem haben einige gute Doppelblindversuche ihre Wirksamkeit bei chronischen Krankheiten belegt. 1980 veröffentlichte das *British Journal of Clinical Pharmacology* das Ergebnis einer Doppelblindstudie, die die eindrucksvolle Wirkung homöopathischer Mittel bei Patienten, die an rheumatoider Arthritis erkrankt waren, dokumentierte. Es wurde festgestellt, daß sich der Zustand von 82 Prozent der Patienten, denen homöopathische Arzneien verabreicht worden waren, gebessert hatte, während nur 21 Prozent derjenigen, die ein Placebo bekommen hatten, über eine ähnliche Wirkung berichten konnten.[17]

Der Tatsache, daß die Homöopathie eine wirksame und risikoarme Therapie bei rheumatoider Arthritis anbietet, ist von besonderer Bedeutung. Rheumatoide Arthritis gilt nämlich als eine Autoimmunkrankheit – das heißt als eine Erkrankung, bei der das Immunsystem die eigenen Körperzellen anzugreifen beginnt. Die gut verträgliche, wirksame homöopathische Behandlung dieser Form von Arthritis legt den Schluß nahe, daß homöopathische Arzneimittel das Immunsystem des Körpers beeinflussen.

Wenn das stimmt – und viele Homöopathen sind davon überzeugt –, ist das Potential der Homöopathie bei der Behandlung der verschiedenartigsten akuten und chronischen Störungen ungeheuer groß, da das Immunsystem eine entscheidende Rolle im Heilungsprozeß spielt.

Es wurden ähnliche Doppelblindversuche zur homöopathischen Behandlung von Heuschnupfen[18] und Fibrositis (eine rheumatische Störung)[19] durchgeführt. Beide Studien haben gezeigt, daß der Gesundheitszustand der Patienten durch homöopathische Arzneien gebessert werden kann.*

Neben diesen wissenschaftlichen Untersuchungen bietet die homöopathische Literatur eine ungeheure Fülle von Fallgeschichten aus der Praxis homöopathischer Ärzte, die ein außerordentlich breites Spektrum von chronischen Krankheiten erfolgreich behandelt haben. Auch wenn diese Fallgeschichten die Wirkung der Homöopathie an sich nicht «beweisen», so legt die Tatsache, daß Hunderttausende von Ärzten und Millionen von Patienten die positive Wirkung homöopathischer Mittel selbst erfahren haben, doch die Ansicht nahe, daß diese Mittel in der Tat einen Wert besitzen.

Selbstverständlich kann die Homöopathie nicht das Unmögliche möglich machen. Sie kann zum Beispiel niemanden heilen, dessen Immun- und Abwehrsystem infolge eines Langzeitgebrauchs von suppressiv wirkenden Medikamten ernsthaft geschädigt ist. Sie kann keine Heilung erzielen, wenn die Krankheiten hauptsächlich das Ergebnis einer besonders streßreichen Lebensweise oder schädlicher Umweltfaktoren sind, welche die Betroffenen nicht ändern wollen oder können.

Trotz dieser verständlichen Einschränkungen bedeutet die homöopathische Behandlung eine wirkungsvolle Hilfe für die vielen chronisch kranken Menschen heute. Die Homöopathie bietet die Möglichkeit einer *echten* Heilung. Sachgemäß verordnete homöopathische Mittel wirken als Katalysatoren eines Gesamtheilungsvorgangs im Organismus, der eine höhere Ebene von Ordnung und eine Verbesserung aller wesentlichen Funktionen schafft. Als Folge dieser vermehrten Integrität kommt es nicht nur zur Heilung chronischer Krankheiten, sondern die so behandelten Patienten berichten häufig von einem besseren körperlichen und psychischen Allgemeinbefinden.

* Weitere Forschungsarbeiten wären in der Tat nützlich, um Angehörige der Heilberufe und das breite Publikum über den Wert der Homöopathie zu informieren. Es sei auf Teil III dieses Buches verwiesen, wo Adressen von Organisationen zu finden sind, die neue homöopathische Forschungsprojekte fördern und Informationen über bereits vorliegende Forschungsergebnisse zur Verfügung stellen.

Es geschieht in der Tat recht häufig, daß Personen, die ein nach den Regeln der Homöopathie individuell verordnetes Einzelmittel erhalten haben, ihrem Therapeuten berichten, daß sie sich noch nie so wohl gefühlt haben. Es kommt ebenfalls häufig vor, daß man sich nach der Einnahme eines solchen *lege artis* verordneten Einzelmittels auf einmal in der Lage fühlt, wichtige Entscheidungen hinsichtlich Arbeit, Familie, Partner oder Lebensentwurf im allgemeinen zu treffen. Es passiert auch gelegentlich, daß der Einnahme eines individuell verordneten Mittels persönlich bedeutsame Träume oder Vorahnungen folgen.

Obwohl es unbestritten Fälle gibt, die einen chirurgischen Eingriff erfordern, kann die Einnahme eines homöopathischen Mittels aber auch sehr oft eine Operation überflüssig machen. Hierzu gehören zum Beispiel Zysten der Brust und der Eierstöcke, fibroide Gebärmuttertumoren, Schilddrüsenvergrößerungen, Nierensteine, Gallensteine, chronisch geschwollene Mandeln und Fälle von chronischer Gebärmutterblutung, bei denen eine Gebärmutterentfernung nur allzuoft die Therapie der Wahl ist. Jeder von diesen sowie auch andere potentielle chirurgische Fälle bedürfen einer gründlichen fachlichen Bewertung durch einen erfahrenen Homöopathen, um festzustellen, ob die Homöopathie helfen kann. Da die Chirurgie eine radikale Therapieform ist, kann man den Wert von konservativeren Methoden wie der Homöopathie bei einer umfassenden gesundheitlichen Fürsorge gar nicht hoch genug einschätzen.

In der Homöopathie hört man immer wieder den Satz, daß es «keine unheilbaren Krankheiten, sondern nur unheilbare Menschen gibt». Damit meinen Homöopathen, daß es nicht die spezifische Krankheit ist, welche die Grenzen dessen, was heilbar ist, festlegt, sondern die Abwehrkraft des einzelnen und die Fähigkeit des Therapeuten, das richtige Mittel zur Anregung jener Abwehrkräfte zu finden.

Die meisten Menschen können nicht nach der Einnahme eines Mittels als «geheilt» aus der homöopathischen Behandlung entlassen werden. Viele Patienten erleben signifikante Fortschritte nach der Einnahme einer Arznei, doch ist meist eine Reihe von individuell verordneten Einzelmitteln im Laufe einiger Monate, in manchen

Fällen über Jahre hinweg, erforderlich, um eine tiefgreifende, nachhaltige Heilung zu erzielen.

Es gibt verschiedene Faktoren, bekannte wie unbekannte, die eine präzise homöopathische Verordnung bei manchen Menschen außerordentlich erschweren. Bei Patienten, die über lange Zeit allopathische Medikamente eingenommen haben oder zum Zeitpunkt der Behandlung einnehmen, sind die eigentlichen Symptome durch die Medikamentenwirkungen «maskiert», wie man in der Homöopathie sagt. Es gibt auch Patienten, deren Medikamente schwer oder gar nicht abgesetzt werden können, vor allem Diabetiker und Epileptiker. Auch bei der Behandlung dieser Krankheiten hat die Homöopathie Erfolge erzielt, doch müssen diese Kranken sorgfältig überwacht werden. Es kommt allerdings selten vor, daß auf Insulin vollständig verzichtet werden kann, doch läßt sich die erforderliche Menge bisweilen reduzieren, und in manchen Fällen kann die Homöopathie den Allgemeinzustand des Diabetikers verbessern und Komplikationen dieser Krankheit vorbeugen.

Bei Menschen, die auf bestimmte Stoffe in der Umwelt und auf viele Medikamente hypersensibel reagieren, gestaltet sich die Behandlung ebenfalls schwierig. Homöopathen haben festgestellt, daß solche Patienten oft auch auf homöopathische Mittel so überempfindlich reagieren. In manchen Fällen kann eine homöopathische Therapie helfen, in anderen Fällen jedoch scheint die Behandlung die Symptome nur zu verlagern, ohne den Betreffenden wirklich zu heilen.

Schließlich gibt es auch Menschen, die aus unbekannten Gründen schwer zu heilen sind. Damit sind nicht notwendigerweise Schwerkranke gemeint, sondern Fälle, in denen sich das homöopathische Mittel einfach nicht finden läßt. Es kann sich dabei zum Beispiel um chronische Kopfschmerzen, ein hartnäckiges Hautleiden oder eine unangenehme Verdauungsstörung handeln. Wenn möglich wird ein Homöopath solche Patienten an einen Kollegen überweisen, in der Hoffnung, daß dieser neue Einblicke in die Person gewinnen kann, um dann eine erfolgreiche Arzneimittelwahl zu treffen. Im übrigen verfahren Homöopathen ganz wie die Vertreter andererer Heilberufe auch und überweisen den Kranken entweder an einen allopathischen Spezialisten oder an einen naturheilkundigen Kollegen.

Wir wollen an dieser Stelle noch einmal festhalten, daß Homöopathen keine «Gegner» konventioneller Behandlungsmethoden sind, sondern daß sie als Therapeuten zunächst lieber weniger einschneidenden Maßnahmen den Vorzug geben.

Ein Fall von chronischen abdominellen Schmerzen

Im Alter von neunzehn Jahren traten bei meiner Schwester Dyan täglich scharfe Schmerzen im rechten unteren Abdomen auf. Trotz gründlicher Untersuchung durch fünf Spezialisten und trotz eines explorativen chirurgischen Eingriffs konnte weder eine Diagnose gestellt noch eine erfolgreiche Behandlung durchgeführt werden. Der Zustand dauerte unvermindert zwei Jahre an.

Zu diesem Zeitpunkt interessierte ich mich bereits für die Homöopathie und andere Naturheilverfahren, ein Interesse, das meine Schwester nicht zu teilen vermochte. Da unser Vater ein allopathischer Kinderarzt ist, zog sie es vor, seinem Rat zu folgen.

Einige Monate nach dem erfolglosen explorativen chirurgischen Eingriff schlug ich ihr vor, einen Versuch mit der Homöopathie zu machen. Als ich ihr sagte, daß sie nichts zu verlieren und keine Nebenwirkungen zu befürchten habe und gleichzeitig in allopathischer Behandlung bleiben könne (die zu dem Zeitpunkt lediglich aus Abwarten bestand), willigte sie schließlich ein.

Bei meiner homöopathischen Fallaufnahme konnte ich nähere Einzelheiten zu den abdominellen Schmerzen und den verschiedenen anderen Symptomen, die bei meiner Schwester auftraten, feststellen. Sie erzählte mir, daß die Schmerzen zum Rücken hin ausstrahlten und daß sie nachließen, wenn sie die Stelle schlug oder sich auf die linke Seite legte. Sie berichtete von häufig auftretenden Krämpfen in den Beinen vor dem Einschlafen und daß sie oft im Schlaf mit den Zähnen knirschte. Ich erfuhr, daß sie eiskalte Getränke («je kälter, desto besser») und Süßigkeiten liebte und nach Kohlgenuß eine Verschlimmerung der Schmerzen eintrat. Zwei charakteristische Merkmale ihrer Persönlichkeit kamen aus homöopathischer Sicht als Symptome in Betracht: Sie war leicht beleidigt und ziemlich halsstarrig. Ihr offensichtliches Übergewicht wurde ebenfalls bei der Arzneimittelwahl berücksichtigt.

Obwohl ein Laie sicher keinen Zusammenhang zwischen diesen Symptomen sehen würde, fügen sie sich für jemanden mit homöopathischen Kenntnissen in ein identifizierbares Muster ein. Das Mittel, das ich ihr verordnete, war *Calcium carbonicum C200* (Calciumcarbonat oder Kalk). *Calcium carbonicum* ist ein sehr häufig eingesetztes Mittel bei Übergewichtigen, was nicht heißen soll, daß eine individuelle Bewertung der Totalität der Symptome nicht erforderlich wäre, um eine genaue Arzneimittelwahl zu treffen. Die anderen Symptome, die oben angeführt wurden, passen ebenfalls zu *Calcium carbonicum*.

Nach zwei Wochen rief ich meine Schwester an, um mich nach etwaigen Fortschritten zu erkundigen. Sie könne noch nichts berichten, lautete die Antwort. Auf die Frage, ob es *irgendwelche* Veränderungen hinsichtlich der abdominellen Schmerzen gebe, schwieg sie. Als ich meine Frage wiederholte, sagte sie, die Schmerzen wären von allein verschwunden, sie habe sich offensichtlich selbst geheilt. Ich gab ihr damit recht, fügte jedoch hinzu, daß das Mittel wohl etwas dazu beigetragen habe. Sie blieb jedoch dabei, daß das Mittel nichts damit zu tun hätte.

Eine weitere Befragung ergab, daß ihre Wadenkrämpfe ebenfalls verschwunden waren; sie knirschte jedoch immer noch mit den Zähnen, und von ihrer Halsstarrigkeit hatte sie auch nichts eingebüßt.

Zwei Jahre später gab sie schließlich zu, daß das homöopathische Mittel wahrscheinlich doch gewirkt haben mußte. Seit der Zeit hat sie sich stets homöopathisch behandeln lassen.

Besonders wichtig bei diesem Fall ist die Tatsache, daß homöopathische Mittel mit oder ohne klinische Diagnose erfolgreich verordnet werden können. Da homöopathische Mittel auf der Grundlage der individuellen Symptome verschrieben werden und nicht aufgrund von diagnostischen Kategorien oder Annahmen bestimmter organischer Ursachen, besitzt die Homöopathie ein echtes Potential, jene Riesenlücke zu schließen, die dort in der Therapie klafft, wo die Allopathie keine eindeutige Diagnose zu stellen vermag.

Dieser Fall lehrt außerdem, daß der Glaube an die Homöopathie keine notwendige Voraussetzung für die Wirkung der Mittel ist. Zweifelsohne ist ein solcher Glaube bei jeder Form von Behandlung nützlich, doch gehört er nicht zu den notwendigen Komponenten des Heilungsvorgangs bei einer homöopathischen Therapie.

Eine «Nebenwirkung» der erfolgreichen Behandlung meiner Schwester war eine Änderung der Einstellung meines Vaters zur Homöopathie. Da er sich darüber im klaren war, daß meine Schwester trotz der eindrucksvollen Wirkungen nicht an die Homöopathie glaubte, kam er zu dem Schluß, daß etwas an der Sache dran sein könnte. Obwohl manche Leute annehmen, daß die Familie eines Homöopathen der Homöopathie eher aufgeschlossen gegenübersteht, ist das Gegenteil ebensooft der Fall, aus offensichtlichen Gründen des Widerstands und der Familiendynamik. Bei einer nicht repräsentativen Befragung meiner homöopathischen Kollegen konnte ich mich davon überzeugen, daß es im allgemeinen schwieriger ist, die Einstellung der eigenen Familie zu ändern als die von fremden Menschen. Nachdem ich diese Herausforderung erfolgreich bewältigt habe, befasse ich mich nun mit der zweitschwierigsten Gruppe – meinen Nachbarn.

Zusammenfassung

Die Homöopathie vermag einen enormen Beitrag zum Verständnis und zur Behandlung von chronischen Krankheiten zu leisten. Es ist traurig, daß die meisten Ärzte im Grunde genommen nichts von Homöopathie verstehen und daher nicht einmal entscheiden können, ob sie Gebrauch von ihr machen wollen oder nicht. Besonders traurig stimmt die Tatsache, daß die meisten Ärzte der Homöopathie so feindlich gegenüberstehen, daß sie ihren Patienten meist nicht glauben, wenn diese ihnen berichten, daß sie durch eine homöopathische Behandlung von ihren chronischen Leiden geheilt worden sind. So bleibt der Zyklus der Ignoranz ungebrochen. Die Standardantwort, die ähnlich einem Pawlowschen Reflex erfolgt, lautet, daß es sich bei diesen Heilungen um «Spontanremissionen» gehandelt haben muß oder daß das Medikament «nur ein Placebo» gewesen sei.

Wenn Sie es also leid sind, den Nebenwirkungen konventioneller allopathischer Medikamente ausgesetzt zu sein und durch eine «Spontanremission» oder eine «Placebowirkung» geheilt werden möchten, sollten vielleicht auch Sie einen Versuch mit der Homöopathie wagen.

10 Sportmedizin: Leistungsfähiger und gesünder mit homöopathischen Heilmitteln

Einige Ärzte halten es für wichtig, daß man sich gründlich untersuchen läßt, bevor man anfängt, Sport zu treiben. Denkt man jedoch an den Nutzen und den Wert körperlicher Bewegung und die Probleme, die mit einer sitzenden Lebensweise verbunden sind, scheint es mir angebrachter, sich medizinisch betreuen zu lassen, wenn man *keinen* Sport treibt.

Es gibt genug Gründe, regelmäßig Sport zu treiben. Die Herztätigkeit und der Kreislauf werden angeregt, die Knochen gekräftigt und die Muskeln entwickelt. Man kann dabei abnehmen, bekommt eine bessere Kondition und hält den Körper fit. Sport kann die geistigen Fähigkeiten fördern und zu einem besseren seelischen Befinden führen. Und nicht zuletzt treiben viele Menschen deshalb Sport, weil es ihnen einfach viel Freude macht. Der Weltklasse-Marathonläufer Ian Thompson drückt es so aus: «Ich brauche bloß daran zu denken, meine Laufschuhe anzuziehen, und schon spüre ich dieses wunderbare Gefühl, das ich beim Langlaufen erlebe.»

Aus welchen Gründen auch immer man sich sportlich betätigt, fest steht, daß gewisse Risiken damit verbunden sind. Verletzungen sind nur allzu häufig, nicht nur im Wettkampfsport, sondern auch bei einfachen Disziplinen wie Jogging. In der Tat machen Jogger allein 85 Prozent der Klientel der Sportärzte aus. Der Durchschnittsjogger hat 2½ Verletzungen jährlich und muß verletzungsbedingt an 7½ Tagen im Jahr pausieren.[1] Laut *Runner's World* ziehen sich zwei von drei Läufern im Jahr Verletzungen zu.[2] Geht man davon aus, daß 25

Millionen Amerikaner joggen, so kann man potentiell mit 50 Millionen verletzter Beine, Knie oder Knöchel pro Jahr rechnen.

Nicht nur beim Joggen gibt es eine hohe Verletzungsquote; das gleiche gilt auch für die immer populärer werdenden Aerobic-Übungen. Eine neuere Studie spricht von einer alarmierenden Verletzungsrate von 75,9 Prozent unter den Aerobic-Lehrern.[3]

Eine Untersuchung von John Pagliano, Facharzt für Fußleiden, und Douglas Jackson, orthopädischer Chirurg (beide aus Südkalifornien), über Art und Häufigkeit von Sportverletzungen brachte folgendes Ergebnis: 45 Prozent sind Fuß-, 25 Prozent Knie- und 13 Prozent Unterschenkelverletzungen.[4]

Die übliche Behandlung unmittelbar nach einer Verletzung sieht so aus: Ruhe, Eis, Kompressen und Hochlagern. Diese Therapie hilft meistens, aber die Sportler suchen oft nach zusätzlichen Methoden, um die Schmerzen zu mindern und den Heilungsprozeß zu beschleunigen. Da eine Verletzung für den Profisportler eine Unterbrechung oder gar das Ende seiner Karriere bedeuten kann und auch den Durchschnittsamateur an der Ausübung seines Sports hindert, ist es verständlich, wenn diese Menschen alles tun, um möglichst schnell wieder «auf die Beine» zu kommen.

Manche von ihnen greifen zu gängigen allopathischen Schmerzmitteln, die in der Regel auch zuverlässig schmerzstillend wirken, aber nicht den Heilungsprozeß vorantreiben. In Wirklichkeit überdecken alle Medikamente nur den Schmerz und geben das – falsche – Gefühl, man sei gar nicht verletzt, das heißt, man neigt dazu, die Verletzung zu ignorieren, und so wächst die Gefahr einer Verschlimmerung.

Ein gutes Beispiel hierfür – oder vielmehr ein schlechtes – ist der Einsatz von schmerzstillenden Mitteln bei der Behandlung von Verletzungen und Entzündungen der am Schienbein verlaufenden Muskulatur. Diese Verletzungen gehören zu den häufigsten Problemen von Joggern und Aerobic-Anhängern und werden meist durch Laufen auf zu hartem Boden verursacht. Wenn man diese Verletzung nicht beachtet oder den verletzten Körperteil weiterbeansprucht, besteht die Gefahr einer Streßfraktur. Bei richtiger Behandlung heilt eine Schienbeinverletzung in einem Zeitraum zwischen einer und mehreren Wochen, während sie sich durch eine unsachgemäße Therapie jahrelang hinziehen kann. Der Einsatz von schmerzstillenden Mitteln kann hier also vorübergehend Erleichterung bringen, aber ebenso längerfristig Probleme schaffen.

Manche Leute verwenden gern Aspirin als schmerzstillendes Mittel, aber bei Verletzungen ist es völlig wirkungslos. Dagegen lindert es Muskelschmerzen (als Folge von intensivem Training), weswegen manche Athleten schon vorher Aspirin einnehmen. Das Mittel führt jedoch zu vermehrtem Schwitzen und Wasserlassen und erhöht die Gefahr der Dehydration. Ebenso kann es die Gerinnungsfähigkeit des Blutes herabsetzen und zu inneren Blutungen verschiedener Organe sowie zu äußeren Blutungen aus Schnittwunden führen, was beides problematisch für Sportler werden kann. (Die homöopathische Alternative zu Aspirin werden wir weiter unten in diesem Kapitel vorstellen.)

Manche Athleten greifen auf kortikosteroidhaltige Medikamente wie zum Beispiel Kortison oder Prednison zurück, um verletzungsbedingte Entzündungen zu behandeln. Diese Mittel sind sehr stark und bei richtigem Gebrauch besonders wirkungsvolle schmerzstillende und heilende Substanzen. Doch wie bei so vielen herkömmlichen allopathischen Medikamenten gilt auch hier, daß sie sehr gefährlich sein können, vor allem wenn sie zu oft angewendet werden. Lokal können sie eine Schwächung der Muskelfasern verursachen, wenn sie häufig injiziert werden. Die Wirkung auf das Allgemeinbefinden wird bei einer einzelnen Gabe minimal sein, aber wiederholte Injektionen können das Immunsystem ernsthaft schädigen.

Zahlreiche zusätzliche therapeutische Maßnahmen bei Sportverletzungen werden von Sportärzten, Chiropraktikern, Physiotherapeuten, Masseuren, Akupunkteuren, Heilpraktikern oder anderen Angehörigen der Heilberufe angeboten. Dazu gehören Massagen, Wärmeanwendungen, Streckverbände, Heilgymnastik, Ultraschall, Elektrotherapie, Manipulationen der Gelenke, Haltungstherapie (Spezialanfertigung zur Stützung des Fußgewölbes), Selbsthypnose, Akupunktur, Akupressur und natürlich die Homöopathie.

Homöopathie und Sportmedizin

Football-Superstar O. J. Simpson, der ehemalige Yankee-Baseball-Werfer Jim Bouton, der Basketballspieler Bob Macadoo, der 1972 von der National Basketball Association zum Newcomer des Jahres gewählt wurde, Trainer Pat Reilly von der Basketballmannschaft Los Angeles Lakers, die Profi-Golferin Sally Little und zahlreiche Olympiateilnehmer schwören auf die Homöopathie. Alle diese Sportler haben homöopathische Arzneimittel eingenommen nach Verletzungen oder zur Verbesserung ihres gesundheitlichen Allgemeinzustands und zur Steigerung ihrer Leistungsfähigkeit. Da in manchen Sportarten ein außerordentlich harter Konkurrenzkampf herrscht, können homöopathische Mittel in vielen Fällen jenen kleinen Wettbewerbsvorteil ausmachen, der so wichtig ist, um Spitzenleistungen zu erzielen.

Kathy Schmidt, zweifache Bronzemedaillengewinnerin im Speerwerfen, meint: «Mit Homöopathie kann man fast alles erfolgreich behandeln, von den chirurgischen Fällen einmal abgesehen.» Besonders vor und nach dem Training würde sie zu homöopathischen Mitteln greifen: «Ich habe festgestellt, daß die Homöopathie mir zu einem erfolgreichen Training verhilft, denn ich kann durch sie meine körperlichen Möglichkeiten besser ausschöpfen. Außerdem mindert oder verhindert sie sogar die typischen Muskelschmerzen nach dem Training.»

Homöopathische Arzneimittel beschleunigen nicht nur den Heilungsprozeß bei Verletzungen, sie verbessern auch das körperliche Allgemeinbefinden. Diese Kräftigung des Körpers senkt das Verletzungsrisiko und, was ebenso wichtig ist, beschleunigt im Krankheitsfall die Heilung, was wiederum den gesamten Funktionen des Organismus zugute kommt.

Ronald Lawrence, Assistant Clinical Professor an der UCLA School of Medicine und Berater des Olympischen Komitees der Vereinigten Staaten, stellt fest: «Viele Sportler leiden, wie andere Menschen auch, unter Infektionen der Atemwege, Verdauungsbeschwerden, Störungen des hormonellen Gleichgewichts und anderen Erkrankungen. Ich habe selbst erlebt, daß homöopathische Arzneimittel hierbei in hervorragender Weise den Heilungsprozeß beschleunigen und die Athleten so in die Lage versetzen, effektiver zu trainieren, früher wieder aktiv zu werden und ihr Leistungsniveau zu erhöhen.»

Auf den ehemaligen Werfer der Baseballmannschaft New York Yankees, Jim Bouton, machte seine Erfahrung mit der Homöopathie einen tiefen Eindruck: «Ich litt an schwerem Asthma und konnte kaum mehr atmen. Normalerweise hätte ich damit ins Krankenhaus gemußt. Da empfahl mir ein Freund einen Homöopathen, der mir ein Mittel verschrieb, das in unglaublich kurzer Zeit wirkte. Innerhalb von 24 Stunden hatte ich keine Atembeschwerden mehr und stand schon am nächsten Tag wieder auf dem Feld – als der siegreiche Werfer.»

Die Behandlung von Verletzungen mit homöopathischen Mitteln ist verhältnismäßig einfach. Denn während bei chronischen Erkrankungen eine individuelle Medikation erforderlich ist, sind die Mittel, die bei Verletzungen helfen, meist für alle Patienten die gleichen.

Bevor ich näher auf die Besonderheiten der homöopathischen Sportmedizin eingehe, möchte ich feststellen, daß homöopathische Ärzte ihre Patienten keineswegs nur mit homöopathischen Arzneimitteln behandeln. Manchmal wenden sie ähnliche nichtmedikamentöse Therapien an wie andere Sportmediziner, oder sie überweisen ihre Patienten an Vertreter anderer Heilberufe. In der Regel werden sie aber natürlich nicht so viele konventionelle Mittel verschreiben, sondern sich, soweit möglich, auf die Heilkraft der Homöopathie verlassen.

Laien können ebenfalls lernen, sich bei vielen einfachen Verletzungen selbst zu behandeln. Während chronische Krankheiten einen erfahrenen Therapeuten erfordern, staunen Laien oft darüber, wie gut sie sich selbst mit homöopathischen Mitteln helfen können.

Arnica (Arnika, Bergwohlverleih) ist das gebräuchlichste homöopathische Arzneimittel in der Sportmedizin. Es wird eingesetzt, um dem ersten Schock und Trauma bei Verletzungen zu begegnen, ist oft von großem Nutzen bei der Behandlung von überstrapazierten, schmerzenden Muskeln und hilft, wenn sonst wenig beanspruchte Muskeln nach einer Übung weh tun. Man kann *Arnica* vor und nach dem Training einnehmen. Aufgrund dieser Eigenschaften wird es auch das «homöopathische Aspirin» genannt.

Whit Reeves, ein Akupunkteur und Sportmediziner aus New Mexico, der homöopathische Mittel einsetzt, betrachtet Homöopathie für Marathonläufe als unersetzlich: «*Arnica* hält nicht nur die Muskelschmerzen in Grenzen, es verringert auch die Gefahr von Krämpfen, Schwellungen und Gewebsverletzungen. Da es ja nicht möglich ist, während eines Marathonlaufs Akupunktur anzuwenden, gebe ich den Athleten, die ich betreue, eine Dosis *Arnica*, wenn sie an die Verpflegungsstellen kommen.»

Arnica kann eingenommen oder äußerlich als Salbe, Lotion oder auf Mineralölbasis angewendet werden. Eine der Geheimwaffen des britischen Radfahrerteams, das an der Olympiade 1984 in Los Angeles teilnahm, war die Homöopathie. Jim Hendry, Rennleiter der British Cycling Federation, gab an: «Ich lernte *Arnica*-Salbe zuerst durch einen Trainer kennen, der sie seinen Turnern gab, die dauernd mit ihren Beinen gegen den Barren schlugen. Da ich mit den Anfangserfolgen von *Arnica* zufrieden war, beschloß ich, das Mittel bei allen Nationalmannschaften einzuführen.»[5]

Bart Flick, orthopädischer Chirurg mit eigener Praxis in Ville Platte, Louisiana, bemerkt: «Je schneller ich jemandem mit einer Bänderverletzung oder Quetschung des weichen Gewebes *Arnica* verabreichen kann, desto schneller ist der Fall erledigt. *Arnica* verkürzt die Heilungszeit um die Hälfte oder noch mehr.» Dr. Flick fügt hinzu: «Ich habe Patienten erlebt, deren Schmerzen durch die Anwendung von *Arnica*-Lotion sehr schnell nachließen; doch eine Schwierigkeit kann hierbei auftauchen, und zwar wenn der Patient seine Schmerzen vergißt und zur täglichen Routine übergeht. Bei der Körperpflege kann dann die *Arnica*-Lotion versehentlich abgewaschen werden, und die Schmerzen kehren zurück, bis man das Mittel erneut aufträgt. Ich bin davon überzeugt, daß jeder Orthopäde, ja jeder Arzt in naher Zukunft *Arnica* verwenden wird.»

Wenn eine Muskelverletzung oder jede andere Art von Verstauchung oder Zerrung in Verbindung mit einem Hämatom (eine Ansammlung von Blut im Gewebe) vorliegt, verordnen Homöopathen *Bellis perennis* (Gänseblümchen). Wenn der Patient sich den Fuß verstaucht hat und sich eine blutunterlaufene Schwellung bildet, ist *Ledum* (Sumpfporst) das Mittel der Wahl. Wenn der Patient noch Schmerzen hat, nachdem dieses Blut vom Körper absorbiert worden ist, wird *Arnica* gegeben.

Manche Sportler, besonders Gewichtheber, haben nach hartem Training brennende Muskelschmerzen. Diese werden mit *Apis* (zerstoßene Honigbiene) oder *Arnica* erfolgreich behandelt.

Rhus tox (Giftsumach) ist eines der Hauptmittel bei Verstauchungen, besonders bei solchen, deren Schmerz mit fortgesetzter Bewegung nachläßt. Fuß- oder Handgelenksverstauchungen, Entzündungen der Achillessehne und Plantarfasciitis (Entzündung des Gewebsbandes unter dem Fußgewölbe) sprechen besonders gut auf *Rhus tox* an. *Anacardium* (Ostindische Elefantenlaus) ist ein weiteres Mittel bei Entzündungen der Achillessehne, vor allem wenn der Patient keine Verschlimmerung durch Bewegung erfährt, wie es für *Rhus tox* typisch ist.

Bryonia (Zaunrübe) wird bei Verstauchungen gegeben, wenn jede Bewegung des verletzten Teils Schmerzen verursacht. Verstauchungen, die nur langsam heilen, sollten mit *Zincum* (metallisches Zink) behandelt werden.

Eines der wirkungsvollsten homöopathischen Mittel bei Verletzungen und Zerrungen der Kniesehnenmuskulatur ist *Ammonium muriaticum* (Ammoniumchlorid).

Ruta (Weinraute) hilft ausgezeichnet bei Periostverletzungen (Verletzungen der Knochenhaut), insbesondere von Knie und Ellbogen. Es wirkt gut bei Tennis- und Golferellenbogen, obwohl es heißt, daß eine Tennis- oder Golfstunde hier oft auch Abhilfe schaffen kann.

Ruta wird auch bei Schienbeinverletzungen verordnet. *Rhus tox* ist ein weiteres Mittel, das bei Entzündungen und Verletzungen der Schienbeinmuskulatur angewendet wird, vor allem wenn der Patient stärkere Schmerzen nach dem Lauf als während des Rennens hat. Janet Zand, Homöopathin und Akupunkteurin aus Los Angeles, hat festgestellt, daß *Nux vomica* (Brechnuß) und *Carbo vegetabilis* (Holzkohle), abwechselnd eingenommen, ebenfalls bei Schienbeinverletzungen hilfreich sind. Diese beiden Mittel werden in der Homöopathie wegen ihrer Wirksamkeit bei der Behandlung von Verdauungsstörungen geschätzt und im allgemeinen nicht im Zusammenhang mit Verletzungen und Entzündungen des Scheinbeins eingesetzt. Dr. Zand hat jedoch festgestellt, daß der Magenmeridian (die Tibia) am Schienbein entlang verläuft, was vielleicht erklärt, warum Mittel, die den Verdauungsprozeß stabiliseren, auch anderen Teilen des Körpers zugute kommen.

Chondromalazie (eine Knorpelerweichung), gemeinhin als «Läuferknie» bekannt, kommt häufig bei Joggern und Aerobic-Anhängern vor und ist eine Reizung oder Entzündung der Unterfläche der Kniescheibe. Die Homöopathie kann diese Störung mit Hilfe einer ganzen Reihe von Mitteln beheben, die dabei individuell eingesetzt werden müssen. Die am häufigsten verwendeten sind *Arnica, Rhus tox, Rhododendron* sowie *Ruta.*

Arnica kommt im Anfangsstadium zum Einsatz, wenn das Läuferknie noch nicht chronisch ist, die Schmerzen einer Überstrapazierung der Beinmuskulatur zuzuschreiben sind und es sich um einen leichten Fall handelt. *Rhus tox* ist das Mittel der Wahl, wenn der wiederkehrende Schmerz sich zu Beginn der Bewegung verschlimmert, während *Rhododendron* im umgekehrten Fall verordnet wird. *Ruta* ist wertvoll bei Fällen von echter Chondromalazie, bei der die Knie des Betreffenden sowohl beim Gehen wie beim Laufen nachgeben. Patienten, die *Ruta* benötigen, erleben eine merkliche Verschlimmerung, wenn sie die Treppe hinuntergehen. Neben *Ruta* sind in diesem Fall Maßnahmen zur Haltungskorrektur des Fußes, Ruhe und spezielle Übungen für eine optimale Therapie erforderlich.

Ein weiteres Mittel, das gelegentlich beim Läuferknie angewendet wird, ist *Apis* (Honigbiene). Es wirkt besonders gut in Fällen, wo die Knieentzündung mit einem ausgeprägten Hitzegefühl einhergeht und die Schmerzen durch Wärme verschlimmert, durch Kälte jedoch gebessert werden. Dr. Zand fand heraus, daß die abwechselnde Einnahme von *Apis* und *Ruta* bei der Behandlung des Läuferknies besonders wirkungsvoll ist. Sie empfiehlt, jedes dieser Mittel viermal täglich drei Tage lang einzunehmen. *Apis* sollte zuerst eingenommen werden, eine Stunde später gefolgt von *Ruta.*

Schließlich empfiehlt Dr. Zand *Calcium phosphoricum* (Calciumphosphat), falls die beiden anderen Mittel nicht anschlagen sollten.

Auch wenn die Homöopathie das Läuferknie im allgemeinen sehr erfolgreich behandeln kann, ist manchmal ein chirurgischer Eingriff nötig. Wer häufig darunter leidet, sollte einen Sportmediziner und/oder einen orthopädischen Chirurgen aufsuchen.

Magnesium phosphoricum (Magnesiumphosphat) ist angezeigt bei verspannter Muskulatur und Muskelkrämpfen, die durch Hitze gebessert werden, während *Colocynthis* (Koloquinte) für einen ähnlichen Zustand verschrieben wird, der durch Druck gebessert wird. Diese beiden Mittel helfen auch bei Ischiasschmerzen, es gibt jedoch eine Reihe anderer homöopathischer Mittel, die hier vorzuziehen sind. (Patienten mit Ischiasbeschwerden sollten sich immer in die Behandlung eines erfahrenen Homöopathen begeben.) *Cuprum metallicum* (metallisches Kupfer) ist ein weiteres häufig angewendetes Mittel bei Krämpfen, vor allem in den Fußsohlen und Waden.

Bei Verletzungen mit schießenden Schmerzen ist *Hypericum* (Johanniskraut) das Mittel par excellence. Solche Zustände weisen auf eine Nervenverletzung hin, und *Hypericum* wirkt rasch schmerzmindernd und heilend zugleich. Das Mittel wird auch oft für Verletzungen an den Zehen verschrieben, da ja viele Nerven dort enden. Weiter wird es bei verletzungsbedingten Rückenschmerzen mit schießenden Schmerzen eingesetzt.

Homöopathische Mittel können zur Heilung von Rückenschmerzen beitragen, auch Massagen, physikalische Therapie und chiropraktische und osteopathische Manipulationen können hilfreich sein. *Rhus tox* ist angezeigt, wenn eine Verschlimmerung zu Beginn einer Bewegung oder bei kaltem, feuchtem Wetter eintritt, eine Besserung dagegen durch ständige Bewegung. *Arnica* ist wertvoll bei einem Zerschlagenheitsgefühl im Rücken als Folge einer Muskelzerrung durch sportliche Betätigung oder schweres Tragen. Andere homöopathische Mittel sollten hier aber ebenfalls in Erwägung gezogen werden.

Symphytum (Beinwurz) ist bei gewöhnlichen Knochenbrüchen äußerst wertvoll, während *Silicea* (Kieselsäure) angezeigt ist, wenn kleine Knochensplitter nach einem Bruch zurückbleiben. *Bryonia* wird bei Rippenbrüchen gegeben, da es eine Affinität zum Brustraum im allgemeinen besitzt.

Neben den zahlreichen ernsten Verletzungen, die die Homöopathie erfolgreich behandeln kann, ist sie auch bei einem weitverbreiteten Problem von Nutzen, mit dem sich viele Sportanfänger herumschlagen müssen: Blasen! *Calendula* (Ringelblume) als Salbe, Lotion oder auf Mineralölbasis ist da höchst wirkungsvoll. Man trägt *Calendula* entweder direkt auf die Blase auf oder punktiert sie zuerst mit einer sterilen Nadel, entfernt die Flüssigkeit, ohne die Haut einzureißen oder zu entfernen, und wendet dann *Calendula* an.

Das Mittel ist auch wirksam bei der Behandlung verschiedener Schnittwunden, Abschürfungen und sogar bei Verbrennungen. Das organische Jod dieser Pflanze verhindert Infektionen, und ihre anderen Nährstoffe unterstützen den Heilungsprozeß.

Trotz der vielen Möglichkeiten, sich homöopathisch selbst zu behandeln, gibt es Fälle, wo die Konsultation eines erfahrenen homöopathischen Arztes notwendig ist. Das empfiehlt sich, wenn verletzungsbedingte Symptome ständig wiederkehren oder wenn man sich leicht verletzt (wenn man zum Beispiel zu Fußverstauchungen neigt oder schon nach der geringsten Anstrengung Muskelschmerzen bekommt; so etwas weist auf eine innere Störung hin und nicht bloß auf eine Verletzung). So können zwar einige homöopathische Arzneien vorübergehend die Schmerzen lindern, während eigentlich ein tieferwirkendes Mittel nötig wäre, um eine wahre Heilung herbeizuführen.

Der Sportmediziner Hans Kraus stellte fest, daß fünfzehn Minuten körperlicher Betätigung das Herz 100–120mal pro Minute schlagen läßt, was eine nachweislich größere entspannende Wirkung auf den Organismus hat als 400 Milligramm des besten Tranquilizers.[6] Da viele gern von all den Vorteilen des Sports profitieren möchten, ist es gut zu wissen, daß uns die Homöopathie von damit verbundenen Verletzungen und unerwünschten Nebeneffekten heilen kann.

Sherrie Moore, Inhaberin einer Weltbestzeit im Radfahren der Damen, ist eine weitere Sportlerin, die von der Effektivität der homöopathischen Arzneien, die sie genommen hat, beeindruckt ist: «Die Mittel bewirken eine sofortige Heilung vieler der gängigen Verletzungen. Ich habe keine Ahnung von Homöopathie oder davon, *wie* die Mittel wirken, aber ich weiß, daß sie wirken und unschädlich sind.»

Der Fußorthopäde und Sportmediziner Steven Subotnick hat in Zusammenarbeit mit *Runner's World* zwei Bücher über sein Fachgebiet verfaßt. Zu diesem Zeitpunkt kannte er die Homöopathie noch nicht, so daß er meist konventionelle Medikamente empfahl, weil er der Meinung war, es gäbe keine Alternative dazu. Heute hingegen stellt Dr. Subotnick fest: «Ich verordne praktisch allen meinen Patienten homöopathische Mittel. Sie wirken so unglaublich gut, und ich wünschte nur, ich hätte sie schon viel früher gekannt.»

Ob man nun Wettkampfsport betreibt oder nicht – die Homöopathie hilft einem zu siegen und macht den Weg zum Ziel wesentlich weniger schmerzvoll.

11 Psychische Störungen: Geist und Körper bilden ein Ganzes

Charles Frederick Menninger, der Gründer der berühmten, nach ihm benannten Nervenklinik, war eigentlich homöopathischer Arzt. Er trat dem American Institute of Homeopathy 1894 bei und wurde kurze Zeit später Vorstand der homöopathischen Vereinigung am Ort. Dr. Menninger war ein glühender Verfechter der Homöopathie und sagte einmal: «Die Homöopathie ist vollkommen in der Lage, den therapeutischen Anforderungen unserer Zeit besser gerecht zu werden als jedes andere medizinische System.»[1]

In den Schriften zur Geschichte der Psychologie wird Samuel Hahnemann nicht erwähnt, und ebensowenig zollt ihm die moderne Psychologie Anerkennung. Und doch leistete er, noch bevor er die Homöopathie entwickelte, einen wichtigen Beitrag zur Behandlung von Geisteskrankheiten.

Im späten 18. Jahrhundert wurde Geisteskrankheit mit Besessenheit gleichgesetzt. Die Kranken wurden als wilde Bestien betrachtet, und die «Therapie» hatte im wesentlichen Strafcharakter. Hahnemann gehörte zu den wenigen Ärzten, die Geisteskrankheit als einen Zustand begriffen, der einer humanen Behandlung bedurfte. Er wandte sich gegen die Praxis, die Patienten anzuketten, brachte ihnen Respekt entgegen, achtete ihre Menschenwürde und empfahl einfach Ruhe und Entspannung. Diese Art des Umgangs mit psychisch Kranken mag uns heute als selbstverständlich erscheinen, zur damaligen Zeit aber war sie revolutionär.

Medizinhistoriker und Psychiater unserer Tage geben zu, daß die

Behandlung von Geisteskranken in der Vergangenheit oft barbarisch war. Die Experten beziehen sich dabei nicht nur auf das 18. und 19. Jahrhundert – auch die Psychiatrie der vergangenen Jahrzehnte ist wahrlich kein medizinisches Ruhmesblatt. Die Kranken wurden mit Malaria infiziert in der Hoffnung, daß das Fieber ihren Wahn «ausbrennen» würde. Schizophrenen spritzte man Insulin, auch wenn die Symptome nur dann zurückzugehen schienen, wenn die Dosis sehr hoch war – und manchmal war sie tödlich. In den fünfziger Jahren wurden zwischen 40- und 50000 präfontale Lobotomien durchgeführt (bei dieser Operation wird der frontale Lappen des Gehirns inzidiert, was den Patienten normalerweise in einen zombieähnlichen Zustand versetzt).[2] Neuroleptika wurden und werden häufig – manchmal allzu häufig – psychotischen Patienten verabreicht. Diese Mittel können schwere, akute Muskelkrämpfe hervorrufen, es kommt zu bizarren Verrenkungen, und sie können sogar zum Parkinson-Syndrom führen.

Diese Therapien sind heute entweder aufgegeben oder modifiziert worden – trotzdem ist es mehr als fraglich, ob es mit der modernen Psychiatrie wirklich zum besten steht.

Die moderne psychiatrische Behandlung

Die Therapie psychisch Kranker hat zwar in den letzten Jahrzehnten einige Fortschritte gemacht, trotzdem fällt es nicht schwer zu behaupten, daß manche der heutigen Behandlungsformen in ferner oder sogar naher Zukunft als barbarisch gelten werden.

Psychische Störungen und Geisteskrankheiten gehören zu den größten gesundheitlichen Problemen unserer Zeit. Das National Institute of Mental Health schätzte 1984, daß jeder fünfte Amerikaner an einer psychischen Störung leidet.[3] Die gleiche Studie stellte fest, daß im Zeitraum eines halben Jahres 8,3 Prozent der Amerikaner an Angstzuständen litten (Phobien eingeschlossen), 6,4 Prozent Alkohol- oder Drogenmißbrauch trieben und 6 Prozent an einer manisch-depressiven Psychose erkrankt waren.

Lange Zeit hatten Psychiater und Psychologen große Schwierigkeiten zu definieren, was eine Geisteskrankheit eigentlich ist und was die einzelnen Arten von Geisteskrankheiten voneinander unterscheidet. Im Jahr 1980 veröffentlichte die American Psychiatric Association die dritte Auflage des *Diagnostic and Statistical Manual of Mental Disorders*, gewöhnlich zitiert als *DSM-III.* Dieses Werk ist zum offiziellen Handbuch für die Einordnung von psychischen Störungen in Krankheitskategorien geworden. Obwohl das *DSM-III* die genaueste derzeit verfügbare Informationsquelle zum Thema Geisteskrankheiten ist, merkt Jerrold Maxmen, Psychiater an der Columbia University, an: «*DSM-III* zeigt, wie wenig Psychiater im Grunde über psychische Störungen wissen... Da es über viele dieser Störungen an verläßlichem Material fehlt, wirft *DSM-III* ein grelles Licht auf die großen Lücken in unserem Wissen um Geisteskrankheiten.»[4]

Die diagnostischen Fortschritte, die die Psychiater und Psychologen gemacht haben, sind nicht immer gleichzusetzen mit einem größeren Verständnis der psychischen Störungen, aber nur dann könnte ein Weg zur Heilung dieser Störungen gefunden werden.[5] Es reicht eben nicht, wie manche Ärzte – laut Kant – zu glauben scheinen, der Krankheit einfach nur einen Namen zu geben.

Im vergangenen Jahrhundert hat man versucht, sich über die Natur der Geisteskrankheiten klarzuwerden. Man fragte: In welchem Maße sind sie biologisch und organisch bedingt und in welchem Maße psychosozial? Bis vor kurzem neigte man entweder ausschließlich zu einer biologistischen oder psychosoziologischen Auffassung. Heute jedoch herrscht unter Psychiatern ein Konsens darüber, daß, vereinfacht ausgedrückt, biologische Faktoren für den *Typ* psychischer Störungen verantwortlich sind (zum Beispiel Wahnvorstellungen oder Schlaflosigkeit), während psychosoziale Faktoren vor allem den *Inhalt* und die *Bedeutung* dieser Symptome bestimmen.

Psychiater neigen dazu, Medikamente zu verordnen, um mit der biologischen Komponente psychischer Erkrankungen fertig zu werden, während Psychotherapien für die psychosoziale Seite der Störung als zuständig gelten. Für welches Medikament sie sich entscheiden, ist abhängig von ihrem Verständnis der Gehirnfunktion. Nervenzellen übermitteln Botschaften, indem sie sich untereinander elektrische Impulse und chemische Verbindungen senden, die man Neurotransmitter nennt. Diese Aktivität veranlaßt andere Nervenzellen, ebenfalls zu «senden» oder die Übermittlung zu hemmen, je nach Frequenz und Intensität der Impulse und der Empfänglichkeit der Rezeptoren der Nervenzellen.

Psychopharmaka haben einen Einfluß auf diese Funktionen. Bei Schizophrenen hat man zum Beispiel festgestellt, daß die Rezeptoren ihrer Nervenzellen auf bestimmte Neurotransmitter überempfindlich reagieren und daß diese Zellen zu leicht erregt werden. *Chlorpromazine* (Thorazine), *Trifluoperazine* (Stelazine) und *Haloperidol* (Haldol) sind einige der antipsychotischen Medikamente, die Schizophrenen verordnet werden, um diese Hypersensibilität herabzusetzen und die Patienten ruhigzustellen.

Nach Ansicht der modernen Psychiatrie könnten schwere Depressionen die Folge einer verminderten Empfänglichkeit für bestimmte Neurotransmittersubstanzen sein. Sogenannte trizyklische Antidepressiva, meist *Amitriptyline* (Elavil) und *Imipramine* (Tofranil) sollen hier anregend wirken. Monoamino-oxydase-Hemmer werden ebenfalls bei Depressionen verordnet, teilweise weil sie den Abbau bestimmter Neurotransmittersubstanzen verhindern und zum anderen weil sie die Symptome depressiver Patienten offensichtlich lindern. Amphetamine werden immer noch bei Depressionen verordnet, besonders älteren Menschen; es ist jedoch festgestellt worden, daß die Zellen eine Toleranz für diese Substanzen, die ebenfalls süchtig machen, entwickeln, so daß immer stärkere Dosen benötigt werden, um die gewünschte Wirkung zu erzielen.

Trotz der Einfachheit dieser Erklärungen, warum bestimmte Psychopharmaka verordnet werden, ist die Natur nicht immer so eindimensional wie unsere Erklärungen. Neurotransmitter haben nicht nur eine Wirkung auf die Nervenfunktion, sondern auch einen direkten Einfluß auf die Hormone. Durch ihren Eingriff in das sensible Gleichgewicht der biochemischen Vorgänge des Gehirns können solche Medikamente erhebliche physiologische Störungen hervorrufen. Man könnte zum Beispiel annehmen, daß der Körper während einer schweren Depression auch in physiologischer Hinsicht zur Unteraktivität neigt. In Wirklichkeit werden die Nebennieren überaktiv und schütten übermäßige Mengen von Kortisol, dem wichtigsten «Streß»-Hormon des Körpers, aus. Die meisten Antidepressiva rufen eine Reihe von Nebenwirkungen im Nerven- und Herz-/Kreislaufsystem sowie im Verdauungstrakt hervor, und es kommt zu allergischen Symptomen und Veränderungen des Blutbilds.

Die Monoamino-oxydase-Hemmer können derartige Störungen im Körper hervorrufen, daß viele gewöhnliche Nahrungsmittel und Getränke (reifer Käse, Joghurt, Bier, Schokolade, Rosinen, Kaffee, Hefeprodukte und anderes) vom Speiseplan gestrichen werden müssen, da sie Bluthochdruck hervorrufen und manchmal sogar zum Tod führen können.[6]

Es gibt etwa 10 Billionen Gehirnzellen, die die Sinnesfunktionen und das Denken regulieren.[7] Trotz der verschiedenartigen Funktionen der unterschiedlichen Gruppen von Nervenzellen stellt ihre gegenseitig abhängige und synergistische Natur ein hochkomplexes funktionelles Ganzes dar, das in seiner Gesamtheit zu verstehen praktisch unmöglich ist. Angesichts dieser Tatsache ist es wenig verwunderlich, daß die Versuche, Störungen bestimmter Teilfunktionen zu «normalisieren», ohne die biochemischen Funktionen des Gehirns und die physiologischen Vorgänge direkt zu stören, nur in begrenztem Umfang erfolgreich waren.

Der amerikanische Autor Lyall Watson hat einmal bemerkt: «Wenn das Gehirn so einfach wäre, daß wir es verstehen könnten, wären wir so einfach, daß wir es nicht verstehen könnten.» In bezug auf die Komplexität des Gehirns und des menschlichen Verhaltens sagte Einstein: «Wie kompliziert es ist! Um wieviel schwieriger ist doch die Psychologie, verglichen mit der Physik.»

Trotz der Tatsache, daß Psychopharmaka schwere Nebenwirkungen haben, vor allem wenn sie über längere Zeit hinweg eingenommen werden, und obwohl sie außerdem nicht in der Lage sind, psychische Störungen wirklich zu heilen, erfüllen sie immer noch eine wichtige Funktion. Da schätzungsweise 15 Prozent der Menschen, die an schweren Depressionen leiden, Selbstmord begehen,[8] werden Mittel und Wege, die Depression zu lindern und die Selbstmordgefahr zu verringern, gewiß benötigt. Wenn es jedoch Alternativen zu diesen Methoden gibt, ist es sicher weise, diese in Betracht zu ziehen. Charles Frederick Menninger betont, daß es «absolut notwendig ist, die Möglichkeiten der homöopathischen Heilkunst *voll* auszuschöpfen, bevor man sich einer anderen Therapieform zuwendet, wenn wir die bestmöglichen Heilerfolge erzielen wollen».[9]

Das homöopathische Verständnis von psychischen Störungen

Das homöopathische Verständnis von Gesundheit ist eng verbunden mit der homöopathischen Sicht der Psyche im allgemeinen. Die Homöopathen trennen Psyche und Physis nicht, wie allgemein üblich, sondern gehen davon aus, daß Körper und Geist in dynamischer Weise miteinander verbunden sind und sich gegenseitig beeinflussen. Dieses ganzheitliche Verständnis ist nicht bloß ein vages, rein theoretisches Konzept. Homöopathische Ärzte legen bei praktisch jeder Verschreibung eines Mittels die physischen und psychischen Symptome des Patienten zugrunde. Psychische Symptome spielen oft sogar die Hauptrolle bei der Wahl des richtigen Mittels.

Der Versuch, festzulegen, ob nun der psychische Zustand eines Menschen seine körperlichen Beschwerden verursachte, oder umgekehrt, ist selten hilfreich, wenn man die angezeigte homöopathische Arznei ermitteln will. Meistens ist eine solche Festlegung strittig. Statt dessen versucht der Homöopath, ein Mittel zu finden, das die Totalität der physischen und psychischen Symptome des Patienten abdeckt, unabhängig von der Frage, was zuerst da war.

Die «Was war zuerst da»-Fragestellung ist komplexer und trügerischer, als man zunächst annehmen möchte. Die meisten von uns haben vermutlich schon Kopfschmerzen oder andere Symptome gespürt, nachdem sie sich geärgert hatten, sich deprimiert fühlten oder ängstlich waren, und dann gemeint, diese Gefühle hätten den Kopfschmerz «verursacht». Die emotionale Belastung kann jedoch auch nur der sprichwörtliche Tropfen sein, der das Faß zum Überlaufen bringt bzw. die Kopfschmerzen hervorruft. Dieses Überlaufen wurde nicht notwendigerweise durch den einen Tropfen verursacht, sondern weil das Faß ohnehin schon bis zum Rand gefüllt war – das heißt, weil wir gleichzeitig unter verschiedenen körperlichen, umweltbedingten und anderen Streßfaktoren litten.

Allzuoft gehen wir davon aus, daß etwas, das zu der Zeit geschieht, da wir Symptome entwickeln, die «Ursache» unserer Beschwerden ist. Es ist jedoch immer einfacher, nach den Wirkungen von Ursachen Ausschau zu halten als nach den Ursachen von Wirkungen. In Wirklichkeit ist das, was wir als «Ursache» vermuten, nichts als eine weitere Auswirkung oder ein zusätzlicher Streßfaktor. Die «Ursache» eines Phänomens ist nicht so simpel und bleibt vielleicht für immer unbekannt. Der griechische Philosoph Demokrit wußte das sehr wohl, als er sagte, daß er lieber eine Ursache wahrhaft erfassen würde, als König von Persien zu sein.

Der zeitgenössische Psychologe Lawrence LeShan hat ebenfalls den Wert des Bemühens bezweifelt, die «wahre Ursache» einer psychischen Störung zu finden. «Man löscht keinen Waldbrand, indem man das Zündholz ausbläst, das ihn verursacht hat», sagt er.

Die homöopathische Alternative zur Behandlung psychischer und physischer Erkrankungen besteht darin, von der unleugbaren Verbundenheit von Psyche und Körper auszugehen und auf der Basis der Totalität der Symptome des Patienten ein potenziertes Mittel individuell zu verordnen. Nach homöopathischer Auffassung ist das Überhandnehmen psychischer Leiden in unserer Gesellschaft nicht nur das Ergebnis einer hektischen, streßreichen Lebensweise, sondern es rührt auch daher, daß unser Gesundheitswesen zahlreiche Krankheiten des Körpers «erfolgreich» unterdrückt hat. Homöopathen argumentieren, daß die konventionelle Medizin die Symptome einer Krankheit maskiert, indem sie diese als «Ursachen» und nicht als «Wirkungen» behandelt, ohne den zugrundeliegenden Krankheitsprozeß zu heilen. Sie sind der Ansicht, daß die Unterdrückung von Symptomen die Krankheit tiefer in den Organismus hineintreibt, so daß diese sich dann in noch schwereren pathologischen Zuständen und psychischen Störungen manifestiert.

Sowohl Homöopathen wie auch Biologen sind der Auffassung, daß lebende Organismen in einer Weise auf Belastungen reagieren, die ihrem Überleben dient. Daher schützen Organismen ihre wichtigsten

Funktionen zuerst. Homöopathische Ärzte gehen davon aus, daß die psychische Verfassung eines Menschen lebenswichtig ist, da sie den Bewußtseinszustand bestimmt, der darüber entscheidet, wie der Mensch auf belastende oder lebensbedrohliche Situationen reagiert. Der Organismus wird die tiefste psychische Schicht besonders verteidigen und zunächst Symptome auf anderen, weniger tiefgehenden Gefühlsebenen bilden. Ebenso werden auf der körperlichen Ebene bestimmte Organe, besonders Gehirn und Herz, vorrangig vor anderen Organen geschützt werden.

Die homöopathische Arbeitshypothese lautet, daß der Organismus die nach seinen augenblicklichen Möglichkeiten beste Antwort auf alle denkbaren Belastungen, denen er ausgesetzt ist, gibt. Da Homöopathen Symptome als Anpassungsreaktionen des einzelnen auf Belastungen und Infektionen betrachten, gehen sie davon aus, daß Bemühungen, diese Reaktionen zu kontrollieren oder zu unterdrücken, nur zu noch ernsteren Symptomen führen können. Den Beweis für diese Annahmen kann man in jedem pharmakologischen Text, der die Nebenwirkungen von Medikamenten aufführt, finden. Es wird sofort deutlich, daß die Nebenwirkungen von Medikamenten oft ernster sind als die Störung, die sie behandeln sollen. Ebensowenig überrascht es, daß zu diesen Nebenwirkungen auch verschiedene akute und chronische psychische Symptome gehören. Ein klassisches Beispiel hierfür ist der Gebrauch von kortiko-steroidhaltigen Mitteln (Kortison und Prednison) zur Unterdrückung von Hautausschlägen und Asthmaanfällen. Zusätzlich zu den zahlreichen bekannten Nebenwirkungen dieser Medikamente weiß man, daß kortikosteroidhaltige Mittel zu schweren Depressionen und sogar Psychosen führen können, die zurückgehen, wenn die Dosis reduziert oder abgesetzt wird.

Auch psychische Symptome werden von der Homöopathie als Versuche des Betreffenden aufgefaßt, mit bestimmten biologischen und psychosozialen Belastungen fertig zu werden. Diese Symptome sollten nur dann unterdrückt werden, wenn es medizinisch notwendig ist. Statt dessen sollte man ein homöopathisches Mittel individuell auf der Basis der Totalität der Symptome verschreiben. Die richtige Arznei wird einen Heilungsprozeß in Gang setzen, durch den auch der Allgemeinzustand des Patienten gebessert wird. Ergänzend dazu werden gute Homöopathen für eine begleitende psychotherapeutische Behandlung auf der Grundlage homöopathischer Prinzipien sorgen, auf die weiter unten eingegangen wird. Sicher werden Homöopathen im gegebenen Fall den Patienten auch an Vertreter anderer Heilberufe verweisen.

Die homöopathische Behandlung von psychischen Störungen

Einige psychologische Schulen teilen die Menschen in bestimmte psychologische oder Charaktertypen ein. Angehörige anderer Heilberufe wiederum, die auf dem medizinischen, genetischen oder sportlichen Sektor tätig sind, haben Kategorien für verschiedene «Körpertypen» entwickelt. Homöopathen dagegen gehen von «psychosomatischen Persönlichkeitsbildern» aus. Sie treffen ihre Mittelwahl auf der Grundlage der *Konstellation* der körperlichen und psychischen Symptome.

Die Wahl des richtigen homöopathischen Mittels ist ein strikt systematisches Verfahren, das zugleich ein hohes Maß an Intuition erfordert. Edward C. Whitmont, einer der Gründer des New York Jungian Training Center und praktizierender Homöopath seit den vierziger Jahren, hat sehr anschaulich über die psychosomatischen Persönlichkeitsbilder der Homöopathie geschrieben. In seinem Buch *Psyche und Substanz. Essays zur Homöopathie im Lichte der Psychologie C. G. Jungs* stellt Dr. Whitmont zwölf homöopathische Hauptmittel vor. Er beschreibt die Rolle, die jede dieser Substanzen in der Natur spielt, die chemische Zusammensetzung und die Eigenschaften der Substanzen, ihre spezifische Wirkungsweise, die Symptome, die eine toxische Dosis bei Menschen hervorruft, und das psychosomatische Persönlichkeitsbild, das sie zu behandeln und zu heilen vermögen.[10]

Ähnlich aufschlußreich ist das Buch *Porträts homöopathischer Arzneimittel* von Catherine Coulter, Homöopathin in Washington, D.C. Die Autorin veranschaulicht die psychosomatischen Persönlichkeitsbilder am Beispiel bekannter Persönlichkeiten aus Geschichte und Literatur oder auch anhand von Figuren aus Cartoons und Comicstrips.[11]

Um einen Eindruck von einigen Besonderheiten dieser homöopathischen Typologie zu geben, werde ich zwei Mittel beschreiben, und zwar *Arsenicum album* (Weißes Arsenik) und *Nux vomica* (Brechnuß). Wer über meine knappe Zusammenfassung hinaus weitere Informationen wünscht, dem empfehle ich die Bücher von Whitmont und Coulter, Artikel von Vithoulkas[12] und die verschiedenen Arzneimittellehren.

Der Patient, der *Arsenicum album* benötigt, ist ein überängstlicher, rastloser, furchtsamer und perfektionistischer Persönlichkeitstyp. Diese Menschen wirken gehetzt und leiden unter einer geschäftigen Pedanterie, was sie zu sehr angespannten und nervösen Individuen macht. Im allgemeinen neigen sie zu dem Glauben, daß die Welt von feindlichen Kräften beherrscht wird und daß sie aufgerufen sind, diese wachsam zu bekämpfen. Sie leiden unter einer tief sitzenden Unsicherheit, aus der eine Abhängigkeit von anderen und eine selbstsüchtige Besitzgier gegenüber Dingen und Menschen resultiert. Sie leiden unter intensiv erlebten Angst- und Unruhezuständen und neigen zu zahlreichen Ängsten, insbesondere wegen ihrer Gesundheit, ihrer Zukunft und ihrer finanziellen Lage. Alle diese Ängste sind stärker, wenn sie allein sind, und lassen in Gesellschaft nach. Damit nichts schiefgeht, sind diese Menschen übertrieben gewissenhaft in allem, außerordentlich anspruchsvoll und heikel.

Äußerlich gesehen ist der *Arsenicum album*-Typ gewöhnlich ein dünner Mensch mit feinem Haar und empfindlicher Haut mit blassem oder alabasterfarbenem Teint. Er schwitzt leicht und sehr stark und ist äußerst sensibel gegenüber Umwelteinflüssen. Er reagiert besonders empfindlich auf Kälte und fühlt sich besser durch jede Art von Wärme. Er neigt zu brennenden Schmerzen, die durch warme Anwendungen gebessert werden, und wenn es sich dabei um Magenschmerzen handelt, schaffen warme Getränke Erleichterung. Milch, Früchte, Eis und Alkohol können Verdauungs- und andere Beschwerden verschlimmern. In der Regel zeigen sich die physischen und psychischen Symptome besonders deutlich um Mitternacht und kurz danach.

Die Symptome, die *Arsenicum album* charakterisieren, werden häufig bei Menschen beobachtet, die unter Schlaflosigkeit leiden. Da die *Arsenicum album*-Symptome spätnachts schlimmer sind und diese Menschen zum Perfektionismus neigen, muß für sie in der Regel alles «ganz genau stimmen», damit sie überhaupt einschlafen können. Ihre Hypersensibilität gegenüber äußeren Faktoren drückt sich unter anderem in einer Empfindlichkeit gegen jede Art von Lärm aus.

Die Angst um ihre Gesundheit ist Ausdruck ihrer übertriebenen Gewissenhaftigkeit. Menschen, die *Arsenicum* benötigen, sind häufig Hypochonder. Sie leiden unter unzähligen Beschwerden, und selbst wenn sie diese schon lange haben, erwarten sie, daß der Arzt sie umgehend davon befreit. Als Folge dieser Angst um die Gesundheit suchen sie viele Ärzte auf und probieren meistens alle möglichen alternativen Therapien aus. Diese Menschen neigen auch zur Abhängigkeit von Schmerzmitteln oder anderen Medikamenten, die ihnen vorübergehend Erleichterung verschaffen. Ebenso können sie zu Alkohol und Drogen greifen, um ihre von Ängsten geplagte und rastlose Natur zu dämpfen und sich zu entspannen.

Arsenicum wird auch gern Patienten mit einer Tendenz zur Magersucht gegeben. *Arsenicum*-Patienten neigen dazu, sich Sorgen um die Nahrungsmittel zu machen, die sie zu sich nehmen, und bilden sich manchmal ein, daß alle Lebensmittel giftig sind und sie am besten gar nichts essen sollten. Ein anderer Teil ihrer Persönlichkeit, der der Magersucht Vorschub leistet, ist ihr Perfektionismus, der eine immer schlankere Taille höchst erstrebenswert erscheinen läßt.

Zwischen *Nux vomica* und *Arsenicum* gibt es einige Ähnlichkeiten, aber die ausgeprägten Unterschiede überwiegen. Patienten, die *Nux vomica* benötigen, sind, wie die *Arsenicum*-Typen, gehetzt und impulsiv, aber *Nux vomica*-Menschen neigen mehr zu Reizbarkeit, Zorn und Boshaftigkeit. Auch solche *Nux vomica*-Typen, die gelernt haben, ihre Wut zu beherrschen, tendieren zu übertriebener Reizbarkeit und Zorngefühlen, die sich Luft machen wollen. Sie sind mürrisch, selten zufrieden, gegenüber anderen übertrieben kritisch, ungeduldig und eifersüchtig. Sie sind sehr ehrgeizig. Sie werden sich auch bei bestimmten Spielen oder im Beruf geradezu zwanghaft ehrgeizig verhalten, selbst wenn ein solches Verhalten nicht angemessen ist.

Nux vomica-Typen sind, wie *Arsenicum*-Menschen auch, übertrieben ordentlich. Während letztere jedoch immer unruhiger und nervöser werden bei ihrem Versuch, ihr Unbehagen über Unordnung zu unterdrücken, reagieren *Nux vomica*-Typen zunehmend gereizt und sichtlich zornig auf einen Mangel an Ordnung und Sauberkeit.*

Menschen, die *Nux vomica* brauchen, neigen zu extremer Selbstsicherheit, was sie deutlich von den *Arsenicum*-Typen unterscheidet. Sie neigen dazu, Leistung so sehr überzubewerten, daß die Arbeit ihr Leben beherrscht. Sie laden sich mehr Verantwortung auf, als sie verkraften können, und werden immer reizbarer und anspruchsvoller.

Nux vomica-Typen sind klassische Beispiele für die sogenannte «autoritäre Persönlichkeit»[14]. Sie möchten anderen ihren Willen aufzwingen. Um ein Gefühl von Sicherheit zu bekommen, nehmen sie eine betont autoritäre Haltung ein und verlangen von ihren Untergebenen, sich ihnen zu unterwerfen. Whitmont beschreibt sie als die perfekten Bürokraten. Sie haben auch strenge Moralvorstellungen und verurteilen alle, die diesen nicht entsprechen. Sie unterdrücken ihre eigenen, gesellschaftlich nicht geduldeten Neigungen und projizieren sie auf andere.

Nux vomica-Typen haben jedoch auch eine weiche Seite. Sie sind sentimental und können zu Tränen gerührt sein, wenn sie eine bestimmte Musik hören oder schöne Dinge betrachten. Trotz eines robusten Äußeren halten sie nicht den kleinsten Schmerz aus. Es kommt vor, daß sie nach einem Wutanfall weinen. Da sie nicht den geringsten Widerstand ertragen, weinen sie oft auch aus Frustration. Trotz dieser gelegentlichen Neigung zu Tränenausbrüchen gibt es auch einige *Nux vomica*-Patienten, die überhaupt nicht weinen können.

* Selbstverständlich erkennen Homöopathen an, daß ein Mensch auf gesunde Weise sauber, methodisch und ordentlich sein kann. Wenn sich die Homöopathie darauf als Symptom bezieht, ist damit gemeint, daß ein Individuum übertriebene Vorstellungen von Sauberkeit und Ordnung hat.

Menschen, die *Nux vomica* benötigen, können entweder stämmig, kräftig und muskulös oder mager, vornübergebeugt und ausgetrocknet sein. Sie reagieren mit körperlicher und psychischer Reizbarkeit auf Kälte, Zugluft, Lärm und Licht. Ihre schlechteste Tageszeit ist die Zeit kurz nach dem Aufwachen, und sie brauchen meistens etwa eine Stunde, um munter zu werden. Oft spüren sie das Bedürfnis nach einem Nickerchen. Wenn sie dabei gestört werden, reagieren sie außerordentlich gereizt. Sie können unter Schlaflosigkeit leiden, weil ihr beweglicher Geist ständig über die vielen Eisen nachgrübelt, die sie im Feuer haben.

Sie neigen dazu, zuviel zu essen, und haben ein Verlangen nach fetten und stark gewürzten Speisen, nach Fleisch sowie nach Milch und Kaffee. Oft leiden sie an zahlreichen Verdauungs- und nervösen Symptomen, die sich nach dem Genuß dieser Nahrungsmittel verschlimmern. Normalerweise leiden sie an Verstopfung und Blähungen.

Typisch für Menschen, die *Nux vomica* brauchen, ist, daß sie ihre Hyperaktivität durch Kaffeetrinken, Alkoholgenuß und die Einnahme verschiedener Aufputschmittel aufrechterhalten. Sie neigen deshalb zu Alkoholismus, Drogenmißbrauch und ungesunder Ernährung. In nüchternem Zustand sind sie meist freundlich, aber wenn sie betrunken sind oder unter Drogeneinfluß stehen, neigen sie dazu, beleidigend, grausam und gewalttätig zu werden. Sie machen andere lächerlich und verhöhnen sie und tendieren zum Familientyrannen. Sie haben ein starkes sexuelles Verlangen und fordern viel von ihrem Sexualpartner. Ihre starken sexuellen Bedürfnisse können *Nux vomica*-Männer zur Vergewaltigung treiben. Sie können jedoch impotent werden, wenn sie zuviel getrunken oder zu viele Drogen genommen haben, wobei dieser Zustand auch dann anhält, wenn die Wirkung dieser Reizmittel nachgelassen hat.

Menschen, die *Nux vomica* benötigen, legen ein klassisches «Typ A»-Benehmen an den Tag. Sie sind oft Workaholics und verlangen von anderen die gleiche Hingabe an die Arbeit. Als Folge davon neigen sie zu Bluthochdruck und sind deshalb anfällig für Herzkrankheiten.

Arsenicum und *Nux vomica* sind zwei der vielen homöopathischen

Mittel, die bei der Therapie von psychischen und physischen Störungen eingesetzt werden. Homöopathen behandeln in der Regel Patienten mit akuten und chronischen psychischen Störungen, darunter Depressionen, Angst- und Unruhezustände, Phobien sowie emotionale und psychische Verwirrungszustände. Die Behandlung von Alkoholikern und Drogenabhängigen gehört ebenfalls zum Aufgabengebiet der Homöopathie.

Jack Cooper war siebzehn Jahre lang Chefpsychiater am Westchester County Prison and Jail im Staate New York. Obgleich er nicht von Anfang an bei seiner Arbeit im Gefängnis homöopathische Mittel einsetzte, war er sehr beeindruckt von den Ergebnissen, als er schließlich damit begonnen hatte. Er stellte fest, daß seine homöopathisch behandelten Patienten besser mit dem Alkohol- und Drogenentzug fertig wurden. Er beobachtete auch, daß die Zahl der Selbstmorde sank, während es vor der homöopathischen Ära und nach seinem Ausscheiden jedes Jahr zu mehreren Selbstmorden kam. Dr. Cooper war Zeuge der dramatischen Wirkungen, die homöopathische Mittel auf die körperliche und psychische Gesundheit der Gefangenen hatten, und erlebte die persönliche Genugtuung, daß seine Arbeit nicht mehr frustrierend, sondern lohnend und der Mühe wert war.

Auch außerhalb des Gefängnisses behandelte Dr. Cooper viele Alkoholiker. Er führte eine informelle Studie über die Behandlung von Alkoholikern mit homöopathischen Mitteln durch. Um die Wirkung der Mittel objektiv feststellen zu können und eine Beeinflussung der Patienten durch seine Persönlichkeit auszuschließen, sprach Dr. Cooper in den meisten Fällen nicht mit dem Kranken selbst. Statt dessen unterhielt er sich mit einem Nahestehenden oder Verwandten, der eine genaue Kenntnis der körperlichen und psychischen Symptome des Alkoholikers besaß. Bei 50 Prozent der etwa 30 Patienten dieser Studie stellte Dr. Cooper eine Heilung fest, die er wie folgt definierte: erheblich vermindertes Verlangen nach Alkohol und die Fähigkeit, in Gesellschaft trinken zu können, ohne übertriebene körperliche und psychische Symptome zu zeigen.[15]

Tatsächlich kann die Homöopathie auf eine lange Geschichte erfolgreicher Behandlung verschiedener psychischer Störungen zurückblicken. Bereits 1894 wurde die erste öffentliche Einrichtung zur homöopathischen Behandlung psychisch Kranker im Staat New York eröffnet: das Middletown Asylum for the Insane, später umbenannt in State Homeopathic Hospital in Middletown. Vergleicht man die Anzahl der Entlassungen aus konventionellen und homöopathischen Nervenkliniken in den Jahren zwischen 1883 und 1890, dann zeigt sich, daß in den konventionellen Häusern durchschnittlich 30 Prozent der Patienten entlassen wurden, während es bei den homöopathischen Einrichtungen 50 Prozent waren. Man kann zwar diese Statistiken aus dem einen oder anderen Grund bekritteln, viel schwieriger ist sicherlich die Tatsache wegzudiskutieren, daß die Sterblichkeitsrate in den konventionellen Nervenkliniken um 33 Prozent höher lag als in den homöopathischen.[16]

Im Jahr 1899 gab es in sieben US-Bundesstaaten eine öffentliche Nervenklinik unter homöopathischer Leitung und in zwei dieser Staaten sogar mehr als eine.[17]

Zwei britische Homöopathen haben 1953 120 Fälle verschiedenartiger neurotischer Störungen ausgewertet. Sie kamen zu dem Ergebnis, daß die Besserungsrate bei Einnahme homöopathischer Mittel nach einem halben Jahr um 79 Prozent lag – eine eindrucksvolle Zahl, wenn man berücksichtigt, daß die meisten ihrer Patienten mindestens ein Jahr, viele davon schon mehrere Jahre lang krank waren.[18]

Psychotherapie: Der homöopathische Ansatz

Nur allzuoft wird angenommen, daß psychische Probleme auch psychologischer Lösungen bedürfen. Da manche psychischen Symptome ihren Ursprung jedoch in physiologischen Prozessen haben (und umgekehrt), ist es wichtig, den kranken Menschen ganzheitlich zu behandeln – und der homöopathische Ansatz ist seinem Wesen nach ein ganzheitlicher.

In vielen Fällen tun Homöopathen jedoch mehr, als das individuell ausgewählte Medikament zu verordnen; sie sprechen mit ihren Patienten über Ernährungsfragen, die richtige Form körperlicher

Bewegung, Methoden zur Streßbewältigung und über gesellschaftliche und umweltbedingte Faktoren, die einen Einfluß auf Gesundheit und Krankheit haben. In vielen Fällen wird ein Homöopath dem Patienten auch Ratschläge geben, wie er mit problematischen emotionalen und psychischen Zuständen besser fertig werden kann.

Die Perspektiven und Methoden vieler moderner Psychoanalytiker haben von ihrem Ansatz her große Ähnlichkeit mit der Homöopathie. Im Gegensatz zu einigen philosophischen Theorien, die davon ausgehen, daß die Natur des Menschen im Wesen zerstörerisch und pervertiert ist, liegt der Homöopathie und vielen psychoanalytischen Schulen die Annahme zugrunde, daß die menschliche Natur im Grunde schöpferisch ist und daß dem Organismus Selbstheilungskräfte innewohnen. Symptome, auch psychische, werden als Versuche der psychosomatischen Einheit «Mensch» verstanden, sich an verschiedene innere und äußere Streßfaktoren anzupassen und mit diesen in einer kreativen Art und Weise fertig zu werden.

Einige sehr einfache psychotherapeutische Vorgehensweisen, die man vom Ansatz her als «homöopathisch» bezeichnen könnte, sind die «paradoxe Intention»[19] und die therapeutische Double-bind-Beziehung[20] die beide darauf abzielen, ein Symptom herauszulösen und so einen Heilungsprozeß in Gang zu bringen. In diesen Fällen *ermutigt* der Therapeut den Patienten, so zu tun, als erlebe er den problematischen emotionalen Zustand. Wenn ein Klient zum Beispiel Angst vor Schlangen hat, soll er sich vorstellen, eine Schlange zu sehen, und die entsprechende Angst erleben, um so nach und nach diese Schlangenangst abzubauen.

Bei einer anderen Form der paradoxen Intention ermutigt der Therapeut den Patienten, das emotionale Problem oder die Verhaltensstörung zu übertreiben. Mit seiner Beschreibung eines Jungen, der hartnäckig am Daumen lutschte, lieferte Milton Erickson ein klassisches Beispiel für diese Vorgehensweise. Anstatt den Versuch zu unternehmen, das Kind von diesem Verhalten abzubringen, brachte Erickson unmißverständlich seine Sorge zum Ausdruck, daß das Kind seine anderen Finger vernachlässigen könnte. Erickson bat den Jungen, doch auch ja diese Finger zu berücksichtigen. Kurze Zeit danach ließ dieser das Daumenlutschen ganz bleiben.[21]

Die Formen von Psychotherapie, die die Bedeutung des Annehmens der eigenen Gefühle anerkennen, sind ganz augenscheinlich ein erster Schritt in Richtung einer Heilung im homöopathischen Sinne. Der zweite Schritt besteht darin, sich mit diesen Gefühlen auseinanderzusetzen und sie zum Ausdruck zu bringen. Die Energie, die durch gewohnheitsmäßige Reaktionen und die Langzeitwirkung traumatischer Erfahrungen blockiert wurde, wird so auf eine kathartische Art und Weise freigesetzt. Die Symptome werden nun im Rahmen einer allgemeinen Revitalisierung der Heilkräfte des Betreffenden transformiert.

Dieser Ansatz stimmt mehr mit der homöopathischen Denkweise überein als jene «Abkürzungsmethoden», die ein bestimmtes Verhalten definieren und den Patienten auffordern, sich entsprechend zu orientieren. Eine einfache, rationale Analyse von emotionalen Prozessen ist ebenfalls keine adäquate Art und Weise, mit Strukturen und Energien umzugehen, die unbewußt und im Menschen tief verwurzelt sind. Strategien zur Verhaltensänderung, die vornehmlich darauf abzielen, das Verhalten des einzelnen zu verändern, ohne die zugrundeliegenden Kräfte, die zu diesem Verhalten geführt haben, zu beeinflussen, sind ganz offensichtlich ein weiteres Beispiel einer «unhomöopathischen» Therapie. Therapeutische Maßnahmen, welche nur eine palliative Wirkung auf extreme Symptome haben, stellen lediglich eine vorübergehende Kompensation von Problemen dar, vermögen aber nicht diese zu heilen.*

Manche Prinzipien der Gestalttherapie sind ebenfalls homöopathisch. Wie der Name selbst schon andeutet (*Gestalt* bedeutet soviel wie «einheitliches Ganzes»), bemüht sich die Gestalttherapie um die Betrachtung eines spezifischen Problems im Kontext der ganzen Persönlichkeit. Anstatt ein gegebenes Problem als etwas zu behandeln, das außerhalb der Person liegt, und dieses nur als solches verändern zu wollen, versuchen Gestalttherapeuten (wie auch Therapeuten verschiedener anderer vergleichbarer Richtungen), ihren

* Wenn wir eine bestimmte Art von psychotherapeutischem Vorgehen als «unhomöopathisch» bezeichnen, so ist damit nicht gesagt, daß dieses Vorgehen nicht in besonderen Fällen seine Berechtigung hätte.

Patienten zu helfen, ihrer selbst wirklich bewußt zu werden und ihr Wesen als Ganzes zu transformieren. Bei einem Menschen, der beispielsweise ein sexuelles Problem hat, wird der Gestalttherapeut ebenso wie der Homöopath davon ausgehen, daß es sich dabei nicht nur um ein «sexuelles Problem» handelt, sondern um «ein Problem des ganzen Menschen».

Mit seiner Entdeckung der sublimierten und unbewußten Natur psychischer Störungen und der Art und Weise, in der diese zum Ausdruck kommen, legte Sigmund Freud das Fundament für diese Perspektive. C. G. Jung hat diese Sichtweise erweitert, indem er aufzeigte, daß diese sublimierten psychischen Muster auch symbolische Darstellungen von unbewußtem, transpersonalem Material enthalten. Und Wilhelm Reich zeigte, wie diese Muster sich gleichsam in bestimmten körperlichen Zuständen manifestieren. Im allgemeinen wird der Patient im Rahmen des psychotherapeutischen Prozesses jene unbewußten dynamischen Elemente wiedererleben, die seiner individuellen Pathologie zugrunde liegen. Dieses Wiedererleben oder Nachahmen der ursprünglichen, unbewußt gewordenen Erlebnisse ist homöopathisch im weitesten Sinne.

Das Bewußtsein der dynamischen Komplexität und Vielschichtigkeit der Symptome ist sowohl der Homöopathie als auch der Psychologie eigen. Obwohl die meisten klassischen homöopathischen Texte eine veraltete psychologische Terminologie benutzen, bildet die eigentliche Grundlage der homöopathischen Medizin einen hochentwickelten Rahmen für ein psychosomatisches Verständnis des Menschen. Einige in jüngster Zeit veröffentlichte Texte haben diese Unzulänglichkeiten überwunden*, und die besten Homöopathen sind oft ausgezeichnete Psychotherapeuten.

Dennoch kann die Homöopathie viel von der Psychologie lernen. Nur allzuoft versuchen Homöopathen, sich ein Bild von der psychi-

* Siehe Catherine Coulter, *Porträts homöopathischer Arzneimittel. Zur Psychosomatik ausgewählter Konstitutionstypen* (Göttingen: Ulrich Burgdorf-Verlag für homöopathische Literatur, 1988); und Edward C. Whitmont, *Psyche und Substanz: Essays zur Homöopathie im Lichte der Psychologie C. G. Jungs* (Göttingen: Ulrich Burgdorf-Verlag für homöopathische Literatur, 1987).

schen Lage eines Patienten zu machen, indem sie direkte Fragen stellen wie: «Welche Ängste haben Sie? Was macht Sie zornig? Bei welchen Gelegenheiten neigen Sie zum Weinen?» Zweifellos müssen homöopathische Therapeuten nicht nur subtilere Methoden entwikkeln, um solche Informationen in Erfahrung zu bringen, sondern auch bessere Methoden zu ihrer Interpretation und zur Unterscheidung zwischen dem, was zum ursprünglichen, natürlichen Charakter eines Menschen gehört, und den Merkmalen, die dem affekt-orientierten und dem ego-orientierten Charakter zuzuordnen sind.

Natürlich kann die Psychologie auch sehr viel von der Homöopathie lernen. Das Heringsche Gesetz der Heilung ist zur Beurteilung der Fortschritte einer Behandlung von unschätzbarem Wert. Die Verwendung von potenzierten Mitteln in der Homöopathie wird Therapeuten ermutigen, nach der jeweils tiefgreifendsten, individuellen Therapie zu suchen, die keine fortgesetzte, stereotype Wiederholung erfordert, jedoch stark genug ist, um eine signifikante Wirkung zu erzielen. Es lohnt sich, darüber nachzudenken, wie man dieses Ziel im Rahmen einer weiterentwickelten Psychotherapie verfolgen könnte, sowohl in Verbindung mit als auch ohne homöopathische Mittel.

Wenn das homöopathische Ähnlichkeitsgesetz umfassender verstanden und angewandt wird, dann werden Psychologen und Psychiater die Symptome des Patienten automatisch als Anpassungsreaktionen des Organismus erkennen und danach streben, ihren Patienten mit Methoden und Verfahren zu helfen, die die Abwehr- und Selbstheilungskräfte unterstützen, anstatt ihnen entgegenwirken.

12 Zahnheilkunde: Behalten Sie Ihre Zähne

Porträts unseres ersten Präsidenten zeigen George Washington selten lächelnd, und das aus gutem Grund: Er hatte ein hölzernes Gebiß. Sein Freund, der Schmied Paul Revere, hatte sich zwar viel Mühe mit dem Modellieren gegeben, aber das Ergebnis ließ sich natürlich nicht mit der Vollkommenheit natürlicher Zähne vergleichen.

Die Zahnheilkunde hat sich seit den Zeiten George Washingtons enorm weiterentwickelt, aber es ist immer noch ein langer Weg bis zu dem Ziel, den Zahnproblemen von heute wirklich beizukommen.

Es wird geschätzt, daß 98 Prozent der Amerikaner unter Erkrankungen der Zähne und des Zahnfleischs leiden.[1] Etwa 25 Millionen Amerikaner, oder jeder achte, besitzen überhaupt keine Zähne mehr.[2] Über sechs Millionen Zähne werden jedes Jahr gezogen.[3]

Man mag sich nun fragen, was die Homöopathie damit zu tun hat. Die Zahnheilkunde scheint kein Gegenstand von Kontroversen zu sein – oder doch? Man ist sich zwar einig über die Bedeutung vorbeugender Maßnahmen, aber nicht darüber, wie man Zahnerkrankungen verhindern und auf welche Weise man sie behandeln soll, wenn sie auftreten.

Es wird allgemein anerkannt, daß Karies von Bakterien im Mund verursacht wird, die sich vom Zucker und den raffinierten Nahrungsmitteln nähren, die der Mensch zu sich nimmt. Diese Bakterien produzieren eine schädliche Säure, die den Zahnschmelz auflösen kann. Wenn man die Zähne nicht regelmäßig bürstet und mit Zahnseide reinigt, können Erreger durch den Zahnschmelz in das Zahnbein oder unter das Zahnfleisch eindringen und schwere Schäden anrichten, indem sie Zahnverfall und Zahnwurzelkrankheiten verursachen.

Werden die Bakterien nicht durch Zahnpflege entfernt, verbinden sie sich mit den korrodierenden Abfallprodukten im Mund und setzen sich an Zähnen und Zahnfleisch in Form von Zahnbelag oder Plaque fest. Zahnbelag wiederum zerstört das Bindegewebe zwischen Zähnen und Zahnfleisch und verursacht Zahnfleischentzündung oder Gingivitis. Wenn dieser Krankheitsprozeß fortschreitet, werden die Zähne locker, fallen entweder aus oder müssen gezogen werden.

Im allgemeinen nimmt man an, daß Karies und Zahnfleischerkrankungen das Ergebnis mangelnder Pflege der Mundhöhle sind. Es gibt jedoch auch noch andere Faktoren, die die Entwicklung von Karies beeinflussen. Man stimmt darin überein, daß die Speicheldrüsen im Mund dem Zahnverfall vorbeugen helfen, indem der Speichelfluß die Säure neutralisiert, die die Bakterien produzieren. Das gesunde Funktionieren der Speicheldrüsen hängt jedoch vom gesamten Gesundheitszustand des einzelnen ab.

Das Allgemeinbefinden beeinflußt auch direkt den Zustand des Zahnfleischs. Hormone spielen hier eine besondere Rolle. Wenn die Schilddrüse zuviel oder zuwenig Schilddrüsenhormon absondert, werden die Bänder, die Zähne und Zahnfleisch zusammenhalten, geschwächt und die Durchblutung des Zahnfleischgewebes ist herabgesetzt. Eine Unausgeglichenheit der Sexualhormone kann einen Menschen für Zahn- und Zahnfleischerkrankungen anfälliger machen. Aus diesem Grund haben Frauen während der Pubertät, der Menstruation, der Schwangerschaft und in den Wechseljahren vermehrt mit Zahnproblemen zu tun. Eine Anämie, welche die Sauerstoffversorgung des Zahnfleischs (durch das Blut) reduziert, kann auch für eine erhöhte Anfälligkeit für Zahnfleischerkrankungen verantwortlich sein. Sogar etwas so Alltägliches wie Streß kann die Stärke des Bindegewebes zwischen Zähnen und Zahnfleisch beeinflussen.

Der allgemeine Gesundheitszustand eines Menschen hat auch Einfluß auf die Stärke seiner Zähne. Die Nebenschilddrüse regelt den

Kalziumspiegel des Körpers, und eine Störung in dieser Drüse kann verschiedene Probleme verursachen.

Der Gesundheitszustand ist weitgehend von der richtigen Ernährung abhängig, und ganz sicher wird auch der Zustand der Zähne davon beeinflußt. Zahnärzte haben festgestellt, daß die Zufuhr der richtigen Menge Kalzium und Fluor wichtig ist für die Zahngesundheit. Es herrscht jedoch Uneinigkeit darüber, *wieviel* Fluor nötig ist und in *welcher* Weise die Menschen es zu sich nehmen sollten.

Die Kontroverse über Trinkwasser-Fluoridisierung aus homöopathischer Sicht

Die American Dental Association (ADA) versichert, daß eine Trinkwasser-Fluoridisierung das Vorkommen von Karies um 50 bis 70 Prozent verringern würde.[4] Gegner der Fluoridisierung bezweifeln den Wert dieser Maßnahme für die Zahngesundheit und zitieren zahlreiche Studien, die die toxischen Wirkungen einer Fluoridisierung aufzeigen. Wer hat nun recht?

Die Homöopathie vertritt den Standpunkt, daß Fluor bei der Bekämpfung von Karies wertvoll sein *und* gleichzeitig auch zahlreiche andere Zahnerkrankungen und Gesundheitsprobleme verursachen kann. Das zugrundeliegende homöopathische Prinzip ist, daß eine potenzierte Gabe einer Substanz genau die Symptome zu heilen vermag, welche dieselbe Substanz in größeren Dosierungen verursacht. Fluor ist eine wirkungsvolle Substanz zur Verhinderung von Karies, aber es kann auch die Zähne fleckig machen (kalkweiß oder gelb) und verschiedene andere Symptome hervorrufen.

Das Kernproblem ist also die richtige Fluordosierung, um Karies zu verhindern, ohne jedoch toxisch zu wirken. Diese Frage ist schwieriger zu beantworten, als man denkt. Die Bedürfnisse der Menschen sind verschieden, und was für den einen gut ist, kann dem anderen Schaden zufügen. In einem Artikel, 1982 in *Science* veröffentlicht, wird festgestellt, daß der Fluorzusatz im Wasser im Verhältnis von 1 : 1 Million wahrscheinlich doch zu hoch ist.[5] Der Autor merkt an, daß 28 Prozent der Kinder zwischen elf und dreizehn Jahren, die in

Gemeinden mit Trinkwasser-Fluoridisierung leben, fleckige Zähne bekommen haben.

Als Enzymgift kann Fluor in der Tat zur Reduzierung von bakterieller Säure im Mund beitragen, welche die Zähne angreift. Andererseits kann Fluor – sogar in der gleichen Dosierung – zahlreiche Symptome verursachen, da es Nebenwirkungen auf die körpereigenen Enzyme hat, die wichtig für die Gesundheit sind. Eine neuere im *New Scientist* veröffentlichte Studie liefert starke Belege dafür, daß »Fluor die Enzyme deaktiviert, indem es sie an ihrer schwächsten Stelle angreift – dem empfindlichen Gleichgewicht des Netzes von Wasserstoffbindungen an der aktiven Stelle des Enzyms«.[6] Die Wissenschaftler vermuten, daß Fluor in die Wasserstoffbindung der DNS auf ähnliche Weise eingreift, wie es das bei bestimmten Enzymen tut. Das könnte vielleicht erklären, auf welche Weise Fluor eine solche Vielfalt von Symptomen und Syndromen hervorrufen kann.

Gegner der Fluoridisierung bestreiten nicht, daß das Auftreten von Karies seit der Trinkwasser-Fluoridisierung erheblich zurückgegangen ist. Sie weisen aber darauf hin, daß dies auch dort geschehen ist, wo diese Maßnahme nicht ergriffen wurde.

Der National Academy of Sciences zufolge ist Fluor kein essentieller Nährstoff.[8] Fluormangel ist bei der durchschnittlichen amerikanischen Ernährungsweise außerordentlich selten. Während nun die American Dental Association betont, daß eine Trinkwasser-Fluoridisierung garantiert, daß die Menschen die Fluormenge zu sich nehmen, die Karies verhindert, argumentieren die Gegner, daß wir schon mehr als genug Fluor abbekommen und zusätzliches Fluor in der Nahrung zahlreiche und vielfältige gesundheitliche Probleme mit sich bringen würde. Es gibt Schätzungen darüber, daß Speisen, die mit fluoridisiertem Wasser hergestellt werden, wie zum Beispiel manche Getreide-Trockenprodukte, Instant-Fruchtsäfte, Milchersatz-Produkte für Säuglinge und Babyfertignahrung bis zu zwanzigmal mehr Fluor enthalten als Zubereitungen mit Wasser ohne den Zusatz.[9]

Die Fluorgegner sind als völlig verschrobene Gesundheitsfanatiker abgestempelt worden, die überall eine kommunistische Verschwörung wittern. Selbstverständlich entbehren solche Unterstellungen jeglicher Grundlage, besonders wenn man bedenkt, daß die meisten europäischen Länder ihr Wasser nicht fluoridisiert haben, darunter Frankreich, die Bundesrepublik, Italien, Spanien, die Schweiz, Schweden, die Niederlande, Dänemark, Österreich und Belgien.

Neueste wissenschaftliche Untersuchungen haben die Bedenken der Fluorgegner bestätigt. Der Biochemiker und Fluorgegner John Yiamouyiannis stellte fest, daß eine Verfleckung der Zähne «nichts anderes ist als der Ausdruck von Stoffwechselstörungen in den Zellen des weichen Gewebes», die durch eine Fluor-Überdosis hervorgerufen werden.[10] Die 1983er Ausgabe des *Physician Desk Reference* konstatiert, daß schon ein halbes Milligramm Fluor (eine Menge, die in einem halben Liter Wasser enthalten ist) ausreicht, um bei besonders empfindlichen Menschen Hautprobleme, Magenbeschwerden, Kopfschmerzen und Abgeschlagenheit zu verursachen. Professor J. A. Albright berichtet, daß bereits ein Fluoranteil von 1 : 1 Mio. Stärke und Elastizität der Knochen beeinträchtigt.[11] Eine Studie im *Journal of Dental Research* wies nach, daß eine Fluorgabe im Verhältnis von 1 : 1 Mio. bei Tieren zu einer Schwächung des Immunsystems führt.[12]

Forschungen haben weiterhin ergeben, daß Fluorgaben im Verhältnis von ½ bis 1 : 1 Mio. das Tumorwachstum bei Mäusen um 15 bis 25 Prozent erhöhte.[13] Dieses Ergebnis legt die Vermutung nahe, daß Orte mit fluorangereichertem Trinkwasser eine höhere Krebsrate unter ihren Bewohnern aufweisen als andere. Dr. Yiamouyiannis stellte zusammen mit Dr. Dean Burk, dem ehemaligen Chefchemiker des National Cancer Institute, einen solchen Vergleich an und fand tatsächlich, daß in Orten mit fluorangereichertem Trinkwasser mehr Menschen an Krebs starben als in benachbarten Gemeinden, die auf den Zusatz verzichtet hatten.[14] Eine genaue Analyse dieser Untersuchung, die im *New England Journal of Medicine* veröffentlicht wurde, ergab jedoch, daß sie nicht altersangepaßt war.* Die

* Bei altersangepaßten Untersuchungen werden gleiche Altersgruppen miteinander verglichen. Ohne Berücksichtigung dieses Faktors sähe es so aus, als hätten Städte mit einem höheren Anteil an älteren Einwohnern auch durchschnittlich erheblich höhere Sterblichkeitsraten.

Kritik an der Yiamouyiannis-Burk-Studie zeigt, daß ein Zusammenhang zwischen Fluoridisierung und Krebs zumindest nicht *bewiesen* ist.[15]

Es gibt zwar keine definitiven Belege dafür, daß Fluoridisierung zu Krebs führt, aber viele Kliniker haben festgestellt, daß sie verantwortlich sein kann für Durchfall, Muskelschmerzen, extremen Durst und Harndrang, Perioden akuter abdomineller Schmerzen, Hautausschläge und zunehmende Erschöpfungszustände. George Waldbott, ein Allergologe mit über fünfzigjähriger Berufspraxis und Autor von *Fluoridation: The Great Dilemma*, gibt zu bedenken, daß viele Ärzte eine Fluorempfindlichkeit als «Nervenschwäche» fehldiagnostizierten und Medikamente verschrieben, die das Problem letztendlich noch verschlimmerten.[16]

Hinzu kommen neue, in der bedeutenden wissenschaftlichen Zeitschrift *Nature* veröffentlichte Forschungsergebnisse. Sie zeigen, daß beim Kochen mit fluoridisiertem Wasser in Aluminiumtöpfen mehr Aluminium in die Nahrung eindringt als beim Kochen mit unbehandeltem Wasser.[17] Da die Aufnahme von Aluminium mit der Alzheimer-Krankheit in Zusammenhang gebracht worden ist, wäre es wohl angebracht, keine Aluminiumtöpfe zu verwenden, vor allem wenn man fluoridisiertes Wasser benutzt.

Die homöopathischen Verbände haben zwar keinen offiziellen Standpunkt zur Fluoridisierung, doch ist man sich einig darüber, daß manche Menschen hypersensibel darauf reagieren. Die American Dental Association läßt dies nur für eine Minderheit gelten, während die Homöopathen annehmen, daß es wesentlich mehr Leute sind, als die ADA vermutet. Außerdem machen sich die Homöopathen Sorgen über mögliche Langzeitwirkungen von kleinen Fluorgaben.

Zudem wird in homöopathischen Kreisen die Ansicht vertreten, daß die Fluoridisierung des Trinkwassers an Zwangsmedikation grenzt. Auch wer kein Leitungswasser trinkt, nimmt über die Nahrungskette Fluor zu sich. Früchte und Gemüse werden gewässert, später mit Leitungswasser gewaschen, und Tiere trinken fluorhaltiges Wasser. Ralph Nader drückte 1974 ähnliche Bedenken aus, als er feststellte: «Die Fluoridisierung wurde vorangetrieben, ohne dem Verbraucher freie Wahl zu lassen.»[18]

Einige Fluorgegner haben ironisch gefordert, man solle doch Süßigkeiten fluoridisieren, aber auch das ist vielleicht keine gute Idee.

Amalgamfüllungen: Die Kontroverse

Im Jahr 1840 wurde die American Society of Dental Surgeons (ASDS) gegründet, gleichzeitig die erste ärztliche Vereinigung Amerikas, die Berufslizenzen erteilte. Diese Vereinigung forderte von ihren Mitgliedern, zu schwören, daß sie in ihrer zahnärztlichen Praxis keine Stoffe verwenden würden, die Quecksilber enthielten. Einige Jahrzehnte später gab es die ASDS nicht mehr, und deren Konkurrenzorganisation, die ADA, befürwortete Amalgamfüllungen.

Amalgamfüllungen bestehen im wesentlichen aus Quecksilber, Silber, Zinn und Kupfer. Heutzutage meldet eine kleine, aber wachsende Gruppe innerhalb der ADA Bedenken gegen das Amalgam an. Diese Zahnärzte weisen darauf hin, daß die Mundhöhle im allgemeinen der einzige Teil des menschlichen Körpers ist, in den wir körperfremde, unbiologische Stoffe «einbauen». Sie machen darauf aufmerksam, daß die oberen Zähne weniger als zehn Zentimeter vom Gehirn entfernt sind und daß hohe Quecksilberkonzentrationen im Gehirn Verstorbener in Zusammenhang mit Anzahl und Größe ihrer Amalgamfüllungen gebracht wurden.[19] Sie drücken ihre Besorgnis darüber aus, daß die biologische Verträglichkeit dieser Metalle niemals richtig getestet wurde, und halten es nachgerade für Ironie, daß es genaue gesundheitsamtliche Vorschriften gibt, die den Umgang des Zahnarztes mit Quecksilber regeln: Das Metall muß in einem luftdichten Behälter aufbewahrt und die Abfälle gesondert entsorgt werden, und doch sind Zahnärzte nur allzu bereit, diese toxische Substanz in der Mundhöhle ihrer Patienten unterzubringen – 85 Prozent der Amerikaner haben Amalgamfüllungen in den Zähnen.

Joe Graedon, ein angesehener Pharmakologe und Verfasser von *The People's Pharmacy*, drückt seine Besorgnis darüber aus: «Wie wird Quecksilber freigesetzt? Durch Korrosion. Mag so ein Stück Metall im Mund auch noch so unzerstörbar aussehen, es unterliegt ebenfalls einem Korrosionsprozeß. Abgesehen von dem chemischen Milieu der Mundhöhle, zu dem eine ständige Speichelabsonderung gehört, die Zinn auflöst, schafft Amalgam im Kontakt mit anderen Metallen (wie sie zum Beispiel in einer guten Brücke vorkommen) gleichsam eine winzige elektrochemische Zelle, die ganz versessen darauf ist, sich selbst aufzulösen, und die im Verlauf dieses Auflösungsprozesses Quecksilber freisetzt.»[20]

Noch vor kurzem widersprach ADA den Amalgamgegnern mit der Feststellung, daß es keinen Beweis dafür gebe, daß Amalgamfüllungen für Quecksilber oder andere Metallablagerungen im Körper verantwortlich sind. Mit Hilfe neuer Technologien konnte jedoch eben dies in der Zwischenzeit nachgewiesen werden. Untersuchungen haben ergeben, daß Personen mit Amalgamfüllungen feststellbare Mengen von Quecksilberdampf ausatmen.[21] ADA konterte daraufhin, daß Quecksilber im Atem kein Beweis für Quecksilber im Blut sei. Neuere Studien haben aber gezeigt, daß die Quecksilberkonzentration im Blut von Personen mit Amalgamfüllungen wesentlich höher war als bei anderen.[22] Obwohl sich noch nicht genau sagen läßt, welche Symptome daraus resultieren können, hat sich gezeigt, daß bei Personen mit Amalgamfüllungen die Zahl der T-Lymphozyten sinkt, während sie nach Entfernung der Füllungen wieder zunimmt.[23]

Die angesehene Fachzeitschrift *The Medical Forum* hat allerdings, im Gegensatz zu den kritischen Stimmen, Zweifel daran geäußert, daß Amalgamfüllungen für toxische Metallablagerungen im Körper und damit für gesundheitliche Störungen verantwortlich sind – das treffe höchstens für einige wenige zu, die allergisch auf Amalgam reagieren.[24]

Dabei hat *The Medical Forum* nicht die Probleme von Akupunkteuren und anderen Anhängern der chinesischen Medizin angesprochen, die sich nicht nur um die toxische Belastung Sorgen machen, sondern auch darüber, wie die Füllungen die Akupunkturpunkte unter den Zähnen beeinflussen. Nach Aussage der Akupunkteure können die Füllungen als Batterien und Kondensatoren wirken, die Strom erzeugen und elektrische Ladungen speichern. Da jeder Zahn auf einem Meridian liegt, kann eine Füllung für zusätzliche Belastung sorgen und akute und/oder chronische Symptome bei dafür empfänglichen Menschen erzeugen.

Homöopathen haben beobachtet, daß zahnärztliche Eingriffe wie Entfernung von Zahnstein und neue Füllungen als Antidot gegen homöopathische Arzneimittel wirken, möglicherweise weil Akupunkturpunkte unter den Zähnen liegen. Man vermutet, daß einige zahnärztliche Arbeiten in kurzer Zeit so viele Akupunkturpunkte stimulieren, daß sie auf die Wirkung homöopathischer Arzneien wie ein «Kurzschluß» wirken. Weitere Untersuchungen zu diesem Thema wären sicher lohnend.

Die meisten Homöopathen sind mit der Kontroverse um die Amalgamfüllungen nicht vertraut, aber es hat schon immer einige gegeben, die die Auswirkungen dieser Füllungen auf die Gesundheit bemerkt haben. Bereits gegen Ende des 19. Jahrhunderts behauptete Charles Taft, Chirurg an einer homöopathischen medizinischen Fakultät in Chicago, daß manche Patienten mit chronischen Erkrankungen aufgrund ihrer Amalgamfüllungen nicht auf eine homöopathische Behandlung ansprechen würden. Sobald diese entfernt wurden, wirkten die Mittel und die chronische Störung verschwand ganz oder besserte sich erheblich.[25]

Ähnlich wie bei der Fluoridisierung haben homöopathische Ärzte festgestellt, daß manche Menschen empfindlicher auf bestimmte Metalle reagieren als andere. Da auch Zahnärzte diesen Sachverhalt anerkennen, wäre es das Vernünftigste, wenn der Zahnarzt die biologische Verträglichkeit verschiedener Füllungen testen würde, bevor er sie seinem Patienten zumutet. Es gibt dafür anerkannte immunologische Testverfahren, die allerdings nicht billig sind. Einige Zahnärzte haben festgestellt, daß neue Elektroakupunkturgeräte in der Lage sind, subtile, aber meßbare Schwankungen in der Meridianenergie zu taxieren, die Akupunkteure als Ursache für eine Überempfindlichkeit ausgemacht haben.[26] Diese neue Technologie ist zwar vielversprechend, ihre Ergebnisse sind jedoch noch nicht gesichert. Homöopathen sind auch beunruhigt über die Langzeitwirkung der Metalle im Körper. In manchen Fällen haben potenzierte Gaben von *Mercurius* (*mercurius solubilis*) geholfen, aber die Mehrheit der Homöopathen ist der Ansicht, daß auch hier eine strikt individuelle

Dosierung unerläßlich ist. Weiterhin haben homöopathische Ärzte wie einst Dr. Taft beobachtet, daß die Amalgamfüllungen entfernt werden müssen, um eine Besserung des gesundheitlichen Zustands zu erreichen.

Homöopathische Arzneimittel in der Zahnheilkunde

«For there was never yet a philosopher that could endure the toothache patiently», schrieb Shakespeare in *Viel Lärm um Nichts*. Die Homöopathie vertritt nicht nur einen anderen Standpunkt bei den Themen Trinkwasser-Fluoridisierung und Amalgamfüllungen, sondern sie verfügt darüber hinaus über spezielle Arzneimittel, die bei der Linderung von Zahnschmerzen und bei Zahnerkrankungen unschätzbare Dienste leisten können.

Es muß jedoch als erstes festgestellt werden, daß homöopathische Mittel eine sorgfältige Zahnpflege nicht ersetzen, sondern sie ergänzen. Auch wenn die Mittel den Zahnschmerz erfolgreich bekämpfen, wird es nötig sein, die Ursache des Schmerzes herauszufinden, um das zugrundeliegende Problem behandeln zu können. Wenn die Schmerzen von einem Abszeß herrühren, reicht es nicht, diese zu bekämpfen: Der Abszeß muß behandelt werden.

Einem zahnärztlichen Problem kann die Homöopathie aber auf jeden Fall wirkungsvoll begegnen: Furcht und Erwartungsängsten vor dem Zahnarztbesuch. Ob diese Ängste nun «rational» sind oder nicht – es gibt drei bewährte Mittel dagegen.

Aconitum (Blauer Sturmhut) wird vor allem Kindern gegeben, wenn sie Angst vor dem Zahnarzt haben. Diese Patienten werden wütend, unruhig, zornig (Kinder stampfen oft mit den Füßen auf und treten um sich) und sind besonders berührungsempfindlich. *Gelsemium* (Wilder Jasmin) ist angezeigt bei Patienten, die unter Zittern, Schwächegefühlen (besonders im Magen), Benommenheit, Gedächtnisverlust und Durchfall leiden. Menschen, die *Gelsemium* benötigen, sind eher bewegungsarm (hypokinetisch), im Gegensatz zu den *Argentum nitricum* (Silbernitrat)-Patienten, die sich durch Unruhe (hyperkinetisch) auszeichnen. *Argentum nitricum* ist nützlich bei Patienten, die am ganzen Körper zittern, besonders viel sprechen, sich hastig bewegen und unter einer inneren Unruhe leiden, die sich auf Blase und Darm auswirkt.

Um die geeignete homöopathische Arznei bei Zahnschmerzen zu bestimmen, ist es sinnvoll, die zugrundeliegenden Ursachen zu ermitteln. Handelt es sich dabei um einen Abszeß, werden folgende Mittel gegeben: *Belladonna* (Tollkirsche), *Mercurius* (Quecksilber), *Hepar sulfuris* (Kalkschwefelleber) und *Silicea* (Kieselsäure).

Belladonna ist im Anfangsstadium angezeigt, wenn die Schwellung noch gering ist und Pochen sowie eine starke Rötung gegeben sind. *Mercurius solubilis* ist hilfreich, wenn der Patient einen starken Speichelfluß und Mundgeruch hat und die pulsierenden Schmerzen sich nachts verschlimmern oder wenn sie mit sehr Heißem oder sehr Kaltem in Berührung kommen. *Hepar sulfuris* ist im fortgeschrittenen Stadium eines Abszesses angezeigt, wenn sich bereits Eiter gebildet hat. Der betroffene Zahn ist besonders empfindlich gegen Berührung und Kälte, und das Zahnfleisch blutet leicht. Nach homöopathischer Erfahrung zieht *Hepar sulfuris* den Eiter aus dem Abszeß. *Silicea* wird gegeben, nachdem der Eiter abgeflossen ist; in diesem Stadium beschleunigt das Mittel die Einschmelzung des Abszesses.

Diese Mittel wirken zwar schmerzstillend und manchmal heilend, aber meist ist es notwendig, den Abszeß mittels einer Zahnwurzelbehandlung oder durch eine Extraktion zu drainieren.

Bei Schmerzen und Entzündungen der Weisheitszähne hat die Erfahrung gezeigt, daß *Belladonna* bei klopfenden Schmerzen und *Hepar sulfuris* bei der Eiterabsonderung gute Wirkungen zeigen. *Mercurius solubilis* behandelt erfolgreich pulsierende Schmerzen, die sich bis zu den Ohren ausdehnen und vor allem nachts auftreten. Patienten, die dieses Mittel brauchen, neigen auch zu deutlich vermehrtem Speichelfluß. Manchmal sind auch Spülungen mit *Salvia officinalis* (Salbei) hilfreich.

Schier unerträgliche neuralgische Zahnschmerzen werden oft durch *Chamomilla* (Kamille) geheilt. *Chamomilla*-Patienten reagieren besonders empfindlich auf warme Speisen und Getränke (speziell Kaffee), und ihre Symptome verschlimmern sich nachts. Patienten, die vor Schmerzen nicht schlafen können, die eine Besserung durch *kaltes Wasser oder Eis im Mund erfahren und denen Chamomilla* nicht hilft, brauchen *Coffea* (Kaffee). Zu den häufig verwendeten Mitteln bei Zahnschmerzen, die zu den Ohren ausstrahlen, gehört *Plantago major* (Wegerich). Diese Art Schmerzen geht häufig mit Speichelfluß, Gesichtsneuralgie und Kopfschmerzen einher. Die besten Ergebnisse werden mit der Tinktur oder niedrigen Potenzen erzielt. Ein weiteres Mittel, das Homöopathen in Erwägung ziehen, wenn die Schmerzen zu den Ohren ausstrahlen (außer *Plantago major* und *Mercurius solubilis*), ist *Sulfur* (Schwefel). Die Verschreibung von *Sulfur* oder *Mercurius solubilis* ist aber stets abhängig von der Totalität der individuellen Symptome, und diese Mittel werden auch nie in Tinkturform verabreicht.

Hypericum (Johanniskraut – das Heilkraut) ist das am häufigsten verwendete Mittel gegen neuralgische Schmerzen nach Zahnextraktionen. Ein neuerer Doppelblindversuch hat seine Wirksamkeit nachgewiesen.[27] Diese Studie zeigte, daß Patienten, denen man *Hypericum*, alternierend mit *Arnica* (Arnika, Bergwohlverleih), verabreicht hatte, wesentlich weniger unter Zahnschmerzen litten als solche, denen man ein Placebo gegeben hatte. Übereinstimmend berichteten die Zahnärzte George Baldwin (aus Oakland, Kalifornien), Philip Parsons (aus Keystone Heights, Florida) und Richard Fisher (aus Annadale, Virginia) von eindrucksvollen Behandlungserfolgen mit *Ruta* (Weinraute) bei Personen, die nach zahnchirurgischen Eingriffen unter Schmerzen litten. Die Homöopathie kennt *Ruta* als das Mittel bei Verletzungen des Knochens und des Periosts, der Knochenhaut (siehe auch Kapitel 10 über Sportmedizin). Da in der Anatomie die Zähne in der Tat als Gelenke gelten (sie werden als Kugelgelenke klassifiziert), wird verständlich, daß *Ruta* bei Traumata oder Verletzungen der Zähne wirkungsvoll ist.

Homöopathen berichten auch von Erfolgen bei Blutungen nach Extraktionen, zahnchirurgischen Maßnahmen und unfallbedingten Zahntraumata. Im Anfangsstadium wird *Arnica* zur Blutstillung gegeben. Wenn die Blutung anhält und hellrot ist, zeigt meist *Phosphorus* gute Wirkung. In den seltenen Fällen, in denen Phosphor nicht rasch hilft, ist oft *Ipecacuanha* (Brechwurzel) angezeigt. *Lachesis* (Gift des Buschmeisters) ist wertvoll, wenn das Blut eine dunkle

Farbe hat. Wenn ein Mensch unter chronischen Blutungen leidet, sollt er sich einer konstitutionellen homöopathischen Behandlung unterziehen.

Bei einer Stichwunde im Zahnfleisch infolge eines zahnchirurgischen Eingriffs lindert *Ledum* (Porst) die Schmerzen und fördert die Heilung. Ist es bereits zu einer Entzündung gekommen, ist *Pyrogenium* angezeigt. *Calendula* (Ringelblume) als Tinktur in Verbindung mit einem dieser Mittel ist ebenfalls hilfreich. *Calendula*-Tinktur beschleunigt nicht nur den Heilungsprozeß bei Stichwunden, sie heilt auch das Verletzungstrauma in der Mundhöhle. Es wird besonders gern bei Kindern verwendet, deren Zahnspangen das Zahnfleisch oder den Mund irritieren, sowie bei älteren Menschen, deren Gebiß nicht richtig sitzt. (Eine Neuanpassung der Zahnspange oder des Gebisses kann sich als notwendig erweisen.) Verbrennungen durch zu heiße Speisen und Getränke oder durch Aspirin werden auch durch *Calendula*-Tinktur gelindert. Ringelblumentee ist ähnlich wirkungsvoll, wenn keine *Calendula*-Tinktur zur Verfügung steht.

Viele Menschen leiden nach einer Extraktion unter Schmerzen, wenn das Blut nicht gut gerinnt und Kieferknochen und Nervenenden bloßliegen. Mundspülungen mit *Salvia* (Salbei)-Aufguß* mehrmals täglich helfen da. Weitere Mittel gegen diese Schmerzen sind *Belladonna* bei Rötungen um das Zahnfleisch und pochenden Schmerzen, die schnell kommen und gehen; *Coffea* bei unerträglichen Schmerzen, die den Patienten rastlos machen und vorübergehend durch kaltes Wasser oder Eis im Mund gelindert werden; *Hepar sulfuris* im Fall von Überempfindlichkeit bei Berührung und Kälte und *Silicea* für das letzte Stadium dieses Zustands, wenn ein Blutklumpen, der sich um den Zahn herum gebildet hat, abgestoßen werden soll. Wenn keines der oben erwähnten Mittel angezeigt scheint oder wirkt, sollte *Ruta* gegeben werden.

Ein zahnmedizinisches Problem, das erst in letzter Zeit erkannt wurde, ist das Temperomandibular-Gelenksyndrom (amerikan.: TMJ oder Kiefergelenk-Syndrom).[28] Die Analyse dieser Störung

* Ein Aufguß wird hergestellt, indem eine Heilpflanze mit heißem, aber nicht kochendem Wasser übergossen wird, um deren lösliche Inhaltsstoffe zu gewinnen.

hat zahlreiche dentale und andere gesundheitliche Störungen mit einer Fehlstellung des Kiefergelenks (des Temperomandibulargelenks) in Verbindung gebracht. Man schätzt, daß 38 Prozent der Nervenimpulse zum Gehirn im Bereich dieses Gelenks durchlaufen. Man fand heraus, daß eine Fehlstellung des Kiefergelenks verantwortlich ist für so unterschiedliche Symptome wie zum Beispiel Kopfschmerzen, Schwindelgefühl, Klingen in den Ohren, Nebenhöhlenschmerzen, Gehörverlust, Depression und Schmerztic. Harold Gelb, Leiter der TMJ-Klinik an der New Yorker Eye and Ear Infirmary, schätzt, daß 20 Millionen Amerikaner an diesem Syndrom leiden.[29] Einige Zahnärzte vermuten, daß 50 Prozent aller Fälle von Kopfschmerzen darauf zurückzuführen sind.

Wegen der Verschiedenheit der Symptome bei dieser Erkrankung kommen für Homöopathen viele Arzneimittel für die Behandlung in Betracht. Wie bei jeder anderen chronischen Krankheit erfordert der homöopathische Ansatz eine Erfassung der Totalität der Symptome des einzelnen. Die Konsultation eines erfahrenen Homöopathen ist in diesen Fällen unbedingt erforderlich.

Neben der erfolgreichen Behandlung akuter Zahnprobleme kann die Homöopathie auch bei verschiedenen chronischen Zahnkrankheiten von Nutzen sein. Da manche von ihnen auf allgemeinen gesundheitlichen Störungen beruhen, können homöopathische Mittel, die in der Lage sind, den Allgemeinzustand zu bessern, auch die Zahnhygiene verbessern und so bei der Vorbeugung und Behandlung von Zahn- und Zahnfleischerkrankungen eine Hilfe sein.

Das richtige Funktionieren der Speicheldrüsen ermöglicht es dem Körper, die Nahrung zu verdauen und die Säuren zu neutralisieren, die Erreger im Mund erzeugen. Ein gesundes Endokrinium sorgt dafür, daß die Bänder, die Zähne und das Zahnfleisch zusammenhalten, kräftig bleiben, und unterstützt die Blutzufuhr zum Zahnfleisch. Die Nebenschilddrüse spielt eine entscheidende Rolle bei der Regulierung des gesamten Kalziumhaushalts. Da das allgemeine Wohlbefinden im Hinblick auf die Gesundheit der Zähne eine wesentliche Rolle spielt, wird man nicht umhinkönnen, eines Tages die Homöopathie als ein notwendiges Element sowohl der allgemeinen Gesundheitsfürsorge als auch der Zahnheilkunde anzuerkennen.

Es ist sicher ermutigend, daß immer mehr Zahnärzte homöopathische Mittel einsetzen. Laien, die keinen solchen Zahnarzt haben, können lernen, diese Mittel mit großem Erfolg selbst anzuwenden. Um die besten Ergebnisse zu erzielen, rate ich dem Leser, einige Bücher zu erwerben – nicht nur zur Homöopathie und Zahnheilkunde, sondern auch einige Arzneimittellehren, um mehr über die einzelnen Mittel zu erfahren. Wenn möglich, sollte der Leser an Seminaren über homöopathische Zahnheilkunde teilnehmen (siehe Teil III dieses Buches).

Auch in der Zahnheilkunde gilt: Die Homöopathie verfügt über hervorragende Möglichkeiten.

13 Ein ganzheitliches Gesundheitswesen: Ein Modell für das 21. Jahrhundert

Das American Council of Life Insurance ist keine Vereinigung radikaler Utopisten. Es ist vielmehr eine Gruppe konservativer Geschäftsleute, die vor kurzem eine Reihe von Berichten zum Gesundheitswesen des Jahres 2030 abschlossen. Eines der Zukunftsszenarien des Council enthielt folgende Voraussage: «Spezialisten für Knochenchirurgie, Akupunkteure, Masseure, Heilkundige anderer Kulturen und Allopathen [konventionelle Ärzte] werden alle den gleichen Status genießen und etwa das gleiche Einkommen haben.»[1]

Manche werden der Ansicht sein, daß diese Voraussage zu weit geht. Gestützt auf die Tatsachen, die in diesem Buch über Logik und Wirkungsweise der Homöopathie zusammengetragen sind, ist es jedoch ohne weiteres vorstellbar, daß der Wandel, den das Council für das Gesundheitswesen kommen sieht, schon wesentlich früher stattfinden könnte.

Die Revolution in der Medizin findet bereits statt. Die Anzahl der alternativen Entbindungsstationen in den Krankenhäusern hat in den letzten fünfzehn Jahren rapide zugenommen. Sterbekliniken werden von den Krankenhäusern selbst, von bundesstaatlichen Stellen und verschiedenen medizinischen Stiftungen, darunter die American Cancer Society, großzügig unterstützt. Das Interesse an gesunder Ernährung und Fitness war noch nie so groß wie heute, und es scheint sich dabei nicht um eine bloße Modeerscheinung zu handeln, sondern um einen Wandel des ganzen Lebensstils.

Noch vor fünfzehn Jahren galt Biofeedback als Teil einer «alternativen Medizin», während es heute bei vielen Ärzten und Psychologen integrierter Bestandteil ihrer Behandlungsmethode ist und auch von Krankenhäusern angeboten wird. Entspannungs- und Visualisierungsübungen sind nicht einfach nur Zeitvertreib für Mußestunden, in denen man nichts Besseres vorhat, sondern bewußt geplante Aktivitäten, die ihren eigenen besonderen Wert für das Allgemeinbefinden haben. Die Akupunktur findet bei einem immer größeren Teil der Öffentlichkeit Anerkennung und wird von einer ständig wachsenden Zahl von Angehörigen der Heilberufe praktiziert. Und nicht zuletzt erwirbt sich die Homöopathie weltweit immer größeres Ansehen und Respekt, wie dieses Buch deutlich gezeigt hat.

Der Begriff «alternatives Gesundheitswesen» wird allmählich zu einer unkorrekten Bezeichnung. Aus diesem Grund versuchen Prinz Charles und einige führende englische Ärzte und Angehörige der Heilberufe, das Konzept einer «komplementären oder ergänzenden Medizin» zu propagieren. Dieses Konzept kann auf mindestens zwei Arten beschrieben werden: einmal als Synonym oder bessere Bezeichnung für alternatives Gesundheitswesen und zum anderen als ein Zugang, der sich das Beste der konventionellen und alternativen Medizin zunutze macht. In England wurden bereits einige größere Vereinigungen gegründet, zum Beispiel das Research Council for Complementary Medicine und das Institute for Complementary Medicine. Diese Vereinigungen geben Fachzeitschriften heraus und unterstützen Forschungsarbeiten über komplementäre Therapien an den Universitäten.

Genauso nötig wie Organisationen, die daran arbeiten, komplementäre Therapieformen zu legitimieren, sind Anstrengungen und Überlegungen, wie komplementäre und konventionelle Therapieformen für eine optimale Gesundheitsvorsorge miteinander verbunden werden könnten. Bei dem Versuch, festzulegen, auf welche Weise diese Integration stattfinden sollte, ist vor allem wichtig, sich von naiven Vorstellungen von einem perfekten Gesundheitswesen freizumachen.

Diese Integration bedeutet nicht notwendigerweise, daß beide Behandlungsformen gleichzeitig angewendet werden sollen. Vielmehr wird es Zeiten (Fälle) geben, wo nur die konventionelle Therapie angemessen ist, und andere, wo nur die alternativen Methoden gebraucht werden. Die Entscheidung für eine dieser beiden Alternativen wird manchmal einfach und eindeutig, zuweilen jedoch auch außerordentlich schwierig sein. Manche Erkrankungen zum Beispiel legen den Gebrauch starker konventioneller Mittel nahe, die die Schmerzen erheblich verringern, dabei aber auch ernste Nebenwirkungen auf das Immunsystem des Körpers haben können. Da viele der koplementären Therapien das Immunsystem und die Selbstheilungskräfte des Körpers stimulieren, kann es sein, daß sie dem konventionellen Mittel entgegenwirken. In solchen Fällen muß der Patient Risiken und Nutzen beider Therapieformen gegeneinander abwägen.

Wer befugt sein soll, bei Minderjährigen die Entscheidung über die Therapieform zu treffen, ist eine Frage, die vermutlich noch lange heiß diskutiert werden wird. Das gleiche gilt für die Frage, nach welchen Kriterien darüber entschieden werden soll, ob ein Arzt seinen Patienten in angemessener und gründlicher Weise über Risiken und Vorteile der verschiedenen Therapien informiert. Ein größeres berufsethisches Thema wird im 21. Jahrhundert auch weiterhin die Entscheidung darüber sein, wann ein Mensch geistig fähig beziehungsweise unfähig ist, über Maßnahmen, die seine Gesundheit betreffen, selbst zu bestimmen.

Trotz der Schwierigkeiten, die mit der Schaffung eines umfassenden Gesundheitswesens verbunden sind, in dem konventionelle und komplementäre Therapien integriert sind, ist offensichtlich, daß die Vorteile, die ein solches System bietet, größer sind als die unvermeidlichen Probleme. Ein solches Modell

- wird den Menschen ein umfassenderes System der Gesundheitsfürsorge bieten.
- wird diese Fürsorge individueller gestalten können und so die verschiedenartigen Bedürfnisse einer vielfältig strukturierten Bevölkerung besser berücksichtigen.
- wird nichtaggressive therapeutische Maßnahmen anbieten, die das Immunsystem und die Selbstheilungskräfte stimulieren. Extreme therapeutische Eingriffe werden nur wenn wirklich nötig unter-

nommen, und auf diese Weise wird die Anzahl der iatrogenen (vom Arzt verursachten) Krankheiten abnehmen.

- wird sich auch auf die Angehörigen zahlreicher anderer Heilberufe stützen, die zum Wohl des Patienten zusammenarbeiten.
- wird die Patienten dazu ermuntern, eine aktivere Rolle bei der Erhaltung ihrer Gesundheit zu spielen. Dies wird nicht nur eine ökonomische Notwendigkeit sein, sondern auch als ein wesentlicher Bestandteil der Gesundheitsfürsorge anerkannt werden.

Auf dem Weg zu einer neuen medizinischen Wissenschaft

Lewis Thomas, der Leiter des Sloan-Kettering Cancer Center, stellte fest, daß eines der größten Probleme der zeitgenössischen Medizin darin liegt, daß sie nicht wissenschaftlich genug sei.[2] Die Tatsache, daß eine Studie des Office of Technology Assessment des amerikanischen Kongresses bestätigte, daß die Wirksamkeit medizinischer Verfahren lediglich in 10 bis 20 Prozent der Fälle durch kontrollierte Versuche bewiesen ist, wirft ein bezeichnendes Licht auf den Mangel an wissenschaftlicher Überprüfung der zeitgenössischen Medizin.[3]

Zu dem Mangel an klinischen Beweisen für die Wirksamkeit medizinischer Behandlungsformen kommt eine eklatante Unkenntnis darüber, wie und warum Arzneimittel wirken. So verstehen wir beispielsweise trotz aller Forschung immer noch nicht ganz, *warum* Aspirin wirkt.

Abraham Maslow, einer der Begründer der Humanistischen Psychologie, sagte einmal in bezug auf das Ziel der Wissenschaft: «In erster Linie muß Wissenschaft umfassend sein und alles einschließen... Sie muß die Welt, wie sie ist, ‹die Dinge, wie sie sind›, beschreiben und akzeptieren, ob diese nun zu verstehen sind oder nicht, eine Bedeutung haben oder nicht, erklärbar sind oder nicht».[4]

Wissenschaftler sind heute in der Lage zu zeigen, wie ein bestimmtes konventionelles Mittel auf einen bestimmten physiologischen Prozeß einwirkt, und dieses neue, verifizierte Wissen hat sicher einen gewissen Nimbus. Es bleibt jedoch eine bedeutende Lücke in der medizinischen Wissenschaft bestehen, da wir zuwenig darüber wissen, wie ein Mittel auf den ganzen Körper wirkt.

Es gibt in der Homöopathie mehrere Aspekte, die zu einer größeren Wissenschaftlichkeit der Medizin beitragen können. So gehören «Arzneimittelprüfungen» zur homöopathischen Methode. Dabei wird eine Substanz auf die Symptome hin untersucht, die sie hervorruft, wenn man eine Überdosis davon einnimmt. Ist einmal festgestellt worden, was für Symptome eine Substanz hervorruft, dann weiß man, was sie heilen kann, wenn sie in kleinen, besonders behandelten Gaben verabreicht wird. Diese Arzneimittelprüfungen geben dem Homöopathen Auskunft über die Gesamtheit der physischen und psychischen Symptome, die ein Mittel zu heilen imstande ist. Diese Versuche tragen zur Entwicklung der Homöopathie als einer medizinischen Wissenschaft bei, die die oben erwähnten Maslowschen Kriterien erfüllt.

Zugegeben, Homöopathen kennen vielleicht die spezifischen biochemischen Bahnen oder die physiologischen Prozesse nicht, auf die eine Substanz einwirkt. Sie sind aber mit den empirischen Fakten der Arzneimittelprüfung vertraut, die die Syndrome zeigen, welche die Substanz hervorbringt. Homöopathen mögen vielleicht nicht verstehen, warum eine Person Symptome hat, aber sie können entscheiden, welches Mittel für diesen individuellen Fall in Frage kommt. Die homöopathische Methode der Individualisierung erfüllt wiederum die Maslowschen Forderungen.

Ob man nun tatsächlich weiß oder nicht weiß, wie die homöopathischen Mittel wirken, ist unerheblich. Ungenaue Erklärungen des Phänomens der Schwerkraft heben diese nicht auf, und eine exakte Darstellung verstärkt nicht ihre Wirkung. Analog dazu können unpräzise Theorien über die Wirkungsweise der homöopathischen Arzneimittel lediglich die Erläuterung und nicht die Methode diskreditieren.

Das Heringsche Gesetz der Heilung wird auch dazu beitragen, die Medizin wissenschaftlicher zu machen. Wie im ersten Kapitel beschrieben, ist das Heringsche Gesetz der Heilung eine umfassende Methode zur Einschätzung der Tatsache, ob ein Kranker auf dem Weg der Genesung ist oder ob sein Zustand sich verschlimmert.

Gegenwärtig messen wissenschaftliche Studien Besserungen im Gesundheitszustand noch allzuoft in erster Linie daran, ob ein Symptom sich verschlimmert oder gebessert hat. Dies ist ein recht beschränkter Zugang. Im Vergleich dazu ist das Heringsche Gesetz der Heilung eine wesentlich differenziertere Methode zur Feststellung des Heilungsprozesses. Es trägt dazu bei, beschränkte reduktionistische Methodologien zugunsten genauerer ganzheitlicher Auswertungssysteme fallenzulassen.

Von besonderer Bedeutung ist die Tatsache, daß die Homöopathie Ärzten und Wissenschaftlern zu einem besseren Verständnis der Natur des Heilens verhelfen kann. Da die Homöopathie davon ausgeht, daß der menschliche Organismus über fundamentale, ihm innewohnende Selbstheilungskräfte verfügt, hält sie die *vis medicatrix naturae*, die «Heilkraft der Natur», in hohen Ehren. Der Mikrobiologe und Pulitzerpreisträger René Dubos betonte die Bedeutung, die ein wirkliches Verständnis dieser der Natur eigenen Heilkraft hat. In seiner Einführung zu Norman Cousins zukunftsweisendem Buch *Anatomy of an Illness* schreibt Dubos: «Die moderne Medizin wird erst dann zu einer echten Wissenschaft werden, wenn Ärzte und ihre Patienten gelernt haben, die Kräfte des Körpers und des Geistes einzusetzen, die in der *vis medicatrix naturae* wirksam sind.»[5]

Die Homöopathie wird der wissenschaftlichen Medizin zu einer Menge neuer Arzneimittel verhelfen. Abgesehen von den zahlreichen homöopathischen Mitteln, die seit fast zweihundert Jahren in Gebrauch sind, wird die Homöopathie uns eine neue Art des Einsatzes konventioneller Arzneimittel lehren. Der Leibarzt Königin Elizabeths II. von England, Ronald Davey, stellt fest, daß für seine homöopathische Praxis konventionelle Mittel von unschätzbarem Wert seien, allerdings nicht wegen des Gebrauchs, den die meisten konventionellen Ärzte davon machen, sondern wegen ihrer bekannten Nebeneffekte. Dr. Davey meint, daß die konventionellen pharmakologischen Schriften viele Informationen über die Nebenwirkungen von Mitteln enthalten und daß diese Informationen, wie die homöopathischen Arzneimittelprüfungen, zuverlässige symptomatische Hinweise bei der Verschreibung eines Mittels geben. Im Unterschied zu konventionellen Ärzten verwendet Dr. Davey allerdings nur potenzierte Gaben dieser Mittel.

Abschließende Gedanken

Vor wenig mehr als hundert Jahren wurde das National Institute of Health ins Leben gerufen. Vorher gab es in der westlichen Welt nur sehr wenig gesammeltes Wissen und Untersuchungen zum Thema Gesundheit. Da die Homöopathie und zahlreiche andere komplementäre Therapieformen immer größere Anerkennung erfahren, ist es unvermeidlich, daß das National Institute of Health Abteilungen einrichtet, die diese Methoden untersuchen und weiterentwickeln. Da komplementäre Therapieformen nicht nur die Gesundheit wiederherstellen, sondern auch einen hohen Gesundheitsstandard erreichen helfen, wird es im National Institute of Health und in Forschungszentren auf der ganzen Welt besondere Abteilungen geben, die sich mit Themen wie einem gesundheitlichen «Idealzustand» und einer gesundheitlichen «Höchstleistungsform» befassen.

Die Revolution findet bereits statt. Wir wissen, daß die Medizin ihre High-Tech-Seite weiterentwickeln wird. Es ist aber nur eine Frage der Zeit, daß sie auch ihre subtilere Seite entwickeln wird.

Wie oft hat es gedonnert, bis Franklin ein Licht aufging?
Wie viele Äpfel fielen auf Newtons Haupt, bis ihn die Erkenntnis traf?
Die Natur gibt uns ständig Hinweise.
Immer und immer wieder.
Und eines Tages nehmen wir den Hinweis wahr. (Robert Frost).

Achten Sie darauf?

III Quellen homöopathischer Theorie und Praxis

Literatur

Wer nach der Lektüre dieses Buches mehr über Homöopathie wissen möchte, kann aus einem umfangreichen Angebot an Fachliteratur auswählen. Wofür man sich entscheidet, hängt natürlich von der Art des Interesses ab – ob man einfach von der Methode fasziniert ist oder ob man selbst Homöopathie erlernen und praktizieren will, ob man die Behandlung durch einen Homöopathen besser verstehen möchte oder ob man leichtere Krankheiten in der Familie selbst behandeln will.

Die Grundprinzipien der Methode und der homöopathischen Philosophie wurden in diesem Buch vorgestellt. Etwas näher geht George Vithoulkas in seinem Einführungsbuch *Medizin der Zukunft: Homöopathie* darauf ein. Wer sich besonders für die Ideen und die Arbeit der derzeit vieldiskutierten griechischen Homöopathen interessiert, sollte allerdings gleich das umfassendere Lehrbuch von G. Vithoulkas, *Die wissenschaftliche Homöopathie*, lesen. Die Impulse, die weltweit von seinem Buch und seiner Lehrtätigkeit ausgehen, haben den Fortschritt und die zunehmende Ausbreitung der Homöopathie innerhalb des letzten Jahrzehnts beschleunigt.

Da die Homöopathie bis heute wesentlich von den Ideen und Erkenntnissen ihres Entdeckers geprägt wird, zählt Samuel Hahnemanns *Organon der Heilkunst* nach wie vor zur Pflichtlektüre. Es ist keineswegs nur von historischem Interesse, sondern vermittelt auch heute noch ein tieferes Verständnis der homöopathischen Philosophie. Einen ähnlich hohen Rang nehmen die Vorlesungen über

Hahnemanns Organon von James Tyler Kent, *Zur Theorie der Homöopathie*, ein. Kent, einer der profiliertesten Vertreter der «klassischen» Homöopathie, interpretiert Hahnemann aus eigener reichhaltiger Erfahrung. Obwohl seine Vorlesungen bereits im Jahr 1900 gehalten wurden, sind sie in manchen Punkten noch heute der Zeit voraus.

Neben diesen Klassikern gibt es natürlich auch moderne Lehrbücher, die den derzeitigen homöopathischen Wissensstand widerspiegeln. Als Einführung ist besonders die ebenfalls aus einer Vorlesungsreihe entstandene *Methodik der Homöopathie* von Artur Braun zu empfehlen. Ausführlicher und noch stärker an der Praxis orientiert ist Gerhard Köhlers *Lehrbuch der Homöopathie – Grundlagen und Anwendungen*. Es wendet sich speziell an Ärzte und Studenten, die die Homöopathie erlernen und selbst praktizieren wollen.

Wer sich für *Wissenschaftliche Grundlagen der Homöopathie* interessiert, sei auf ein Buch dieses Titels verwiesen, das aus der Zusammenarbeit des Chemikers Viktor Gutmann und des homöopathischen Arztes Gerhard Resch entstand. Darin wird vor allem die Frage der Hochpotenzen untersucht und deren Wirkung auf eine durch den Potenzierungsprozeß veränderte Systemorganisation des Lösungsmittels. Den Stand der *Forschung in der Homöopathie* bis 1987 faßt Marco Righetti in seinem so betitelten Buch zusammen.

Wer selbst homöopathisch behandeln möchte, muß vor allem das Herzstück dieser Methode, die Materia Medica oder Arzneimittellehre, studieren. Das Spektrum reicht dabei vom Taschenbuchformat bis zu zwölfbändigen Werken. Als spannend lesbare Einführung in die Arzneimittelbilder ist dabei nach wie vor E. B. Nashs *Leitsymptome in der homöopathischen Therapie* aus dem Jahre 1898 zu empfehlen (1988 in der 15. Auflage erschienen). Generell empfehlenswert ist zu Beginn das Studium von sogenannten Leitsymptomsammlungen, in denen gewissermaßen das phänomenologische Grundgerüst der einzelnen Arzneien dargestellt wird. Neben dem Buch von Nash ist da ein weiterer Klassiker das Werk *Leitsymptome wichtiger Mittel der homöopathischen Materia* von H. C. Allen. Solche Leitsymptomsammlungen geben ein erstes Bild der Arzneien, an dem man sich orientieren kann, wenn man sie in der Fülle der großen Arzneimittellehren studiert.

Bei der Auswahl von Arzneimittellehren muß man die Unterscheidung in klinische und klassische Homöopathie beachten. Klinische Homöopathen wählen Arzneimittel auch nach physiologischen Wirkprinzipien und nach konventionellen Krankheitsdiagnosen aus, während sich klassische Homöopathen ausschließlich von der Ähnlichkeitsbeziehung von Symptombild und Arzneibild leiten lassen. So beschreibt der Kliniker Walther Zimmermann in seiner *Homöopathischen Arzneitherapie* in Taschenbuchformat neben den wichtigsten Symptomen der Arzneimittel auch deren physiologische Wirkungsrichtung und deren klinische Indikationen. In ähnlicher Weise ist das, allerdings wesentlich umfangreichere, zweibändige Standardwerk von Julius Mezger, die *Gesichtete homöopathische Arzneimittellehre*, aufgebaut. Für die rein klassisch-homöopathische Arbeit eignen sich aber nur solche Arzneimittellehren, die die in den Arzneiprüfungen und der praktischen Anwendung beobachteten Phänomene vollständig aufzeichnen. Zu ihnen gehören die *Arzneimittelbilder* J. T. Kents, Constantin Herings *Kurzgefaßte Arzneimittellehre* oder die sechsbändige *Reine Arzneimittellehre* und der Materia-Medica-Teil der *Chronischen Krankheiten* von S. Hahnemann (die, obwohl bereits vor 150 Jahren entstanden, nach wie vor die Basis der Materia Medica bilden und in ihrer Präzision unübertroffen sind), ebenso das *Handbuch der Materia Medica* von Noack, Trinks und Müller. Ausgezeichnet sind auch die Monographien zu einzelnen Arzneien von Georg von Keller.

In diesem Zusammenhang sind drei Bücher wegen ihrer besonderen Darstellungsweise hervorzuheben. In seinen *Essenzen homöopathischer Arzneimittel* versucht G. Vithoulkas, die Krankheitsentwicklung bestimmter Arzneimitteltypen und deren Beziehung zu charakteristischen psychischen Grundtendenzen aufzuzeigen. Durch diese Art der Betrachtung wird der ganzheitliche, psychosomatische Ansatz der Homöopathie deutlich. Die Arzneimittelbilder der Materia Medica erscheinen dabei als psychophysische Grundmuster der Reaktion, die zu jeweils charakteristischen Krankheitsformen und -verläufen führen können. Bisher sind von seinen Arzneimitteldarstellungen lediglich diese fragmentarischen Nachschriften einiger seiner Vorträge auf deutsch erschienen. Seine sechsbändige Materia Medica ist in Arbeit, und der erste Band wird im Frühjahr 1989 in deutscher Sprache erscheinen.

Daß psychophysische Grundmuster, wie sie Vithoulkas beschreibt, nicht nur im Krankheitsfall, sondern auch beim gesunden Menschen erkennbar sind, zeigt Catherine R. Coulter sehr eindrucksvoll in ihren *Porträts homöopathischer Arzneimittel*. Die psychologischen Merkmale der hier vorgestellten neun homöopathischen Konstitutionstypen wurden bisher wohl kaum so einfühlsam und ausführlich beschrieben. Diese Darstellung psychophysischer Reaktionstypen ist sicher nicht nur für Homöopathen, sondern auch für Psychologen und psychosomatisch interessierte Mediziner und Laien von großem Wert. C. Coulter bezieht sich dabei häufig auf Edward C. Whitmont, der in seinem Buch *Psyche und Substanz* die Homöopathie in Beziehung zu den Archetypen C. G. Jungs, zur Alchemie und zur neuen Physik setzt.

Da selbst bei sorgfältigem und langjährigem Studium der Arzneimittellehren eine erschöpfende Kenntnis der Mittelbilder und Konstitutionstypen kaum je zu erreichen ist, benötigt man in der Praxis als wichtige Hilfsmittel Repertorien. Diese Nachschlagewerke sind nach Symptomen gegliedert, und unter jedem einzelnen Symptom sind alle Arzneimittel aufgelistet, in deren Mittelbild dieses Symptom vertreten ist. Als bestes Werk gilt immer noch J. T. Kents *Repertorium der homöopathischen Arzneimittel*, auf das kaum ein Student oder Praktiker der Homöopathie verzichten kann. In Teilbereichen vollständiger ist ein *Synthetisches Repertorium* von Horst Barthel und Will Klunker, die neuere Erkenntnisse in ihr Werk eingearbeitet haben.

Ähnlich den Repertorien gibt es Nachschlagewerke der klinischen Homöopathie, die nach Krankheitsdiagnosen und Leitsymptomen gegliedert sind. Unter einer klinischen Diagnose findet man dort die in diesem Fall besonders bewährten Homöopathika mit ihren jeweiligen Haupt-Charakteristika und -Modalitäten. Zu dieser Gruppe zählen der 2. Band von G. Köhlers *Lehrbuch der Homöopathie – Praktische Hinweise zur Arzneimittelwahl*, Willibald Gawliks *Homöopathie und konventionelle Medizin* und die *Homöopathische Differentialtherapie* von Werner Quilisch. Diese Bücher erleichtern dem klinisch orientierten Arzt den Einstieg in die Homöopathie und helfen dem homöopathischen Praktiker, unter Zeitdruck kurze Wege zum Arzneimittel zu finden.

Noch weiter reduziert wird das homöopathische Prinzip in den verschiedenen Anleitungen zur homöopathischen Selbstbehandlung. Wer sich für Homöopathie interessiert mit dem Ziel, sich selbst zu helfen, sollte bedenken, daß Homöopathie eine schwierige Heilkunst ist, die viel Erfahrung erfordert. Dies gilt besonders für die Behandlung chronischer, tief sitzender konstitutioneller Leiden.

Bei akuten Leiden und manchen bewährten Indikationen kann jedoch ein Laie mit Hilfe entsprechender Literatur ein wirksames homöopathisches Mittel finden. Die Selbstbehandlung sollte sich auf solche Fälle und auf die Einnahme tiefer homöopathischer Potenzen beschränken.

Mit dieser bedeutsamen Einschränkung sei auf folgende Bücher zur Selbstbehandlung, zur Behandlung von Kinderkrankheiten und zur Behandlung von Haustieren verwiesen: Eberhard Urbans *Kleiner homöopathischer Ratgeber* hält sich besonders genau an die oben abgesteckten Grenzen und eignet sich daher gut für die ersten Versuche mit einer homöopathischen Hausapotheke.

Die *Hausapotheke für den homöopathischen Patienten* von Norbert Enders ist sehr viel umfangreicher; damit wächst allerdings auch die Versuchung, die eigenen Möglichkeiten zu überschätzen.

Der Titel *Heilen Sie Ihre Kinder mit Homöopathie* von E. A. Maúry spricht für sich.

Der sehr empfehlenswerte Eltern-Ratgeber *Kinderkrankheiten natürlich behandeln* von H. M. Stellmann weist neben der homöopathischen Therapie auch auf Teerezepte, Wickel, Diät und andere Hausmittel hin.

Daß homöopathische Arzneien nicht nur über den Placebo-Effekt wirken können, beweisen unter anderen auch die Erfolge in der Tiermedizin. Den Tierfreunden seien die beiden Bücher *Unsere*

Hunde gesund durch Homöopathie und *Unsere Katze gesund durch Homöopathie* empfohlen.

Einen sehr guten Überblick über die Möglichkeiten der Selbstbehandlung bietet dem schon etwas erfahrenen und vorgebildeten Laien Dr. Vogels *Homöopathischer Hausarzt*, der bereits in der 26. Auflage erschienen ist. Die Darstellung medizinischer Erkenntnisse ist allerdings veraltet und eher historisch interessant. Man muß in diesem Fall sowohl aus homöopathischer als auch aus konventionell-medizinischer Sicht seine Grenzen selbst kennen.

Aus- und Weiterbildung

Nach dem Fach Homöopathie sucht man in den Lehrplänen deutscher Universitäten und medizinischen Hochschulen vergebens. Die Homöopathie ist zwar in die Studienordnung der Pharmazeuten, nicht jedoch in die der Mediziner aufgenommen worden. Auf Initiative von Studenten halten jedoch homöopathische Ärzte an folgenden Universitäten Vorlesungen: Berlin, Bochum, Bonn, Düsseldorf, Freiburg, Göttingen, Hannover, Heidelberg, Köln, München, Münster, Tübingen, Ulm und Würzburg. Nähere Angaben erfragt man bei den jeweiligen Fachschaftsvertretungen oder bei den Landesverbänden des Deutschen Zentralvereins homöopathischer Ärzte. Medizinstudenten können auch die Fortbildungsveranstaltungen des Zentralvereins besuchen. Diese Teilnahme wird allerdings nicht auf eine spätere Weiterbildung angerechnet.

Die ärztliche Weiterbildung im Bereich Homöopathie ist erst nach der Approbation möglich und wird durch die Weiterbildungsordnung der Bundesärztekammer geregelt. Um die Zusatzbezeichnung «Homöopathie» führen zu dürfen, müssen Ärzte folgende Voraussetzungen erfüllen:

1. Nachweis einer mindestens 2jährigen klinischen Tätigkeit.
2. Eine theoretische und praktische Beschäftigung mit dem homöopathischen Heilverfahren während der Dauer von mindestens 1½ Jahren oder eine 6monatige Weiterbildung an einem Krankenhaus.

3. Die Teilnahme an 3 Kursen von je einer Woche Dauer mit 40 Stunden oder wahlweise an einem 3monatigen Lehrgang in der homöopathischen Therapie.

Den Anforderungen dieses Weiterbildungsganges entsprechen ausführliche Fortbildungsprogramme des Deutschen Zentralvereins homöopathischer Ärzte, die von den zuständigen Landesverbänden angefordert werden können:

Bayern:	Dr. med. Artur Braun Zeppelinstraße 1 8025 Unterhaching Tel.: 089/6113522
Hessen/Rheinland-Pfalz/ Saarland:	Dr. med. Hans Leers Zum Homberg 8 6640 Merzig-Mondorf Tel.: 06869/1090
Baden-Württemberg:	Dr. med. W. Hess Heinzengasse 12 7460 Balingen 14 (Frommern) Tel.: 07433/34524
Niedersachsen:	Dr. med. A. Kammrad-Kempel Garkenburgstraße 2 3000 Hannover Tel.: 0511/864822
Berlin:	Dr. med. Dietrich Grunow Bergengruenstraße 24 1000 Berlin 38 Tel.: 030/8929052
Nordrhein-Westfalen:	Dr. med. H. Gerd-Witte Werseblick 3 4400 Münster-Handorf Tel.: 0251/328292
Hamburg/Bremen/ Schleswig-Holstein:	Dr. med. W. Schweitzer Bahnhofstraße 7c 2057 Reinbek/Stormarn Tel.: 040/7222555

Vierteljahreskurse werden in Augsburg und in Celle veranstaltet. Anmeldung und Auskunft bei:

Kursana Residenz
Blumlänger Kirchweg 1
3100 Celle
Tel.: 05141/71314
Dr. med. L. Wecker
Ludwig-Thoma-Straße 25
8905 Mering bei Augsburg
Tel.: 08233/9474

Weitere Kurse und Seminare veranstaltet der Deutsche Zentralverband homöopathischer Ärzte (Adresse s. S. 286) und das

August-Weihe-Institut
für Homöopathische Medizin e. V.
Benekestraße 11
4930 Detmold
Tel.: 05231/34151

Eine Übersicht über die verschiedenen Kurse bietet die

Geschäftsstelle des Fördervereins
für Homöopathie
Friedensstraße 101
7530 Pforzheim
Tel.: 07231/27991

In *Österreich* wird Ärzten ein ähnliches Kursprogramm zur Weiterbildung in Homöopathie wie in Deutschland angeboten durch das

Ludwig-Boltzmann-Institut
für Homöopathie, Wien
Auskunft: Prof. Dr. M. Dorcsi
Mariahilferstraße 110
A-1070 Wien

In der *Schweiz* erfolgt die Ausbildung zum homöopathischen Arzt in viersemestrigen Kursen (3 Wochenstunden das ganze Semester hindurch) an den Universitäten Zürich und Genf mit Abschluß-Examen. Auskunft:

Frau Dr. E. Huber-Stoller
Beustweg 8
CH-8032 Zürich
Dr. Roland Ney
Monts-de-Lavaux
CH-1092 Belmont s/Lausanne

In den Kantonen Appenzell, Baselland und neuerdings Thurgau sind auch Laienhomöopathen zugelassen, deren Status dem deutschen Heilpraktiker entspricht.

Wer in Deutschland ohne Medizinstudium die Homöopathie erlernen möchte, dem stehen in allen größeren Städten zahlreiche Heilpraktiker-Schulen offen, in denen unter anderem auch Homöopathie unterrichtet wird. Da es hier schwierig ist, die Spreu vom Weizen zu sondern, sollte man sich für homöopathische Ausbildung besonders qualifizierte Einrichtungen empfehlen lassen vom

Fachverband Deutscher Heilpraktiker
Heilsbachstraße 30
5300 Bonn 1

Grundsätzlich ist es aber nicht möglich, während der meist dreijährigen Ausbildung zum Heilpraktiker, in der in erster Linie die medizinischen Kenntnisse vermittelt werden, die zur Ablegung der staatlichen Prüfung erforderlich sind, mehr als Grundlagen der Homöopathie zu erlernen. Um die Homöopathie ausüben zu können, muß man sich 2 bis 3 Jahre intensiv ausschließlich mit ihr befassen.

Es haben sich aus der Initiative homöopathisch arbeitender Heilpraktiker und Ärzte verschiedene Aus- und Fortbildungsmöglichkeiten entwickelt, die gleichermaßen Ärzten wie Heilpraktikern offenstehen und in Wochenend- bis mehrwöchigen Seminaren, die aufeinander aufbauen, Theorie, Arzneimittellehre und praktische Anwendung vermitteln:

Bad Boller Homöopathie-Woche
Sekretariat: Frau Evelyn Gerloch
Steigstraße 4
7329 Aichelberg
Tel.: 07164/4125

Göttinger und Münchner Intensivkurse für Klassische Homöopathie
Sekretariat: c/o Ulrich Burgdorf
Verlag für Homöopathische Literatur
Tegeler Weg 8
3400 Göttingen
Tel.: 0551/796050

Gemeinnütziger Verein zur Förderung der Homöopathie e. V.
Reindlweg 2
8110 Seehausen
Tel.: 08841/2699

Wichtiger Hinweis zu Vorsicht und Zurückhaltung:

Die Behandlung akuter Krankheiten mit homöopathischen Mitteln ist relativ schnell und einfach zu erlernen. In der Praxis ist man jedoch häufiger mit chronischen Leiden konfrontiert, die ein ausführliches Studium der homöopathischen Methode, eine genaue Kenntnis der Materia Medica und reiche Erfahrung unter Anleitung und Supervision erfordern. Auch fertig ausgebildete Mediziner, Psychotherapeuten, Heilpraktiker oder Angehörige anderer Heilberufe können das umfangreiche Heilsystem der Homöopathie nicht in einigen Wochenendseminaren erlernen. Man sollte damit rechnen, einige Jahre studieren zu müssen, bevor man die Methode einigermaßen beherrscht. Dieses Grundsystem wird dann durch die Praxis ein Leben lang vertieft.

Behandlung

Homöopathie ist eine sehr individuelle Form der Therapie, die nicht mit Standarddiagnosen und fertigen Rezepten arbeitet. Der Erfolg einer solchen Behandlung hängt ab von der Wahl des «Similimum», des zu einer bestimmten Person und einer bestimmten Situation am besten passenden Arzneimittels, und damit wesentlich von der Erfahrung und dem Geschick des Homöopathen. Wenn eine homöopathische Behandlung versagt, so liegt dies häufiger am Therapeuten als an der Methode.

Durch die rasch steigende Nachfrage nach homöopathischer Behandlung praktizieren viele Therapeuten schon, bevor sie wirklich kompetent sind, und bringen dadurch nur allzuleicht die Methode in Mißkredit.

Wie aber findet man einen qualifizierten Therapeuten? Bei Ärzten, die die Zusatzbezeichnung «Homöopathie» führen, kann man sicher sein, daß sie sich in der unter «Ausbildung» skizzierten Weise weitergebildet haben. Man sollte jedoch nicht allein auf Titel, sondern auch auf persönliche Empfehlungen, auf den Ruf und vor allem auf den eigenen Eindruck achten.

Will man die Arbeitsweise eines Homöopathen einschätzen, so ist es natürlich sehr nützlich, wenn man selbst möglichst viel über diese Heilmethode weiß. Darüber hinaus sollte man auf folgende Punkte besonders achten:

1. Wieviel Zeit widmet der Therapeut einem Patienten? Der erste Besuch sollte mindestens eine Stunde, weitere Termine etwa 20 bis 30 Minuten dauern. Mit einem geringeren Zeitaufwand ist es im allgemeinen sehr schwierig, die individuell passende Arznei zu finden.
2. Gibt der Therapeut eine einzige Arznei oder mehrere Mittel gleichzeitig? Auch wenn es verschiedene Schulen der Homöopathie gibt, verschreiben besonders erfahrene Homöopathen in der Regel nur ein einziges Mittel zu einem bestimmten Zeitpunkt. Sie verwenden eine Arznei für die Gesamtheit der Symptome eines Menschen und nicht eine Arznei für diese Krankheit, eine zweite für jene usw. Es gibt allerdings Ausnahmen von dieser Regel. Wenn viele Patienten von guten Heilerfolgen eines Homöopathen berichten, der mehrere Arzneien gleichzeitig gibt, so kann dieser spezielle Therapeut offensichtlich besonders gut mit diesem weniger «klassischen» Ansatz umgehen.
3. Fragt der Therapeut nach der Gesamtheit der körperlichen, emotionalen und geistigen Symptome? Wenn er sich nicht nach der psychosozialen Situation erkundigt oder wenn er sich andererseits ausschließlich auf den psychischen Zustand konzentriert, dann sollte man besser einen Homöopathen suchen, der sich für die gesamte Person interessiert.

Wenn es nicht möglich ist, auf persönliche Empfehlung einen Homöopathen zu finden, dann wende man sich an den ärztlichen Kreis- und Bezirksverband des Heimatortes oder -landkreises, oder an den Deutschen Zentralverband homöopathischer Ärzte: 1. Vorsitzender Dr. med. Karl-Heinz Gebhardt, Bahnhofsplatz 8, 7500 Karlsruhe, bzw. an die Landesverbände (siehe unter «Aus- und Weiterbildung»).

Wer einen Heilpraktiker sucht, der auf Homöopathie spezialisiert ist, kann sich an den Fachverband Deutscher Heilpraktiker, Heilsbachstraße 30, 5300 Bonn 1, mit seinen Landesverbänden wenden.

In der *Schweiz* kann man Adressen von Homöopathen über die Sekretärin des Schweizerischen Vereins homöopathischer Ärzte, Madame M. L. Bollier, Pharmacie du Mandement, Satigny, erfahren. In *Österreich* wende man sich an das Ludwig Boltzmann-Institut für Homöopathie, Prof. Dr. M. Dorsci, Mariahilferstraße 110, A-1070 Wien.

Manchmal muß man sogar eine Reise in Kauf nehmen, um einen guten Homöopathen zu erreichen. Dieser «Umstand» kann jedoch oft größere Umstände ersparen.

Dank

Viele gute Freunde und Kollegen haben mir die Ehre erwiesen, meinen Text ihrer unbestechlichen Kritik zu unterziehen.

Randall Neustaedter, C. A., Bernardo Merizale, M. D., und Stephen Cummings, F. N. P., waren mir dabei eine besondere Hilfe, da sie viele Abschnitte des Buches kritisch durchgesehen haben.

Folgende Freunde und Kollegen haben Teile des Buches gegengelesen und wertvolle Informationen beigesteuert, die nun in den Text Eingang gefunden haben: Jacqueline Wilson, M. D.; Bill Shevin, M. D.; Richard Moskowitz, M. D.; Alan Trachtenberg, M. D.; Linda Johnston, M. D.; Harris Coulter, Ph. D.; Jeffrey Gould, M. D., M. P. H.; Ananda Zaren, R. N.; Julian Winston; Harvey Powelson, M. D.; Philip Parsons, D. D. S.; Janet Zand, C. A., N. D.; Marcel Simons, M. D.; Jacques Imbrechts, M. D.; Sandra Chase, M. D.; Jonathan Shore, M. D.; Jeff Baker, N. D.; John George, M. D.; Ben Hole, M. D.; Stev Subotnick, D. P. M.; Bart Flick, M. D.; Penelope Roberts, D. C.; Michael Quinn, R. Ph.; Gregory Manteuffel, M. D.; Sandra McLanahan, M. D.; Dean Ornish, M. D.; Ernest Callenbach; Beverly Chapman; Steve Waldstein; Shandor Weiss, N. D.; Andy Hendrickson und Elizabeth Hallett.

Meinen Kollegen in Großbritannien danke ich für ihre Unterstützung, die mich die geographische Entfernung zwischen uns vergessen ließ. David Taylor Reilly, M. B., M. R. C. P., Morag Taylor, Peter Fisher, M. B., M. R. C. P., und Francis Treuherz haben mir bei einigen wichtigen Beiträgen in diesem Buch geholfen und das Gefühl vermittelt, der internationalen Gemeinschaft der Homöopathen anzugehören.

Mein Dank gilt auch dem Planetree Resource Center in San Francisco, dieser wahren Schatzkammer für medizinische Literatur, seien es Bücher, Zeitschriften oder andere Mitteilungsblätter. Das Center ermöglichte mir den für mich so wertvollen Zugang zu den aktuellsten medizinischen Veröffentlichungen.

Herzlich danken möchte ich den Freunden, deren Leben und Arbeit mich inspirierten. Zu ihnen gehören: Steven Schmidt, Marc Lappé, Ph. D.; Jack Warren Salmon, Ph. D.; Stephen Rosenblatt, Ph. D., C. A.; Kathy Rosenblatt, C. A.; Fritjof Capra, Ph. D.; Mark Satin; Denny Thompson; Betty Boardman; Nalini Chilkov und Allan Solares.

Besonderen Dank schulde ich Patricia Fisher für ihre außerordentliche Unterstützung und David Hoskinson, der mich antrieb, wann immer es nötig war.

Meine Dankbarkeit gilt in besonderem Maß meinem Lektor, Verleger und Freund Richard Grossinger, der unter Einsatz seines ganzen verlegerischen Könnens dafür sorgte, daß dieses Buch das Licht der Welt erblickte.

Meine Assistenten Robert Bruce Moody und Jocelyn Elder-Gray haben mir stets das Arbeiten so leicht wie möglich gemacht. Ihre unerschöpfliche Lebens- und Schaffensfreude haben dazu beigetragen, die tägliche Zusammenarbeit freudig und produktiv zu gestalten.

Meine besondere Anerkennung gilt meinem Vater Sanford Ullman. Sein Fachwissen auf dem Gebiet der Pädiatrie und der Allergologie war eine unschätzbare Hilfe bei der Durchsicht einiger Kapitel dieses Buches. Sein Rat, seine Unterstützung und seine beständige väterliche Liebe bereichern mein Leben.

Anmerkungen

Einleitung
Gesundheit, Krankheit und die Medizin im 21. Jahrhundert

1. Statistisches Bundesamt der Vereinigten Staaten, «Projections of the Population of the United States, by Age, Sex, and Race: 1983-2080,» Series P-25, 952 (Washington D. C.: U. S. Government Printing Office, 1984), S. 7, Tafel E.
2. *Medical Abstracts Newsletter*, 6 (September 1986): 1.
3. Ebd.
4. Clement Bezold, Rick Carlson und Jonathan Peck: *The Future of Work and Health* (Dover, Mass.: Auburn House, 1986). Wurde als ein «Book of the Year» von der Zeitschrift *American Health* ausgezeichnet.
5. Siehe *Advances: Journal of the Institute for the Advancement of Health*, 16 E. 53rd St., New York, N. Y. 10022. Dies ist die wichtigste Zeitschrift auf dem Gebiet der Psychoneuroimmunologie.
6. Harris L. Coulter, *Divided Legacy* (Berkeley: North Atlantic Books, 1975), Bd. 3, S. 460, Nr. 147.
7. Siehe Helen Mathews Smith, «The Rebirth of Homeopathy», *MD Magazine*, April 1985, S. 114–121; *World Homeopathic Directory 1982* (Neu Delhi: World Homeopathic Links, 1982).
8. René Dubos, *The Mirage of Health* (New York: Harper and Row, 1959), S. 161.
9. Siehe Coulter, *Divided Legacy*, Bd. 3; Thomas L. Bradford, *The Logic of Figures or Comparative Results of Homeopathic and Other Treatments* (Philadelphia: Boericke and Tafel, 1900).
10. K. Steele u. a., «Iatrogenic Illness on a General Medical Service at a University Hospital», *New England Journal of Medicine*, 304 (1981): 683–642.
11. Aus einer schriftlichen Mitteilung an den Autor.
12. Der britische Chirurg Michael Baum traf eine ähnliche Feststellung: «Was heute als unwissenschaftlich gilt, kann sehr wohl die Wissenschaft von morgen sein – im

Hinblick darauf müssen beide Richtungen aus ihrer Selbstzufriedenheit aufgerüttelt werden.» («Science vs. Non-Science in Medicine: Fact or Fiction», *Journal of the Royal Society of Medicine*, 80 [Juni 1987]: 336–337).

1 Homöopathische Medizin heute

1. Die Königliche Familie Großbritanniens ist seit 1830 der Homöopathie eng verbunden; damals wandte sich Königin Adelaide ratsuchend an den Homöopathen Dr. Ernst Stapf, einen Kollegen von Dr. Samuel Hahnemann. Für weitere Informationen siehe «Homoeopathy: The Royal Key», *Homoeopathy: Journal of the British Homoeopathic Association*, Februar 1987, S. 18–21. Von Mahatma Gandhi ist folgende Aussage überliefert: «Die Homöopathie heilt mehr Krankheiten als jede andere Behandlungsmethode.» Aus einer Rede vom 30. August 1936, zitiert in *World Homoeopathic Directory 1982* (Neu Delhi: World Homoeopathic Links, 1982, S. 32). John D. Rockefeller sen. wurde mindestens fünfzehn Jahre lang homöopathisch behandelt. Er bezeichnete einmal die Homöopathie als «einen progressiven und aggressiven Schritt in der Medizin» (Allan Nevins, *John D. Rockefeller: The Heroic Age of American Enterprise* (New York: Scribners, 1940), Bd. 2, S. 263).
   Tina Turner hat sich für die Homöopathie ausgesprochen, wie in ihrer Autobiographie *Ich, Tina. Mein Leben* (München: Goldmann, 1987) und in Maureen Orths «Tina», *Vogue*, Mai 1985, S. 318 ff. nachzulesen ist. Yehudi Menuhin ist Präsident der Hahnemann Society, einer der größten homöopathischen Vereinigungen Großbritanniens.
2. Walter B. Cannon, *The Wisdom of the Body* (New York: Norton, 1942).
3. Hans Selye, *The Stress of Life* (New York: McGraw Hill, 1978, durchges. Ausg.), S. 12. (Dt.: *Stress. Bewältigung und Lebensgewinn* (München: Piper, 1988).
4. Ilya Prigogine und Isabelle Stengers, *Dialog mit der Natur. Neue Wege naturwissenschaftlichen Denkens* (München: Piper, ^{4}1985); Fritjof Capra, *Wendezeit. Bausteine für ein neues Weltbild* (Bern, München, Wien: Scherz, ^{14}1987); Erich Jantsch, *Die Selbstorganisation des Universums. Vom Urknall zum menschlichen Geist* (München: dtv, 1982).
5. Matthew Kluger, «Fever», *Pediatrics,* 66 (November 1980: 720-724; ders., «Fever: Effect of Drug-Induced Antipyresis on Survival», *Science*, 193 (16. Juli 1976): 237–239; ders., «Fever and Survival», 188 (11. April 1975): 166–168.
6. Siehe William Boyd, *An Introduction to the Study of Disease* (Philadelphia: Lea and Febiger, 1972), S. 95–110.
7. H. L. DuPont und R. B. Hornick, «The Adverse Effect of Lomotil Therapy in Shigellosis», *JAMA*, 226 (24. Dezember 1971): 1525–28.
8. Emil Adolph von Behring, *Modern Phthisia-Genetic and Phthisia-Therapeutic Problems in Historical Illumination* (New York 1906), Sektion 5; erstmals veröffentlicht in: *Beiträge zur Experimentellen Therapie*, 2 (1906). Siehe auch Otto

E. Guttentag, «Homeopathy in the Light of Modern Pharmacology», *Clinical Pharmacology and Therapeutics*, 7 (1966): 426.

9. Siehe Linn Boyd, *A Study of the Simile in Medicine* (Philadelphia: Boericke and Tafel, 1936).
10. Zitiert in Maesimund Panos und Jane Heimlich, *Homeopathic Medicine at Home* (Los Angeles: J. P. Tarcher, 1980), S. 11. Dt.: *Homöopathische Hausapotheke* (München: Heyne, 1984). Für weitere Stellen aus den hippokratischen Schriften, die sich mit dem Ähnlichkeitsprinzip auseinandersetzen, siehe Harris L. Coulter, *Divided Legacy – The Patterns Emerge: Hippocrates to Paracelsus* (Washington, D. C.: Wehawken, 1975), S. 205–206.
11. Zitiert in Coulter, *Divided Legacy*, Bd. 3, S. 432. Die Signaturenlehre, die auf einer analytischen Interpretation basiert, hat zwar manche Ähnlichkeit mit dem homöopathischen Ähnlichkeitsgesetz, ist aber nicht so genau wie die homöopathische Methode, die Arzneimittelversuche und «Arzneimittelprüfungen» durchführt, um die Symptome zu bestimmen, die die jeweilige Substanz heilt.
12. Steward Brand, *Whole Earth Catalog* (Baltimore: Penguin, 1974), S. 606.
13. K. C. Cole, *Sympathetic Vibrations* (New York: Bantam, 1985), S. 280.
14. Kathleen McAuliffe, «The Mind Fields», *Omni* (Januar 1985): 42–44.
15. James Tyler Kent, *Zur Theorie der Homöopathie. Kents Vorlesungen über Hahnemanns Organon* (Leer: Grundlagen und Praxis,[3] 1985).
16. George Vithoulkas, *The Science of Homeopathy* (New York: Grove Press, 1980), S. 87. (Dt.: *Die wissenschaftliche Homöopathie – Theorie und Praxis naturgesetzlichen Heilens* (Göttingen: Burgdorf, 1986).
17. R. R. Sharma, «Homoeopathy Today: A Scientific Appraisal», *British Homoeopathic Journal*, 75 (Oktober 1986): 231–236.
18. I. Amato, «Molecular Divorce Gives Strange Vibes», *Science News* (1. November 1986): 277–278.
19. Stanley Ries u. a., «Triacontanol: A New Naturally Occurring Plant Growth Regulator», *Science*, 195 (1977): 1339–41.
20. David Perlman, «Chance Discovery of a Magic Fertilizer», *San Francisco Chronicle* (15. November 1977): 1.
21. Francisco X. Eizayaga, *Tratado de Medicina Homeopatica* [Traktat über die Homöopathie], (Buenos Aires: Ediciones Marecel, 1981). Ein Satz englischsprachiger Kassetten mit Dr. Eizayagas Grundkonzepten ist erhältlich bei Homoeopathic Educational Services, 2124 Kittredge St., Berkeley, CA 94704.
22. Edward W. Russell, *Report on Radionics* (Suffolk, England: Neville Spearman, 1973), S. 17.
23. H. D. Kerr und G. W. Yarborough, «Pancreatitis Following Ingestion of a Homeopathic Preparation», *New England Journal of Medicine*, 314 (19. Juni 1986): 642–643.

2 Kurzer historischer Abriß der Homöopathie

1. Sir James George Frazer, *The Golden Bough* (New York: Macmillan, 1922), S. 12–42. (Dt.: *Der goldene Zweig* [Leipzig: Hirschfeld, 1926]).
2. Richard Haehl, *Samuel Hahnemann: His Life and Work* (Neu Delhi: B. Jain, 1971), S. 37.
3. Trevor M. Cook, *Samuel Hahnemann*: The Founder of Homoeopathic Medicine (Wellingborough, England: Thorsons, 1981), S. 71–77; Harris Coulter, *Divided Legacy* (Washington, D. C.: Wehawken, 1977), Bd. 2, S. 310.
4. Samuel Hahnemann, «Versuch über ein neues Prinzip zur Auffindung der Heilkräfte der Arzneisubstanzen, nebst einigen Blicken auf die bisherigen», *Journal der practischen Arzneykunde und Wundarzneykunst*, hrsg. von C. W. Hufeland, 2 (1796): 391-439; 465-561.
5. Thomas L. Bradford, *The Life and the Letters of Dr. Samuel Hahnemann* (Philadelphia: Boericke u. Tafel, 1895), S. 151.
6. Cook, *Samuel Hahnemann*, S. 127.
7. Haehl, *Samuel Hahnemann*, S. 108.
8. Cook, *Samuel Hahnemann*. S. 130.
9. Paul Starr, *The Social Transformation of American Medicine* (New York: Basic, 1982).
10. Cook, *Samuel Hahnemann*, S. 39.
11. Harris L. Coulter, *Divided Legacy* (Berkeley: North Atlantic Books, 1975), Bd. 3, S. 39.
12. Cook, *Samuel Hahnemann*, S. 39.
13. Coulter, *Divided Legacy,* Bd. 3, S. 70.
14. *New York Journal of Medicine*, 5 (1845): 418.
15. Coulter, *Divided Legacy*, Bd. 3, S. 103.
16. Starr, *Social Transformation*, S. 97.
17. Martin Kaufman, *Homoeopathy in America* (Baltimore: Johns Hopkins University Press, 1971), S. 158.
18. Coulter, *Divided Legacy*, Bd. 3, S. 124-126.
19. Kaufman, *Homeopathy in America*, S. 53.
20. Coulter, *Divided Legacy*, Bd. 3, S. 199.
21. Ebd., S. 206–219.
22. William Harvey King, *History of Homeopathy* (New York: Lewis, 1905), Bd. 1, S. 47.
23. Coulter, *Divided Legacy*, Bd. 3, S. 208.
24. Starr, *Social Transformation*, S. 98.
25. Ebd.
26. Ebd.
27. Kaufman, *Homeopathy in America*, S. 89.
28. Coulter, *Divided Legacy,* Bd. 3, S. 208.
29. Ebd. S. 209.
30. Bradford, *Dr. Samuel Hahnemann*, S. 157.

31. Coulter, *Divided Legacy,* Bd. 3,, S. 562.
32. Cook, *Samuel Hahnemann*, S. 158; Thomas L. Bradford, *The Logic of Figures or Comparative Results of Homoeopathic and Other Treatments* (Philadelphia: Boericke and Tafel, 1900), S. 112–146.
33. Rudolf Tischner, *Geschichte der Homöopathie* (Leipzig: Verlag Dr. W. Schwabe, 1939).
34. Erich Haehl, *100 Jahre Deutscher Zentralverein homöopathischer Ärzte. Geschichte des DZVhÄ*. Festschrift (Leipzig: Verlag Dr. W. Schwabe, 1929).
35. Mark Twain, «A Majestic Literary Fossil», *Harpers Magazine* (Februar 1890): 444.
36. Coulter, *Divided Legacy,* Bd. 3, S. 304 und 460; *Transactions of the American Institute of Homoeopathy* (1901): 657–746.
37. King, *History of Homeopathy*, Bd. 2, S. 14.
38. Coulter, *Divided Legacy,* Bd. 3, S. 463.
39. Cook, *Samuel Hahnemann*, S. 142–144.
40. Ebd., S. 148; *New England Medical Gazette* (1869): 291; *Transactions of the American Institute of Homoeopathy* (1908): 128.
41. King, *History of Homeopathy*, Bd. 1, S. 346.
42. Coulter, *Divided Legacy,* Bd. 3, S. 297.
43. King, *History of Homeopathy*, Bd. 2, S. 159–213.
44. Ruth Abrams (Hrsg.), *Send Us a Lady Physician: Women Doctors in America, 1835-1920* (New York: Norton, 1985), S. 100.
45. Starr, *Social Transformation*, S. 117.
46. Abrams (Hrsg.), *Lady Physician*, S. 101.
47. Coulter, *Divided Legacy,* Bd. 3, S. 112.
48. Mary Baker Eddy, *Science and Health* (auch dt.: *Wissenschaft und Gesundheit mit Schlüssel zur heiligen Schrift*), (Boston: Trustees under the Will of Mary B. Eddy, ca. 1952).
49. *Transactions of the Medical Society of New York* (1872): 46.
50. Henry James, *The Bostonians* (New York: Bantam, 1984), S. 315. (Dt.: *Die Damen aus Boston* [Berlin: Ullstein, 1984]).
51. Coulter, *Divided Legacy,* Bd. 3, S. 113.
52. Bradford, *Logic of Figures*, S. 59; Coulter, *Divided Legacy,* Bd. 3, S. 298-305.
53. Bradford, *Logic of Figures*, S. 68 und 113-146; Coulter, *Divided Legacy,* Bd. 3, S. 268.
54. Coulter, *Divided Legacy,* Bd. 3, S. 299-302.
55. *New England Medical Gazette* (1866): 69.
56. *Transactions of the American Institute of Homoeopathy* (1892): 83.
57. Kaufman, *Homoeopathy* in *America*, S. 58.
58. *Transactions of the American Institute of Homoeopathy* (1893): 52; *Journal of the American Medical Association*, 52 (22. Mai 1909): 1691ff.
59. *Phials,* University of Michigan, 1901.
60. Coulter, *Divided Legacy,* Bd. 3, S. 430.
61. Starr, *Social Transformation, S.* 119; Coulter, *Divided Legacy,* Bd. 3, S. 446.

62. Kaufman, *Homoeopathy in America,* S. 166.
63. Starr, *Social Transformation*, S. 124.
64. Coulter, *Divided Legacy,* Bd. 3, S. 444.
65. Artur Braun, «Deutscher Zentralverein homöopathischer Ärzte», in: A. Braun und B. Ostermayr, *Handwörterbuch der Homöopathie* (Regensburg: Sonntag, in Vorbereitung).
66. Coulter, *Divided Legacy,* Bd. 3, S. 371.
67. E. Richard Brown, *Rockefeller's Medicine Men* (Berkeley: University of California Press, 1979), S. 109-111.
68. Ebd.
69. J. H. Salisbury, «The Subordination of Medical Journals to Proprietary Interests», *Journal of the American Medical Association*, 46 (1906): 1337-38.
70. Bradford, *Dr. Samuel Hahnemann*, S. 304.
71. Hans-Jürgen Rieger, *Lexikon des Arztrechts* (Berlin: Walter de Gruyter, 1984).
72. Bradford, *Dr. Samuel Hahnemann*, S. 304.
73. Rieger, *Lexikon des Arztrechts.*
74. Braun, «Deutscher Zentralverein homöopathischer Ärzte».
75. Trevor Cook, *Samuel Hahnemann, The Founder of Homoeopathic Medicine* (Wellingborough, England: Thorsons, 1981), S. 144.
76. Barnaby J. Feder, «Holistic Medicine in Britain», *New York Times* (9. Januar 1985).
77. «Magic or Medicine», *Which*? (Oktober 1986): 443-447.
78. Richard Wharton und George Lewith, «Complementary Medicine and General Practitioner», *British Medical Journal*, 292 (7. Juni 1986): 1498-1500.
79. «Taking the Alternative Path to Health», *The Times* [London] (13. März 1985).
80. David Taylor Reilly, «Young Doctors' Views on Alternative Medicine», *British Medical Journal*, 287 (30. Juni 1983): 337-339.
81. IFOP Survey, Paris, 1985.
82. «Medécines douches: La revanche de l'homeopathie», *Le Nouvel Observateur* (12. April 1985): 36-41.
83. «Summary Report of the Commission for Alternative Systems of Medicine», in: *Alternative Medicine in the Netherlands*, Den Haag 1981, S. 10-11.
84. Jugal Kishore, «Homoeopathy: The Indian Experience», *World Health Forum*, 3 (1983): S. 107.
85. Ebd., S. 106.
86. Ebd., S. 110.
87. Francisco X. Eizayaga, «Homeopathy in American Spanish-Speaking Countries», A Presentation at the Annual Conference of the National Center for Homeopathy vom 4.-5. Oktober 1985.
88. *World Homoeopathic Directory* (Neu Delhi: Harjeet, 1982), S. 36-37; Eizayaga, «Homeopathy».
89. Ann Chase, «Options: Homeopathy», *Washington Post* (28. April 1983): D5.
90. «Riding the Coattails of Homeopathy», *FDA Consumer* (März 1985): 31.

91. R. L. Avina und L. J. Schneiderman, «Why Patients Choose Homeopathy», *Western Journal of Medicine*, 128 (April 1978): 366-369.

3 Die wissenschaftliche Verifikation der Homöopathie

1. Sir William Osler, «Unity, Peace and Concord – A Farewell Address to the American Medical Profession in 1905», in: *The Collected Writings of Sir William Osler* (Birmingham, Ala.: Classics of Medicine Library, 1985), Bd. 1; Nachdruck von Auszügen im *Journal of the American Medical Association*, 258 (3. Juli 1987): 3.
2. David O'Keeffe und M. F. Khan, «Is Homoeopathy a Placebo Response?» *Lancet* (8. November 1986): 1106-07.
3. David Taylor Reilly, Morag A. Taylor, Charles McSharry und Tom Aitchison, «Is Homoeopathy a Placebo Response?» *Lancet* (29. November 1986): 1272.
4. Office of Technology Assessment, *Assessing the Safety and Efficacy of Medical Technology* (Washington, D. C.: U. S. Gouvernment Printing Office, September 1978), S. 7.
5. Howard P. Bellows, *The Test Drug Proving of the O. O. & L. Society: A Reproving of Belladonna* (Boston: The American Homoeopathic Ophthalmological, Otological, and Laryngological Society, 1906).
6. J. Paterson, «Report on Mustard Gas Experiments», *Journal of the American Institute of Homeopathy*, 37 (1944): 47-50, 88-92.
7. R. M. M. Owen und G. Ives, «The Mustard Gas Experiments of the British Homeopathic Society: 1941-1942», *Proceedings of the 35th International Homeopathic Congress* (1982): 258-259.
8. David Taylor Reilly, Morag A. Taylor, Charles McSharry und Tom Aitchison, «Is Homoeopathy a Placebo Response: Controlled Trial of Homoeopathic Potency, with Pollen in Hayfever as Model», *Lancet* (18. Oktober 1986): 881-886.
9. R. G. Gibson, S. L. M. Gibson, A. D. MacNeil u. a., «Homoeopathic Therapy in Rheumatoid Arthritis: Evaluation by Double-Blind Controlled Trial», *British Journal of Clinical Pharmacology* 9 (1980): 453-459.
10. Peter Fisher, «An Experimental Double-Blind Trial Method in Homeopathy: Use of a Limited Range of Remedies to Treat Fibrositis», *British Journal of Homoeopathy*, 74 (1986): 142–147.
11. Henry Albertini u. a., «Homeopathic Treatment of Neuralgia Using Arnica and Hypericum: A Summary of 60 Observations», *Journal of the American Institute of Homeopathy*, 78 (September 1985): 126–128.
12. C. F. Claussen, J. Bergmann, G. Bertora und E. Claussen, «Homöopathische Kombination bei Vertigo und Nausea», *Arzneim.-Forsch./Drug Res.*, 34 (1984): 1791-98.
13. Pierre Dorfman, Marie Noel Lasserre und Max Tetau, «Préparation à l'accouchement par homéopathie: Expérimentation en double-insu versus placebo», *Cahiers de Biotherapie*, 94 (April 1987): 77-81.

14. M. Shipley, H. Berry, Gill Broster u. a., «Controlled Trial of Homeopathic Treatment of Osteoarthritis», *Lancet* (15. Januar 1983): 97-98.
15. C. Oliver Kennedy, «Homoeopathy», *Lancet* (26. Februar 1983): 482.
16. V. Baumans, C. J. Bol, W. M. T. oude Luttikhuis und A. C. Beynen, «Does Chelidonium 3x Lower Serum Cholesterol?» *British Homoeopathic Journal,* 76 (Januar 1987): 14-15.
17. J. C. Cazin u. a., «A Study of the Effect of Decimal and Centesimal Dilution of Arsenic on Retention and Mobilization of Arsenic in the Rat», *Human Toxicology* (Juli 1987).
18. Christopher Day, «Control of Stillbirths in Pigs Using Homoeopathy», *Veterinary Record*, 114 (3. März 1984): 216; Reprint im *Journal of the American Institute of Homeopathy*, 779 (Dezember 1986): 146-147.
19. Christopher Day, «Clinical Trials in Bovine Mastitis: Use of Nosodes for Prevention», *British Homoeopathic Journal*, 75 (Januar 1986): 11-15.
20. H. Choudhury, «Cure of Cancer in Experimental Mice with Certain Biochemic Salts», *British Homoeopathic Journal*, 69 (1980): 168-170.
21. G. R. Keysall, K. L. Williamson und B. D. Tolman, «The Testing of Some Homoeopathic Preparations in Rodents», in: *Proceedings of the 40th International Homeopathic Congress* (Lyon, Frankreich, 1985), S. 228-231.
22. Adam Sacks, «Nuclear Magnetic Resonance Spectroscopy of Homeopathic Remedies», *Journal of Holistic Medicine*, 5 (Herbst-Winter 1983): 172-175; R. B. Smith und G. W. Boericke, «Changes Caused by Succussion on N. M. R. Patterns and Bioassay of Bradykinin Triacetate (BKTA) Succussions and Dilution», *Journal of the American Institute of Homeopathy,* 61 (November-Dezember 1968): 197-212.
23. Jean Boiron, Jacky Abecassis und Philippe Belon, «The Effects of Hahnemannian Potencies of 7c Histaminum and 7c Apis Mellifica upon Basophil Degranulation in Allergic Patients», *Aspects of Research in Homeopathy* (Lyon: Boiron, 1983).
24. J. Sainte Laudy, D. Haynes und G. Gerswin, «Inhibition of Whole Blood Dilutions on Basophil Degranulation», *International Journal of Immunotherapy*, 2 (1986): 247-250.
25. Elizabeth Davenas, Bernard Poitevin und Jacques Benveniste, «Effect on Mouse Peritoneal Macrophages of Orally Administered Very High Dilutions of Silicea», *European Journal of Pharmacology*, 135 (April 1987): 313-319.
26. L. M. Singh und G. Gupta, «Antiviral Efficacy of Homeopathic Drugs Against Animal Viruses», *British Homoeopathic Journal*, 74 (Juli 1985): 168-174.
27. W. E. Boyd, «The Action of Microdoses of Mercuric Chloride on Diastase», *British Homoeopathic Journal*, 31 (1941): 1-28; 32 (1942): 106-111.
28. David Mock, «What's Going On Here, Anyway? – A Review of Boyd's ‹Biochemical and Biological Evidence of the Activity of High Potencies›,» *Journal of the American Institute of Homeopathy*, 62 (1969): 197.
29. R. L. Jones und M. D. Jenkins, «Comparison of Wheat and Yeast as In Vitro Models for Investigating Homoeopathic Medicines», *British Homoeopathic Journal*, 72 (1983): 143-147.

30. William Steffan, «Growth of Yeast Cultures as In Vitro Model for Investigating Homoeopathic Medicines», *British Homoeopathic Journal*, 73 (Oktober 1984): 198-210.
31. R. D. Baker und C. W. Smith, «Comment on the Paper ‹Growth of Yeast Cultures as In Vitro Model for Investigating Homoeopathich Medicines›», *British Homoeopathic Journal*, 74 (April 1985): 93-95.
32. Jessica Chou, «A Biological Investigation of Successed Serial Microdilutions», *Journal of the American Institute of Homeopathy* 79 (September 1986): 100-105.
33. A. R. D. Stebbing, «Hormesis: The Stimulation of Growth by Low Levels of Inhibitors», *The Science of the Total Environment,* 22 (1982): 213-234.

Weitere Literaturhinweise

Zur weitergehenden Information über homöopathische Forschung siehe insbesondere:

Coulter, Harris L., *Homoeopathic Science and Modern Medicine: The Physics of Healing with Microdoses* (Berkeley: North American Books, 1981).

Resch, Gerhard, und Viktor Gutmann, *Scientific Foundations of Homoeopathy* (Berg: Barthel & Barthel, 1987).

Scofield, A. M. «Experimental Research in Homoeopathy: A Critical Review», *British Homoeopathic Journal*, 73 (Juli-Oktober 1984): 161-180; 211-226.

Ullman, Dana (Hrsg.), *Monograph on Homeopathic Research,* Bd. 1 und 2 (Berkeley: Homeopathic Educational Services, 1981, 1986).

Wenn Sie die homöopathische Forschung unterstützen und darüber auf dem laufenden bleiben wollen, wenden Sie sich bitte an Foundation for Homeopathic Education and Research, 5916 Chabot Crest, Oakland, CA 94618.

4 Schwangerschaft und Geburt: Ein guter Anfang ist wichtig

1. 1986 World Population Data Sheet, Population Reference Bureau (888 14th St., NW, Washington, D. C., 20005).
2. Richard W. Wertz und Dorothy C. Wertz, *Lying-In: A History of Childbirth in America* (New York: Schocken, 1979), S. 137.
3. Ebd., S. 138.
4. Ebd., S. 136.
5. Diana Korte und Roberta Scaer, *A Good Birth, A Safe Birth* (New York: Bantam, 1984), S. 113-137.
6. Ebd., S. 129-130.
7. Ebd., S. 132-133.
8. Ebd., S. 134.

9. Weltgesundheitsorganisation WHO, «Appropriate Technology for Birth», *Lancet*, 8452 (24. August 1985): 436.
10. Zitiert in Herbert H. Keyser, *Women Under the Knife* (New York: Warner, 1984), S. 72.
11. Robert Mendelsohn, *Männermacht Medizin. Wie Ärzte die Frauen beherrschen* (Laer: Mahijiva, 1989).
12. Mark Dowie, «Terata», *Mother Jones* (Januar 1985): 14-21.
13. Pierre Dorfman, Marie Noel Lasserre und Max Tetau, «Preparation à l'accouchement par homéopathie: Expérimentation en double insu versus placebo», *Cahiers de Biotherapie*, 94 (April 1987): 77-81.
14. C. E. I. Day, «Control of Stillbirths in Pigs Using Homoeopathy», *British Homoeopathic Journal*, 73 (Juli 1984): 142-143.
15. Douglas M. Borland, *Homoeopathy for Mother and Infant* (Neu Delhi: B. Jain, o. J.).
16. T. C. Duncan, *Disease of Infants and Children and Their Homoeopathic Treatment* (Chicago: Duncan Brothers, 1880), Bd. 2, S. 492.

Weitere Literaturhinweise

Edwards, Margot, und Mary Waldot, *Reclaiming Birth* (Trumansburg, N. Y.: Crossing Press, 1984).

Fisher, Charles, *A Handbook on the Diseases of Children and Their Homoeopathic Treatment* (Chicago: Medical Century, 1895).

Goer, Henci, «Are Cesareans Saving Babies?: A Review of the Medical Literature», *Childbirth Alternatives Quarterly*, 7 (Sommer 1986): 9-11.

Hamlin, Frederick W., *A Manual of Practical Obstetrics* (New York: Boericke and Runyon, 1908).

Hotchner, Tracy, *Pregnancy and Childbirth* (New York: Avon, 1979).

Isaacs, Janet Ashford, «Trends in World Infant Mortality», *Childbirth Alternative Quarterly*, 8 (Herbst 1986): 13.

Society of Homoeopathic, «Homoeopathy in Childbirth and Childhood», Seminarprotokoll, London, 1. November 1980.

Tyler, Margaret, «Mastitis», *Homoeopathy* 7 (Januar 1938): 3-8.

Yingling, W. A., *The Accoucheur's Emergency Manual* (Neu Delhi: B. Jain, o. J.).

5 Kinderheilkunde: Homöopathische Therapie statt Medikamentenmißbrauch

1. Harris L. Coulter, *Divided Legacy: The Conflict Between Homoeopathy and the American Medical Association*, Bd. 3 (Berkeley: North Atlantic Books, 1973), S. 71.

2. «General Guidelines for the Valuation of Drugs to Be Approved for Use During Pregnancy and for Treatment of Infants and Children.» Ein Bericht des Committee on Drugs, American Academy of Pediatrics, 1974.
3. Clinical Pharmacology Unit, University of Vermont College of Medicine, «Misuse of Antibiotics for Treatment of Upper Respiratory Infections in Children», *Pediatrics for the Clinician* (1975).
4. Robert Mendelsohn, *«Trau keinem Doktor!» Bekenntnisse eines medizinischen Ketzers. Über die enormen Gefahren der modernen Medizin und wie man sich davor schützen kann* (Laer: Mahajiva, 1988).
5. Wayne A. Ray u. a., «Prescribing of Tetracycline to Children Less than 8 Years Old», *Journal of the American Medical Association*, 237 (1977): 2069-74.
6. Annabel Hecht, «What's That Alcohol Doing in My Medicine?» *FDA Consumer*, 18 (1984): 12-16.
7. Coulter, *Divided Legacy*, Bd. 3, S. 114.
8. John S. Haller, jr., «Aconite: A Case Study in Doctrinal Conflict and the Meaning of Scientific Medicine», *Bulletin of the New York Academy of Medicine*, 60 (November 1984): 900.
9. Ebd., S. 898.
10. Karin B. Nelson und Jonas H. Ellenberg, «Prognosis in Children with Febrile Seizures», *Pediatrics* (Mai 1978); Barton D. Schmitt, «Fever Phobia», *American Journal of Diseases of Children* (Februar 1980): 176-186.
11. Gilbert Simon und Marcia Cohen, *Parent's Pediatric Companion* (New York: Marrow, 1985), S. 163.
12. Mendelsohn, *Healthy Child*, S. 3.

6 Frauenleiden: Den weiblichen Körper behandeln, nicht mißhandeln

1. Harris L. Coulter, *Divided Legacy: The Conflict Between Homoeopathy and the American Medical Association*, Bd. 3 (Berkeley: North Atlantic Books, 1973), S. 116.
2. Robert S. Mendelsohn, *Male Practice: How Doctors Manipulate Women* (Chicago: Contemporary Books, 1982), S. 60. (Dt.: Siehe Kap. 4, Anm. 11).
3. Ebd.
4. Editors of Prevention Magazine, *Using Medicines Wisely* (Emmaus, Pa.: Rodale, 1985), S. 94-96.
5. Ebd., S. 95.
6. Elizabeth Wright Hubbard, «Homeopathy During the Menopause», *Journal of the American Institute of Homeopathy,* 54 (März-April 1961): 45-46.

Weitere Literaturhinweise

Keyser, Herbert H., *Women Under the Knife* (New York: Warner, 1984).

Rosenfeld, Isadore, *Second Opinion* (New York: Bantam, 1982).

Smith, Trevor, und Peter Fricke, *Homöotherapie gynäkologischer Erkrankungen* (Regensburg: Sonntag, 1984).

Weiss, Kay (Hrsg.), *Women's Health Care: A Guide to Alternatives* (Reston, Va.: Reston, 1984).

7 Infektionskrankheiten: Es müssen nicht immer Antibiotika sein

1. René Dubos, *Mirage of Health* (New York: Harper and Row, 1959): S. 93-94.
2. Marc Lappé, *When Antibiotics Fail* (Berkeley: North Atlantic Books, 1986): S. xii.
3. William Crook, *The Yeast Connection* (New York: Vintage, 1986).
4. Lappé, *When Antibiotics Fail*, S. xiii.
5. Ebd., S. xvii.
6. «Those Overworked Miracle Drugs», *Newsweek* (17. August 1981): 63.
7. R. B. Sack, «Prophylactic Antibiotics? The Individual Versus the Community», *New England Journal of Medecine*, 300 (1979): 1107-08.
8. Claude Bernard, *Principes de Médicine Expérimentale* (Paris: Presses Universitaires de France, 1947), S. 160-161.
9. Jonas Salk, Mandala Kongreß für ganzheitliche Gesundheit, San Diego, Kalif., September 1976. Tagungsbericht veröffentlicht im *Journal of Holistic Health*, 1976.
10. F. L. von Buchem, «Therapy of Acute Otitis Media: Myringotomy, Antibiotics, or Neither? A Double-Blind Study in Children», *Lancet*, 883 (24. Oktober 1981).
11. J. Thomsen, «Penicillin and Acute Otitis Media: Short and Longterm Results», *Annals of Otology, Rhinology, and Laryngology*, Supplement, 68 (1980): 271.
12. E. M. Mandel u. a., «Efficacy of Amoxicillin with and without Decongestant – Antihistamine for Otitits Media with Effusion in Children», *New England Journal of Medicine*, 316 (19. Februar 1987): 432-437.
13. von Buchem, «Therapy», S. 883-887.
14. Randall Neustaedter, «Management of Otitis Media with Effusion in Homeopathic Practice», *Journal of the American Institute of Homeopathy*, 79 (September-Dezember 1986): 87-99; 133-140.
15. M. Diamant, «Abuse and Timing of Use of Antibiotics in Acute Otitis Media», *Archives of Otolargyngology*, 100 (1974): 226.
16. D. Kilby, «Grommets and Glue Ears: Two Year Results», *Journal of Laryngology and Otology*, 86 (1972): 105; M. J. K. M. Brown, «Grommets and Glue Ear: A Five-year Follow-up of a Controlled Trial», *Journal of Social Medicine*, 71 (1978): 353; T. Lildholdt, «Ventilation Tubes in Secretory Otitis Media», *Acta Otolaryngology*, Supplement, 398 (1983): 1.

17. Alan L. Bisno, «Where Has All the Rheumatic Fever Gone?» *Clinical Pediatrics* (Dezember 1983): 804-805.
18. A. Gastanaduy, «Failure of Penicillin to Eradicate Group A Streptcocci During an Outbreak of Pharyngitis», *Lancet*, 8193 (1980): 498-502; E. Kaplan, «The Role of the Carrier in Treatment Failures After Antibiotic Therapy for Group A Streptococci in the Upper Respiratory Tract», *Journal of Laboratory and Clinical Medicine*, 98 (1981): 326-335.
19. Alan L. Bisno, «The Concept of Rheumatogenic and Nonrheumatogenic Group A Streptococci», in: Read, *Streptococcal Diseases and the Immune Response* (New York: Academic Press, 1980), S. 789-803; Bisno, «Streptococcal Infections that Fail to Cause Recurrences of Rheumatic Fever», *Journal of Infectious Disease*, 136 (1977): 278-285.
20. A. George Veasy u. a., «Resurgence of Acute Rheumatic Fever in the Intermountain Area of the United States», *New England Journal of Medicine*, 316 (19. Februar 1987): 421-426.
21. James W. Bass, «Treatment of Streptococcal Pharyngitis», *Journal of the American Medical Association*, 256 (8. August 1986): 740-743.
22. *Health Facts*, 12 (Mai 1987): 2.
23. René Dubos, *Mirage of Health* (New York: Harper and Row, 1959); Thomas McKeown, *The Role of Medicine* (Princeton: Princeton University Press, 1979).
24. «Life Tables», *Vital Statistics of the United States, 1982* (Hyattsville, Md.: National Center for Health Statistics, 1982), Bd. 2, Abt. 6, S. 13.
25. René Dubos, *Man Adapting* (New Haven: Yale University Press, 1965), S. 346.
26. McKeown, *Role of Medicine*, S. 29-44.
27. Thomas L. Bradford, *The Logic of Figures or Comparative Results of Homoeopathic and Other Treatments* (Philadelphia: Boericke and Tafel, 1900).
28. Ebd., S. 68.
29. Harris L. Coulter, *Divided Legacy: The Conflict Between Homoeopathy and the American Medical Association*, Bd. 3 (Berkeley: North Atlantic Books, 1973), S. 302.
30. Neustaedter, «Management», S. 87.
31. David Castro und George Galvao Nogueira, «Use of the Nosode Meningococcinum as a Preventive Against Meningitis», *Journal of the American Institute of Homoeopathy*, 68 (Dezember 1975): 211-219.
32. L. M. Singh und Girish Gupa, «Antiviral Efficacy of Homoeopathic Drugs Against Animal Viruses», *British Homoeopathic Journal*, 74 (Juli 1985): 168-174.
33. Richard Savage, «Homoeopathy: When No Effective Alternative», *British Homoeopathic Journal*, 73 (April 1984): 75-83.
34. *Transaction of the New York State Homoeopathic Medical Society*, 1867, S. 57-59.
35. «Report of Life Insurance Committee», *Transactions of the American Institute of Homoeopathy* (1897): 53-58; (1898): 81-90.
36. Victor Gong, *Understanding AIDS: A Comprehensive Guide* (New Brunswick, N. J.: Rutgers University Press, 1985), S. 77-89.
37. Matt Clark u. a., «AIDS», *Newsweek* (12. August 1985): 22.

38. *Physicians' Desk Reference* (Oradell, N. J.: Medical Economics Books, 1985).
39. Hans H. Neumann, «Use of Steroid Creams as a Possible Cause of Immunosuppression in Homosexuals», *New England Journal of Medicine,* 306 (15. April 1982): 935.
40. Robert R. Redfield u. a., «Desseminated Vaccinia in a Military Recruit with Human Immunodeficiency Virus (HIV) Disease», *New England Journal of Medicine*, 316 (12. März 1987): 673-676; Neal A. Halsey und D. A. Henderson, «HIV Infection and Immunization Against Other Agents», *New England Journal of Medicine*, 316 (12. März 1987): 684-685.
41. Pearce Wright, «Smallpox Vaccine ‹Triggered AIDS Virus›», *The Times* [London], (11. Mai 1987): 1.
42. Ebd., S. 18.
43. Persönliche Mitteilung an den Verfasser. Für weitere Informationen siehe Michael Strange, «AIDS: What Homoeopathy Can Offer», *The Homoeopath: Journal of the Society of Homoeopaths*, 6 (1987): 117-124.
44. Laurence E. Badgley, «Homeopathy for Acquired Immune Deficiency Syndrome (A.I.D.S.)», *Journal of the American Institute of Homeopathy*, 80 (März 1987): 8-14.
45. Singh und Gupa, «Antiviral Efficacy».
46. R. G. Gibson u. a., «Homoeopathic Therapy in Rheumatoid Arthritis: Evaluation by Double-Blind Clinical Therapeutic Trial», *British Journal of Clinical Pharmacology,* 9 (1980): 453-459.

8 Allergien: Nicht nur auf die Symptome starren

1. Alan Scott Levin und Merla Zellerbach, *The Type 1/Type 2 Allergy Relief Program* (Los Angeles, J. P. Tarcher, 1983), S. 25.
2. Robert Mendelsohn, *How to Raise a Healthy Child... In Spite of Your Doctor* (Chicago: Contemporary Books, 1984), S. 194. (Dt.: Siehe Kap. 5, Anm. 4).
3. Joe Graedon, *The People's Pharmacy* (New York: St. Martin's Press, 1985), S. 307-308.
4. Philip S. Norman, «An Overview of Immunotherapy: Implications for the Future», *Journal of Allergy and Clinical Immunology*, 65 (1980): 87-96.
5. Earl B. Brown, «Reply to Corticosteroid Therapy in Asthma», *Journal of Allergy*, 41 (1968): 60.
6. D. Appel, «Faulty Use of Canister Nebulizers for Asthma», *Journal of Family Practice*, 14 (1982): 1135-39.
7. Levin und Zellerbach, *Type 1/Type 2*, S. 178-181.
8. Jean Boiron, Jacky Abecassis und Philippe Belon (Hrsg.), «The Effects of Hahnemannian Potencies of 7c *Histaminum* and 7c *Apis Mellifica* upon Basophil Degranulation in Allergic Patients», in: *Aspects of Research in Homeopathy* (Lyon: Boiron, 1983), S. 61-67.

9. David Taylor Reilly, Morag A. Taylor, Charles McSharry und Tom Aitchison, «Is Homoeopathy a Placebo Response? Controlled Trial of Homoeopathic Potency, with Pollen in Hayfever as Model», *Lancet* 8512 (18. Oktober 1986): 881-886.

9 Chronische Krankheiten: Die homöopathische Alternative

1. Zitiert aus Rick Carlson, *The End of Medicine* (New York: John Wiley, 1975), S. 21.
2. John C. Bailar, III, und Elaine M. Smith, «Progress Against Cancer?» *New England Journal of Medicine*, 314 (8. Mai 1986): 1231.
3. John Cairns, «The Treatment of Diseases and the War Against Cancer», *Scientific American*, 253 (1985): 59.
4. D. S. Greenberg, «Progress in Cancer Reserarch – Don't Say It Isn't So», *New England Journal of Medicine*, 292 (1975): 707.
5. Ron Rosenbaum, «Tales from the Cancer Cure Underground», *New West* (17. November 1980): 29.
6. Laura Reif, «Hospitals: How to Get Out Sooner and Stay Out Longer», *Healthline*, 2 (November 1983): 1-2.
7. G. A. Faich u. a., «National Adverse Drug Reaction Surveillance: 1985», *Journal of the American Medical Association*, 257 (April 1987): 2068.
8. National Center for Health Statistics, «National Health Survey», Series 10 (1979), S. 119 und 137, Tafeln 9 und 14).
9. Ebd.
10. K. Steele u. a., «Iatrogenic Illness on a General Medical Service at a University Hospital», *New England Journal of Medicine* 304 (1981): 638-642.
11. P. A. F. Jansen u. a., in: *Age and Ageing*, 15 (Mai 1986): 151.
12. I. Hjermann u. a., «Effect of Diet and Smoking Intervention on the Incidence of Coronary Heart Disease», *Lancet*, 2 (1981): 1303-10.
13. Julian Whitaker, *Reversing Heart Disease* (New York: Warner, 1985).
14. Zur weiteren Information über Miasmen siehe Samuel Hahnemann, *Chronische Krankheiten* (Berg: Barthel & Barthel, 1983); Herbert Roberts, *The Principles and Art of Cure by Homeopathy* (Essex, England: C. W. Daniel, 1942); James Tyler Kent, *Lectures on Homoeopathic Philosophy* (Berkeley: North Atlantic Books, 1979) [Dt.: Siehe Kap. 1, Anm. 15]; J. H. Allen, *Chronic Miasms* (Neu Delhi: B. Jain, o. J.); Sanchez Ortega, *Anmerkungen zu den Miasmen oder chronischen Krankheiten im Sinne Hahnemanns* (Heidelberg: Karl F. Haug, ³1987).
15. «Can Aluminium Cause Alzheimer's?» *Wellness Letter* (University of California, Berkeley), 3 (Oktober 1986): 1.
16. Andrew Locke, «A Comparison of Alumina – The Drug Picture – and Alzheimer's Disease – The Disease Picture», *British Homoeopathic Journal*, 73 (April 1984): 92-94.
17. Robin Gibson u. a., «Homoeopathic Therapy in Rheumatoid Arthritis: Evalua-

tion by Double-Blind Clinical Trial», *British Journal of Clinical Pharmacology*, 9 (März 1980): 453-459.
18. David Taylor-Reilly, Morag A. Taylor, Charles McSharry und Tom Aitchison, «Is Homoeopathy a Placebo Response? Controlled Trial of Homoeopathic Potency, with Pollen in Hayfever as Model», *Lancet*, 8514 (18. Oktober 1986): 881-886.
19. Peter Fisher, «An Experimental Double-Blind Clinical Trial Method in Homoeopathy», *British Homoeopathic Journal*, 75 (Juli 1986): 142-147.

Weitere Literaturhinweise

Ornish, Dean, *Stress, Diet, and Your Heart* (New York: Signet, 1984).
Preston, Thomas A., *The Clay pedestal* (New York: Scribner's, 1981).
Robin, Eugene, D., *Medical Care Can Be Dangerous to Your Health* (New York: Harper and Row, 1984).

10 Sportmedizin: Leistungsfähiger und gesünder mit homöopathischen Heilmitteln

1. Matthew King, «The Chronic Boom», *City Sports* (Oktober 1986): 45.
2. Steven I. Subotnick, *Cures for Common Running Injuries* (New York: Collier, 1979), S. xi.
3. King, «Chronic Boom», S. 48.
4. Ebd.
5. «Arnica at the Olympics», *Homeopathy Today* (Sommer 1984): 25.
6. Hans Kraus, *Sports Injuries* (Chicago: Playboy, 1981), S. 5.

Weitere Literaturhinweise

Bachmann, David C., und Marilynn Preston, *Dear Dr. Jock... The People's Guide to Sports and Fitness* (New York: Dutton, 1980).
Benjamin, Ben E., und Gale Borden, *Listen to Your Pain* (New York: Penguin, 1984).
Priestman, Kathleen Gordon, «Homoeopathic Injury Remedies», *British Homoeopathic Journal*, 48 (Juli 1959): 281-289.
Reuben, Carolyn, «Jock's Traps: Help for Sports Injuries», *L. A. Weekly* (31. Mai 1985): 75.
Schwartz, William H., *Homoeopathic Medical Treatment of Wounds and Injuries* (Neu Delhi: Harjeet, o. J.).
Shangold, Mona, und Gabe Mirkin, *The Complete Sports Medicine Book for Women* (New York: Simon and Schuster, 1985).
Wolpa, Mark E., *The Sports Medicine Guide* (New York: Leisure Press, 1983).

11 Psychische Störungen: Geist und Körper bilden ein Ganzes

1. Charles Frederick Menninger, «Some Reflections Relative to the Symptomatology and Materia Medica of Typhoid Fever», *Transactions of the American Institute of Homoeopathy,* 1897, S. 430.
2. Jonas Robitscher, *The Power of Psychiatry* (Boston: Houghton Mifflin, 1980), S. 282.
3. Jerrold S. Maxmen, *The New Psychiatry* (New York: William Morrow, 1985), S. 42.
4. Ebd., S. 58.
5. Ebd., S. 112.
6. Paul H. Wender und Donald F. Klein, *Mind, Mood, and Medicine* (New York: New American Library, 1982), S. 345.
7. Ebd., S. 197.
8. Maxmen, *The New Psychiatry*, S. 158.
9. Menninger, «Some Reflections», S. 430.
10. Edward C. Whitmont, *Psyche und Substanz: Essays zur Homöopathie im Lichte der Psychologie C. G. Jungs* (Göttingen: Ulrich Burgdorf, 1987).
11. Catherine Coulter, *Porträts homöopathischer Arzneimittel. Zur Psychosomatik ausgewählter Konstitutionstypen* (Heidelberg: Karl F. Haug, 1988).
12. George Vithoulkas und Bill Gray, «Nux Vomica», *Journal of Homeopathic Practice*, 1 (Frühjahr 1978): 36–42; Vithoulkas und Gray, «Arsenicum Album», *Journal of Homeopathic Practice,* 1 (Frühjahr 1978): 43-50. Über homöopathische Arzneimittel siehe auch: Vithoulkas, *Homeopathy: Medicine of the New Man* (New York: Arco 1979).
13. Es gibt viele gute Arzneimittellehren, darunter M. Tyler, *Drug Pictures* (Essex, England: Health Science, 1942); C. E. Wheeler, *An Introduction to the Principles and Practice of Homoeopathy* (Essex, England: Health Science, 1948); J. T. Kent, *Neue Arzneimittelbilder der Materia Medica Homeopathica* (Heidelberg: Karl F. Haug, 1980); und D. M. Gibson, *Studies of Homoeopathic Remedies* (Beaconsfield, England: Beaconsfield, 1987).
14. Theodor W. Adorno, *Studien zum autoritären Charakter* (Frankf. a. M.: Suhrkamp, 1973).
15. Jack Cooper, «The Treatment and Cure of Alcoholism and Related Illnesses on an Outpatient Basis with Homeopathy», *Journal of the American Institute of Homeopathy*, 75 (Juni 1982): 18-21. J. P. Gallavardin, ein französischer Homöopath des 19. Jahrhunderts, berichtet von einer 50prozentigen Heilungsrate durch homöopathische Mittel bei Alkoholismus. Zur weiteren Information siehe J. P. Gallavardin, *How to Cure Alcoholism: The Non-toxic Homoeopathic Way* (Katonah, N. Y.: East-West Arts, 1976).
16. Seldon H. Talcott, «The Curability of Mental and Nervous Diseases Under Homoeopathic Medication», *Transactions of the American Institute of Homoeopathy* (1891): 875-886.

17. Ellen L. Keith, «Progress of the Year in Regard to State Hospital Work», *Transactions of the American Institute of Homoeopathy* (1899): 566-568.
18. D. M. Gibson und B. S. Lond, «Some Observations on Homoeopathy in Relation to Psychoneuroses», *British Homoeopathic Journal,* 43 (1953).
19. Viktor E. Frankl, «Paradoxical Intention: A Logotherapeutic Technique», *American Journal of Psychotherapy*, 14 (1960): 520-525; Frankl, «Paradoxical Intention and Dereflection: a Logotherapeutic Technique», *Psychotherapy: Theory, Reserarch, and Practice,* 12 (1975): 226-237.
20. Gregory Bateson, D. D. Jackson, Jay Haley und John H. Weakland über Schizophrenie-Theorien in G. Bateson, *Ökologie des Geistes. Anthropologische, psychologische, biologische und epistemologische Perspektiven* (Frankf. a. M.: Suhrkamp, 1985); Jay Haley, *Ablösungsprobleme Jugendlicher. Therapie mit Familien junger Erwachsener* (München: Pfeiffer, 1981); Paul Watzlawick, John H. Weakland und Richard Fisch (Hrsg.), *Lösungen. Zur Theorie und Praxis menschlichen Wandels* (Bern: Hans Huber, [3]1984).
21. Jay Haley, *Die Psychotherapie Milton H. Ericksons* (München: Pfeiffer, [2]1988).

Weitere Literaturhinweise

Riebel, Linda, «A Homeopathic Model of Psychotherapy», *Journal of Humanistic Psychology*, 24 (Winter 1984): 9-48.

Slonim, Daphna, und Kerrin White, «Homeopathy and Psychiatry», *Journal of Mind and Behavior*, 4 (Sommer 1983): 401-410.

12 Zahnheilkunde: Behalten Sie Ihre Zähne

1. Melvin Denholz und Elaine Denholz, *How to Save Your Teeth and Your Money* (New York: Van Nostrand Reinhold, 1977), S. 12.
2. Thomas McGuire, *The Tooth Trip* (New York: Random House, 1972), S. 2.
3. Denholz und Denholz, *Save Your Teeth*, S. 12.
4. J. H. Shaw, *Fluoridation as a Public Health Measure* (Washington, D. C.: American Association for the Advancement of Science, 1954); J. J. Murray, *Fluorides in Caries Prevention* (Bristol, England: Wright, 1976); E. Newbrun (Hrsg.), *Fluorides and Dental Caries* (Springfield, Ill.: Thomas, [2]1975).
5. Dennis H. Leverett, «Fluorides and the Changing Prevalence of Dental Caries», *Science*, 217 (2. Juli 1982): 26-30.
6. «How Fluoride Might Damage Your Health», *New Scientist*, 28. Februar 1985, S. 20.
7. Leverett, «Fluorides», S. 29.
8. «Is Fluoride an Essential Element?» in: *Fluorides* (Washington, D. C.: National Academy of Sciences, 1971), S. 66-68. Siehe auch Richard Maurer und Harry Day,

«The Non-Essentiality of Fluorine in Nutrition», *Journal of Nutrition*, 62 (1957): 561-573.
9. Ellen Ruppel Shell, «The New Flap Over Fluoride», *American Health,* Oktober 1984, S. 60-63.
10. John Yiamouyiannis, *Fluoride: The Aging Factor* (Delaware, Ohio: Health Action, 1983), S. 172.
11. J. A. Albright, «The Effect of Fluoride on the Mechanical Properties of Bone», *Transactions of the Annual Meeting of the Orthopedics Research Society*, 98 (1978): 3.
12. D. W. Allmann und M. Benac, «Effect of Inorganic Fluoride Salts on Urine and Tissue 3'5' Cyclic-AMP Concentration in Vivo», *Journal of Dental Research*, 55, Ergänzung B (1976): 523.
13. Alfred Taylor und Nell Carmichael Taylor, «Effect of Sodium Fluoride on Tumor Growth», *Proceedings of the Society for Experimental Biology and Medicine*, 119 (1965): 252-255.
14. John Yiamouyiannis und Dean Burk, «Fluoridation and Cancer: Age Dependence of Cancer Mortality Related to Artificial Fluoridation», *Fluoride*, 10 (1977): 102-123.
15. J. David Erickson, «Mortality in Selected Cities with Fluoridated and Non-Fluoridated Water Supplies», *New England Journal of Medicine*, 298 (18. Mai 1978): 1112-16.
16. George L. Waldbott, A. W. Burgstahler und H. L. McKinney, *Fluoridation: The Great Dilemma* (Lawrence, Kans.: Coronado Press, 1978).
17. Zitiert in Dr. Dean Edells «Medical Journal», *San Francisco Chronicle* (29. April 1987).
18. Zitiert in Yiamouyiannis, *Fluoride*, S. 118.
19. Patrick Stortebecker, *Mercury Poisoning from Dental Amalgams* (Orlando, Fla.: Bio-probe, 1986).
20. Joe Graedon, «Dental Dangers», *San Francisco Chronicle*, 11. Januar 1984.
21. C. W. Svare, L. C. Peterson, J. W. Reinhardt u. a., «The Effect of Dental Amalgams on Mercury Levels in Expired Air», *Journal of Dental Research*, 60 (1981).
22. J. E. Abraham, C. W. Svare und C. W. Frank, «The Effect of Dental Amalgam Restorations on Blood Mercury Levels», *Journal of Dental Research,* 63 (1984): 71-73.
23. D. W. Eggleston, «Effect of Dental Amalgam and Nickel Alloys on T-lymphocytes: Preliminary Report», *Journal of Prosthetic Dentistry*, Mai 1984, S. 517-623.
24. «Mercury in Dental Fillings: Is There a Problem?» *The Medical Forum* (November 1985): 5-7.
25. Charles Taft, «Injurious Effects of Amalgam Fillings», *Medical Advance*, 30 (Juni 1893): 422-430.
26. R. Voll, «Twenty Years of Electroacupuncture Diagnosis», *American Journal of Acupuncture*, (März 1975): 7-17; R. Voll, «Electroacupuncture (EAV) Diagnostics and Treatment Results in Odontogenous Focal Events», *American Journal of Acupuncture*, 9 (Dezember 1981): 293-302.

27. Henri Albertini, William Goldberg, Bernard Sanguy und Claude Toulza, «Homeopathic Treatment of Dental Neuralgia Using Arnica and Hypericum: A Summary of 60 Observations», *Journal of the American Institute of Homeopathy*, 78 (September 1985): 126-128.
28. Denholz und Denholz, *Save Your Teeth*; Irwin Smigel, *Dental Health, Dental Beauty* (New York: M. Evans, 1979).
29. Denholz und Denholz, *Save Your Teeth*, S. 42.
30. Smigel, *Dental Health*, S. 236.

Weitere Literaturhinweise

Fischer, Richard D., «Dentistry and Homeopathy: An Overview», *Journal of the American Institute of Homeopathy*, 78 (Dezember 1985): 140-147.

Lessell, Colin B., *The Dental Prescriber* (London: British Homoeopathic Association, o. J.).

Steinleichner, F., «Homoeopathy in Dentistry», *British Homoeopathic Journal*, 73 (Juli 1984): 145-149.

Ziff, Sam, *Amalgam – Die toxische Zeitbombe* (Glattbrugg: Oesch, 1985).

13 Ein ganzheitliches Gesundheitswesen: Ein Modell für das 21. Jahrhundert

1. American Council of Life Insurance, Trend Analysis Program, *Health Care: Three Reports from 2030 A. D.* (Washington, D. C., Frühjahr 1980), S. 10-11.
2. Lewis Thomas, *The Youngest Science: Notes of a Medicine Watcher* (New York: Viking, 1983).
3. Office of Technology Assessment, *Assessing of Efficacy and Safety of Medical Technologies* (Washington, D. C.: U. S. Government Printing Office, 1978), S. 7.
4. Abraham Maslow, *Psychologie des Seins. Ein Entwurf* (Frankf. a. M.: S. Fischer, 1978).
5. René Dubos, «Einführung» zu: Norman Cousins, *Anatomy of an Illness* (New York: W. W. Norton, 1979), S. 23. (Dt.: *Der Arzt in uns selbst. Die Geschichte einer erstaunlichen Heilung – gegen alle düsteren Prognosen* [Reinbek: Rowohlt, 1984]).

Personen- und Sachregister